TREMOR

A marca FSC® é a garantia de que a madeira utilizada na fabricação do papel deste livro provém de florestas que foram gerenciadas de maneira ambientalmente correta, socialmente justa e economicamente viável, além de outras fontes de origem controlada.

JONATHAN FRANZEN

Tremor

Tradução
Sonia Moreira

COMPANHIA DAS LETRAS

Grafia atualizada segundo o Acordo Ortográfico da Língua Portuguesa de 1990, que entrou em vigor no Brasil em 2009.

Título original
Strong Motion

Capa
Elisa v. Randow

Imagem de capa
Scientifica/ Getty Images

Preparação
Ana Cecília Agua de Melo

Revisão
Jane Pessoa
Adriana Cristina Bairrada

Dados Internacionais de Catalogação na Publicação (CIP)
(Câmara Brasileira do Livro, SP, Brasil)

Franzen, Jonathan
Tremor / Jonathan Franzen ; tradução Sonia Moreira. — 1ª ed. — São Paulo : Companhia das Letras, 2012.

Título original: Strong Motion.
ISBN 978-85-359-2115-1

1. Romance norte-americano I. Título.

12-05344 CDD-813

Índice para catálogo sistemático:
1. Romances : Literatura norte-americana 813

[2012]

EDITORA SCHWARCZ S.A.
Rua Bandeira Paulista,702, cj. 32
04532-002 – São Paulo – SP
Telefone: (11) 3707-3500
Fax: (11) 3707-3501
www.companhiadasletras.com.br
www.blogdacompanhia.com.br

Para Valerie

Uma pedra se projetava para fora da água, irregular e pontiaguda, coberta de limo — uma remanescente da Era do Gelo e do glaciar que um dia abriu aquela bacia na Terra. Ela havia resistido a chuvas, nevascas, geadas, calor. Não tinha medo de ninguém. Não precisava de redenção, já estava redimida.

I. B. Singer

I. GÊNERO PADRÃO

1.

Quando as pessoas lhe perguntavam se tinha irmãos, Eileen Holland às vezes precisava pensar alguns instantes antes de responder.

Na escola primária, ela e as amigas costumavam jogar bobinho durante o recreio e, quando acontecia de estourar alguma briga no outro lado do pátio, geralmente a cara que estava sendo arrebentada no chão áspero era a de seu irmão mais novo, Louis. Ela e as amigas olhavam para aquilo e continuavam a jogar a bola umas para as outras. Estavam pulando corda no dia em que Louis brigou com um menino na trave mais alta do velho trepa-trepa infestado de tétano e machucou uma parte diferente do corpo em cada uma das traves em que foi batendo enquanto despencava lá de cima, lascando os dois dentes da frente no terceiro andar, fazendo um hematoma nas costelas no segundo, sofrendo uma concussão por impacto e uma torção no pescoço no primeiro e paralisando o diafragma no choque com o piso de asfalto. As amigas de Eileen correram para ver o menino possivelmente morto. Ela ficou sozinha, segurando uma ponta da corda e se sentindo como se tivesse caído e ninguém tivesse vindo ajudá-la.

Eileen era uma imagem fiel e bonita de sua mãe, com olhos escuros e espantados, sobrancelhas finas como um risco de lápis, testa alta, maçãs do rosto salientes e cabelo liso e escuro. Tinha braços que lembravam os galhos de um salgueiro, e às vezes ela até balançava como um salgueiro, de olhos fechados, quando ficava tão feliz por estar com suas amigas que até esquecia que elas estavam lá.

Louis, como o pai, era menos ornamental. Dos dez anos em diante, passou a usar óculos estilo aviador, com uma armação de metal que combinava vagamente com seu cabelo, que era cacheado e da cor de parafuso velho, e já estava começando a ficar ralo quando ele concluiu a escola secundária. O corpo troncudo era outro traço genético que ele herdara do pai. Na escola ginasial e na escola secundária, os novos colegas de Eileen esperavam que ela lhes respondesse "Não, não tem nada a ver" quando lhe perguntavam se Louis Holland era seu irmão. Para Eileen, essas perguntas eram como aplicações de vacina. O reconfortante chumaço de algodão embebido em álcool que se seguia à espetada da agulha era o reconhecimento, por parte dos colegas, de que seu irmão não se parecia *nem um pouco* com ela.

"É", ela concordava, "a gente é muito diferente mesmo."

Os jovens Holland cresceram em Evanston, no Illinois, à sombra da Northwestern University, onde o pai deles trabalhava como professor de história. De vez em quando, à tarde, Eileen via Louis de longe numa mesa do McDonald's, cercado dos garotos desajustados com quem ele andava, suas refeições fajutas, seus cigarros, suas caras brancas feito cera e suas roupas militares. A negatividade que emanava daquela mesa fazia com que ela temesse não conseguir abrir um espaço para si na concorrida rodinha de seus pares. Ela era, ou assim dizia a si mesma, muito diferente de Louis. Mas nunca estava inteiramente a salvo dele. Mesmo no meio da espremeção e das risadas de um banco traseiro, Eileen sempre calhava de olhar pela janela no momento exato de avistar o irmão andando apressado pelo acostamento imundo de alguma estrada suburbana de seis pistas, sua camisa branca cinza de suor, seus óculos brancos com o fulgor da estrada. Ela sempre tinha a impressão de que ele estava lá só para que ela o visse, uma aparição vinda daquele mundo privado paralelo no qual ela não vivia mais desde que passara a ter amigos, mas que Louis obviamente ainda habitava: aquele mundo onde você estava sozinho.

Um dia, no verão, antes de ela começar a faculdade, Eileen precisou de repente usar o carro da família para ir à casa de Judd, seu namorado na época, que morava mais ao norte na margem do lago Michigan, em Lake Forest. Quando Louis argumentou que já tinha pedido uma semana antes para usar o carro naquele dia, Eileen ficou furiosa com ele, mais ou menos como uma pessoa fica furiosa com um objeto inanimado que ela toda hora deixa cair ou não consegue usar direito. Por fim, ela convenceu a mãe a pedir a Louis que fosse generoso, só daquela vez, e deixasse a irmã usar o carro para ir visitar o namorado. Quando chegou à casa de Judd, ela ainda estava tão furiosa que acabou esquecendo a chave na ignição. O carro foi prontamente roubado.

Os policiais de Lake Forest não foram particularmente gentis com ela. A mãe foi menos gentil ainda no telefone. E Louis, quando ela finalmente chegou em casa, desceu as escadas usando uma máscara de mergulhador.

"Eileen", disse a mãe. "Minha querida, você deixou o carro rodar pra dentro do lago. Ninguém roubou o carro. Acabei de receber um telefonema da sra. Wolstetter. Você esqueceu de puxar o freio de mão e de deixar o câmbio no 'p'. O carro desceu pelo gramado da casa dos Wolstetter e caiu dentro do lago."

"Sabe aquele 'P' que fica lá no alto, do lado esquerdo da marcha, Eileen?" A voz de Louis soou abafada e nasalada. "P de Parado? N de Neutro? Sabe?"

"Louis", a mãe disse.

"Ou será que é N de Não e P de... Prosseguir? D de Desistir?"

Depois desse trauma, Eileen não conseguiu mais reter nenhuma informação sobre onde Louis estava, nem sobre o que estava fazendo. Sabia que ele tinha ido para uma universidade em Houston e estava estudando algo como engenharia elétrica, mas quando a mãe fez menção ao irmão numa conversa telefônica, talvez para comentar que ele havia trocado de curso, a sala de onde Eileen estava telefonando ficou barulhenta de repente. Ela não conseguia se lembrar do que a mãe havia acabado de dizer. Teve de perguntar: "Então, ele está estudando... o quê, agora?". E a sala ficou barulhenta de novo! Ela não conseguia se lembrar do que a mãe estava dizendo nem enquanto a mãe falava! E, então, ela nunca ficou sabendo o que Louis estava estudando. Quando cruzou com ele nas férias de Natal no segundo ano da sua pós-graduação — ela estava fazendo MBA em Harvard —, Eileen teve de se arriscar a tentar adivinhar o que ele vinha fazendo desde que se formara em Rice: "Mamãe me disse que você está trabalhando com algo como design de microchips, é isso?".

Ele ficou olhando para ela.

Ela sacudiu a cabeça, não, não, não, apague o que eu disse. "Me conte o que você está fazendo", disse humildemente.

"Eu estou olhando para você atônito."

Mais tarde a mãe lhe contou que ele estava trabalhando numa emissora de rádio FM em Houston.

Eileen morava perto da Central Square em Cambridge. Seu apartamento ficava no oitavo andar de um arranha-céu moderno, uma torre de concreto que pairava acima das construções de tijolo e madeira que o cercavam como uma coisa que por algum motivo tivesse escapado da erosão, com lojas e um restaurante de frutos do mar no subsolo. Numa noite de fins de março, ela estava em casa fazendo brownies com calda tripla de chocolate quando Louis, a quem vira pela última vez do lado da árvore de Natal em Evanston lendo um romance policial, telefonou para ela para contar que tinha se mudado de Houston para a cidadezinha de Somerville, a vizinha pobre de Cambridge, ao norte. Ela perguntou o que o tinha trazido a Somerville. Microchips, ele disse.

A pessoa que adentrou o apartamento dela alguns dias depois, numa noite úmida e gelada de fim de inverno, era definitivamente um estranho. Aos vinte e três anos, Louis estava quase careca no alto da cabeça, os fios restantes sendo o estritamente necessário para capturar fragmentos de neve. Seus grosseiros sapatos pretos de cadarço guinchavam no linóleo de Eileen enquanto ele passeava pela cozinha como se quisesse traçar uma estrela com seus passos, ricocheteando lentamente de uma bancada para outra. Seu nariz e suas bochechas estavam vermelhos e seus óculos, brancos de tão embaçados.

"Isso é tão contemporâneo", ele disse, referindo-se ao apartamento.

Eileen pressionou os cotovelos contra o corpo e cruzou os pulsos sobre o peito. As quatro bocas do fogão estavam acesas na altura máxima e, em cima de uma delas, havia uma panela de água fervente. "Eu não estou conseguindo esquentar esse apartamento", ela disse. Estava usando um suéter grosso, pantufas e uma minissaia. "Acho que desligam a calefação em 1º de abril."

O interfone tocou. Eileen apertou o botão para abrir a porta lá embaixo. "É o Peter", ela disse.

"Peter."

"O meu namorado."

Logo depois eles ouviram uma batida na porta, e Eileen conduziu o namorado, Peter Stoorhuys, até a cozinha. Os lábios de Peter estavam roxos de frio e sua pele, que estava bronzeada, tinha adquirido um tom chumbo. Com as mãos enfiadas nos bolsos de sua calça de sarja, Peter saltitava para se esquentar, enquanto Eileen fazia as apresentações, às quais ele evidentemente não estava conseguindo prestar a menor atenção, congelado como estava. "Porra, está frio lá fora", ele disse, indo para perto do fogão.

Havia um cansaço no rosto de Peter que nenhum bronzeado seria capaz de esconder. Era um daqueles rostos urbanos que já tinham sido reinventados tantas vezes que a pele, como um papel manchado e desgastado por múltiplas rasuras, havia perdido sua capacidade de manter uma imagem nítida. Sob os sombreados de seu atual jeitão de neopublicitário de Los Angeles, havia vestígios visíveis de yuppie, punk, mauricinho e maconheiro. Repetidas mudanças de estilo, como pentear-se demais, haviam tirado o viço de seu cabelo louro e comprido. Para se proteger do frio, ele usava um blazer xadrez e uma camisa sem gola.

"Eu e o Peter fomos para São Cristóvão e Nevis mês passado", Eileen explicou a Louis. "Ainda não nos reajustamos."

Peter estendeu suas mãos de nós brancos sobre duas das bocas do fogão e esquentou-as, investindo esse processo de aquecimento de tanta importância que Eileen e Louis não tiveram outra escolha senão ficar olhando para ele.

"E ele fica parecendo um pateta de chapéu", disse Eileen.

"Eu costumo achar *casacos* muito úteis nesse aspecto", disse Louis, largando o casaco forrado de fibras sintéticas num canto. Ele envergava seu uniforme dos últimos oito anos: camisa branca e jeans preto.

"Pois é, mas aí é que tá", disse Eileen. "O casaco preferido dele está na lavanderia. Ou seja, o pior lugar possível."

Foram necessários mais outros cinco minutos para que Peter degelasse o suficiente para permitir que os três se transferissem para a sala. Eileen se sentou no sofá com as pernas encolhidas, puxando a beirada do suéter para baixo para cobrir os joelhos nus e apoiando um braço nas costas do sofá no exato momento de receber o copo de uísque que Peter havia servido para ela. Louis perambulava pela sala, parando de vez em quando para aproximar miopiamente o rosto de livros e outros bens de consumo. Todos os móveis e objetos do apartamento eram novos, a maioria deles uma combinação de superfícies brancas, cilindros pretos e peças de plástico vermelho-cereja.

"Então, Louis", disse Peter, sentando ao lado de Eileen com um copo de uísque na mão. "Fale um pouco de você pra gente."

Louis estava examinando o controle remoto do aparelho de videocassete.

Nas janelas grandes e embaçadas, as luzes distantes da Harvard Square formavam halos cor de madrepérola.

"Você é da área de comunicação", Peter deu a deixa.

"Eu trabalho numa estação de rádio", disse Louis, com uma voz muito lenta e muito uniforme. "A WSNE... conhece? Notícias com algo a mais...?"

"Conheço, claro", disse Peter. "Não que eu ouça, mas já tratei de negócios com eles umas duas ou três vezes. Na verdade, soube que eles estão passando um perrengue, financeiramente. Não que isso não seja a norma para uma estação de mil watts. Uma coisa que eu sugiro é que você tente receber o seu pagamento ao fim de cada semana e, faça o que fizer, não deixe que eles convençam você a entrar em nenhum daqueles esquemas com título de propriedade..."

"Ah, não, eu não vou deixar não", disse Louis, com uma veemência que deixaria qualquer pessoa observadora desconfiada.

"Quer dizer, você faz o que quiser", continuou Peter. "Mas... quem avisa, amigo é."

"O Peter vende espaço publicitário para a revista *Boston*", disse Eileen.

"Entre outras coisas", disse Peter.

"Ele está pensando em se inscrever para o mestrado em administração no outono. Não que ele precise aprender coisa alguma. Ele sabe um monte de coisas, Louis. Sabe muito mais que eu."

"Você sabe ouvir?", Louis perguntou de repente.

Peter apertou os olhos. "Como assim?"

"Você sabe ouvir o que as pessoas dizem quando você faz uma pergunta a respeito delas?"

Peter se virou para Eileen, consultando o que os olhos dela tinham a lhe dizer sobre aquela pergunta. Parecia ter dúvidas quanto à significação do comentário. Eileen se levantou de salto. "Ele só estava te dando um *conselho*, Louis. Nós todos temos muito tempo para ouvir uns aos outros. Estamos todos muito interessados... uns nos outros! Eu vou pegar uns biscoitos."

Assim que ela saiu da sala, Louis se sentou no sofá e botou a mão no ombro de Peter, seu rosto vermelho bem perto da orelha de Peter. "Ei, amigo", disse. "Eu também tenho um conselho pra te dar."

Peter olhava fixamente para a frente, seus olhos se arregalando um pouco sob a pressão de um sorriso reprimido. Louis se inclinou, chegando ainda mais perto dele. "Você não quer ouvir o meu conselho?"

"Você só pode ter algum problema", Peter observou.

"Use casaco!"

"Louis", Eileen chamou da cozinha. "Você está bancando o esquisito com o Peter?"

Louis deu um tapinha no joelho de Peter e foi para trás do sofá. No chão, em cima de uma folha de jornal, havia uma gaiola com um gerbo, que estava usufruindo de uma roda de exercício. O gerbo corria hesitantemente, tropeçando de vez em quando com suas unhas microscópicas numa barra, depois galopando de novo de cabeça erguida e pescoço virado para o lado. Não parecia estar se divertindo muito.

"Seu pateta." Eileen tinha voltado da cozinha com uma caneca de cerveja cheia de biscoitos-palito. Entregou a caneca a Peter. "Eu vivo dizendo para o Peter que a nossa família é maluca. Estou avisando desde o dia em que a gente se conheceu que não é pra ele levar para o lado pessoal." De repente, com uma fluidez de movimentos de tirar o fôlego, ela se ajoelhou e, abrindo a porta da gaiola, extraiu o gerbo lá de dentro, puxando-o pelo rabo. Depois, levantou-o acima de sua cabeça e ficou observando o bichinho franzir o nariz. Agitando as patas dianteiras, o gerbo tentava inutilmente agarrar o ar. "Não é verdade, Milton Friedman?" Ela abriu a boca feito uma loba, como se fosse dar uma dentada na cabeça do bicho. Em seguida, pousou-o na palma de sua mão, e então o gerbo saiu correndo pela manga do suéter acima até o ombro dela, onde Eileen o recapturou, fechando-o dentro das duas mãos e deixando só a cara pontuda e bigoduda para fora. "Dá oi para o tio Louis", disse ela, botando a cara do gerbo perto da de Louis. A cabeça do bicho parecia um pênis peludo e com olhos.

"Olá, roedor", disse Louis.

"O quê?" Eileen trouxe o gerbo para perto de seu ouvido e fingiu escutar. "Ele disse 'olá, pessoa'. Olá para o tio Louis." Depois, botou o bicho de volta na gaiola e fechou a porta. Ainda antropomorfizado, mas agora livre, o gerbo parecia imbecil ou bronco quando correu para o tubo onde ficava sua garrafa de água e sorveu uma gotinha. Eileen continuou ajoelhada por mais alguns instantes, com as mãos apoiadas nos joelhos e a cabeça inclinada para o lado, como se estivesse com água no ouvido. Depois, com a agilidade fluida que estava deixando Louis visivelmente espantado, ela voltou rapidamente para perto de Peter no sofá. "O Peter e o Milton Friedman estão meio de mal um com o outro no momento", disse ela. "O Milton Friedman fez um pipizinho numa calça de popeline que o Peter amava de paixão."

"Que engraçado", disse Louis. "Isso é muito, muito engraçado."

"Eu acho que já vou indo", disse Peter.

"Ah, Peter, por favor, tenha um pouquinho de paciência", disse Eileen. "O Louis só está sendo protetor. Você é meu namorado, mas ele é meu irmão. E vocês vão ter que se entender, nem que eu tenha que botar os dois juntos na mesma gaiola. Você pode ficar com a roda pra se exercitar, Louis, e eu boto um pouco de Chivas na garrafinha para o meu pateta pinguço. Rá, rá, rá!", Eileen riu. "E aí a gente compra uma calça de popeline pro Milton Friedman!"

Peter esvaziou seu copo e se levantou. "Eu vou embora."

"Está bom, eu estou sendo meio chata", Eileen disse com uma voz completamente diferente. "Eu vou parar. Vamos relaxar um pouco. Vamos ser adultos."

"Sejam adultos vocês", disse Peter. "Eu tenho que trabalhar."

Sem olhar para trás, ele saiu da sala e do apartamento.

"Ah, que ótimo", disse Eileen. "Obrigada." Ela deixou a cabeça cair para trás sobre o encosto do sofá e olhou para Louis de cabeça para baixo. Suas sobrancelhas finas eram como lábios selados e, sem sobrancelhas acima deles, os olhos tinham uma expressão alheia ao vocabulário humano, uma estranheza oracular. "O que foi que você falou pra ele?"

"Eu disse que ele devia usar casaco."

"Que gracinha você é, Louis." Ela se levantou e calçou as botas. "Qual é o seu problema, hein?" Em seguida, atravessou o hall correndo e saiu porta afora.

Louis observou a saída dela sem muito interesse. Abriu um claro na condensação da janela e ficou vendo a neve fina, rosada pelas luzes dos para-choques, cair sobre a Massachusetts Avenue. O telefone tocou.

Louis foi até o complexo aparelho de comunicação, que tinha sua própria mesinha, e correu os olhos por ele como se o aparelho fosse um bufê onde nada lhe apetecia. Por fim, depois do quinto toque, como a secretária eletrônica não atendeu, ele pegou o fone. "Alô."

"Peter?", disse uma senhora com voz trêmula. "Eu tenho tentado desesperadamente..."

"Não, não é o Peter."

Houve um farfalhar inquieto. Murmurando um pedido de desculpas, a mulher pediu para falar com Eileen. Louis perguntou se ela queria deixar recado.

"Quem está falando?", a mulher perguntou.

"É o irmão da Eileen. Louis."

"*Louis?* Meu Deus do céu, aqui é a vovó."

Ele ficou olhando para a janela um bom tempo. "Quem?", perguntou por fim.

"Rita Kernaghan. *Vovó.*"

"Ah. Oi. Vovó. Oi."

"Eu não acredito que nós só nos vimos uma vez."

Com certo atraso, Louis se lembrou de uma imagem, a imagem de uma mulher barriguda, com uma cara de gatinha muito pintada, que já estava instalada numa mesa do Berghoff quando ele, seus pais e Eileen entraram juntos no restaurante, numa noite de nevasca em Chicago. Isso tinha sido uns sete anos antes — cerca de um ano depois que a mãe dele tinha viajado para Boston para ir ao enterro do pai. Do jantar no Berghoff, Louis só se lembrava de uma travessa de coelho assado com panquecas de batata. E de Rita Kernaghan mexendo no cabelo de Eileen e a chamando de boneca? Ou será que isso tinha sido em algum outro jantar, com outra mulher idosa? Ou quem sabe um sonho?

Avó, não: avó postiça.

"É", ele disse. "Eu me lembro. Você mora por aqui, não é?"

"Sim, eu moro nos arredores de Ipswich. Você está visitando a sua irmã?"

"Não, eu trabalho aqui. Trabalho numa estação de rádio."

Essa informação pareceu interessar a Rita Kernaghan. Ela quis saber mais detalhes. Ele era locutor? Conhecia o diretor de programação? Ela propôs que eles se encontrassem para tomar um drinque. "Assim a gente pode se conhecer um pouco melhor. Que tal na sexta-feira, depois do trabalho? Eu vou estar na cidade no final da tarde."

"Está bem", disse Louis.

Assim que eles combinaram a hora e o lugar, Rita Kernaghan se despediu e desligou. Instantes depois Eileen voltou para o apartamento, molhada e zangada, e se enfiou na cozinha. "Eu só vou servir o jantar se você me pedir desculpas!", falou.

Louis franziu o cenho, pensativo, comendo biscoitos-palito.

"Você foi muito infantil e muito grosso", disse Eileen. "Eu quero que você me peça desculpa."

"Eu não vou pedir desculpa. Ele nem apertou a minha mão quando chegou."

"Ele estava *gelado*!"

Louis revirou os olhos diante da sinceridade da irmã. "Está bom", disse. "Desculpe ter estragado o seu jantar."

"Bom, não faça isso de novo. Pra sua informação, eu gosto muito do Peter."

"Você o ama?"

A pergunta fez Eileen vir da cozinha para a sala com uma expressão de espanto no rosto. Louis jamais havia feito a ela uma pergunta sequer remotamente tão pessoal quanto essa. Ela se sentou perto dele no sofá e ficou mexendo nos dedos do pé, numa posição de quem vai raspar a perna, a ponta do nariz apoiada de leve num joelho. "Às vezes eu acho que sim", disse ela. "Mas eu não faço o tipo super-romântica, sabe. O Milton Friedman é mais o meu pique. Engraçado você perguntar isso."

"Não é a pergunta óbvia?"

Ainda inclinada sobre o joelho, ela fechou um olho e ficou estudando Louis. "Você parece diferente", disse.

"Diferente do quê?"

Ela sacudiu a cabeça, sem vontade de admitir que nunca lhe ocorrera que seu irmão mais novo, aos vinte e três anos de idade, poderia já estar familiarizado com o conceito de amor. Pôs-se a examinar cuidadosamente seus tornozelos, passando o dedo pelos ossos salientes e arredondados, beliscando os tendões na parte de trás e balançando o corpo de leve para a frente e para trás. Seu rosto já estava perdendo a graciosidade. O tempo, o sol e o mestrado em administração tinham tornado sua cor mais desbotada, uma concebível Eileen de meia-idade começando de repente a se deixar entrever, como papel de parede velho sob uma demão de tinta nova. Levantando o rosto, ela olhou para Louis timidamente. "Legal a gente estar morando na mesma cidade de novo."

"É."

Ela ficou mais cautelosa ainda. "Você gosta do seu emprego?"

"Ainda é cedo pra dizer."

"Dá uma chance pro Peter, Louis. Ele pode parecer um pouco arrogante às vezes, mas ele é no fundo um cara superfrágil."

"Por falar nisso", disse Louis, "ligaram para ele enquanto você estava lá embaixo. Ela disse que era a vovó, e eu fiquei, sabe, vovó? Que vovó?"

"Ah. A Rita. Ela também tentou me fazer chamá-la de vovó."

"Eu nem lembrava que ela existia."

"Isso é porque ela e a mamãe são meio... argggggg." Botando as duas mãos no pescoço, Eileen fingiu se estrangular. "Você está sabendo alguma coisa sobre isso?"

"Sabe quando foi a última vez que eu tive uma conversa de verdade com a mamãe? O Ferguson Jenkins ainda estava no Chicago Cubs."

"Bom, parece que o vovô ganhou rios de dinheiro numa determinada época e aí, quando morreu, ele não deixou nada nem pra mamãe nem pra tia Heidi, porque estava casado com a Rita. A Rita ficou com tudo."

"Essa definitivamente não é a melhor forma de conquistar a mamãe."

"Só que o Peter diz que a Rita na verdade também não ficou com nada. Está tudo num fundo fiduciário."

"O que é que o Peter tem a ver com isso?"

"Ele era o agente da Rita. Foi assim que eu o conheci." Eileen se levantou e foi até a estante. "A Rita virou new age depois que o vovô morreu. Mandou até construir uma pirâmide no alto da casa. Agora ela guarda os vinhos no celeiro, porque acha que eles não vão envelhecer debaixo da pirâmide. Esse aqui é o livro novo dela." Eileen entregou a Louis um volume fino, de capa rosa-choque. "Ela publica numa editora fajuta de Worcester, que manda os exemplares pra ela todos de uma vez só, num único carregamento, naquelas chatas enormes. Na última vez em que eu fui à casa dela, os livros estavam todos no celeiro, com os vinhos. Era como um imenso muro de livros. É por isso que ela precisa de um agente, e por causa das palestras dela também. Mas, escuta, você quer tortellini com molho de tomate ou linguine com molho de marisco?"

"O que for mais fácil."

"Bom, os dois já vêm prontos."

"Tortellini, então", disse Louis. O título do livro rosa-choque era *Princesa Itaray: o histórico do caso de uma atlante*. Na folha de rosto, a autora havia escrito: *Para Eileen, minha bonequinha, com amor, da vovó*. Louis folheou o livro, que era dividido em capítulos, subcapítulos e sub-subcapítulos, com títulos em negrito e numerados:

4.1.8 Implicações do desaparecimento do apêndice externo: uma expulsão reversível do Éden?

Louis leu o texto da orelha. *Neste trabalho inventivo, mas erudito, a dra. Kernaghan defende a hipótese de que a pedra angular da sociedade atlante era a gratificação universal do desejo sexual e propõe que o apêndice humano, hoje um órgão vestigial, era nos atlantes não só externo, como altamente funcional. A partir da regressão hipnótica de uma menina de catorze anos, Mary M., de Beverly, Massachusetts, a dra. Kernaghan embarca numa instigante exploração da psicologia atlante, das origens históricas da repressão sexual e do potencial de que dispõe o mundo moderno para retornar a uma era dourada...*

"Ela escreveu dois outros livros antes desse", disse Eileen.

"Ela é doutora?"

"Ela tem um título honorífico. O Milton Friedman acha que é a coisa mais idiota que ele já viu na vida, não é verdade, Milton Friedman? O Peter a ajudou muito, cavou umas duas ou três entrevistas pra ela no rádio e na televisão. Ele tem contatos em tudo quanto é lugar, e olha que ele só trabalha com isso meio expediente. Mas depois de um tempo ele teve que dizer pra ela arranjar outra pessoa. Primeiro porque ela bebe horrores. E depois porque ela fala do vovô como se ele estivesse vivo e falasse com ela o tempo todo. Você não sabe se é pra rir ou se é pra levar a sério."

Louis não mencionou que havia marcado um encontro com a mulher.

"Mas, enfim, foi assim que eu conheci o Peter. Ela tem uma casa linda. Você provavelmente não lembra, mas nós passamos uma ou duas semanas lá quando éramos pequenos. Você lembra?"

Louis fez que não.

"Nem eu, na verdade. A Rita ainda não estava na jogada. Quer dizer, ela ainda era só secretária do vovô. Às vezes eu fico pensando o que nós acharíamos dele se ele ainda estivesse vivo."

Louis se sentou em diversas cadeiras e Eileen orbitou em torno dele o resto da noite. Um prato de comida era algo em relação ao qual ela não demonstrava ter um senso de responsabilidade particularmente apurado; levantava da mesa e voltava, depois levantava de novo; sua comida estava a sua mercê. Quando Louis vestiu o casaco para ir embora, ela, meio sem jeito, deu tapinhas no braço dele e, mais sem jeito ainda, o abraçou. "Te cuida, tá bom?"

Louis se desvencilhou do abraço. "Como assim 'te cuida'? Pra onde você acha que eu vou? Eu estou morando a quatro quilômetros daqui."

Ela só tirou a mão do ombro dele quando ele saiu porta afora. Pouco depois, quando ela estava ligando a TV para ver as notícias, alguém bateu na porta. Louis estava parado no hall, compenetrado, olhando para o lado de cenho franzido. "Eu acabei de me lembrar de uma coisa", ele disse. "Acabei de me lembrar da casa de Ipswich, a casa do pai da mamãe. Nós jogamos pedras..."

"Ah!" O rosto de Eileen se iluminou. "Nos cavalos."

"Nós jogamos pedras nos cavalos..."

"Para salvá-los!"

"Pra não deixar que eles morressem. Então você também lembra. Nós achávamos que eles iam morrer se ficassem parados."

"Foi assim mesmo."

"Era só isso." Os ombros curvos de Louis se afastaram dela. "Até mais."

Na escola secundária, Louis nunca chegou a se tornar tão desencantado a ponto de sentir vergonha por ter paixão pelo rádio. O rádio era como um animal de estimação aleijado ou um irmão retardado para o qual ele sempre arranjava tempo, sem se importar — sem nem sequer perceber — se as pessoas riam dele. Quando Eileen o via andando em longínquos terrenos baldios, geralmente ele estava indo ou voltando de lojas de equipamentos eletrônicos refrigeradas e quase vazias em algum centro comercial semidesativado, onde o único outro estabelecimento ainda em funcionamento era um restaurante chinês na última de suas sete vidas, e talvez uma loja de animais despovoada. Da parede de artigos pré-embalados onde ficavam expostos circuitos integrados, conectores de RF, micropotenciômetros, garras-jacaré, cabos de extensão e diversos capacitores, ele selecionava itens do topo de sua lista de objetos de desejo, somava os preços mentalmente, fazia uma estimativa de quanto teria de pagar de imposto, entregava os artigos selecionados ao triste funcionário bigodudo que preferia vender aparelhos de som e, por fim, pagava por eles com as notas miúdas que recebera de vizinhos em pagamento por pequenos serviços: caiar paredes; lavar pincéis; cuidar de cachorros. Louis tinha dez anos quando adquiriu um rádio galena, doze quando comprou um Heathkit e montou seu rádio de ondas curtas, quatorze quando se tornou WC9HDD e dezesseis quando obteve sua licença geral de radioamador. O rádio era sua praia, seu interesse. Um garoto tira uma satisfação que rivaliza com a sexual, ou que talvez se conecte a ela por obscuras vielas mentais, quando junta alguns simples objetos de metal e cerâmica — objetos que ele sabe serem simples porque já destruiu experimentalmente vários deles com chave de fenda e alicate —, liga-os a uma bateria e ouve vozes distantes em seu quarto. Havia resistores perdidos em cima da colcha de sua cama — resistores cujo código de cores ele já conhecia de cor um ano antes de aprender sobre esperma e óvulos — na tarde em que ele perdeu a virgindade. "Ai! O que é isso?" (Era um resistor de 220 ohms, de filme metálico, com faixa de tolerância dourada.) Louis também era um dos poucos radioamadores da grande Chicago dispostos a falar ou codificar em francês e, então, quando as manchas solares estavam intensas, ele podia ficar ocupado durante metade da noite trocando medições de temperatura e informações autobiográficas com operadores de todos os cantos nevosos do Quebec. Coisa que não o tornava um aluno participativo nas aulas de francês, mas apenas entediado, já que tinha o hábito de manter em segredo tudo o que sabia fazer realmente bem.

Entrou na Universidade Rice com a intenção de estudar engenharia elétrica e acabou saindo de lá com um diploma de licenciatura em francês, tendo nesse meio-tempo gerenciado a KTRU, a estação de rádio do campus, durante três semestres. Uma semana depois de se formar, começou a trabalhar numa estação de música country local, desempenhando tarefas relativamente atraentes para cujo abrupto abandono depois de apenas oito meses ele não teria nenhuma justificativa mais satisfatória a dar a Eileen do que a pergunta: "Por que uma pessoa sai de um emprego?".

Os estúdios da WSNE, sua nova empregadora, ficavam no subúrbio de Waltham, num edifício comercial que dava para um trecho dos quarenta acres dedicados à interseção da Route 128 ("A estrada da tecnologia da América") com a Massachusetts Turnpike. O nome do cargo de Louis era operador de mesa, um trabalho de peão que envolvia operar o leitor de cartuchos, posicionar a agulha em faixas de discos e fazer a contagem regressiva dos boletins de notícias da Associated Press, mas ele fazia isso só das seis às dez da manhã, porque só o locutor do programa da manhã, Dan Drexel, era considerado insubstituível o bastante para fazer jus a seu próprio operador. Louis sabia que o resto de seu horário de trabalho, que terminava às três da tarde, deveria ser dedicado a tarefas estimulantes como digitar informações sobre o trânsito num teclado, transferir de rolos para cartuchos os comerciais que vinham de agências, redigir comunicados de utilidade pública e avaliar as respostas enviadas pelos cada vez mais escassos ouvintes da emissora na tentativa de ganhar uma variedade de prêmios mixurucas. Sabia também que receberia como pagamento o salário mínimo federal.

Uma das razões pelas quais ele não tivera de enfrentar muitos concorrentes ao se candidatar àquele emprego era a expectativa de que o pedido de renovação de licença que a WSNE teria de fazer em junho não seria tratado como uma simples questão rotineira. Cheques de pagamento de salários eram emitidos com instruções precisas a respeito de quando tentar e quando não tentar descontá-los. A insaciável folha de pagamento havia atacado o principal estúdio de produção, arrancando equipamentos de som, painéis acústicos e tudo mais que tivesse valor de revenda e deixando ásperos retângulos vazios de madeira compensada expostos nos móveis de fórmica e manchas de cola cor de caramelo nas paredes. Uma nova estação FM universitária havia comprado toda a coleção de discos da WSNE, salvo a seção juvenil (as obras completas dos Ursinhos Carinhosos em LP; os Muppets; a trilha sonora original do filme do ursinho Pooh da Disney; os Flintstones recitando tabuadas) e os discos de humor. Os sulcos destes últimos estavam sendo rapidamente desgastados pelo matinal "Notícias com algo a mais" da WSNE, que intercalava notícias e comentários com "os números humorísticos mais engraçados de todos os tempos".

O dono e diretor da WSNE era um homem chamado Alec Bressler. Alec era um emigrado russo de ascendência germânica que supostamente tinha remado num bote de borracha de Caliningrado até a Suécia em meados da década de sessenta. Embora a única tarefa oficial de que se incumbisse fosse gravar o editorial diário, ele estava sempre zanzando pelos estúdios, observando com imensa satisfação que a eletricidade estava fluindo por todos os circuitos necessários, que aquela emissora que pertencia a ele estava de fato funcionando e transmitindo os programas escolhidos por ele. Cinquentão e ligeiramente barrigudo, Alec tinha um cabelo que era como o Bloco do Leste, meio depauperado e lento para crescer, e a pele acinzentada por um vício em cigarro ao qual ele tentava resistir apenas a ponto de também se viciar em pastilhas de nicotina. Usava suéteres finos e calças desbotadas, justas nas coxas e curtas demais, todas aparentando ser velhas o bastante para terem fugido com ele no lendário bote de borracha.

Louis logo percebeu que uma das funções que se esperava que ele cumprisse era servir de plateia particular para Alec Bressler. "Você gosta de expressar opiniões?", o dono lhe perguntou em seu segundo dia de trabalho, quando Louis estava imprimindo declarações para patrocinadores. "Eu acabei de expressar uma ótima. Comentei sobre um acontecimento recente. Você consegue adivinhar qual foi?"

O rosto de Louis adquiriu uma expressão atenta, de quem está pronto para ser entretido. "Me conte", disse.

Alec se sentou no ar e, esticando os braços para trás, apalpou o vazio até encontrar uma cadeira para puxar. "Aquele acidente de avião horrível que aconteceu no fim de semana. Esqueci em qual estado do Meio-Oeste, começa com 'I'. Duzentos e dezenove mortos, nenhum sobrevivente. A fuselagem completamente de-sin-te-gra-da. Eu questionei o valor de notícia desse acontecimento. Com todo o respeito pelas famílias dos mortos, por que nós temos que ver isso na televisão? Nós já vimos no mês passado, por que ver de novo? Se as pessoas querem ver acidentes, por que nós não mostramos mísseis da Marinha e aviões da Força Aérea, que caem toda vez que são testados? Se as pessoas querem ver mortes, então vamos levar as câmeras para os hospitais, hã? Vamos ver como a maioria das pessoas morre. Eu disse o que nós poderíamos ver em vez dos noticiários de TV, que deviam ser boicotados. Tem *M*A*S*H*, no mesmo horário, e também *Cheers*, *Caras & Caretas* e *Matt Houston*. E melhores comerciais também. Vamos ver esses programas. Ou vamos ler um livro, mas eu não enfatizei isso não. Já falo demais para as pessoas lerem livros."

"Isso não é meio que uma causa perdida?", disse Louis.

Alec segurou os braços da cadeira em que estava sentado e deslizou o traseiro mais para trás, para melhor poder se inclinar para a frente e apelar para qualquer minúscula parte da atenção de Louis a que porventura ainda não tivesse apelado. "Eu comprei esta emissora faz oito anos", disse. "Ela tinha uma cobertura muito forte de notícias locais, tocava muita música popular e cobria também os jogos dos Boston Bruins. Nesses oito anos eu tenho tentado *tirar a política* da WSNE. É o meu 'sonho americano', uma estação de rádio onde as pessoas falem o dia inteiro (nada de música, isso é trapacear!) e não digam uma PALAVRA sobre política. Esse é o meu sonho americano. Rádio com gente falando o tempo inteiro e *sem ideologia*. Vamos falar sobre arte, filosofia, humor, vida. Vamos falar sobre ser um ser humano. E quanto mais perto eu chego do meu objetivo — você pode ver isso no gráfico, Louis —, quanto mais perto eu chego do meu objetivo, menos gente me ouve! Agora nós temos pela manhã uma hora no total dedicada a acontecimentos recentes, e as pessoas ouvem por causa dessa uma hora de notícias. Todo mundo sabe que Jack Benny é mais divertido que os discursos sobre armas feitos em Genebra. Mas tire Genebra e as pessoas param de ouvir Jack Benny. É assim que as pessoas são. Eu sei disso. Tracei num gráfico."

Juntando os dedos, ele extraiu um cigarro de dentro de um maço de Benson & Hedges. "Quem é a garota?", perguntou, curvando-se na direção de um instantâneo guardado dentro de uma gaveta semiaberta. A jovem da foto tinha olheiras escuras e cabeça raspada.

"Uma pessoa que eu conheci em Houston", disse Louis.

Alec inclinou a cabeça para a frente uma vez e depois outra, como quem diz: "Está certo. Já não está mais aqui quem perguntou". Em seguida, repetiu o gesto de novo, enfaticamente, e saiu da sala sem dizer mais uma palavra.

Na sexta-feira, depois do trabalho, Louis entrou no seu Civic de seis anos de idade, desceu a Massachusetts Turnpike até Boston e estacionou no último andar de uma garagem que tinha as dimensões e o perfil de um porta-aviões. Um vento leste conferia um ar funesto de gesto derradeiro ao ritual que Louis cumpria ao sair do carro e que incluía olhar para dentro do carro pela janela do motorista, apalpar as chaves no bolso da calça, levantar a alavanca da porta trancada do motorista, contornar lentamente o carro e checar a porta do passageiro, apalpar as chaves de novo e lançar um último, cuidadoso e preocupado olhar para o carro. Louis iria se encontrar com Rita Kernaghan no Ritz-Carlton dali a duas horas.

Uma frente quente que avançava em direção à cidade havia começado a coalhar o azul límpido do céu. No bairro de North End, uma esguia bota de neon chamada ITÁLIA chutava uma enorme pedra de neon chamada SICÍLIA. Era impossível escapar às palavras MERCADO HUMANO. Os italianos que moravam ali — velhinhas que estacavam nas calçadas como insetos em pausas irracionais, seus vestidos estampados com golas frouxas; jovens donos de carros com penteados que lembravam peles de marta — pareciam acossados por um vento que os turistas e intrusos endinheirados não podiam sentir, um vento sociológico carregado da poeira úmida da renovação, tão frio quanto o interesse da sociedade por molhos vermelhos com orégano e Frank Sinatra, tão intenso quanto a fome de Boston por imóveis em bairros brancos e bem localizados. MERCADO HUMANO. MERCADO HUMANO. Turistas do Meio-Oeste galgavam o alto da colina. Um par de jovens japoneses passou correndo por Louis, seus dedos dentro de guias Michelin verdes, enquanto ele se aproximava da Old North Church, cujo cenário entulhado aniquilou imediata e silenciosamente o quadro mais arborizado que ele havia formado antes de vê-lo. Ao circundar um cemitério antigo, Louis pensou em Houston, onde o verão já tinha chegado, onde as ruas do centro cheiravam a pântanos de ciprestes e onde os carvalhos deitavam folhas verdes no chão, e se lembrou de uma conversa que tivera lá numa noite úmida — *Você vai dar sorte da próxima vez. Eu prometo que vai.* Nos prédios em frente ao cemitério, ele viu interiores brancos, aparelhos de entretenimento tão espalhafatosos quanto equipamentos de UTI, enormes brinquedos de cores primárias no meio de salas desertas.

Na Commercial Street eram centenas e centenas de janelas, todas austeras, quadradas e sem enfeites, elevando-se até onde a vista se dispusesse a alcançar. Todas verdes, opacas, vigilantes e excludentes. Não havia lixo no chão para o vento carregar, nada em que os olhos pudessem pousar a não ser paredes de tijolo novas, calçadas de concreto novas e janelas novas. Parecia que a única cola que impedia aquelas paredes e ruas de desabarem, a única força que preservava aquelas superfícies limpas, impenetráveis e sem inspiração, eram escrituras e aluguéis.

De dentro do Faneuil Hall, um refúgio de sentido e propósito para turistas cansados, soprava um cheiro de gordura: de hambúrguer, marisco frito, croissant fresco, pizza quente, cookies de chocolate, batata frita, carne de caranguejo com queijo derretido, feijão cozido, pimentão recheado, quiches, nuggets orientais crocantes com molho tamari. Louis entrou e saiu de uma das galerias para se apropriar de um guardanapo e assoar o nariz. A caminhada e o ar frio o haviam entorpecido de tal forma que ele tinha a sensação de que ao anoitecer a cidade inteira não passava de uma dura projeção da solidão de um indivíduo, uma solidão tão profunda que abafava os sons — exclamações de alerta, motores de caminhão, até os alto-falantes do lado de fora de lojas de eletrodomésticos — a ponto de ele mal conseguir ouvi-los.

Na Tremont Street, sob o olhar de janelas agora transparentes o bastante para revelar cômodos despovoados cheios da tecnologia da riqueza e da mobília da riqueza, Louis se viu penando para abrir caminho no meio de uma multidão em passeata contra o aborto. Transbordando das calçadas para a rua, os manifestantes marchavam em direção ao prédio da Assembleia Legislativa. Todos pareciam à beira de lágrimas raivosas. As mulheres, algumas vestidas como aeromoças e outras como professoras de ginástica, seguravam as hastes de seus cartazes rigidamente na vertical, como que para envergonhar a leveza com que outros tipos de manifestantes carregavam cartazes. Os poucos homens na multidão seguiam ao lado delas arrastando os pés, de mãos e olhos vazios, seus próprios cabelos desorientados pelo vento. Pelo modo como tanto homens quanto mulheres se mantinham colados uns aos outros enquanto marchavam, esquivando-se carrancudamente de outros pedestres, estava claro que eles tinham vindo para o Boston Common esperando sofrer uma perseguição ativa, o equivalente moderno de leões famintos e uma turba embrutecida de espectadores ímpios. Interessante, então, que aquele vale da sombra fosse ladeado de restaurantes, hotéis de luxo, lojas de malas, janelas frias.

Louis emergiu do fim da passeata com sua gravata no pescoço. Tinha dado o nó nela enquanto se desviava dos emblemas de PAREM COM A CHACINA.

Ele precisou de mais de uma hora na meia-luz do bar do Ritz, sentado numa mesa em que todo mundo esbarrava, para se convencer de que Rita Kernaghan tinha lhe dado o cano. O gim-tônica que ele havia pedido deixou sua cara instantaneamente vermelha, e a única conversa que vinha à tona com certa frequência no mar de vozes concorrentes dizia respeito a eunucos. Apesar de não ter demorado muito a se dar conta de que a palavra era UNIX, ele continuou ouvindo eunucos: a vantagem de usar eunucos, com eunucos você pode, eu odiava eunucos, eu tinha uma resistência a eunucos, o crescente monopólio dos eunucos. "Eu estou tão enjoado", Louis murmurava em voz alta de dez em dez minutos. "Eu estou tão enjoado." Por fim, pagou a conta e saiu para o lobby, com a intenção de procurar um telefone. Teve de contornar um trio de executivos que mais pareciam trigêmeos idênticos. Suas bocas se mexiam como as bocas de bonecos de látex.

Você está sentindo?

Não daria pra sentir aqui.

Você está me chamando de mentiroso?

Eram sete e dez. Louis ligou para o serviço de informações e, quando a telefonista lhe perguntou qual era a cidade, ele disse: Ipswich. O aparelho de telefone estava impregnado de um perfume ao qual ele talvez fosse alérgico, tão nocivo foi o efeito sobre suas membranas nasais. Ligou para o número de Rita Kernaghan, deixou o telefone tocar oito vezes e estava prestes a desligar quando um homem atendeu e disse com uma voz baixa, mortiça e institucional: "Aqui fala o oficial Dobbs".

Louis pediu para falar com a sra. Kernaghan.

Eunucos, perfume, fetos. Dobbs. "Quem está falando?"

"É o neto dela."

Louis ouviu o ruído abafado de uma mão tapando o bocal do outro lado da linha e uma voz ao fundo, depois silêncio. Por fim, um outro homem veio ao telefone, um tal sargento Akins. "Nós vamos precisar que você nos dê algumas informações", disse ele. "Como você já deve saber, houve um terremoto aqui. E não será possível você falar com a sra. Kernaghan, porque ela foi encontrada morta algumas horas atrás."

Nesse momento, uma voz gravada começou a exigir mais moedas, que Louis, atrapalhado, pôs-se a catar nos bolsos.

2.

Como Roma, Somerville foi construída sobre sete colinas. O apartamento que Louis havia encontrado para dividir ficava em Clarendon Hill, a mais a oeste das sete colinas e, por falta de concorrência, a mais verde de todas. Em outros pontos da cidade, as árvores tendiam a ficar escondidas atrás de casas ou confinadas em buracos quadrados nas calçadas, onde crianças arrancavam seus ramos.

No início do século, Somerville havia sido a cidade mais densamente povoada do país, uma façanha demográfica realizada construindo-se ruas estreitas e dispensando-se parques públicos e gramados na frente das residências. A topografia era incrustada de casas de três andares, com fachadas revestidas de ripas de madeira. Tinham janelas salientes de formatos poligonais ou varandas precárias que se empilhavam umas sobre as outras nos três andares, e eram pintadas em combinações de cores como azul e amarelo, branco e verde, marrom e marrom.

As ruas de Somerville estavam sempre cheias de densas filas de carros que se pareciam menos com carros do que com sapatos sem par. Eles se punham em marcha pesadamente para o trabalho de manhã ou se moviam para a frente e para trás sobre as calçadas, pressionados pela limpeza quinzenal das ruas. Mesmo no início da década de oitenta, quando a economia de

Massachusetts estava vivenciando um Milagre, com bilhões de dólares fluindo do Pentágono para as antigas cidades fabris do estado, Somerville continuou a abrigar principalmente os membros mais modestos da hierarquia dos calçados. Havia botinas manchadas de sal e surrados escarpins bicolores de cores infelizes estacionados em frente às portas da classe média irlandesa e italiana; Adidas gastos na entrada das casas de mulheres solteiras; botas punks e ofertas especiais do Exército da Salvação perto dos espaços habitados por aqueles que acreditavam que a cidade tinha uma rebeldia chique; Keds sem cadarço e avariados nos quintais dos fundos da contracultura decadente; calçados informais largos e confortáveis de materiais macios e enrugados e solas de espuma de borracha marcando as residências de corretores de imóveis e aposentados; maltratados sapatos de camurça estudantis sob os beirais de maltratadas casas de estudantes; alguns mocassins Gucci com borlas no estacionamento da prefeitura e lustrosas botas tacheadas, delicadas sapatilhas e tênis estilo Flash Gordon nas entradas das casas de pais que ainda tinham filhos de dezoito e vinte anos morando com eles.

Perto do fim dos anos oitenta, pouco antes de a expansão armamentista da nação desacelerar, de os bancos de Massachusetts começarem a falir e de se descobrir que o Milagre era menos um Milagre que uma ironia e uma fraude, uma nova casta de carros invadiu Somerville. A nova casta parecia impermeabilizada. Pois, assim como a Reebok e seus imitadores haviam finalmente conseguido fazer couro de verdade parecer inteiramente artificial, Detroit e seus equivalentes estrangeiros haviam conseguido tornar metal e vidro de verdade indistinguíveis de plástico. O que era interessante na nova casta, contudo, era o fato de ela ser nova em folha. Numa cidade onde fazia décadas que, quando um carro vinha para casa pela primeira vez, quase sempre seu preço estava escrito com giz de cera amarelo no para-brisa, de repente as pessoas começaram a ver restos de adesivos grudados nas janelas traseiras. Não sendo burros, os senhorios locais começaram a duplicar o preço dos aluguéis nas renovações de contrato; e Somerville, próxima demais de Boston e de Cambridge para ser o paraíso dos inquilinos para sempre, atingiu a maioridade.

Louis tinha um quarto num apartamento de dois quartos na Belknap Street, alugado a um aluno de pós-graduação em psicologia da universidade de Tufts. O estudante, que se chamava Toby, havia prometido a Louis: "Os nossos caminhos nunca vão se cruzar". A porta do quarto de Toby sempre estava aberta quando Louis chegava do trabalho, continuava aberta quando ele ia dormir e estava fechada quando ele saía de casa no escuro pouco antes de amanhecer. As prateleiras da geladeira de Toby eram divididas ao meio, verticalmente, por tábuas de pinho. O tapete do banheiro também era feito de madeira de pinho, boa para prevenir fungos e para dar topadas com os dedos dos pés. A sala tinha duas poltronas de assento largo e um sofá, todos bege, e ainda uma estante bege completamente vazia salvo por alguns catálogos de telefone, uma caixa de Scrabble, um lustroso vaso de flores bege feito de GENUÍNA CINZA VULCÂNICA DO MONTE SANTA HELENA sobre uma base de plástico e recibos de compra da estante e dos outros móveis no total de US$ 1758,88.

Louis ficava a maior parte do tempo em seu quarto. O casal de trinta e poucos anos que morava no apartamento em frente a sua janela tinha um piano e com frequência praticava arpejos na hora em que ele estava fazendo sua refeição noturna de sanduíches, cenouras, maçãs, cookies e leite. Mais tarde os arpejos cessavam e ele lia cuidadosamente o *Globe* ou a *Atlantic*, de cabo a rabo, sem pular nada. Ou sentava-se de pernas cruzadas na frente de sua televisão e assistia a partidas de beisebol com tanta concentração e o cenho tão franzido — até mesmo durante os comerciais de cerveja — quanto assistiria a noticiários sobre guerra. Ou se plantava sob a luz forte do lustre do teto e estudava as paredes bege, o teto ladrilhado e o piso de madeira de seu quarto de todos os ângulos possíveis. Ou fazia a mesma coisa no quarto de Toby.

Na sexta-feira à noite, depois que a polícia de Ipswich terminou de colher as informações que queria dele pelo telefone, Louis voltou para Somerville e ligou para Eileen. "Você não vai acreditar no que eu acabei de ver nas notícias", disse ela. O que Eileen acabara de ver num flash ao vivo era a ambulância que estava transportando o corpo da avó postiça dos dois. Eileen achava que tinha sentido o terremoto quando estava estudando, mas pensara que fossem caminhões. Disse que aquele era o segundo pequeno terremoto que ela sentia em Boston em dois anos.

Louis disse que não tinha sentido nada.

Eileen contou que os pais deles, por causa da morte de Rita, viriam de avião para Boston no domingo e ficariam hospedados num hotel.

"Eles vão gastar dinheiro com hotel?", Louis perguntou.

Na manhã seguinte, ele foi até a farmácia da esquina comprar jornal. Tinha chovido a noite inteira e as nuvens ainda continuavam bastante carregadas, mas o céu havia clareado momentaneamente e a iluminação fluorescente dentro da farmácia tinha a mesma cor e intensidade que a luz do lado de fora. O *Herald* de sábado estampava na primeira página:

TERREMOTO!
DESTRUIÇÃO E
MORTE EM IPSWICH
Guru new age é vítima

O terremoto também era a principal manchete do *Globe* (TREMOR SACODE CABO ANN; UMA MORTE), que Louis começou a ler enquanto caminhava de volta para casa. Absorto, demorou a notar um senhor alto, de cardigã e botas de borracha desafiveladas, que estava polindo seu sapatênis de quatro portas, de fabricação nacional, com uma toalha de mão. Avistando Louis, ele veio para o meio da calçada, bloqueando o caminho. "Lendo o jornal, não é?"

Louis não negou.

"John", o velho arregalou os olhos. "John Mullins. Você mora aqui ao lado, não é? Eu vi você se mudando pra cá. Eu moro bem aqui, no primeiro andar, moro aqui há vinte e três anos. Nasci em Somerville. Meu nome é John. John Mullins."

"Louis Holland."

"Louis? Lou? Você se importa que eu chame você de Lou? Você está lendo sobre o terremoto, não é?" De repente, o velho parecia ter mordido um limão ou um ovo podre, tão feia foi a careta que ele fez. "*Terrível* o que aconteceu com aquela senhora. *Terrível*. Eu senti o chão se mexer, sabe. Eu estava no Foodmaster, sabe, ali no outro quarteirão, é um bom mercado o Foodmaster. Você faz compras lá? É um bom mercado, mas o que eu estava... o que eu estava... ah, sim, eu estava dizendo que senti o chão tremer. Até pensei que fosse eu, sabe, pensei que fossem os meus nervos. Mas depois eu fui ver as notícias e aí, veja você, tinha sido um tremor. É assim que eles chamam, sabe, tremor. Graças a *Deus* não foi mais grave. Graças a *Deus*. Mas você é o quê, você é estudante?"

"Não, eu trabalho numa estação de rádio", Louis respondeu devagar.

"Tem muito estudante que mora por aqui. Alunos da Tuff, na maioria. Também, a universidade fica pertinho daqui, é só subir a rua. É uma garotada até tranquila, eu acho. O que você acha? Você está gostando daqui? Está gostando de Somerville? Eu acho que você vai gostar daqui. Eu falei pra você que senti o terremoto?"

John Mullins deu um tapa na própria testa. "Claro que falei. *Claro* que falei." O encontro estava obviamente se tornando demais para ele. "Está bem então, Lou." Ele apertou o ombro de Louis e foi cambaleando na direção do carro.

Ao entrar em casa, Louis ouviu os arpejos de sua vizinha soprano começarem, enquanto as notas fundamentais eram tocadas no piano numa escala cromática ascendente. Sentou-se no chão nu de seu quarto e abriu o jornal. "Que droga", ouviu nitidamente John Mullins dizer a algum outro vizinho. "Eles tinham dito que não ia mais chover."

Nem o *Globe* nem o *Herald* conseguiam esconder sua satisfação por ter uma morte — a de Rita Kernaghan — para justificar as manchetes em letras garrafais para um pequeno tremor local. O sismo, com magnitude de 4,7 graus e epicentro a sudeste de Ipswich, havia ocorrido às 16h48 e durara menos de dez segundos. Os danos a propriedades tinham sido tão insignificantes que a fotografia de um morador de Ipswich apontando para uma rachadura na parede de sua copa havia recebido uma reprodução de tamanho considerável em ambos os jornais. Sendo o jornal mais intelectualizado dos dois, o *Globe* também trazia textos sobre a história dos terremotos em Boston, sobre a história dos terremotos e sobre a história de Boston, incluindo uma linha do tempo especial que revelava (entre outras coisas) que os dois últimos tremores significativos sofridos pela cidade haviam coincidido com o fim do segundo (1944) e do terceiro (1953) mandatos de Henry Cabot Lodge Jr. no Senado americano.

Outro artigo na página 16 relatava as últimas movimentações de um pastor protestante chamado Philip Stites, que seis meses antes, segundo o *Globe*, havia transferido sua Igreja da Ação em Cristo de Fayetteville, na Carolina do Norte, para Boston, com a intenção expressa de "erradicar o aborto no estado de Massachusetts". Os seguidores de Stites vinham combatendo o assassinato de fetos se plantando diante das portas de clínicas. No final da tarde de sexta-feira, pessoas de consciência oriundas de trinta e um estados e territórios haviam realizado a terceira marcha de protesto do grupo no centro de Boston; numa subsequente entrevista concedida à televisão, Stites declarou que o terremoto por pouco não havia acertado "o epicentro da carnificina", querendo se referir à Assembleia Legislativa. Deus (ele deu a entender) estava zangado com Massachusetts. Como a Igreja da Ação em Cristo, Ele não descansaria enquanto a chacina de não nascidos não tivesse cessado. "Procurem por mim em todos os lugares", Stites disse.

"Eu estava no Foodmaster", John Mullins disse por cima da chuva e dos arpejos. "Pensei que fossem os meus nervos velhos."

Vítima era escritora

Rita Damiano Kernaghan, cuja morte foi a única registrada no terremoto de ontem em Ipswich, era uma palestrante popular no circuito new age local e autora de três livros sobre temas inspiradores. Tinha 68 anos.

Kernaghan, no entanto, talvez fosse mais conhecida pela batalha que vinha travando desde 1986 com o município de Ipswich em virtude da estrutura piramidal que erigiu no telhado de sua residência, uma antiga casa de fazenda construída dentro dos limites de Ipswich em 1765 e ampliada em 1823 sob a supervisão de George Stonemarsh, um dos mais importantes arquitetos da era pós-revolucionária.

Em 1987, a assembleia dos eleitores de Ipswich admitiu que um erro de transcrição havia resultado na concessão de uma licença para a construção da pirâmide e tomou medidas para garantir retroativamente o cumprimento do código local relativo à preservação de prédios históricos, ordenando a remoção da pirâmide. Kernaghan entrou com uma ação contra a cidade em 1988 e mais tarde rejeitou um acordo extrajudicial segundo o qual o município se comprometia a arcar com as despesas da retirada da pirâmide e da restauração da casa ao seu traçado original de 1823.

Kernaghan sustentava que seu direito de construir a pirâmide — uma forma geométrica que alguns acreditam ser capaz de exercer influências curativas e preservadoras — era uma questão concernente à Primeira Emenda à Constituição, fundamentada na separação entre Igreja e Estado. O caso, ainda em julgamento, tornou-se uma causa célebre na comunidade new age dos subúrbios do norte.

Kernaghan, cujas obras publicadas incluem *Começando a vida aos 60*, *Filhos das estrelas* e o recém-lançado *Princesa da Itália*, era viúva do advogado John Alfred Kernaghan, de Boston, e deixa uma enteada, Melanie Holland, de Cleveland.

As notas fundamentais da soprano ficavam cada vez altas, uma lenta espiral ascendente de histeria. Louis franzia o cenho, com o dedo mindinho apoiado na ponte de seus óculos, o polegar no queixo e a ponta dos outros dedos na testa. A coisa para a qual ele não conseguia parar de olhar era o nome de sua mãe. Não porque o *Globe* a tinha posto em Cleveland, mas pela simples presença pessoal e ressonante do nome impresso no papel. *Melanie Holland*: aquela era a mãe dele, estranhamente reduzida. Duas palavras num jornal de Boston.

Ainda de cenho franzido e começando a tremer, como se, quando os pingos da chuva batiam nas vidraças atrás dele, a friagem imediatamente invadisse o quarto, Louis examinou de novo o artigo em destaque sobre o reverendo Philip Stites. "*Os manifestantes subiram a Tremont Street e atravessaram o Boston Common até a entrada do prédio da Assembleia Legislativa*", dizia o artigo. A descrição dos fatos era compatível com o que Louis tinha visto da passeata — compatível de um modo profundo, pois o artigo, como a memória, como os sonhos, reduzia o ocorrido a uma ideia, iluminada não pelo sol poente nem pelos postes de iluminação pública, mas por sua própria luz, na escuridão da cabeça de Louis: ele viu a ideia porque sabia que era aquilo que tinha acontecido, porque sabia que era assim que as coisas haviam se passado. E, portanto, pareceu-lhe que só poderia estar chovendo naquela manhã. A chuva tinha de estar ali para tornar o dia de hoje diferente, para impedir qualquer retorno a ontem à tarde e às condições específicas de atmosfera e luz nas quais aqueles manifestantes haviam marchado, a azulada claridade do norte sobre a Grande Boston quando o terremoto aconteceu. A chuva tornava aquela manhã real, tão inabalavelmente presente que era difícil acreditar que de fato *tinha acontecido* um terremoto, que aqueles incidentes haviam de fato ocorrido em algum lugar que não os jornais.

Contra uma das paredes do quarto estavam empilhadas as caixas de papelão com o equipamento de rádio de Louis, que ele havia lealmente transportado de Evanston para Houston e de Houston para Boston e jamais desempacotado. Enfiou a unha por baixo da grossa fita adesiva cinza que mantinha fechada a caixa que estava no alto da pilha. Faltaram-lhe forças. Cambaleou até o futon, um pé escorregando no *Globe* aberto, desabou pesadamente e ali ficou, de barriga para baixo, até bem depois de os arpejos cessarem.

Na noite de domingo jantou com sua família num restaurante de frutos do mar no porto. Ficou surpreso ao saber que sua mãe e Eileen não tinham a menor dúvida de que a queda que causara a morte de Rita Kernaghan se devia menos ao terremoto do que ao fato de ela estar completamente bêbada na ocasião. De qualquer modo, elas a conheciam e ele não. Corria à boca miúda que ela havia caído de uma banqueta do bar, o que, embora parecesse uma piada de mau gosto, aparentemente era a verdade literal. Ela seria cremada em cerimônia reservada na manhã de quarta-feira, suas cinzas atiradas ao mar de um píer de Rockport na tarde do mesmo dia e sua vida celebrada no dia seguinte num serviço fúnebre, ao qual para comparecer Louis deveria tirar uma folga do trabalho. Sua mãe, obviamente impaciente com todo o processo de descarte da falecida, se referia ao serviço fúnebre como "a coisa na quinta-feira".

Foi só um pouco antes da "coisa" que Louis voltou a ver seus pais. Tinha operado a mesa para Dan Drexel até as dez da manhã e depois, possivelmente um pouco magoado por sua mãe não ter planejado nenhum outro encontro familiar nem demonstrado qualquer interesse em saber onde ele estava morando e trabalhando (embora "mágoa" talvez não fosse a palavra certa para descrever o que ele sentia em relação a uma família cujos membros raramente tinham os recursos necessários para se interessar ou fingir se interessar pela vida de alguém que não eles próprios, sendo "decepção", "amargura" ou "tristeza vaga" palavras talvez mais próximas), foi direto para o hotel onde eles estavam hospedados, um prédio mais ou menos novo, mais ou menos alto em frente ao rio em Cambridge, logo depois da Harvard Square. Mais tarde viria à tona que sua mãe havia feito seu pai passar duas tardes na biblioteca Widener para que eles pudessem pedir reembolso pela parte dele nas despesas com a viagem. Em frente ao quarto deles, no final de um corredor silencioso, Louis levantou a mão, mas não bateu. Abaixou a mão de novo.

"Eileen, essa não é a questão."

"Então qual é a questão?"

"A questão é demonstrar um pouco de consideração pelos meus sentimentos e tentar entender as coisas do meu ponto de vista. Essa foi uma semana extremamente difícil — Foi sim! Foi sim! — extremamente difícil! Então você poderia pelo menos ter tido a consideração de esperar..."

"Você está *feliz* por ela ter morrido! Você está *feliz*!"

"Isso é uma coisa muito (murmúrios) pra qualquer pessoa, (murmúrios) pra sua mãe. Uma coisa bem pouco cristã."

"É *verdade*."

"Eu agora tenho que me arrumar."

"É verdade. Você está *feliz*!"

"Eu preciso me arrumar. Embora eu não consiga deixar de pensar que... bom, (murmúrios) um rapaz que faria uma namoradinha casual..."

"Uma *o quê*?!" A voz estridente de Eileen ficou duas vezes mais estridente.

"Uma namoradinha casual chegar ao ponto..."

"Uma...!? Do que é que você está *falando*? Isso não tem nada a ver com o Peter. E pra sua informação..."

"Ah, Eileen."

"Pra sua informação..."

Nesse momento, Louis, com um gesto de desdém, deu duas ou três pancadas na porta. Eileen o deixou entrar. Lágrimas haviam borrado o traço de delineador embaixo dos olhos.

"Quem é?", a mãe perguntou de dentro do banheiro.

"É o Louis", disse Eileen, amuada.

"Oi, Louis, eu estou me vestindo."

Eileen foi para perto da janela, pela qual ela via, para lá do rio, a sua faculdade de administração. Ela estava usando o mesmo suéter grosso da última vez em que Louis a vira. A julgar pela aparência do suéter agora, ela devia estar dormindo com ele.

"Cadê o papai?", Louis perguntou.

"Está na piscina. O que você veio fazer aqui tão cedo?"

Louis pensou um instante. "O que *você* veio fazer aqui tão cedo?"

Eileen fez uma medonha careta adolescente para ele, língua e gengivas à mostra, e se virou de frente para a janela. Louis coçou a orelha, pensativo. Depois, mudando de estratégia, começou a perambular pelo quarto, bisbilhotando. Em cima de uma das muitas superfícies de bagagem do quarto de hotel, largado como correspondência inútil com molhos de chaves e embalagens abertas de Trident, ele encontrou um par de documentos de aparência oficial, o relatório da polícia e o relatório do médico-legista, em cujos versos sua mãe vinha anotando nomes e números de telefone. Ele examinou a face oficial dos documentos, enquanto Eileen esfregava cuidadosamente a pele em volta dos olhos e a mãe pontuava longos silêncios de banheiro com ruídos de quem está se vestindo e se arrumando. O relatório da polícia consistia principalmente no depoimento da empregada haitiana de Rita Kernaghan, que morava na casa e se chamava Thérèse Mougère.

> Às 15h45 do dia 6 de abril, Mougère terminou suas tarefas da tarde e botou três laranjas e um romance em francês para moças dentro de sua bolsa. Ela estava incumbida de levar a falecida de carro até o centro de Boston às 17h e declarou que estava levando o romance para ler enquanto estivesse à espera no estacionamento. Como tinha permissão para assistir à televisão de 16h às 17h todas as tardes, Mougère se recolheu aproximadamente às 15h50 ao seu quarto, localizado no final de um pequeno corredor contíguo à cozinha. A falecida estava falando ao telefone da cozinha quando Mougère a viu pela última vez viva. Pouco antes do fim do programa a que Mougère estava assistindo (apurou-se que o programa era *Jornada nas Estrelas*, que termina às 16h58), a casa começou a tremer. A janela do quarto de Mougère chacoalhou e uma das vidraças quebrou. Mougère ouviu "um estrondo". As luzes piscaram e a televisão ficou sem imagem por alguns instantes. Mougère foi até a cozinha e viu que vasos tinham caído da mesa e que as portas dos armários estavam abertas. Na sala de jantar, um prato e alguns vasos haviam caído do aparador. Mougère foi até a sala de estar. Pequenos objetos haviam caído das mesas e de trás do bar vinha um cheiro de uísque. Mougère subiu a escada chamando o nome da falecida. Como não ouviu nada, ficou assustada e vasculhou todos os cômodos de cima. Desceu, vasculhou novamente a sala de estar e encontrou o corpo da falecida atrás do bar. Sangue, cacos de vidro e uma grande poça de uísque estavam presentes. Uma banqueta do bar estava caída de lado no chão. Mougère telefonou para a polícia. Dobbs e Akins chegaram ao local às 17h35. Verificou-se que Mougère não havia tocado no corpo. Quando se conjecturou que a falecida tivesse caído da banqueta enquanto tentava alcançar uma garrafa, Mougère declarou que costumava guardar as garrafas de uísque das marcas preferidas da falecida numa prateleira alta para desencorajar o consumo. Mougère declarou também que um espírito familiar chamado Jack habitava a casa e havia causado a morte e a destruição. Essa e outras teorias sobrenaturais foram descartadas. A morte parece ter sido de natureza acidental, com toda a probabilidade causada pelo moderado terremoto ocorrido às 16h48. Perguntas relativas à condição de residente ilegal de Mougère

e ao modo como ela obteve uma carteira de motorista válida no estado de Massachusetts foram encaminhadas ao serviço de imigração. O serviço de imigração foi informado de que o médico-legista não mais requer a presença de Mougère no estado.

Com mais pressa, porque sua mãe agora estava fazendo ruídos de quem está prestes a sair do banheiro (cliques de estojos se fechando, a água da torneira sendo aberta e fechada bruscamente), Louis correu os olhos pelo relatório do médico-legista do condado de Essex, que apontava como causa da morte um "extenso trauma de contragolpe" e atribuía o trauma a um acidente no qual a falecida, que media 1,58 m, caíra de um banco de 97 cm de altura, resultando numa queda com altura total de 2,55 m, uma queda suficiente, em combinação com o piso de mármore, para achatar a parte frontal esquerda do crânio e extinguir imediatamente toda atividade cerebral. A perda de sangue ocasionada por cortes provocados por cacos de vidro não foi considerada um fator relevante. O teor de álcool no sangue da falecida era de 0,06 por cento, equivalendo a um nível "moderado" de intoxicação.

Louis cobriu o documento com um livro e virou de costas para ele. Sua mãe estava saindo do banheiro.

Era óbvio que ela vinha gastando dinheiro. Gastando dinheiro e (foi a impressão que Louis teve) dormindo, pois parecia ter rejuvenescido uns quinze anos desde o jantar de domingo. A pele de seu rosto estava dourada, lustrosa e tão esticada junto ao contorno de sua mandíbula que parecia repuxar seus olhos escuros, deixando-os arregalados. Ela tinha cortado o cabelo em estilo Chanel curto — e pintado também? O que antes era, se não falhava a memória de Louis, um grisalho escuro e uniforme havia se transformado em preto e prateado. Ela estava usando um vestido de linho amarelo-claro com um arremate de veludo preto na barra, que estava uns dois dedos acima dos joelhos. A gola alta estava fechada com um broche contendo uma pérola do tamanho de uma moeda de cinco centavos. Diante do espelho, com as narinas dilatadas de concentração, ela ajeitou fios de cabelo invisíveis e possivelmente inexistentes em torno de suas têmporas. Depois foi até o closet e, com a mesma fluidez de movimento vertical que Eileen herdara, se ajoelhou e tirou uma caixa de sapatos de dentro de uma sacola plástica da Ferragamo.

"Tá bonita, hein, mãe."

"Obrigada, Louis. O seu pai ainda não voltou?"

Com as sobrancelhas levantadas, ele ficou observando a mãe tirar um par de sapatos de um acolchoado de papel de seda escarlate. Olhou para Eileen, perguntando-se se ela também teria levantado as sobrancelhas diante daquele espetáculo de uma mãe transformada por um repentino poder de compra. Mas Eileen também estava transformada. Com olhos avermelhados de mágoa e ódio e um rosto em que todos os músculos pareciam ter adormecido, ela observava a mãe deslizar seus pés pequenos num par de sapatos tão aerodinâmicos quanto Jaguars. Não tinha como Louis capturar o olhar dela. Ela precisava que sua tristeza fosse notada pela mãe, não por ele. Então, enquanto Eileen sofria ao pé da janela (chuva fria caindo entre ela e a faculdade de administração) e a mãe prendia com ar complacente um par de rosas brancas à faixa preta de um chapéu branco de abas moles, ele se sentou na cama e abriu o caderno de esportes de um *Globe* que estava convenientemente à mão. Poderia tranquilamente ser ele e não sua irmã sofrendo ao pé da janela, mas o que pensa um cão de matilha, o que se passa atrás de seus olhos amarelos, quando ele vê um de seus companheiros ser levado para um canto por um explorador polar para ter a garganta cortada e ser transformado em jantar para seus irmãos?

"O seu pai vai ter uns três minutos para tomar banho e se arrumar", disse a mãe. "Talvez um de vocês pudesse..."

"Não", disse Eileen.

"Não", disse Louis. O pai nadava com tampões nos ouvidos e óculos de natação, e só atingindo-o fisicamente era possível fazê-lo sair de dentro de uma piscina.

"Bem." De chapéu na cabeça, a mãe se levantou, ajeitou o vestido sobre os quadris e deu uma voltinha, rodopiando sobre a ponta dos pés. "Como eu estou?"

Fez-se silêncio; Eileen nem sequer olhou para a mãe.

"Como um milhão de dólares", disse Louis.

Eileen deu uma risada forçada: "Rá rá rá!".

Sem nenhuma expressão no rosto, a mãe começou a botar suas coisas dentro de uma bolsa de mão preta com aparência de nova. "Louis", disse, "eu preciso ter uma conversa com você."

"Bom, eu já ouvi essa conversa", disse Eileen e atravessou o quarto pisando firme. "Então, vejo vocês no serviço fúnebre." Puxou sua capa de chuva de um cabide, abriu a porta e deu um passo para trás ao dar de cara com o pai, que, com uma toalha enrolada na cintura e óculos de natação aninhados no tufo grisalho de pelos encharcados abaixo de seu pescoço, avançava quarto adentro como uma lagosta interessada, dizendo para Eileen: "Ora, ora, se não é a infanta Elena! Estrela escura de Aragão! Detentora do cetro de esmeralda!". Ela retrocedeu até bater as costas nos cabides de roupa, as mãos espalmadas, os dedos abertos e rígidos perto das orelhas, enquanto a lagosta a agarrava pela cintura com o gancho de sua garra robusta. Ela recuou, se contorcendo. "Não! Não! Não! Ah, você ainda está molhado!" Suas bochechas estavam recuperando a cor. O pai beijou uma delas e depois soltou Eileen, bateu continência para Louis do outro lado do quarto e se enfiou no banheiro. A mãe não tinha testemunhado nada disso.

Quinze minutos depois, os quatro membros da família Holland estavam sentados no Mercury de duas portas alugado pelos pais, Melanie ao volante, os meninos no banco de trás. Os carros dos meninos tinham ficado no estacionamento do hotel porque Bob Holland considerava automóveis uma abominação e tinha ameaçado ir a pé se eles levassem mais de um carro. Sentindo um princípio de enjoo, Louis estava encolhido feito uma mesa dobrável, a cabeça meio careca apoiada na janela fria e embaçada, um gosto de chuva forte e fumaça de óleo diesel na garganta. O chapéu da mãe estava preso em suas canelas. Alguém que não era Louis e provavelmente também não era Eileen vinha peidando regularmente. Bob, parecendo diminuído num terno de trinta anos, dardejava através da sua janela para os carros que iam ficando para trás no trânsito intenso do meio da manhã na Memorial Drive. Ele achava que dirigir um carro era um ato de imoralidade pessoal.

Louis empurrou para fora a janela de dobradiça ao seu lado e encostou o nariz e a boca na superfície plana do ar mais frio do lado de fora. Estava começando a relacionar seu enjoo com *achatar a parte frontal esquerda do crânio e extinguir imediatamente toda atividade cerebral*, a imaginação da morte tendo avançado oculta e autonomamente, penetrando em sua consciência apenas agora. Conseguiu inspirar uma revigorante lufada de ar pelo vão da janela. "Vocês acham que ela percebeu que estava tendo um terremoto?"

Eileen olhou para ele com uma cara feia e mal-humorada, depois se ensimesmou de novo.

"Quem?", Melanie perguntou.

"A Rita. Você acha que ela se deu conta de que era um terremoto que estava fazendo o chão tremer?"

"Ao que parece, ela estava bêbada demais para se dar conta do que quer que fosse", disse Melanie.

"É meio triste, vocês não acham?", tornou Louis.

"Existem maneiras piores de morrer. Melhor morrer assim do que de cirrose numa cama de hospital."

"Ela te deixou aquele dinheiro todo. Você não acha que é meio triste?"

"Ela não me deixou dinheiro nenhum. A única coisa que ela me deixou foi uma dívida de 250 mil dólares contraída ilegalmente, se você quer saber a verdade."

"Ah, pelo amor de Deus, Mel."

"Mas foi o que ela fez, Bob. Ela hipotecou uma casa que não era dela. O banco de Ipswich que fez o empréstimo a ela não estava ciente desse pequeno detalhe, que..."

"O pai da sua mãe", disse Bob, "deixou tudo o que ele tinha num fundo..."

"Bob, isso não interessa ao Louis."

"Claro que interessa", disse Louis.

"E também não é exatamente da conta dele."

"Hum, sei."

"Mas a questão básica", Melanie continuou, "é que, quando o meu pai morreu, ele já tinha uma boa ideia do tipo de mulher com quem tinha se casado e, embora tivesse o dever de deixá-la numa situação confortável, ele também não queria que ela dilapidasse um patrimônio que um dia ele gostaria que fosse para as filhas dele..."

Bob gargalhou com gosto. "O que quer dizer que ele não deixou nem um centavo para a sua mãe e nem para a sua tia Heidi! Ele escreveu exatamente o tipo de testamento rancoroso, arrogante, autoritário, de um advogado de advogados que você esperaria de alguém como ele. Todo mundo na miséria, todo mundo fulo da vida, e um comitê de três advogados do Banco de Boston que se reúnem duas vezes por ano para preencher cheques para si mesmos com o dinheiro do fundo."

"Eu gosto da maneira como vocês honram os mortos."

"Dá para abrir um pouco a janela?"

"E agora a Mel vai corrigir algumas injustiças, não vai, Mel? Sabe, Lou, depois que a Heidi morreu, a sua mãe ficou sendo a única herdeira. A herança deveria ser transmitida para as filhas que ainda estivessem vivas. A sua mãe agora está exatamente na mesma posição em que o seu avô estava dez anos atrás. Só que os ricos ficaram mais ricos, não foi? A sua mãe está em posição de construir algumas escolas e hospitais, talvez doar um ginásio para o Wellesley College. Ou ajudar os sem-teto, hein, Mel?"

Melanie inclinou a cabeça para trás, retirando-se da discussão. Eileen deu um sorriso amargo. Louis pediu de novo que alguém abrisse uma janela.

O serviço fúnebre, que deveria se realizar numa campina do condado de Essex se o sol estivesse brilhando, havia sido transferido para o salão de recepção do Royal Sonesta, um hotel de luxo com vista para a foz do rio Charles, na ponta nordeste de Cambridge. Ao cruzar a porta atrás de seus pais, Louis por um momento achou que eles tivessem entrado no salão errado; rondando por entre tristes ajuntamentos sociais, estavam, lhe pareceu, as mesmas pessoas que ele vira na passeata contra o aborto na Tremont Street uma semana antes — os mesmos inflexíveis rostos femininos de meia-idade, os mesmos parcos homens de olhos vazios, as mesmas roupas cor de cortina e sapatos baixos. Mas depois, alertado pela reta que Eileen estava traçando em direção a um determinado ponto do salão, ele viu Peter Stoorhuys.

Peter estava ligeiramente afastado de um grupo de três homens de ar inquieto e com ternos elegantes, três óbvios executivos ou profissionais liberais. De pernas afastadas, ombros para trás e mãos nas beiradas dos bolsos, Peter tinha o ar de alguém a quem o mundo pode recorrer se for realmente necessário. Eileen, colidindo com ele, encostou a orelha numa das lapelas de seu blazer xadrez, pousou uma mão em sua barriga e a outra em seu ombro.

Louis ficou onde estava e olhou para aquele abraço com as mãos nos quadris. Em seguida, alterando sua trajetória como se um campo repulsivo agora cercasse Eileen, ele apertou o passo para alcançar Bob e os dois seguiram, hesitantes, atrás de Melanie, cuja chegada estava fazendo os três cavalheiros de terno abrirem sorrisos de alívio. Ela cumprimentou dois deles com beijos no rosto e trocou um aperto de mão com o terceiro. Peter se desvencilhou de Eileen e veio na direção de Melanie com o braço estendido, mas de repente ela achou por bem guardar suas mãos para si. Deu um sorriso glacial. "Olá, Peter." Como um reserva agradecido, Bob Holland reivindicou a mão solta no ar e a apertou vigorosamente, mas a desfeita de Melanie não havia escapado à atenção de Eileen, que olhou vermelha para Louis. Louis respondeu com um sorriso satisfeito. Achou interessante ver que, em algum momento daquela semana, seus pais haviam sido apresentados a Peter.

"Esse é o nosso filho, Louis", disse Melanie. "Louis, esses são o senhor Aldren, o senhor Tabscott, o senhor Stoorhuys..."

Senhor quem, senhor quem, senhor...?

"Muito prazer, Louis", eles disseram em coro, apertando a mão dele. As mesmas cortesias foram estendidas a Eileen.

"Pai do Peter", o sr. Stoorhuys acrescentou para a informação de Louis, fazendo um gesto na direção do filho, com quem guardava uma semelhança inequívoca e ao mesmo tempo nada lisonjeira para si próprio. Visto de perto, o sr. Stoorhuys não combinava realmente com seus dois companheiros. O sr. Aldren e o sr. Tabscott pareciam ser Homens de verdade, homens com os rostos carnudos e as narinas de touro raivoso dos que comem carne vermelha com frequência, homens que definitivamente não eram "rapazes" e mais definitivamente ainda não eram "mulheres". Tinham correntes de ouro sobre os nós das gravatas e uma dura astúcia rubra nos olhos.

O sr. Stoorhuys era mais nervoso e franzino. Uns sete centímetros de punho de camisa apareciam debaixo de ambas as mangas de seu paletó. Seu cabelo crescia em meia dúzia de direções e meia dúzia de tonalidades de cinza; uma franja comprida estilo anos setenta caía-lhe sobre as sobrancelhas polvilhadas de caspa. Ele tinha bochechas encovadas e esburacadas, dentes tão grandes que pareciam não permitir que ele unisse os lábios sobre eles, e olhos vivos e inteligentes que pareciam ocupados em olhar por cima de seus ombros mesmo enquanto ele fitava Louis, com uma das mãos levantada para mantê-lo na expectativa.

"Louis", chamou Melanie. Ao se virar, ele viu a mãe apoiada num pé só, inclinando-se por entre outros corpos. "Será que você pode pegar uma xícara de café para mim?"

"Na verdade...", disse o sr. Tabscott, beliscando o punho do paletó de Louis, "eu acho que o... hã... serviço já vai começar."

"É, vai sim", disse o sr. Aldren. "Nós vamos nos sentar com a sua mãe, se você não se importa."

"Prazer em conhecê-lo, filho."

"Prazer em conhecê-lo... hã... Louis."

O sr. Stoorhuys seguiu atrás deles, escapando da conversa natimorta com Louis da maneira mais fácil: indo embora.

A melancólica multidão estava se dirigindo em rebanho para as fileiras de cadeiras dispostas diante de um atril e de um piano de cauda, no qual um japonês de rabo de cavalo e ombros expressivos havia começado a tocar o Cânone de Pachelbel. O pai de Louis, com seu respeito acadêmico por atris, já tinha se sentado. Eileen continuava afagando o peito de Peter. E, então, um quadro vivo se apresentou: o sr. Aldren conduzindo Melanie para a plateia, de braço dado com ela, e Melanie deixando claro que não precisava ser conduzida, mas caminhando com ele tão naturalmente quanto se eles fossem um casal de namorados passeando por um calçadão; o sr. Stoorhuys seguindo atrás com a mão no outro braço dela, sorrindo o seu sorriso que não era um sorriso e ficando para trás por um momento para olhar por cima do ombro por entre os tufos rebeldes de cabelo que lhe caíam nos olhos; e o sr. Tabscott formando a retaguarda, de costas para os três, claramente disposto a afugentar quem quer que fosse idiota o bastante para tentar ir atrás deles. Um chapéu branco e um vestido de linho amarelo — uma senhora que tinha tão pouco de homem quanto pelo menos dois daqueles homens tinham de mulher — cercados de riscas de giz escuras.

Louis, olhando fixamente para aquilo, esticou um dedo e cravou a ponta dele na ponte de seus óculos.

O Cânone havia se tornado ensurdecedor. Melanie se sentou entre o sr. Aldren e o sr. Tabscott, com o sr. Stoorhuys se aconchegando a eles pelo lado do sr. Aldren, seu braço magro quase longo o bastante para envolver as costas dos três, agora com doze centímetros de punho branco à mostra. Louis eriçou um pedaço do tapete peludo com um sapato pesado. Perguntar a Eileen quem e o que eram aqueles homens estava fora de cogitação; ela estava com o rosto encostado na gravata de Peter e apalpava as costas dele por debaixo do paletó como se procurasse a chave para lhe dar corda. Os lábios dos dois estavam se mexendo: eles estavam conversando num tom inaudível. Eles e Louis eram agora os únicos enlutados que ainda permaneciam de pé. Uma mulher de rosto cinzento usando um caftan havia se posicionado atrás do atril e, com um cotovelo apoiado nele, observava o pianista com ar grave. O pianista tinha começado a travar uma visível peleja com o Cânone, tentando impor um *ritar-*

dando enquanto corria com os laboriosos acordes, tentando encontrar um momento respeitável para interromper a música. O Cânone estava mostrando sua fibra e parecia estar longe de se render.

Louis foi andando até o jovem casal de namorados em sua bolha invisível de esquecimento, e postou-se, por assim dizer, diante da porta dos dois. "Oi, Peter", disse.

Peter parecia ter algum problema de reflexo. Três ou quatro segundos se passaram antes que ele se virasse e dissesse: "Oi, tudo bem?".

"Tudo. Será que eu poderia falar com a minha irmã um instante?"

Eileen se desgrudou de Peter e deu uma ajeitada no cabelo. Ao olhar quase, mas nunca exatamente nos olhos de Louis, ela conseguia parecer inteiramente ausente.

"Eu não fiz nada com você", disse Louis.

"Eu não disse que você fez."

"A mamãe te deu uma dura, foi isso?"

"Eu não estou a fim de falar sobre isso."

"Sei."

"Eu vou sentar com o Peter, tudo bem?"

Ela o deixou sozinho no meio do salão, dez passos atrás da última fileira de cadeiras. As luzes incidiam com mais intensidade sobre ele do que sobre as cerca de cinquenta pessoas reunidas na plateia, com mais intensidade até do que sobre a moderadora cinzenta, que, depois de balançar a cabeça em agradecimento ao suado e vitorioso pianista, olhou bem na direção de Louis e disse: "Todos podem se sentar".

Louis se manteve firme onde estava, de braços cruzados. A mulher fechou os olhos e levantou as sobrancelhas. Em seguida, ajeitou um par de óculos que estava pendurado por uma corrente ao seu pescoço.

"Nós estamos reunidos aqui hoje", disse ela, lendo no atril, "para honrar a memória de Rita Damiano Kernaghan, uma mentora para muitos de nós e uma amiga para todos. Vocês estão conseguindo me ouvir na última fileira?"

A única pessoa sentada na última fileira, Bob Holland, fez uma continência para a mulher.

"Meu nome é Geraldine Briggs. Eu era amiga de Rita Kernaghan. Eu a conhecia muito bem. Por vezes, nós éramos como irmãs uma para a outra. Ríamos juntas, chorávamos juntas. Parecíamos garotinhas, às vezes."

Os pálidos enlutados ouviam embevecidos, suas cabeças como agulhas de bússola apontando para o atril. Os homens ao lado de Melanie, incluindo o sr. Stoorhuys, pressionavam os dedos contra as têmporas.

"Quando eu conheci Rita, em 1983, no Centro de Empoderamento de Danvers, ela havia acabado de escrever um livro intitulado *Começando a vida aos 60*, que muitos de vocês com certeza conhecem, e parecia, parecia mesmo, a perfeita encarnação dos princípios delineados nele. Rita tinha aprendido que a alma é jovem e eterna, alegre e radiante, cheia de jubilosas melodias. A idade não é um impedimento para a alma. De fato, nem sequer a própria morte é um impedimento. Rita tinha sido uma simples camponesa, uma colhedora de flores e ervas aromáticas, nos tempos de Napoleão. Por que então não haveria ela de fazer jubilosas melodias agora que, como uma viúva já fatigada de suas aflições, não havia nada a fazer da vida, nada de fato, a não ser começá-la de novo? Por que não haveríamos todos nós de fazer o mesmo? Na oficina de Rita, nós escutamos a mensagem dela. Nós aprendemos. Nós crescemos. Nós rimos. Nós nos tornamos jovens de novo. Nós fomos curados, curados não no sentido em que o mundo moderno entende a cura, mas sim espiritualmente. Sim, espiritualmente. Ela abriu um novo mundo para nós."

Louis, rígido como uma rocha, viu o sr. Tabscott enterrar o rosto nas duas mãos. Seu relógio ornado de pedras preciosas faiscava.

"Mas, de fato, o que é o novo senão aquilo que é mais antigo? E o que, o que é a morte senão o começo de uma nova vida? Outra volta no ciclo eterno? Um novo bebê que nasce? Vamos, portanto, contar histórias felizes hoje. Cada um de nós que assim desejar, que se levante e celebre com histórias felizes a vida eterna de Rita Damiano Kernaghan e, de fato, de todos nós!"

Nesse momento, Geraldine Briggs fez uma pausa e uma mulher que estava sentada na primeira fila saltou da cadeira. Ela imediatamente tornou a se sentar, desestimulada por um olhar.

"Eu vejo entre nós", Geraldine Briggs continuou, lendo, "amigos de Rita. Familiares de Rita. Amigos da época em que ela trabalhava como secretária. Amigos e pessoas queridas de todas as fases da vida dela. E então, amigos, o Centro de Empoderamento, que eu tenho o orgulho de dirigir, solicita, de acordo com o desejo expresso de Rita, que em lugar de flores sejam feitas doações em nome de Rita ao Centro de Empoderamento. O nome do fundo é Fundo Rita Damiano Kernaghan. E o número é 1145. Envelopes para doações ainda se encontram disponíveis ao lado da garrafa térmica de café. Mas, enfim, vamos agora, vamos agora ouvir histórias felizes!"

A primeira história feliz foi contada pelo sr. Aldren, que se ergueu parcialmente de sua cadeira e falou com uma voz cautelosa e monocórdia. "Rita Kernaghan foi nossa funcionária nas Indústrias Sweeting-Aldren durante vinte e quatro anos e foi também, hã, esposa do principal arquiteto daquela que é considerada uma das maiores histórias de sucesso do nosso estado no mundo da alta tecnologia e dos grandes empreendimentos das, hã, duas últimas décadas, e eu e alguns outros membros da direção viemos aqui para, hã, prestar o nosso respeito. Ela era uma grande... uma grande mulher."

O sr. Aldren se recostou de novo em sua cadeira e Geraldine Briggs, de olhos fechados, balançou a cabeça lentamente. Em seguida, a mulher ansiosa da primeira fila saltou e se virou de frente para a congregação. Uma vez, disse ela, depois de uma aula no Centro de Empoderamento, Rita Kernaghan tinha lhe dado um amuleto de bronze para usar no pescoço. O amuleto havia curado um quisto enorme que ela tinha no peito. Em gratidão, a mulher havia mandado para Rita uma caixa de peras da Harry and David. Seis meses depois, numa celebração do equinócio da primavera realizada na propriedade de Rita, a mulher foi conduzida à sala de estar. Durante seis meses, a caixa de peras tinha ficado guardada perto do foco de poder da pirâmide da casa de Rita. Rita e a mulher arrancaram os grampos da caixa, que eram de cobre e resistentes. E as peras não estavam podres. A mulher e Rita dividiram uma pera, alternando mordidas. Estava gostosa. A mulher se sentou.

Geraldine Briggs deu um sorriso constrangido e tossiu um pouco.

Um homem com uma dentadura cujo formato lembrava dentes de carpa se levantou e desdobrou um recorte de jornal. Era um editorial do *Chronicle* de Ipswich. Invocando explicitamente o deus judaico-cristão, o editorial dava graças a Deus por não terem ocorrido danos mais graves no recente terremoto e observava que a famosa pirâmide de Rita, que tanto espaço ocupara na mídia nos últimos anos, não fora capaz de protegê-la na hora H; os danos ocorridos na propriedade de Kernaghan (mesmo leves) estavam entre os mais graves de que se tinha notícia. O homem dobrou o recorte. Disse que havia feito duas das oficinas de Rita. Disse que ela jamais afirmara que a pirâmide oferecia vida eterna nesta existência. Essa não era a questão. Na opinião do homem, a pirâmide tinha na verdade servido para *concentrar* as forças da Terra naquela área...

"Sim", disse Geraldine Briggs. "Sim, talvez. Outras histórias?"

Uma mulher se levantou para descrever uma ocasião em que Rita havia chorado ao saber da morte de uma jovem.

Outra mulher se levantou para contar que Rita uma vez se recusara a aceitar dinheiro de uma pessoa que teria dificuldade para pagar uma oficina.

Outra mulher se levantou e falou da amizade que ela tivera com Rita no tempo da dinastia Ming.

Não estava claro que tipo de história, além da do sr. Aldren, teria agradado Geraldine Briggs; certamente poucas daquelas agradaram. Mas, tendo aberto a porta, ela agora estava impotente para fechá-la. Os relatos se seguiam um atrás do outro, indo do sentimental até as raias da insanidade, e o peso acumulado deles foi aos poucos acabrunhando Louis, descruzando seus braços, arqueando seus ombros, até que por fim ele foi se sentar ao lado do pai. O pai parecia estar se divertindo a valer, jogando a cabeça para trás de prazer, deliciando-se com aquelas confissões deprimentes como se elas fossem pipoca. Chegou até a olhar de cara feia para Geraldine Briggs quando ela disse pela terceira vez: "Bem, se ninguém tem mais nenhuma...". Ela esperou. Parecia que finalmente não haveria mesmo mais nenhuma. "Se ninguém tem mais nenhuma história a contar, eu acho que nós podemos..." Mas mais uma vez ela foi obrigada a parar, pois Melanie havia se posto de pé.

Melanie deu um sorriso simpático, virando a cabeça de um lado para o outro para angariar o máximo de olhares possível, inclinando-se para trás para capturar mais alguns. Os únicos olhares que evitou foram os de sua família.

"Eu também conhecia Rita Kernaghan", disse ela. "E queria dizer a vocês que acredito com toda a *convicção* que ela já reencarnou! Eu acredito que ela agora é... um periquito! Não é maravilhoso?" Ela entrelaçou as mãos na frente do corpo e as balançou de um lado para o outro como uma garotinha feliz. "Eu só queria dizer a todos vocês o quanto eu acho maravilhoso que ela agora seja um periquito, simplesmente maravilhoso. Isso é tudo o que eu tenho a dizer!"

Com um leve e lastimável requebro dos quadris e uma das mãos pousada sobre o chapéu para evitar que ele caísse, Melanie se sentou de novo entre seus protetores, o sr. Aldren e o sr. Tabscott. Os protetores trocaram sorrisinhos. Enchendo-se de indignação, a desenxabida multidão se virou para Geraldine Briggs em busca de orientação, mas ela parecia ter alguma coisa urgente a dizer ao pianista. Eileen e Peter estavam cochichando e balançando a cabeça, fingindo prudentemente não ter prestado muita atenção ao que Melanie dissera. A multidão começou a murmurar: Respeite os mortos! Respeite os mortos! Respeite os mortos!

Louis olhava para o pai, que por sua vez olhava para a esposa. Depois que a surpresa desapareceu, não havia nada divertido ou afetuoso ou mesmo aborrecido na expressão de Bob. Ela era pura desaprovação decepcionada. E, como tal, uma expressão que só o amor poderia sustentar. Ele teria feito exatamente a mesma cara se Melanie tivesse dito: "Eu estou te traindo. Isso é tudo o que eu tenho a dizer!".

O pianista havia começado a tocar uma música new age, cósmica e borbulhante. "GENTE!", Geraldine Briggs gritou. "Gente, gente, gente. Nós agora ouvimos os DOIS lados, o feliz e o não iluminado. Então vamos agora partir para o mundo com CORAÇÕES ALEGRES E MENTES EQUILIBRADAS. LEMBREM-SE DOS ENVELOPES. AMÉM!"

Os homens e mulheres desenxabidos se levantaram. Conforme se dirigiam à mesa de comes e bebes, eles diminuíam o passo e andavam em semicírculo em torno de Melanie como cães de caça carrancudos e abatidos. Ela sorriu e acenou com a cabeça para todos eles enquanto conversava com os senhores Tabscott, Aldren e Stoorhuys, aqueles cães de caça privilegiados que se aglomeravam em volta dela. Logo Louis e seu pai eram as únicas pessoas que ainda continuavam sentadas.

"Sweeting-Aldren?", disse Louis.

"Os ajudantes da natureza. Herbicidas, pigmentos, produtos têxteis."

"A mamãe tem alguma coisa a ver com eles agora?"

"Pode-se dizer que sim."

"Ela foi tão grossa."

"Não a julgue, Lou. Não há nada que eu possa dizer a você que justifique o que ela fez, mas por favor não a julgue. Você me faz esse favor?"

Coqueteria era a única palavra para descrever o jeito como Melanie estava aceitando uma simples xícara de café do sr. Stoorhuys, fingindo estar cedendo a uma tentação apesar de saber que não deveria. "Eu pensei que eu fosse *gritar*", ela disse ao sr. Aldren. Por um breve momento, na fixa intensidade do sorriso que o sr. Aldren dirigiu a ela, o lobo sorridente por trás do cachorro sorridente se deixou entrever, o animal cruel e faminto que espera o momento certo para agir. Ele disse: "Você almoça conosco, não?". Ao que Melanie respondeu: "Eu acho que posso arranjar um tempinho para vocês".

"Olha para ela", disse Bob. "Você alguma vez já viu a sua mãe tão feliz? Você não sabe quanto tempo ela teve que esperar. É difícil negar a ela algumas horas de felicidade."

"É, mas..."

Bob fixou o olhar na direção do atril vazio. "Eu estou te pedindo para não julgá-la."

3.

Do serviço fúnebre, Louis levou seu pai de carro a uma hamburgueria barata na Harvard Square, um lugar com o ar de uma instituição constrangida, e foi lá, numa mesa próxima à porta, que ele foi apresentado a uma cifra que estragou seu já minguado apetite. O pai revelou a cifra enquanto segurava na palma da mão, como se fosse uma calculadora, a metade de cima de seu pão de hambúrguer e a besuntava com mostarda. A cifra era vinte e dois milhões de dólares e correspondia ao valor líquido aproximado do novo patrimônio da mãe de Louis.

Cachecóis e mangas de casaco roçavam em sua cabeça à medida que diferentes horários de almoço iam terminando e o restaurante ia se esvaziando. Ar frio entrava pelas portas que não tinham descanso. Louis perguntou o que a mãe ia fazer com tanto dinheiro.

O pai parecia um pouco com um mendigo, com aquele seu terno velho, as lapelas estreitas se sobrepondo quando ele se debruçava sobre seu hambúrguer. "Eu não sei", ele respondeu.

Louis perguntou se eles iam continuar morando na casa de Evanston.

"Onde mais nós iríamos morar?", disse o pai.

Ele estava pensando em se aposentar?

"Quando eu fizer sessenta e cinco anos", respondeu o pai.

Sem disposição para fazer mais perguntas, Louis ficou observando em silêncio o pai esvaziar o próprio prato e depois o dele, pagar a conta com uma nota de dez dólares e deixar uma gorjeta em moedas de dez e de vinte e cinco centavos.

Já eram mais de três horas quando Louis voltou para a WSNE. As nuvens estavam escurecendo cada vez mais, se avolumando e se preparando para deixar cair uma senhora chuva mais tarde, e dentro dos estúdios era como se já fosse meia-noite. Todas as luzes estavam acesas, os diversos sistemas circulatórios do prédio zumbiam nitidamente, os telefones do departamento de publicidade, como sempre, guardavam silêncio. Pela janela do estúdio A, Louis viu o locutor da tarde, um veterano com aparência de alcoólatra chamado Bud Evans, cujos frágeis e escassos fios de cabelo estavam cuidadosamente esticados sobre sua careca crestada pelo frio. Detrás do microfone de mesa, Evans olhava com ar apreensivo para seu convidado, um cavalheiro com cachos louros que lhe desciam até os ombros e uma camisa havaiana. Durante cinco ou seis segundos, nenhum dos dois disse nada. Era como uma pausa pensativa no meio de uma conversa, só que eles estavam no ar e a pausa estava sendo transmitida. Ainda enjoado da viagem de carro, Louis entrou no banheiro dos homens e se inclinou sobre o mictório, encostando a testa na parede azulejada. Sua urina desmanchou um montinho alcatroado de bitucas de cigarro. Movimentando-se como uma pessoa de ressaca, Louis se sentou diante do terminal de computador em seu cubículo e começou a digitar relatórios de mensagens publicitárias. Fez isso durante três horas, o que, ao valor do ordenado que estava ganhando, lhe renderia pouco menos que doze dólares, pressupondo que algum dia ele viesse a ser pago. Quando saiu de Waltham, caía uma chuva de um céu da cor da tela de um televisor que acabou de ser desligado. Chegando em Clarendon Hill, foi direto para o banheiro e vomitou um líquido claro e viscoso no vaso sanitário bege.

Aos vinte e três anos, Louis não era uma pessoa inteiramente livre de angústias. Sua relação com dinheiro era particularmente atormentada. E, no entanto, o que ele percebeu, quando começou a se dar conta da significação daquela cifra, foi que, até o momento em que se sentou com o pai naquela hamburgueria, ele se sentia basicamente satisfeito com sua vida e suas circunstâncias. Afinal, uma pessoa se acostuma a ser o que é e, se tiver sorte, acaba aprendendo a ter mais ou menos em pouca conta todas as outras maneiras de ser, a fim de não passar a vida inteira as invejando. Louis vinha aprendendo a apreciar a liberdade que uma pessoa conquista ao abrir mão de dinheiro e a sentir pena ou mesmo franco desprezo pelos ricos — uma classe representada em sua cabeça, com justiça ou não, pelos vários namorados de pele bronzeada e nariz fino que Eileen tivera ao longo dos anos, incluindo Peter Stoorhuys. Mas agora o alvo da piada era Louis, pois ele era filho da dona de uma fortuna de vinte e dois milhões de dólares.

Naquela noite, ele teve um sonho lúcido e desagradável. O cenário era uma sala de reuniões com paredes de lambri e cadeiras de couro vermelho. Sua mãe se reclinou numa das cadeiras e, levantando a barra de seu vestido amarelo, deixou que o sr. Aldren, inteiramente vestido, se postasse entre suas pernas e injetasse sêmen dentro dela, enquanto o sr. Tabscott e o sr. Stoorhuys observavam. Depois que o sr. Aldren terminou, foi a vez de o sr. Stoorhuys montar nela, só que o sr. Stoorhuys tinha virado um *setter* irlandês e estava tendo de se esforçar para conseguir ficar empinado sobre as patas traseiras e manter uma posição de cruza eficaz. O sr. Aldren e o sr. Tabscott ficaram observando enquanto ela esticava os braços para firmar o ávido cachorro entre suas pernas.

No sábado, Louis deixou duas mensagens na secretária eletrônica de Eileen. Como ela não ligou de volta, ele telefonou para os pais no hotel e descobriu que eles iam de carro na manhã seguinte para a casa dos Kernaghan, a mãe para passar talvez uma semana por lá e o pai apenas um dia, já que as aulas na Northwestern recomeçavam na segunda-feira. "Eu vou estar muito ocupada", disse a mãe. "Mas, se quiser me fazer um favor, você pode levar o seu pai para o aeroporto. O voo dele sai às sete."

Ignorando a indireta, Louis saiu de casa com destino a Ipswich às dez da manhã de domingo. Somerville estava tomada de umidade e estagnação. À noite a chuva tinha finalmente cessado, mas beirais, para-lamas e árvores começando a dar folhas ainda estavam carregados dela, pois não havia nem sinal de vento. Nos lugares onde se abriam vistas, ao longo de ruas transversais ou através dos estreitos espaços entre uma casa e outra, a umidade significava um empalidecimento da distância, uma perda de nitidez dos contornos que afetava até o dobre do sino de uma igreja distante, cujas badaladas independentes quase se perdiam na confusão dos ecos intermediários. Louis penou para contornar dois carros de patrulha de Somerville que haviam parado no meio de um cruzamento, janela de motorista com janela de motorista, como se fossem insetos que cruzassem daquela forma e a necessidade deles fosse urgente. Pelo portão de uma igreja vazia e iluminada, ele entreviu canteiros de palmas-de-são-josé.

As estradas estavam desertas. Do alto de trechos em aclive, passando por Chelsea, Revere e Saugus, ele avistou lá embaixo uma intricada colcha de retalhos de bairros em que ruas e pistas de entrada de residências tinham a hegemonia. Muitas delas estavam semialagadas agora, com carros estacionados enviesados em suas margens como se tivessem sido arrastados por uma enxurrada.

Uma enxurrada diferente, uma enxurrada de dólares em refluxo, havia deixado inúmeros condomínios novos encalhados no meio de campos lamacentos, estéreis e sulcados de lagartas de trator. Os condomínios de casas só se diferenciavam uns dos outros pela localização; todos, sem exceção, tinham fachadas revestidas de ripas de madeira pintadas em tons pastel e semicírculos e triângulos pós-modernos interrompendo as linhas dos telhados. Já os edifícios vinham em duas variedades: o tipo que tinha janelas de madeira compensada e o tipo que tinha banners pendentes do telhado anunciando incríveis ofertas de apartamentos de 1 & 2 QTS.

Espinheiros e árvores mirradas cobriam o solo plano e esgotado ao norte de Danvers. Na neblina que se instalara nas cercanias de Ipswich, perto de uma concessionária Ford, Louis teve de frear para deixar um bêbado desgrenhado que não devia ter mais do que trinta anos atravessar a Route 1A. Saindo do centro da cidade pela Argilla Road, ele passou por casas esparsas com BMWs, Volvos e carvalhos gigantescos plantados em frente. Não demorou muito, ele chegou a um portão de pedra onde se lia KERNAGHAN. Uma pista de entrada ladeada de pinheiros serpenteava colina acima, cortando pastos ondulantes cobertos de grama alta. No alto da colina havia uma elegante casa branca com alas simétricas, pórtico abobadado e, assentada entre suas lucarnas, uma pirâmide feita de placas de alumínio branco. A pirâmide devia ter, fácil, uns cinco metros de altura. O efeito era o de uma mulher bem vestida com um balde de plástico na cabeça.

Louis ficou parado alguns instantes em cima de um capacho de cânhamo com um símbolo de yin e yang gravado em preto e espiou por uma janela estreita ao lado da porta da frente. Viu um hall de entrada ladrilhado e uma sala de estar que se estendia até os fundos da casa. Em teoria pelo menos, já que a casa agora pertencia à sua mãe, aquele lugar era um segundo lar para ele. Louis abriu a porta e entrou.

A mesa de jantar, à sua esquerda, estava coberta de pastas de arquivo e portfólios. Um homem de ombros largos, vestindo uma camisa branca, estava sentado à mesa, de costas para o hall, e na cabeceira, lendo um documento grampeado, estava Melanie.

"Oi, mãe, tudo bem?", disse Louis.

Ela ergueu os olhos para ele com uma expressão severa. Só a ponta branca de seu nariz comprido impedia seus óculos de meia lente de caírem. Usava um vestido de seda escarlate, batom escarlate e brincos feitos de grandes pedras pretas. Seu cabelo escuro estava preso com firmeza atrás das orelhas. "Oi, Louis", disse ela, voltando a olhar para o documento. "Feliz Páscoa."

Seu companheiro tinha virado para trás, apoiando uma axila no encosto da cadeira e revelando um rosto corado e afável com olhos de um azul gredoso e um hirsuto bigode arruivado. Seu colarinho estava aberto, o nó da gravata afrouxado. Parecia estar tão contente em ver Louis que Louis imediatamente apertou a mão dele.

"Henry Rudman", disse o homem. Por pouco ele não falou *Henwy Wudman*. "Você deve ser o filho que mora em Sumvull. Na Belknap Street, eu acho que a sua mãe me disse, não é?"

"Isso mesmo."

Henry Rudman balançou a cabeça vigorosamente. "Eu pergunto porque cresci em Sumvull, sabe. Você conhece a Vinal Avenue?"

"Não, desculpe", disse Louis. Em seguida, se inclinou por cima do ombro da mãe. "O que é que você está lendo aí, mãe?"

Melanie virou uma página em incisivo silêncio.

"É uma súmula judicial antiga", Wudman respondeu, recostando-se confortavelmente em sua cadeira e sacudindo sua caneta como se ela fosse uma baqueta. "Nós temos um ornamento arquitetônico lá em cima que já não é mais bem-vindo. A cidade de Ipswich tinha se proposto alguns anos atrás a pagar os custos da retirada dele, mas agora parece que eles estão querendo tirar o corpo fora."

"E que ornamento", disse Louis.

"Bom, gosto não se discute. Mas eu entendo o que você quer dizer. Eu soube que você morava no Texas antes de vir para cá. O que você está achando do clima?"

"Uma bosta!"

"É, espera só até ele ficar assim de novo em pleno mês de junho. Me diga uma coisa, você já virou fã dos Sox ou ainda não?"

"Não, ainda não", disse Louis. Ele estava gostando da atenção. "Eu torço pelos Cubs."

Com uma manzorra do tamanho de uma luva de beisebol, o advogado rebateu as palavras de Louis de volta na direção dele. "Mesma coisa. Se você gosta dos Cubs, você tem tudo o que é preciso pra ser fã dos Sox. Por exemplo, quem nos fez perder uma Série em 86, o Bill Buckner. Quem nos fez o favor de fazer uma troca conosco e levar o Bill Buckner, os Chicago Cubs. É como se fosse uma espécie de conspiração. Quais foram os dois times que jogaram mais anos sem ganhar o grande título? Você já entendeu, os Sox e os Cubs. Escuta, você quer ver um jogo? Eu posso mandar um par de ingressos pra você, sou assinante há dezenove anos. É pouco provável que você consiga ingressos como esses pelos canais normais."

Surpreso, Louis jogou a cabeça para trás, totalmente desarmado agora. "Ia ser o máximo."

Melanie pigarreou, fazendo um barulho de motor dando partida.

"Ei, não tem de quê", disse Rudman. "Eu sou um corruptor da juventude. Mas você vai ter que nos dar licença agora. Nós estamos encarando um ninho de cobra aqui."

Louis se virou para a mãe. "Cadê o papai?"

"Lá fora. Por que você não procura no quintal? Como eu disse a você no telefone, o senhor Rudman e eu temos muitos assuntos a discutir a sós."

"Não se incomode... comigo", Louis disse para a mãe com sua voz de Nembutal.

Na cozinha, ele encontrou um bolo de café, uma garrafa térmica de café com capacidade para servir uma multidão e, numa bancada comprida, outros produtos de padaria em caixas brancas com o nome "Holland" escrito com giz de cera azul. Seus olhos se arregalaram quando ele abriu a geladeira. Havia patês e saladas de frutos do mar em embalagens de plástico transparente, frutas graúdas envoltas em papel de seda decorado, uma lata de caviar russo, meio presunto defumado, queijos estrangeiros em peças inteiras, iogurtes de qualidade de sabores incomuns, alcachofras e aspargos frescos, picles condimentados *kosher*, uma intrigante pilha de pacotes de delicatéssen, garrafas de cerveja alemã e holandesa, refrigerantes de vários tipos, sucos em garrafas de vidro, champanhes caras...

"Louis", a mãe chamou da sala de jantar.

"Que é, mãe."

"O que você está fazendo aí?"

"Estou olhando para a comida."

Silêncio.

"Não há como você ser considerada legalmente responsável", disse Henry Rudman. "O sujeito estaciona o Jaguar dele na rua, outro sujeito chega e oferece o Jaguar como garantia num empréstimo, não existe a menor possibilidade do sujeito A ser responsabilizado por isso. É uma fraude clara, não envolve você de forma alguma. Também não dá pra culpar o banco. Ela está morando na casa e a escritura que ela mostra pra eles é uma falsificação de primeira, tão boa que faz você se perguntar se ela fez mesmo isso tudo sozinha, eu aposto que não. Foi um trambique bem-feito. Ela toma um empréstimo no valor de duzentos mil dando a casa como garantia, gasta setenta e dois na tal da pirâmide que ela meteu na cabeça que tem que ter, que não pode viver sem ela, e investe o resto do dinheiro em outro banco. Os juros vão cobrir os pagamentos sobre o empréstimo durante uns dez, quinze anos, e ela ainda pode dar festas na casa de vez em quando. Trambique bem-feito. Ela morre e o banco se ferra. Quer dizer, supondo que os administradores do fundo ainda tenham a escritura verdadeira. O seu pai devia saber o que estava fazendo. Quatro mil por mês livre de impostos, mais uma casa de graça com todas as despesas de manutenção pagas e nem assim ela conseguia viver dentro do orçamento, nem sequer pagava o salário da coitada da escrava haitiana. Eu não posso dizer que goste desse negócio de mão-morta (você entende que isso é só uma opinião profissional), mas, sinceramente, se fosse casado com uma mulher daquelas, eu mesmo não ia deixar que ela chegasse perto do patrimônio. Se não, quando desse por mim, eu ia estar com o monte Fuji no meu quintal."

"Louis."

"Que é, mãe."

"Seria possível você não ficar na cozinha?"

"Tá, só um segundo."

Um corredor escuro e frio que tinha início nos fundos da cozinha terminava em três portas, uma delas dando acesso à área externa e as outras duas a um banheiro e um quarto. Sentado na cama, Louis engoliu café e devorou um pedaço de bolo. Todos os cabides do armário estavam vazios. Levou algum tempo para ele notar que estava faltando uma vidraça na janela. Foi o único estrago causado pelo terremoto que ele notou a manhã toda.

Saindo para o quintal dos fundos, ele não viu nem sinal do pai, embora o ar estivesse tão parado e denso que quase parecia que, se alguém o atravessasse, deixaria um rastro. Louis cruzou um pátio e resolveu tentar abrir uma das portas envidraçadas da parte de trás da sala de estar. A porta abriu na mesma hora.

A sala de estar era ampla o suficiente para conter quatro conjuntos separados de móveis. Em cima da lareira estava pendurada uma grande pintura a óleo do avô de Louis, um retrato formal pintado em 1976, quando John Kernaghan tinha por volta de setenta e cinco anos. Suas sobrancelhas ainda eram escuras. Com sua cabeça quase inteiramente calva, pele firme e crânio elegante e compacto, ele parecia imune à velhice. Ele era, Louis se deu conta, o responsável por sua queda de cabelo. A imagem pintada ganhava ainda mais vida com a filha viva sentada a alguns metros dali na sala de jantar, lendo documentos com os mesmos inabordáveis olhos escuros faiscantes do pai.

"Quando se reunirem no dia 30", disse Henry Rudman em voz baixa, "eles vão ter que repassar o patrimônio todo. É o patrimônio todo, está claríssimo, eles não têm escolha. A transferência completa pode levar de quatro a seis semanas, mas vai ter que ser feita até, no máximo, 15 de junho."

Que a sala de estar ainda não pertencia inteiramente a Melanie estava claro pelo material de leitura new age presente nas mesas de centro, pelas pinturas acrílicas feiosas e fantasmagóricas penduradas nas paredes e pelos exemplares de *Princesa Itaray*, *Começando a vida aos 60* e *Filhos das estrelas* que abarrotavam a única estante. Para não falar no cheiro que emanava do bar, um cheiro de bebida alcoólica derramada e desinfetante com fragrância de tutti-frutti. O bar se projetava da parede, perto de um dos cantos do fundo da sala, e era feito da mesma madeira clara que as duas banquetas esbeltas dispostas diante dele. Prateleiras que chegavam quase até o teto exibiam algumas centenas de garrafas diferentes — licores e digestivos com rótulos escritos em alfabetos estrangeiros, alguns com imagens de legumes insólitos. Louis se ajoelhou perto do piso de mármore cinza atrás do bar. Havia espaço mais que suficiente ali para uma mulher pequena jazer morta, com a cabeça achatada. Não era difícil ver manchas de um marrom esmaecido da bebida que tinha espirrado na parede. E também não era difícil ver sangue. Havia vestígios dele nas fissuras entre as placas de mármore, ainda mal começando a escurecer, o vermelho de esmalte de unha particularmente visível nos pontos em que as beiradas das placas estavam lascadas. Quem tinha limpado a sujeira? A empregada, antes de ser deportada? Com a ponta dos dedos, Louis apertou o mármore frio e inflexível, botando o peso do corpo em cima dele, ouvindo claramente o *uóc!* da cabeça rachando.

"Louis. Pelo amor de Deus. O que você está fazendo?"

Ele se levantou rapidamente. A mãe estava se aproximando do bar. "Deixei cair uma moeda", disse ele.

"Você tem um interesse mórbido?"

"Não, não, eu só entrei por acaso por esse lado."

"Você entrou...?" Melanie sacudiu a cabeça na direção das portas envidraçadas, como se elas a tivessem decepcionado profundamente. "Esta casa não tem segurança alguma", disse. "Imagino que ela achava que a pirâmide oferecia proteção também contra ladrões. É muito lógico e racional, você não acha? É exatamente o que se poderia esperar dela."

Louis ouviu um leve ruído de água correndo num banheiro atrás de uma parede.

"Bem, você está vendo o lugar onde ela morreu." A mãe cruzou os braços e olhou com satisfação para as garrafas de bebida. "Eu pessoalmente não consigo pensar em nada mais chinfrim do que botar um bar enorme como esse na sala de estar. Ou você não concorda? Talvez você ache que todo mundo deveria ter um botequim na sala de estar. E um barril de chope?"

Ela olhou para Louis como se de fato esperasse que ele respondesse. "E o pior", continuou, "é que ela provavelmente mandou instalar essa porcaria com um dinheiro que não lhe pertencia. Imagino que você tenha ouvido o que o senhor Rudman estava dizendo. Que ela forjou uma escritura para fazer um empréstimo dando a casa como garantia. O que você acha disso, Louis? Você acha que isso é correto? Você acha que isso é coisa que uma pessoa de bem faça?"

Com o bico de um belo sapato, ela virou para cima uma das pontas de um tapete chinês, inclinou a cabeça para ler a etiqueta e virou a ponta do tapete para baixo de novo. Depois, dirigiu um sorriso sarcástico para uma mesa de centro. "*Estilos de vida harmônicos. Divindades fenícias. A volta do orgônio.*" Ela fez uma cara de nojo e desprezo. "O que você acha disso tudo, Louis?"

"Eu acho que vou gritar se você me fizer mais uma pergunta dessas."

"Cada pequena coisa que eu vejo aqui me dá engulho. *Engulho.*" Ela disse isso para o retrato pendurado em cima da lareira.

"Mas a casa é sua agora, certo?"

"Na verdade, sim."

"E o que você vai fazer com ela?"

"Não faço ideia. Eu vim aqui para dizer que você está deixando a mim e ao senhor Rudman muito nervosos nos rondando desse jeito. Você não conseguiu encontrar o seu pai?"

"Não."

"Bem, se você quiser ficar, eu sugiro que você vá para o quarto dos fundos, tem uma televisão lá, talvez esteja passando algum jogo. Tem muita comida na geladeira, você pode pegar o que quiser. Ou você poderia varrer o pátio para mim, e eu tenho várias outras pequenas tarefas para lhe passar, se você quiser, mas eu só não quero é que você fique nos rondando. Você não está na sua casa, sabe."

Louis olhou para ela com uma expressão neutra de expectativa, como se ela fosse uma adversária de xadrez que tivesse acabado de fazer uma jogada e ele quisesse ter certeza de que ela não ia mudar de ideia. Depois que expirou o período arbitrário de tolerância, ele disse: "Foi bom o seu almoço na quinta-feira?".

"Foi um almoço de negócios. Eu pensei que tivesse explicado isso a você na quinta."

"O que foi que você comeu?"

"Eu não me lembro, Louis."

"Não lembra? Isso foi três dias atrás! Um peixe? Um sanduíche?"

Eles agora ouviam o sr. Rudman mexendo em pratos na cozinha, enquanto assobiava uma música de um programa de televisão.

"O que é que você quer, hein?", Melanie perguntou num tom calmo.

"Eu quero saber o que você comeu no almoço de quinta-feira."

Ela respirou fundo, tentando controlar sua irritação. "Eu não lembro."

Ele franziu o rosto. "Você está falando sério?"

"Louis..." Ela abanou a mão, tentando sugerir algum prato genérico, algo que não valia a pena mencionar. "Eu não lembro. Sim, um peixe. Filé de linguado. Eu estou extremamente ocupada."

"Filé de *linguado*. Filé de *linguado*." Ele meneou a cabeça tão enfaticamente que quase parecia uma mesura. De repente, ficou imóvel, sem nem mesmo soltar o ar. "Grelhado? Cozido?"

"Eu vou voltar para a sala de jantar agora", disse Melanie, permanecendo plantada no centro de um tapete chinês. "Eu tive uma semana muito difícil..." Ela fez uma pausa para deixar que Louis questionasse essa afirmação. "Uma semana muito difícil. Tenho certeza de que você é capaz de entender isso e demonstrar um pouco de consideração."

"É, bem, nós todos estamos sofrendo do nosso jeito, obviamente. É só que eu ouvi um boato louco sobre você ter herdado vinte e dois milhões de dólares." Ele tentou olhar nos olhos dela, mas ela tinha se virado para o lado, apertando os polegares dentro dos punhos cerrados. "Louco, né? Mas voltando ao almoço, vejamos, o senhor Aldren e o senhor sei lá das quantas, Tweedledum, eles comeram um bom filé de carne vermelha, não foi? E o senhor Stoorhuys..." Ele estalou os dedos. "Coelho. Meio coelho, assado. Ou... como é que chama? Marinado."

"Eu vou voltar para a sala de jantar agora."

"Só me diz se eu acertei, vai. Foi isso que ele comeu? Ele comeu coelho?"

"Sei lá, eu não reparei..."

"Você não reparou num *coelho*? Meio que estendido na travessa? Talvez com um pouco de molho de cranberry? Ou com repolho roxo? Ou panqueca de batata? Que tipo de restaurante era? Me ajuda a formar a imagem, mãe. Era um restaurante *carérrimo*?"

Melanie respirou fundo de novo. "Nós fomos a um restaurante chamado La Côte Américaine. Eu comi um filé de linguado e o senhor Aldren, o senhor Tabscott e o senhor Stoorhuys tomaram sopa e comeram filés de carne vermelha grelhados ou costeletas, eu realmente não me lembro o que foi exatamente..."

"Mas não coelho. Você se lembraria de um coelho."

"Não, ninguém comeu coelho, Louis. Você está sendo bem menos engraçado do que pensa."

Louis apertou os olhos. "Está bom. Vamos voltar aos vinte e dois milhões, então. O que você vai fazer com eles?"

"Não faço ideia."

"Que tal um iate? Dá um bom presente."

"Isso não tem graça nenhuma."

"Então é verdade?"

Melanie sacudiu a cabeça. "Não, não é verdade."

"Ah, não é verdade. Então quer dizer que é falso. Então quer dizer que é, digamos, vinte e um vírgula nove? Vinte e dois vírgula um?"

"Quer dizer que não é da sua conta."

"Ah, sei, não é da minha conta. Então vamos esquecer isso, vamos deixar isso pra lá. Afinal de contas, pessoas herdam vinte e dois milhões de dólares todos os dias. O que você fez no trabalho hoje? Ah, eu herdei vinte e dois milhões de dólares, me passa a manteiga?"

"Você pode fazer o favor de parar de mencionar esse número?"

"Vinte e dois milhões de dólares? Você quer que eu pare de falar vinte e dois milhões de dólares? Está bem, eu vou parar de falar vinte e dois milhões de dólares. Vamos chamar de alfa, então." Ele começou a andar em volta da beirada de um tapete. "Alfa é igual a vinte e dois milhões de dólares, vinte e dois milhões de dólares é igual a alfa, alfa não é nem *maior* que vinte e dois milhões de dólares, nem *menor* que vinte e dois milhões de dólares." Ele estacou. "Como é que o seu pai ficou tão rico?"

"Louis, por favor, eu pedi pra você parar de mencionar esse número e estou falando sério. É muito doloroso pra mim."

"É, eu estou vendo. Foi por isso que eu sugeri que a gente passasse a chamá-lo de alfa, apesar de achar que alfa não chega realmente a captar o impacto. Que coisa mais dolorosa herdar esse dinheiro todo. Você sabe que o papai está dizendo que não vai nem sequer parar de dar aula?"

"Por que ele haveria de parar de dar aula?"

"Não vai me dizer que você vai precisar do salário dele quando tem vinte e dois... opa."

"Eu ficaria grata se você não tentasse me dizer o que eu preciso ou não preciso."

"Você ficaria grata se eu simplesmente fosse embora daqui agora e nunca mais voltasse a tocar nesse assunto."

O rosto de Melanie se iluminou como se Louis fosse um aluno dela que tivesse inesperadamente dado a resposta certa. "Sim, está absolutamente correto. É o que eu *mais* queria de você neste momento."

Louis apertou os olhos mais ainda e disse: "Vinte e dois milhões de dólares, vinte e dois milhões de dólares, vinte e dois milhões de dólares." Continuou repetindo cada vez mais rápido, até que sua língua se embolou e a coisa acabou virando *vindólas, vindólas.* "Que grana *violenta.* Quer dizer que você está *rica, rica, rica, rica, rica.*"

A mãe tinha virado de frente para a lareira e tapado os ouvidos com as mãos, aplicando uma pressão isométrica tão forte contra a própria cabeça que seus braços chegavam a tremer. Isso era a coisa mais próxima de uma luta a que ela e Louis já haviam chegado; e não era realmente luta. Era como o que acontece com um par de ímãs quando você tenta forçar os polos norte a se encostarem. Sempre tinha sido assim. Mesmo quando ele era um garotinho de três ou quatro anos e ela tentava ajeitar o cabelo dele, ou limpar sua boca suja de comida, ele virava a cabeça para o lado com seu pescoço firme e teimoso. Se ele estava doente na cama e ela botava a mão fria em sua testa, ele tentava se afundar com toda a força no travesseiro e no colchão, tão cega e obstinadamente resistente ao toque dela quanto o ímã, cujo campo de força invisível e permanente jamais poderá conhecer o alívio da ruptura ou da descarga. Agora ela levantou a cabeça, seus dedos brancos achatados contra as bochechas, os cotovelos apoiados no consolo da lareira, e olhou para o pai. Da parte de trás da casa veio o barulho de uma televisão ligada, ribombos e colisões: boliche.

"Eu estou pagando o senhor Rudman por tempo, Louis."

"Certo. Quanto um advogado ganha, uns duzentos dólares por hora? Digamos que sejam 220 por hora, então vinte e dois milhões (ah, *me* desculpe, eu falei de novo) divididos por 220, dez elevado a sete divididos por dez elevado ao quadrado, isso dá cem mil horas; pressupondo dez horas de trabalho por dia, duzentos e cinquenta dias por ano, santo Deus, você tem razão. Isso dá só quarenta anos. Eu vou tentar ser rápido."

"O que é que você quer, Louis?"

"Bem, deixe-me ver, eu tenho um emprego, um apartamento barato e um carro que já está pago, não sou casado, não tenho hábitos caros e, caso você não tenha notado, não peço coisa alguma a você e ao papai desde que tinha dezesseis anos, então provavelmente não é *dinheiro* que eu quero, você não acha, mãe?"

"E eu sou muito grata a você por isso, Louis."

"Não precisa agradecer."

"Não, eu preciso sim. Eu nunca cheguei a dizer a você o quanto eu me orgulho da sua independência."

"Eu já *disse* que não precisa agradecer."

Ela se virou de frente para ele. "Eu tenho uma ideia", disse ela. "Eu sugeri algo nesse sentido para a Eileen e ela pareceu achar que era uma boa ideia. Espero que o seu pai também concorde. Eu acho que nós todos deveríamos agir como se isso nunca tivesse acontecido."

"Esses vinte e dois milhões de dólares."

"Por favor, por favor, *por favor*. Eu acho que nós todos deveríamos simplesmente continuar a tocar as nossas vidas como se nada tivesse mudado. Agora, pode ser que com o passar do tempo venham a acontecer algumas mudanças, pequenas mudanças e talvez grandes mudanças também. Por exemplo, eu provavelmente vou estar em condições de fazer com que se torne muito fácil para você voltar a estudar, se algum dia você resolver voltar a estudar. E eu não estou prometendo nada, mas é possível que, se você ou a Eileen quiserem dar entrada numa casa, eu possa dar uma ajuda com isso também. Mas todas essas coisas são para o futuro, e eu acho que o melhor que nós quatro temos a fazer agora é simplesmente tirar isso da cabeça."

Louis coçou o pescoço. "Você disse que a Eileen achou que isso era uma boa ideia?"

"Achou."

"Então por que ela estava chorando na quinta-feira?"

"Porque..." Os olhos da mãe se fixaram no vazio e depois começaram a cintilar, as lágrimas parecendo brotar diretamente das íris castanhas, da mesma forma como açúcar-cande fica molhado por si só. "Porque, Louis, ela tinha ido até lá para me pedir dinheiro."

Ele riu. Aquela era a Eileen que deixava carros caírem dentro de lagos. "E daí? Dê um cheque para ela. Ou não dê um cheque para ela."

"Ah!" As mãos da mãe se ergueram de novo em direção ao rosto, os dedos dobrados com força. "Ah! Eu não vou permitir que você fale comigo assim!"

"Assim *como*?"

"Eu não vou mais discutir esse assunto. A gente *precisa* tirar isso da cabeça. Eu quero que você saia daqui agora. Você está entendendo? Eu pedi a você várias vezes para não fazer piada com essas coisas, e você não me ouve. Você é *pior* que o seu pai, que eu sei que você considera muito engraçado. Mas isso que você está fazendo não é nem um pouco engraçado, é só uma demonstração de falta de consideração... *E não revire os olhos para mim!* NÃO

REVIRE OS OLHOS PARA MIM! Você está entendendo? Eu quero que você saia desta casa agora."

"Está bem, está bem." Louis foi andando até o hall de entrada. "Mas vê se manda um postal de Mônaco pra gente, está bom?"

Melanie foi atrás dele. O volume da televisão tinha sido diplomaticamente aumentado. "Retire o que você disse!"

"Está bem. Não mande um postal de Mônaco pra gente."

"Você realmente não faz ideia do quanto está sendo insensível, não é?"

Quando Louis ficava com raiva, em contraposição a quando apenas se sentia coberto de razão, ele estufava o peito, levantava o queixo e olhava de cima do nariz como um marinheiro ou um valentão querendo comprar briga. Fazia isso de uma maneira inteiramente inconsciente; ficava com a cara mais séria do mundo. E quando encarou a mãe, que afinal não era alguém que se pudesse imaginar que fosse empurrá-lo ou lhe acertar um murro na cara, ele parecia tão incongruentemente beligerante que a expressão dela se suavizou. "Você vai me bater, Louis?"

Ele abaixou o queixo, sentindo mais raiva ainda por perceber que estava apenas fazendo a mãe achar graça.

"Vai, me dá um abraço", disse a mãe. Ela botou a mão no braço dele e a manteve ali com firmeza quando ele tentou se soltar. Ela disse: "Eu não sou egoísta. Você está entendendo?".

"Claro." A mão dele estava na maçaneta. "Você só está passando por um momento difícil."

"Exato. E ainda vai levar um tempo até mesmo para eu ver a cor desse dinheiro."

"Claro."

"E quando o dinheiro chegar às minhas mãos, eu não sei quanto vai ser. A quantia que você mencionou, e que deve ter sido o seu pai que disse pra você, pode mudar muito. É uma situação muito complicada e desagradável. É uma situação muito... muito desagradável."

"Claro."

"Mas seja lá quanto for, a gente vai poder fazer algumas coisas legais."

"Claro."

Ela não conseguiu mais controlar sua irritação. "Para de dizer isso!"

Uma bola de boliche atingiu vários pinos. A torcida vibrou. "Claro", disse Louis.

Ela soltou o braço dele. Sem olhar para a mãe, Louis saiu porta afora e a fechou silenciosamente atrás de si. Ainda olhando fixamente para a frente, ele foi andando com passos largos, passou pelo seu carro e começou a descer a pista de entrada, com as pernas duras, deixando a gravidade fazer o trabalho, deprimido do mesmo jeito como tinha ficado quando leu as notícias sobre o terremoto oito dias antes, a depressão um isótopo da raiva: mais lenta e menos violenta em sua dissipação, mas quimicamente idêntica. Quando o pai surgiu em seu campo de visão, numa curva perto do final da pista, Louis mal reparou que ele estava ali.

"E aí, Lou." A cabeça de Bob estava incandescente em um ninho de Gore-Tex e lã escocesa. Ele cheirava a maconha queimada.

"Oi", disse Louis, sem diminuir o passo. Bob sorriu enquanto via o filho se afastar e imediatamente esqueceu que o tinha visto.

A leste da casa dos Kernaghan, a área ficava ainda mais parecida com um parque, os quintais cedendo espaço a propriedades com obstáculos para cavalos nos pastos e trailers para transporte de cavalos nas pistas de entrada. Uma aerodinâmica bota de esqui de fabricação japonesa passou zunindo por Louis. Colado a uma janela estava o rosto de uma menina que usava um vestido cor-de-rosa de ir à igreja. A bota freou, fez uma curva e desbotou um pouco no ar branco ao subir uma colina. A menina saltou correndo pela porta corrediça, carregando alguma coisa na mão, talvez um livro, uma Bíblia.

Dos seis aos quinze anos, Louis também havia voltado da igreja em aproximadamente trezentas e cinquenta manhãs de domingo. Emergia do banco traseiro do carro meio zonzo e com a sensação de ter perdido uma manhã inteira de lazer, desperdiçada em salas de escola dominical subterrâneas que tinham a mobília desarranjada e o cheiro de umidade de lugares frequentados apenas de passagem. Nos primeiros anos, claro, foram feitos esforços para encobrir a trapaça. Havia potes de cola e tesouras enferrujadas, figuras mimeografadas retiradas de um livro de colorir e gizes de cera marrons para colorir o jumento no qual Jesus estava montado. (Esses gizes de cera foram uma das primeiras coisas a contribuírem para que Louis adquirisse uma noção da vastidão do passado e da estranheza da história, seus formatos inusitados e envoltórios encardidos e ressecados sugerindo que esse negócio de colorir jumentos era uma atividade consideravelmente mais antiga do que sua própria vida e do que qualquer coisa na escola de verdade, onde os materiais sempre eram novos.)

Havia música — em especial uma canção sobre como Jesus amava as criancinhas do mundo, que tinham cores de giz de cera: vermelhas, amarelas, pretas e brancas. Havia fabricação de artigos artesanais, como guirlandas de isopor para o domingo do Advento, palmas de cartolina, objetos de cerâmica para o Dia das Mães e (na manhã em que Louis deixou bambo o dente da frente de um menino que estava usando sua tinta guache azul e milagrosamente não foi punido por isso) estatuetas de gesso das figuras do presépio. Louis, porém, não se deixava enganar por esse verniz de diversão, assim como não se deixava enganar pelo gosto doce da pasta com que o dentista polia seus dentes. E, quando ele chegou à sétima série, o verniz se dissolveu por completo. Ele ganhou uma Bíblia com capa vermelha de couro falso e com o seu nome completo gravado em letras douradas na frente: LOUIS FRANCIS HOLLAND; além disso, passou a ter as aulas das manhãs de domingo numa ala diferente da igreja e num cubículo ainda menor e mais vazio do que os antigos, tendo a turma, por alguma razão, diminuído muitíssimo de tamanho na transferência. Todos os seus amigos do sexo masculino tinham ido embora e podiam agora passar as manhãs assistindo aos desenhos animados de domingo dos quais ele próprio havia se tornado um grande fã durante as férias de verão, de forma que ele ocupava sem concorrência a posição de pior aluno de uma turma majoritariamente feminina na qual, não havendo notas, ele deduzia sua colocação pelo fato de que, diferentemente de todas as outras Bíblias, a sua havia imediatamente — e sem nenhuma ação consciente da sua parte — adquirido uma lombada preta e esfiapada e um rasgão num canto da quarta capa, para não falar no fato de ele ser convocado a ler trechos da Bíblia em voz alta com uma frequência três vezes maior do que a de qualquer outro aluno da turma e de ser constantemente aconselhado, num tom de voz excessivamente gentil por um pai chamado sr. Hope, a participar mais da aula e não ser tão tímido. Numa ocasião, a turma foi solicitada a descrever Jesus, o homem, e uma menina disse que ele tinha sido frágil e gentil — uma caracterização da qual o sr. Hope discordou, argumentando que esse filho de carpinteiro precisava ser fisicamente forte a fim de derrubar as mesas dos vendilhões do templo; Louis achou que, pela primeira vez, o frágil e gentil sr. Hope tinha razão.

Muito embora o pai deles dedicasse as manhãs de domingo à natação e não ao culto religioso, a escola dominical nunca pareceu ser algo opcional para as crianças da família Holland. Durante nove meses por ano, Melanie pastoreava os dois, na frente dela, do estacionamento até o alto da escada dos fundos da igreja, dando um empurrão final nas costas deles em direção às suas respectivas salas de aula, enquanto ela tomava o caminho do templo, para lá ocupar um banco próximo ao púlpito, não porque essa proximidade fizesse dela uma cristã melhor (isso cabia a Deus decidir), mas porque gostava que suas roupas fossem notadas. Continuou a frequentar a igreja mesmo depois que os dois filhos alcançaram a idade de quinze anos e se mostraram inconfirmáveis — Eileen porque garotas que tinham vida social precisavam dormir até tarde no domingo e Louis porque ele tinha choques de personalidade com absolutamente todas as pessoas da igreja. Apesar dos dez anos de escola dominical, a única coisa que ele precisou fazer para se livrar permanentemente de qualquer responsabilidade religiosa foi simplesmente dizer: não, eu não acredito nisso. Era a prova final de que a autoridade da Igreja simplesmente não se comparava com a da Secretaria de Educação.

Tendo deixado para trás as fazendas de criação de cavalos, Louis agora estava andando entre campos pantanosos e moitas densas e pretas de sarça. Abandonado no meio de juncos mortos, parecendo grave e profético, estava um balde de ferro completamente enferrujado. Como se tivessem acabado de bicar os últimos nacos de carne de seu esqueleto, duas gaivotas se afastavam dele em círculos. Louis ficou observando-as até suas asas se dissolverem na brancura do céu e seus corpos se reduzirem à condição de moscas volantes na visão dele.

A estrada que levava à praia parecia se elevar rumo ao horizonte e evaporar. Ela se estendia tão longa e reta que Louis começou a correr, livrando-se aos poucos da rigidez de suas pernas e aumentando a velocidade progressivamente. Pouco depois, enquanto ouvia sua respiração cada vez mais pesada e via o capim e as plantas aquáticas dos charcos subirem e descerem com o movimento de sua cabeça, começou a ter a sensação de estar assistindo a um filme, a uma cena de um psicopata correndo atrás de uma moça vestida só com roupas de baixo, em que o ponto de vista do assassino é filmado com uma câmera de mão em movimento e muitos ruídos brônquicos na sonoplastia. Essa sensação foi ficando tão forte e perturbadora, e o barulho de sua respiração tão alto em seus ouvidos, que para recuperar o autocontrole Louis pôs-se a bradar: "Ah! Ah! Ei! Eu! Aqui! Aqui! Ei!". Isso resolveu o problema, mas alguma outra coisa devia estar acontecendo, pois, quando passou por uma guarita e de repente estacou, começando a andar em vez de correr, ele teve a impressão de que havia deixado para trás não só o pântano, mas o próprio domingo, indo parar nas dunas de algum obscuro oitavo dia da semana, de cuja existência ele era a única pessoa no mundo que tinha conhecimento.

Uma sirene ecoava dentro de sua cabeça. O céu (se céu era a palavra para designar uma coisa que começava imediatamente adiante de seus olhos) ainda continuava tomado pela mesma brancura uniforme, mas agora parecia que o sol estava pairando logo além do limiar da visibilidade, à distância de um voo de flecha e em tamanho de porção individual, e que, quando a neblina se dispersasse, as fronteiras adjacentes de um mundo em miniatura iriam se revelar, um pacífico vácuo em forma de regato agora se estendendo atrás de Louis na direção de onde ele tinha vindo, a direção do domingo, de sua mãe e da riqueza dela.

Louis adentrou um estacionamento cujo perímetro estava sendo guardado por um destacamento de barris verdes, nos quais se lia uma única palavra: FAVOR. Mais perto do mar, moitas de capim de praia pareciam suspensas no ar, as dunas que as sustentavam, invisíveis. Ele tinha a impressão de sentir em seus pés o impacto das ondas, o leve tremor. A sirene saiu de sua cabeça e se localizou num solitário Chrysler Le Baron em forma de tamanco, estacionado no canto oposto do estacionamento. O alarme contra roubo tinha disparado. Pouco depois o alarme parou de tocar, mas tinha distendido alguma coisa dentro da cabeça de Louis, algum aparato semelhante a um músculo que continuou a latejar depois que o barulho cessou.

Louis ainda estava tentando descobrir em que tipo de lugar estava quando um animal preto surgiu detrás de um barril de lixo e veio correndo em sua direção. Era uma cadela labrador, com tamanho de adulta. Ela passou por ele derrapando e parou numa postura brincalhona, com a cabeça mais baixa do que o rabo. Em seguida, pulou em cima dele. Louis tirou as patas dela de cima de seu peito, mas era como tentar se livrar de uma bola de borracha: as patas quicavam de volta para as mãos dele assim que tocavam o chão. Numa das plaquinhas penduradas em sua coleira, havia um número de telefone com código de área de Massachusetts e o nome JACKIE. Não havia nenhum dono à vista. Ela o seguiu, companheira, por um passadiço de madeira e depois até a areia, farejando as pegadas que ele ia deixando.

A praia estava encharcada de chuva e deserta. Ondas marrons paravam no meio do caminho, cada uma delas como uma fracassada jogada de *quarter-*

back, as forças opostas se confundindo e morrendo sem surtir efeito algum. Bem longe do estacionamento, num ponto em que a praia se alargava e um córrego arrastava lama rica em ferro detrás das dunas, a cadela de repente disparou a correr. Virou a cabeça com força para o lado como se quisesse olhar para trás na direção de Louis, mas também não quisesse diminuir a velocidade, e então, sem dar nem mesmo essa pequena mostra de hesitação, pôs-se a correr mais rápido ainda pela praia afora e desapareceu.

Louis sentiu uma pontada de genuína solidão nesse momento. Sentou numa pedra e apoiou o queixo na mão. O mar arfava como uma pessoa enferma; um longo tempo se passava entre o impacto de uma onda e o som tranquilizador da onda seguinte. A espuma das ondas quebradas era escura, saturada de areia suspensa e matéria orgânica. Olhando na direção em que a cadela havia corrido, tudo o que Louis conseguia ver era areia, água e neblina.

Embora ele tivesse rido, não fora nenhuma surpresa para Louis saber que Eileen já havia tentado tirar proveito dos novos recursos da mãe. Desde bem nova, Eileen desenvolvera a capacidade de implorar coisas de Melanie e conseguir conviver consigo mesma depois. Quando os dois eram adolescentes, era comum Louis passar por Eileen na escada e vê-la dobrando uma ou mais notas de vinte e, depois, na sala de jantar, encontrar outros indícios de que uma transação fora realizada, a bolsa materna ocupando um novo lugar na mesa e sua dona visivelmente empenhada em se recompor e com uma mensagem para ele nos olhos: A carteira já foi guardada, então nem pense em vir me pedir alguma coisa você também. O que era curioso, porque ele nunca realmente pedia nada, nem mesmo quando tinha uma necessidade mais premente do que a necessidade de Eileen de comprar mais uma roupa da Benetton ou mais uma entrada para um show. E nunca pedia porque de alguma forma sempre parecia que Eileen havia sido mais rápida que ele e pedido antes. Mas, na verdade, não devia ser uma questão de timing, uma vez que, sempre que lhe ocorria pedir, ele sempre achava que seria melhor esperar mais um pouco, já que Eileen tinha pedido fazia tão pouco tempo, e, enquanto ele esperava, ela ia lá e pedia de novo e recebia de novo. Estava claro que, se de fato havia chegado mais rápido que Louis ao dinheiro da mãe, Eileen fizera isso muito tempo atrás e de forma definitiva.

Fatalmente chegaria o dia em que eles se cruzariam no corredor e não passariam um pelo outro em silêncio. Esse dia chegou no mesmo verão em que Eileen deixou o carro cair no lago. Louis acabara de cortar a grama e, no corredor de cima, viu Eileen com as costumeiras notas de vinte na mão, dobradas em quatro e carregadas com o ar blasé de um cachorro vitorioso que sai de uma briga com o disputado pedaço de carne assada nos dentes. O ressentimento acumulado e a feia imagem dos dedos apertando as notas de vinte fizeram Louis perguntar: "Quanto é que você tem aí?". Ela disse: "Quanto é que eu tenho onde?". E ele respondeu: "Na sua mão. Talvez você queira dar uma dessas notas de vinte pra mim". Ela olhou para Louis como se ele tivesse sugerido que ela tirasse a blusa. "Nem pensar! Por que é que você não pede pra você? Eu pedi esse dinheiro pra mim." Ele disse: "Pois é, você acabou de pedir, então o que é que eu faço agora?". Ela disse: "Eu pedi esse dinheiro pra *mim*. Você pode ir lá e pedir pra você". E ele disse: "Eu não estou a fim de pedir. Eu gosto de *ganhar* o meu dinheiro".

Era como se ela tivesse sabido a vida inteira que aquele momento chegaria. Seu rosto ficou vermelho de ódio, ela jogou as notas envenenadas nos pés do irmão e bateu a porta do quarto dela atrás de si. Mais tarde, de seu próprio quarto, Louis ouviu a mãe dizer: "Eileen? Eileen, meu bem, você deixou o seu dinheiro cair aqui no chão".

Na verdade, Melanie talvez tivesse preferido ser mais igualitária, principalmente se isso não significasse ter de desembolsar mais dinheiro. Com certeza ela aproveitava os pedidos de Eileen como oportunidades para criticar o egoísmo da filha e sugerir que ela tomasse Louis e seu espírito independente como modelo. Mas, como um de seus filhos não fazia absolutamente exigência nenhuma, tornou-se não só financeiramente viável, mas também pessoalmente mais cômodo simplesmente dar à outra filha tudo o que ela queria. Eileen tinha uma capacidade fora do normal para ficar muda e má quando alguma coisa lhe era negada. Sentava-se à mesa de jantar e ficava olhando fixamente para as roupas e para as joias de Melanie durante tanto tempo e com tanta raiva que conseguia envenenar até os prazeres mais simples da mãe. E não desistia até que uma quantia em dinheiro ou o equivalente em mercadorias lhe fosse oferecido. Era uma coisa desagradável, essa conspiração entre mãe e filha, mas funcionava. O objetivo da conspiração era não deixar que o dinheiro fosse envenenado e, para atingir tal objetivo, bastava manter tudo longe das vistas de Louis, já que o pai podia satisfazer seus poucos desejos pessoais por meio de saques diretos e, afora isso, deixava todo o resto para Melanie. Só Louis — o esquisitão e rabugento do Louis — tinha o poder de envenenar o dinheiro. O conforto dos outros membros da família dependia da contenção dele. E ele exercia essa contenção e permitia deliberadamente que Eileen fosse mimada, e só uma vez, quando a confrontou no corredor de cima, veio à tona algum sinal de todo o veneno que vinha se acumulando dentro dele.

Eileen estudou no Bennington College. Era a melhor das faculdades em que ela fora aceita e era a faculdade que Judd, seu namorado de Lake Forest, escolhera cursar. Era também a instituição de ensino de graduação mais cara do país. Eileen e Judd terminaram o namoro antes mesmo de chegarem à orientação oferecida aos alunos novos.

Dois anos depois, Louis entrou para a Universidade Rice. A Rice era barata e tinha oferecido a ele um bom pacote de auxílio financeiro. Louis trabalhava dezessete horas por semana atrás do balcão de empréstimos da biblioteca, o que teve o estranho efeito de tornar seu rosto amplamente conhecido no campus. Também jogava pôquer avidamente e registrava suas perdas e ganhos num caderno; ao fim de seu penúltimo ano de faculdade, sua média semanal de ganhos ao longo daqueles três anos eram respeitáveis US$ 0,384. Mesmo assim, ele ainda continuava acumulando dívidas e, então, quando surgiu uma oportunidade de cortar despesas drasticamente durante seu último ano de curso, ele a agarrou primeiro e só parou para pensar se a decisão era sensata ou não depois, quando seus problemas já haviam começado.

O pai o havia posto em contato com um antigo conhecido seu da época da pós-graduação, um homem chamado Jerry Bowles, que lecionava na Rice e morava com a mulher numa casa situada alguns quarteirões a oeste do campus, na Dryden Street, ao sul da Shakespeare e ao norte da Swift. O sr. Bowles havia descoberto que tinha um problema cardíaco e estava à procura de um estudante que se dispusesse a fazer trabalhos pesados de jardinagem durante a primavera e o outono em troca de hospedagem e comida. Louis parecia ser o candidato ideal para o posto. Quando ele voltou para Houston no final de agosto, os Bowles foram buscá-lo no aeroporto.

Durante a entrevista que fizeram com ele na primavera anterior, os Bowles tinham sido sucintos e objetivos, mas agora que Louis havia chegado, como um brinquedo encomendado por catálogo, eles pareciam crianças afoitas para desembrulhá-lo e ver se ele funcionava do jeito como elas esperavam. Eles tinham um brinquedo de fabricação própria, uma filha única, mas ela estava cursando uma universidade longe de casa e, ao que parecia, já não era mais tão divertida de brincar. Louis era o novo alvo do entusiasmo dos dois. Na primeira noite, durante o jantar, eles ficaram editando as declarações um do outro:

"A MaryAnn vai ter muito prazer em fazer o seu almoço..."

"Jerry, não existe *possibilidade* de eu não fazer almoço, nós oferecemos a ele pensão completa..."

"Você tem algum tipo de pote de plástico em que você possa..."

"Louis, eu estou *sempre* em casa. Eu estou *sempre* em casa, então, sempre que você quiser vir para casa, não faz absolutamente diferença alguma..."

"Só em relação à hora do jantar é que nós podemos ser um pouco mais rigorosos..."

"Jerry, por que, Jerry, *por que* você..."

Sentado entre os dois à mesa, Louis comeu sua costeleta de porco e ficou na dele, como costumava fazer no trem de Chicago quando algum maníaco resolvia discursar. Ele cometera um erro, percebia isso agora. Tinha entrado no vagão errado. Mas não estava fazendo aquela viagem por prazer, mas sim para economizar dinheiro.

O sr. Bowles tinha uma barba branca bem aparada e um cachimbo que ele mastigava com frequência e de vez em quando ainda fumava. Quando não estava dando aula de linguística, ele vistoriava sua propriedade à procura de ervas daninhas, galhos secos, pedras de calçamento soltas, torneiras gotejantes, tábuas de assoalho rangentes, portas emperradas, telas de mosquito rasgadas e janelas sujas. Seus martelos, serrotes e alicates ficavam pendurados num painel perfurado no qual o contorno de cada ferramenta fora desenhado com caneta hidrocor preta. Ele não parecia ter nem amigos nem hobbies. Gostava de explicar a Louis como as coisas eram feitas na casa dele. Racionalizava em detalhes todos os aspectos da maneira como sua mulher cozinhava, relatando como ela havia passado a preparar os legumes no vapor em vez de cozê-los, como conseguira descobrir o segredo para fazer um purê de batata mais cremoso e como, com o passar dos anos e com as informações que ele lhe trouxera, ela chegara à decisão de não servir carne mais que duas vezes por dia. Descrevia métodos ergonômicos de guardar as louças e ler jornal. Um tema recorrente era o depurador de água e os inúmeros benefícios que ele trazia. Louis ouvia essas explanações com uma pena que beirava o horror.

"Veja a cara com que ele está olhando para você", MaryAnn dizia. "Jerry, repare no jeito como o Louis está olhando para você."

"Tem alguma coisa errada?", perguntava um sr. Bowles potencialmente amuado.

"Talvez ele já tenha ouvido o suficiente sobre água depurada por hoje", dizia MaryAnn.

"Desculpe", dizia Louis, sacudindo a cabeça como se tentasse livrá-la de teias de aranha. "Eu estava pensando em... outra coisa."

MaryAnn piscava os olhos. "Talvez numa torta de blueberry com sorvete?"

MaryAnn era mais nova que o marido. Usava xales, sandálias e vestidos de estampas florais com decotes generosos para realçar seus seios grandes e riscados de veias azuis. Podia ser encontrada com frequência, em absoluto silêncio, num canto da reluzente lavanderia onde ela passava camisas, fronhas e roupas de baixo. A casa era cheia de lugares em que MaryAnn sentava e descansava. Ela mantinha livros perto de todos esses lugares e podia às vezes ser vista pousando um deles (Sigrid Undset, Edith Wharton, D. H. Lawrence), mas os marcadores de página pareciam estar sempre no mesmo lugar. Os almoços que ela preparava e embalava para Louis levar para a faculdade eram de um capricho extremo: sanduíches de pão de centeio integral, palitinhos de cenoura, melancia em conserva, peras suculentas, fatias de bolo caseiro. Os almoços que ele preparava para si em Evanston geralmente consistiam num sanduíche de mortadela no pão branco, uma banana, um pacote de Twinkies quando havia algum na despensa e um saco de batata frita Del-Mark. Em toda a sua vida, Louis nunca tinha visto batatas fritas Del-Mark em lugar algum, a não ser na cozinha de sua mãe.

Procurando agir com tato, ele esperou quatro dias inteiros antes de informar a MaryAnn que não pretendia jantar na Dryden Street. Disse que seria melhor se ele embrulhasse tanto o almoço como o jantar para levar para a faculdade.

MaryAnn claramente já estava esperando por isso. "Eu embrulho tudo", disse ela, com tristeza. "Embora eu não tenha como alimentá-lo muito bem com pacotinhos."

Louis esclareceu que não era que ele não fosse gostar de jantar em casa, mas precisava se dedicar à sua dissertação de final de curso e às suas tarefas como diretor da KTRU.

"Bem", disse MaryAnn, "quem sabe se aos domingos não daria para você jantar aqui com a gente? Ou qualquer outro dia que lhe der vontade."

Essa não seria a última vez que ele revisaria a lógica: (1) ele precisava ser gentil porque (2) estava fazendo um bom negócio morando ali e, (3) portanto, evitando contrair dívidas. "Aos domingos dá sim, claro", disse ele.

Fazia quinze anos que ninguém preparava o café da manhã para Louis regularmente, e ele nunca na vida tinha visto nada parecido com os cafés da manhã que MaryAnn preparava. Ela lhe servia pãezinhos frescos, muffins de aveia frescos, muffins de milho frescos, bacon fatiado. Servia panquecas de framboesa, salsichas de vitela temperada com funcho, rabanadas, suflê de queijo e bife com ovos. Servia ovos mexidos com cebolinha e creme de leite azedo, ovos Benedict, cereais integrais com leite quente, creme e açúcar mascavo, toranja assada, pão caseiro com canela e passas, pêssegos em calda com sorvete de creme, fatias de melão com morangos por cima. Depois de servir a comida, MaryAnn se sentava e tomava café em silêncio, virada de lado para Louis, mostrando-lhe seu perfil, seus seios protuberantes. Os termos do problema moral ficavam muito nítidos para Louis toda vez que ele vinha para a mesa: *Seria melhor não aceitar essa comida. Mas ele estava com fome e a comida parecia deliciosa.* Ele continuou a tomar os cafés da manhã mesmo depois que a pena que ele sentia de MaryAnn começou a dar lugar a algo mais próximo da aflição. Foi um mau momento aquele em que ele descobriu que ela vinha cerzindo suas meias. E foi um momento pior ainda quando um DJ da KTRU abriu o saco onde estava o jantar de Louis e encontrou o pote de plástico em forma de fatia de torta que ele já tinha dito inúmeras vezes que não queria levar e um bilhete de MaryAnn dizendo: *Que tal você comprar um pouco de sorvete para acompanhar a torta?*

Numa noite de sexta-feira em janeiro, ele voltou para casa à meia-noite com a cabeça cheia de tequila e encontrou MaryAnn ajoelhada na sala de jantar, tirando sua coleção de xícaras e pires de porcelana inglesa de dentro do aparador. "Como vai o meu coroinha?", ela disse. Ela achava que o seu eterno uniforme de calça preta com camisa branca fazia com que ele parecesse um coroinha. Ela disse para ele sentar. Ele sentou, com o corpo inclinado na direção para onde ele queria ir: escada acima. Ela tirou peça por peça de dentro do armário, murmurando que devia se livrar daquilo tudo, vender tudo, aquela quantidade estúpida de xícaras, ela nem sabia quantas. Por fim, ficou ajoelhada no meio da coleção inteira, as borlas de seu xale espalhadas em leque em volta dela. "Leve algumas", ela disse com raiva, depositando uma xícara e um pires no colo de Louis. "Leve duas, leve quatro. Quem no mundo ia querer essas xícaras? Você não quer essas xícaras."

"Claro que quero." Louis suava, pálido. "Elas são bonitas."

"Sabe, eu era apaixonada pela Inglaterra", disse ela. "Pelo país inteiro. Eu achava que seria considerada bonita lá, ou que a beleza não iria importar. Como se lá fosse uma espécie de segunda divisão antiga e maravilhosa onde eu iria brilhar."

"Você é bonita", a tequila disse.

MaryAnn sacudiu a cabeça. "Quando terminei o meu mestrado em literatura inglesa, eu estava morando em Nova York e fui trabalhar na Duncan McGriff Agency, que era uma grande agência literária. Suponho que nós tivéssemos alguns clientes famosos, mas a forma como a agência realmente ganhava dinheiro era cobrando taxas para ler originais. Eu não era uma leitora. Eu era a pessoa que pegava os relatórios dos leitores e os transformava em cartas personalizadas do próprio Duncan. Eu tinha uma folha com umas vinte maneiras diferentes de personalizar as cartas, por exemplo, dizendo que ele tinha lido o manuscrito sentado em casa à beira da piscina, onde os seus três filhos queridos brincavam. Ou que ele tinha lido o manuscrito no alto de uma montanha, enquanto testemunhava um glorioso pôr do sol. Isso é literalmente o que eu tinha que escrever. Mas o mais triste era que, não importava o quanto um manuscrito fosse ruim, eu sempre tinha que dizer que a obra era muito promissora, mas ainda não estava numa forma comercialmente vendável. E existiam várias gradações nisso, porque havia pessoas dos mais diversos lugares do país — pessoas inocentes do Nebraska — que mandavam os manuscritos delas para nós uma porção de vezes e pagavam sempre a taxa inteira, e nós *nunca* podíamos dizer nem sim, nem não. O que era exatamente o que o Duncan fazia comigo, mas isso é outra história. Eu trabalhei lá cinco anos. E ainda estava lá sentada na minha cadeirinha, atrás da minha mesinha, no dia em que o Departamento de Justiça foi até lá e fechou a agência por uma coisa pior ainda que nós estávamos fazendo. E, Louis, eu tinha vinte e oito anos quando isso aconteceu. Foi como se eu tivesse levado uma punhalada! É engraçado, mas até hoje vinte e oito anos me parece a idade de uma pessoa velha, como se eu nunca tivesse sido tão velha e solteirona quanto fui naquele ano. Eu não conseguia acreditar, quer dizer, o que tinha acontecido com aqueles anos? Mas, enfim, depois eu me casei com o Jerry e foi aí que eu realmente comecei a entrar em pânico, porque a sensação não foi embora. A sensação de que eu tinha perdido a minha chance de ter a vida que queria. Eu continuava sem saber o que fazer, só que agora era pior, porque *agora eu estava casada*. Não era tanto porque o Jerry... bem, você conhece o Jerry. Não era culpa dele. Eu sabia como ele era e me casei com ele. A culpa era minha. E você sabe que, depois que você se convence de uma coisa, depois que você bota na cabeça que tem insônia, fica ainda mais difícil pegar no sono?"

Louis estava rodando lentamente em direção ao centro de sua xícara de chá vazia. MaryAnn lhe lançou um olhar cheio de tristeza e preocupação, como se fosse dele, e não dela, que ela sentia pena. "Bem", ela disse com uma voz mais baixa, "quando vi que nada tinha mudado depois que me casei, eu botei na cabeça que nada nunca ia mudar. Fiz o Jerry me odiar e aí disse pra mim mesma: eu tenho um marido que me odeia. Você entende? Existe uma solidão que você pode pegar como uma doença e da qual você nunca se livra. Um desacerto — um desacerto que você nunca consegue consertar. E foi a mesma coisa quando nós adotamos a Lauren. Como sempre, a ideia foi minha. Eu queria parar de desmoronar, e se tinha uma coisa que eu sabia era que eu nunca tinha visto uma mulher que não amasse o seu bebê. Mas Louis..." Lágrimas vieram aos seus olhos e à sua voz, mas depois recuaram. "Eu não tinha fé! Eu não tinha fé! Durante todo o processo na agência de adoção, eu me sentia fria, morta por dentro. Eu tentava racionalizar. Dizia pra mim mesma: tudo vai mudar assim que eu segurar a minha neném no colo (ou o meu neném, nós não sabíamos). Mas no fundo, *no fundo*, só o que eu pensava era: talvez isso também não dê certo. Talvez eu seja a única mulher no mundo que nem a maternidade consegue modificar. Era isso que eu *sentia*, no fundo do meu *coração*, mas nem assim eu interrompi o processo. Mesmo sentindo um embrulho no estômago cada vez que a gente se comunicava com a agência. Mesmo ficando embrulhada uma semana inteira, de culpa e da tensão de fingir sentir uma coisa que eu não sentia. E aí, quando ela veio... bem, já foi uma certa decepção saber que ela tinha oito meses. Sabe, é óbvio que o bebê de oito meses ia calhar justo pra *mim*."

Ela apertou os braços cruzados contra os seios e balançou o corpo de leve. Louis se perguntava vagamente o que haveria de tão errado no fato de um bebê ter oito meses, mas...

"Mas era isso ou nada, e você sabe que eu e o Jerry não discutimos as coisas, só culpamos um ao outro depois. Mas isso não foi o pior. O pior era que a Lauren sabia. Mesmo quando ainda era bem pequenininha, ela já sentia a minha insegurança. Ela sentia que eu não acreditava realmente que era a mãe dela. Não importava o quanto me esforçasse, eu não conseguia fazer com que nós acreditássemos em mim. E como eu poderia culpá-la depois por todas as coisas que ela me fez? Por me morder que nem um bicho? Pelos palavrões horrendos? Pela preocupação e pelo pânico que eu sentia quando ela não voltava para casa? Como eu poderia sentir qualquer outra coisa senão culpa? A culpa, Louis, era maior que tudo. Saber que essa era a nossa vida, a nossa única vida, e que aquilo era o que eu tinha feito dela. *Eu não ia ter outra chance*. Você entende?"

Ela ergueu os olhos para ele com uma expressão de súplica, inclinando-se para a frente, parecendo querer depositar os seios aos pés dele. Devia ter esquecido com quem estava falando. Devia de algum modo ter imaginado que, quando erguesse o rosto para olhar para ele, Louis iria tomá-la nos braços e salvá-la. Mas só o que viu foi um garoto, um universitário bêbado tentando engolir um bocejo. "Ah, meu Deus." Ela desviou os olhos, furiosa consigo mesma. "Por que, por que eu ainda insisto em abrir a minha boca?"

Depois daquela noite, as coisas entre eles passaram a ser mais diretas, mais como eram entre Louis e a mãe, mais realistas. MaryAnn não ficava mais observando Louis tomar café; tendo se explicado a ele, ela agora podia se dar ao luxo de ficar em qualquer lugar da casa. Ele era parte da família agora — família querendo dizer ação à distância, campos de força invisíveis que atravessam paredes. Louis começou a contar as semanas que faltavam para se ver livre da Dryden Street.

Durante os feriados da Páscoa, os Bowles insistiram para que ele trouxesse alguém para jantar, a fim de ajudá-los a acabar com a bandeja de carne de rena que um colega do sr. Bowles havia trazido para eles da ilha Ellesmere. Louis convidou uma amiga sua, uma DJ da KTRU com quem ele vinha aprendendo coisas sobre Wagner e Richard Strauss e com quem, numa conveniência mútua, vinha passando algumas tardes numa cama de dormitório. MaryAnn parecia ter intuído essa circunstância. Enquanto eles comiam a carne de rena assada, MaryAnn tratou a garota com uma condescendência implacável, enaltecendo em especial a beleza do cabelo dela, como se estivesse subentendido que, em termos de aparência, o cabelo era o único trunfo de que ela dispunha. Mais tarde, quando ele a acompanhou a pé até o dormitório, a amiga comentou que não tinha ido muito com a cara da sra. Bowles. "Ela é maluca", Louis disse. "Os dois são malucos." Mesmo assim, tinha sido plantada na cabeça de Louis a ideia de que a amiga talvez não estivesse à altura dele e, em pouco tempo, ele próprio começou a tratá-la com condescendência e depois a evitá-la completamente.

Na manhã seguinte, Louis acordou bem tarde e com um enjoo que ele associou ao gosto questionável da carne de rena. Quando saiu do quarto para o corredor, vestindo seu short de ginástica e sua camiseta cinza, ele levou alguns instantes para notar a garota que estava encostada numa parede do quarto depois da escada. Foi como aquele momento em que você se dá conta de que há um pássaro dentro da sua casa e que ele, por acaso, está parado agora, mas poderia voar de encontro a sua cara a qualquer instante. O ponto do quarto em que a garota estava parada era exatamente o tipo de insignificante ponto arbitrário onde um pássaro desorientado poderia pousar e onde o próprio Louis, em Evanston, podia ser encontrado com frequência. A garota estava usando uma camiseta regata preta e justa e uma minissaia xadrez cinza e branca; tinha um cúmulo-nimbo de cabelo louro-escuro de loura burra, longas pernas nuas, meias três-quartos verdes e sapatos lustrosos. Seus punhos estavam cerrados e sua mandíbula retesada. Seu peito arfava com o que parecia ser fúria. Ela lançou um olhar fuzilante em direção a Louis, e o coração dele saltou com tanta violência quanto teria saltado se, de repente, asas estivessem batendo nas paredes e duas garras e um bico estivessem vindo na direção de seus olhos.

Ele fugiu para o banheiro. Lavou o cabelo no chuveiro, mas esqueceu de lavar o resto. Ficou parado, nu, olhando para o Waterpik dos Bowles durante alguns minutos e depois começou mecanicamente a tomar outro banho. Lavou o cabelo de novo e novamente esqueceu de lavar qualquer outra coisa. Era como se ele tivesse subitamente se visto à beira de um lago escuro e fundo denominado LAUREN, dito "dane-se" e se deixado cair lá dentro.

Uma hora depois, descendo os últimos degraus da escada, ele trocou ois com outro rosto novo, o de um rapaz texano com uma fisionomia franca e aberta e cabelo cortado em estilo militar, que estava lendo o jornal na sala de estar.

"O seu almoço está na mesa, Louis", MaryAnn disse em voz baixa na cozinha.

Louis ficou olhando para ela. Como alguém tão irrelevante podia existir? Onde estava Lauren? Ele ia ter de almoçar com Lauren? Apontando vagamente para leste, ele disse: "Eu tenho que ir para a estação".

"Você quer que eu embale a sua comida? Nós já íamos nos sentar pra comer."

Louis sentiu uma mão entre as suas omoplatas: o sr. Bowles o empurrando de leve em direção à mesa da cozinha. "Dez minutos não vão fazer diferença. Sente-se um instante e abasteça o motor."

"A estação não vai ficar fora do ar essa semana?", perguntou MaryAnn.

Cortado ao meio diagonalmente, um sanduíche de carne de rena esperava por Louis. Os dois Bowles mais velhos atacaram seus respectivos sanduíches com um apetite atípico, ignorando as vozes que vinham da sala de estar e os ruídos de passos pesados na escada, mastigando com força e de cabeça torta, como animais famintos e nervosos levados a se esconder num canto da casa por uma filha que, com um andar relaxado e sem nenhum indício aparente de constrangimento, entrou na cozinha justo na hora em que um naco duro de carne de caça deslizou rumo à terra de ninguém entre o sanduíche de Louis e sua boca.

"Lauren, esse é o Louis. Louis, essa é a nossa filha, Lauren."

"Humpf", disse Louis.

"Oi, prazer em te conhecer", Lauren disse num tom monocórdio. Ela estava longe de ser o caos e o terror que MaryAnn havia levado Louis a imaginar. Seu bronzeado eterno, seus brincos de turquesa, seu relógio do Mickey e o jeito preguiçoso como ela inclinava o quadril para o lado, tudo a marcava como uma típica universitária rebelde e farrista do Texas. Ela tinha pele macia, uma boca larga e olheiras cor de iodo que pareciam permanentes. Havia escrito alguma coisa com caneta nas costas da mão. Disse aos pais que ela e Emmett iam de carro até Galveston passar a tarde na praia. Antes de sair da cozinha, ela parou para olhar Louis de cima a baixo — seus óculos de aviador, seus cachos de cabelo ralo, seu sanduíche desmantelado, seu rubor abrasador. O rosto dela ficou simplesmente vazio.

"Nós temos uma relação muito aberta com a Lauren", o sr. Bowles explicou depois que ela foi embora.

"O Emmett é noivo dela", o sr. Bowles acrescentou.

"Nós não sabíamos que ela vinha para cá", o sr. Bowles esclareceu.

“Ela é um espírito inquieto”, disse o sr. Bowles.

“Nossa! Cheia de energia. Cheia de vida”, o sr. Bowles refletiu.

MaryAnn enterrou os dentes em seu último pedaço de sanduíche.

“Espero que o Emmett não a deixe dirigir”, o sr. Bowles concluiu.

Quando Louis voltou para casa naquela noite, os três Bowles e Emmett estavam tomando sorvete na sala de jantar. Em silêncio, MaryAnn se levantou para ir buscar o jantar dele na cozinha. “Eu já comi”, disse Louis, já na escada. Chegando ao topo dela, ele parou por tempo suficiente para ouvir Lauren dizer:

“Imagino que ele estude o tempo todo, não é?”

“Ele é um rapaz aplicado”, o sr. Bowles declarou.

“Puxa, isso é ótimo”, disse Lauren.

Isso foi só o que ele ouviu. De boca aberta, olhos arregalados, ele fechou a porta de seu quarto, desabou no chão e se estendeu ali mesmo. Não tinha vontade de sair dali. Em sua febre, ouviu Lauren e Emmett saírem para ir ao cinema e voltarem à meia-noite. Ouviu uma cama de armar sendo aberta para Emmett no escritório do sr. Bowles e, depois, um sonho febril de vozes, música, passos e portas se abrindo e se fechando que pareceu durar a noite inteira e envolver dezenas de pessoas.

No dia seguinte, numa loja de discos da Main Street, Louis estava examinando os LPs de Thelonious Monk a serviço da estação quando se deu conta de que Lauren Bowles estava no corredor ao lado. Ela estava de costas para ele. Ela estava usando uma camisa de homem e movendo de leve a cabeça no ritmo da batida *drum machine* do brit-pop otimista que vinha do stereo da loja. Pôs um par de CDs de volta na prateleira, entre ARTISTAS DE JAZZ –B–, e correu os dedos por Coleman, Coltrane, Corea. Depois, se debruçou de novo sobre os Bs. Por duas vezes fez um movimento curto e brusco com o ombro, como se, de costas para Louis, estivesse torcendo o pescoço de pequenos animais, e logo em seguida foi andando em direção à porta da loja, dando uma olhada nos engradados de lançamentos perto das caixas registradoras, e saiu.

Do lado de fora, Louis a viu apoiar um joelho no chão e amarrar o cadarço de um de seus tênis entre dois carros estacionados. Presas raramente deixam um caçador chegar tão perto quanto ele chegou dela naquele momento. Ele estava uns cinco metros atrás dela quando Lauren abriu o último botão de sua camisa e deu à luz dois CDs roubados, que caíram em cheio dentro de sua bolsa. Ela fechou a aba da bolsa sobre os CDs e atravessou a rua no meio do trânsito.

Era o sábado antes da Páscoa. Todos os prédios da Rice estavam fechados. Louis voltou para a Dryden Street com suas compras e encontrou MaryAnn fazendo toffee, uma enorme panela de sopa de toffee, que enchia a casa com um cheiro cáustico de manteiga e açúcar. No seu quarto, Louis abriu o segundo volume das cartas reunidas de Flaubert em cima de sua mesa. Não tinha lido nem uma única palavra do livro quando, uns quinze minutos depois, a porta atrás dele se abriu e logo depois se fechou.

Lauren estava parada com uma mão esquecida na maçaneta, o último botão de sua camisa ainda aberto, seus olhos vasculhando o quarto com o ar pensativo de quem maquina alguma coisa. Depois de alguns instantes, ela se sentou em cima da mesa de Louis e, dobrando o corpo lateralmente, se apoiou no Flaubert. A lombada do livro rachou de modo audível. "É senhor cê-de-efe", disse ela. "É esse o seu nome, não é?" Por um momento, ela monitorou Louis atentamente, à espera de reações.

"Cadê o Emmett?", ele perguntou.

Ela se inclinou para trás sobre os braços esticados, derrubando um pote de canetas. "Foi visitar o avô em Bay City. Ele me perguntou se eu queria ir, o que foi, sabe, um convite muito tentador, já que eles ficam o tempo inteiro falando sobre como o avô dele está da cor de uma cenoura. Ele tem uma doença, sei lá qual."

"Icterícia."

"Uau. Você sabe tudo mesmo, hein."

Louis mantinha os olhos fixos nos dela e os dela evitavam os dele.

"Viu o meu anel?" Ela botou a mão esquerda na frente da cara dele. "Custou três mil dólares. É um diamante de 0,75 quilate. Gostou?"

"Não."

"Não? Por quê? O que é que tem de errado com ele?"

"Essas garrinhas feiosas, pra começar."

"Ah." Ela recolheu a mão e, impassível, examinou o anel de vários ângulos pouco esclarecedores. Seus dentes eram separados uns dos outros por pequenos espaços regulares. "É, elas são meio feiosas mesmo, não são? Você é um cara muito observador, imagino."

Esquecendo o anel, ela girou o corpo para pegar um livro de uma prateleira, seus joelhos se erguendo para equilibrar o peso. "Que livro é este?" Ela escancarou um estudo crítico a ponto de a primeira e a quarta capas se encostarem e um maço de folhas cair no colo de Louis. "Ui! *Desculpe*. Ei, isso é francês! Você lê francês? Você pode dizer alguma coisa pra mim em francês?"

"Não."

"Por favor?" Sua voz tinha passado do tom de zombaria para o tom monocórdio típico de uma garota que acha que um cara está sendo babaca e quer saber se não dá para ele, tipo, parar? Por favor?

"Je ne veux pas parler français avec toi. Je veux commettre crimes avec toi."

"Nossa", ela disse com profundo sarcasmo. "Você é *bom*!"

O cheiro de toffee fazia o nariz e os olhos de Louis arderem. O cansaço da noite mal dormida o assaltou de repente. Ele não tinha nada a dizer. Lauren levantou uma perna e saltou com leveza da mesa para o chão. "Você gosta daqui?", ela perguntou. "Você gosta dos meus pais?"

"Imagino que você ache que eu gosto, não acha?"

Ela não respondeu. Seus ombros tinham ficado tensos; ela estava olhando para a porta; tinha ouvido algum barulho no corredor. Tocou na cama de Louis como se fosse se sentar nela, mas mudou de ideia e foi correndo na ponta dos pés até a porta. Em seguida, se ajoelhou no tapete, encostou a orelha no buraco da fechadura e ficou ouvindo.

"Lauren?"

MaryAnn tinha chamado do meio da escada. Lauren fez cara de idiota e mexeu os lábios, articulando silenciosamente o próprio nome.

"Lauren?"

MaryAnn tinha subido o resto da escada e agora vinha avançando pelo corredor. Parou em frente à porta do quarto. Na mesma hora, Lauren fechou os olhos e deu um grito agudo. Repetiu: um grito físico, um grito de agradável surpresa. Em seguida, começou a arfar e soltar gemidos fingidos de prazer, arrastando as solas de seus sapatos pelo tapete. Olhava com ódio para a cama de Louis, e o movimento que estava fazendo com os pés era raivoso também.

Louis deixou sua cabeça cair sobre o Flaubert rachado e riu sem achar graça. MaryAnn estava descendo a escada de novo. Lauren se levantou e lançou um sorriso maligno para o chão, como se tivesse visão de raio X e pudesse ver a mãe entrando na sala de jantar e desabando numa das cadeiras próximas à parede. Depois, a cama de Louis atraiu sua atenção. Ela subiu na cama, ficou em pé e começou a pular. Logo as molas estavam rangendo, enquanto a perna da cama que era ligeiramente mais curta que as outras batia com força no chão.

"Pra cima, pra baixo, pra cima, pra baixo", ela disse, entoando as palavras no ritmo das molas. "Pra dentro, pra fora, pra dentro, pra fora. Pra cima, pra baixo, pra cima, pra baixo. Pra dentro, pra fora, pra dentro, pra fora..."

"Para", disse Louis, mais irritado do que qualquer outra coisa. "Ela já entendeu."

Lauren parou. "Eu estou te chateando?"

"Você é perturbada", ele disse sem olhar para ela. "Você é completamente perturbada. E você fez uma ideia errada de mim."

"Mas você gosta de mim, não gosta?", ela perguntou a ele da porta.

"Claro que gosto. Eu gosto de você."

O novo CD do Eurythmics de Lauren estava tocando no aparelho de som para audiófilos do pai dela quando Louis saiu sorrateiramente de dentro do quarto, desceu a escada correndo e escapuliu pela porta da frente para um ar que não cheirava a toffee. Quando voltou de noitinha, de uma longa caminhada para lugar nenhum, deu duas voltas em torno da casa e não viu nenhum sinal de gente jovem. Do lado de dentro, o sr. Bowles lhe disse que Lauren e Emmett tinham ido para Beaumont para passar o domingo de Páscoa com a família de Emmett. MaryAnn passou uma semana inteira sem lhe dirigir a palavra.

A cadela labrador tinha voltado. Louis, gelado e rígido, ficou vendo como ela corria em curvas na frente dele, tangentes ligeiras ao longo das linhas de espuma que avançavam e recuavam. Pouco depois, ele ouviu vozes vindo da direção do estacionamento. Passado algum tempo, o ar branco liberou três silhuetas jovens ou joviais que avançavam em leque ao longo da praia, dando a impressão de estar esquadrinhando metodicamente a faixa de areia. Uma delas, a que passou bem na frente de Louis, era um oriental alto, que vestia um grosso casaco forrado e calça branca larga. Ele olhou para Louis com uma expressão taciturna, disse "oi" e seguiu arrastando os pés, tirando nacos de areia por revolta ou algum impulso vândalo.

A pessoa mais próxima à água estava tendo problemas com a cadela. Era um caucasiano barbudo cujos óculos estavam presos por uma tira preta de elástico. Jackie tentava morder os cotovelos erguidos do sujeito. "Sai! Sai! Sai! Vai embora!", ele bradou, enquanto Jackie latia e tentava encurralá-lo no meio de um par de ondas que vinham subindo pela areia em direções opostas. O homem deu um chute ameaçador no ar e então a cadela se afastou. Enquanto isso, a terceira pessoa, uma mulher de cabelo preto curto, já estava bem adiante, sua capa de chuva e sua calça jeans sumindo na neblina. Foi ela que, quando o grupo voltou em bloco alguns minutos depois, disse "eu vou perguntar àquele cara", com uma voz baixa, mas não baixa o bastante para evitar que Louis ouvisse. Ela veio subindo pela areia em direção a ele. Tinha um rosto delicado e agradável, com nariz pequeno e olhos castanhos bonitos. Sua expressão estava fixa num sorriso intenso e congelado. "Desculpe incomodar, mas já faz tempo que você está aqui na praia?", ela perguntou.

O caucasiano barbudo estacou logo atrás do ombro dela, e passou pela cabeça de Louis que aquelas pessoas eram tiras à paisana; elas pareciam ter intenções muito bem definidas.

"Já", ele disse. "Vocês estão procurando alguma coisa?"

Antes que ela pudesse responder, Jackie pulou em cima do caucasiano barbudo e enganchou as unhas das patas da frente no cinto dele, sendo arrastada na ponta das patas traseiras quando ele tentou se afastar. Com as mãos levantadas, o homem olhou para Louis com ar de reprovação.

"Não é minha cachorra", Louis disse.

"Nós estamos procurando alterações na areia", disse a mulher com um sorrisão. Em seguida, estendeu um braço para o lado e estalou os dedos algumas vezes, tentando atrair a atenção da cadela, mas sem tirar os olhos de Louis. Ela era uns poucos centímetros mais baixa que ele e pelo menos uns poucos anos mais velha; havia alguns fios brancos em seu cabelo escuro. "Nós estávamos pensando que talvez você pudesse ter visto alguma coisa, se já estava aqui quando houve o terremoto."

Ele olhou para ela com ar atarantado.

"Nós somos do departamento de geofísica de Harvard", explicou o caucasiano barbudo com uma voz áspera e impaciente. "Nós detectamos o terremoto e conseguimos uma localização aproximada. Como foi um tremor razoavelmente forte, a gente achou que podia haver algum efeito superficial na areia."

Louis franziu o cenho. "De que terremoto vocês estão falando?"

A mulher olhou de relance para o caucasiano. Jackie estava lambendo os dedos dela. "Do que aconteceu uma hora e meia atrás", a mulher respondeu.

"Teve um terremoto uma hora e meia atrás?"

"Teve."

"Aqui?"

"Sim, aqui."

"E vocês sentiram lá de Cambridge?"

"Sentimos!" O sorriso da mulher tinha se tornado um sorriso de prazer genuíno com a perplexidade de Louis.

"Merda." Louis se levantou às pressas, rígido. "Eu não senti nada! Mas, espera aí, será que foi mesmo tão forte assim?"

Soltando um suspiro alto, o caucasiano barbudo revirou os olhos e saiu andando, seguindo de volta em direção à outra ponta da praia.

"Fraco não foi", disse a mulher. "A magnitude deve ficar em torno de 5,3 graus. A cidade não está em ruínas nem nada, mas um tremor de 5,3 é detectado no mundo inteiro. O nosso colega Howard" — ela dirigiu um esboço de sorrisão para o oriental, que estava pulando de uma pedra a outra entre ondas — "está bem contente com isso, como você pode ver. Significa um bocado de informação."

Louis pensou no carro com o alarme disparado.

"E você realmente não sentiu nada?", ela perguntou.

"Nada."

"Que pena." Ela deu um sorriso estranho, olhando bem nos olhos de Louis. "Foi um bom terremoto."

Ele olhou em volta, ainda desorientado. "Vocês imaginavam que a praia fosse estar toda revirada?"

"Nós só estávamos curiosos. Às vezes a areia cede e forma rachaduras. Também pode se liquefazer e borbulhar até a superfície. Já houve um terremoto aqui, por volta de uns duzentos e cinquenta anos atrás, que causou sérios estragos. Nós estávamos com esperança de ver alguma coisa assim, mas..." Ela estalou a língua. "Não vimos."

Perto da beira da água, seu colega Howard estava brincando com a cadela, cutucando-a atrás das orelhas alternadamente de um lado e de outro, enquanto ela virava a cabeça para lá e para cá. Louis ainda não acreditava que tinha mesmo havido um terremoto. "Pode ter havido algum estrago nas casas aqui das redondezas?"

"Depende do que você entende por estrago", disse a mulher. "Você tem uma casa nas redondezas?"

"A minha mãe tem. Na verdade, era a casa da minha avó, que... bom, isso provavelmente não lhe interessa em nada, mas ela foi a pessoa que morreu no terremoto da semana passada."

"Puxa! É mesmo?" A mulher ficava mais bonita pesarosa do que quando estava achando graça. "Eu sinto muito."

"Sente? Eu não. Mal a conhecia."

"Eu lamento de verdade."

"Lamenta o quê?", Howard perguntou a ela, vindo da água.

A mulher fez um gesto na direção de Louis. "A avó desse... rapaz foi a pessoa que morreu no tremor do dia 6 de abril."

"Que azar", disse Howard. "Geralmente ninguém morre em terremotos pequenos assim."

"O Howard é especialista em sismos rasos", disse a mulher.

Howard apertou os olhos para o céu branco, como que desejando que aquela descrição dele não fosse exata. Seu corte de cabelo lembrava um coco cortado ao meio.

"E você?", Louis perguntou à mulher.

Ela virou para o lado e não respondeu. Howard deu um tapa no focinho da cadela e saiu correndo, fazendo manobras evasivas malucas enquanto a cadela labrador corria atrás dele. A mulher deu um passo para trás, se afastando de Louis, seu sorrisão assumindo uma frieza de despedida. Quando ela percebeu que Louis estava indo atrás dela, um breve espasmo de susto atravessou seu rosto e ela começou a andar bem rápido. Louis enfiou as mãos nos bolsos e igualou o ritmo de seus passos ao dos passos dela. Sentia um leve interesse predatório por aquela mulher de ossos pequenos, mas queria principalmente informações. "Teve mesmo um terremoto?"

"Arrã. Teve mesmo um terremoto."

"Como vocês sabem que foi aqui?"

"Ah... por instrumentos e também por um palpite calculado."

"E o que é que está causando esses terremotos?"

"Rupturas em rochas sob pressão ao longo de uma falha alguns quilômetros abaixo de nós."

"Você poderia ser um pouco mais específica?"

Ela abriu seu sorrisão e sacudiu a cabeça. "Não."

"Vai ter mais algum terremoto?"

Ela deu de ombros. "Definitivamente sim, se você estiver disposto a esperar cem anos. Provavelmente sim, se você esperar dez anos. Provavelmente não, se você for embora daqui a uma semana."

"O fato de ter havido dois terremotos, um logo depois do outro, não significa nada?"

"Não. Não necessariamente. Na Califórnia poderia significar alguma coisa, mas não aqui. Quer dizer, claro que significa alguma coisa, mas nós não sabemos o quê."

Ela falou como se quisesse ser exata só por ser exata, não por causa dele. "Em geral", continuou, "se você sente um terremoto nesta área, ele está acontecendo numa falha que ninguém nem sequer sabia que existia, em alguma profundidade específica, no contexto de pressões localizadas que ninguém tem como saber quais são. Você teria que ser um pastor fundamentalista para fazer previsões neste momento."

Os fios de cabelo branco que ela tinha pendiam na direção contrária dos fios mais escuros, ficando em cima deles em vez de se misturar a eles. Sua pele era cor de creme.

"Quantos anos você tem?", ele perguntou.

Um par de olhos surpresos e sérios veio pousar em Louis. "Trinta. E você?"

"Vinte e três", ele disse franzindo o cenho, como se um cálculo seu tivesse dado um resultado inesperado. Ele perguntou o nome dela.

"Renée", ela respondeu, carrancuda. "Renée Seitchek. E o seu?"

No estacionamento, Howard estava passando o pé na barriga de uma contentíssima Jackie e o caucasiano barbudo estava encostado num carro ridículo, um sedã rebaixado, de fins da década de setenta, com uma capota de vinil desbotada e descascada, laterais brancas onduladas, remendos cinzentos e sem nenhuma calota. Era um AMC Matador. O caucasiano barbudo tinha um rosto comprido e lábios vermelhos. As lentes de seus óculos eram do formato de telas de televisão, e as barras de sua calça jeans estavam enfiadas dentro do cano de botinas marrons de sola grossa. Só porque ela havia parado ao lado dele, o copo semicheio da beleza de Renée ficou parecendo semivazio.

O Matador aparentemente pertencia a Howard. "Você quer uma carona pra algum lugar?", ele perguntou a Louis.

"Quero sim. Talvez para a minha casa."

"Se fosse você", disse o caucasiano barbudo, "eu iria para casa agora mesmo para ver se está tudo bem."

Renée apontou para Louis. "É isso que ele está fazendo, Terry. Ele está indo para casa agora mesmo."

"Foi o que eu falei", disse Terry. "Foi só isso que eu falei."

Renée olhou para o outro lado e fez uma careta. Howard destrancou o carro, e Louis e Terry entraram no banco de trás, afundando as canelas em embalagens de pizza, latas de coca-cola e roupas esportivas. O rádio do carro ligou ao mesmo tempo que o motor. Estava transmitindo um jogo dos Red Sox.

"Cadê a cachorra?", perguntou Renée.

Howard deu de ombros e engatou a marcha a ré.

"Howard, espera. Você vai atropelar a cachorra."

Os quatro olharam por suas respectivas janelas, tentando localizar a cadela. Louis tomou a iniciativa de descer e olhar atrás do carro, cujo cano de descarga estava soltando nuvens negras da fumaça mais fedorenta que ele já tinha visto um carro produzir. A fumaça cobriu suas vias respiratórias como uma espécie de açúcar venenoso. Ele voltou para dentro do carro e informou não ter visto nem sinal da cadela.

"Esse é o Louis, aliás", Renée disse a Terry do banco da frente. "Louis, esses são Terry Snall e Howard Chun."

"E vocês todos são sismólogos", disse Louis.

Terry fez que não. "A Renée e o Howard são sismólogos. Eles são bambambãs." Parecia haver uma mensagem ambígua ali: ou Terry não acreditava realmente que os outros dois fossem bambambãs, ou queria dar a entender que ser um bambambã não era o mesmo que ser uma pessoa digna de admiração. "A Renée me falou que a sua avó morreu no terremoto da semana passada", disse ele. "Isso é horrível."

"Ela já era velha."

"O Howard e a Renée acharam que foi um terremoto de nada. Disseram que foi muito mixuruca. Eles queriam que tivesse sido maior. É assim que sismólogos pensam. Eu achei um horror o que aconteceu com a sua avó."

"Já nós não, não é, Terry? Nós achamos ótimo ela ter morrido."

"Não é isso que eu estou dizendo."

"O que você acha que ele *está* dizendo, Howard?"

Alheio, Howard girou o volante, enquanto o carro estalava e roncava feito uma barca velha. Louis olhou pela janela de trás, esperando ver a cadela, mas o terreno que os barris de lixo guardavam estava completamente vazio agora.

...*Duas bolas e dois strikes*, disse o locutor que estava narrando o jogo de beisebol.

"Duas bolas e um strike", disse Renée.

...*O lançamento dois-dois*...

"O lançamento dois-*um*", disse Renée.

Bola três, *três e dois. Roger tinha zero e dois e agora foi para uma contagem completa.*

"*Um* strike, imbecil. Três bolas e *um* strike."

...*O placar está indicando três bolas e um strike.*

...*Bob*, disse o comentarista, *eu acho que é três e um.*

Renée desligou o rádio, irritada, e Terry comentou, supostamente para Louis: "Nunca nada é bom o bastante para a Renée."

No banco da frente, Renée se virou para Howard e fez um gesto de absoluta perplexidade.

"Será que eles sentiram o terremoto no estádio?", disse Terry.

"Arrã, é bem provável", disse Renée, "já que eles estão jogando em Minnesota."

"Vira à esquerda na placa", Louis disse para Howard. Mal reconhecia a estrada onde eles estavam como aquela que ele descera correndo.

"Pra onde vocês querem ir depois?", Howard perguntou. "Dar uma olhada em Plum Island?"

"É melhor a gente voltar", disse Terry.

"Que sem graça", disse Renée.

"Ah, é, a gente não vai ver morte, não vai ver destruição...", Terry disse.

"A gente não vai ver marcas na areia, foi o que eu quis dizer. Embora seja verdade", ela disse para Louis, "que a gente sente uma certa ambivalência em relação a terremotos destrutivos. Eles são como cadáveres, cheios de informação."

A eloquência professoral dela estava começando a dar nos nervos de Louis. Ele apontou para o portão de pedra da casa dos Kernaghan, e Howard começou a fazer a curva praticamente sem reduzir a velocidade. Em seguida, pisou no freio e virou o volante com toda a força para a direita, fazendo o carro derrapar quase de volta para a estrada. Um Mercedes preto saiu desembestado portão afora, guinou ao redor deles e seguiu a toda na direção de Ipswich. Atrás do volante do Mercedes estava um homem que Louis reconheceu como o sr. Aldren. Com muito atraso, Howard cravou a mão na buzina.

"Você quer me matar, não é?", disse Renée, apoiando a mão no para-brisa e deslizando de volta para o acolchoado do banco do qual ela havia sido arremessada.

Uma sensação estranha, nova e não de todo desagradável tomou conta de Louis enquanto eles subiam a ladeira e ele viu, como aqueles estudantes estavam vendo, o dinheiro que aquela propriedade representava. Era uma sensação de exposição, mas também de satisfação. Dinheiro: leia-se: eu não sou um qualquer. O silêncio reverente dentro do carro se manteve até que a casa e seu chapéu de festa ficaram à vista e Renée riu. "Ah, meu Deus."

"Vocês têm que entrar", Louis disse, num impulso de homem rico. "Comer alguma coisa, ver alguns estragos."

Terry mais que depressa sacudiu a cabeça. "Não, obrigado."

"Não, sério", Louis insistiu. "Vamos lá." Ele estava pensando em como sua mãe ia ficar incomodada com aquelas visitas. "Quer dizer, se é que vocês estão curiosos."

"Ah, nós estamos curiosos", disse Renée. "Não estamos, Howard? Ser curioso é a nossa profissão."

"Eu só espero que ninguém tenha se machucado", disse Terry.

Só depois de abrir a porta e mandar todo mundo entrar foi que Louis se deu conta de como, no fundo, não tinha acreditado que ocorrera um terremoto. E a sensação mais forte que teve, quando estacou no meio do hall de entrada, foi de estar olhando para a obra de uma mão zangada. O pastor que dissera que Deus estava zangado com Massachusetts; a haitiana que acreditara que havia um espírito zangado na casa: Louis entendeu o que eles queriam dizer, pois uma força tinha entrado na casa enquanto ele estava na rua e a atacado, arrancando um pedaço de gesso do teto da sala de jantar e o atirando em cima da mesa, onde a água derramada de vasos quebrados encharcara o gesso, deixando-o marrom. A força também tinha aberto as portas do aparador, derrubado tudo que fosse mais vertical do que horizontal e espalhado poliedros de porcelana pelo chão. Tinha posto abaixo quadros da sala de estar, destruído o bar e aberto rachaduras nas paredes e no teto. O cheiro da sala era como o de uma república de estudantes numa manhã de domingo.

"Você realmente quer a gente aqui?", Renée perguntou a Louis.

"Claro." Ele tinha seus deveres de anfitrião a considerar. "Vamos dar uma olhada na cozinha."

Howard ficou apoiado num pé só e se inclinou para espiar a sala de estar, sua outra perna pairando no hall de entrada para dar equilíbrio. Terry, extremamente constrangido, se mantinha perto de Renée, que disse em voz baixa: "Você está vendo o que acontece com quem mora no epicentro".

Os estragos eram menos evidentes na cozinha: alguns potes quebrados, algumas lascas de tinta e gesso no chão. Encostado na pia, o pai de Louis ficou encantado de conhecer os três estudantes. Apertou a mão dos três e pediu que eles repetissem seus nomes.

"Cadê a mamãe?", Louis perguntou.

"Você não cruzou com ela? Ela está tirando fotos para a Prudential. Eu te aconselho a não tentar limpar nada antes que ela termine. Na verdade, Lou", Bob acrescentou a meia-voz, "eu acho que ela nem se deu conta do que estava fazendo, mas eu a vi derrubando alguns objetos das prateleiras na sala de estar. Coisas feias, sabe."

"Claro", disse Louis. "Boa ideia."

"Mas que dia!", o pai continuou em voz mais alta. "Que dia! Vocês todos sentiram o terremoto, não sentiram?" Ele se dirigiu aos quatro e todos fizeram que sim, menos Louis. "Eu estava no quarto dos fundos e pensei que fosse o fim do MUNDO. Contei doze segundos de tremor forte no meu relógio." Ele apontou para seu relógio de pulso. "Quando começou, eu senti a casa inteira ficar *tensa*, como se ela tivesse *captado* alguma coisa no ar." As mãos de Bob se ergueram e giraram no ar, como pombos voando em círculos. "Depois eu ouvi um longo estrondo, como se um trem de carga estivesse passando logo adiante das janelas. E tinha uma sensação de *peso*, um *peso* tremendo. Eu ouvia milhares de barulhinhos de coisas pequenas caindo dentro das paredes e aí, enquanto estava lá sentado, olhando — não é para me gabar não, mas eu não senti nem um pingo de medo, porque, sabe, parecia uma coisa tão natural, tão inevitável —, enfim, eu estava lá sentado e vi uma janela simplesmente se *estilhaçar*. E aí, justo quando eu pensei que tinha acabado, a coisa toda se *intensi-*

ficou, foi maravilhoso, maravilhoso, esse clímax final. Era como se ela estivesse gozando! Como se a Terra inteira estivesse gozando!"

Bob Holland olhou para os rostos ao seu redor. Os três estudantes estavam ouvindo o seu relato, sérios. Louis parecia uma estátua branca olhando para o chão.

"Imagino que vocês saibam que existe toda uma história de terremotos na Nova Inglaterra", continuou Bob. "Vocês sabiam que os índios norte-americanos pensavam que os terremotos causavam epidemias? Isso fez muito sentido pra mim hoje, essa ideia de doença, de distúrbio na Terra. Eles também eram cientistas, sabe. Cientistas de uma forma muito profunda e muito diferente. Se vocês querem falar de superstição, eu vou contar pra vocês que tinha uma mulher nessa região em 1755, o nome dela era Elizabeth Burbage. Filha de pastor, uma solteirona. Pois bem, os cidadãos tementes a Deus de Marblehead — rá-rá! Marblehead! — chegaram à conclusão de que ela era uma feiticeira e a expulsaram da cidade porque três vizinhos dela afirmaram que ela tinha previsto o grande terremoto que atingiu Cambridge em 18 de novembro. Sessenta e três anos depois dos julgamentos de Salem! Porque ela tinha presciência de um ato de Deus! Marblehead! Maravilhoso!"

Louis estava envergonhado demais para acompanhar a reação das pessoas nos minutos que se seguiram. Abriu a geladeira e convenceu Renée e Howard a aceitarem maçãs. O pai começou a contar sua história de novo e, só para tirá-lo dali, Louis o acompanhou até o quarto onde sua aventura havia transcorrido. Lá, Bob reconstruiu os doze segundos de terremoto segundo a segundo, epifania a epifania. Estava mais doidão do que nunca. O vidro da janela se estilhaçando, em especial, tinha lhe parecido um momento transcendental, que sintetizava toda a história do homem e da natureza.

Quando finalmente conseguiu se livrar do pai, Louis descobriu que Terry e Howard tinham ido lá para fora, Terry para se sentar no banco traseiro do carro e Howard para se sentar no capô, comendo sua maçã ruidosamente. Renée? Howard deu de ombros. Ainda lá dentro.

Louis a encontrou na sala de estar, conversando com a mãe dele. Ela lhe dirigiu o seu agora familiar sorrisão, enquanto a mãe, com uma câmera fotográfica pendurada no pescoço, lhe transmitiu o seu agora igualmente familiar desejo de não ser incomodada. "Será que você pode nos dar licença um instante, Louis."

Ele executou um ostentoso giro de cento e oitenta graus, saiu da sala e foi se sentar no meio da escada. Sua mãe e Renée continuaram conversando por quase cinco minutos. Só o que ele conseguiu captar foram cadências — longas enunciações sussurrantes de sua mãe, sons mais breves, claros e repetitivos de Renée. Quando finalmente apareceu no hall de entrada, Renée ergueu os olhos para a escada. Louis estava curvado e imóvel, como uma aranha esperando uma mosca cair em sua teia. "Acho que nós já vamos indo então", disse ela. "Obrigada por nos convidar para entrar."

Ela se virou para ir embora, e Louis desceu a escada feito um relâmpago, teleguiado para a mosca emaranhada. Pôs a mão no braço dela e o segurou. "Sobre o que é que você e a minha mãe estavam conversando?"

Os olhos de Renée se dirigiram da mão no braço dela para a pessoa a quem a mão pertencia. Ela não parecia nem um pouco contente com aquela mão.

"Ela está preocupada com os terremotos. Eu disse a ela o que eu sei."

"Eu vou te ligar."

Ela deu de ombros de um jeito quase imperceptível e disse: "Está bom".

Quando Louis voltou para dentro da casa, depois de ver o carro fumacento descer a pista de entrada, sua mãe estava fotografando a sala de jantar. Por um instante ela abaixou a câmera. "Essa Renée Seitchek é uma moça muito impressionante", ela disse. Focalizou a câmera no teto, apertou um botão e, por um momento, a sala inteira ficou branca.

4.

Louis havia conseguido o emprego na WSNE através de Beryl Slidowsky, uma antiga amiga sua da Rice que tivera um programa de sucesso na KTRU tocando músicas de bandas como Dead Kennedys e Jane's Addiction. Em fevereiro, num momento em que os currículos e fitas-demo que ele enviara para estações de rádio em uma dúzia de cidades do norte tinham lhe rendido um total de duas respostas, ambas categoricamente negativas, Louis ligou para Beryl e perguntou como andavam as coisas nas rádios de Boston. Ela estava trabalhando na WSNE fazia uns três meses e, por acaso, estava prestes a pedir demissão. O dono, ela se apressou em dizer, era ótimo sujeito, mas a pessoa que gerenciava a estação estava literalmente lhe dando uma úlcera. De qualquer forma, se ele quisesse, ela recomendaria com prazer Louis para o lugar dela. Ele não era uma pessoa, assim, bastante tolerante em geral? Não tinha conseguido aguentar aqueles insuportáveis dos Bowles um ano inteiro?

A causa do mal-estar péptico de Beryl, Louis veio a saber, era uma mulher de trinta e muitos anos chamada Libby Quinn. Libby havia começado a trabalhar na WSNE como recepcionista dezoito anos antes, quando a emissora ainda era sediada em Burlington, e, embora nunca tivesse concluído a escola secundária, ela conseguira com o passar dos anos se tornar indispensável para a estação. Cuidava de toda a programação e de boa parte da administração, redigia e gravava spots para anunciantes locais que não dispunham de agência publicitária e, com Alec Bressler, arranjava convidados para os programas de entrevista. Tinha bochechas rosadas de irlandesa e cabelo louro-escuro, que usava sempre preso numa trança ou num coque. Gostava de vestir roupas no estilo típico inglês — saias em tons de rosa arroxeado, cardigãs, meias até os joelhos, sapatos de cadarço — e raramente era vista sem uma caneca de chá verde a seu lado. Para Louis, ela parecia uma pessoa totalmente inofensiva.

No início da segunda semana de trabalho de Louis na emissora, Libby apareceu na porta de seu cubículo e fez sinal para ele usando só o dedo indicador. "Vem comigo até a minha sala?"

Ele foi andando atrás dela pelo corredor. A sala de Libby era repleta de fotos de duas garotas louras já no fim da adolescência; embora fossem velhas demais para serem suas filhas, as duas eram idênticas a ela.

Ela mostrou a Louis uma pilha de papéis impressos com orelhas nas pontas. "Aqui tem uns noventa e cinco mil dólares em pagamentos pendentes. Só de pessoas que já não fazem mais negócios com a gente. O que você acharia de tentar receber alguns deles?"

"Eu adoraria."

"Eu mesma me encarregaria disso, mas realmente isso é mais um trabalho para um homem."

"Hum."

"É fácil. Só o que você tem que fazer é ligar para eles e dizer: 'Olha, vocês estão nos devendo dinheiro. Paguem'. Você faria isso para mim?"

Ele pegou a pilha de papéis e Libby sorriu. "Obrigada, Louis. Só mais uma coisa, se você não se importar, eu gostaria que isso ficasse só entre nós dois. Um segredinho nosso. Tudo bem?"

No ramo do rádio, principalmente num mercado concorrido como o de Boston, não existe algo como um emprego interessante ou gratificante para quem está começando. Mesmo num lugar como a WSNE, Louis sabia que teria de passar vários anos fazendo trabalhos sacais antes que lhe dessem a chance de passar um tempo significativo no ar. Assim, ele ficou grato por Libby ter lhe pedido para cuidar das cobranças. Era, de longe, bem mais divertido do que qualquer coisa que ele havia feito na KILT, em Houston, e lhe permitia ser o mais irritante e desagradável que ele ousava ser. Louis passou a dedicar cada minuto que lhe sobrava a isso.

Alguns dias depois da Páscoa, Alec Bressler entrou por acaso no cubículo de Louis quando ele estava imprimindo cartas ameaçadoras. O dono da emissora olhou com seus óculos genéricos para as folhas que estavam saindo da impressora e franziu o cenho. "O que é isso?"

"Contas atrasadas", disse Louis.

A curiosidade de Alec se transformou em preocupação. "Você está tentando receber pagamentos atrasados?"

"Sim, tentando."

"Mas você não está botando... *pressão* nas cobranças, está?"

"Na verdade, estou sim."

"Ah, não faça isso."

"Ordens da Libby."

"Você não deve fazer isso."

"Não era para você saber."

Justo nesse momento, Libby passou em frente ao cubículo. Alec a deteve. "O Louis me disse que está fazendo cobranças usando *pressão*. Eu pensava que nós não fazíamos isso."

Libby abaixou a cabeça, pesarosa. "Desculpe, Alec."

"Eu pensava que nós não fazíamos isso. Sério, eu estou errado?"

"Não, claro que você está certo." Ela deu uma piscada cúmplice para Louis. "Nós vamos ter que parar."

"Se vocês me permitem um aparte", disse Louis. "Elas nos renderam uns quatro mil e quinhentos dólares nos últimos dez dias."

"Vocês, homens, discutam esse assunto", disse Libby. "Eu tenho que entrar no ar daqui a noventa segundos."

"Como assim? Cadê o Bud?"

"O Bud está com um probleminha com o contracheque dele. Agora, se você me dá licença, Alec, eu tenho que ir."

"Um probleminha? Que probleminha?" Alec foi até o corredor atrás dela. "Que problema é esse? Que problema é esse?" Eles ouviram a porta do estúdio no fim do corredor se fechar. Alec enfiou todos os dedos no cabelo, entrando rapidamente em frenesi. "Eu pago essa mulher! E ela se recusa a me dizer qual é o problema!"

Ele continuou olhando para o corredor vazio. Louis o viu localizar, chamuscar e por fim acender um Benson & Hedges inteiramente por tato. "Então, sim", ele continuou, capturando fios arredios de fumaça com inalações fortes e hábeis, "você não faz mais cobranças com pressão. Pra que se indispor com as pessoas? É importante deixar sempre uma porta aberta. Guarde essas coisas. Você avaliou as respostas que os ouvintes mandaram para o concurso? A Inez recebeu centenas delas. Pense nisso: centenas!"

Em Somerville, enquanto isso, era primavera. Num dia de sol, quando ninguém estava olhando, capim alto havia surgido em todas as sete colinas, tufos desgrenhados dele ocupando de repente todos os gramados e canteiros de rua. Era como se um chamativo lixo cor de clorofila tivesse sido despejado em cima da cobertura vegetal mais típica da cidade, cobertura essa que, quando os últimos vestígios de neve derreteram, atingiu seu pico de riqueza e variedade. Como sempre, havia folhas pretas, guimbas de cigarro e fezes de cachorro. Mas, em qualquer canteiro de rua mais longo, mesmo o transeunte ocasional poderia esperar encontrar também lenços umedecidos secos; sobras de cinzas espalhadas pelas ruas durante planos de emergência contra nevascas; agulhas de pinheiros de Natal e vestígios de festões; luvas desparelhadas; cacos de vidro azulados de janelas de carro arrombadas; folhetos de propaganda amassados dos supermercados Johnny Foodmaster e do Assembly Square Mall; enormes bolotas de chiclete mastigado; garrafas de vinho e de bebidas alcoólicas diversas; folhas de papel pautado com frases simples toscamente escritas a lápis contendo *Ps* e *hs* virados para o lado contrário; lenços de papel em decomposição que faziam lembrar ricota; lâminas de borracha de limpadores de para-brisa e filtros de carburador sujos; isqueiros gastos; refugos alimentícios caídos de sacos de lixo rasgados na transferência para caminhões de lixo, cascas de laranja, latas de atum e tampas de embalagens de ketchup depositadas no chão por montes de neve derretidos; e talvez, se o transeunte desse sorte, também alguns dos espécimes mais singulares de Somerville, como a magnífica estante que durante vários meses havia jazido de bruços num dos canteiros centrais da Alewife Brook Parkway, ou o suprimento de dinheiro de Banco Imobiliário que vinha se espalhando de seu ponto de distribuição na College Avenue para ruas transversais — notas de dez amarelas, notas de cinquenta azuis. Esse era o tipo de profusão aprazível e mutável de objetos que a Natureza, essa "grande porcalhona", havia mais uma vez lançado fora junto com ervas mirradas, narcisos que pareciam de plástico e, por fim, num momento em que ninguém estava olhando, milhares de células de capim verde alienígena. Nenhuma força estrangeira poderia ter sido mais sorrateira e aplicada do que a primavera ao se infiltrar na cidade da noite para o dia. As novas plantas se destacavam com uma desfaçatez comparável à do agente que, quando sente que sua vida está em perigo, adota um comportamento ainda mais nativo do que o de seus interrogadores nativos.

Ao voltar para casa, Louis encontrou seu vizinho John Mullins lavando o carro com uma enorme esponja de banho marrom. O carro nunca parecia ultrapassar o final da pista de entrada, onde Mullins o lavava. Também nunca parecia sujo. Viçosas tulipas agora enchiam o canteiro embaixo da varanda da casa de três andares onde o velho morava; suas pesadas cabeças roxas e amarelas se inclinavam para o lado em diferentes ângulos casuais, como que evitando especificamente os olhos de Louis.

"Olá, Louie, meu rapaz", disse Mullins, largando a esponja no para-brisa e bloqueando o caminho de Louis. "Como vão as coisas? Você está gostando daqui? Está gostando de Somerville? O que você está achando desse tempo? Eu acho que não vai durar. Acabei de escutar a previsão do tempo, sempre escuto às 5h35. Me diga uma coisa, você sentiu o terremoto no domingo?"

Louis vinha fazendo que não com a cabeça em resposta a essa pergunta havia vários dias.

"Nossa, que susto que eu levei. Você acha que nós ainda vamos ter outros? Eu espero sinceramente que não. Eu tenho um probleminha no coração, sabe — um probleminha no coração. Probleminha no coração." Mullins deu alguns tapinhas rápidos no peito, chamando a atenção de Louis para o coração que havia ali dentro. "Eu não posso me assustar desse jeito." Ele deu uma risada oca, com um medo genuíno nos olhos. "Eu tentei vir cá pra fora e acabei caindo de traseiro no chão, você acredita? Eu não conseguia me levantar! Meu Deus, que susto que eu levei. A menina ali do andar de cima, aquela que canta — simpática, ela. Ela me disse que nem sentiu."

"Se houver outro terremoto, o senhor deve tentar ficar embaixo do batente de uma porta", disse Louis.

O velho fez uma careta de surdo. "O que é que foi?"

"Eu disse que o senhor deve tentar ficar embaixo do batente de uma porta interna, ou então se enfiar debaixo de uma mesa. Dizem que esses são os lugares mais seguros para se ficar."

"Ah, sim, sei. Está bem, Louie, meu rapaz." Trôpego, Mullins voltou para sua esponja. "Está muuuito bem, Louie, meu rapaz."

Na caixa do correio, havia um envelope da firma de advocacia de Arger, Kummer & Rudman. O envelope continha dois ingressos para um jogo do Red Sox e um cartão comercial de Henry Rudman. Na janela de trás do quarto de Louis, um florescente arbusto branco havia aparecido e estava impressionantemente aceso pela luz do sol, a eclíptica tendo se deslocado bem para o norte desde a última aparição do sol na hora do jantar. Louis fez um sanduíche de ovo frito e viu um episódio de *Hogan's Heroes*. Fez outro sanduíche de ovo frito e viu o noticiário da NBC. No meio de sua meia hora informativa, a NBC fez uma viagem a Boston e descobriu, para seu espanto, que um par de terremotos havia ocorrido nas imediações da cidade. Foram exibidas imagens de vidraças quebradas e de corredores de supermercados em que funcionários solitários limpavam com esfregões poças de suco e de geleia de frascos espatifados. O correspondente relatou fatos coerentes com as informações transmitidas pelos boletins de notícias que Louis estivera ouvindo de hora em hora na WSNE: o terremoto da Páscoa, que atingira magnitude 5,2 na escala Richter e fora seguido de vários pequenos tremores, havia causado danos no valor estimado de doze milhões de dólares em três condados e deixado catorze pessoas feridas. (Quase todos os ferimentos, como Louis havia notado ao ler o *Globe*, deviam-se ao pânico: um número surpreendente de pessoas havia se cortado ou se contundido seriamente enquanto fugia de suas casas sacolejantes, um pescador que se encontrava numa ponte ao norte de Ipswich tinha enfiado um anzol em sua pálpebra enquanto corria para terra firme e um motorista guiara seu carro para dentro de uma vala.) Depois, os espectadores da NBC foram brindados com um gostinho de história ("terremotos não são *inéditos* na Nova Inglaterra") e com uma rápida tomada aérea da usina nuclear de Seabrook, seguida de palavras tranquilizadoras do porta-voz de uma companhia de energia elétrica, de uma declaração colérica de um comerciante de vinho (para ele, ao que parecia, a natureza era só mais um morador local que não sabia dar o devido valor a safras de boa qualidade) e, por fim, um relato enternecedoramente inarticulado do terremoto feito por um adolescente de Ipswich e acompanhado de muitas sacudidas incrédulas de cabeça: "Começou devagar. E aí bum!". O correspondente conquistou o direito de dizer seu próprio nome com uma voz grave e séria dizendo antes, com uma voz grave e séria, que aquele terremoto "pode não ter sido o último". Houve uma breve tomada a meia distância do âncora da NBC com um sorrisinho oblíquo no rosto (ele recebia trinta e quatro mil dólares por semana para não bocejar durante essas tomadas) antes de surgir na tela a imagem de uma farmácia à moda antiga, com um afável farmacêutico com cara de tio atrás do balcão. A América assistiu impotente ao desenrolar do drama publicitário. Não fazia muito tempo, Louis tinha visto esse tipo de anúncio ser parodiado num programa de TV noturno. O preocupado consumidor voltava à farmácia e, em vez de agradecer ao farmacêutico com cara de tio pela indicação que ele lhe dera, listava vários distúrbios grotescos e desequilíbrios hormonais provocados pelo remédio recomendado e acabava (talvez de forma um pouco previsível?) por dar um tiro no farmacêutico. Essa cáustica sátira da NBC tinha sido seguida por um anúncio de verdade, de preservativos.

Depois do noticiário veio o beisebol, que Louis vinha acompanhando na base de nove a dezoito *innings* por noite. Enquanto os Red Sox abriam uma vantagem de oito a zero no placar, ele folheou o *Globe* e, pela segunda vez em duas semanas, experimentou uma estranha sensação ao correr os olhos pelas páginas do jornal. Parecia uma edição tipo pegadinha de aniversário, cheia de nomes familiares. A matéria principal da seção de negócios era intitulada "Ações da Sweeting-Aldren sofrem nova queda". As agruras que vinham subitamente atingindo a segunda maior fábrica de produtos químicos da Nova Inglaterra eram tão numerosas que o leitor era solicitado a saltar para a página 67. O último relatório trimestral da companhia, divulgado naquela manhã, mostrava uma forte queda nos lucros, já que as vendas permaneciam estagnadas, enquanto os preços crescentes da energia e uma escassez cíclica de várias matérias-primas essenciais aumentavam os custos de produção. À luz desse relatório, investidores de Wall Street continuavam a reagir de forma extremamente negativa à notícia que veio à baila na terça-feira de que as instalações da Sweeting-Aldren em Peabody pareciam ter sofrido danos significativos por causa do terremoto de domingo; o preço das ações da companhia já havia caído 4,875 pontos, chegando a 64,5 — a maior queda em pontos num período de dois dias já registrada nos quarenta e oito anos da história da companhia, e a maior queda percentual num período de dois dias desde 11 de agosto de 1972. O assessor de imprensa da Sweeting-Aldren, Ridgely Holbine, negou enfaticamente que qualquer linha de produção da companhia tivesse sido prejudicada pelo terremoto, mas a descoberta na última segunda-feira de grandes quantidades de um efluente esverdeado num canal de escoamento que atravessa um complexo residencial situado a cerca de quatrocentos metros de uma instalação da Sweeting-Aldren continuava a alimentar especulações. Holbine declarou que a companhia estava investigando a "possibilidade extremamente remota" de existir alguma conexão entre a fábrica e o efluente; de acordo com um analista, essas declarações foram interpretadas de imediato em Wall Street como "praticamente um mea-culpa". Holbine enfatizou que a Sweeting-Aldren era conhecida por ter "talvez o melhor histórico ambiental entre todos os concorrentes do ramo" e explicou que os gastos da empresa com energia eram altos em virtude do compromisso que ela assumira de "reciclar os refugos tóxicos em vez de descartá-los". Observou também que fazia bem pouco tempo, mais exatamente em janeiro último, a revista *Forbes* citara "o estável desempenho da Sweeting-Aldren como a fabricante de produtos químicos mais lucrativa da América". Mesmo assim, o preço das ações da empresa caiu ontem em mais de um ponto nos últimos trinta minutos de negociações da Bolsa de Valores de Nova York. O temor de que pudessem ocorrer novos terremotos destrutivos na região ao norte de Boston e, não menos importante, o receio de que a empresa pudesse vir a ser alvo de ações judiciais por conta da descoberta do efluente estavam se combinando para...

Louis olhou para a tela da televisão a tempo de ver uma bola de beisebol voar na direção da área de aquecimento do time visitante no Fenway Park. A vantagem dos Red Sox tinha sido cortada pela metade. Na cozinha, o telefone tocou.

Era Eileen. Quase uma semana tinha se passado desde que Louis deixara uma série de mensagens cada vez mais sarcásticas na secretária eletrônica de Eileen, mas ela não estava ligando para se desculpar. *Ela só queria dizer* que ela e Peter iam dar uma grande festa na casa de Peter no dia 28. "*O tema da festa é desastre*", disse ela. "Você tem que estar fantasiado pra entrar, está bom? *Tem* que. E tem que ter alguma coisa a ver com desastres. Não vai ter a menor graça se as pessoas não se fantasiarem, então a fantasia é obrigatória."

Louis estava olhando para o *Globe* da véspera, que ele tinha posto na pilha de jornais que iria para o lixo depois de separar a seção de quadrinhos. A manchete da primeira página estava escrita em letras garrafais: *Rastros do terremoto: Grande vazamento químico em Peabody*.

"Vê se vai, tá bom?", disse Eileen. "Você pode levar outras pessoas se quiser, mas elas também têm que estar fantasiadas. Anota o endereço."

Louis anotou o endereço. "Por que você quer que eu vá a essa festa?"

"Você não quer ir?"

"Ah, definitivamente... talvez. Eu só não sei por que você resolveu me convidar."

"Porque vai ser divertido e um monte de gente vai."

"Você está dizendo que você gosta da minha companhia?"

"Olha, se você não quiser ir, não vai, mas eu tenho que desligar agora, tá bom? Então a gente se vê no dia 28, talvez."

De acordo com o *Globe*, o efluente esverdeado tinha sido notado pela primeira vez por moradores de uma subdivisão de Peabody na manhã de segunda-feira, dezoito horas depois do terremoto de domingo, pouco mais de vinte quilômetros a nordeste. Um menino de quatro anos e sua irmã de dois estavam brincando perto de uma vala adjacente a essa subdivisão e voltaram para casa com as roupas sujas de "uma substância que parecia anticongelante Prestone". No decorrer da tarde, moradores observaram que a vala, ainda cheia devido às fortes chuvas recentes, estava ficando verde. Um odor orgânico enjoativo, "como de tinta de caneta hidrocor", foi notado. Na noite de quarta-feira, o odor já havia praticamente se dissipado. Até então, funcionários da Secretaria de Meio Ambiente do estado ainda não haviam conseguido localizar a origem do efluente, mas estavam concentrando suas investigações numa propriedade cercada e arborizada pertencente às Indústrias Sweeting-Aldren e num pântano adjacente de cinco acres de extensão drenado pela vala poluída. Ridgely Holbine, da Sweeting-Aldren, voltou a dizer que a empresa não despejava quantidades significativas de refugos industriais em Peabody fazia quase vinte anos. Ele informou que a propriedade em questão abrigava um moinho e alguns pequenos tanques de contenção para "processos intermediários", nenhum dos quais apresentava qualquer sinal de ter sido danificado pelo terremoto. Enquanto isso, uma moradora de Peabody, Doris Mulcahey, contou a repórteres que seu marido e sua filha mais velha haviam, ambos, morrido de leucemia nos últimos sete anos e que ela desconhecia, até aquele momento, que a propriedade arborizada situada a cerca de quatrocentos metros de distância de sua casa pertencia à Sweeting-Aldren. "Eu não estou dizendo que eles causaram a morte dos dois, mas com certeza também não descarto essa possibilidade", disse Mulcahey.

A partida de beisebol terminou de forma triste para a torcida dos Red Sox.

Na manhã seguinte, bem cedo, minutos antes da hora em que seu despertador teria tocado, Louis sonhou de novo. Uma porta da casa dos Bowles na Dryden Street o conduziu de volta à sala com as cadeiras de couro vermelho e, lá, ele descobriu que sua mãe não havia arredado o pé dali todos aqueles dias. Ela continuava reclinada numa cadeira, seu vestido amarelo ainda levantado até quase a altura dos quadris. Agora, porém, só havia um homem na sala. Louis o reconheceu pelo retrato pendurado em cima da lareira. O crânio bem feito e calvo, os negros olhos lascivos. Avistando Louis, ele imediatamente se virou de costas e fez alguma coisa com sua calça, ajeitou alguma coisa na parte da frente. Foi então que Louis percebeu que a sala inteira estava coberta de sêmen, uma camada de sêmen branco-esverdeado suficiente para cobrir as solas de seus sapatos, e então ele acordou tremendo violentamente. Conseguiu não analisar esse sonho mais tarde, embora também não tenha conseguido esquecê-lo de todo.

Passarinhos estavam acordando enquanto ele comia seu cereal. Como acontecia todas as manhãs, quando ele passou pelos conjuntos de móveis bege de Toby — o grande sofá e as grandes poltronas emergindo da noite inabitada para mais um dia de serem estacionários, grandes, pesados e ocuparem espaço —, sua sensação da irrealidade da vida atingiu um pico agudo.

O tempo que ele levava para ir de carro até o trabalho, descendo a Alewife Brook Parkway, pegando a Route 2, passando pelo restaurante chinês Haiku Palace e pelo motel Susse Chalet, subindo a ladeira de um quilômetro e meio que todos os dias deixava dois ou três carros em más condições parados no meio do caminho, atravessando subúrbios históricos onde a claridade cada vez mais forte da manhã fazia os faróis dos carros e caminhões que seguiam para leste parecerem fúnebres, era o mesmo tempo que seu suco e seu café precisavam para serem filtrados por rins e bexiga abaixo e forçá-lo a ir direto para o banheiro dos homens ao chegar à WSNE. Alec Bressler estava se barbeando em frente ao espelho, seu decrépito nécessaire equilibrado na beira da pia. “Você passou a noite aqui de novo”, Louis comentou enquanto mijava.

Alec apalpava seu pescoço cinzento. “Hum-hum.”

No estúdio, Louis se sentou diante da mesa de som com uma rosca de chocolate que tinha comprado de Dan Drexel e correu os olhos pelo papel impresso contendo o roteiro do horário de seis às sete. Drexel, usando a palma da mão para empurrar um arco de cento e cinquenta graus de donut para dentro da boca, trocou de lugar com o locutor da noite dentro da cabine e correu os olhos pela sua cópia do roteiro. A barba de lenhador de Drexel ia ficar polvilhada de açúcar até a hora de seu intervalo para ir ao banheiro, às oito. (Para os ouvintes, poucos locutores de rádio soam barbudos, mas muitos deles são.) Louis carregou o Cartucho 1 com um spot de trinta segundos da Cumberland Farms, soltou o som às 5h59min30 e deu a deixa para Drexel. A edição matinal das "Notícias com algo a mais na hora do rush" começou.

Eles estavam no meio de um Festival Bob Newhart. "Nós vamos executar todas as gravações de números cômicos que o Button-Down Mind algum dia fez e a WSNE algum dia comprou", Drexel lembrou aos ouvintes. "Em apenas alguns instantes nós vamos ouvir o que com certeza é um dos números de Newhart mais admirados de todos os tempos, mas antes um resumo das principais notícias do mundo."

Louis posicionou a agulha na quarta faixa do lado B de *Behind the Button-Down Mind*, enquanto Davidson Chevy-Geo falava sobre planos de financiamento.

"Tem açúcar na sua barba", Louis avisou a Drexel.

Como sempre, Drexel passou a mão do lado errado. O comercial estava terminando, e Drexel se aconchegou ao microfone com um sorrisinho inconsciente de gato lascivo. "Mil novecentos e sessenta e três", disse com voz melodiosa. "E Button-Down Mind descobre o mundo *surpreendente* da TV infantil." Na palavra "TV", o dedo indicador de Drexel pousou em Louis, que então tirou o polegar do prato do toca-discos, deixando-o girar.

Quatro horas depois, Kim Alexander, o locutor do programa de entrevistas, assumiu a mesa do estúdio. Do lado de fora, sob o sol do meio da manhã, Louis se sentou embaixo de um salgueiro na parte do terreno gramado que fazia do Crossroads Office Park um parque. O gramado era um daqueles lugares suburbanos familiares onde o concreto das bordas circundantes ainda não perdeu a película branca de cal, um cheiro forte e agradavelmente penetrante de juníperos paira no ar, não se vê lixo algum, nem mesmo filtros de cigarro (ou talvez uma única peça artística de lixo, em estilo japonês), e ninguém, mas ninguém mesmo, jamais faz piqueniques. Louis não entendia esses espaços. Por que não usavam grama sintética e árvores de plástico de uma vez.

Ficou observando um Lincoln Town Car novo, com janelas de vidro fumê, dar a volta no cul-de-sac e parar na calçada do lado oposto da entrada da WSNE para o Edifício III. A placa personalizada do Lincoln dizia PROVIDA 7. Libby Quinn saltou do carro pelo lado do passageiro e entrou correndo nos estúdios. O motor do Lincoln arrancou como um homem poderoso suspirando: PROVIDA 7. Louis deu de ombros e se deitou na grama nova e quente, deixando o sol saturar de cor de laranja seus nervos ópticos.

Uma pessoa pode ficar zonza deitada no sol quente. Por alguns segundos, Louis achou que a coisa esquisita que estava acontecendo com ele devia-se a algum fio solto em seu sistema nervoso, alguma sinapse estabanada, e não, como o coro de alarmes de carro que veio de repente do estacionamento indicava ser o caso, a um terremoto.

Ele gastou vários segundos tentando se levantar. Quando finalmente conseguiu ficar de pé, o terremoto já estava acabando e o chão agora se mexia quase imperceptivelmente, como um trampolim quando uma pessoa fica parada bem na ponta, olhando para a piscina lá embaixo.

O trânsito da 128 fluía tranquilamente. Louis olhou desafiador para o ar a sua volta, como que incitando o mundo físico a *fazer isso de novo* quando ele não estivesse distraído, se é que tinha coragem. Mas a única perturbação que restava era a instabilidade marginal de seu próprio corpo, a oscilação de pernas ao longo das quais o sangue estava sendo bombeado com menos suavidade do que seria desejável (nem mesmo grandes mímicos ou guardas de palácio conseguem ser estátuas). O chão em si estava imóvel.

Do lado de dentro, ao se aproximar da sala de Alec, Louis ouviu o dono da emissora discutindo com Libby na saleta interna. Alguém com menos atração por brigas provavelmente teria recuado, mas Louis se plantou no limiar da porta da sala externa, que continha uma Zenith preta e branca de dez polegadas e um sofá em cujo braço havia uma pilha de roupas de cama dobradas e camisas amassadas.

"Eu não retorno as ligações desse sujeito", disse Alec. "Eu me recuso a conhecer esse sujeito. Mas a minha diretora de produção toma café da manhã com ele? A minha diretora de produção a quem eu disse, não, nós não fazemos negócio com esse tipo de gente? Eu sei que ele é um rapaz muito bonito. Muito ético, muito ca-ris-má-ti-co. É comprometedor você almoçar com o sujeito, sim, ou tomar drinques com ele, ou *jantar* com ele. Mas café da manhã... café da manhã é uma refeição muito ética!"

"Fechar os olhos não vai fazer com que ele desapareça, Alec. A não ser que você também consiga arranjar uns duzentos ou trezentos mil dólares para se livrar dele. Ele já enviou uma petição contra a renovação."

"E daí? Da última vez que nós renovamos..."

"Da última vez que nós renovamos ninguém se manifestou contra e a emissora não estava depenada."

"Eles não confiscam licenças assim com essa facilidade."

"E mais: o Philip Stites não tinha contratado a Ford & Rothman para fazer um estudo da nossa audiência."

"Então... é chantagem! Uma coisa muito ética!"

"Encare os fatos. Ele quer uma emissora."

"E você vai trabalhar para esse sujeito? Você vai ser a diretora de produção dele?"

"Quando você se recusa a cobrar os atrasados de ex-clientes? Quando só o que você consegue botar no ar nos horários de rush são notícias sobre a guerra da Somália e Phyllis Diller?"

"As pessoas adoram a Phyllis Diller!"

"Um vírgula sete por cento da audiência às oito da manhã. Esse foi o número de março. Eu acho que ele fala por si só."

"Está bom, vamos cobrir notícias locais então. Vamos cobrir a guerra às drogas. Vamos cobrir acidentes de avião. Tudo bem. De hoje em diante, nós vamos ter uma programação novinha em folha. E a gente avisa para a Comissão das Comunicações: nova programação, toda dedicada a notícias..."

"Alec, não tem ninguém para *redigir* as notícias, só eu."

"Talvez a Slidowsky tope voltar..."

"Você sabe muito bem o que eu penso daquela moça."

"Eu posso redigir. O Louis pode redigir. A gente ouve o que as outras emissoras estão transmitindo e copia. A gente pode contratar um estagiário, um estudante. Eu posso vender..."

"Vender o quê?"

"O meu carro. Quando é que eu uso esse carro? Eu não preciso de carro."

"Eu não sei se rio ou se choro."

"Mas pensa um pouco. Libby. Pensa um pouco. Eu vendo a minha emissora para o Philip Stites, contra os meus princípios. Você ia me respeitar?"

"Eu respeito um homem que toma atitudes responsáveis. E eu acho que a atitude responsável que você tem a tomar agora é vender a emissora enquanto ainda tem como sair dessa sem deixar dívidas."

Alec resmungou alguma coisa vaga, algo sobre pensar um pouco.

"Você quer alguma coisa de mim?", Libby perguntou a Louis, saindo para a sala externa.

Louis fez uma cara preocupada. "Você sentiu o terremoto?"

Ela apalpou seu coque e deu um sorriso reticente. "Suponho que não."

"Terremoto?" Alec tinha no rosto a expressão de satisfação metafísica que chupar uma pastilha de nicotina suscita. "Agora?"

"É, agora há pouco. Você sentiu?"

"Não... eu estava ocupado." Ele fez sinal para que Louis entrasse em sua saleta, onde dois cigarros de diferentes comprimentos queimavam num cinzeiro abarrotado. Seu rádio de ondas curtas estava instalado perto da janela e havia caixas de papelão empilhadas junto à parede. Estava começando a parecer que aquelas salas eram o único lugar que Alec tinha para morar.

"Duas coisas", disse ele. "Senta, por favor. Primeiro, eu pensei melhor e acho que talvez não seja tão má ideia fazer aquelas cobranças. Se eles não quiserem pagar, você diz que nós estamos dispostos a dar a dívida por liquidada se eles pagarem a metade imediatamente. Tem que ser imediatamente." Ele pegou o mais curto dos cigarros acesos, apagou e deu um trago no mais comprido, ainda girando a pastilha na boca. "Outra coisa: responda honestamente. Empregados respeitam um patrão que fuma?"

"Ué, claro. Por que não?"

"Eles passam uma impressão de fraqueza. Os fumantes."

"Você está falando de mim ou da Libby?"

Detrás de um véu de fumaça, Alec fez uma coisa estranha com o lábio superior, franzindo-o como um vampiro prestes a dar uma dentada. "Da Libby."

"Eu tenho certeza de que ela te respeita. Por que ela não respeitaria?"

Alec meneou a cabeça bem devagar, o lábio ainda franzido, os olhos fixos num canto distante da sala. "Faz lá aquelas cobranças", disse.

Louis voltou para seu cubículo e reabriu os arquivos, mas a primeira ligação que fez foi para o telefone geral de Harvard. Depois de um toque, ele se viu falando com Howard Chun, que, com um resmungo pouco promissor, foi tentar encontrar Renée Seitchek. Quando a voz dela surgiu do outro lado da linha, ela não soou nem surpresa nem contente.

"Eu senti o terremoto", disse Louis.

"É, nós também."

"Onde é que foi? Foi forte?"

"Nos arredores de Peabody. Foi mais fraco que o de domingo. Coisa, aliás, que nós ficamos sabendo pelo rádio."

"Eu estou ligando porque queria saber se você gostaria de ir a uma festa que a minha irmã vai dar no dia 28. Não que seja uma ideia que eu pessoalmente endosse, mas é pra ser uma festa com temática de terremoto. Uma festa a fantasia. Se vai ser divertida, eu não faço a mínima ideia. Mas é pra isso que eu estou ligando."

Ele abaixou a cabeça e ficou ouvindo com extrema atenção qualquer ruído que saísse do fone.

"Dia 28."

"É."

"Bom... está bom. Mas eu não vou me fantasiar."

Ele soltou o ar dos pulmões, que estivera prendendo. "Eu poderia sugerir que você usasse algum tipo de fantasia simbólica? Como um Band-aid ou algo assim? Não que eu pessoalmente..."

"Está bem. Eu vou usar uma fantasia simbólica. Onde é que vai ser essa festa?"

Ele combinou ir buscá-la no carro dele. Por coincidência, ela também morava em Somerville. Ela lhe deu o número do telefone de sua casa e disse que seria melhor ele não ligar para ela no trabalho. Louis desligou o telefone com um gosto ruim na boca, se sentindo indesejado.

Seguiu-se uma semana de ansiedade. Depois de duas ou três cobranças bem-sucedidas, Louis começou a esbarrar em recepcionistas irredutíveis, assistentes embromadores e alguns indisfarçados grosseirões. Também estava tendo dificuldade para arranjar dinheiro para as despesas de postagem. Depois de esgotar os pequenos estoques de selos de um, dois e cinco centavos escondidos em gavetas de diferentes mesas abandonadas, ele teve de recorrer à caixinha para pequenas despesas, que ficava guardada na carteira do dono da estação.

Era cada vez mais comum encontrar Alec assistindo à pequena Zenith em sua sala. Na hora do jantar, estando sozinho ou não, ele fazia adendos orais ao texto de noticiários e comerciais de TV; fora isso, gostava de ver faroestes e filmes de guerra.

"Noticiários de TV e jornais são o inimigo", ele disse a Louis. "Durante oito anos nós tivemos nos Estados Unidos um presidente com uma inteligência subnormal. Todo dia ele faz um mal horrível à língua, ao futuro, à verdade. Todos os seres pensantes deste país sabem disso, menos as redes de televisão e os jornais. É suspeito, não? Ou será que talvez as pessoas burras agora também são uma minoria de quem ninguém pode falar mal? Eu proponho então que a gente vá até o fim e eleja logo um presidente retardado. Aí, na coletiva de imprensa, o presidente está lá urrando e babando, e os assessores dele dizem, ah, ele tem um novo programa interessante, e a CBS diz que o presidente babou essa noite e nós temos aqui cinco analistas para falar sobre o interessante novo programa do presidente e talvez também sobre se ele estava babando menos hoje do que da última vez, que tal? E o *New York Times* publica a íntegra da coletiva e é só baba, baba, urro, urro, e também uma frase coerente, *e aí na primeira página eles publicam a única frase coerente*! Imagino que eles não queiram ofender as pessoas retardadas dizendo que é ruim ter um presidente retardado.

"Mesmo assim, está bom, tudo bem, é prerrogativa deles. Mas também não é responsabilidade de todo ser pensante do país dizer para as redes de televisão e para os jornais: vocês são meus inimigos agora. Vocês me traíram. Vocês não estão realmente do meu lado. Vocês estão do lado do dinheiro e eu estou vendo muito bem como vocês são e não quero mais saber de vocês. Chega! Eu vou procurar uma boa revista e uma boa estação de rádio, muito obrigado!

"Mas este é um mundo horrível, um mundo venal. As pessoas que pensam — artistas, intelectuais, os bons repórteres — têm que escrever para o *Times* e têm que falar na CBS, senão são os inimigos deles que vão escrever e falar. E então, com *chantagem*, os grandes veículos de notícias compram os escritores e os intelectuais. Pessoalmente, os grandes veículos estão *cagando*, Louis, eles estão *cagando* para a verdade. Eles são simplesmente empresas que têm que estar sempre ganhando dinheiro, nunca podem parar de ganhar dinheiro e nunca podem ofender nenhum grupo.

"Agora o senhor Pró-vida quer comprar a minha estação porque não tem gente suficiente nos ouvindo. Eu estou com raiva? Sim, eu estou com raiva. Mas não é uma raiva política. Eu não vou dizer: 'Eu discordo da política dessas pessoas'. Porque toda política é igual. Esquerda, direita, é tudo a mesma coisa! Exatamente a mesma coisa! Mas jornais têm que ter leitores e redes de televisão têm que ter espectadores, e sem política todo mundo ia ver que esse imperador da cultura está nu, então tudo é política! A extrema-direita não ia conseguir chegar a lugar nenhum se a mídia falasse do que é belo, do que é verdadeiro e do que é justo, em vez de falar do que é politicamente viável. A extrema-direita não é bela, não é verdadeira e não é justa. A sorte deles é justamente só serem vistos politicamente..."

Embora só fosse pago para trabalhar oito horas por dia, Louis raramente deixava Waltham antes das seis horas. E foi uma surpresa para ele, numa noite do fim daquela semana, encontrar Libby Quinn sentada no sofá diante da televisão, respirando a fumaça de Alec. Normalmente, àquela hora, Libby já estava em casa com as filhas.

"Louis", disse Alec, chamando-o. "Nós temos uma programação especial esta noite. Um perfil do homem que..."

"Sh, sh, sh, sh, sh", disse Libby.

"Eu só ia dizer para o Louis..."

Louis o ignorou. Estava hipnotizado pela televisão. Chegou mais perto dela. Aumentou o volume.

"Trata-se de um edifício", a imagem da DRA. RENÉE SEITCHEK estava dizendo, "que foi condenado três anos atrás pela Secretaria Municipal de Urbanismo de Chelsea e que está assentado sobre um aterro sanitário totalmente inconsolidado. É difícil imaginar um edifício mais propenso a desmoronar num terremoto e, para mim, é simplesmente uma loucura permitir que duzentos e cinquenta membros de uma igreja morem aqui, mesmo que todos eles tenham assinado termos de renúncia."

"Então a senhora acredita que possam ocorrer outros terremotos?", perguntou um entrevistador que não estava aparecendo na tela.

"Não dá para descartar a possibilidade, principalmente depois do que aconteceu em Peabody na sexta-feira."

"O doutor Axelrod do MIT me disse que acha que a probabilidade de um terremoto destrutivo atingir a Grande Boston nos próximos doze meses ainda é menor que uma em mil."

"Podia ser uma em um milhão e ainda assim não deveria haver ninguém morando naquele prédio."

"Imagino que a senhora não concorde com o reverendo Stites no que diz respeito à questão do aborto."

Enquanto a DRA. RENÉE SEITCHEK pensava em que resposta dar a essa pergunta irrelevante, a câmera deu um zoom em seu rosto até as minúsculas sardas ao redor de suas pálpebras ficarem visíveis. Em sua orelha direita, ela usava três pequenas argolas de prata em três furos contíguos. Fora de foco, folhas de árvore e raios de sol bruxuleavam numa janela atrás dela.

"Eu não creio que uma mulher que interrompe uma gravidez precise que Philip Stites lhe diga a significação do que ela fez."

"Você que pensa", murmurou Libby. "Você que pensa."

A DRA. RENÉE SEITCHEK piscou os olhos sob as luzes ofuscantes, seu rosto ainda enchendo a tela, enquanto o entrevistador fazia a pergunta final: "Se não é certo o estado interferir na decisão de uma mulher de fazer um aborto, por que seria certo interferir na decisão dos membros da igreja de morar no edifício da Central Avenue?".

"Porque foi Philip Stites quem tomou essa decisão por eles."

A resposta da DRA. RENÉE SEITCHEK aparentemente tinha se estendido além disso, mas o som foi cortado quando o repórter levou os espectadores de volta à Central Avenue, onde uma fiel da Igreja da Ação em Cristo estava saindo de um soturno edifício de tijolos amarelos, cujas janelas estavam tampadas com tábuas de madeira compensada já desbotadas pelas intempéries.

"A razão por que eu moro aqui nesse prédio", disse a mulher, "é que eu acredito mais em Deus do que nos cientistas e nos engenheiros. Esse prédio aqui é um lugar SEM PROTEÇÃO. Os não nascidos são criaturas SEM PROTEÇÃO. Mas se Deus tem o poder de me proteger aqui, eu tenho o poder de proteger os não nascidos."

"Uma cientista com quem eu conversei", disse o repórter, "afirmou que foi o poder de persuasão do reverendo Stites que fez com que vocês assinassem o termo de renúncia, não a livre e espontânea vontade de vocês."

A mulher empunhava um cartaz onde se lia OBRIGADA MÃE EU ♥ A VIDA. "A vontade que me move", ela disse para a câmera, "é a mesma que move o reverendo Stites, e essa vontade é a vontade de Deus."

"Como a senhora se sente ao ir para a cama à noite sabendo que até mesmo um pequeno terremoto pode fazer esses tijolos todos desabarem em cima de vocês?"

"Não tem ninguém neste mundo que acorde de manhã que não seja pela graça do nosso Senhor."

A reação da televisão a essa declaração foi um comercial de perfume. Libby Quinn se remexeu no sofá, olhando em volta constrangida, como se achasse que Louis e Alec esperassem que ela se justificasse. De repente, ela se levantou. "Eu sou mãe, Louis. Você sabe que eu tenho duas filhas na escola secundária. E o que aquela mocinha de Harvard não entende é que, para muitas dessas adolescentes, fazer um aborto é como ir ao dentista. Eu sei com absoluta certeza que não há ninguém dizendo a essas meninas que o que elas estão despejando na enseada de Boston são minúsculos bebês."

"Ah, sim", disse Louis. "Só que esse pessoal pró-vida não está só tentando orientar adolescentes."

"*Esse pessoal* pró-vida", disse Libby com veemência, "acha que é importante você assumir a responsabilidade pelo seu comportamento sexual."

"O que você acha, Louis?", perguntou Alec. Era como se Libby fosse um filme controverso que eles tivessem acabado de ver. "Você concorda com ela? Responda com calma! O seu futuro nesta emissora pode estar em jogo."

"Deixe-me lhe perguntar uma coisa, Louis", disse Libby. "Por que você acha que as pessoas que odeiam a ganância econômica estão sempre dispostas a perdoar a ganância *sexual*? Qual você acha que é a razão disso?"

Alec olhou para Louis com expectativa, chupando sua pastilha de satisfação, as sobrancelhas levantadas.

"A ganância econômica prejudica outras pessoas", disse Louis.

Os olhos de Alec seguiram a bola de volta para o campo de Libby.

"Certo", disse ela, com um sorriso descontente. "Já a ganância sexual não prejudica ninguém. A menos que você considere o feto uma vítima."

Era uma fala final; Libby saiu da sala.

"E o que a Vanna White tem a dizer sobre isso?", perguntou Alec, mudando de canal. "Não, não, a Vanna está acima dessas preocupações."

Louis estava tremendo. Não fazia ideia do que tinha feito para que Libby ficasse contra ele.

Alec se recostou confortavelmente no sofá para absorver os raios da *Roda da fortuna*. "A Libby é uma pessoa infeliz", disse ele. "Você a perdoa, não é? Ela criou duas meninas sozinha, sem marido. O homem não valia nada. Ele voltou e casou com ela quando a menina mais velha estava com dois anos, depois se mandou de novo. Ela tem uma vida dura, Louis. Cometeu o mesmo erro duas vezes. Uma vez, tudo bem, mas duas, é difícil de aceitar."

"Ela está te traindo", disse Louis.

Alec deu de ombros. "Eu estou devendo a ela meses de salário. Ela é ambiciosa. Devia ter feito faculdade, mas teve os bebês. É difícil para ela agora ver moças fazendo aborto. Você a perdoa, não é?"

Louis sacudiu a cabeça. Saiu do prédio para o estacionamento, onde já estava escurecendo. "Ei, Libby", chamou. Ela estava entrando no carro dela. "Libby!", ele chamou de novo, mas ela tinha fechado a porta. Ele ficou vendo o carro de Libby se afastar.

É possível que compreender seja perdoar, mas Louis já estava cansado de compreender. Quase todo mundo que ele conhecia parecia ter boas razões para não ser gentil ou educado com ele e, embora ele entendesse essas razões, não lhe parecia justo que fosse sempre ele que tivesse que compreender e perdoar, e nunca as outras pessoas. Parecia que o mundo estava estruturado de modo que as pessoas infelizes que faziam maldades — a criança abusada que virava um abusador de crianças, a ferida Libby que feria Louis e Alec — sempre pudessem ser perdoadas porque não tinham como evitar fazer as maldades que faziam, enquanto as pessoas infelizes que ainda se recusavam a fazer maldades eram mais e mais feridas pelas maldades das outras, até terem sido feridas tantas vezes que também paravam de se importar se estavam ou não ferindo outras pessoas, e então não havia saída.

"Por que você não está falando comigo?", ele tinha perguntado a MaryAnn Bowles uma semana depois da Páscoa do ano anterior. Ela estava fazendo beterrabas em conserva no meio de uma névoa de vinagre.

"Eu estou surpresa que você tenha que me perguntar isso", ela disse.

"Ah, eu tenho uma teoria, mas queria checar."

Ela enfiou um garfo num pedaço roxo de beterraba. "Bem, Louis", disse ela, "eu sei que a culpa não é sua, mas acho que você precisa saber que eu estou muito, muito, muito magoada." O som de sua própria voz a deixou com um nó na garganta e o rosto cheio de pregas. "Tudo o que eu posso dizer é que isso não tem nada a ver com você. Ela só estava tentando *me* machucar. E como você pode ver" — suas palavras continuavam a afetá-la violentamente — "ela teve muito sucesso."

Louis desprezava aquela mulher. Odiava seu rosto empoado, seus seios pesados, seu patente desespero. E, quanto mais a odiava, mais tinha a sensação — uma sensação vaga e cafeinada — de que Lauren realmente o seduzira no chão de seu quarto. Não tinha vontade nenhuma de desfazer o engano. Virou um mau filho, subsistindo de sanduíches de manteiga de amendoim e comida de festa, passando as noites no apartamento de colegas de faculdade e voltando para a Dryden Street apenas quando precisava dormir doze horas seguidas. Os Bowles não levantaram nenhuma objeção; não gostavam mais dele.

Depois que fez suas provas finais, Louis se mudou para um apartamento de dois quartos num bairro negro pobre, para lá da Holman Street, e começou a trabalhar na KILT-FM, operando a mesa nos horários de rush e apertando teclas no restante do tempo. Um dia depois de sua formatura, voltou à Dryden Street pela última vez, para pegar seus livros. Era uma viagem que ele vinha adiando na esperança de esbarrar com Lauren, e se sentiu recompensado quando viu um Beetle Volkswagen branco parado na pista de entrada da casa, com um adesivo de estacionamento da Universidade do Texas no para-brisa.

Entrou na casa silenciosa, refrigerada e ensolarada. Viu a porta da lavanderia entreaberta e deduziu que MaryAnn estivesse passando roupas de baixo lá dentro. No andar de cima, quase passou direto pelo quarto de Lauren, já que o quarto parecia estar exatamente igual a quando ele o vira pela última vez. Mas naquele dia havia um elemento extra, uma mulher com um vestido branco de verão sentada de pernas cruzadas na cama, lendo. Ela olhou por cima do livro, semicerrando as pálpebras porque o sol estava batendo em seus olhos. Louis se preparou para levar uma chibatada de zombaria, mas, assim que o reconheceu, Lauren abaixou a cabeça de novo, mordendo o lábio e olhando para o livro com o cenho franzido.

"É, que surpresa, não?", disse Louis.

O livro no colo dela era uma Bíblia. Lauren se debruçou sobre ela com determinação e fingiu ler, obviamente torcendo para que Louis fosse embora. Ele permaneceu no vão da porta.

"Eu pensei que você já não estivesse mais morando aqui", ela murmurou.

"Eu estou indo embora agora."

"Ah. Arrã. Sorte sua."

Parecia que alguém tinha tirado da tomada a mulher elétrica que ele conhecera dois meses antes. Sem maquiagem e sem hostilidade, o rosto dela parecia uma página em branco. Seu cabelo estava preso do lado com uma presilha, no estilo de uma menina de dez anos arrumada para ir para a igreja. "Você quer alguma coisa?", ela perguntou.

Ele entrou no quarto e fechou a porta. "Eu posso falar com você?"

"Você não está zangado comigo?"

"Não."

Ela abaixou ainda mais a cabeça. "Eu pensei que você estivesse. Imagino que você seja um cara legal." Estendeu o braço esquerdo, esticando os dedos como se os estivesse admirando. Tinha amarrado um pedaço de barbante, fino e branco, em volta do pulso. "Sabe, eu devolvi o anel pro Emmett. Ele não tira você da cabeça. Acho que ele quer te matar."

Louis ficou olhando fixamente para ela.

"Tá, isso é mentira", ela admitiu, ainda de cabeça baixa. "Mas ele não pareceu achar você muito boa coisa. Ele também não me achava muito boa coisa. Eu achei tudo muito engraçado. Você sabe o que MaryAnn fez? Ela me disse que achava que eu estava precisando de terapia. Eu disse que ela estava era com ciúme, mas ela fez que não entendeu o que eu quis dizer." Lauren franziu o lábio de um jeito maligno.

"O que você vai fazer nesse verão?", Louis perguntou.

"Não sei ainda. Ficar em casa. Tentar ser boazinha."

"Eu posso te chamar pra sair?"

Ela levantou a cabeça e olhou para ele com uma espécie de pavor. "Pra que é que você quer sair comigo?"

"Por que uma pessoa quer sair com outra?"

"Eu não posso."

"Por que não?"

"Porque eu disse pro Emmett que não ia sair com ninguém. Ele está trabalhando com o pai dele em Beaumont."

"Então você está noiva, mas não está noiva. Arranjo engraçado."

Ela sacudiu a cabeça. "É só que eu já aprontei tanto com ele. O Emmett *realmente* é um cara legal, sabe, não tão inteligente quanto você."

"Isso é outra coisa. De onde você tirou essa ideia de que eu sou tão inteligente?"

"Ah, eu só passei as férias de Natal inteiras aqui. Só ouvi umas duzentas e cinquenta vezes como você é inteligente. E você viu como eu encarei isso bem, não foi?" Ela se calou, parecendo refletir sobre o que acabara de dizer. "Mas sabe de uma coisa? Nesse último semestre, eu tirei no mínimo B em todas as matérias. E nadei todos os dias e estudei até sábado à noite. Eu tinha ficado com C.R. abaixo da média durante o meu segundo ano inteiro. Eu ia pra aula e tinha a sensação de estar mentindo o tempo todo. Mentindo, mentindo, mentindo." Ela olhou para Louis de novo, viu o ceticismo dele e tornou a abaixar os olhos. "Enfim, agora eu estou tentando ler a Bíblia."

"Parabéns?"

"Eu ainda estou mais naquele estágio em que gosto de como me sinto quando estou aqui sentada lendo, do que no estágio de estar realmente lendo. Eu li as leis todas e aí cheguei nas leis sexuais. O castigo é sempre apedrejar a pessoa até ela morrer. É isso que você recebe por praticar a sodomia. Sodomia é bom! Mas é uma abominação para o Senhor."

Louis soltou um suspiro. "Qual é a do novo figurino?"

"Como assim?"

"Esse vestido branco. Esse... uh, troço estilo Shirley Temple no seu cabelo."

"O que é que tem de errado com ele?"

"Nada, não tem nada de errado com ele. É só que, sabe, não me leve a mal não, mas você está tomando algum remédio?"

Ela sacudiu a cabeça e deu um sorriso sem graça. "Não."

"Lítio? Valium?"

As palavras dele calaram fundo. Os olhos de Lauren se turvaram e ela endireitou as costas. "Que tipo de pergunta é essa?"

"É que você está muito diferente", disse Louis.

"Eu estou como quero *estar*. Agora me deixa em paz, tá bom? Sai do meu quarto!"

Satisfeito com a reação dela, Louis ia pedir desculpas quando foi atingido na orelha pela lombada de uma Bíblia voadora. Encostou a cabeça na porta e pôs a mão na orelha machucada. Lauren saltou da cama, pegou a Bíblia de capa mole por uma ponta, como se fosse uma luva, e se sentou com ela de novo. "Você está bem?"

"Estou."

"Eu não fui muito legal com você, não é? Imagino que eu tenha algum problema com você. Vai ver eu não gosto de você ou sei lá."

Ele deu uma risada triste.

"Não é nada pessoal. Você obviamente é um cara legal. Mas é melhor você ficar longe de mim, você não acha? Então tchau, tá bom?"

Louis se sentiu exatamente como um amante casual sendo dispensado.

Mais tarde, porém, depois de ter chegado em casa com seus livros e tomado uma cerveja, ele resolveu que a única explicação para o modo como Lauren tinha agido era que ela não era indiferente a ele e que ele devia despertar algum tipo de sentimento forte nela. Sua hipótese foi confirmada empiricamente na semana seguinte, quando Lauren telefonou para ele. Mais uma vez, houve uma curiosa falta de conexão entre o presente e o passado imediato. Ela simplesmente começou a lhe contar o que andava fazendo, que era basicamente que tinha se inscrito em dois cursos de verão na Universidade de Houston. Disse que queria tentar se formar em Austin no semestre seguinte e que, por isso, ia fazer um curso sobre os incas e os astecas e também um curso de introdução à química, este porque ela tinha ficado com um F em química na escola e queria tentar fazer algo realmente difícil agora, como penitência. Não perguntou a Louis o que ele andava fazendo, mas a certa altura parou de falar por tempo suficiente para que ele sugerisse que eles se encontrassem alguma hora. Houve um silêncio. "Claro", ela disse. "Tanto faz, desde que não seja na minha casa".

Ele estava esperando em frente ao prédio de ciências físicas da Universidade de Houston na hora em que terminaria a primeira aula de química de Lauren. Centenas de iraúnas tagarelavam na praça, e havia um elemento estranho, uma aberração, entre os alunos que saíam do prédio. Era Lauren. Ela tinha raspado a cabeça.

Estava fuzilando todo estudante que olhava para ela. Sua cabeça era pequena e muito branca, quase tão branca quanto o seu vestido, e suas olheiras arroxeadas pareciam mais escuras. Ela perguntou a Louis, com voz hostil, como ela tinha ficado com o novo visual.

"Como uma menina bonita que raspou a cabeça."

Ela virou o rosto, enojada. "Você acha que eu ligo pro que você acha?"

Enquanto eles estavam caminhando rumo ao estacionamento, Louis quase torcia para que algum homem que passasse fosse grosseiro com ela para ele poder dar um murro na cara do sujeito. Quando eles entraram no Beetle de Lauren, ela não ligou o carro imediatamente. Virou a cabeça de um lado para o outro, como se precisasse sentir a nudez de seu couro cabeludo. Os nós de seus dedos no volante estavam brancos. "Você ainda quer dormir comigo?"

"Quando você coloca a coisa desse jeito?"

"Era o que você queria, não era? Eu transo com você, se você quiser. Mas tem que ser agora."

"Eu só quero se você quiser."

"Bom, eu não vou querer nunca. Então essa é a sua chance."

"Bom, então, acho que isso quer dizer não."

Ela fez que sim, sem tirar os olhos do para-brisa. "Mas não esqueça, tá bom? Você teve a sua chance."

No bairro que ficava ao norte da Universidade de Houston, a menos de dois quilômetros do centro, homens de meia-idade tomavam cerveja direto da garrafa sentados nas escadas da frente das casas e ouviam hip-hop em volume baixo em rádios transistores de vinte anos de idade. De capota arriada e carcomidos de ferrugem, sapatos de malandro amarelos, verdes e cor de laranja repousavam nas pistas de entrada dos casebres de um único cômodo assentados na lama arenosa. O ar do início da noite estava parado e tinha o cheiro dos vilarejos negros ao fim de estradinhas de cascalho nos fundões do Mississippi.

Num restaurante vietnamita a alguns metros da igreja evangélica do Rei da Glória, Louis pediu carne de porco com capim-limão. O prato vinha com panquecas de arroz grudentas e translúcidas que, quando enroladas em volta da carne, da alface, do hortelã e dos brotos de feijão, apresentavam uma assombrosa semelhança com camisinhas. Lauren olhou para elas com uma cara de impiedosa zombaria. Tinha pedido um café, que não estava tomando. Rasgou pacotinhos de açúcar e ficou olhando para eles. Por fim, com relutância, perguntou, desconsolada: "O que é um elétron?".

"Um elétron?" Era como se ela tivesse mencionado o nome do melhor amigo de Louis. "É uma partícula subatômica. É a menor unidade de carga elétrica negativa."

"Ah, obrigada." Ela estava enojada de novo. "Isso me ajuda muito. Eu *tenho* um dicionário."

"Você também pode pensar nele como um construto imaginário..."

"Esquece. Eu já me arrependi de ter perguntado." Ela olhou em volta inquieta, como se quisesse ir embora e deixá-lo ali. "Qual é a desse negócio, hein? É como se as pessoas inteligentes não estivessem realmente aprendendo ciências, elas só estão aprendendo a falar feito imbecis."

"O que exatamente você não entende?", Louis perguntou num tom calmo.

"Eu não entendo o que esse troço *é*. Não entendo *como* ele é. Pra que *serve*?" Ela empurrou a caneca para o lado, derramando um bocado de café na mesa. "Eu não consigo nem explicar. Só achei que talvez você pudesse me ajudar um pouco. É muito difícil pra mim, e não é porque eu sou burra. Eu só não consigo ficar lá sentada balançando a cabeça e fazendo cara de inteligente como todo mundo faz, quando o professor começa a falar de prótons e elétrons. Eu quero *entender* esse troço."

"Eu posso te ajudar a entender."

Ela deu um risinho de escárnio. "Sei."

"A gente pode se encontrar pra conversar sobre isso, se você quiser."

Ela revirou sua bolsa à procura de cigarro, sacudindo a cabeça. "Era pra ser só eu", disse ela. "Eu ia ler bastante e ia estudar um negócio que é superdifícil pra mim. E agora você quer se meter e estragar tudo."

"É, mas... quem foi que ligou pra quem? Quem acabou de perguntar o que é um elétron?"

"Eu estava feliz. Achava que você se importava comigo. Eu tinha tido uma ideia e queria contar pra alguém. Mas você só está nessa por você mesmo. Você vai ficar achando que eu te devo alguma coisa. Vai ficar achando que pode botar o braço em volta do meu ombro, quando eu já disse que não quero nada com você."

"Eu só quero te ver. É só isso que eu quero."

Ela tinha tragado um quinto do cigarro e agora parecia que o êxodo de fumaça de suas narinas não ia parar nunca.

"Está certo", disse ela. "Você é um cara legal, eu vivo me esquecendo disso. Mas não esqueça, tá bom? Eu não vou ficar te devendo *nada*."

Conforme os dias iam ficando mais quentes e as noites mais longas, Louis via o cabelo de Lauren crescer de novo e o barbante em seu pulso ficar cada vez mais cinza e lustroso. Ela não tinha vergonha de lhe pedir ajuda. Uma noite, passou quase quatro horas na cozinha dele se recusando a entender o que é molécula-grama. Cada afirmação contida em seu livro de química era como um nerd por quem ela sentia um particular desprezo, e feria o seu orgulho ter de aceitá-lo como uma reflexão verdadeira e acurada da realidade física. O que ela odiava mais que tudo, no entanto, eram as explicações de Louis. Não queria nem ouvir falar na página 61 ou na página 59, se o problema que ela estava tendo era na página 60. Dizia ter entendido tudo, menos aquela única coisa que não estava entendendo naquele determinado momento. Só queria que ele lhe dissesse a *resposta*. Quando estava particularmente atacada, acusava Louis de falar igual ao pai dela. Mas sempre acabava lhe agradecendo pela ajuda e, à medida que o verão avançava, Louis tinha a impressão de que era cada vez mais difícil para ela ir embora do apartamento dele sem tocar em sua mão ou lhe dar um beijo de despedida. Ela tinha de morder o lábio e sair às pressas porta afora.

Uma noite no fim de julho, ele foi se encontrar com ela em frente ao laboratório de química, que tinha um cheiro forte de picles, e quase teve de correr para acompanhá-la quando ela disparou para o carro e abriu a porta com um puxão violento. Quando eles chegaram ao apartamento dele, ela vasculhou os depauperados armários da cozinha e abriu a garrafa de gim de Louis.

"Você está chateada", ele arriscou do vão da porta.

Ela soltou um ruidoso arroto e tomou um copo d'água. "A gente teve que fazer aspirina hoje na aula."

"Eu me lembro de fazer aspirina."

"Acredito. Só que o palhaço do professor resolveu fazer uma competiçãozinha." Ela secou a boca com as costas da mão. "Todo mundo recebeu uma determinada quantidade de substâncias químicas e aí no final nós íamos pesar os nossos produtos e quem tivesse o maior produto ganhava. Simplesmente *ganhava*, sabe, seja lá o que for que isso signifique. Esses professores, Louis, eles fazem as coisas de um jeito que é ótimo pra pessoas que nem você e uma merda pra todo o resto. O melhor aluno *ganha*, os alunos do meio não ganham e os piores *perdem*. Bom, a Jorryn e eu sempre somos as últimas a terminar, de qualquer maneira. Mas nós seguimos as instruções com o maior cuidado, mesmo já sabendo que vamos ser as piores, porque é pra isso que nós estamos lá. Enquanto isso, os outros alunos todos estão levando a aspirina deles em papel-filtro pro professor — é uma espécie de massa, como uma batata depois que você mastiga, sabe? Aí eles pesam, e o palhaço escreve os nomes das pessoas e as porcentagens no quadro-negro, e aí vai ficando uma barulheira cada vez maior na sala. A galera está toda *vibrando*, sabe, por causa de uma diferença de meio por cento: U-hu! U-hu!" Lauren arremedou loucamente a galera. "E aí vem a hora em que você tem que resfriar o troço e filtrar, e aí você tem a sua aspirina. Bom, nós fizemos isso, Louis. Nós seguimos as instruções. E o que acontece é que tudo desce pelo papel-filtro. Não sobra nada lá. E aí depois vem a Inquisição, tipo: o que foi que vocês fizeram de Errado dessa vez? Fica todo mundo lá parado, olhando pra gente, enquanto o palhaço lê as anotações que eu fiz no meu caderno. E ele não consegue descobrir! Ele pergunta: vocês observaram o aumento de temperatura? E nós dizemos: arrã! E vocês rasparam o frasco pra fazer a mistura cristalizar? E nós dizemos: arrã! E eu estou pensando que ele vai dizer que tudo bem, não tem problema, que não é pra gente se sentir tão mal por causa disso. Eu já estou me sentindo péssima, embora a Jorryn esteja lá parada com a mão assim, sabe, meio que não é problema *meu*, cara." Lauren riu pensando em Jorryn. "Mas você sabe o que o palhaço fez? Ele ficou todo emputecido e começou a dar chilique. Disse que *alguma coisa* nós tínhamos que ter feito errado, porque não era possível juntar aquelas três coisas, aquecer e depois esfriar e *não-obter-aspirina*. E a Jorryn e eu jogamos as mãos pro alto e falamos: Mas nós fizemos tudo isso! Nós fizemos! E não deu aspirina nenhuma! Simplesmente não funcionou dessa vez! Mas o palhaço, todo nervosinho, diz que a gente vai ficar com F em laboratório, a menos que refaça a experiência e mostre pra ele pelo menos três gramas de aspirina. Diz que vai deixar o laboratório aberto até a meia-noite, se for preciso. Bom, a Jorryn começa a sacudir a cabeça, meio que se foda essa merda, e vai embora. Mas nem isso eu fiz, eu não tive coragem nem de sair da sala. Só fiquei lá sentada, enquanto o resto da turma escrevia o relatório final, só fiquei lá sentada atrás da mesa do laboratório, sozinha, só sentada lá *sozinha*, sendo *castigada* porque não consegui fazer a porra da aspirina. E eu segui as instruções. E NÃO DEU NADA."

Apoiando as duas mãos na mesinha dobrável da cozinha de Louis, Lauren começou a chorar mais alto do que ele imaginava ser possível uma pessoa chorar. Gordos soluços de dor sacudiam seu peito e lhe escapavam pela boca. A voz era a dela, voz como ela é antes de se tornar palavra: um banho de som vermelho. Louis a abraçou e a fez encostar a cabeça em seu ombro. A cabeça cabia nas mãos dele. Era como se ela se resumisse àquilo, àquela cabeça que chorava. Ele não sabia por que a amava tanto, só sabia que queria ter acesso àquela dor, a todo o ser ferido de Lauren, como quisera desde a primeira vez que a vira. Deu um beijo em seu cabelo espetado e depois outro atrás de sua orelha. Por tomar essa liberdade, ela lhe deu um tapa tão forte que os óculos dele se entortaram e o reforço de plástico cortou seu nariz e contundiu o osso.

Ele ficou lá um tempo, tentando endireitar a armação.

"Desculpe pelo tapa", ela disse quando saiu do banheiro, com um bolo de papel higiênico na mão. "Mas você disse que não ia fazer isso. Não é justo."

Ela assoou o nariz.

À meia-noite, eles ainda estavam vendo televisão na cozinha de Louis. Quando Lauren finalmente desligou o aparelho, houve um delicioso momento em que Louis não sabia o que ia acontecer. O que aconteceu foi que ela abriu uma janela e disse: "Refrescou".

Eles saíram para caminhar. De alguma forma, uma suave brisa úmida vinda do golfo tinha empurrado o verão para o norte, devolvendo abril. Parecia que era a brisa, e não a hora, que havia esvaziado as ruas e calçadas de tudo, menos das folhas rastejantes. Os poucos carros que passavam se pareciam menos com carros do que com ondas quebrando mansamente, ou com lufadas de vento; a umidade os sorvia de volta para dentro dela assim que eles acabavam de passar. Em Houston, uma cidade que acomodava a natureza, qualquer pequeno pedaço de terra podia ter cheiro de praia ou de charco. Louis adorava os carvalhos densos e cheios de vida, onde iraúnas-macho arroxeadas e iraúnas-fêmea marrons cantavam músicas irresponsáveis, gritavam, gemiam e riam. Também adorava os esquilos, que eram como os esquilos de Evanston com longas orelhas falsas, um disfarce tão transparente que chegava a ser insultante.

No Herman Park, ele e Lauren subiram a colina artificial e contornaram o lago artificial, que tinha uma grade em volta. Sentaram-se nos trilhos de algum trenzinho recreativo, que cortavam uma campina. Lauren acendeu um cigarro, acordando uma iraúna que começou a falar em línguas.

"Louis", disse Lauren. "Você me ama de verdade?"

"Isso é algum tipo de pergunta capciosa?"

"Responde, vai."

"Sim, eu te amo de verdade."

Ela abaixou a cabeça. "É por causa daquela coisa que eu fiz?"

"Não. É por causa do jeito como você é."

"Você quer dizer do jeito como eu supostamente sou. Você acha que eu sou como você de alguma forma. Mas eu não sou. Eu sou *burra*."

"Isso é besteira."

"Você estuda na Rice e só tira A, eu estudo na Austin e vivo tirando D, mas eu não sou burra. Eu sou exatamente como você."

"É."

Ela sacudiu a cabeça. "Não, porque na verdade eu sou mais inteligente que você. Eu nunca amei ninguém de verdade, então não tenho como levar muito em conta essa coisa de amor. E se o amor não estiver te deixando ver o que é melhor pra mim? O Emmett também me ama, aliás, e ele não acha nada bom que eu saia com você. Então é como se o amor não necessariamente dissesse a verdade. Eu não posso confiar em ninguém a não ser em mim. E a questão é que só existem duas opções."

Ela se levantou. "Eu tenho tentado encontrar uma maneira de explicar isso sem ficar parecendo uma completa imbecil até pra mim mesma. Eu quero tentar de verdade explicar isso, Louis. Digamos que você tivesse que estudar para uma prova, mas aí você diz: antes de estudar eu vou ver só um *inning* do Cubs."

Louis sorriu. O exemplo se aplicava perfeitamente a ele.

"Bom, só existem duas opções. Ou você desliga a televisão depois de um *inning* e meio, ou você vê o jogo inteiro e depois se sente péssimo. Mas vamos dizer que você está supertriste naquele dia, superinfeliz, e você realmente adora beisebol. Isso quer dizer que as suas duas opções são ou ver o jogo inteiro, ou não ver absolutamente nada, porque você sabe que, estando tão infeliz, você vai acabar vendo o jogo inteiro se começar a assistir. E é *muito difícil* conseguir resistir à tentação de ligar a televisão, porque você pensa: pô, eu já estou *tão* infeliz, será que eu não posso pelo menos me dar o direito de ver o jogo de beisebol? Mas você não sabe que se tentar de verdade não ver o jogo, nem que seja por cinco minutos, você vai sentir uma coisa boa dentro de você? E você pode imaginar: pô, eu ia me sentir *super*bem se conseguisse dizer não sempre. Mas você nunca consegue, porque está tão infeliz que sempre acaba dizendo: ah, dane-se. Ou então: ah, amanhã eu paro de ver beisebol. E aí a mesma coisa acontece no dia seguinte? Por que eu não consigo explicar isso direito?"

Com dedos rígidos, ela tentou arrancar alguma substância do ar na frente dela.

"Porque, sabe, parece tão *careta* você se privar de uma coisa. As outras pessoas não se privam, então por que é que você iria se privar? Ou as pessoas que se privam são babacas e só resolveram se privar de alguma coisa porque nunca gostaram daquilo pra começar. A impressão que dá é que todas as pessoas realmente interessantes e atraentes que existem no mundo simplesmente fazem o que têm vontade de fazer e pronto. Parece que é assim que o mundo funciona. Além do mais, lembra, é *super*difícil se privar de uma coisa. E é por isso que você vai a tudo quanto é lugar hoje em dia e a impressão que dá é que não existem realmente duas opções, só existe uma. Talvez de vez em quando você ainda tenha leves sensações cintilantes de como é ser uma boa pessoa, mas aquela COISA GRANDE, aquela COISA BRILHANTE simplesmente não parece ser uma opção de verdade. Eu costumava fazer coisas boas porque gostava da sensação que isso me dava, mas aí o resto de mim só queria *usar* essa sensação boa como um motivo pra sair e me embebedar. Eu comecei a ter a sensação de que me sentir limpa era só mais uma sensação útil, que nem ficar bêbada ou ter dinheiro. Mas sabe de uma coisa? Sabe o que eu percebi um dia? Foi antes do Natal. Eu estava com um pessoal lá em Austin que eu tinha conhecido e me toquei que em vez de passar o dia inteiro sem beber, como eu tinha prometido a mim mesma na véspera que ia fazer, eu estava tomando uma dose de Seagram's no almoço. E aí eu pensei: era *literalmente possível* não beber hoje. Ou trepar. Ou até fumar."

"Como a Nancy Reagan", disse Louis. "Simplesmente diga não."

Lauren sacudiu a cabeça. "Isso é asneira. Faz parecer fácil, quando é a coisa mais difícil do mundo. Mas não foi isso que eu percebi. O que eu percebi foi: você tem que ter fé. Era isso que eu nunca tinha entendido antes. Que fé não é aquela coisa idiota de estatueta de Buda, nem de vitral colorido, nem de Salmo. A fé está dentro de você! E ela é branca e tênue, é essa *coisa*... essa *coisa*..." Ela agarrou o ar. "Que o milagre de fazer uma coisa tão impossível... seria tão lindo... tão lindo. O motivo de eu não conseguir explicar, Louis, é que é uma coisa tão tênue que eu vivo perdendo de vista. É que não existe *truque* pra conseguir largar coisas ruins. Não existe *fórmula*. Você não pode depender da força de vontade, porque nem todo mundo tem isso, o que quer dizer que, se você tem alguma força de vontade, não é realmente mérito seu, é só sorte. A única maneira de *realmente* conseguir largar uma coisa é sentir como isso é completamente impossível, e então ter esperança. É sentir como seria lindo, o quanto você poderia amar *Deus*, se esse milagre acontecesse. Então, você pode imaginar como eu fui popular no semestre passado, que foi quando... Ei! *Ei!* Porra, Louis, eu não acredito que você vai me deixar falando sozinha. Porra..."

Andando aos arrancos, o corpo se inclinando para a frente, as pernas avançando para tirar a desvantagem, Lauren alcançou Louis num tropel de passos e arquejos, parou, depois começou a correr de novo, porque ele não parava. "Louis, deixa só eu terminar..."

"Eu já captei a ideia."

"Ah, aí é que tá, aí é que tá. As pessoas te odeiam se você tenta ser certinha..."

"É, ódio, é esse que é o problema aqui."

"Eu não sabia que ia ser assim. Eu pensei que nós pudéssemos ser amigos. Louis. Eu pensei que nós pudéssemos ser amigos! E você disse que eu não ia ficar te devendo nada! Por que eu sou tão burra? Por que eu fiz isso com você? Eu não devia ter te ligado, eu só fiz piorar tudo. Eu sou tão *burra*, tão *burra*."

"Não tanto quanto eu."

"É, mas você também não está sendo muito bonzinho, não. Você está tentando me fazer sentir culpada pra eu acabar fazendo uma coisa que eu *não quero fazer*, porque estou *tentando parar de me sentir tão merda*. A gente não pode só combinar que você não deu sorte?"

"Arrã, claro, tá ótimo."

"Você vai dar sorte da próxima vez. Eu juro pra você. Ninguém tem a cabeça tão ferrada quanto eu." Ela estava chorando. "Eu sou um *lixo absoluto*. Eu não *valho a pena*."

Parecia injusto que tivesse de ser Louis, que não queria nada além de estar com ela, quem teria de se calar e ir embora; injusto que Lauren fosse tão neutra em relação a ele que até a tarefa de se livrar dele tivesse de ser feita por Louis. Mas, como um ato final de generosidade e mesmo sabendo que ela nunca iria lhe agradecer por isso, Louis deixou que ela tivesse a última palavra. Deixou que ela dissesse que ela não valia a pena. Eles caminharam para fora do parque e para dentro do verão, que estava se reagrupando tão repentinamente como quando havia batido em retirada duas horas antes, e de novo aglutinava em sua matriz úmida as milhares de vozes de aparelhos de ar-condicionado. Lauren entrou em seu carro e arrancou. No silêncio antes do amanhecer, Louis pôde ouvir o motor crepitante do Beetle e as trocas de marcha durante talvez uns vinte segundos, e já nesses vinte segundos sentiu dificuldade de aceitar que ela estava se virando sem ele, que estava trocando as marchas e apertando os pedais de um carro e tocando uma vida que não o incluía; que ela não tinha simplesmente deixado de existir depois que saiu do campo de visão dele.

Enquanto os dias passavam e ele ia trabalhar na KILT e voltava para casa para ver beisebol, Louis estava consciente de que cada hora que passava para ele também estava passando para ela em algum lugar; e quando os dias viraram semanas e ele continuava tão consciente quanto antes de como as horas estavam se acumulando, começou a lhe parecer cada vez mais inacreditável que nunca, em todas aquelas centenas de horas, em todos aqueles milhões de segundos, ela tivesse telefonado para ele.

Veio outubro, veio novembro, e ele ainda continuava acordando de manhã à procura de alguma brecha na lógica de sua autocoibição que pudesse justificar que ele telefonasse para ela. Sentia uma vontade terrível de estar com ela; tinha sido bom para ela; como ela podia não querer estar com ele? Tinha a sensação de que havia um rasgo no tecido do universo através do qual ele tivera o azar de passar, sem possibilidade de volta, de modo que, mesmo que quisesse amar outra pessoa agora, ele não poderia; como se o amor, como a eletricidade, fluísse em direção ao menor potencial e, ao entrar em contato com a profunda neutralidade de Lauren, ele tivesse ficado preso para sempre.

O Natal em Evanston foi ridículo. Eileen achava que ele era um cientista da computação. Assim que voltou para Houston, Louis fez uma fita-demo e começou a enviar cartas à procura de emprego. Tinha sido a única coisa que ele havia conseguido pensar em fazer quando, no meio da correspondência que se acumulara durante sua ausência, ele encontrou um comunicado de casamento, no qual Jerome e MaryAnn Bowles anunciavam formalmente que na sexta-feira, depois do dia de Ação de Graças, sua filha Lauren havia se casado com Emmett Andrew Osterlitz, de Beaumont. No verso do cartão, a remetente havia anotado em caneta azul: *Feliz Natal! Não deixe de mandar notícias. — MaryAnn B.*

Para chegar à casa de Renée Seitchek, Louis teve de atravessar toda a extensão do eixo leste-oeste de Somerville. Sob a luz mortiça do anoitecer, ele passou por um banco que parecia um mausoléu, por um hospital que parecia um banco, por um quartel que parecia um castelo e por uma escola que parecia um presídio. Passou também pelo salão de beleza Panaché e pela prefeitura de Somerville. O gênero mais notável de garotas adolescentes nas calçadas tinha cabelo louro frisado, testa enorme e cintura de quarenta centímetros; o outro gênero mais notável tinha excesso de peso e usava roupas de tricô pretas ou em tom pastel que lembravam pijamas de criança. Por duas vezes Louis levou uma buzinada do carro de trás por parar para permitir que pedestres surpresos e desconfiados atravessassem a rua na frente dele.

Com a ajuda de alguns exemplares recentes do *Globe*, ele havia se inteirado das movimentações e declarações do reverendo Philip Stites. As "ações" de Stites em Boston vinham atraindo centenas de cidadãos preocupados de todo o país e, para abrigar esses cidadãos que desejavam participar de futuras "ações", ele havia adquirido (por US$ 146.001,75) um edifício de apartamentos de quarenta anos na cidade de Chelsea, localizado bem ao norte do centro de Boston, do lado oposto do rio, e perto da linha de metrô de Wonderland. O edifício, que Stites imediatamente batizou de sede mundial da Igreja da Ação em Cristo, havia sido condenado três anos antes, e tão logo o rebanho de Stites se mudou para lá e pendurou cartazes com a frase ABORTO É ASSASSINATO nas janelas, a polícia de Chelsea foi até lá fazer uma visita. Stites dizia ter convertido os policiais na hora, mas tal afirmação foi contestada mais tarde. Sob circunstâncias obscuras, chegou-se a um acordo conciliatório segundo o qual todo membro da igreja que entrasse no prédio teria de assinar um termo de renúncia de três páginas, cujo intuito era blindar a cidade contra ações judiciais. (Um editorial do *Globe* sugeria que o prefeito de Chelsea estaria em fundamental(ista) concordância com Stites.) O prédio condenado, ao que parecia, não tinha quase nenhuma estabilidade lateral e estava sujeito a cair mesmo sem a ajuda de um terremoto.

"O que o Estado condenou", disse Stites, "o Senhor salvará."

Uma charge do *Globe* mostrava uma banca de jornal onde só se vendiam duvidosos termos de renúncia.

Renée morava numa rua estreita chamada Pleasant Avenue, na colina de Somerville que ficava mais a leste. A casa onde ficava o apartamento dela tinha três andares, paredes externas revestidas de ripas de madeira e telhado de mansarda coberto de telhas de ardósia. Os ramos do que parecia ser uma madressilva tinham engolfado a grade de arame em frente à casa, e Louis já estava quase entrando pelo portão quando viu Renée. Ela estava sentada na escada de concreto da casa, inclinada para a frente com as mãos entrelaçadas, abraçando as canelas por cima da barra de um vestido preto com jeito de antigo. A pala de renda do vestido, que tinha um generoso decote redondo, estava parcialmente coberta pelo cardigã preto que ela estava usando.

"Oi", disse Louis.

Ela inclinou a cabeça para o lado. "Escuta."

"O quê?"

"O vento. Escuta."

Louis não ouviu vento nenhum. Um Camaro cuspindo música se aproximou, meteu seu murro sônico na cara de Louis e dobrou uma esquina. Louis olhou para a rua repleta de carros estacionados, no fim da qual, acima dos galhos partidos de árvores tortas, ainda havia um resto de turquesa no céu e uma estrela brilhante, talvez Vênus. A noite já havia caído nos quintais vizinhos, que eram pequenos e estavam cheios de brinquedos de plástico, pilhas escuras de tralhas e mais carros. Aquela parte de Somerville parecia ao mesmo tempo mais distante dos subúrbios e mais perto da natureza do que o bairro de Louis. As árvores eram mais altas ali, as casas mais caquéticas e a quietude menos amistosa e mais vigilante e intimidadora.

"Ah, faz favor", Renée disse para o vento relutante.

E ele fez. Louis o ouviu primeiro no fim da rua e viu os galhos de lá corcovearem de repente. Depois, ouviu-o resvalando pelos telhados mais próximos e assobiando nos beirais e nas antenas, aproximando-se como um mensageiro meticuloso e discreto ou um anjo. Então, ele atingiu Louis, uma mão invisível que levantou sua gola e deixou a madressilva em rebuliço, antes de as árvores também entrarem na bagunça e a tornarem geral. Quando o vento enfim serenou, a rua parecia mais próxima do céu.

"Bom, parece que acabou." Renée se levantou e bateu na parte de trás do vestido para tirar a poeira. "Cadê a sua fantasia?"

"Está no meu bolso." Louis estava usando um chamativo paletó de tweed por cima de uma camisa xadrez de flanela; do pescoço para baixo, ele parecia um siciliano. "E a sua?"

"É isso que você está vendo."

"Você está de luto."

"Exato."

Outra lufada de vento veio assobiando ao longo da rua e achatou o cabelo de Renée, repartindo-o acima da orelha. Havia algo faltando nela, algo que ela não estava usando. Uma bolsa, Louis pensou; mas era mais que isso. No carro, ela afrouxou a faixa do cinto de segurança e se afastou o mais que pôde de Louis, encostando-se no vão entre o banco e a janela. Apoiou as mãos espalmadas no assento do banco, uma ao lado de cada perna, e pareceu fazer um esforço para manter os ombros eretos, como se estivesse lutando contra a inclinação de arquear as costas e cruzar os braços, como se estivesse num consultório médico, sentada nua sobre a mesa de exame forrada de papel e lutando contra essa inclinação. Mas claro que ela estava completamente vestida. Louis disse que a tinha visto na TV.

"Ah, é?" Ela levantou o braço devagar, tentando apoiar o cotovelo no encosto do banco, mas o encosto era alto demais. Ainda mais devagar, pousou a mão no assento de novo. "Foi horrível, não foi?"

"Você não viu?"

"Eu não tenho televisão."

"Por que você acha que foi horrível?"

"Bom, porque o babaca do repórter ficou me fazendo perguntas sobre o Philip Stites. Que, pelo que eu soube, foi justamente o que eles botaram no ar."

A voz dela, que já estava estranhamente animada, tinha ficado definitivamente alegre em palavras como "babaca" e "horrível".

"O diretor do departamento onde eu trabalho está de licença na Califórnia e, dos dois outros sismólogos que poderiam falar pelo departamento, um está internado num hospital desde fevereiro e o outro é uma pessoa meio espantosa, que consegue a proeza de nunca estar disponível, apesar de morar em Cambridge e trabalhar o tempo inteiro. Então, quando o Channel 4 ligou para lá querendo marcar uma entrevista para saber *a opinião de Harvard sobre os acontecimentos*" — isso dito com uma alegre ênfase — "acabou sobrando pra mim. Eles obviamente já vieram com a intenção de abordar a coisa sob o ângulo ciência *versus* religião, só que não tinha ficado tão óbvio de início. Além do mais, eu sou mulher, então foi a combinação perfeita para o objetivo deles. Eu nunca tinha estado na frente de uma câmera antes. Simplesmente não me ocorreu na hora que eu podia não responder. Os outros sismólogos com quem ele falou não só de fato sabem alguma coisa sobre a sismicidade da Nova Inglaterra (coisa que eu não sei), como, pelo que me disseram, foram inteligentes o bastante para não morder a isca das perguntas sobre o Stites."

"Bom, mas alguém tem que dizer essas coisas", disse Louis, guiando o carro em direção à I-93.

"É tão revoltante isso. Essa ideia de uma igreja fundada com um único propósito, a Igreja do Ódio às Mulheres, à qual, tipicamente, são sobretudo as mulheres que estão aderindo. E eles estão todos se entocando naquele buraco fedido daquele prédio de Chelsea, que, como você deve saber, já é em si um buraco fedido." Ela abaixou a cabeça e, com um desdém refletido, ficou acompanhando o movimento dos carros que mudavam de pista, olhando para eles como quem olha para inimigos. Uma forte rajada de vento fez o Civic rebolar de leve e uma fina camada de areia antiderrapante deslizar obliquamente sob a luz dos faróis dianteiros.

"Eu falei com a sua mãe de novo", disse Renée, como que para mudar de assunto.

Louis se concentrou na estrada. Uma matilha de faróis tinha enchido o espelho retrovisor e agora começava a ultrapassá-lo pela direita; o carro rebolou de novo com o vento. Renée demorou um pouco a entender que Louis estava ignorando o que ela dissera. Lentamente, com um dedo, ela tirou uma língua escura e pontuda de cabelo da testa. "Eu disse que falei com a sua mãe de novo."

"Sim. Eu não tenho nenhum comentário a fazer."

"Ah. Sei." Ela fez uma careta. "Foi *ela* que me ligou, sabe."

"Para pedir conselhos profissionais."

"É."

"Você devia cobrar pelos seus conselhos." Louis olhou por cima do ombro, pisando de leve no freio. Havia um carro no seu ponto cego do lado direito, carros ultrapassando-o pela esquerda e embicando na frente dele, carros se aglomerando e mergulhando feito lemingues numa rampa em curva logo adiante. Sem que Louis tivesse tido praticamente nenhuma participação nisso, o Civic entrou numa rotatória e desembocou na Storrow Drive.

Renée perguntou se ele era estudante. Para a surpresa de Louis, ela não só já tinha ouvido falar na WSNE, como até já a tinha ouvido, uma vez ou outra. Ela disse que a WSNE era como uma rádio universitária perdida na faixa AM.

"É exatamente isso que nós somos", disse Louis.

"Você está gostando de morar em Boston?"

"Eu tenho um vizinho que vive me fazendo essa pergunta. É um velhinho meio patético, sabe. Ele está muito preocupado em saber se eu estou gostando de Somerville. Toda hora ele me pergunta se eu acho que vou gostar de morar aqui."

"E o que é que você diz pra ele?"

"Eu digo: Ah, vai se foder, velho. Rá-rá."

"Rá-rá."

“Mas e você?”, Louis perguntou. “Você gosta daqui? Você gosta de Boston?”

“Claro.” Renée sorriu de alguma ironia obscura. “É onde eu sempre quis morar. A Costa Leste em geral, Boston em particular.”

“Isso foi durante a sua infância em Waco?”

“Durante a minha infância em Chicago. Infância e adolescência.”

“Em que lugar de Chicago?”

“Lake Forest.”

“Ah, Lake *Forest*, Lake *Forest*.” As palavras tiveram um efeito pavloviano na pressão arterial de Louis. “Era lá que *eu* queria morar quando era criança e morava em Evanston. Você morava numa daquelas casas bem de frente para o lago?”

“Você é de Evanston?”

“Eu perguntei se você morava numa daquelas casas bem de frente para o lago.”

“Não, não.”

“Aquilo é que eu chamo de vida. Uma daquelas casas bem de cara para o lago. Vocês tinham barco?”

Renée cruzou os braços e ficou de boca fechada. Claramente não estava gostando da companhia de Louis.

“Mas nós estávamos falando de Boston”, disse ele.

Ela olhou pela sua janela com ar de cansaço. Não pareceu ter sido só por sociabilidade que ela depois se virou e disse: “Squantum. Mashpee. Peebiddy. Athol. Braintree. Swumpscutt. Quinzee”.

“Parece que você tem um problema com os nomes dos lugares.”

“É ridículo, eu sei. Mas tem alguma coisa nesse lugar... uma frieza, uma feiura. Toda semana algum crime inacreditavelmente doentio acontece aqui e, de alguma forma, todas as pessoas que acham que Boston é um centro de cultura e de educação conseguem ignorar o que aconteceu. Elas veem uma cidade bonitinha, manejável e segura, sabe, que não é tão assustadora quanto Nova York. É como Nova York, só que melhor. Mas eu olho e vejo racismo escancarado, um clima horroroso, taxas de câncer altíssimas, motoristas horrorosos, uma enseada cheia de esgoto e todas aquelas jovens mães com seus Saabs em Cambridge, em êxtase por estarem em Cambridge, e quem não ficaria revoltado?”

Louis estava rindo.

"Você ri", disse Renée. "Obviamente é um problema que eu tenho. Eu sempre quis morar aqui, mas aí eu descobri que a parte de mim que fazia esse lugar parecer atraente, a parte de mim que eu compartilhava com as outras pessoas que queriam realmente estar aqui, era uma parte de mim da qual eu não gostava mais. E o fato de eu ainda continuar aqui depois de seis anos é um lembrete terrível de um traço meu que eu preferia ter esquecido seis anos atrás. Eu me sinto tão cúmplice. As pessoas vêm pra cá, aproveitam a experiência durante alguns anos, depois se mudam para lugares de verdade, e então passam o resto da vida falando sobre esse período romântico que elas passaram numa cidade que elas eram jovens demais para perceber que não era lá essas coisas, e aí o país inteiro compra essa imagem de Boston como uma cidade divertida, e o que é mais revoltante é que a própria Boston compra essa imagem mais do que ninguém. E, depois de seis anos, fica pressuposto que eu também comprei."

"Por que você não se muda daqui?"

"Eu *vou* me mudar, em setembro. Mas antes eu tenho que terminar o meu doutorado."

Louis estava procurando números de prédios numa rua chamada Marlborough.

"Além do mais, eu odeio mais a ideia do lugar do que o lugar em si. E eu não odeio Somerville nem um pouco. Estranhamente. Qual é o número que a gente está procurando?"

"Esse aqui", disse Louis, apontando para um prédio antigo com fachada de tijolos. Só tinha se dado conta naquele momento de que encontrar uma vaga para estacionar o carro poderia ser um problema. Durante os vinte e cinco minutos seguintes, Louis e Renée passaram pelo prédio de Peter Stoorhuys oito vezes. O trânsito estava intenso e anormal, os carros se arrastando pelos quarteirões aburguesados num *cakewalk* invertido, todos esperando que um espaço vagasse. Louis dava voltas e mais voltas, a cada uma delas se afastando mais do prédio de Peter. Ignorava vagas que lhe pareciam distantes demais e depois, quando voltava a elas com uma ideia mais bem informada de seu valor, elas já tinham sido ocupadas. (Era como aprender da forma mais difícil em que momentos comprar ações da Bolsa.) Tentava fazer o carro entrar em vagas que ele já sabia que eram pequenas demais. Metia o pé no freio quando passava em frente a hidrantes e em seguida metia o pé no acelerador. Furou sinais vermelhos. E quando, mais perto das dez horas do que das nove, encontrou uma vaga livre a um quarteirão de distância do prédio de Peter, quase ficou desconfiado demais para pegá-la. Três carros na frente dele haviam passado por ela com o júbilo dos *insiders*. Não parecia haver nenhum hidrante, nem entrada de garagem, nem placa informando ser vaga exclusiva do morador, e, embora devesse ter acabado de aparecer, o espaço de alguma forma não parecia *fresco*. Louis entrou de ré na vaga, franzindo o cenho ressabiado, como um tigre na floresta faria se encontrasse uma picanha crua embrulhada em papel encerado. Seu quadril estava molhado do suor que tinha escorrido de suas axilas.

"Parecia boa a festa lá."

"Que droga. Que droga."

Em frente à porta do apartamento do primeiro andar, Louis vestiu sua fantasia. Era uma máscara de proteção que ele tinha usado na escola secundária para cortar grama no tempo seco. Ela dispunha de dois respiradores protuberantes em forma de focinho, para os quais ele ainda tinha alguns filtros de papel. "Isso é muito... perturbador", disse Renée.

"Obrigado."

Eileen abriu a porta com uma garrafa de cerveja na mão. Tinha prendido o cabelo e estava usando um terno xadrez de homem e uma gravata larga cor de abóbora. Suas bochechas estavam vermelhas. "É *você*, Louis?" Pelo tom de voz dela, parecia que Louis era um garoto de seis anos. Ela sorriu hesitantemente para Renée.

"Essa é a minha irmã, Eileen", Louis bufou, apontando para ela seu focinho esquerdo. Renée terminou a apresentação ela própria, e então Eileen engatou numa superficialidade frenética, digna de uma mulher com o dobro da sua idade. Borboleteou em volta dos recém-chegados, explicando a festa e mostrando os prazeres disponíveis. Louis reparou que Peter tinha um sofá e uma mesa de centro idênticos aos do apartamento de Eileen. Na sala de estar de pé-direito alto, que tinha o teto sem ornamentos e as paredes lisas de apartamentos recém-reformados, cerca de metade dos convidados estava fantasiada. O prêmio de melhor fantasia ia para uma pessoa com uma roupa de película de poliéster Mylar, com direito a capacete, visor espelhado e um sistema pendular de filtragem de ar que botava o de Louis no chinelo. Cercando essa figura estava um grupo de rapazes com roupas de fim de semana. A julgar pelos movimentos satisfeitos que fazia com a cabeça, a figura parecia estar recebendo ininterruptos elogios dos colegas. Grandes amigos seus da faculdade, Eileen explicou. Outro grande amigo seu estava sentado ao lado do equipamento de som, com o braço pendurado em cima do componente mais alto, os dedos num botão de controle, a cabeça balançando no ritmo de um reggae metálico em tom maior. Seu outro braço estava pendurado numa tipoia. No meio da sala, uma horda de jovens mulheres com cabelos curtos de executivas levantavam e abaixavam os pés naquele tipo de dança semiconsciente que uma pessoa faz quando está pisando em areia quente. Algumas usavam curativos em diferentes partes do corpo; todas usavam vestidos de cintura baixa. "Você está fantasiada de quê?", Louis perguntou a Eileen.

"Você não *adivinha*?"

"Microempresário que sofreu um megaprejuízo."

Ela lhe dirigiu um olhar angustiado. "Eu sou um *perito* de companhia de segur*oooo*os! Não está vendo a minha trena, o meu bloquinho, a minha calculadora..." Ela parou. Parecia um gato quando percebe de repente estar sendo observado. Puxou a cabeça um pouco para trás e seus olhos ficaram indo de um lado para o outro, se alternando entre Louis e Renée, que estavam parados a meio metro de distância, olhando para ela atentamente. A questão era que ela nunca tinha visto o irmão acompanhado de uma mulher.

Houve uma nota estranhamente compassiva na voz de Renée. "O que você ia dizer?"

"Nada, nada", Eileen foi ficando atarantada. "Era só isso, só um perito, só *imperito* de seguradora. Tem muita, muita comida, então... sirvam-se."

Renée continuou olhando com uma compaixão mais perceptível ainda quando Eileen se enfiou no meio do grupo das mulheres que dançavam, que, duas a duas, olharam por cima do ombro na direção dos recém-chegados. Antes que eles tivessem tido tempo de se aventurar um pouco mais festa adentro, uma coisa desagradável aconteceu.

A figura da roupa de Mylar veio andando na direção deles, fingindo estar se locomovendo sob gravidade lunar. Eles tentaram ignorá-la, mas ela se enfiou no meio dos dois e, espiando pelo seu visor espelhado, examinou o rosto de Louis, que viu uma imagem mascarada e bem bronzeada do mau humor. O séquito de amigos da figura ficou observando com expectativa e deleite enquanto ela contorcia seus braços e pernas em elaborada câmera lenta para espiar agora o rosto de Renée. Depois, tocou na cabeça de Louis com dedos tortos e emborrachados. Tocou na orelha de Renée, enquanto guinchos e estalidos robóticos emergiam de seus respiradores. Seus amigos gargalhavam. Louis temia que Renée resolvesse entrar na brincadeira e ser "bizarra" também, mas ela se manteve impassível. Quando a figura de novo se atreveu a tentar tocar na cabeça de Louis, ele segurou seu pulso, olhou para ela de cima e a apertou com toda a força através da luva de borracha, até ouvir um guincho de dor dentro da máscara.

"Porra!", a figura resmungou, voltando para perto dos amigos, que já não estavam mais rindo. Um quarentão de vinte e dois anos de idade e calça verde saiu do meio do grupo. Com terrível maturidade paternal, ele disse para Louis: "A gente está lidando com uma roupa alugada aqui, cara".

"A gente está lidando com um babaca. Cara."

"É, e eu tenho a impressão que é você."

Louis sorriu dentro da máscara, agradavelmente fora de controle. "Uuuii."

"Não sejamos imbecis", Renée interveio. "Foi o seu amigo da roupa de proteção quem começou essa história."

O inimigo teve autocontrole suficiente para generalizar. "Imagino que certas pessoas não saibam aceitar uma brincadeira."

Eu vou te matar, Louis pensou. Eu vou estraçalhar essa porra desse teu nariz.

"Tem razão", Renée disse num tom amável. "Nós não temos senso de humor."

O inimigo olhou para Louis, que projetou a cabeça convidativamente. "Eu não vou brigar com você, cara", disse o outro.

Louis entendeu então que estava perdendo, já tinha perdido, na verdade. "Adorei a sua calça", disse inutilmente, enquanto o inimigo se afastava.

Ao que parecia, Eileen não tinha visto nada disso. Estava fazendo uma dancinha perto de um dos alto-falantes, sua garrafa de cerveja balançando para a frente e para trás, seu traseiro ondulando para o resto da sala. Era como a dança codificada de uma abelha-operária ao dar boas notícias, muito autocentrada e ao mesmo tempo muito pública: madressilva significativa a norte-noroeste. Quando ele e Renée passaram pelas mulheres de curativo, ocorreu a Louis que, em seu próprio círculo, Eileen provavelmente era considerada uma pessoa de espírito livre e até excêntrica.

"Rapaz encantador", disse Renée.

Louis abaixou o ombro e deu um encontrão nela com tanta força que ela teve de dar um passo para o lado para se equilibrar. Ela não pareceu gostar muito disso.

O apartamento era enorme. As únicas pessoas no cômodo contíguo à sala de estar eram três garotas extremamente bonitas, três garotas tamanho gigante, daquelas que têm pernas compridas, braços compridos e cabelo comprido. (No mundo de Homero, um deus misturado a pessoas comuns podia ser reconhecido por sua beleza e altura incomuns.) Renée de repente começou a agir como se não soubesse para onde ir; quase chegou a voltar para a sala de estar. Evidentemente, não havia escapado a sua atenção que uma das garotas tamanho gigante vestia um luto primoroso, um conjunto que incluía um xale de seda, um chapeuzinho petulante e um diáfano véu preto. A garota examinou Renée com interesse ínfimo e depois abaixou a cabeça para confabular com as amigas, que estavam pegando comida metodicamente de uma mesa bem fornida e botando em suas bocas perfeitas.

As pessoas que estavam na cozinha eram claramente amigas de Peter. Braços pálidos de notívagos miravam cinzas de cigarro em receptáculos diversos. Drinques eram erguidos em direção a rostos urbanos palimpsésticos — híbridos de punk com yuppie, mulheres-duende com fantasias temáticas, um *Homo nautilus* de camiseta regata e cabelo com gel penteado para trás. Três bigodudos de meia-idade e pinta de nativos da Nova Inglaterra estavam sentados à mesa tomando Jack Daniel's, e o próprio Peter, com uma camisa desbotada da banda Blondie e um quepe da polícia de Boston, estava sentado na beira da pia. Sua cabeça tinha desabado sobre o peito.

"Um bom exemplo", disse ele, levantando-a com esforço, "é a empresa do meu velho, a velha Sweet-Ass S. A." Olhou de relance na direção da porta. Vendo Louis com sua máscara, Peter revirou os olhos.

Louis piscou os olhos inocentemente. Renée lhe ofereceu uma garrafa gotejante de Popular Import, que ele recusou. Tinha quase certeza de que a mesa e as cadeiras ali eram de Eileen.

"Há cinquenta anos", Peter continuou, para uma plateia aparentemente receptiva, "eles vêm fazendo as contribuiçõezinhas deles para o PIB e, não por acaso, vêm fazendo também algumas merdas pra lá de suspeitas com o meio ambiente. Eu poderia contar um ou dois fatos que vocês simplesmente não iam acreditar, repito, não iam acreditar. E aí de repente são os anos noventa, e aquele meio ambiente que eles sempre acharam que fosse aquele negócio bonzinho e inofensivo que eles podiam foder como bem entendessem surpreende e faz um estragozinho na propriedade deles em Lynn e ainda mantém a pressão por tempo suficiente pra que o preço das ações deles caia, e aí eles já não sabem mais se devem continuar mantendo aquela fábrica em funcionamento com todos os subprodutos medonhos dela porque o que é que eles vão fazer se um dia aquela porra rachar de verdade..." Peter sorveu ar pela boca para tomar fôlego. "E aí é aquela coisa: Ah, que ultraje! Mãe Natureza, meu amor, mãezinha querida, o que foi que nós fizemos pra você pra merecer uma coisa dessas! Eu disse pro meu velho: Ei, vai ver vocês fizeram por onde, e ele não gostou nem um pouco desse ponto de vista. Ele me falou: Nós somos um patrimônio do estado de Massachusetts. Sem brincadeira, foi assim mesmo que ele falou: um patrimônio do estado de Massachusetts!"

Vieram alegres ruídos da sala de estar quando o reggae cedeu lugar a uma música de Bruce Springsteen de quinze anos atrás. Detrás de Louis, alguém perguntou a Peter em voz alta e clara: "Do que é que você está falando?".

Era Renée. Peter balançou a cabeça bebadamente e sorriu como quem diz: O que nós temos aqui?

"Da Sweeting-Aldren", uma mulher de capacete de peão e vestido chemisier transparente respondeu por ele.

A boca de Renée formou a palavra "ah".

"Isso mesmo", disse Peter. "A empresa de onde emanam todas as bênçãos. Nós somos abençoados com frutas e legumes que não têm manchas marrons. Somos abençoados com etiquetas de preço alerta laranja, cones de trânsito alerta laranja, meias de ginástica alerta laranja. Somos abençoados com selvas asiáticas sem folhagem." Ele estalou os dedos. "Você... qual é o seu nome?"

"Renée. Qual é o seu?"

"Renée." Peter revirou o nome, brincando com ele. "Me diga uma coisa, Renée, você comprou algum biquíni nos últimos dez anos? Fique calma, eu não estou de sacanagem. Você deve ter comprado algum. E certo, você está ofendida, tudo bem, mas muito provavelmente o biquíni que você comprou era feito com o tecido mágico, aquele que não aperta nem faz papo. Um negócio chamado Silcra."

"Elastano", disse um cavaleiro do apocalipse.

"Elastano Silcra", disse Peter. "O miraculoso tecido das roupas de banho. Ele é mais uma das bênçãos da Sweeting-Aldren. É isso que o meu pai quer dizer, sabe, quando fala que eles são um patrimônio de Massachusetts. Não deforma, não faz papo. E ei, olha, eu estou meio bêbado, está bom? Tudo bem?"

Renée o encarou sem expressão alguma no rosto.

"Mas, sabe", Peter continuou, dirigindo-se à plateia de modo geral, "o que eu estou aguardando ansiosamente mesmo é a catástrofe pra valer, aquela de nove ponto zero de magnitude na escala Richter, que vai deixar a empresa toda na ruína. E puta merda — eu acabei de ter uma visão — deixa só..." Seu rosto envelhecido estava iluminado pelo brilhantismo da ideia diante de seus olhos. "Eu acabei de ter uma visão de praias nuas, depois do grande terremoto. Nada de Silcra, nada de roupa de banho, nada de prédios. Só a natureza nua — vocês conseguem ver? Alguém imagina isso?"

"Eu estou vendo", disse o cavaleiro.

"Ah, isso sim. Isso é que é praia", disse Peter.

"Mas eles devem estar segurados até a raiz dos cabelos, Peter", um dos bebedores de uísque observou.

"O quê?" Peter ficou mais sensato de repente. "Não, não é disso que eu estou falando. Eu não estou falando de dinheiro. Aqueles executivos todos, que nem o meu pai, estão totalmente protegidos, eles mal iam chegar a sentir o tranco. E os acionistas até perderiam alguma coisa, mas ia ser só uma parte do portfólio deles, um bom investimento de risco que acabou não compensando. Quer dizer, eu sei perfeitamente que está todo mundo com o rabo bem protegidinho. Mas eu estou falando é de justiça poética. Estou falando de como essas pessoas são fervorosas. Pode acreditar, não existe ninguém mais fervoroso do que esse pessoal da indústria química. Claro que eles são podres de ricos, mas não é pra isso que eles estão no ramo. Eles estão no ramo pra prestar um serviço público. Estão fazendo do mundo um lugar melhor pra se viver. Estão fazendo todas as coisas de maneiras que a natureza não pode fazer sozinha. E quem se importa com um milhão de galões de efluentes tóxicos por ano, quando você nunca encontra nenhuma lagartinha na sua alface? É disso que eu estou falando. É por isso que eu estou só esperando a grande catástrofe, só pra fazer esses caras engolirem essas merdas todas que eles falam." Peter se virou para Louis, que tinha descoberto os pratos de Eileen num armário ao lado da geladeira. "Está procurando alguma coisa?"

"Já encontrei", disse Louis. Segurou Renée pelos ombros e a tirou de seu caminho. Quando estava saindo da cozinha, ele ouviu Peter dizer: "Ei, Renée. Você não está zangada comigo, está? Você entende".

"Por que eu estaria zangada com você?"

"Exatamente. Que motivo você teria pra ficar zangada? Exatamente."

As garotas tamanho gigante tinham desaparecido, com certeza rumo a pastos mais verdes. A porta do banheiro estava fechada e, quando não conseguiu encontrar Eileen na sala de estar, Louis se plantou perto da mesa de comida para esperar por ela. Na parede atrás da mesa estava pendurada como um festão uma faixa amarela e preta em que se lia ULTRAPASSE BLOQUEIO POLICIAL NÃO. Algumas das comidas não pareciam estar ali para serem consumidas. Havia um mapa da Grande Boston preso a um pedaço de papelão e decorado com cogumelos brancos e inteiros postos em pé, os maiores deles — um par de gêmeos siameses — erguendo-se do centro da cidade. Havia também uma travessa de legumes crus selecionados por suas deformidades, tomates com protuberâncias que lembravam línguas, cenouras rachadas, pimentões retorcidos. E também um bolo liso, coberto de glacê e com arame farpado estilizado desenhado com um creme cor de café. E uma tigela de cristal cheia de um ponche da cor de água de radiador velha, com uma película iridescente por cima e uma folhinha de papel autoadesiva em que se lia: *Ponche do canal do amor. Experimente!!* E também uma travessa de cookies de chocolate quebrados e empilhados feito escombros, com um trator de brinquedo no alto da pilha e braços e cabeças de homenzinhos de plástico saindo do meio dos pedaços de biscoito. E ainda uma travessa de BOLAS DE FOGO ATÔMICAS de canela.

Quando a porta do banheiro começou a se abrir, Louis foi mais que depressa para diante dela para não deixar que Eileen escapasse. Então, viu-se cara a cara com a figura da roupa de Mylar.

A porta se fechou defensivamente. Louis dobrou o corredor e encontrou dois quartos e outra porta de banheiro fechada. Malas estavam abertas feito sanduíches no chão do quarto maior. Empoleirada em cima de um cesto de palha, cintilando sob a luz da rua que as Levolor deixavam entrar, estava a gaiola de Milton Friedman.

Louis bateu na porta do banheiro, expulsando ar com força pelos respiradores de sua máscara. A porta se entreabriu e Eileen espiou, nervosa. "Será que você pode me ajudar?" Ela o deixou entrar e trancou a porta. "Eu não estou conseguindo desentupir a privada."

"Você tem um desentupidor?"

Ela pôs o desentupidor nas mãos de Louis avidamente. A ponta da gravata dela estava molhada. "Você tem que conseguir uma boa pressão", disse ele, comprimindo o desentupidor na água turva e rosada. O problema parecia ter sido causado por um absorvente interno. Eileen ficou assistindo à operação com as mãos entrelaçadas e, quando a água subitamente escoou e fez aquele barulho familiar de descarga, disse "Muito, *muito* obrigada" e destrancou a porta. Louis prendeu a maçaneta.

"Que foi?", ela perguntou, se afastando dele.

"Hora de conversar."

Foi interessante ver a superficialidade de Eileen cair, como uma casca de cola seca se desprendendo, e expor um rosto cansado e vazio. Ela tentou um sorriso. "Você está se divertindo?"

"Você sabe do que foi que eu acabei de me tocar?" Ele cruzou os braços e apoiou as costas na porta. "Da razão por que você não retornou as minhas ligações. Você não retornou as minhas ligações porque não está mais morando no seu apartamento. Você está morando aqui."

"Sim, Louis, eu estou morando aqui", ela disse num tom de voz diferente. "Eu já até devolvi as chaves daquele apartamento. A minha secretária eletrônica está bem aqui. Quando foi a última vez que você tentou me ligar?"

"E você não achou que fosse importante me avisar."

"Eu sabia que você vinha aqui hoje, então eu achei que podia te contar hoje."

"Mas você não me contou hoje. Fui eu que tive que perguntar."

"É, foi você que teve que perguntar."

"Então quer dizer que você está morando com ele agora."

Ela riu. "Acho que sim."

"Você acha. Você só está dormindo na mesma cama que ele."

"Era sobre isso que você queria falar comigo? Sobre em que cama eu estou dormindo?" Ela tirou uma toalha torcida do porta-toalhas e começou a dobrá-la e alisá-la. "O meu irmão mais novo quer falar comigo sobre com quem eu estou dormindo. Imagino que ele ache que é para isso que os irmãos servem." Ela pendurou a toalha de volta. "Você pode me deixar sair, por favor?"

"Eileen, o cara é uma víbora."

"Ah, é?" O tom da voz dela alcançou um agudo próximo do limite da audição humana. "O meu noivo é uma víbora? Isso é muito amável da sua parte, Louis. É muita gentileza sua me dizer isso."

"Ah, ele é seu *noivo*." Ele não conseguia entender as mulheres e seus "noivos". Elas brandiam aquela palavra como se fosse uma arma; não parecia natural. "Por que você não me disse isso antes? Eu na verdade quis dizer que ele é um príncipe!"

Ela esticou o braço e puxou a máscara de Louis para debaixo de seu queixo. "Você é tão detestável. Você nunca deu chance nenhuma pro Peter! Você é tão, tão detestável."

"É o que a mamãe também me diz."

"E tão imperturbável também. Você sempre tem resposta pra tudo."

"Eu tenho culpa se ele é uma víbora?"

"*Ele não é uma víbora*. Ele é uma pessoa superfrágil e sensível."

"Que, quando eu vi pela última vez, estava fazendo comentários sugestivos pra minha... pra pessoa que eu trouxe pra sua festa."

"Bom, talvez ele seja menos travado que você. Talvez ele seja menos travado do que todo mundo na nossa família. É sério, Louis, eu conheço o Peter e você não. E eu não sei por que você acha que pode simplesmente chegar aqui e chamar alguém de quem eu gosto de...de... de víbora!"

"Ah, 'alguém de quem você gosta'. Você 'gosta' dele e você vai..."

"VOCÊ é que é uma víbora. VOCÊ é que é uma víbora!"

"Você 'gosta' dele e vai se casar com ele. Faz sentido, eu tenho certeza de que ele também gosta de você, Eileen. Mas eu me pergunto se você não estaria sendo, talvez, sei lá, engrupida. Me responde uma coisa, essa propriedadezinha aqui, vocês estão alugando ou vocês compraram?"

"Isso não é da sua conta."

Louis jogou a cabeça para trás, de encontro à porta. "Ou seja, você acabou conseguindo. Você ficou no pé dela até ela não aguentar mais e ceder, até ela te dar sei lá quanto que você precisava pra comprar esse apartamento. Não é verdade? *Não é verdade?* Você é tão mesquinha que a forçou a desembolsar um dinheiro que ela diz que ainda não tem. *Não é verdade?*"

Eileen olhou para ele com tanta raiva que Louis estava certo de que ela ia lhe bater. Mas, em vez disso, ela abriu a porta de vidro do boxe, entrou e fechou a porta. Sua voz ecoou abafada lá de dentro. "Eu não vou sair daqui enquanto você não for embora."

Louis estava perto demais das lágrimas para dizer qualquer coisa naquele momento. Era o dinheiro, o dinheiro. Ele ficou pensando na transferência daqueles fundos e sentiu uma coluna de lágrimas fazendo pressão dentro de sua cabeça, da garganta em direção aos olhos. Atrás da porta do boxe, o vulto de sua irmã tinha se ajoelhado. O som molhado e oco do choro dela parecia alguma coisa passando dentro dos canos. Louis só pensava que nunca devia ter saído de Houston.

"No que você pensa quando pensa em mim?", ele perguntou a ela, olhando para seus próprios olhos no espelho. "Você pensa num inimigo? Você pensa numa pessoa que te conhece e que costumava brincar com você? Ou você simplesmente nunca pensa em mim?"

Eileen fungou e arfou. "Ele não é uma víbora."

"Sabe, eu nem tenho nada contra ele mais. Quer dizer, você tem razão, eu não conheço o cara. E, de qualquer forma, não importa. Eu não vou mais te chatear com isso."

Em resposta, Eileen só chorou. Louis fez menção de sair do banheiro, mas alguma coisa que ele tinha visto sem ver no espelho foi registrada. Ele soltou a máscara caída e a guardou no bolso. O rosto que ele estava vendo era ao mesmo tempo mais suave e mais velho, mais sensual, do que o rosto que ele considerava seu. Ele pensou: *Até que eu não sou tão feio*. Por alguma razão, esse pensamento fez uma onda de medo invadir sua cabeça e seu coração, o medo que você sente quando se apaixona; quando joga o carro para o lado para ultrapassar o carro da frente numa estrada estreita; quando alguém pega você numa mentira.

Renée estava parada no vão da porta da cozinha, com as costas um pouco arqueadas de modo a apoiar o pescoço e os ombros no umbral. Sua garrafa de cerveja estava vazia. Quando Louis apareceu, ela lhe dirigiu um leve sorriso irônico, como que para indicar não só tédio, mas também uma fé diminuída na capacidade dele de aliviá-lo. Ele lhe perguntou: "Você quer ficar aqui?".

Ela deu de ombros. "Quero. Você não?"

"Não, mas você pode ficar se quiser. Ou a gente pode ir comer alguma coisa ou sei lá."

Nenhuma das duas alternativas pareceu agradá-la muito. "Vamos então", ela disse.

A última coisa que eles viram da festa foi o sujeito da roupa de Mylar dançando feito um gorila para a diversão dos outros convidados.

Do lado de fora, havia luar. A maciez prateada da rua era interrompida aqui e ali por tampas de bueiro e peludos restos mortais de esquilos. "Tem alguma coisa errada?", Renée perguntou.

"É, várias coisas, na verdade. Mas a principal é que eu estou me sentindo mal por ter te arrastado pra essa festa."

"Não se sinta. Foi interessante. Apesar..."

"Apesar do desperdício de uma boa vaga para estacionar."

No carro, Louis dividiu sua atenção igualmente entre a rua e sua passageira silenciosa. Quanto mais Renée não olhava para ele, mais ele se virava para olhar para ela. Para seu nariz arrebitado, suas bochechas pálidas, toda a sua cabeça de trinta anos de idade, da qual a camada simples e cuneiforme de cabelo escuro, com sua cobertura de solitários e sinuosos fios brancos, parecia ser a parte mais verdadeira. Manchas laranja da luz dos postes de rua passavam sem parar pelo vestido dela, transformando-o num laranja que era preto no contexto laranja.

"O seu cabelo é bonito", ele ensaiou.

Ela se remexeu vigorosamente no banco, reposicionando pernas e ombros como uma pessoa com dor de estômago.

"Porra", disse Louis, "deixa pra lá. Mas eu realmente gosto do seu cabelo."

"Eu também", ela disse, lançando de relance um olhar sorridente para ele.

Quando eles chegaram à Pleasant Avenue, Louis puxou o freio e desligou o motor. Renée olhava fixamente para a janela traseira do carro parado na frente deles, para a moldura de cromo corroída, o decalque dos Boston Celtics. Na calçada à esquerda de Louis, havia um fogão cor de cobre, com a porta do forno pousada na parte de cima e crivada de fezes de pássaro. "Essa festa te deixou completamente deprimida, não foi?"

Uma lufada de vento balançou o carro.

"Eu ia perguntar", ela disse, ignorando a pergunta dele, "se você acha que é verdade o que aquele cara estava dizendo sobre a Sweeting-Aldren. Aquilo sobre um milhão de galões de efluentes por ano."

"Eu nem estava ouvindo o que ele estava dizendo."

"Porque definitivamente não é isso que eles estão dizendo no jornal. No jornal eles falam em zero galões."

"A minha irmã quer se casar com aquele cara."

"Ele é o namorado?" Outra lufada balançou o carro. "Eu não me dei conta."

"Na riqueza e na pobreza."

"Mas na verdade eu até que gostei dele. Não seria a minha primeira opção para cunhado, mas ele não é um cara burro. É só gênero."

Louis se inclinou sobre o freio de mão e a beijou.

Ela deixou que ele entrasse no vestíbulo morno de sua boca. Poderia ter sido um minuto de viagem do canal esmaltado entre seus dentes da frente até um dos dois becos sem saída elásticos onde seus lábios iam dar; uma hora de viagem até sua garganta. Louis pegou o cabelo dela nas mãos, pressionando com os lábios a cabeça dela de encontro ao encosto do banco.

Faróis surgiram no início da rua. Ela se desvencilhou, ajeitando com uma das mãos o cabelo que ele tinha bagunçado. "Eu estava para dizer que detesto ficar sentada em carros parados."

Dentro da casa, eles foram recebidos por uivos dos potentes pulmões dos cachorros do apartamento térreo. "Dobermanns", disse Renée. O ar era quente e canino. Ficou mais fresco no segundo andar e, quando ela parou para pegar uma chave de cima de uma saliência na parede, Louis a beijou de novo, fazendo-a encostar numa parede revestida com um papel que tinha cheiro de livro velho. Os uivos lá embaixo se reduziram a rosnados frustrados, e ela tentava se desvencilhar ao mesmo tempo que continuava a apertar a boca contra a dele. De repente, um bebê começou a chorar, ao que parecia logo atrás da porta ao lado deles. Eles subiram um lance mais íngreme de escadas até o apartamento dela.

Era um lugar despojado e limpo. Não havia nada na bancada da cozinha a não ser um rádio/toca-fita, nada no escorredor de louça a não ser um prato, um copo, um garfo e uma faca. O fato de a luz ser quente e de as quatro cadeiras em volta da mesa parecerem confortáveis de alguma forma tornava a cozinha ainda menos convidativa. Era como a cozinha do tipo de pessoa que tinha o cuidado de lavar a louça do jantar e passar um pano nas bancadas antes de ir para o quarto e dar um tiro nos miolos.

Um cômodo amplo em frente ao banheiro continha uma cama e uma escrivaninha. Outro cômodo amplo continha uma poltrona, estantes de livros e vários metros quadrados de tábuas corridas claras. Quando saiu do banheiro, Renée ficou parada de costas para a parede revestida de madeira entre as portas desses dois cômodos e de frente para a cozinha, com as mãos unidas atrás do corpo. "Você quer comer ou beber alguma coisa?"

"Legal o seu apartamento", Louis disse ao mesmo tempo.

"Eu costumava dividir com uma amiga."

Ela não se mexeu, nem sequer se inclinou um pouco para o lado, quando ele entrou no quarto. Louis pisava no chão da maneira mais silenciosa de que era capaz. Tudo naquele lugar fazia com que ele se sentisse um intruso, como se até passos mais ruidosos pudessem tirar as coisas do lugar. (Quando chegam à cena de um crime, detetives de polícia não guardam muitas vezes alguns minutos de respeito e reflexão, antes de dirigirem sua atenção para o corpo caído?) A luminária da escrivaninha tinha sido deixada acesa, iluminando uma pilha de formulário contínuo de computador; na folha de cima, um programa em Fortran estava sendo revisado com caneta preta. (Até o momento do crime, sim, havia um trabalho em andamento, tinha sido uma tarde normal...) Na parede acima da escrivaninha estava pendurado um mapa batimétrico da região sudoeste do oceano Pacífico. O mapa estava salpicado com milhares de pontos de cores diferentes, muitos agrupados em extensos enxames, como colunas de formigas legionárias; abaixo deles, segmentos de linha farpados tinham sido aplicados no oceano feito uma pintura de guerra. Ainda pisando com cuidado, como tinha feito quando entrou pela primeira vez na sala de estar de Rita Kernaghan, Louis voltou para a cozinha. Renée continuava parada, com as mãos atrás das costas. Parecia uma missionária pronta a ser sacrificada, com as mãos atadas, sem poder cobrir sua nudez, sem poder se benzer nem proteger o rosto das labaredas que logo começariam a subir, mas, tal como essa missionária, olhava fixamente para um ponto à sua frente. Ela vacilou visivelmente quando Louis tocou seus ombros (mesmo os grandes santos devem ter vacilado quando as primeiras chamas lamberam sua pele) e, apesar do modo como ela o tinha beijado no hall, ele ficou surpreso com seu ar indisfarçado de carência.

No quarto, o vento assobiava nas janelas da água-furtada. Soprava sem parar, desgastando cada vez mais o telhado, encontrando mais vigas na casa para vergar, mais vidraças para sacudir, mais extensões de parede em que se apoiar. Parecia estar fazendo o trabalho por Louis quando ele separou e levantou os dois lados do cardigã de Renée, que deslizou com facilidade pelos ombros dela abaixo e, caindo no chão, desatou suas mãos. Ela pôs os braços em volta do pescoço dele.

Ainda estava escuro quando Louis acordou. A DRA. RENÉE SEITCHEK, cuja anatomia interna ele imaginava ter sido rearranjada na escalada de violência que caracterizou a união dos dois e cujas mãos haviam se mostrado tão eloquentes quanto o resto dela na hora de comunicar para as mãos dele como melhor lhe proporcionar as descargas que, de outro modo, ele não teria lhe proporcionado (ele gostou do modo silencioso, perspirante e possesso como ela gozou e a admirou por isso), agora estava deitada ao lado dele, dormindo tão profundamente que parecia ter desfalecido em consequência de uma bordoada na cabeça. Havia chusmas esparsas de sardas em seus ombros. Por uma fresta entre uma persiana e uma moldura de janela, Louis via galhos de árvore balançando ao vento, iluminados de baixo pela luz da rua e cobertos por uma manta de escuridão. O vento daquela noite, Renée lhe dissera durante um intervalo, a fizera lembrar um terremoto que ela tinha visto uma vez nas montanhas. Ela estava fazendo uma excursão em Serra Nevada com um grupo da escola secundária. "De repente, nós percebemos que algo estava acontecendo com a terra do lado leste. Nós tínhamos uma vista de uns setenta ou oitenta quilômetros de extensão, e foi como quando você está diante de um lago absolutamente tranquilo e vê o vento se aproximar, como nós ouvimos hoje o vento vindo pela rua, e aí as primeiras lufadas encrespam a água quando chegam. Foi exatamente assim que aquele terremoto foi. Era uma *coisa* vindo através das montanhas, como uma onda visível avançando, e aí de repente nós estávamos no meio dela. Nós sabíamos que estávamos nela porque aconteceram alguns pequenos deslizamentos de pedras e o chão tremeu. Mas não foi como os outros terremotos que eu senti, porque houve essa conexão visual." Ela havia de fato visto a onda que eles estavam sentindo. Não tinha vindo do nada. Não tinha sido igual a nada neste mundo. E Louis quis então, de novo, *tomar possuir ter tomar possuir possuir* o corpo no qual essa memória residia.

O despertador marcava vinte para as quatro. Louis saiu da cama e foi para o banheiro. Quando ele voltou, Renée estava ajoelhada no centro da cama. Ele disse "oi" e ela recuou em direção ao pé da cama, arrastando o lençol com ela. Parecia aterrorizada.

"O que foi?"

Ela saiu da cama e correu para o canto mais distante do quarto, com a mão vagamente estendida para mantê-lo à distância. De pé, ela mostrou toda a complexidade de sua nudez, como as pernas tinham de se conectar com o tronco, como era curiosamente estreita a cintura feminina, como os ombros eram tão mais delicados que os quadris, como eram soltos e exigiam atenção os seios de uma mulher. "Não está comigo", ela disse para ele com uma voz alta que não era nem animada nem alegre.

Louis mal notou a ereção que, rapidamente e bem na frente dela, ele estava readquirindo. "Você está sonhando", ele disse.

"Me deixa em PAZ. Me deixa em PAZ."

"Sh-sh-sh." Ele se sentou na cama, mostrando a ela as palmas vazias de suas mãos. Isso pareceu deixá-la mais apavorada ainda. Sem tirar os olhos dele, ela foi andando de lado encostada à parede. De repente, fugiu para a porta, mas se curvou na direção dele enquanto corria, os braços esticados como se estivesse caindo, e ele viu como, pouco antes de alcançá-lo, ela pareceu estraçalhar com o corpo uma vidraça ou alguma outra descontinuidade planar. Ela se segurou nos ombros de Louis e disse: "Ah, eu estava tendo um sonho tão ruim".

A casa oscilava ao vento. Renée se sentou nas coxas de Louis e se deixou abraçar. Exalações fortes de pH baixo se desprendiam do meio deles. Experimentalmente, Louis tentou botar seu pênis dentro dela de novo.

Ela apertou os ombros dele, a dor abrindo talhos em seu rosto. "Isso é um pouco demais."

"Desculpe."

"Você não está dolorido?"

"O que você acha?"

"Bom, nesse caso." Ela usou todo o peso do corpo para se empalar nele. Os nervos de Louis gritavam *isso dói! isso dói!* Ela mexia os quadris com raiva. "Dói?"

"Sim!"

Depois de um tempo, a dor se disseminou numa ampla zona de desconforto, uma piscina de enxofre derretido com pequenas chamas azuis de prazer riscando a superfície. Depois, as chamas foram ficando mais escassas e então desapareceram por completo, enquanto o enxofre começava a se cristalizar numa coluna de pedaços duros, secos e cortantes. Era como se ele estivesse se esfregando em cacos de osso. Os olhos e as bochechas de Renée estavam molhados, mas ela não emitiu som algum.

Quando eles pararam, Louis estava sangrando o bastante para deixar marcas nos lençóis. Renée se sentou na beira da cama e ficou se balançando de leve para a frente e para trás com os joelhos unidos. Louis se limitou a pensar que não ia morrer por causa disso, alguns anos mais adiante.

5.

Ele foi à casa da pirâmide no telhado. O gramado da frente era agora de um verde-metálico e a grama se inclinava e tremia como que sob uma correnteza, algum fluxo intenso de matéria invisível relacionado à luz brilhante e errada daquele dia, uma luz que bagunçava as cores, jogando um pouco do preto do tronco das árvores no azul do céu e um pouco do branco das nuvens nas árvores. Para quem passou a noite em claro, o que torna o novo dia estranho e o enche de maus presságios é que o sol poente está no leste e não está se pondo; o dia inteiro a luz fica igual à luz dos sonhos, que não vem de direção nenhuma.

"Santo Deus, Louis", disse Melanie, apertando as lapelas de seu penhoar e espiando para fora por cima de uma corrente de porta nova. "São nove horas da manhã, eu nem me levantei ainda. E tenho que pegar um avião daqui a pouco."

"Dá pra tirar a corrente da porta?"

"Você não avisou que vinha! Se tivesse chegado umas duas horas mais tarde..."

"Dá pra tirar a corrente da porta?"

Um teclado numérico de sistema de alarme tinha sido instalado perto da porta. Nas salas de estar e de jantar o gesso quebrado tinha sido consertado, e os livros e objetos decorativos de Rita Kernaghan, incluindo o retrato do pai de Melanie, haviam cedido lugar a uma opulência mais convencional, própria de uma suíte de luxo de hotel — litografias japonesas, cortinas diáfanas, brocados dourados.

"Eu tinha a intenção de ligar para você", disse Melanie. "Só cheguei na quinta-feira e tive tanta coisa pra fazer."

"Imagino", disse Louis. Ele entrou na sala de estar e subiu num sofá revestido de seda e ficou andando de uma ponta até a outra, pisoteando bem o estofado e escutando os ruídos dos ferimentos internos que estava causando.

"Louis! Pelo amor de Deus!"

Ele saltou para a mesinha de centro. Em bom estilo futebolístico, usando o peito do pé, chutou um vaso de cristal lapidado para dentro da lareira, como quem cobra um pênalti. "Eu soube que você está distribuindo dinheiro para os seus filhos", disse, voltando para o sofá. "Estou aqui pra pegar a minha parte."

"Você quer fazer o favor de descer do sofá? Esse sofá não é seu."

"Você acha que eu faria isso num sofá que fosse meu?"

"Eu já disse, eu não vou falar sobre dinheiro. Se você quer falar de outra coisa, tudo bem, mas..."

"Dois milhões."

"Mas não de dinheiro. Eu nunca pensei que eu ia ter que..."

"Dois milhões."

Melanie botou a mão no lado da testa onde ela costumava ter dor de cabeça.

"Quanto foi que você deu pra Eileen?"

"Nada, Louis. Eu não dei nada pra ela."

"Então como foi que ela comprou aquele apartamento?"

"Foi um empréstimo."

"Ah, sei. Então que tal você me *emprestar* dois milhões?"

A mão de Melanie deslizou até cobrir o rosto, a ponta de dois dedos apertando as pálpebras.

"Eu nunca mais vou te atormentar, mãe. Prometo. Dois milhões e nós ficamos quites. Me parece um ótimo negócio, você não acha? De repente eu até te pago um dia."

"Eu não posso mais considerar isso uma brincadeira."

"Quem é que está brincando? Eu preciso do dinheiro. Tem uma emissora de rádio que eu tenho que comprar. Dois milhões é o valor que eu tinha em mente, mas com duzentos mil já daria pra eu fazer uma bondade bem razoável. Daria pra estabilizar as coisas até você arranjar o resto."

"Do que você está falando?"

"Eu estou falando do Philip Stites. Você sabe quem é, é o cara das passeatas contra o aborto. Eu quero dar duzentos mil dólares de presente pra ele. Só para colaborar com a causa dele, sabe. Desde que nós todos ficamos podres de ricos, eu virei uma pessoa muito cristã, sabe, mãe? Não, você não sabe, claro, porque você nunca liga pra mim nem..."

"E você nunca liga pra mim!"

"Ah, e a Eileen liga, e é por isso que ela é recompensada com presentes em dinheiro?" Louis subiu no encosto do sofá e o fez tombar para trás, saltando para o chão instantes antes do baque. "Por que é que todo mundo menos você percebe que ela só te procura quando quer arrancar dinheiro de você? Você acha que ela gosta de você? Ela te odeia até você dar dinheiro pra ela e aí ela te recompensa deixando de te odiar até ela precisar de dinheiro de novo. Você nunca reparou nisso não? Chama-se ser mimada."

A mãe virou para o lado como se a conversa não lhe interessasse. O agudo tremor repentino que fez seu corpo inteiro se contrair e trouxe lágrimas a seus olhos pareceu pegar até ela própria de surpresa. Ela fez um barulho parecido com uma tosse. Louis poderia ter sentido mais pena se não achasse que as lágrimas dela e as lágrimas de Eileen sempre vinham às custas dele e se não desconfiasse que, na sua ausência, as duas eram basicamente felizes.

"Eu estou tentando te fazer um grande favor, mãe", disse ele. "Quer dizer, pensa só. Você me dá dois milhões e aí, pelo resto da vida, você vai poder me considerar um cretino egoísta. Você nunca mais vai precisar sentir culpa. Lágrimas nunca mais, evasivas nunca mais. E ainda vai ter os seus outros vinte milhões pra fazer os seus joguinhos com a Eileen."

A mãe estava sacudindo a cabeça. "Você não entende. Você não entende. Eu perdi..." Um forte abalo sacudiu seus ombros. "Eu perdi..." Outro abalo. "Eu perdi..."

"Dinheiro?"

Ela fez que sim.

"Quanto?"

Ela sacudiu a cabeça; não sabia dizer.

"Então você perdeu dinheiro. Impressionante. A Eileen consegue chegar até você a tempo de abiscoitar um apartamento disso tudo, já eu cheguei um pouco atrasado. É impressionante a maneira como essas coisas funcionam."

Ainda tremendo, Melanie abriu uma cortina diáfana e ficou olhando lá para fora, para a luz em falsa cor, para as nuvens inofensivas que roçavam o topo da última colina antes do oceano. "O seu pedido não é razoável."

Louis sentiu o peso de um objeto de cristal que pegou de cima de uma mesa de canto. "Você está dizendo que o apartamento da Eileen custou substancialmente menos que duzentos mil dólares?"

"O seu pedido não é razoável", ela repetiu. "A Eileen vai começar num ótimo emprego no Banco de Boston assim que se formar, em junho. Ela vai ter uma renda excelente e vai me pagar juros sobre o empréstimo. Não que isso seja da sua conta. Eu só estou lhe dizendo isso pra que você entenda. O apartamento era um investimento razoável para nós duas. Simplesmente não dá pra comparar a situação financeira dela com a sua."

"Claro, se você é um banco. Mas e quanto ao valor social do que ela vai fazer em oposição ao valor social do que eu vou fazer? Ela vai ajudar os grotescamente ricos a ficarem grotescamente mais ricos. Você acha que ela realmente precisa da sua ajuda? Eu estou tentando salvar uma boa estação de rádio das garras de alguns fanáticos."

"E que jeito educado você tem de pedir. Andando em cima do meu sofá."

"Ah, entendi. Se eu não tivesse andado em cima do seu sofá, você teria me dado o dinheiro."

Melanie se virou para encará-lo. Seu cabelo despenteado pendia na forma de um *keffiyeh*. "A resposta é não, Louis. Não. Eu não vou dar mais dinheiro nenhum pra ninguém, incluindo a Eileen. Você pode me odiar, mas eu *não posso*. Não tenho como. Você entende? Por favor, não piore ainda mais as coisas."

Ela o deixou parado embaixo do lugar onde o retrato de seu avô costumava ficar pendurado. Ouviu uma porta se fechar no andar de cima. Cobriu o rosto com as mãos e sentiu o cheiro da vagina de Renée Seitchek.

Na segunda-feira de manhã, Alec Bressler vendeu a WSNE-AM para a Igreja da Ação em Cristo do reverendo Philip Stites por uma quantia não revelada por nenhuma das duas partes, mas, segundo rumores, na faixa de quarenta mil dólares, dadas as dívidas acachapantes da emissora.

Louis estava esvaziando sua mesa quando Stites e seus advogados, uma dupla de rosto curtido e unhas bem-feitas, pararam no vão da porta para avaliar seu cubículo. Stites era mais ou menos da mesma altura que Louis e não mais que dois ou três anos mais velho. Tinha um daqueles rostos sulistas bonitos e rechonchudos, óculos redondos de tartaruga e cabelo louro escorrido e ultrafino de criança pequena. Estava usando uma calça cáqui, um blazer azul e uma gravata listrada amarrada com um nó simples. "Como vai você?", ele perguntou a Louis com voz simpática e sotaque da Carolina do Sul.

"Bem, até. Para o Anticristo."

O jovem pastor deu uma risadinha afável. "Você já se demitiu, não foi?" Ele voltou para o corredor. "Olá, Libby, você tem um minuto pra nos mostrar as coisas por aqui? Você já conheceu o senhor Hambree. Esse aqui é o senhor Niebling. O nome dessa senhora bonita é Libby Quinn."

Louis teria preferido não receber por suas duas últimas semanas de trabalho a incomodar Alec naquela manhã. Felizmente para suas finanças, o ex-dono da emissora veio até ele. Estava com um bolo de notas de vinte na mão e, com movimentos vigorosos, contou vinte e cinco delas.

"Isso é mais do que você me deve."

"É um presente da Previdência Social. Você precisa de uma carta de recomendação? Eu mando pra você."

"Eu não consigo acreditar que isso aconteceu."

"É, eu sei, foi ruim pra você. Você precisa de um emprego. Mas o livre mercado decide: audiência insuficiente. Enquanto isso, eu fiz quatrocentos e vinte e cinco editoriais. Tenho cartas para mostrar que pessoas ouviram. Talvez uma delas tenha mudado de opinião por minha causa. Oito anos pra mudar uma opinião, uma cabeça. Mas você não pode pensar em resultados. Você faz o que tem que fazer, sem ligar para os resultados. É uma questão de fé."

"Quem tem fé é o Stites", disse Louis, com ódio na voz.

"Então outras pessoas têm uma fé detestável. Isso quer dizer que você não pode ter fé? Não pode ter esperança nenhuma? Se a fé de todo mundo é igual à sua, você não precisa de fé."

Louis tamborilou na mesa. "O que você vai fazer agora?"

"O mesmo que vinte anos atrás", disse Alec. "Ganhar muito dinheiro."

Em algum momento entre uma e duas horas da tarde, ele começou a esperar por um terremoto. Estava sentado em seu quarto sem fazer nada mesmo;

esperar não exigia muito esforço extra. Tentou ficar tão preparado para sentir o próximo tremor, se ele viesse, quanto ficava para ouvir o trovão quando via um relâmpago riscar o céu: de prontidão, com a sua consciência sintonizada com o instante. Infelizmente, isso envolvia manter os olhos abertos, e seus olhos volta e meia escorregavam em alguma superfície lisa e notavam irregularidades, como, por exemplo, a folha de papel de parede cujas bordas tinham se desgrudado do reboco, deixando à mostra algumas das listras de cola que estavam embaixo. Passado um tempo, essa cola produzia uma espécie de bolha em seu nervo óptico, e então a bolha arrebentava e começava a sangrar; por outro lado, não havia mais nada na parede em que seus olhos pudessem se segurar.

Só de olhar para as caixas de papelão fechadas onde estava seu equipamento de rádio ele já ficava exausto. Era quase como se as caixas estivessem empilhadas em cima de seu peito, comprimindo sua garganta e dificultando sua respiração.

O teto era revestido com placas de cor gelo, feitas de algum triste produto de papelão. Ele verificou que todas as placas apresentavam o mesmo padrão de furinhos, as aparentes diferenças devendo-se apenas a diferentes posicionamentos. Das cinco até mais ou menos seis horas da tarde, ele averiguou com absoluta certeza que a distância entre as fileiras de quadrados numa extremidade de cada fileira era idêntica à distância na outra extremidade. Ocorreu-lhe que se um grupo de pessoas na área de Boston se revezasse para fazer o que ele estava fazendo, durante todas as horas do dia e da noite, ou seja, se houvesse sempre pelo menos um bom cidadão esperando de maneira absolutamente consciente que a terra tremesse, então talvez nunca houvesse outro terremoto, tão arredios à consciência humana são os aleatórios fenômenos da natureza. (Esse é o axioma fundamental da superstição.) Mas talvez a natureza, estando grandemente necessitada de aliviar aquelas tensões subterrâneas, fosse levada a recorrer ao expediente radical, ao estilo do Velho Testamento, de provocar um sono sobrenatural na consciência específica que estivesse de plantão quando chegasse o momento em que não desse mais para adiar a ruptura. O menino cujo dedo estava tapando o lendário buraco na represa falando mais tarde de uma maravilhosa e irresistível sonolência? Obviamente esse momento fatídico ainda não havia chegado, pois Louis conseguiu se manter em perfeito estado de vigília e, assim, evitar os sismos até a hora em que os Red Sox entraram no ar.

* * *

A terça-feira amanheceu quente, as fornalhas solar e convectiva já alimentadas e roncando às nove horas da manhã. A fita adesiva fez um barulho igual ao de roupas se rasgando quando Louis abriu suas caixas. Ele mexeu em tudo. Tirou a tampa do receptor de doze faixas que havia montado aos quinze anos e mal conseguiu acreditar em como soldava bem naquele tempo. Teve de procurar muito para encontrar aqueles respingos, cortes remendados e parafusos tortos que na época o haviam feito se odiar tanto.

À tarde, ouviu música na faixa FM, girando o dial para escapar de comerciais. Quando a noite caiu em todos os espectros, o visível e o de rádio, ele trocou para ondas curtas. Ouviu o gorjeio de radioteletipo, rápido, frio e de tom neutro, tão monocórdio quanto sueco falado. O código enviado à mão ele destrinchava melhor — na escola secundária, ele tinha sido um homem de vinte e quatro palavras por minuto —, mas consistia principalmente em números e abreviaturas, sendo mais prazeroso como ruído do que como comunicação. Uma enfática e incansável assuada vinha de cargueiros e faróis espalhados pela noite do Atlântico. *Birdies* e misteriosos ruídos estridentes da cor de dor na coluna. Um inflamado comentarista eslavo esbravejando acima de uma ruidosa onda sônica e afundando, parecendo protestar de forma mais estridente ainda que não estava afundando e, então, afundando de vez.

A Voz da África do Sul, chamando de Johannesburgo. Rádio Havana. Rádio Coreia, o serviço ultramarino do Sistema de Radiodifusão Coreano, indo até você em inglês direto de Seul, a capital da República da Coreia. Deutsche Welle, Radio France Internationale. Rádio Mundo Adventista oferecendo orientações para devotos distantes, enquanto leves assobios faziam modulações no ar, como moscas voando ao redor do púlpito. Injā Tehrā ast, sedā-ye jomhūri-ye eslāmi-ye Irān. O Leste é Vermelho, o Leste é Vermelho... A Rádio Bagdá informou que forças de ocupação sionistas haviam assassinado hoje três jovens palestinos no sul do Líbano; apesar de sua pronúncia britânica, essa Voz da República do Povo do Iraque não parecia entender o que estava dizendo. "A agência Reuters informou que no domin. Go após a tenta. Tiva abor. Tada de golpe. Em Mali três oficiais graduados da força. Aérea nacional tinham sido executados na praça em frente ao." Mas então as cordas começaram a planger e, em sua própria língua agora, a Voz, a mesma informada Voz feminina, cantou uma balada carregando o refrão de uma languidez sexy e irônica, como se todos nós conhecêssemos be-em-em-em-em essa história e já a tivéssemos ouvido mu-u-u-u-uitas vezes, e as cordas concordaram. O sol já estava nascendo no Islã. Jipes e mulheres entrouxadas nas ruas, mais um dia de orações e atrocidades em andamento. Em Somerville, um vento noturno partiu a sombra escura de um galho em várias sombras menos escuras, que se curvaram, se cruzaram e se cancelaram nos losangos que a luz da rua projetava no papel de parede.

"Olá, Louis, meu rapaz. Tirando o dia de folga?"

"É."

"Está certo. Que bom para você."

"Eu fui demitido do meu emprego."

John Mullins ficou chocado. "Eles te despediram? Por quê?"

"Porque eu não sou cristão o bastante."

"Sabe que, por um instante, eu bem que acreditei em você."

"Mas é verdade."

"Rá. Por um instante, você me enganou direitinho."

Até a hora de o correio fechar, Louis havia preparado onze cartas de apresentação. Só tinha mais duas cópias de sua fita-demo e esperava não ter de pagar para fazer outras. Suas despesas mensais giravam em torno de setecentos e vinte dólares, incluindo aluguel, comida, contas de luz, gás e telefone, despesas com o carro e o pagamento de um empréstimo universitário. Com os quinhentos que Alec lhe dera, suas economias totalizavam mil quinhentos e trinta e cinco dólares.

À noitinha, ele se plantou ao lado da janela e ficou olhando para fora por cima do ombro, como um homem sob cerco. Casais de trinta e poucos anos estavam tocando a campainha da casa ao lado e emergindo na sala de estar cheia de luz amarela que ficava em frente à sua janela. A soprano carregava uma jarra de água gelada e usava um vestido de alças largas. Tinha cabelo acaju, sardas da mesma cor e braços brancos e carnudos. Louis imaginou estar vendo a marca de vacina no braço dela, funda, despigmentada e em forma de anel. Ao piano, encontrava-se o marido, um francês louro e atlético, com boca de quem está cantarolando. Todos os visitantes homens usavam camisa de gola e manga curta; todas as mulheres estavam com panturrilhas à mostra e sapatos de dança. Eles começaram a cantar. Era como uma daquelas antigas festas em que as pessoas se reuniam para cantar juntas, salvo pelo fato de que todas as vozes eram treinadas. Eles sorriam enquanto suavam, os olhos se encontrando através da sala e brilhando a cada encontro, como um flash fotográfico distante ou um diamante refletindo luz. Louis fechou sua janela para deixar do lado de fora o calor de todos aqueles corpos.

Na quinta à noite, um amador sério que tinha posto um anúncio no *Globe* veio e levou todo o equipamento de rádio numa caminhonete, por 380 dólares em espécie. Louis havia pedido seiscentos inicialmente.

Passou o sábado e o domingo discando, mais ou menos de duas em duas horas, os números de telefone da casa e do trabalho de Renée. Ninguém atendia em nenhum dos dois lugares, e ele resolveu que ela não estava mais interessada em vê-lo. Essa ideia o enfurecia, e ele começou a deixar de gostar de Renée, porque queria usar seu corpo e estava totalmente preparado para gostar dela, se era isso que era preciso para usá-lo.

Nos estúdios da WOLO-AM no centro de Boston, numa torre de vidro em frente às linhas de trem que partiam da North Station, um sujeito com pinta de capitão do mar usando um macacão de brim branco e um lenço vermelho estava sendo conduzido pela porta do vestíbulo. Instantes depois, ele surgiu no monitor interno, anunciando esfuziantemente uma corrida de balões programada para o fim de semana.

A recepcionista da WOLO voltou para sua mesa atrás do balcão, repeliu Louis com um braço e batucou em seu teclado. Era uma moça tamanho gigante, de cabelo preto, mais ou menos da mesma idade que ele e absurdamente bonita. Suas coxas estavam cruzadas e sua saia justa tinha se franzido em excitantes ondinhas. Passado um tempo, ela parou de digitar, examinou a tela com os olhos apertados e pressionou delicadamente uma tecla de função. A tela ficou vazia. A recepcionista bateu com as mãos nas bochechas, aterrorizada, e ficou olhando para a tela. Virou-se para Louis, olhos e boca redondos. "Eu não sei para onde foi! Eu não sei para onde foi!"

"Escuta, eu tenho hora marcada com um tal de senhor Pincus."

"Ele estava aqui." Ela pousou o dedo em outra tecla e mais que depressa o levantou, como se tivesse levado uma ferroada. "Mas saiu."

"Ele vai voltar?"

"Você é Holland, Louis, certo? Por que você não deixa o seu nome? Eu não posso falar com você no momento. O manual dessa impressora foi gerado na mesma impressora por, abre aspas, razões heurísticas, fecha aspas, e a única frase para a qual eu não estou pouco me lixando termina com as palavras, eu memorizei, 'não para o não para'. *Termina* assim."

"Eu achei que tinha uma entrevista marcada com ele às onze."

"As chances de ver o senhor Pincus hoje definitivamente não estão parecendo boas."

"Você sabe quando ele volta?"

"Por que você não pergunta primeiro para onde ele foi? Hum? Resposta: ele foi para o aeroporto. E eu diria que é pouco provável que o aeroporto seja o destino final dele. Qual é o destino final dele? 'Não para o não para.' Você está me entendendo?"

"Talvez eu possa marcar uma hora com ele outro dia, então."

"Eu adoraria remarcar a sua entrevista com ele, mas em virtude do vazio da tela e da total falta de resposta aos comandos de tecla, isso não será possível. Por que você não escreve o seu nome e o seu telefone num papel e aí eu passo o recado para ele, está bom assim, Holland, Louis? Eu prendo o papel com durex na tela do computador dele." Ela cortou um pedaço de uns vinte centímetros de fita adesiva e colou uma das pontas no papel de Louis e a outra na porta do cubículo dela. De uma gaveta de sua mesa, ela tirou uma maçã vermelha do tamanho de uma manga e fez um minúsculo talho branco nela com os dentes.

"Você quer almoçar comigo?", Louis perguntou.

Ela levantou a maçã e a sacudiu. "Não para o não para!"

"Que tal um drinque depois do expediente?"

Ela fez que não com a cabeça, tirou uma dentada maior da maçã e ficou mastigando com cara de ausência e enfado, com o olhar fixo numa tomada. Britadeiras ribombavam à distância, em algum ponto inconjecturável da rosa dos ventos; carros buzinavam aflitos, como se chamassem seus filhotes. Com um estalido, a garota arrancou mais um naco da maçã. Estava claro que ela ia levar mais uns cinco minutos para chegar até o miolo (cada mordida reforçando que podia dispensar o almoço) e outros três para chupar os dentes e reajustar a boca, checando o perímetro dos lábios com a ponta da língua e depois secando com as costas da mão. Sua tela continuava vazia.

"Você está livre no fim de semana?", Louis insistiu.

"Essa pessoa", ela disse em tom de queixa.

"Nós podíamos sair pra jantar."

"Eu conheço essa pessoa? Por que é que eu estou falando com essa pessoa?"

Nos classificados, havia milhares de empregos chatos e nem um único emprego interessante. Até você abrir os classificados, era possível esquecer a essência do emprego da pessoa média, que era: você executa essas tarefas de "inserção de dados", "telemarketing" ou "digitação de textos" que vão matar a sua alma aos poucos e nós relutantemente lhe daremos dinheiro.

Os anúncios de emprego conseguiam ser ainda mais tristes que os anúncios pessoais. "Atraente pacote de benefícios", alguns prometiam. (MULHER BRANCA, SOLTEIRA, MARAVILHOSA, OLHOS AZUIS, QUARENTA E POUCOS MAS PARECE VINTE E CINCO, PROCURA...) Será que existia mesmo alguma pessoa no mundo que fosse independente, altamente motivada, criativa e tivesse no mínimo cinco anos de exp c/ T-1s, SDLC, HDLC e 3270 BISYNC? E se esse candidato ou candidata dos sonhos de fato existisse, não seria extremamente suspeito que ele ou ela estivesse procurando emprego? Anúncios como esses pareciam ser postos no jornal como amargos lembretes ritualísticos, para que ninguém ficasse pensando que empresas não tinham, como todo mundo, necessidades e desejos que não podiam ser satisfeitos.

Na outra ponta da escala ficavam os lacônicos anúncios de uma linha que procuravam vigias ou recepcionistas e não mencionavam nem benefícios nem salário; anúncios que eram como prostitutas feias que, em contrapartida, não exigiam muito.

Claramente, administrar um negócio não passava de um tremendo abacaxi. As empresas queriam bons funcionários e não queriam maus funcionários, mas os maus funcionários eram loucos para ficar e tomar o dinheiro da empresa, enquanto os bons funcionários eram loucos para sair e trabalhar para concorrentes. Para Louis, todos os milhares de empregos listados no jornal pareciam efluentes nocivos dos quais as empresas estavam tentando se livrar pagando pessoas para tirá-los de suas mãos. Como eles odiavam ter de pagar tanto e oferecer "benefícios" tão sedutores para se verem livres dessas tarefas nocivas! Como eles queriam que não fosse assim! Louis podia sentir a raiva deles por terem de se desfazer de todo esse lixo. Os altos executivos empurravam o problema para o departamento pessoal, e as pessoas do departamento pessoal usavam roupas plásticas facilmente confundíveis com rostos e personalidades. A missão delas era lidar com os venenosos mas inevitáveis subprodutos empregatícios, sem deixar que eles entrassem em contato com a pele delas. A cordialidade delas era garantidamente não aderente e cem por cento impermeável.

"Ué, você está de férias, Lou?"

"Não, eu já disse ao senhor. Eu fui despedido."

"Você não me disse que tinha sido *despedido*."

"Na verdade, disse sim."

"Puxa, que chato. Não dá pra acreditar. Parece que todo mundo está sendo mandado embora ultimamente."

"Pois é, ainda que isso obviamente não possa ser verdade."

"O que eu não entendo é por que alguém ia querer despedir um bom rapaz que nem você."

"Bom, porque eu não acredito que Jesus Cristo seja o meu salvador pessoal. Eu não acredito na verdade literal da Bíblia."

Mullins franziu o cenho. "Mas o que é que isso tem a ver?"

"O lugar onde eu trabalhava foi comprado por fundamentalistas antiaborto e todo mundo que não era cristão teve que ir embora."

"Ah, Lou. Ah, *Lou*. Você não devia ter feito isso." Mullins balançou a cabeça. "Agora você está, você está, você está o quê? Procurando outro emprego?"

"Agora, agora eu estou procurando uma mulher com quem eu saí dez dias atrás e gostaria de sair de novo."

"Você não é casado, é?"

"Não."

"Você precisa de um emprego, Lou."

Na Pleasant Avenue, uma bicicleta de dez marchas presa com uma corrente a uma sinalização de trânsito tinha sido derrubada no chão sem se soltar. As abelhas que rondavam a madressilva eram como aglutinações do calor amarelo e zangado daquele dia. O ruído de insetos de asa dura era como o zumbido de transformadores de alta voltagem danificados, sobrecarregados, por aquele calor; como os espíritos monótonos e despersonalizados de índios exterminados volatilizados por aquele calor.

Ao entrar pela porta da frente num hall impregnado de odor corporal canino e de hálito de ração de cachorro inacreditavelmente intensos e quentes, Louis viu flores laranja desabrochando e teve de se esforçar para conseguir subir as escadas, como um mergulhador quase sem ar tentando chegar à tona. Seus óculos escorregavam de sua cara suada. Ninguém atendeu quando ele bateu na porta, embora o apartamento de Renée fosse traiçoeiro, acolhendo de bom grado os olhos da memória e da imaginação de Louis.

Foi uma caminhada de vinte e cinco minutos até Harvard. Com a ajuda de alguns estranhos prestativos, Louis conseguiu localizar o Laboratório Hoffman de Ciências Geológicas, que era um sanduíche de cinco andares de tijolo e janela em fatias de concreto branco. O interior era refrigerado e tinha o mesmo cheiro que o interior asséptico de computadores. A sala da dra. Seitchek ficava no térreo, em frente a uma sala de computação, e continha duas mesas. Howard Chun estava sentado com os pés em cima da que ficava mais perto da porta, atirando energicamente um elástico na parede em frente e depois capturando-o no ar. A outra mesa, perto da janela, estava vazia salvo por uma pilha de cartas ainda fechadas.

"Ela não está aqui."

"Você sabe onde ela está?"

Howard se esticou para pegar o elástico antes que ele caísse entre seus tênis. "O que você quer com ela?"

"Ela é minha amiga."

"Ah, sei."

"Você sabe onde ela está?"

"Acho que em casa."

"Eu acabei de vir de lá."

Howard começou a estalar o elástico furiosamente contra os próprios dedos, olhando de cenho franzido para a pele cada vez mais vermelha. De repente, olhou para o chão por sobre o braço da cadeira. "Quer ver uma coisa?" Ele atirou o elástico numa folha de papel pregada na parede. "Esses foram os terremotos que nós tivemos desde março."

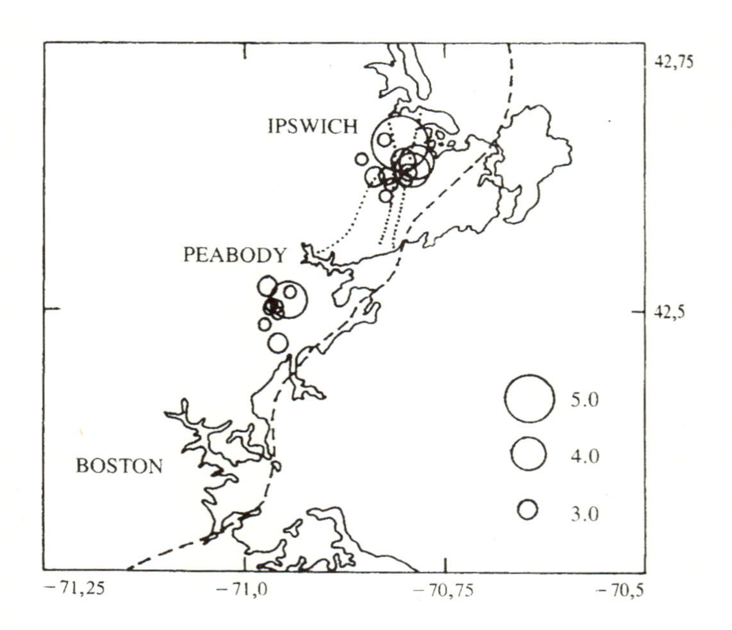

Os círculos pareciam ser epicentros, graduados em escala linear de acordo com a magnitude. "O que são as linhas pontilhadas?", Louis perguntou.

"Falhas mapeadas perto de Ipswich. A linha tracejada é uma grande feição aeromagnética, pode ser uma sutura antiga, pode não ser nada. Tem uns dez quilômetros de profundidade, ou talvez nove ou oito. As falhas mapeadas são rasas. O único problema é que a série de Ipswich é funda, mais para oito ou dez quilômetros."

"E o que isso quer dizer?"

"Que provavelmente tem outras falhas. Ou que as falhas não foram mapeadas direito. Não parece certo. Duas séries de terremotos sem relação uma com a outra, tão perto no tempo e no espaço. A probabilidade é pequena."

"Pequena quanto?"

Howard cruzou os braços e franziu o nariz. "Tipo muito, muito pequena. Eu nunca vi acontecer."

"Hum." Louis olhou de novo para a pilha de cartas na mesa de Renée. Do lado de fora da janela, turistas japoneses andavam em fila por um caminho de asfalto entre os carvalhos.

Howard se inclinou para trás perigosamente em sua cadeira giratória e, esticando bem os dedos, alcançou seu elástico no chão. "Quer ver outra coisa?" Com os pés ainda em cima da mesa, ele endireitou o corpo, abriu a gaveta de cima e entregou a Louis uma fotografia 10 × 15 num papel amarelado que um dia já fora lustroso. Era uma foto de uma adolescente vestida com uniforme de banda de desfile e segurando um clarinete junto ao peito. O casaco do uniforme era azul-escuro, com remate creme e botões dourados; o quepe tinha uma pala preta de plástico e uma trança dourada na copa. O cabelo comprido e lambido, com um corte típico de meados dos anos setenta, emoldurava seu rosto e se esforçava para esconder (mas na verdade realçava e ampliava) as zonas de acne de suas bochechas e sua testa. Ela tinha nos lábios o sorrisinho rígido e autossabotador dos adolescentes que detestam seus rostos e para quem ser fotografado é uma crueldade sem tamanho, e olhava fixamente para um infinito localizado em algum ponto a sua esquerda, como se ao não encarar a câmera ela pudesse fazer com que a câmera não a visse. Folhas de árvore amarelas e pentagonais jaziam no gramado entre ela e uma caminhonete fora de foco e uma porta de garagem.

"Você sabe quem é?"

"Onde você conseguiu isso?"

"É a Renée."

"Onde você conseguiu isso?"

Howard bateu com as costas várias vezes no encosto de vinil de sua cadeira. Depois, empurrou a mesa com os pés e foi deslizando até a metade da sala. "Eu encontrei."

"Onde?"

"Eu só peguei."

Louis tentou devolver a foto.

"Pode ficar", disse Howard. "Você quer?"

"Por que você está me dando isso?"

Howard deu de ombros. Tinha feito sua última oferta.

"Você roubou essa foto?"

"Eu só peguei. Se quiser, leva. Eu não quero."

* * *

Ao entardecer, pela janela aberta, ele ouviu John Mullins contar à soprano e ao marido dela que aquele rapaz bonito do prédio ao lado — acabou de se mudar, um garoto bonito — tinha sido despedido. Ele disse para eles que não acreditava em Jesus e eles o botaram no olho da rua.

"Eu estou há dias tentando ligar pra você", Louis disse.

Renée estava comendo uvas roxas sem caroço, sentada diante da mesa de sua cozinha. Segurava a tigela de vidro na altura do peito e usava apenas o pulso para levá-las à boca, dobrando-o para trás e para a frente com eficiência. "Péssima semana pra isso."

"Numa das vezes que eu liguei, quem atendeu foi o... qual é o nome dele? Terry, e ele desligou na minha cara."

"As pessoas estão zangadas comigo, por uma coisa que não é culpa minha." Descalça e silenciosa, ela se levantou e pôs o esqueleto de um cacho de uvas na pia. O suor colava seu cabelo ao pescoço e à testa em lâminas finas e curvas. Na janela atrás de Louis, um circulador de ar zumbia em baixa velocidade, proporcionando conforto com o barulho e não com o vento que produzia. (Enquanto seus curativos estão sendo trocados, pacientes vítimas de queimaduras preferem ouvir algum ruído monótono e constante a ouvir música.)

"Eu vou só te dar uma ideia do que está acontecendo." Ela mostrou a ele o plugue do telefone desconectado e, em seguida, o enfiou na tomada; depois, virou de cabeça para baixo uma sacola de papel do DeMoula's Market, despejando algo entre sessenta e oitenta envelopes em cima da mesa da cozinha. "Aqui tem uma simpática." Ela lhe entregou um envelope sem endereço de remetente. Dentro do envelope, havia um bilhete escrito à máquina:

Prezada Vaca,
Eu espero que você morra de Aids.
Atenciosamente,
Um inimigo.

"Vai direto ao ponto", ela disse com voz animada. "Aqui tem outra bem carinhosa."

Prezada "srta." Seichek,

Eu vi você na televisão e a sua postura me dá nojo. A sua postura é faça sexo e mate o bebê depois. Qual é a diferença entre aborto e infanticídio? Só tem uma diferença. O aborto é legal em Massachusetts e infanticídio é crime. Agora você me explica isso. Você disse que tudo bem meninas de 14 anos fazerem aborto quando precisam. Mas e os pais? Outra coisa é que você nunca fala de adoção nem de orfanato. Nesse pobre mundo não existe esse negócio de bebê não desejado. Talvez você vá querer ter filhos um dia e não possa porque é estéril. Eu acho que deviam levar em conta a opinião da pessoa sobre aborto quando ela vai adotar. Você não ia poder. Você por acaso já segurou um bebê no colo? Talvez você nunca tenha a chance agora por causa do que você falou. Talvez Deus tenha Misericórdia se você rezar. Você sabe rezar? Eu não posso rezar por você.

Sra. Axel Hardy
Front Drive, 68
Hingham, Mass.

"Essa é aquela sobre adoção, não é? Dá uma olhada nessa aqui. O cara mandou junto uma parte da carta da corrente."

Dra. Renee Scheik
Laboratórios Hoffmann
Oxford Street, 20
Cambridge, Mass. 02138

Prezada dra. Scheik,

Junto com chefes do tráfico condenados não existe nada mais disprezível no mundo que aborteiros. Metade das pessoas que entram em clínicas de aborto não saem de lá vivas. Como você consegue dormir à noite sabendo de todas as vida que você tirou no trabalho? Ou você toma drogas pra dormir (ra ra). Eu espero que a sua clínica seja fechada e que você vá pra cadeia. Ainda bem que eles separam os homens das mulheres na prizão. Eu torso que você sofra bastante lá.

Assinado,
Um anônimo

Isso tinha sido datilografado no verso de uma cópia de uma cópia de uma cópia xérox onde se lia:

-2-

tem IMPACTO, mas às vezes você não consegue fazer contato. Às vezes o número do telefone é trocado temporariamente por outro que não consta da lista telefônica. Às vezes você liga e só dá sinal de ocupado, ou ninguém atende, ou a secretária eletrônica atende. Se o número comercial foi alterado, você pode obter o número novo pelo serviço de auxílio à lista (555-1212). *Lembre-se que clínicas e médicos particulares não podem se dar ao luxo de não constar da lista telefônica.* Insistir é importante — durante uma, duas, até três semanas. Porém, também é importante acompanhar CADA LIGAÇÃO de uma carta de primeira categoria. Se a corrente não for quebrada, estima-se que cada aborteiro da lista vá receber MAIS DE 1600 CARTAS até as nove caixas da página 1 terem sido preenchidas. A união faz a força! Imagine o impacto de 1600 veementes apelos pessoais! E de 1600 telefonemas! Mas se você quebrar a corrente, esse número vai cair pela metade, e se outro amigo quebrar a corrente, o número vai cair pela metade de novo.

Jesus alimentou 5000 com cinco pães e dois peixes. Você pode ter O MESMO PODER se enviar seis cópias desta carta. Se esta cópia estiver borrada demais, *datilografe o texto de novo antes de enviar.*

Observação: Ligações de longa distância são mais baratas entre 5 da tarde e 8 da manhã (hora local), mas não esqueça que a maioria das clínicas funciona em horário comercial (isto é, de 9 às 5).

COMO ESCOLHER

NÃO escolha nomes da lista ao acaso. Comece com O DIA DO MÊS em que você nasceu — você vai ver que há 31 nomes na lista — e vá *subindo* a lista se você nasceu num mês de número ímpar (por exemplo, janeiro = 1; fevereiro = 2 etc.) ou *descendo* a lista se você nasceu

"Eu vou comer mais uva", disse Renée. "Você quer?" A geladeira dela tinha ombros arredondados e um puxador que travava. O logotipo de cromo na porta dizia FIAT.

Louis estava sacudindo a cabeça, atônito. "Isso é mil vezes pior do que o que aconteceu comigo."

"Tem certeza de que você não quer? Uva?"

"Quem botou o seu nome na lista?"

"O Stites ou alguém da organização dele, eu tenho quase absoluta certeza. Todos os endereços são da área de Boston. O detalhe do 'Laboratórios Hoffmann' foi um toque de mestre. Essas pessoas não são nada burras."

"Você tem que reclamar com alguém."

"Eu falei por telefone com um cara do *Globe*. Ele me pediu que mandasse cópias de algumas das cartas pra ele, e eu mandei. Imagino que eles queiram ver quem mais está recebendo essas cartas antes de publicarem qualquer coisa a respeito. Ele disse que ia me ligar de volta através da secretaria do departamento, mas ainda não ligou."

"E com os Correios, você falou? Com a companhia telefônica?"

"Eu achei que não ia adiantar nada. Eu não quero processar essas pessoas, só quero que o mundo saiba o quanto elas são inacreditavelmente babacas."

O telefone em cima da mesa começou a tocar. Louis botou a mão em cima dele e olhou para Renée, que deu de ombros.

"A...eh... dra. Seechek está?"

"Sou eu."

"Ah, o senhor é homem, eu não sabia que..."

"Não, meu senhor", disse Louis. "Eu tenho voz grossa."

Renée lhe lançou um olhar dúbio.

"Eu me chamo John. Eh, Doe. John Doe. Eu fui informado de que... eh... a senhora trabalha nos Laboratórios Hoffmann e..." — a voz do sr. Doe foi ficando fina e estrangulada — "e que lá são realizados abortos?"

"É, eu estou sabendo que o senhor foi informado disso."

"Eu gostaria de conversar com a senhora um instante sobre o seu trabalho, se fosse possível, doutora Seechek. A senhora tem um instante?"

Louis estava se divertindo, mas Renée tirou o telefone da tomada, pegou o fone da mão dele e falou para a linha muda: "Vai se foder, vai se foder, vai se foder". A sacola do DeMoula's se rasgou quando Renée começou a enfiar as cartas de ódio de volta dentro dela, enquanto vagas sombras de palavras se desenhavam em seus lábios. Ele ficou surpreso ao notar áreas vermelhas e ásperas infiltradas em sua tez pálida. Ficou se perguntando se aquilo era uma alteração recente ou se, auxiliado pelas pistas fornecidas pela velha fotografia, ele estava vendo coisas nela que até então ela havia conseguido esconder. Seus poros tinham se tornado evidentes. Havia uma faixa de acne suavizada, mas não erradicada, na parte de cima de uma de suas bochechas e também manchas em volta de sua boca que davam a impressão de que ela estava borrada de batom. Ela lhe pareceu mais nova e um pouco mais suja, mais como o tipo de garota com a qual era fácil você fazer o que quisesse — o tipo que tem mais paixão do que autoestima.

"Eu odeio quando mulheres falam palavrão", disse ela.

"Por quê?"

Ela estava na cabeceira da mesa. "Acho que é porque existe essa ideia, na imaginação popular, de que isso seria sexy. Na imaginação popular masculina sancionada. Mesmo quando uma mulher diz 'vai se foder' com raiva, mesmo quando uma feminista radical diz isso, as pessoas acham um tesão. Toda vez que *eu* ouço uma mulher dizer isso, eu me transporto..." Ela se dirigiu a Louis diretamente. "Eu me transporto para a estação do metrô da Central Square. Tem uma mulher raivosa lá, cheia de bolsas e de jornais. É como se o rosto dela fosse o rosto de Todas as Mulheres Dizendo 'vai se foder'. Aquela raiva insana contra todo mundo, que para mim fica particularmente feia numa mulher, embora isso não seja politicamente correto da minha parte e, portanto, me faz perguntar qual exatamente é o meu problema. E eu não posso deixar de mencionar", ela continuou, agora falando consigo mesma, "uma coisa que eu esqueci de falar outro dia, quando você me perguntou o que eu tinha contra Boston, eu esqueci de falar do jeito como as pessoas chamam o metrô de T. As pessoas, quer dizer, as pessoas em questão, elas não dizem 'eu vou pegar o metrô', elas dizem 'eu vou pegar o T'. O que é doentio — pra mim, o que eu considero doentio — é que é como se fosse uma palavra-código, que toda vez que eu escuto me dá raiva, porque eu ouço a história inteira na minha cabeça, a garotada toda aprendendo a dizer 'T' em vez de 'metrô'. Eles escrevem para os pais falando sobre pegar o T. Eles explicam que aqui as pessoas chamam de T, o que é meio fofo. Ai, meu Deus, o que é que eu estou dizendo?" Ela se afastou, dando socos na própria cabeça. "Você queria saber por que eu não te liguei."

Impaciente, Louis dava golpes de caratê no tampo da mesa. "Tem cerveja aí?"

"Porque eu não estou conseguindo me controlar."

"Ou qualquer outro tipo de bebida ou de droga que a gente possa consumir? Nós dois?"

O zumbido do circulador de ar na janela, seu ronco plácido e oleado, era o som de todas as horas da noite durante uma onda de calor. A hora em que a conversa escasseia. A hora em que um reflexo da luz da rua paira num determinado ponto em que as hélices passam. A hora em que o amanhecer força passagem pelas cortinas cansadas. O zumbido e as horas sendo a mesma coisa, a monotonia do calor úmido, e os pacientes queimados dizem: Não aumente a velocidade. Não diminua. Deixe exatamente como está.

"Você tem amigos?", Louis perguntou, abrindo garrafas. "Pessoas pra quem você possa ligar?"

"Claro. Quer dizer, eu tinha." Sentada em frente a ele do outro lado da mesa, Renée não demonstrou nenhuma intenção de tomar a cerveja que ele lhe deu. "Eu dividia esse apartamento com uma amiga de quem eu gostava muito, mas ela está casada agora. Imagino que eu não tenha sido muito previdente na hora de escolher amizades pra cultivar. Eu fiz amizade com pessoas dois ou três anos mais velhas que eu no trabalho, pessoas nascidas na segunda metade da década de sessenta que não gostavam da primeira metade da década de oitenta, como eu também não gostava. Então, acho que o que eu tenho agora é uma correspondência interessante e alguns lugares pra ficar no Colorado e na Califórnia." Com as unhas dos polegares, ela empurrou para cima, como quem empurra uma cutícula, o papel que envolvia o gargalo de sua garrafa de cerveja suada, tentando com atraso sondar a intenção por trás da pergunta dele. "Eu saio com pessoas, se é isso que você está querendo saber." Os olhos dela acompanharam o dedo indicador de sua mão direita enquanto ela o arrastava ao longo da beirada da mesa. Depois, trouxe sua mão de volta e apoiou a palma em um dos lados da garrafa cheia, apoiando em seguida a outra palma no outro lado. Ficou absolutamente imóvel nessa posição durante alguns instantes, olhando para a garrafa. Depois, com violenta determinação, como se ficar sentada daquele jeito tivesse sido um tormento físico desde o início, ela se levantou sem nem afastar a cadeira da mesa. Teve de cambalear num pé só para não perder o equilíbrio e empurrar a cadeira para trás para se remover dali; grudada no chão úmido, a cadeira tombou para trás.

Renée voltou de seu quarto trazendo algumas pastas de arquivo.

"Eu tenho ficado na biblioteca", ela disse, endireitando a cadeira. "Na sexta passada, duas pessoas apareceram na minha sala pra serem desagradáveis pessoalmente e, desde então, eu não voltei mais lá."

"O Howard me falou."

Ela fez que sim, bocejando. "Eu fiquei pensando naquilo que o namorado da sua irmã disse e me lembrei de uma coisa, ou achei que me lembrava. Eu tinha a impressão de que estava na página da direita, ao lado de uma outra coisa que eu estava lendo. E... eu estava certa." Da pasta de cima, ela tirou um maço de fotocópias grampeadas. "Isso é um artigo que saiu no *Boletim da Sociedade Geológica da América*, em julho de 69. Você pode ler só o resumo e o que eu sublinhei."

"Pra quê?", Louis disse.

"Porque é interessante."

UMA TEORIA DA GÊNESE SUBCRUSTAL DO PETRÓLEO

A. F. Krasner

Setor de pesquisa química, Indústrias Sweeting-Aldren

RESUMO: Emissões significativas de metano e petróleo em regimes não fossilíferos (Siljan, Wellingby Hills, Taylorsville) puseram em questão o pressuposto de que depósitos subterrâneos de hidrocarboneto derivariam principalmente da decomposição de matéria orgânica aprisionada. Estimativas mais precisas da composição química de cometas e dos grandes planetas sugerem que os níveis de carbono no interior da Terra sejam entre 10^2 e 10^5 vezes maiores do que se estimava anteriormente. Um estudo laboratorial demonstra a possibilidade de sintetizar petróleo a partir de hidrocarbonetos elementares sob pressões próximas às do interior da Terra. Um modelo de captura de hidrocarboneto durante a planetogênese prevê a formação e o acúmulo de metano e de outros hidrocarbonetos mais complexos na fronteira superior da astenosfera e explica as emissões observadas em Wellingby Hills. Propõe-se um programa de perfuração profunda para melhor testar o modelo.

O único trecho sublinhado que Louis conseguiu encontrar no artigo estava no último parágrafo. Renée havia feito o sublinhado com régua, um hábito de trabalho que sempre tinha dado nos nervos de Louis. *Avanços na tecnologia de poços profundos tornaram viável a perfuração de buracos estreitos com profundidade superior a sete mil metros. Dois sítios no sinclinório das mon-*

tanhas Berkshire, incluindo o plúton de Brixwold (nas cercanias do qual há indícios de lenta emissão de metano)[31]*, foram escolhidos para a implementação de um programa de perfuração iniciado pelas Indústrias Sweeting-Aldren, o qual deverá, a depender de financiamento final, entrar em execução em dezembro de 1969, e espera-se alcançar a profundidade crítica de sete mil metros na primavera de 1971. Caso quantidades significativas de metano ou petróleo sejam encontradas nessa profundidade, sob um plúton granítico altamente metamorfizado sobreposto a xistos pré-Cambrianos, isso representaria uma forte confirmação do modelo da camada aprisionada.*

"Tem muita palavra difícil aqui", disse Louis.

"Na verdade é um artigo seminal, à maneira dele." Com deselegante possessividade, Renée manteve uma mão estendida até Louis lhe devolver o artigo. "Os indícios na época eram tão frágeis que o trabalho jamais deveria ter sido publicado, mas essa é uma ideia que ainda continua pairando. A ideia de que existiria um imenso oceano de petróleo e gás natural empoçado logo abaixo da crosta terrestre, e de que todo esse combustível seria derivado da matéria primordial de que o planeta foi feito, e de que todas as reservas dos chamados combustíveis fósseis não passariam de uma gota no oceano comparadas a tudo o que está lá embaixo. Não faz muito tempo, o governo sueco gastou dez milhões de dólares perfurando um poço numa bacia do lago Siljan, que acabou não dando em nada. A ideia não morreu. Mas não tem muita gente que a leve a sério."

"Arrã."

"Bom, depois tem isso aqui que saiu na *Nature*, em janeiro de 70."

Ela havia circulado meticulosamente, com caneta vermelha, um parágrafo da seção de notícias. A nota dizia que a empresa química americana Sweeting-Aldren havia começado a perfurar um poço profundo num local não revelado no leste de Massachusetts, com a intenção de testar a hipótese de A. F. Krasner acerca da origem não fóssil de boa parte do petróleo e do gás natural do mundo. A perfuração estava prosseguindo num ritmo de trinta metros por dia e, já levando em conta os habituais atrasos e falhas de equipamento, esperava-se que o poço atingisse sete mil metros — "a profundidade crítica, no entender de Krasner" — no final da próxima primavera.

"Você notou alguma coisa estranha aí?"

Louis abanou a mão, com ar de cansaço. "Esse negócio de desvendar enigmas..."

"As Berkshires não ficam no leste de Massachusetts."

"Ah." Ele balançou a cabeça. "Eu não sabia disso. Então, eu não teria sacado de qualquer forma. Que bom que você me disse."

Renée fechou uma pasta e abriu outra. A caligrafia nas linguetas das pastas era tão disciplinada quanto a de um escrivão. "Dia 25 de fevereiro de 1987", disse ela. "*Boston Globe*: 'Tremores no condado de Essex persistem'." Ela entregou a Louis a fotocópia de um recorte de jornal. "Dia 12 de abril de 1987. *Boston Globe* de novo. 'Série de terremotos em Peabody intriga cientistas'." Ela tirou da pasta um terceiro artigo. "*Earthquake Notes*, 1988, número 2, 'Os microssismos registrados em Peabody de janeiro a abril de 1987 e seu ambiente tectônico'. Penúltimo parágrafo: 'A distribuição espacial e temporal dos microssismos guarda uma marcada semelhança com exemplos conhecidos de sismicidade induzida nas cercanias de *poços de injeção*'. A ênfase é minha. 'No entanto, a profundidade relativamente grande dos tremores de Peabody (em média, três quilômetros mais profundos que os poços comerciais mais fundos de injeção de resíduos) parece excluir tal mecanismo. Além disso, não há nenhum poço de injeção licenciado operando num raio de vinte quilômetros ao redor do local da atividade.'"

Ela ficou encarando sua garrafa de cerveja por alguns instantes e depois tomou um longo gole. Estava definitivamente conseguindo se controlar agora.

"Eu me lembro de quando essa série começou em Peabody. Esse tipo de coisa acontece em alguns outros lugares da Nova Inglaterra com certa regularidade. Você tem vários tremores minúsculos, a maior parte deles pequenos demais pra serem sentidos. Pode ir de um até algumas centenas de tremores por dia, durante dias, semanas ou meses. Ninguém sabe realmente o que provoca esses microssismos. A série de Peabody despertou interesse porque nunca tinha acontecido nada parecido lá antes."

"Eu entendi direito? Poços de injeção provocam terremotos?"

"Provocam. É o que se chama sismicidade induzida. Acontece quando uma quantidade muito grande de líquido é injetada no subsolo, e a explicação básica é que as rochas lá embaixo ficam escorregadias por causa de todo o líquido extra. O exemplo clássico é o que aconteceu no início dos anos sessenta na Rocky Mountain Arsenal, nas cercanias de Denver. O exército estava fabricando armas químicas, produzindo milhões de galões de resíduos líquidos tóxicos e injetando tudo num poço de três mil e seiscentos metros de profundidade. Denver sempre tinha sido bem sossegada sismicamente, mas, por volta de um mês depois que as injeções começaram, vários terremotos começaram a ser registrados. Cerca de um por dia em média, nenhum deles com magnitude maior que 4,5 ou perto disso. Sempre que eles interrompiam as injeções, os terremotos paravam, e sempre que eles recomeçavam, os terremotos também recomeçavam. Era praticamente como abrir e fechar uma torneira. O GS fez um estudo..."

"O o quê?"

Renée piscou os olhos. "Geological Survey, o serviço geológico dos Estados Unidos. Eles injetaram água em poços de petróleo secos do oeste do Colorado. Sempre que a pressão da água no leito de rocha ultrapassava 260 quilos por centímetro quadrado, os terremotos começavam. Quando já existe algum tipo de tensão no subsolo, a água nas falhas lubrifica as coisas e interfere no equilíbrio de forças. O mesmo acontece quando você constrói uma barragem e forma um reservatório. O peso do novo lago faz com que a água penetre na rocha subjacente. Houve uma longa série de eventos em Nevada, atrás da represa Hoover, depois que ela encheu. A mesma coisa aconteceu no Egito, atrás da represa de Assuã. E também na Zâmbia, na China e na Índia. Eu acho que o que teve na Índia foi de intensidade bem considerável. Matou por volta de duas centenas de pessoas."

"Pelo que eu estou percebendo, você não passa as suas noites vendo beisebol na televisão."

Ela abriu uma terceira pasta, ignorando o comentário dele. "O curioso é que, depois desse artigo, o Krasner some da literatura. Ele não aparece em nenhum periódico de química nem de geofísica e nunca constou do *American Men and Women of Science*. Um artigo completo, um parágrafo na *Nature* e só. A teoria dele foi reinventada de modo independente no final dos anos setenta por um cara chamado Gold, de Cornell. Nos trabalhos que eu consegui encontrar, o Gold cita o Krasner uma vez, o chama de 'presciente'. E é isso."

"Você leu essas coisas todas."

"Eu passei os últimos dias presa na biblioteca."

"E você sublinhou as partes importantes e organizou os textos em arquivos, mesmo não sendo um trabalho pra nota."

"É."

"Por que você faz isso?"

"Por quê?" A pergunta pareceu quase ofendê-la. "Porque eu estou curiosa."

"Você está curiosa. Você faz isso tudo porque está curiosa."

"Exato."

"E você não vai ganhar nada com isso."

"Não que eu saiba."

"Você faz isso por pura e simples curiosidade."

"Quantas vezes eu vou ter que repetir?"

Louis soltou uma lufada de ar pela boca. Tamborilou no tampo da mesa. Soltou mais um pouco de ar. "Você andou falando com a minha mãe de novo."

"O que te faz pensar que eu andei falando com ela?"

"O simples fato de que ela tem uma grande participação financeira na Sweeting-Aldren."

"Eu não sabia disso. Na verdade, isso é muito interessante. Mas eu não andei falando com ela e definitivamente não tinha conhecimento disso." Ela estremeceu um pouco, tentando se livrar das vagas acusações de Louis.

"Continua, então", ele disse.

"Eu não tenho mesmo nada a ganhar com isso. É só... Sei lá. É como você disse. O meu pequeno seminário."

"Olha, *desculpa*. Eu quero ouvir o resto. Toma mais um pouco de cerveja e me conta o resto."

Ela respirou fundo e começou a falar para o tampo da mesa, gesticulando muito, como se estivesse se dirigindo diretamente a Louis; mas claramente estava além de sua capacidade sustentar ao mesmo tempo a eloquência professoral e o contato olho no olho.

"Em 1969 a Sweeting-Aldren está nadando em dinheiro, principalmente por conta da Guerra do Vietnã. Eles estão com uma penca de cientistas na folha de pagamento, e essa pessoa, o Krasner, aparece com a teoria de que Massachusetts está boiando num oceano de petróleo bruto. A empresa decide financiar a perfuração de um buraco pra ver se ele tem razão, só que alguma coisa acontece que faz com que eles mudem de ideia em relação ao lugar onde perfurar o buraco. Sabe-se lá o quê. Talvez eles tenham chegado à conclusão de que, se havia uma piscina gigantesca de petróleo debaixo do oeste de Massachusetts, também devia haver uma debaixo do leste de Massachusetts, onde eles tinham propriedades. A única razão pra fazer a perfuração naquele lugar do oeste de Massachusetts era que a geologia do local supostamente era incompatível com depósitos de petróleo. Mas que importa pra eles a teoria do Krasner? Eles estão preocupados é em encontrar uma forma de ganhar algum dinheiro com o buraco, caso ele acabe revelando não ser um poço jorrante. E o que acontece é que, em 1969, as pessoas já estão começando a ficar nervosas com os estragos ao meio ambiente, principalmente com a poluição da água, e o que eu acho que eles decidiram foi que, se o poço profundo acabasse se mostrando seco, eles iam injetar resíduos industriais no buraco. Enquanto isso, o Krasner se aposenta, ou morre, ou abre uma loja de antiguidades. Ou não passava de um pseudônimo, pra começar."

"E eles injetam resíduos industriais no buraco..."

"E aí o que o namorado da sua irmã estava dizendo" — o som da voz de Louis fez com que ela se concentrasse ainda mais no tampo da mesa — "é que *ainda hoje* a empresa despeja um milhão de galões de efluentes todo ano. Mas no jornal, praticamente todo dia ao longo dessas duas últimas semanas" — ela abriu outra pasta, que Louis viu que estava cheia de recortes do *Globe* — "tanto a Sweeting-Aldren quanto a EPA, a Agência de Proteção Ambiental, vêm dizendo que a empresa não despeja nada no rio Danvers, a não ser água quente ligeiramente oleosa, mas limpa. Eles são um modelo de fábrica não poluente."

Louis pensava: E eles injetam resíduos industriais no buraco...

"Então, onde foi que eles perfuraram? Obviamente, eles perfuraram num raio de uns três quilômetros da fábrica de Peabody. E o negócio é que você pode passar um bom tempo injetando líquido num buraco até que alguma coisa aconteça. É preciso muito líquido para fazer o que é chamado de pressão de poros atingir o nível crítico em que a rocha começa a liberar as tensões internas e rompe sismicamente. Não é implausível que a Sweeting-Aldren tenha injetado efluentes do início dos anos setenta até meados dos anos oitenta sem que nada tenha acontecido. Mas de repente eles chegam ao nível crítico, digamos, em janeiro de 87, e aí começam a acontecer pequenos terremotos. A série de tremores dura uns quatro meses e depois para, o que pra mim sugere que a empresa ficou assustada e parou de injetar. Então, durante uns dois anos, tudo fica calmo, e aí, por volta de duas semanas depois do primeiro evento de Ipswich, de repente começam a acontecer tremores em Peabody de novo — os jornais falam de Lynn também, mas a área do epicentro é a mesma da série de 87 —, tremores que ninguém consegue relacionar com os eventos de Ipswich, a não ser como uma coincidência pouco provável. Mas o que vinha sendo feito com todos aqueles resíduos que a empresa normalmente teria injetado no subsolo? Eles tiveram que parar de injetar em 87, então presume-se que tenham sido forçados a armazenar esse líquido em algum lugar, coisa que, tenho certeza, não estava deixando a empresa nada contente. E, talvez, o que eles estivessem esperando fosse um terremoto local de boa intensidade, para poderem começar a injetar resíduos em Peabody de novo, a toda velocidade, com a ideia de que qualquer novo tremor seria associado aos eventos de Ipswich. Talvez aquilo que vazou na Páscoa tenha sido parte dos resíduos que eles vinham armazenando desde 87. Talvez eles tenham decidido que tinham que tentar injetar o máximo de material no subsolo o mais rápido possível, não importava o que acontecesse. E aí, claro, uma ou duas semanas depois, nós começamos a ter tremores em Peabody."

Tendo por fim terminado, Renée tirou o cabelo da testa e tomou outro longo gole de cerveja, recolhendo-se em si mesma, tomando cuidado para não esperar nenhuma reação. Louis estava com o olhar fixo no frasco de Joy ao lado da torneira da pia funda e branca. A cozinha tinha ficado menor e mais clara. Ele se recostou em sua cadeira, enchendo a área central de seu campo de visão com a imagem de Renée. "Aquilo sobre o negócio de 1987, a explicação de por que não podia ser por causa de um poço. Você pode ler de novo?"

Obedientemente, ela abriu a devida pasta. "'No entanto, a profundidade relativamente grande', é isso?"

"Isso! Isso! Isso prova, não prova?"

" '...(em média, três quilômetros mais profundos que os poços comerciais mais fundos de injeção de resíduos) parece excluir tal mecanismo. Além disso, não há nenhum poço de injeção licenciado operando...' "

"Aqueles escrotos! Aqueles escrotos! Isso é *ótimo*." Louis se inclinou por cima da mesa, pôs as mãos sobre as orelhas de Renée e lhe deu um beijo na boca. Depois, começou a zanzar pela cozinha, socando a palma da mão.

"Você sabe alguma coisa sobre essas pessoas?", ela perguntou.

"Eles são uns escrotos!"

"Você conhece essas pessoas?"

"Eu te falei, a minha mãe virou uma grande acionista de repente. Eu conheci esses caras no funeral da minha avó. Eles são aquele tipo clássico de empresário canalha." Segurando Renée pelas axilas, ele a levantou da cadeira para poder apertá-la e beijá-la de novo. "Você é incrível. Eu não acredito que você simplesmente sentou e desvendou esse troço todo. Você é fantástica."

Ele a levantou do chão e depois a pousou de volta. Ela olhou para ele como se esperasse que ele nunca mais fizesse isso.

"É ilegal, não é?" Os óculos de Louis tinham escorregado pelo seu nariz suado, e ele os empurrou de volta para o lugar. "Injetar resíduos no subsolo sem licença?"

"Imagino que sim. Se não, pra que as pessoas iriam tirar licenças?"

"Rá! E se esses terremotos causam estragos, a empresa é responsável, certo?"

"Não sei. Em teoria, sim. Pelo menos, por danos ocorridos perto de Peabody. Eles foram absurdamente negligentes. Mas seria uma coisa bem mais difícil de provar, se fosse uma questão de um terremoto grande a certa distância e você tivesse que especular se o que eles fizeram em Peabody acabou provocando uma liberação de tensão mais generalizada."

"Quer dizer que é possível? Isso pode acontecer? Coisas assim podem ser provocadas? Boston é varrida do mapa e a empresa tem que pagar por isso?" Louis estava ficando mais eufórico a cada segundo que passava.

"É muito pouco provável que Boston seja varrida do mapa", disse Renée. "E embora se fale muito em eventos desencadeadores, é muito difícil provar uma relação de causalidade estrita. Você pode supor que o terremoto de 6 de abril em Ipswich teria 'desencadeado' o tremor da Páscoa, mas se você não sabe o que faz com que os terremotos ocorram no momento específico em que eles ocorrem, e nós não sabemos, só o que você pode dizer com certeza é que ele 'precedeu', não que ele 'desencadeou' o tremor da Páscoa."

"Mas se o primeiro tremor é provocado por injeção de resíduos e depois você tem um grande terremoto..."

"Sim, você teria argumentos para abrir um processo, mas não argumentos irrefutáveis."

"Mas em relação ao que acontecesse perto do lugar onde eles estão injetando, você teria argumentos fortes nesse caso?"

"Acho que sim. Para uma ação civil. Provavelmente instaurada por companhias de seguros."

"Então a única dúvida é: nós ferramos os caras agora por desrespeitarem a lei esses anos todos, ou será que é melhor nós *esperarmos* pra ver se algo pior acontece e aí nós ferramos os caras por isso também."

"Você quer dizer esperar pra ver se mais gente morre?"

"É!"

"Bom", Renée juntou suas pastas e as apertou contra o peito, "você parece ter uma birra com essas pessoas, coisa que eu obviamente não tenho, embora, se a minha teoria estiver certa, eu concordo que o que eles fizeram foi asqueroso. Mas eu ainda não decidi o que vou fazer em relação a isso." A primeira pessoa do singular falava por si só. "Os terremotos de Peabody são de interesse geral para a comunidade científica. Talvez eu pesquise mais um pouco e depois fale com pessoas do MIT e do Boston College. Também seria bom falar com a EPA e com a imprensa. Se a Sweeting-Aldren de fato vier a induzir um terremoto destrutivo, eu não quero ter essa culpa pesando na minha consciência."

"Por que isso iria pesar na sua consciência?"

"Porque eu poderia ter conseguido evitar."

A surpresa de Louis era genuína. "Você realmente acredita nisso? Nesse negócio de prestar um serviço à humanidade e essa coisa toda?"

Nos serenos andares superiores do rosto de Renée, uma poderosa fornalha se acendeu de repente, uma sucessão de jatos brancos de raiva. "Eu não teria *dito* se não acreditasse."

"É, mas quem sabe dizer o que é prestar um serviço à humanidade? Se a gente corta o barato da empresa antes que algo pior aconteça, talvez a gente salve algumas vidas. Mas se a gente espera, algo pior acontece e *só então* a gente bota a boca no trombone, aí sim isso vira uma *mensagem*. Aí talvez as pessoas finalmente vejam os tubarões que estão comandando o país, o que poderia realmente ser um serviço à humanidade."

"Está bem, Louis." O fato de ela ter dito o nome dele e assumido de repente aquela sua expressão sorridente fez com que Louis sentisse um frio na espinha. Aquela era uma pessoa cuja desaprovação ele temia. Ela estava entregando a pilha de pastas nas mãos dele. "São todas suas. Eu acho que você deve mostrar isso para um homem chamado Larry Axelrod, do MIT, e também para a EPA. Você está ouvindo? Eu estou dizendo o que é a coisa certa a fazer e, se você não quiser fazer, é problema seu, não meu. Está bem assim?"

"Espera aí, espera aí." Ele riu, tentando contemporizar. "Nós somos amigos, não somos?"

"Eu dormi com você, uma vez."

"E se a gente começa a espalhar a notícia, o que é que a empresa vai fazer? Vai negar tudo, vai sair destruindo todas as provas e provavelmente vai começar a fazer alguma coisa pior ainda com aqueles resíduos todos. E aí você não vai ter nada, nem mesmo a satisfação de estar certa."

"A decisão é sua."

"A gente investiga mais um pouco, conversa com o meu grande amigo Peter. A gente vai até Peabody e dá uma olhada por lá. Tira umas fotos, talvez. Aí a gente vai ter provas concretas pra mostrar pra quem você achar que a gente deve mostrar."

"Eu fiz esse trabalho sozinha, sabe. A minha ideia não era necessariamente que você viesse aqui e inventasse de virar um sócio igualitário."

"E eu disse o quanto você foi fantástica...?"

"Como um cachorro obediente? Eu sei ir buscar o pauzinho?"

"Ah, tá, tá bom." Ele jogou as pastas no espaço entre a geladeira e a parede, onde as sacolas de papel extras de Renée estavam cuidadosamente dobradas. "Fica com elas. E fica com o seu cabelo transadinho também. E com os seus brinquinhos, os seus sorrisinhos, o seu apartamento arrumadinho. E com as suas pastinhas. E com as suas teorias, os seus escrúpulos, a sua antiga companheira de apartamento e os seus velhos amigos. Sabe, com toda essa sua vidinha perfeitinha e arrumadinha. Fica com ela."

O barulho do circulador de ar na janela era o som da infelicidade em seu movimento rotatório, sempre em progresso e ao mesmo tempo sempre igual, um som que marcava cada segundo dos minutos e das horas em que uma melhora não estava acontecendo. O tempo fluía ao longo de um eixo que passava pelo centro do ventilador, e as pontas das hélices traçavam intermináveis espirais ao redor desse eixo.

"Eu nem sequer te conheço", disse Renée. "E você acabou de me magoar. Você não tinha razão nenhuma pra me magoar. Eu não fiz absolutamente nada para você, a não ser não te ligar."

"E me mandar passear."

"E te mandar passear. É verdade. Eu mandei você passear. Tudo o que você disse é verdade, mas isso não quer dizer que você seja melhor do que eu. Você só está menos exposto. E eu estou com muita vergonha." Ela manteve os ombros rígidos enquanto saía da cozinha, cambaleando de leve e repetindo: "Eu estou com muita vergonha".

Louis tomou outra cerveja e ficou ouvindo o ventilador. Depois de mais ou menos meia hora, ele bateu na porta do quarto. Quando ela não respondeu, ele abriu a porta e entrou junto com a fresta de luz no quarto escuro e abafado. Não viu Renée em lugar nenhum. Só depois de procurar atrás da cama, da escrivaninha e das persianas fechadas, foi que ele notou a luz atrás da porta do closet, vinda de um fio conectado a um bocal de lâmpada. Ele bateu.

"Que é?"

Ela estava sentada de pernas cruzadas no chão do closet, debruçada sobre um abajur. As páginas da *New York Times Magazine* que ela estava lendo estavam salpicadas de grandes gotas engelhadas do suor que caía de sua cabeça. Ela levantou os olhos para ele. "O que você quer?"

Agachando-se, ele pegou as mãos quentes e frouxas de Renée nas suas. Passarinhos piavam furiosamente lá fora. "Eu não quero ir embora", ele disse. Sentiu seu estômago subir à boca e atribuiu isso ao esforço nauseante da sinceridade. No entanto, o verdadeiro problema era o chão, que estava se mexendo. A expressão de pânico que invadiu o rosto de Renée era tão caricatural que Louis quase riu. Então, o lado esquerdo da moldura da porta se inclinou de repente na direção dele, e Louis tentou sair da posição agachada em que estava, como um surfista que acabou de pegar uma onda, mas aí o lado esquerdo da moldura o abandonou e o lado direito lhe deu um encontrão, derrubando-o de traseiro no chão. Renée estava lutando com as roupas e cabides no meio dos quais tinha se enfiado quando ficou de pé. Pisou em Louis, que não era uma base muito estável, e tropeçou para fora do closet. Coisas tinham caído nesse meio-tempo, e agora lápis e canetas rolavam pelo chão, vagando, vibrando e saltando como gotas de água em óleo quente. Havia também um som profundo, que era menos um som do que uma ideia de som, um afogamento do humano no físico. E, depois, só o estrondo em miniatura, límpido e estranhamente pessoal, de uma garrafa de cerveja rolando pelo chão da cozinha.

"Desculpe ter pisado em você", disse Renée.

"Você pisou em mim?"

Eles ficaram zanzando pelo apartamento em desordem, esquecidos um do outro. O bebê do andar de baixo estava chorando, mas os dobermanns do primeiro andar ou estavam muito quietos, ou tinham saído e estavam comendo costelas em algum lugar. Louis pegou duas garrafas de cerveja do chão e, esquecendo que tinha a intenção de botá-las em cima da mesa da cozinha, ficou carregando-as de um cômodo para o outro, até por fim pousá-las no assento de uma poltrona. Estava zonzo e sem dignidade, como que sob o efeito de um primeiro beijo. Renée segurava um porta-lápis na mão quando ele topou com ela no corredor. "É como se tivessem me feito tantas cócegas", disse ela, se esquivando do braço com que Louis tentava envolvê-la, "que se você tocar em mim..." Ela o repeliu com o cotovelo...

O porta-lápis saiu voando pelo corredor, o vidro se espatifou e os lápis desabaram no chão melodiosamente. Louis fazia cócegas na barriga convulsa de Renée, enquanto ela esmurrava os braços e as costelas dele, sem machucá-lo nem um pouco e gritando praticamente sem parar. Roupas foram parcialmente removidas, partes do corpo expostas, pescoços dobrados, o chão duro xingado. Eles se beijavam com a cabeça inteira, como cabras-montesas. O que estava acontecendo não era tanto sexo, mas algo mais parecido com um estrondo conjunto, como mãos do tamanho de corpos batendo palmas e se entrelaçando, uma recriação de um terremoto, em busca de algo que não era bem satisfação. Louis gozou violentamente e mal percebeu, tão concentrado estava no modo como ela pinoteava debaixo dele. Parecia que ela estava tentando se livrar dele ao mesmo tempo em que os dois continuavam colidindo, até que colidiram com tanta força que acabaram de fato se separando e, ainda vibrando feito sinos, ficaram encostados em paredes opostas, em obsceno desalinho, algemados nos tornozelos por jeans embolados e roupas de baixo. Mais adiante no corredor, havia cacos de vidro e um absorvente interno inchado, no fim de uma marca de derrapagem sangrenta.

Renée franziu o cenho. "Eu cortei a mão."

Louis encontrou seus óculos e foi engatinhando até ela para ver. Na palma da mão dela havia um semicírculo de pele solta, uma escama de peixe azulada cercada de riscos vermelhos e borrões laranja. "Está doendo?"

"Não."

"Você está bem, fora isso?"

Ela olhou na direção dos próprios tornozelos. "Eu não consigo imaginar uma posição mais degradante para estar, mas, fora isso, tudo bem."

Um de cada vez, eles foram se lavar no banheiro, que estava em condições antissépticas, salvo pelo fato de que, ao fazer um curativo na mão, Renée havia inexplicavelmente deixado uma embalagem de band-aid em cima da pia. Louis abriu o armário de remédios de Renée e encontrou cremes caros de limpeza facial, as drogas básicas, gel espermicida, fio dental.

Ela estava abrindo cervejas na cozinha. O circulador de ar tinha caído da janela, desconectando-se da tomada, e ainda estava no chão. Louis fez menção de ligar o rádio. "Não faça isso", ela disse.

"Onde você ouve música?"

"No rádio. Mas eu não quero ouvir nada sobre o terremoto. Nem mesmo... nem mesmo nada."

"Você não tem nenhuma fita?"

Ela se encostou na mesa e bebeu. "Eu... não tenho nenhuma fita."

"O que é isso?" Ele levantou a mão, segurando uma fita.

Ela olhou para a fita com ar sério. "Isso é uma fita."

"Mas não tem música?"

Ela tentou várias vezes dizer alguma coisa, mas desistiu todas as vezes. "Você é meio intrometido, sabia?"

"Esquece que eu perguntei."

"Tem uma música. Que eu nunca ouço. Não tem significação nenhuma nisso, é só uma música. Você quer que eu passe vergonha?"

"Quero. Quero muito."

Ela se sentou de pernas cruzadas numa cadeira e abraçou o próprio corpo, cobrindo a nudez que as roupas não escondiam. "É só que, quando eu tinha dezessete anos..."

"Eu tinha dez!"

"Obrigada por chamar a minha atenção pra isso."

Louis se perguntava qual seria a terrível confissão que ela tinha a fazer.

"Eu era fã de música punk", disse ela. "Ou será que eu deveria dizer new wave? Essas palavras..." Ela se abraçou com mais força. "Eu mal consigo me fazer dizer essas palavras. Mas eu era muito feliz na época. E ainda quero que as pessoas saibam que eu vi o show do Elvis Costello quatro vezes em 78 e 79. Mas é tão difícil explicar como ele era diferente e eu era diferente. Eu quero que as pessoas fiquem impressionadas, mas não é nada de impressionante na verdade. A saliva do David Byrne respingou em mim, antes de ele ficar esfuziante. Eu estava colada no palco. Eu ganhei uma palheta do Graham Parker, peguei da mão dele."

"Sério? Eu posso ver?"

"Era empolgante. Realmente era. Eu vi o Clash, os Buzzcocks, a Gang of Four. Eu fico envergonhada só de dizer esses nomes agora, mas eu via os shows deles e sabia a letra das músicas, e eles eram todos tão bons, antes de acabarem todos ficando tão ruins depois."

"Eles eram sensacionais", disse Louis. "Eu era radioamador, sabe?, na época da escola secundária. E eu costumava trocar letras de músicas do Nick Lowe com uma pessoa de Eau Claire, Wisconsin, em código Morse. '*She was a winner/ That became the doggie's dinner*'? *Di-di-dit, di-di-di-dit...?*"

Renée pareceu achar que ele estava brincando. "Eu gostava da atitude", ela disse. "Mas eu não era realmente punk. Os punks de verdade me davam medo. Eles eram violentos e sexistas e mal ouviam as músicas."

"Você teve uma daquelas jaquetas de motoqueiro?"

"De camurça", ela disse, com tristeza. "Que na época me deixava muito feliz e hoje é uma fonte de vergonha que não tem fim. Uma jaqueta de camurça é uma síntese perfeita de mim. Tinha muita gente como eu nos shows, mas acho que a diferença básica entre mim e as outras pessoas era que eu achava que aquilo era *tudo*. Eu *amava* as músicas. E aplicava as letras à minha *vida*, mas de uma forma... qual é a palavra... recôndita. O lugar onde tudo acontecia era o meu quarto no dormitório, onde eu guardava as letras todas. Me dói pensar em como eu era feliz e inocente, muito embora na época eu achasse que a mensagem toda era humor negro, raiva e apocalipse. É possível ser muito feliz e inocente acreditando nessas coisas também. E parecia tão mais seguro gostar daquela música do que da música dos anos sessenta e setenta, porque ela não era realmente alegre, nem inocente, nem esperançosa de forma nenhuma. Era agressiva e simples. Eu guardava todos os discos e gostava deles *cada vez mais*. E continuei me vestindo como as bandas se vestiam em 78. O mesmo jeito como eu me visto agora, que é como nada, sabe, jeans e camiseta. Mas aí veio 1985, e eu comecei a achar meio patético só ouvir esses discos velhos e mais nada. Mas eu não gostava das músicas novas ou então, sei lá, as coisas boas não estavam chegando ao meu conhecimento, porque eu já não estava mais na faculdade."

Ela tirou as duas últimas garrafas de cerveja da geladeira. Louis vinha observando que, toda vez que ele bebia de sua garrafa, ela bebia da dela também.

"Nesse meio-tempo, eu passei a só ouvir uma ou duas músicas de cada vez. Imagino que eu tenha feito isso, em parte, porque estava tentando não enjoar das músicas que eu adorava e, em parte, porque elas me afetavam tanto, que era dispersante demais ouvir um disco inteiro; eu não conseguia me concentrar no trabalho, sabe, porque aquele tipo de música foi *projetado* pra te deixar pilhado, inquieto e com raiva, então é uma música muito ruim pra se ouvir quando você está tentando tocar a vida, porque ela simplesmente não funciona como música de fundo. Mas o motivo principal mesmo era a vergonha que eu sentia por ainda estar ouvindo aquilo."

"Você gosta dos Kinks?"

"Nunca me amarrei muito."

"Lou Reed? Roxy Music? Waitresses? XTC? Banshees? O Bowie do início? Warren Zevon?"

"Alguns deles, sim, gosto. Eu nunca comprei muitos discos, na verdade, porque parei de aceitar dinheiro dos meus pais. Mas..."

"Mas?"

"Eu comecei a reduzir a minha coleção. Me desfiz das coisas mais velhas, coisas que eu tinha desde a época da escola secundária, e me desfiz dos discos que só tinham uma ou duas músicas boas. Depois comecei a gravar os discos medianos em fitas, selecionando as partes boas. Aí eu cheguei à conclusão de que era estupidez ter um aparelho de som grande, quando eu conseguia o mesmo efeito com o meu toca-fitas pequeno. Sabe, você é a primeira pessoa com quem eu falo sobre essas coisas. Eu só queria dizer isso."

Eles olharam um para o outro. A geladeira estremeceu e depois ficou silenciosa. "Eu também gosto de você", disse Louis.

Ela empurrou o cabelo para o lado, tentando com sucesso parecer não se importar. "Mas, então, eu acabei ficando com umas vinte fitas, que eu ouvia cada vez menos, só uma ou duas músicas de vez em quando, quando estava precisando me sentir melhor. Elas costumavam fazer com que eu me sentisse melhor, porque faziam com que me sentisse durona, enfezada e sozinha de um jeito bom. Mas aí, sem que eu nem sequer me desse conta, elas começaram a fazer com que eu me sentisse melhor porque faziam com que eu me sentisse *jovem*, como 'Alice's Restaurant' faz quarentões se sentirem jovens. Quando finalmente me toquei disso, eu passei a ter menos vontade ainda de ouvir as fitas. E, bom, será que eu precisava mesmo ouvir 'Red Shoes' de novo?"

"Quanto a essa daí, eu não tenho o que discutir."

"Ou qualquer das músicas de *Give 'Em Enough Rope*? Ou mesmo qualquer música dos Pretenders?"

"Bons discos. Fique com eles."

"Eu me desfiz de todos eles. Reduzi a minha coleção a uma única música, mais ou menos arbitrária, que eu não escuto faz pelo menos uns seis meses, se não for mais para um ano. Eu não escuto nunca. Mas também não consigo jogar fora."

"Eu posso botar pra tocar?"

Ela fez que sim. "Pode. Mas seja piedoso comigo. Eu sei que você é do ramo do rádio."

De dentro do pequeno toca-fitas, veio a linha de guitarra inicial do primeiro disco do Television.

"Ah." Louis disse, aumentando o volume. "Bela música. Você dança?"

"Está brincando?"

"Nem eu."

"Eu dançava quando tinha vinte anos."

> Iunderstandall... ISEENO...
> destructiveurges... ISEENO...
> Itseemssoperfect... ISEENO...
> I SEE... I SEE NO... I SEE NO EVIL*

"Você pode desligar?"

"Espera, você não acha que o Verlaine faz um *riff* perfeito aqui? Teria sido bom ver esses caras no palco antes deles se separarem. Ou você viu?"

"Não."

"Dizem que eles eram muito bons."

"Tudo virou uma competição. Eu parei de tentar ir a shows porque parecia que eu só estava tentando acumular credenciais como frequentadora de shows. Coisa que, de qualquer forma, não estava funcionando muito bem. Eu encontrava gente que ia a shows todo fim de semana. Gente que tinha visto o Clash antes de mim. Gente que conhecia os irmãos da Tina Weymouth. Gente que

* "Eu entendo tudo... NÃO VEJO.../ impulsos destrutivos... NÃO VEJO.../ Parece tão perfeito... NÃO VEJO.../ NÃO VEJO... NÃO VEJO... NÃO VEJO NENHUM MAL." (N. T.)

vivia no CBGB e podia investir muito mais tempo que eu no projeto de ser descolado. Talvez fosse só pra me proteger, mas eu comecei a sentir desprezo por aquelas pessoas e pela maneira como elas ficavam constantemente se engalfinhando pra descobrir coisas novas. Comecei a achar aquilo simplesmente patético. Mas eu ainda tinha medo daquelas pessoas. Tinha medo de que elas descobrissem o quanto eu amava a música com a qual eu havia crescido. Então, me pareceu que a única forma de competir com aquela originalidade toda delas, a única forma de manter o meu amor seguro, era passar a odiar música. O que também não era uma solução particularmente original, mas pelo menos eu estava protegida. E realmente é muito fácil odiar o rock and roll."

"Já odiar jazz e música clássica não é tão fácil."

"Pra mim é. É só pensar na personalidade das pessoas que ouvem jazz ou música clássica enquanto tomam *brunch* ou, pior ainda, nas pessoas que realmente amam esse tipo de música. Em como elas se sentem bem consigo mesmas por saberem quem tocou bateria para o Charlie Parker em mil novecentos e sei lá quanto, ou como são as árias d'A *flauta mágica*. Eu acho um estresse tremendo ser responsável pelos meus gostos e ser conhecida e definida por eles. Se você não é uma pessoa artística, e eu não sou nem um pouco, e mesmo assim você tem que tomar essas decisões estéticas... É por isso que o punk era tão bom pra mim. Foi um estilo que eu adotei antes de ficar cheia de neuras com relação a estilos. Eu não precisava me justificar, pra mim mesma. Mas aí eu fiquei mais velha e, de repente, isso começou a me definir de qualquer jeito e de uma forma muito patética. Além disso, de repente todas as pessoas com menos de quarenta anos tinham uma jaqueta de couro e óculos escuros estilo anos cinquenta e roupas meio punks, e todas elas se sentiam superdescoladas. Nessa altura o jazz poderia ter sido uma boa alternativa, só que o problema é que jazz é arte, e assim que uma coisa vira arte, começam a existir os experts, e eu lá quero ser um desses experts que vivem tentando ser mais entendidos do que os outros? Mas se você não vira um expert, você corre o risco de ouvir alguma coisa e gostar e depois descobrir que aquilo de que você gostou é considerado sentimental ou pouco original ou sei lá o quê. E eu sei por experiência que as pessoas são tão inseguras que nunca hesitam em deixar que você saiba que aquilo de que elas gostam é muito melhor e mais original do que aquilo de que você gosta, ou que elas gostavam do que você gosta anos antes de você gostar... Eu nem sequer tenho *tempo* pra isso. E é a mesma coisa com a música africana ou com a música latina. Eu tenho pavor de me deixar envolver por essa multidão de experts pedantes. Disso ou de descobrir que os meus gostos não são bons ou não são originais. O rádio seria a solução perfeita, não fosse pelo fato de que a maior parte das músicas que tocam no rádio ser ruim."

> I'm running wild with the one I love
> *I see no evil*
> I'm running wild with the one-eyed ones
> *I see no evil*
> Pull down the future with the one you love*

Louis desligou o toca-fitas. "Vamos pegar umas coisas lá no meu apartamento."

"Você está em condição de dirigir?"

"A pergunta de uma verdadeira punk."

Na escada, Renée disse: "O momento pra ser punk foi quinze anos atrás. Querer ser punk agora é absolutamente constrangedor".

"Anarquia é uma ideia muito velha", disse Louis, respirando pela boca na zona canina.

Do lado de fora, na Pleasant Avenue, não era mais feriado, mas sim uma noite morta de quinta-feira. A noite estava fria, com um antegosto de orvalho no ar. Louis dirigia com toda a velocidade a que se atrevia e, em sua embriaguez, só registrava um de cada três ou quatro segundos que passavam. Sirenes distantes e fantasmagóricas na noite formavam um colchão de ruído sobre o qual os pneus pareciam deslizar e quicar como esquis aquáticos. Logo a leste da Davis Square, o Civic adentrou um túnel de escuridão provocado por uma queda de energia, nas profundezas do qual era possível ver luzes de alerta azuis girando. Dois vultos iluminados apenas por nuvens urbanas esbraseadas se esforçavam para empurrar o que pareciam ser caixas de bebidas ao longo de uma rua transversal.

"Saqueadores! Eram saqueadores? Eles eram saqueadores!"

* "Eu vou fazer loucuras com a pessoa que eu amo/ Não vejo mal nenhum/ Eu vou fazer loucuras com as pessoas de um olho só/ Não vejo mal nenhum/ Destrua o futuro com a pessoa que você ama." (N. T.)

As luzes estavam acesas no apartamento de Louis. Os móveis maiores não tinham saído do lugar, mas o vaso feito com cinza do monte Santa Helena havia caído de cima da estante e se partido em dois, e algumas das cadeiras da sala de jantar haviam se afastado da mesa. Atrás da porta fechada do quarto de Toby, uma impressora matricial arquejava e estridulava. Renée desabou em U no futon de Louis. Ele teve de pousar no chão as cervejas, o gim e as fitas que havia pegado para arrancá-la de lá.

Quando eles voltaram para o apartamento dela, Renée abriu garrafas de cerveja vigorosamente. "Qual é o seu tipo favorito de música?", ela perguntou.

"Eu não acredito em favoritos. Não tenho nenhum. Essa aqui é a minha música favorita, espera só um instante." Ele aumentou o volume do toca-fitas.

> I love the sound of breaking glass.
> Especially when I'm lonely.
> I need the noises of destruction.
> When there's nothing new.*

"Isso é bom. Quem é?"

"Isso? Meu Deus. O grande Nick Lowe? É um clássico."

"É muito velho?"

"Idade do bronze. Tá." Louis interrompeu a música. "Vamos ouvir uma coisa que é quase tão velha quanto eu. Todo mundo gosta desse disco. É um clássico. Nunca envelhece. Não é isso que um clássico é?"

"Eu não consigo pensar em nada mais patético do que estações de rádio que tocam 'rock clássico'."

"Isso é patético?"

Era *Exile on Main Street.*

"Não", disse Renée. "Mas eu acho que você não me entendeu."

"Eu podia ficar uma semana aqui botando coisas pra você ouvir que são velhas, mas não são patéticas."

"Sem dúvida. Porque você é uma daquelas pessoas. Quer dizer, você é do rádio. É a sua área."

* "Adoro o som de vidro se quebrando/ Principalmente quando estou me sentindo só./ Preciso dos ruídos da destruição./ Quando não há nada de novo." (N. T.)

"Então não reclame. Daqui pra frente, eu me responsabilizo pela música que você vai ouvir. Eu me sinto um velho babaca quando ouço isso? Isso não é James Taylor. Isso é tosco, é básico, é bom."

"Bom pra você, talvez. Pra mim é só retrô. O que está sendo muito gostoso de ouvir agora, mas não vai durar. Nenhuma dessas sensações dura."

Ela continuou a acompanhá-lo cerveja a cerveja. Passava um pouco das três quando tocou "Soul Survivor" e a fita enfim terminou. Eles tomaram gim, passando a garrafa um para o outro nos últimos goles, até que Louis matou o resto. Um guaxinim apareceu na janela, encostou seu nariz borrachudo na tela e enfiou uma pata por um buraco na tela. "O meu guaxinim!", Renée exclamou, andando trôpega em direção à janela. "É o meu guaxinim, o guaxinim que vem me visitar. Ele vem aqui... às vezes. Ah!" Ela exclamou tragicamente. "Ele está machucado! Olha, ele está machucado. Eu estou dizendo olha. Ele está machucado. Está vendo? Ele cortou o rosto. Ele sobe por um cano de escoamento e vem pra janela. Ele gosta de batata, mas eu estou sem nenhuma. E ele é fofo, mas, minha nossa... a minha cabeça está rodando."

Fazia cinco minutos, Louis estava sentado de boca aberta e cenho franzido diante da mesa.

"Tá, não é meu guaxinim, mas ele vem aqui... com frequência. Deve morar aqui por perto. Eu tenho uma maçã", ela disse ao bicho, que tinha se agarrado à parte de cima da tela e estava botando cuidadosamente uma pata traseira no furo que havia na rede, enquanto seu focinho se mexia e farejava, intimidado pela perpendicularidade da parede acima da janela. "Já estou chegando com a maçã", disse Renée, se precipitando com dois quartos de uma maçã deliciosa em cima de um pires e levantando um pouco a tela. "Ele foi embora!", disse. "Ele foi embora. Ele foi..."

Seu rosto estava cinza. Ela se inclinou sobre a pia, expeliu dentro dela o conteúdo de seu estômago e depois desabou de joelhos no chão, as mãos ainda agarradas à beira da pia. Louis estava ocupado de maneira semelhante no banheiro. Algum tempo depois disso, Renée estava deitada na mesa da cozinha e Louis estava correndo atrás de um rolo de papel-toalha que ia se desenrolando até um canto do quarto, onde ele havia vomitado de novo. Algum tempo depois disso, ele estava dormindo no chão do hall, usando o capacho como travesseiro, e ela estava debaixo da escrivaninha, com o rosto virado para a parede e as pernas esticadas para fora. As listras refletoras de seus tênis brilhavam sob a luz das lâmpadas que estavam acesas no banheiro e na cozinha. A privada estava imóvel. A pia estava imóvel. As paredes estavam imóveis. A geladeira parou de fazer barulho e o escopo do som ambiente cresceu muitíssimo, abarcando vias expressas de onde algumas ondas de baixa frequência conseguiram por pouco chegar à Pleasant Avenue antes de se extinguirem, vagões-tanque passando ruidosamente por um trecho de ferrovia em algum subúrbio do norte e o minúsculo vestígio sonoro do ronco de um carro envenenado na ponta leste de Somerville, na McGrath Highway, rumando para fora de Boston. O fogão estalou, uma vez. As luzes ficaram quarenta lúmens mais fracas, uma vez. A parede do leste encarava a parede do oeste e a parede do norte encarava a do sul, sem piscar. Uma pasta de arquivo tinha escorregado no meio das sacolas de papel e as outras estavam boquiabertas; não havia nem uma mísera brisa para balançar as folhas de papel fotocopiadas nem mover a hélice do circulador de ar onde ele jazia, perto da janela. A mesa estava sobre o chão. Uma taça de vinho tinha se estilhaçado em cima da bancada. Todos os cacos de vidro ainda continuavam exatamente nos mesmos lugares onde tinham pousado, como se a taça ainda estivesse inteira e pudesse voltar a ser vista inteira se a quebra no tempo fosse consertada. Livros estavam espalhados pelo chão do quarto extra. Duas garrafas de cerveja se aninhavam na poltrona. A poltrona imóvel. As imóveis prateleiras de livros sustentavam sua carga em silêncio. As paredes sustentavam o peso do teto. O teto imóvel. Onze garrafas de cerveja no peitoril da janela da cozinha, verdes sob a luz incandescente. Onze garrafas se agitando, tilintando. Elas tombaram do peitoril da janela numa onda verde e cintilante, algumas caindo em cima do circulador, outras se quebrando. Baques dentro dos armários da cozinha, a mesa chacoalhando, uma porta se mexendo sozinha. Uma torre de fitas cassete desabou. Migalhas dançaram atrás do fogão. A água da privada se agitou. Vidraças zumbiram.

O corpo no hall imóvel. O corpo debaixo da escrivaninha imóvel. Tudo imóvel.

Por quinze dias, depois da noite dos dois terremotos, as pastas de arquivo com os textos sobre a Sweeting-Aldren e os microssismos de Peabody permaneceram intocadas no espaço ao lado da geladeira. Algo parecido com superstição impediu a habitualmente ordeira Renée de guardá-las quando ela limpou o apartamento — superstição e talvez também um certo asco, como o que

Louis sentiu quando seus olhos por acaso pousaram nelas, ou como o que ele sentiu em relação a seu equipamento de rádio nas semanas antes de vendê-lo, ou como o que os dois sentiram durante vários dias só de pensar em álcool depois de terem se embebedado tanto.

Renée deu muita importância ao "fato" de que, embora Louis tenha se recuperado rapidamente e passado a manhã seguinte arrumando o apartamento, ele havia vomitado antes dela. Louis tinha suas dúvidas em relação a essa cronologia e ficou surpreso com a veemência com que, ainda pálida e incapaz de ficar em pé por muito tempo, ela defendeu sua versão. Pareceu-lhe que ela estava sendo meio mesquinha a respeito disso.

No sábado, acordado pelo cheiro de muffins ingleses torrados, ele encontrou uma chave do apartamento em cima da mesa da cozinha. Girou-a e girou-a no aro do chaveiro. Foi de carro até seu apartamento e pegou alguns suprimentos e utensílios. À tarde, foi a pé até o apartamento de sua amiga Beryl Slidowsky, em East Cambridge, e passou um tempo lá com ela. Quando a conversa enveredou para os terremotos de quinta-feira, que Louis soubera pelo *Globe* que haviam ocorrido nas cercanias de Peabody, ele não só conseguiu não dizer nada a respeito da teoria de Renée, como declarou, absurdamente, não ter sentido nada. Beryl estava trabalhando como voluntária na WGBH agora. Não tinha nenhuma ajuda a oferecer a Louis em termos de emprego, mas ficou condizentemente indignada com o fato de Stites ter comprado a WSNE. Culpou Libby Quinn por isso. Libby — ou alguém — havia realmente lhe dado uma úlcera; ela lhe mostrou seu frasco de Tagamet.

Louis estava ouvindo um disco dos Sugarcubes em volume alto quando Renée chegou do trabalho, trazendo uma sacola de compras de mercado. "Isso é o jantar?", ele perguntou.

Ela atirou um pacote do DeMoula's com cheiro de peixe na direção dele.

"Peixe! Eu como peixe?" Ele ficou observando Renée guardar as compras num armário da cozinha. "Eu comi *coquilles Saint-Jacques* com purê de batata quando os meus pais estavam aqui. Pedi isso pra deixar a minha mãe impressionada com o meu francês. Eles serviram purê de batata instantâneo, uma coisa meio acampamento de verão, sabe? Mas é um restaurante muito famoso."

Ela resolveu sair do silêncio. "Você quer que eu fale sobre restaurantes de peixes famosos de Boston? Eu posso fazer isso se você quiser. Tenho muita coisa pra dizer."

"Que tipo de peixe é esse?"

"É bacalhau fresco."

"Foi você mesma que comprou isso?" Louis passou o dedo pelos filés ásperos. "Ninguém te obrigou a comprar? Foi você que decidiu: hoje eu vou comer bacalhau?"

"Sim, fui eu que decidi."

"Você estava a fim de comer bacalhau. Você viu o bacalhau no mercado e sentiu vontade de comprar."

Ela fungou.

"Você por acaso também comprou fígado pra gente comer amanhã?"

"Na verdade, eu estava pensando que você podia fazer as compras amanhã."

"Merda", ele se desculpou. "Claro. Eu faço as compras amanhã. Já podia ter feito hoje, mas não tinha como falar com você."

"O que eu disse foi: você faz as compras amanhã. Eu reclamei?"

"Não, você não reclamou."

Ela se agachou para guardar os legumes e as verduras nas gavetas de plástico amareladas da geladeira Fiat. "Eu não sei se é boa ideia você se mudar pra cá assim. Pelo menos, não antes de nós discutirmos algumas coisas."

"A questão da idade. O nosso relacionamento de... uh.... três semanas, do Memorial Day ao Dia da Bandeira."

Ela riu.

"Você me acha um babacão", ele disse. "Eu não sou o seu tipo."

"Não, na verdade, eu acho você muito atraente e gosto da sua companhia. Não é disso que eu estou falando de forma nenhuma." Ela franziu o cenho. "É assim que você se vê? Por que você se vê desse jeito?"

Louis não respondeu; tinha recuado em direção ao hall, dando socos no ar. Nunca na vida alguém tão confiável quanto a dra. Seitchek havia lhe dito que ele era muito atraente. Ele voltou para a cozinha andando de peito inflado.

"Então, o que é que a gente precisa discutir?"

"Nada. Tudo. Eu tenho a sensação de que as coisas estão... fora de controle."

Ela olhou nos olhos dele como se quisesse que ele a ajudasse a falar. Depois, ficou assustada, como se tivesse acabado de se dar conta de que não havia ninguém ali a não ser ele e ela. Descarregou sua impotência no toca-fitas, desligando-o, tirando-o da tomada e removendo a fita.

"Se você quer que eu vá embora, é só falar", disse Louis.

"Eu *não* quero que você vá embora. É isso que eu estou dizendo."

Ele assumiu a expressão abstraída de um francês que está ouvindo uma americana não conseguir se expressar em francês.

"Eu só quero esclarecer as coisas", ela disse.

"Você não quer que eu vá embora; eu não quero ir embora; o que poderia ser mais claro?"

"Tem razão." Um daqueles seus sorrisões. Ela começou a descascar uma cebola. "Está tudo muito claro."

Louis olhou com tristeza para o toca-fitas emudecido. "O que você vai fazer com esse bacalhau?"

"Eu vou fazer um refogado com azeite, alho, cebola, vinho, açafrão, tomate e azeitona, depois botar o peixe e deixar cozinhar em fogo brando um tempinho."

"Tem alguma coisa que eu possa fazer?"

"Você sabe fazer arroz?"

"Não."

"Talvez você possa fazer uma salada."

"Ou você pode me ensinar a fazer arroz."

"Por que você não faz a salada?"

"Você quer dizer para eu não foder com o arroz?"

"Exatamente." Com golpes cortantes, ela começou a fatiar azeitonas pretas. Louis tinha certeza de que ela ia se cortar e, quando ela largou a faca de repente, ele achou que fosse isso que havia acontecido, mas ela só estava zangada.

"Você acha que eu quero que você fique me vendo fazer o jantar? Mulher mais velha banca a mãe de homem mais jovem? Homem mais jovem adoravelmente inepto? Prepara pra ele a primeira boa refeição que ele come em meses? Ensina a ele como se faz arroz? Se você quer aprender a fazer arroz, leia as instruções no pacote, como eu fiz dez anos atrás."

Ela atacou as azeitonas de novo. Louis ficou observando músculos e tendões irem e virem sob a pele de seus braços finos e pálidos.

"Então onde é que está esse pacote?"

"Onde a maioria das pessoas guarda comida?"

Ele suspirou. No terceiro dos três armários de cozinha de Renée, Louis encontrou um pacote de arroz do Star Market. "Não tem instrução nenhuma aqui."

"Ferva uma xícara e meia de água e meia colher de chá de sal, misture uma xícara de arroz, tampe a panela, deixe cozinhar em fogo baixo por dezessete minutos e veja se ficou pronto."

Ela ficou vendo Louis passar quase um minuto tentando medir exatamente meia xícara de água, enchendo demais, esvaziando demais, enchendo demais, esvaziando demais. "Ah, pelo amor de *Deus*."

"Eu estou tentando seguir as suas instruções."

"Você não está fazendo uma bomba, você está fazendo arroz."

"Eu estou tentando fazer direito."

"Você está tentando me irritar. Está tentando ser engraçadinho."

"Não estou não!"

Mais tarde, eles foram para a cama dela e viram os Red Sox jogarem contra os Rangers no canal 38, enquanto folheavam o *Globe*. Durante um bom tempo, Louis ficou estudando um anúncio de página inteira que mostrava um homem de negócios usando equipamentos IBM em seu escritório em casa. "Os livros nas estantes que servem de pano de fundo nesses anúncios... Como esse aqui. Isso é *Mein Kampf*?" Ele entortou a cabeça. "Isso é *Mein Kampf*! O cara tem um exemplar de *Mein Kampf* na estante dele! E um computador de dez mil dólares. E essas revistas, aposto que é tudo revista de mulher pelada."

"Deixa eu ver." Renée esquadrinhou a fotografia. "É *Main Street*."

"É *Mein Kampf*!"

"Isso é um S. É o livro do Sinclair Lewis, *Main Street*."

"Aposto que ele guarda o Hitler dele dentro do armário."

"Eu vi que você estava lendo uma matéria sobre a Sweeting-Aldren."

"Daí a minha hostilidade? É. Era uma análise especulativa. Eles comparam a empresa a uma formiga." Louis voltou para a matéria. "'Wall Street continua a observar enquanto a formiga ferida rasteja em círculos lentamente, tentando fazer com que suas pernas voltem a funcionar. Ela obviamente está machucada, mas é possível que absorva os danos e comece a se mexer de novo. Longos minutos se passam; ela pode estar morta; ou pode estar prestes a retomar sua missão. Ninguém sabe que tipo de dor ela pode estar sentindo. Se muito tempo se passar e a Sweeting-Aldren continuar sem se mexer, ela será dada como morta. Mas Wall Street já viu muitas formigas feridas ao longo dos anos e sabe que ainda não é hora de perder as esperanças.' Blá-blá-blá. Blá-blá-blá... O analista David Blá de Blá-Blá Emerson atribui boa parte da queda de dezessete por cento no preço das ações desde março de blá ao reconhecimento de que as ações estavam supervalorizadas. Os ganhos com ações blá blá. No entanto, os investidores não se sentiram encorajados pelas declarações feitas pelo dr. Axelrod na sexta-feira, segundo o qual, à luz da significativa atividade sísmica que continua a ser registrada nas cercanias de Peabody, 'nós simplesmente não sabemos o que esperar no que diz respeito a terremotos futuros'. Quem é esse dr. Axelrod?"

"Sismólogo do MIT. Ele é bom. Ele é... bacana."

"Preocupações se concentram na interrupção de linhas de produção. Empresa operando perto da capacidade máxima, blá blá... Se toda a produção fosse interrompida durante mais de três semanas, os prejuízos ficariam perto de um milhão de dólares por dia. Preocupações também em relação a ações judiciais em virtude da emissão de efluente esverdeado contendo bifenilos e outros hidrocarbonetos halogenados... suspeita de que resíduos perigosos estão sendo armazenados e não incinerados como empresa afirma. (Rá.) Temor também de vazamento caso venha a ocorrer um grande terremoto... incluindo cloro, benzeno, triclorofenol e outras substâncias altamente voláteis e venenosas ou carcinogênicas. Segurada contra danos patrimoniais, empresa está 'examinando os detalhes' de sua cobertura de danos a terceiros, o que sem dúvida significa que a cobertura é insuficiente. No entanto, considerando o histórico de receita forte e a carga moderada das dívidas de longo prazo da empresa, bem como o relativamente baixo risco de ocorrer um terremoto de grandes proporções, três em cada quatro analistas consultados na sexta-feira consideraram as ações da Sweeting-Aldren uma boa compra ao preço de fechamento de quinta."

Renée tirou os óculos de Louis e se juntou a ele na seção de negócios. Enquanto eles se beijavam, ele começou a passar o dedo na costura grossa entre as pernas da calça jeans de Renée, abaixo do zíper.

Duas rápidas eliminações no sétimo inning.

"Eu não sei de onde você veio. Você simplesmente apareceu."

"Eu te achei interessante. Eu fui atrás de você."

"Foi isso que aconteceu?" Ela levantou a cabeça do peito dele, um rosto de deus aparecendo numa nuvem acima do horizonte da caixa torácica de Louis. "O que a gente fez no hall, depois do terremoto. Aquilo foi exatamente como tem que ser."

"Que sorte eu ter vindo aqui, não?"

"Eu adoro sexo. É quase a única coisa que eu não tenho vergonha de gostar."

Bom esforço de Greenwell para não deixar que ele passasse de uma rebatida simples.

"Você me faz querer ser mulher", disse Louis.

Depois do fim de semana, o calor cedeu lugar a um clima canadense. O ar tinha um cheiro limpo e doce, cheio de oxigênio, e as árvores da Pleasant Avenue vergavam sob a repentina exuberância de suas folhagens. A biblioteca pública, na última colina de Somerville, era como o passadiço de um veleiro, o vazio do céu oceânico começando logo além do estacionamento; um ar salpicado com o barulho de martelos e empilhadeiras soprava no rosto de Louis enquanto ele e sua namorada olhavam por sobre telhados chatos e armazéns de tijolos para a extensão azul-celeste da ponte Tobin e, além dela, para a névoa cor de anoitecer que cobria Lynn e Peabody e para a proa do cabo Ann.

A música ao som da qual ele gostava de comer sanduíches e a TV debaixo da qual ele gostava de enterrar as noites começaram a parecer estridentes e irrelevantes. Havia um silêncio na Pleasant Avenue que pertencia a Renée, e ele queria estar nesse silêncio. Uma manhã, Louis pegou emprestada a carteira de Harvard dela e, por duas horas, assumiu a identidade de René Seitchek, francês visitante. Voltou da biblioteca Widener com uma mochila cheia de Balzacs e Gides. Tinha a sensação de ter sido arremessado sismicamente de uma carreira no rádio, uma carreira que poderia muito bem ter lhe proporcionado satisfação e um senso de propósito e segurança, para um estado em que ele não só não sabia o que fazer da vida, como duvidava que isso importasse muito. Sublevações e subsidências semelhantes estavam acontecendo no terreno de sua memória, com marcos geográficos familiares sumindo de vista, substituídos por cenas recordadas de uma natureza tão radicalmente diferente que ele quase ficava espantado ao se dar conta de que aquelas coisas também haviam tido lugar em sua vida. Um gentil e sarcástico ex-aluno da Rice fazendo um discurso de formatura que Louis, como todos os outros formandos, tivera de ouvir até o final e lembrando os formandos de uma coisa chamada justiça social. O semestre inteiro que ele havia passado em Nantes, o cuscuz que ele tinha comido lá com um grupo de estudantes argelinos, os estudantes lhe dizendo: as coisas estão muito ruins no país onde nós nascemos e, como cidadãos franceses, nós nos sentimos divididos. Seu aniversário de catorze anos, a faca de caçador, com bainha e tudo, que Eileen havia comprado e lhe dado de presente. E também Marcel Proust, para quem ele havia mantido uma porta mental aberta por tempo suficiente para ficar felicíssimo ao descobrir que Swann estava casado com Odette e que o pobre pintor do salão dos Verdurin se transformara no grande artista Elstir; a porta tinha se fechado sob a pressão de ter de produzir quatro trabalhos de cinco páginas, em francês, mas não antes que uma lasca de felicidade tivesse se esgueirado, uma lasca que, estava claro agora, ainda continuava dentro dele, como um djim reservado e assustador.

Todo fim de tarde, quando ouvia os passos da verdadeira Seitchek na escada, Louis sentia uma expectativa e uma curiosidade crescentes que não eram, contudo, de modo algum satisfeitas pela pessoa que, depois de fazer alguns ruídos na cozinha, entrava no quarto em que ele estivera lendo. Ele a via com uma clareza onírica que era a mesma coisa que uma incapacidade onírica de vê-la de verdade. Em vez de um rosto, ele via uma máscara, um signo captado diretamente: a imagem da mulher com quem ele dormia. Ela tinha basicamente a mesma aparência estivesse ele de olhos fechados ou abertos. Estranhamente, ou não, a presença dele no apartamento dela parecia perturbá-la cada vez menos. Ela ouvia as fitas dele enquanto fazia o jantar e o hipnotizava com os movimentos precisos e metódicos com que cozinhava; mais tarde, enquanto ele lavava a louça, ela assistia à televisão dele, lia o jornal e não parecia notar nenhuma mudança nele, nem mesmo no modo como ele secava toda a louça, guardava-a no armário, varria o chão e depois, durante uns quinze ou vinte minutos, ficava na cozinha sem fazer absolutamente nada a não ser adiar o momento em que se juntaria a ela na cama. Em termos nucleares, era como se a configuração de forças tivesse mudado e ele não fosse mais uma partícula de carga oposta atraída por ela de uma grande distância, mas sim uma partícula de mesma carga, um próton repelido por outro próton até que eles ficassem bem perto um do outro e a intensa força nuclear se fizesse valer e os unisse.

"Você pode me machucar um pouco."

"O quê?"

"Você pode me dar uns tapas, ou me morder. Um pouco. Pode me beliscar. São coisas que você pode fazer, se quiser."

Ela estava deitada em cima dele, o campo que emanava da fixidez de seus olhos arregalados exercendo pressão de cima para baixo. "Você faria isso?"

Ele virou a cabeça para o lado. "Não!"

"Por que não?"

"Porque eu não acho que um homem deva bater numa mulher."

"Nem mesmo na cama, se a mulher pedir?"

"Melhor não."

"Tá bem."

A voz dela saiu tão fraca que só deu para ouvir o "bem". Ela rolou para o lado e ficou olhando para a parede; o ombro dela enxotou a mão dele para longe quando Louis tocou nele. Houve silêncios. Objeções e ressalvas, silêncios. Levou horas para fazer o relógio retroceder trinta segundos. Muito tempo depois de o último carro passar pela Pleasant Avenue, numa altura da noite em que ações e sensações tinham a irrelevância moral de sonhos, ele finalmente fez o que ela queria.

Na noite seguinte, pela primeira vez, ela voltou para o trabalho depois do jantar. Ele teve permissão para ir junto. Na sala de computação, consoles com chassis em forma de bolha, feito bustos de astronautas, estavam dispostos em fila dupla num banco com tampo de fórmica abarrotado de manuais de equipamentos e papéis usados. Uma janela de vidro laminado dava vista para uma sala bem iluminada, cheia de peças de hardware do tamanho de máquinas de lavar e de um latejante ruído branco de vigilância estilo NORAD que funcionava a noite toda. Mapas oceânicos como o que havia no apartamento de Renée estavam presos às paredes, alguns com os cantos superiores pendentes, marcados com quadrados de alguma substância adesiva. O telefone, que estava em cima de um radiador de calefação, tinha sido desconectado da tomada, e a atmosfera de transitoriedade ou abandono da sala era acentuada pela falta de coisas onde fosse possível se sentar. Renée disse que não estava presente quando uma leva de cadeiras novas chegou e que alunos e professores assistentes do resto do prédio tinham passado por lá, pegado as que queriam e jogado as cadeiras velhas fora, porque ela não estava presente.

"Eu fiz a maior parte do meu trabalho nessa sala. O computador é um Data General. Nós temos vários Suns agora também. Eles falam UNIX."

Louis estava perto de um mapa do Atlântico Sul. "Tantos pontos, tantas linhas."

"Os pontos são terremotos."

"Tem milhões."

"É, são milhares todos os meses. A maioria no mar."

Ele encontrou um mapa que mostrava a maior parte da América do Norte, uma enorme massa bege entre mares apinhados de pontos coloridos de vida geológica. Havia pontos vermelhos espalhados esparsamente ao longo do litoral leste, também esparsamente pelo norte do planalto Ozark e mais densamente nas montanhas do oeste. Havia uma alarmante massa vermelha deles na Califórnia.

"A crosta terrestre", disse Renée, "está fragmentada em cerca de uma dúzia de placas gigantescas que, por razões já razoavelmente bem compreendidas relacionadas à convecção de rochas derretidas abaixo da crosta, está em constante movimento. Elas se chocam umas contra as outras, roçam umas nas outras e se afastam umas das outras. Em alguns casos, uma se enfia debaixo da outra. Algumas delas chegam a se deslocar uns cinco centímetros por ano, o que com o passar das eras faz uma grande diferença. Por volta de noventa e cinco por cento de todos os terremotos acontecem perto de fronteiras de placas. Você pode ver nos mapas."

"Mas no Arkansas e, que estado é esse, Wyoming? E na Nova Inglaterra...?"

"E em Nova York e no Quebec e em todo o litoral leste e lá no meio do oceano, bem longe de qualquer fronteira de placa? Nessa área aqui, isso está relacionado em parte ao fato de que o Atlântico está se alargando, o que põe uma pressão nas placas dos dois lados da estria central. A rocha da Nova Inglaterra é muito antiga e tem uma história acidentada. Há falhas se abrindo em tudo quanto é profundidade e em diferentes direções. Mas se você analisa os terremotos que aconteceram aqui..."

Ela escarafunchou os papéis que estavam pousados entre dois consoles e encontrou um mapa como aquele que Howard havia mostrado a Louis, com o acréscimo de mais epicentros e quatro balões:

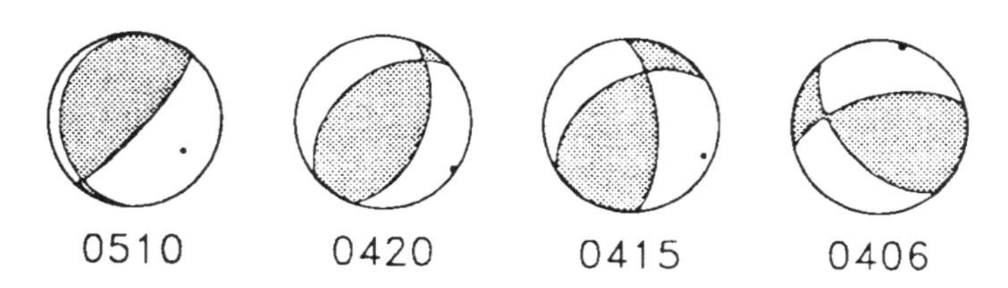

"Bolas de praia", disse ela. "Elas representam o que é chamado de mecanismo focal do terremoto, que basicamente reflete a orientação das falhas e a direção do movimento ao longo delas quando elas se rompem. Você desenha uma esfera imaginária ao redor do hipocentro. Ela é preta nas áreas em que a Terra foi comprimida em direção a um observador que se encontra na esfera. E branca onde a Terra foi afastada de um observador. E como você pode ver aqui, todos os quatro eventos grandes o bastante para serem analisados tiveram mais ou menos o mesmo mecanismo."

"Você quer dizer que eles são todos pretos no meio?"

"Exatamente. E são razoavelmente condizentes com uma tensão compressiva numa falha que se estende de sudoeste para nordeste, o que também aconteceu na maioria dos outros eventos que foram analisados na Nova Inglaterra. Isso indica que a placa está sendo comprimida pelo alargamento do oceano."

"H.C. É o Howard?"

Ela bocejou. "É."

"Ele é bom?"

"É. Mas não é muito de trabalhar. E ele também desperdiçou um ano inteiro brincando com movimento forte."

"O que é isso?"

"É aquilo que você sentiu na quinta à noite. É o termo que a gente usa para se referir ao tremor de terra que é sentido perto de um epicentro, em oposição aos sinais mais fracos que normalmente só são registrados por sensores sísmicos. Você pode fazer leituras de movimentos fortes, mas infelizmente o contexto geológico local complica tanto as coisas que é difícil extrair muita informação a respeito do terremoto propriamente dito." Ela bocejou de novo. "O Howard tentou bravamente."

Na periferia da visão de Louis, dentes cintilaram no meio de uma barba; Terry Snall, silencioso feito um caçador, tinha aparecido no vão da porta e estava parado ali. Olhou para Louis. Olhou para Renée. Olhou para Louis.

"Ah", disse em voz alta, como se tudo tivesse ficado claro para ele agora. "Não se incomodem comigo."

"Pode entrar à vontade", disse Renée.

"Eu botei um trabalho para imprimir e estou só esperando." Terry sacudiu a cabeça em sinal de total e absoluta autoabsolvição. "Só vou demorar um segundo."

"Por mim, você pode demorar o quanto quiser."

"Vai ser só um segundo", disse ele, dando tapinhas impacientes na tampa da impressora a laser. "Eu vou embora já, já."

Ficou esperando teatralmente que a impressora soltasse seu trabalho. Verificou o cabo de entrada, verificou o cabo de saída, tamborilou na bandeja de entrada de papel, soltou um longo suspiro, botou as mãos nos quadris, soltou outro longo suspiro, inspecionou a impressora inteira e sacudiu a cabeça. "Só um segundinho", disse. "Eu não quero atrapalhar vocês."

Louis teve de se apressar para acompanhar Renée enquanto ela subia com passadas firmes a rampa que levava à sala contígua, onde ficava a maquinaria pesada. A sala era refrigerada, com o chão revestido de quadrados cor de gelo, a ausência de um dos quais, perto da unidade principal de processamento, revelava um ninho de cobras de cabos embaixo. Na longa parede, havia prateleiras contendo milhares de rolos de fita magnética. Havia também modems de olhos vermelhos, enormes drives carregados com fitas que estremeciam nervosamente e várias telas de gráficos.

"Ele é tão babaca", disse Renée, tirando um par de óculos de armação de metal fina de dentro do bolso da camisa e sentando-se diante de um console.

"Ele está com ciúme", Louis disse.

"Talvez."

"Talvez não, é óbvio que ele está."

"Bem, se está, isso é extremamente humilhante pra mim. E também meio estranho, considerando que ele parece ter resolvido que a missão dele na vida é me informar que eu sou muito metida." Ela apertou os olhos diante da tela e digitou alguma coisa rapidamente, por tato. Louis achou os óculos dela muito tocantes e charmosos. "Ele está tendo um caso com uma moça aqui da cidade faz uns quatro anos. Você viu aquela janela ao lado da porta? A tal moça vive aparecendo lá e batendo no vidro. Se o Terry está aqui quando ela faz isso, ele *sai correndo* pelo corredor pra ir se encontrar com ela lá fora. Ele tem medo de que alguém deixe a moça entrar e acha que a gente não percebe." Na tela de gráficos à direita de Renée, uma imagem colorida estava se formando. Ela olhou rapidamente pela janela de vidro laminado para ver se Terry não estava de alguma forma escutando a conversa deles, apesar do barulho. "Dois anos atrás, ele comprou um carro novo e acabou com o carro quase que imediatamente. Não queria contar pra gente de jeito nenhum como isso tinha acontecido. Uma noite, a namorada dele veio aqui e o Howard a convidou pra entrar. Ele perguntou a ela como tinha sido o acidente e, ao que parece, o que aconteceu foi que o Terry estava passando de carro em frente a uma loja onde ele tinha comprado um ar-condicionado que não o agradou por algum motivo e onde ele tinha sido destratado quando foi reclamar; então, ele se inclinou sobre o banco do passageiro para mostrar o dedo do meio pra loja — para o *prédio* da loja — e, enquanto estava fazendo isso, acabou subindo com o carro na calçada e batendo numa árvore. A namorada achou graça do que tinha acontecido, como a gente também achou — ela na verdade é bem simpática. E, desde então, o Terry não deixa que ela chegue nem perto da sala de computação. O que faz com que a gente fique se perguntando o que mais ela pode ter pra contar a respeito dele."

"Quem é que cuida desse equipamento todo?"

"Supostamente, todo mundo que usa o equipamento tem que ajudar a cuidar dele, mas na prática..." Renée não gostou do que viu na tela colorida. Seus dedos voaram pelo teclado e uma nova imagem começou a se formar. "Pra começar, nós estamos com menos dois professores este semestre. E algumas pessoas, como o Terry, se recusam a ajudar porque acham que já fizeram demais. Ele fez bastante coisa no sistema em 88 e acha que isso o exime de qualquer outra responsabilidade, visão que ele defende com unhas e dentes, embora, pelo que eu saiba, só o que ele fez foi instalar coisas de que ele ia precisar pra tocar seus próprios projetos. E tem também as pessoas que estrategicamente se ausentam quando chegam aqueles momentos em que se torna absolutamente necessário fazer coisas como um despejo de memória, que leva a noite inteira. E, por fim, tem também, acho, algumas pessoas que até eu prefiro que não ajudem porque tenho medo que elas acabem..."

"Fodendo com tudo."

"Exatamente."

"As pessoas devem te odiar."

"É, quase todo mundo, até certo ponto. Mas eu compenso isso com amor-próprio. Por que você não puxa uma cadeira pra cá?"

Ela pôs filme numa câmera que estava num tripé, apagou as luzes e começou a tirar fotos de imagens, enquanto o segundinho de Terry com a impressora a laser ia se prolongando por uma hora diante de um console bem do outro lado da janela de vidro laminado. Como qualquer bom bisbilhoteiro, ele fingia estar cuidando da própria vida. Louis ouvia valentemente as explicações que Renée estava dando das imagens, que tinham as cores do arco-íris e consistiam basicamente de cortes transversais reconstruídos de uma "fatia" de rocha de três mil quilômetros de comprimento, seiscentos e cinquenta quilômetros de largura e talvez cinquenta quilômetros de espessura que estava descendo para o interior da Terra, embaixo de uma cadeia de ilhas que ia do sul das ilhas Fiji, passando por Tonga e pelas ilhas Kermadec, até um ponto não muito distante da Nova Zelândia. Terremotos de diversas intensidades e orientações tinham acompanhado a descida da fatia de rocha em todas as profundidades, e a tese de Renée, como ela explicou a Louis, havia "contribuído para o estudo" do que acontecera com a rocha quebradiça à medida que ela mergulhava cada vez mais fundo na lama derretida e pressurizada do manto, e do que finalmente se dera com ela na profundidade de seiscentos quilômetros, abaixo da qual nenhum terremoto jamais havia sido registrado em lugar algum.

"Você foi até essas ilhas?"

"Eu achava que a geofísica ia me permitir passar mais tempo ao ar livre do que se eu fizesse matemática ou outra coisa assim. Seis anos depois, eu percebo que mal saí dessa sala."

"Você tem muita sorte."

"Você acha?" Ela apertou o botão do cabo que acionava a câmera fotográfica.

"Você tem uma profissão em que você é extremamente competente e que é superinteressante e que não prejudica ninguém."

"É, vendo por esse ângulo, imagino que sim. Mas tem as suas frustrações."

"Eu queria poder ser um acadêmico."

"Quem disse que você não pode?"

"Eu queria poder ser *qualquer coisa*."

"Quem disse que você não pode?"

"Eu odeio esse país. Odeio a canalhice. Eu só vejo canalhas pra todo lado."

O olhar que Renée lançou para Louis sob a luz azulada era hesitante, ou triste; distanciado, como o de uma mãe. "Nem todo mundo é canalha", disse ela. "Pense nas pessoas que fazem o metrô funcionar. Pense nos enfermeiros. Nos carteiros. Nos lobistas de boas causas. Eles não são todos canalhas."

"Mas eu não posso ser que nem essas pessoas. Só o que eu sinto em relação a elas é pena. Elas parecem otárias. As coisas estão tão fodidas que é patético tentar ser um cidadão útil. Sabe, se você vai jogar o jogo, por que não ir logo até o fim e compactuar de uma vez? Mas, se você está enojado demais pra compactuar, as únicas opções que sobram são ou fugir ou tentar destruir tudo que puder. E eu nem posso fugir pra vida acadêmica, porque tive que assistir a vida inteira ao meu pai sendo professor universitário. Todo marxista que eu conheço tem uma vida que é pensar de dia e encher a cara de noite. Como é que eu podia escolher uma coisa dessas? Eu fico olhando para os seus dedos e para os seus olhos e eu sinto tanta inveja. Você está nessa posição em que você é boa pra valer no que faz. Mas eu estou aqui e não consigo me imaginar saindo do lugar."

"Nós vamos ter que fazer alguma coisa a respeito de você."

"Uma ilha. Uma ilha."

Uma forte luz dourada iluminava os telhados de Boston e formava um espaço claro e livre no ar acima deles, uma arena limitada a leste por uma concha de névoa marítima de fim de tarde e no interior da qual, por uma distância de quilômetros, estavam visíveis com absoluta nitidez outdoors, árvores verdes e viadutos tomados pelo frenesi da hora e pequenas nuvens da cor e do formato de sinais de pele. Aviões acima de Nahant pairavam sem fazer nenhum movimento discernível no firmamento azul-cinzento, no qual seus próprios motores despejavam suas contribuições. Na Lansdowne Street, fiéis estavam entrando na sombra do templo, passando em silêncio por carrocinhas que vendiam ícones e livros inspiracionais e pelas gastas fachadas de santuários ao longo do caminho, com suas ofertas especiais pré-jogo, seus enormes cifrões e minúsculos ,^{95} centavos.

Do lado de dentro do portão, Renée fez uma pequena contribuição verde ao Jimmy Fund e sua batalha contra o câncer infantil e não demonstrou nenhum sinal de constrangimento quando seu companheiro mais cético reagiu olhando para ela com cara de espanto. Uma carga branca de luz era visível através do portal acima deles e, conforme eles subiam a escada, a claridade branca foi se transformando num campo verde cercado de trinta mil torcedores, todos com tons de pele de atores. Homens uniformizados alisavam a terra com ancinhos. Royals e Red Sox em suas respectivas áreas de aquecimento. Cheiros penetrantes de cigarro e mostarda. Os lugares de Henry Rudman, em frente ao meio da linha da terceira base e na décima fileira, eram mais que satisfatórios. Ao lado de cada um dos dois, indivíduos rudmanescos transbordando de prazer dobravam os cartões onde anotavam os resultados dos jogos. Às sete e meia, quando todas as pessoas presentes no Fenway Park se levantaram, os olhos de Renée correram o estádio atentamente, e Louis, vendo-se pela primeira vez na situação de não poder mudar de canal, trincou os dentes e aguentou o hino.

Poucas coisas trazem tanta felicidade quanto bons lugares. Os dois somervillianos estavam sentados com os braços em volta dos ombros um do outro, Renée alegre e radiante como Louis nunca a tinha visto. Ela havia trazido sua luva de beisebol e estava com a mão dentro dela. Mais cedo naquele mesmo dia, eles tinham brincado de apanhar bolas, e Louis descobrira que Renée era capaz de maltratar os dedos dele, através da luva de couro, com seus arremessos.

Durante cinco *innings*, o placar se manteve 1 a 1. Havia uma corpulência, uma plenitude, uma prazerosa carência de abstração no movimento da bola quando, golpeada por um bastão, ela saiu zunindo pela grama do *infield*, encontrou o centro da luva do homem da terceira base, recebeu nova carga de energia cinética e alcançou o corredor na primeira base. Mais tarde, Louis não teve nenhuma dificuldade de entender por que havia demorado tanto a ver a outra coisa que estava se passando na frente dele, a coisa três fileiras abaixo e alguns assentos à sua esquerda.

O que ele notou primeiro foi a mão. Uma mão de homem, grande e vermelha. Com um empenho que beirava a urgência, a mão massageava um ombro feminino nu e também o pescoço bronzeado acima dele, a área atrás da orelha e a própria orelha, pegando a pele e a carne em seus dedos, pegando com o objetivo de ter. Voltando ao ombro. Avançando com contrações de cobra sob a alça estreita do vestido preto da mulher, os nós dos dedos empurrando lentamente a alça por sobre o globo macio do ombro e um pouco pelo braço abaixo, as almofadas dos dedos denteando a pele ali, as palmas amassando, apertando, possuindo. Languidamente, com a mão que não estava ocupada segurando sua cerveja, a moça puxou a alça de volta para cima do ombro. Sacudiu sua cabeleira escura e virou para trás, olhando por acaso bem na direção de Louis. Tinha uns vinte anos e era ao mesmo tempo delicada e durona, o tipo de beldade equina e cabeça oca que costuma atrair *outfielders* badalados. A mão a capturou de novo, seu cabelo, seus ombros, sua atenção, depois se enfiou por dentro das costas do vestido dela e lá ficou. Só então foi que Louis percebeu que a mão pertencia a um cinquentão cujo rosto ele conhecia.

Renée estava com o tronco inclinado para a frente, roendo uma unha. A etiqueta de sua camiseta estava para fora, sobre seu pescoço sardento. Ao que parecia, coisas estavam acontecendo no campo, coisas boas para os Royals e ruins para os Sox. Louis acompanhava o avanço rastejante da mão sob o tecido preto e pela parte interna do braço da garota e viu a ponta dos dedos estacarem o mais próximo do seio dela que a decência permitia, talvez até um centímetro mais perto. A garota sussurrou no ouvido de seu acompanhante, a boca se demorando ali, os lábios roçando pela bochecha dele até encontrarem a boca. A obscena mão vermelha a apertou e depois soltou. O árbitro de *home plate* urrou e pôs um batedor para fora. Os canalhas vibraram. O organista pôs-se a improvisar. Louis viu, vagamente, o sorriso de sua namorada grisalha sumir e sua boca se abrir: "O que houve?".

"Houve alguma coisa?"

"Você não vai me dizer o que é que você tem?"

Ele imitou um revólver com uma das mãos, retesou o pulso e apontou para a cabeça do homem. "O diretor executivo da Sweeting-Aldren. Bem ali."

Era possível que, apesar do barulho da torcida, essas palavras tivessem chegado aos ouvidos do sr. Aldren, pois ele se virou para trás e esquadrinhou rapidamente todos os assentos não tão bons quanto o dele, permitindo que seu rosto inchado e com bolsas de gordura e seus olhos apertados produzissem alguma impressão em Renée.

"Calhorda", disse Louis, seu braço recuando com o coice do tiro que ele havia acabado de dar.

"Acho que entendo o que você quer dizer."

"Sente só o anel no dedo mindinho dele."

Suas próprias mãos estavam frias e brancas, todo o seu sangue concentrado no coração e nas têmporas. Nem mesmo os pontos que os Sox marcaram e um emocionante oitavo *inning* conseguiram arrancar os olhos de Louis do espetáculo de bolinação que estava se desenrolando três fileiras abaixo. Talvez por mérito dela, talvez por parvoíce, a garota parecia alheia às liberdades que a mão estava tomando e ao olhar cúpido que Aldren dirigia alternadamente a ela e aos jogadores a seus pés. Ela estava acompanhando o jogo. E não era implausível, Louis pensou, que ela conseguisse manter um parcial domínio de si mesma mais tarde também, quando Aldren a levasse para algum quarto empetecado para penetrar em seus mornos orifícios em privacidade, a mesma privacidade com que, muito provavelmente, mesmo naquele exato momento, seus outros efluentes estavam sendo injetados na submissa terra.

"Ele realmente não consegue tirar as mãos de cima dela", observou Renée.

"Parece mais que *ela* não consegue tirar as mãos dele de cima dela."

"Mas escuta." Ela tocou no rosto de Louis e o fez olhar para ela. "Não fique com tanta raiva. Eu não gosto quando você fica com raiva."

"Eu não consigo evitar."

"Eu gostaria que você tentasse, nem que fosse só por mim."

Era uma declaração. Louis olhou para o rosto da pessoa que a havia feito, o rosto dos olhos bonitos, do nariz arrebitado, da acne, e percebeu que aquela pessoa, de alguma forma, tinha se transformado literalmente na única coisa no mundo com a qual ele podia contar.

"Eu te amo", ele disse de modo inesperado, mas sincero. Como não viu o torcedor atrás dele sorrir e piscar para Renée, Louis não entendeu muito bem por que ela se esticou de novo daquele jeito tão abrupto e dirigiu sua atenção para o jogo, que estava terminando.

6.

Existe um cheiro úmido específico, antigo e melancólico, que se espalha por Boston depois que o sol se põe, quando o tempo está frio e sem vento. A convecção o desprende da superfície das águas ecologicamente desequilibradas dos rios Mystic e Charles e dos lagos. Os moinhos fechados e as fábricas desativadas de Waltham o exalam. Ele é o hálito que sai da boca de velhos túneis, o espírito que se evola de pilhas de cacos de vidro cobertos de fuligem, do balastro de antigos leitos de ferrovia, de todos os lugares silenciosos onde se acha ferro fundido enferrujando, pedaços de concreto ficando quebradiços e podres feito roquefort inorgânico, destilados de petróleo se infiltrando de volta dentro da terra. Numa cidade onde não há nenhum pedaço de terra que não tenha sido modificado, esse é o cheiro que acabou se tornando primevo, o cheiro da natureza que tomou o lugar da natureza. Flores ainda desabrocham; grama aparada, folhas que caem das árvores e neve fresca ainda alteram o ar periodicamente. Mas seus cheiros são sobrepostos; sentimentais; mais novos do que aquelas emanações pacientemente duradouras que vêm do lado de baixo das pontes, do entulho de uma centena de aterros, de píeres creosotados em cursos de água manchados de óleo, das folhas de *Globe* e *Herald* enroladas em volta de pedras lodosas em canais de escoamento e do interior de toda guarita de metal enegrecida ainda restante em vias abandonadas, propósito e símbolos de propriedade apagados pelo tempo, fechadura corroída de ferrugem: o cheiro da infraestrutura.

Ele estava bem forte quando Louis e Renée subiram a Dartmouth Street, vindo da estação de Copley Square da linha verde do metrô. A noite de vento, pontilhada por luzes de freio, em que eles haviam circulado por aquelas ruas à procura de uma vaga para estacionar parecia enterrada no passado por muito mais do que o mês que havia de fato transcorrido. De novo era uma noite de fim de semana, mas dessa vez o bairro estava tranquilo, sóbrio e sem tráfego, como se, por alguma coincidência circadiana, todos os moradores tivessem ido passar o fim de semana fora ou resolvido ficar em casa com a família. O céu do anoitecer era como um pano de fundo pintado de azul pendurado logo atrás das fileiras de casas e suas amareladas luzes domésticas.

Eileen tinha ficado desconfiada quando Louis telefonou. Ele sentira necessidade de metralhá-la com pedidos de desculpa, atribuindo sua recente agressividade ao fato de ter perdido o emprego. Seu remorso era autêntico o bastante, ainda que por pouco, para despertar o lado sentimental de Eileen. Ela disse que era "muito chato mesmo" ele estar desempregado e expressou um vago interesse em combinar uma ida dele até lá qualquer dia desses, um não convite ao qual ele imediatamente respondeu: "Ótimo! Que tal sexta à noite?". Ela disse que teria de falar com Peter primeiro. Ele disse que ele e Renée iam tentar chegar por volta das oito. Ela disse: "Mas eu ainda preciso falar com o Peter". Ele disse que uma coisa que seria bom ele mencionar era que Renée não comia carne vermelha nem frango. "Ah, tudo bem", disse Eileen, com voz mais animada. "Eu faço alguma coisa vegetariana."

Uma vez marcado o encontro, ficou claro que o mais difícil seria convencer Renée a mentir.

"Você quer que eu diga que sou matemática?" Ela olhou para ele embasbacada. "Essa é a coisa mais idiota que eu já ouvi de você."

"É, mas o que o Peter vai pensar quando uma sismóloga começar a fazer perguntas a ele sobre descarte de resíduos? Ele vai pensar em terremotos. E a gente quer que ele pense em terremotos? A gente quer que ele comente com o pai que tem uma sismóloga que está curiosa em relação à empresa? Você disse *para mim* que queria estudar matemática, antes de optar pela geofísica."

"Eu não vou nem discutir isso com você."

"Por quê? Por quê? Só o que você tem que fazer é dizer e pronto. Quer dizer, supondo que alguém seja educado o bastante para perguntar no que você trabalha, o que eu duvido que eles façam. É só você dizer que trabalha, sei lá, com matemática aplicada. E não é isso que a sismologia é afinal?"

"Isso é uma mentira. Eu fico vermelha quando minto."

"Uh! Você é tão exemplar que eu não acredito."

"É, e eu estou começando a me perguntar se você dá algum valor a isso. Estou realmente começando a me perguntar."

"Mentir é uma habilidade social", ele disse num tom paciente. "Todo mundo tem que mentir. E essa mentira em particular é, sabe, totalmente benigna."

"Fingir ser uma coisa que eu não sou, manipular duas pessoas que nos convidaram pra jantar de boa-fé, tentar passar um tempo a sós com uma delas para poder extrair informações sob o pretexto de simples curiosidade, isso é uma mentira benigna?"

Era em momentos de frustração como esse que Louis pensava em Lauren. Tinha certeza de que Lauren teria mentido por ele. Lauren teria sabido o que fazer.

"Olha", disse Renée. "Se o assunto surgir naturalmente durante a conversa e eu não tiver que mentir, tudo bem. Caso contrário, não. Eu sei que você está com raiva dessas pessoas, eu sei que você está se sentindo passado pra trás. Mas elas continuam sendo pessoas, e ir lá com total cinismo, que é o que você está querendo fazer... Eu acho muito preocupante até que você cogite em fazer isso."

"Ah, pelo amor de Deus." Ela estava lhe dando nos nervos. "As coisas não são tão preto no branco assim. Pra começar, eu tive uma conversa até bem razoável com a Eileen. Não é como se eu a culpasse como culpo a minha mãe. Sabe, ela é uma vítima também. Você acha que eu iria lá com total cinismo?"

"O que eu estou dizendo é que consigo imaginar você começando a pensar que pode tratar as pessoas como bem entender, só porque está tão cheio de raiva. E a razão por que isso importa para mim é que eu gosto de você."

Ele encheu os pulmões de ar. Deixou o ar sair lentamente. A ideia de que Renée entendia tão bem os defeitos dele era algo quase insuportável para Louis.

"Está bem, está bem, você tem razão", ele disse, mais sobriamente. "Mas eu também acho que você está estragando tudo pensando demais. Eu não estou pedindo pra você ser diabólica. Eu só estou dizendo vamos lá, vamos passar uma noite agradável e vamos tentar conseguir também as informações que nós queremos. Mas é como se você pensasse tanto que acabasse ficando impossível pra você jantar com outras pessoas sob *qualquer* circunstância. A única forma de você poder continuar sendo exemplar é ficar sozinha. Porque você nunca vai respeitar realmente as pessoas com quem você está, as músicas de que elas gostam, a comida que elas comem, as roupas que elas usam, os pensamentos menos que profundos que elas têm..."

"Eu disse que iria."

"E isso é *moralmente errado*, não é? É uma *enganação*. Agir como se você estivesse no mesmo nível que elas, quando por dentro você se sente mais exemplar e mais consciente e mais tudo. Isso faz de você uma pessoa falsa, com um falso sorriso e sem amigos, o que no fim das contas..."

"Vai se foder, Louis. Você realmente gosta de me maltratar."

"O que no fim das contas é muito triste, porque no fundo você é uma pessoa muito cativante, e você quer que as pessoas gostem de você e quer se divertir."

Ele estava espantado com a teimosia dela. Acreditava sinceramente que ela seria uma pessoa mais feliz se relaxasse um pouco; mas só o que conseguiu com seus esforços foi se sentir um Macho execrável. Claro que era possível que ele *fosse* um Macho execrável. Um Macho execrável que está tentando dominar uma mulher virtuosa e difícil não tem escrúpulos em explorar toda e qualquer fraqueza que consiga encontrar nela — sua idade, seus maneirismos, sua insegurança e, acima de tudo, sua solidão. Ele pode ser tão covarde e cruel quanto quiser, desde que a lógica esteja a seu lado. E a mulher, sucumbindo à lógica dele, não pode fazer mais nada para salvar seu orgulho a não ser exigir que ele lhe seja fiel. Ela diz: "Você me humilhou e me ganhou, então agora acho bom você não me magoar". Mas magoá-la é exatamente o que o homem se sente tentado a fazer, pois, agora que ela sucumbiu, ele sente desprezo por ela e também sabe que, se magoá-la, ela vai se tornar virtuosa e difícil de novo... Esses arquétipos forçaram entrada no apartamento da Pleasant Avenue como parentes vulgares. Louis queria mandá-los embora, mas não é fácil bater a porta na cara de parentes.

Na casa de tijolos da Marlborough Street, na porta da residência de Stoorhuys e Holland, Louis viu a tensão fazer coisas extremas e dolorosas nos rostos de Eileen e Renée enquanto elas tentavam atravessar com dignidade a hora dos cumprimentos. Depois, entregou uma sacola com garrafas de cerveja para a irmã. Eileen estava usando uma roupa de caratê preta grande demais para ela, com o cabelo solto espalhado sobre as costas e os ombros. O efeito era estiloso e fez Louis se lembrar dos borzóis, cachorros que sempre lhe davam a impressão, quando ele passava por algum deles na rua, de que estariam mais felizes correndo por aí de jeans e tênis, mas não podiam porque seus donos eram ricos.

Louis supunha que Eileen estivesse recebendo os dois naquela noite porque não tivera a habilidade necessária para escapar do autoconvite dele, mas era possível que também estivesse curiosa em relação a Renée. Ela os conduziu à sala de estar — sem festeiros, a sala estava mais digna agora, menos parecida com uma estação de trem e mais com uma sala de verdade — e explicou que Peter tinha ido ajudar uma de suas irmãs mais novas a instalar um computador novo e já devia estar chegando. Perguntou se "vocês dois" haviam tido dificuldade de encontrar vaga para estacionar. Disse que esperava que "vocês dois" não se importassem de jantar tão tarde. Perguntou se "vocês dois" queriam cerveja ou vinho ou cerveja ou... sei lá. Disse esperar que "vocês dois" gostassem de mussacá. Tendo assim esgotado as possibilidades de se dirigir a eles coletivamente, ela saltou de sua poltrona e disse: "Cadê esse *garoto*?".

Eles a ouviram telefonar da cozinha, sua voz de menininha ficando cada vez mais fina à medida que sua irritação crescia. Quando voltou para a sala, acomodou-se silenciosamente em sua poltrona como se não quisesse interromper a conversa. Só que não havia conversa nenhuma. Seus convidados simplesmente ficaram olhando para ela e, passado um tempo, ela fingiu estar despertando de um transe. "Ele já vem", garantiu.

Renée puxou conversa. "Você... Você está fazendo mestrado em administração?"

Eileen fez que sim com a cabeça e com o corpo, sem olhar para Renée. "Arrã. Arrã."

"Mas você já deve estar terminando, não?", disse Louis.

"É, estou." Ela balançou a cabeça e o corpo, algum aspecto do aparelho de som prendendo sua atenção. "Já terminei, na verdade."

"Onde é que você vai trabalhar?", perguntou Renée.

"Hum." Ela balançou o corpo. "No Banco de Boston?"

Fez-se um longo silêncio. A timidez havia paralisado Eileen, uma timidez do tipo que faz crianças de cinco anos enterrarem o rosto nos braços da mãe quando uma pessoa estranha faz perguntas demais.

"Que tipo de coisas você vai fazer lá?", Renée perguntou num tom gentil.
"Hum... empréstimos comerciais?"
"E... que tipo de coisa isso envolve?"
Com olhar vazio, Eileen se virou para Louis, que fez sinais frenéticos para indicar que quem tinha de responder aquela pergunta era ela, não ele.
"Financiamento comercial", disse ela. "É, sabe, ajudar empresas a financiar coisas. Melhorias patrimoniais. Aquisições. Incorporações. Expansões. Não é nada assim... muito interessante."
"Parece bem interessante", disse Renée.
"É, bom, é interessante. Pra mim, é muito interessante. Mas, se eu não estou enganada, o Louis me falou que você é cientista?"
"Sou."
"Então, pois é, não é interessante nesse sentido, entende. É mais um trabalho de tratar com gente, sabe, você tem que lidar com vários tipos diferentes de pessoas. É mais ou menos aí que está o interesse."
Nesse momento, Eileen travou. Por mais que Renée tentasse estimulá-la a falar, ela não conseguia pensar em mais nada para dizer sobre as funções que iria desempenhar no Banco de Boston. O que deixou Louis intrigado foi que ela não tomou a rota de fuga óbvia, que teria sido perguntar a Renée sobre o trabalho *dela*, ou a ele sobre a falta de trabalho dele. Ela só se contorcia de constrangimento e deixava os medonhos silêncios se multiplicarem.
Eram quase nove horas quando Peter deu o ar da graça no apartamento, vestindo um suéter de moletom de Harvard e carregando duas caixas de disquetes. Na mesma hora, Eileen recuperou a fala e pôs-se a fazer um relato mais detalhado do dia de Peter, começando pela ida da irmã dele à Computer Factory. Quando ele voltou da cozinha, com um copo de uma bebida âmbar na mão, ela tentou atraí-lo para a narrativa sorrindo na direção dele, como quem diz: está aqui o meu namorado, o tema da minha conversa, as minhas próprias palavras encarnadas. "Você instalou tudo?", ela perguntou.
Peter deixou a pergunta ficar no chão alguns segundos antes de esmagá-la com um impaciente "Arrã". Para Louis, ele ofereceu a migalha de um oco e quase inaudível "e aí". Quanto a Renée, ele se sentou ao lado dela no sofá e a brindou com uma longa e meticulosa inspeção de sua cabeça, seus braços, seu colo, sua cabeça de novo, sorrindo marotamente o tempo todo, como se eles compartilhassem algum segredo. Em seguida, prendeu seu copo de uísque

entre os joelhos, debruçou-se sobre ele e ficou espiando o interior do copo, como um pescador de regiões glaciais espia seu buraco no gelo. Disse que era bom vê-la ali de novo. Lembrou que ela tinha vindo para a festa vestida de luto, muito maneiro. Lamentou que eles não tivessem tido a chance de conversar mais na festa. Concentrou sua atenção em Renée, fazendo um comentário atrás do outro, sempre só para ela, como se Louis e Eileen estivessem conversando separadamente e não estivessem ouvindo. Ou como se ele fosse o apresentador do *Tonight Show*, esquecendo-se da plateia em sua fascinação com aquela convidada especial, apropriando-se de nossas fantasias de chegar bem pertinho dela. Totalmente confusa, Renée começou a sorrir para seus joelhos daquele jeito como uma pessoa sorri de uma boa piada contada por alguém de quem ela não sabe muito bem se gosta. Não deu absolutamente resposta alguma quando Peter perguntou se ela tinha visto o *Globe* do dia anterior.

"Está brincando", disse ele. "Você não viu?"

Ela fez que não, ainda sorrindo. Peter olhou por cima do ombro na direção de Eileen. "A gente ainda está com o jornal de ontem aí, não está?"

Eileen deu de ombros, emburrada.

"Deve estar na cozinha", disse ele. "Você pode pegar?"

Louis ficou muito triste de ver sua irmã se desacomodar de sua poltrona e obedecer à ordem em silêncio. Quando ela voltou, Peter pegou o jornal de suas mãos sem olhar para ela.

"Está vendo isso?" Peter deixou o jornal inteiro escorregar até o chão, menos o caderno de notícias locais. "Bem aqui? Matéria principal? 'Defensores do direito de escolha na questão do aborto denunciam assédio postal e telefônico'. E uma pequena e charmosa foto sua? Cortesia do noticiário do Channel 4. E aqui e aqui e aqui?" Inevitavelmente, um tom de condescendência havia se insinuado na voz dele. "O que você acha disso? Você está em tudo quanto é lugar."

"Nós não compramos o jornal ontem", Renée disse vagamente para Louis, como se tivesse sido por culpa dele.

"Doutora Renée Seitchek, sismóloga da Universidade Harvard..."

Ela se virou para Louis, com o olhar sombrio de uma pessoa que se sente vingada.

"Esse programa de TV, isso eu não vi. Parece ter sido bem interessante."

"Não foi interessante. Foi ridículo."

"Certo." Peter balançou a cabeça, como se ele próprio tivesse dito aquilo. "Ridículo é pouco. Você expressa uma opinião e, quando vai ver, está recebendo uma enxurrada de cartas iradas e não pode nem usar o próprio telefone. Quer saber?" Ele botou a mão no quadril e se inclinou para trás para poder vê-la melhor. "Eu acho que você está sendo muito corajosa. De dizer o que pensa assim. Acho uma puta atitude de coragem, sabe. Uma cidadã comum taxada de abortista por expressar uma opinião na televisão? Isso é o pior dos pesadelos."

Renée se inclinou em direção ao colo dele, apertando os olhos para examinar o jornal. Louis ficou consternado ao ver com que facilidade ela tolerou as atenções de Peter, o quanto ela tinha ficado bonita com as bochechas ruborizadas e o quanto o pescoço e os ombros dela estavam perto do rosto de Peter. Por mais defeitos que tivesse, Peter sabia reconhecer a pessoa interessante, sexy e corajosa que Renée era; já o execrável e imaturo Louis só sabia lhe dizer coisas desagradáveis e lhe fazer críticas. Como ela poderia deixar de notar o contraste? E o pior era que o próprio Louis não sabia o que queria, se preferia ter uma namorada triste e complicada que precisava tanto dele que ele podia dizer o que quisesse para ela, ou estar envolvido com uma mulher de verdade, que era capaz de atrair outros homens, enchê-lo de insegurança e se esquecer dele.

Eileen parecia ainda menos contente que Louis. Enquanto os dois trintões de jeans desbotados se espremiam no sofá, ela permanecia sentada na poltrona com seu pijama de seda ridículo e dirigia a Renée o mesmo olhar fuzilante que vinha usando fazia vinte anos sempre que algo que ela acreditava ser seu por direito lhe era negado, mesmo que momentaneamente.

"Quer ajuda com o jantar?", Louis perguntou a ela com uma voz de personagem de desenho animado.

Ele a seguiu rumo à cozinha, onde ela continuou a lançar olhares malignos na direção de Renée e Peter.

"Então você já terminou tudo", disse Louis. "Já passou em todas as provas."

"Já." Da geladeira, ela tirou um pote de molho russo e uma salada verde grande o bastante para servir doze pessoas. "Mistura pra mim?"

Eileen botou a cabeça no forno. Sem perceber nenhum ruído vindo da sala ao lado a não ser o farfalhar de folhas de jornal, Louis imaginou que as bocas de Peter e Renée já haviam se encontrado, Peter apertando os seios e abafando os gemidos de Renée... Os sentimentos de Louis haviam adquirido tal intensidade física que ele mal conseguia acreditar que já tivesse transado com aquela mulher algum dia, que já havia provado ou tocado qualquer coisa de Renée além da simples ideia dela: uma voz, uma disposição, uma cabeça, uma pessoa mais velha — tudo menos a mulher que ele agora imaginava na sala ao lado. E era uma coisa fantástica, o ciúme. Era uma droga que eletrizava as terminações nervosas e provocava um barato e tanto. Pelo lado negativo, o ciúme também prejudicava o seu controle sobre a salada que ele estava misturando, a qual, aguilhoada por garfo e colher, estava transbordando da tigela, rodelas de pepino se estatelando na bancada; e por trás do barato (que era ótimo), Louis desconfiava que não estava se sentindo nada bem.

Com as mãos enfiadas em luvas térmicas, Eileen olhava indiferente para a porcalhada que ele estava fazendo. "Eu te contei o que aconteceu na noite que nós saímos pra comemorar o resultado das nossas provas finais?"

"Não."

Ela pôs o cabelo atrás das orelhas com tenazes acolchoadas. "Foi tão engraçado, mas foi *tão, tão* engraçado. O pai da minha amiga Sandi é dono de uma empresa de limusines e ele tinha dito que ia nos emprestar três daquelas bem compridonas, sabe, como presente de formatura. A nossa ideia era comemorar passeando de limusine até Manhattan, depois jantar e ir dançar no Rainbow Room, sabe?"

"Arrã."

"Então as limusines vieram apanhar a gente, e todo mundo estava superbem vestido e produzido, sabe, só que estava chovendo e, em vez de virem três limusines, só vieram *duas*, sabe? E nós éramos dezoito pessoas!" Ela chegou a dobrar o corpo por um instante de tanta graça que estava achando de suas lembranças. "Mas aí todo mundo se espremeu pra caber dentro das duas limusines e então nós começamos a tomar champanhe e comer caviar e a ver um vídeo que uma outra amiga minha tinha encontrado na biblioteca e que era sobre treinamento de gerentes da *indústria de laticínios*, sabe? Com todas aquelas vaquinhas e máquinas de ordenhar e os caras com pranchetinhas na mão e corte de cabelo tipo escovinha, sabe, conversando com os caras que operam as máquinas? E dando palmadas nas vacas e examinando os queijos, e aí depois eles vão pra Washington pra fazer lobby, sabe? Era totalmente anos cinquenta. Tinha uma longa tomada do Capitólio, pra onde eles todos estavam indo pra fazer lobby em prol dos *subsídios ao leite*, sabe?"

"Arrã."

"Huá rá rá", ela gargalhou. "Mas aí a gente estava em algum lugar de Connecticut, no meio do nada, e uma coisa horrível aconteceu com a outra limusine — não a limusine em que eu estava, a outra. De alguma forma, todo o fluido do radiador foi parar no asfalto e não sobrou nenhuma gota no radiador e aí o motorista diz que não pode mais continuar a dirigir o carro assim. Sendo que nós somos dezoito pessoas e chove a cântaros e agora só sobrou uma limusine pra levar todo mundo pra Nova York e aí o outro motorista diz que só pode levar dez e é claro que ninguém quer se oferecer pra não ir."

"Claro."

"Mas aí, no meio daquela chuvarada que não deixa a gente enxergar quase nada, a gente consegue avistar uma parada de caminhão lá embaixo, no meio do vale. É um troço *gigantesco*, com uns cinco mil caminhões parados na frente e mais nada em volta, só mato. E aí então nós todos decidimos: quem precisa de Manhattan? Nós vamos fazer a nossa festa aqui mesmo. E aí a gente vai até lá e lá dentro tem, sei lá, uns mil daqueles caminhoneiros *enormes*, de cara vermelha e braço tatuado, e eles estão fumando e comendo aquela comida toda gordurenta, sabe? E a gente está toda arrumada, os rapazes todos de black-tie, e a Sandi com um vestido do Oscar de la Renta com um decote meio assim...!" O decote que Eileen desenhou no peito indicava que o vestido de Sandi deixava parte dos mamilos à mostra. "Mas a gente entrou assim mesmo e claro que todo mundo ficou olhando pra gente. E nós com as nossas taças de champanhe na mão, daquelas altas, sabe, e os rapazes carregando as garrafas..."

"O Peter estava lá?"

"Não, era só a nossa turma, a gente teve que limitar o número de pessoas. Mas aí a gente foi pra uma sala que tinha um jukebox e, bom, foi muito divertido. A gente estava lá cercada por aquele bando de caminhoneiros, fazendo uma piada atrás da outra e ouvindo um monte de velharias e música country. A Sandi ligou pro pai dela e pediu pra ele mandar outra limusine, mas já era, sei lá, mais de meia-noite quando a limusine chegou e àquela altura o outro motorista já tinha ido pra Hartford pra comprar mais champanhe. A Sandi ficou dançando com um caminhoneiro e aí depois ela enlaçou o braço no braço dele e eles tomaram champanhe juntos, sabe? Todo mundo realmente entrou no clima. Foi muito divertido. Nós voltamos pra casa umas seis da manhã, completamente bêbados. Todo mundo ficou perguntando como tinha sido em Nova York e, quando a gente contava onde tinha ido, ninguém acreditava. Eles simplesmente *não conseguiam acreditar* que a gente tinha passado a noite numa parada de caminhão."

"É inacreditável mesmo", disse Louis.

Ela fez que sim, tirando um pão de alho do forno. "Você pode dizer pra eles que o jantar está saindo?"

Louis foi para a sala de estar. O olhar que Renée lhe dirigiu ao rumar para a sala de jantar não era nem amistoso nem hostil; era apenas um olhar de quem está a quilômetros de distância.

"Alguma coisa está cheirando muito bem", ela disse para Eileen em tom de incentivo quando os quatro se sentaram à mesa. Louis concordou, grunhindo. Isso foi pouco antes de ele perceber que o molho que escorria de dentro de sua fatia de mussacá estava cheio de carne moída. Chocado, ele olhou através da mesa para Renée, mas ela agora estava a léguas de distância, enchendo seu prato de salada. Levantando uma fatia de berinjela com o garfo, ele encontrou um verdadeiro formigueiro de grãos de carne.

"Eu contei pra vocês o que aconteceu na noite do último terremoto?" Eileen ficou alguns instantes em silêncio e, com os olhos, fez uma conexão entre o prato de Renée e a própria Renée em busca de aprovação. Renée, contudo, estava ocupada erigindo fortalezas, movimentando mãos e talheres com tanta concentração e voluntária discrição que, embora ela estivesse tão exposta quanto os outros três, Louis podia olhar diretamente para ela e mesmo assim não ser capaz de ver o que estava acontecendo com a fatia de mussacá dela ou o que ela estava sentindo em relação àquela comida. Ele interpretou isso como um sinal de que ela não queria que ele tocasse no assunto.

"Foi tão engraçado", disse Eileen. "O cara que ganhou o Nobel de economia no ano passado deu uma palestra lá na faculdade e depois um professor meu ofereceu um jantar pra ele na casa dele e convidou alguns alunos. Ele tem uma casa ma-ra-vi-lho-sa em Nahant, com uns três acres de terreno de frente para a água..."

"Nahant", disse Peter. "Tremendo refúgio da máfia."

Renée fez que sim e sorriu, os olhos fixos em seu guardanapo.

"Não pode ser tudo da máfia, Peter. Porque o Seton mora lá, e ele não é da máfia."

"Como é que você sabe? Você já teve algum tipo de prova disso?"

"Ele não é! Ele não é da máfia. Ele é... é professor de Harvard!"

"Ahhh", disse Peter, dirigindo um sorrisinho sarcástico para Renée. "Sei."

"Ele não é da máfia", Eileen garantiu a Louis. "Ele é professor adjunto. Mas o cara do Nobel, ele é japonês. Eu nunca consigo lembrar o nome dele direito. Eu reconheço quando eu ouço, mas não consigo lembrar. Você... lembra?"

O queixo de Louis caiu. "Você está perguntando pra mim se eu lembro o nome do ganhador do prêmio Nobel de economia do ano passado?"

"Pois é, eu também não lembro. Mas, enfim, ele é um homenzinho engraçado, de óculos redondos, e a gente estava tomando conhaque depois do jantar na sala de estar do Seton, as pessoas já estavam até começando a ir embora, e aí de repente começa o terremoto. Eu estava parada perto da lareira e comecei a gritar, porque era realmente um terremoto, quer dizer, foi forte de verdade, sabe." Ela corou um pouco ao se dar conta de que a atenção de todos estava voltada para ela, até a de Peter. "As coisas estavam caindo de cima do consolo da lareira, e o chão era como... era como estar no T, Peter, era assim que era. Era como quando você está viajando em pé no metrô e tem que se segurar em alguma coisa, senão você cai. Só durou uns dois ou três segundos, mas todo mundo gritava e copos quebravam e as luzes piscavam. Mas aí parou e, então, todo mundo que estava lá aos poucos começou a notar que o... Hakasura? Haka...? Hakanaka? Droga. Mas, enfim, nós todos começamos a notar que ele ainda continuava sentado no mesmo cantinho do sofá e ainda continuava *falando sobre inversões econométricas*. Ele não tinha sequer notado o terremoto! Ou tinha, mas continuou falando assim mesmo. Ele estava segurando o braço da menina com quem ele estava falando, pra que ela não levantasse, e aí finalmente ele percebe que nós estamos todos lá parados, olhando pra ele. Aí ele termina uma frase, olha pra cima e pergunta: 'Alguém se machucou?' (mas com aquele sotaque dele, que eu não sei imitar), e nós respondemos 'Não, não'. E aí ele vai e diz: 'Que bom. Nós temos um ditado no Japão...'"

Ela franziu o cenho. "Droga. *Droga*." Olhou para Peter. "Você lembra como era?"

"Você também não conseguiu lembrar quando me contou."

"Era meio que, 'Se você... Se você...' " Ela olhou em volta, envergonhada. "Eu não consigo me lembrar. Achei que lembrava, mas não lembro. Era algo como..."

"Eles já captaram a ideia", disse Peter.

Louis começou a ter a impressão de que era o único ali que estava sobrando. Aos poucos, Renée foi saindo de trás de suas fortalezas para responder perguntas sobre terremotos, como sempre naquele seu tom de quem está fazendo um seminário; e era Peter, não Louis, quem parecia tomar posse do que ela dizia; era o rosto de Peter que brilhava com a radiância refletida do conhecimento especializado de Renée.

Depois do consumo ritual de Häagen-Dazs, Louis deixou altruisticamente os dois trintões sozinhos na sala de estar, pensando que Renée talvez precisasse de mais tempo para extrair informações de Peter.

"Você está parecendo meio deprimido", Eileen disse a ele na cozinha, enquanto ele a observava botar as louças dentro da lavadora. "Problemas no trabalho?"

"Que trabalho? Eu estou desempregado."

"Então você ainda não encontrou nada."

"Eu não estou nem procurando."

"Mas você não era meio que apaixonado por rádio?"

Louis escrupulosamente reconheceu que Eileen marcara um ponto "demonstrando preocupação" com ele daquela forma. Achou graça, por um instante, da ideia de que ele era apaixonado por rádio.

"Você tem dinheiro pra pagar o seu aluguel e as suas despesas?", ela perguntou.

"Não. Mas eu vou me mudar pra casa da Renée essa semana, então."

O espanto a deixou sem voz. "Vai?"

"Vou."

"Ah. Eu não sabia." Ela virou os cantos da boca para cima. "Legal."

"É."

Ela fez um vigoroso segundo esforço. "Ela é superinteligente, não é? Ela é inteligente à beça. E ela tem, assim... a sua idade?"

Ele encarou a irmã. "É. A minha idade."

"Como foi que vocês se conheceram?"

"Nós nos conhecemos na praia. Ela tinha uma bola de praia."

"Arrã. Não esquece de me passar o seu endereço novo depois, está bom?" Eileen raspou o prato de Renée, jogando a carne moída que ela não tinha comido no lixo, onde havia duas caixas vazias de mussacá congelada, e depois botou o prato na lavadora. "E sabe, se você estiver muito apertado de dinheiro, talvez você possa pedir pra mamãe..."

"Puxa, boa ideia..."

"Embora ela esteja meio chateada no momento. Eu não sei se você soube, mas está acontecendo uma coisa horrível. Ela vai receber aquela grana toda, mas uns noventa por cento desse dinheiro estão aplicados em ações da empresa do vovô, a Sweeting-Aldren, sabe, onde o pai do Peter trabalha?"

"Ah, sim. É uma empresa de produtos químicos, não é?"

"Isso. Só que a mamãe só vai ter realmente o controle dessas ações a partir do mês que vem, e você provavelmente não tem lido os jornais, mas a empresa está numa situação péssima, por causa dos terremotos e de um vazamento químico que teve perto de uma fábrica deles. O pai do Peter é o vice-presidente de operações, sabe; é ele que é o responsável por essas coisas todas. Mas, então, durante um tempo, o preço das ações da empresa ficou caindo, meio que um ponto por dia, o que é muito, muito ruim, e a mamãe está lá com aquelas ações todas, vendo o valor das ações diminuir em uns dois milhões de dólares e sem poder fazer absolutamente nada. Você acredita nisso? Sabe, dois milhões de dólares? E ela sem poder fazer nada? Pra piorar, a maior parte do resto da herança é em imóveis, acho que principalmente a casa da Rita, e de repente o valor dos imóveis lá começa a sofrer uma queda brutal, por causa dos terremotos. Então, a mamãe está *realmente* superchateada. Ela vem pra cá, vê que não pode fazer nada e aí volta pra casa, só que lá ela também não consegue parar de se preocupar e então ela volta pra cá de novo. Ela já nem telefona mais pra mim quando vem pra cá, o que por mim tudo bem, sabe; eu sei que ela não está no normal dela. Ela liga pra você?"

"Eu raramente estou perto de um telefone, então não sei se ela liga ou não."

"Eu estou com muita pena dela, estou mesmo. Sabe, caramba! Dois milhões de dólares!"

"É um mundo duro e cruel", disse Louis.

Eileen ligou a lavadora e olhou em volta para ver quais pratos tinham ficado de fora da seleção final. "A família do Peter teve a maior sorte", disse ela. "O último terremoto fez um senhor estrago na casa deles. Nós fomos lá outro dia e vimos. Uma parte da casa meio que afundou, sabe? Eles tinham construído um anexo novo e agora vão ter que derrubar tudo pra fazer uma fundação nova, e as portas da casa não fecham mais. Eles moram em Lynnfield, numa casa maravilhosa e aí, quando foram ver, eles tinham seguro contra terremoto, acredita? Foi muita sorte deles. Você pode contratar esse tipo de seguro como uma cláusula adicional, sabe, só que normalmente ninguém se interessava em fazer isso, até este ano. Imagino que os Stoorhuys tenham feito porque queriam ficar completamente cobertos, sei lá, e então agora eles não vão precisar pagar nada. Um dos vizinhos deles vai ter que gastar uns vinte mil dólares pra consertar a casa dele. E você não pode mais contratar essa cláusula adicional agora, a menos que espere um ano pra ela entrar em vigor."

Louis pensou no sr. Stoorhuys, na franja dele, nas mangas curtas de seu paletó. Em seu rabo peludo, se sacudindo. "Vocês se encontram muito com eles? Com a família do Peter?"

O rosto de Eileen se anuviou. "O Peter não se dá muito bem com o pai. Mas a mãe dele é muito gente boa, então a gente se encontra com eles de vez em quando. Ele tem quatro irmãs e um irmão. Ele é o mais velho." Ela olhou para Louis de soslaio; havia um grumo de espuma de sabão em sua lapela de seda. "Sabe, ele realmente é um cara legal. É um ótimo irmão mais velho. Está sempre fazendo coisas para as irmãs."

Louis não sabia o que dizer. "Eu vou fazer um esforço."

Ele foi convocado a fazer esse esforço quase que imediatamente. Eileen o levou para a sala de estar e perguntou a Peter se ele tinha alguma ideia de onde Louis poderia arranjar um emprego. Peter examinou Louis de alto a baixo, como se suas qualificações profissionais estivessem escritas em seu corpo. Renée também estava olhando para ele, emitindo sinais lampejantes de VAMOS EMBORA. Peter perguntou que tipo de pretensão salarial mínima ele tinha em mente.

Louis respondeu com sua voz de zumbi. "Eu não diria não para cinco mil por mês, mais benefícios e licença de saúde paga. Eu digito trinta e cinco palavras por minuto."

"Sinceramente", disse Peter, "com pretensões assim, eu acho que você vai ficar muuuito tempo procurando emprego. Agora, o que eu ia sugerir era que você procurasse um tipo de arranjo como o que eu fiz com a revista *Boston* alguns anos atrás. Nós provavelmente somos a melhor publicação em que você poderia conseguir trabalhar nesse estágio. Nós estamos com uma certa fartura de mão de obra no momento, então eu *não* me encheria de esperanças, mas... eh.... eu poderia recomendar você, se você quiser."

Eileen abriu um enorme sorriso para Louis: ali estava uma grande oportunidade para ele! Peter poderia conseguir fazer alguma coisa por ele de imediato!

Peter girou o líquido avermelhado em seu copo. "O que eles podem fazer", disse ele, "é te oferecer, pra começar, um arranjo só na base da comissão. Não parece grande coisa, não é? Mas se você não deixar que eles ponham um teto, isso pode funcionar a seu favor. Eu mesmo comecei assim, e você sabe quanto eu tirei no meu primeiro mês?"

Durante os instantes que foram concedidos a Louis para que ele chutasse um valor, Renée adernou no sofá como que passando mal, vencida pela alta voltagem de mal-entendidos no ambiente.

"Dois mil e cem dólares", disse Peter. "E isso foi três anos atrás. Tudo bem, eu já tinha alguma experiência na época, então talvez não sejam situações equivalentes. É provável que você tenha que ralar muito uns dois ou três meses. Mas, se conseguir segurar o rojão, daqui a uns dois anos no máximo você vai estar bem perto de onde eu estou agora."

"Obrigado pelo conselho", disse Louis. "Eu vou pensar no assunto e depois te dou um retorno. Você tem um *número de fax*?"

"Basta você me ligar", disse Peter.

"Pensa mesmo, hein, Louis?" Eileen pôs a mão no braço dele, zelosa. "Ele realmente pode te ajudar."

Renée tinha se teletransportado para a porta. De novo as grotescas contorções fisionômicas enquanto ela e Eileen trocavam agradecimentos e votos de felicidade, tentando atravessar com dignidade a hora da despedida.

"Ei, Renée", Peter chamou do outro lado da sala. "Te cuida, tá bom?"

Do lado de fora, a cidade fazia seus ruídos farfalhantes, soltava seus suspiros e murmúrios, suas oferendas sonoras para o céu indiferente que a cobria. Em algum lugar, as rodas de um trem de metrô guincharam num trilho, tão longe que o som foi diminuto. Os vingadores caminhavam pela rua sem dizer nada, marcando compassos três por dois com os pés, os passos de Louis mais longos e os de Renée mais rápidos. Ela estava mordendo o lábio e piscando muito os olhos, como que tentando conter as lágrimas.

"Você teve uma noite ruim", disse Louis.

"É. Eu tive uma noite ruim. Tive uma noite muito ruim, mas foi culpa minha."

"Foi culpa sua a minha irmã servir um prato com carne?"

"Eu posso comer um pouco de carne. Não vai me matar. Quer dizer, sim, isso vai me matar: *eu não posso comer carne*. Mas não é como se comer carne me fizesse passar mal nem nada. A questão sou eu. É o meu problema com isso."

"Fui eu", ele discordou devagar, "que fiz você ir lá. A coisa toda foi ideia minha."

"Você sabe por que eu parei de comer carne?" Ela estava olhando fixamente para a frente. Uma brisa úmida, prenhe de infraestrutura, arrastava foices de cabelo pela testa dela. "Não é por... superioridade moral. Só pra você saber. É só porque eu não quero esquecer. Eu me recuso a dizer: tá, eu vou esquecer que isso é uma vaca. Não é nada de nobre, nada de compassivo. Sou só eu e os meus problemas."

Do outro lado da rua, um Toyota Camry tinha encontrado uma vaga e estava se enfiando nela alegremente, primeiro a traseira. Louis decidiu que aquele era um bom momento para não dizer nada.

O trem serpenteava e gemia debaixo do centro da cidade. Passageiros falavam baixinho e, lisonjeado com a deferência deles, o envolvente silêncio ia ficando empanzinado e despótico. Eles já estavam quase em Lechmere quando Louis reuniu coragem para perguntar a Renée se ela tinha conseguido extrair alguma informação de Peter.

Ela fez que não. "Ele foi muito cauteloso, quando eu toquei no assunto. E pareceu ficar surpreso quando eu disse a ele o que ele tinha falado na festa. Disse que devia estar muito bêbado. Eu disse que devia ser verdade, mesmo assim, o que ele tinha dito. Ele disse que sim, que o pai dele jurava que a empresa não descartava resíduo nenhum, mas que ele tinha quase certeza de que eles descartavam sim. Eu perguntei por que ele achava isso, e ele disse que tinha ouvido algumas coisas, mas que não era nada que ele pudesse provar. E isso foi tudo que eu consegui arrancar dele, sem dar bandeira de estar superinteressada."

"Ele te perguntou o que está causando os terremotos? Eu percebi que você..."

"É. Eu menti, exatamente como você queria que eu fizesse. Eu me sentei lá e contei uma mentira pra ele."

Louis a segurou pela gola da camisa e lhe deu um puxão de orelha, mas ela estava infeliz demais. Só depois que eles já tinham atravessado a Cambridge Street e entrado no carro dele foi que ele perguntou: "Você não vai me perguntar o que eu descobri conversando com a Eileen?".

"Você descobriu alguma coisa?"

"Não. Só que os pais do Peter tinham feito seguro contra terremoto pra casa deles. Parece que era uma cláusula especial."

Ele ficou observando suas palavras surtirem efeito. "Está brincando", disse Renée.

"Ela que me contou. Eu nem perguntei nada."

"Ninguém, absolutamente ninguém que mora aqui nessa área paga seguro contra terremoto."

"Pois é, foi o que eu soube."

"Caramba." Ela apertou a cabeça contra o encosto do banco. "Caramba." Pegou a mão dele e a apertou com força, depois bateu com ela em sua própria coxa. Ele lhe deu um beijo, que ela recebeu como quem arranca uma uva do cacho.

"Você é minha?", ele perguntou.

"Sou!"

Eles voltaram para a Pleasant Avenue. Em cima da mesa da cozinha estavam as passagens da United Airlines que tinham chegado pelo correio naquela manhã. Ao que parecia, o pai de Louis havia comprado uma passagem de ida e volta de Boston para Chicago em nome de Louis, sem avisar a ele, depois de uma discussão que eles tiveram pelo telefone no fim de semana anterior.

"Isso", disse Louis, cansado.

"Ainda não consegui entender por que ele te mandou essas passagens."

Louis tomou um copo d'água. "É o lado von Clausewitz dele. A gente teve uma discussão que terminou comigo praticamente batendo o telefone na cara dele, e aí ele vai e compra uma passagem de avião pra mim. Porque agora vai ser culpa *minha* se eu não for e fizer com que ele desperdice trezentos dólares."

"Você pode dizer que não pode ir porque tem que trabalhar."

"Você quer dizer contar uma mentira? Engraçado você sugerir isso. Infelizmente, eu já contei pra ele que estou desempregado. E a questão é que foi um gesto *generoso*. Eu fui absolutamente grosseiro com ele, e aí ele oferece a outra face e me manda uma passagem que custa trezentos dólares, porque, na lógica maconhada do meu pai, ele está tentando manter a família unida. Eu te contei que ele me ligou porque soube da minha pequena contenda com a minha mãe, lá na casa de Ipswich. Ele disse pra mim: Você quer estragar o sofá da sua mãe? Tudo bem, Lou, mas você também tem que levar em consideração os sentimentos *dela*. O que tem sido o refrão dele há uns vinte anos, sabe, que eu também tenho que levar em consideração os sentimentos *dela*. E que é exatamente o que ele vai me dizer se eu for até lá. Então, pra que ir lá? Eu já ouvi isso cinquenta milhões de vezes."

Renée pôs o queixo no ombro dele, a mão na sua virilha e o apertou. "Eu é que não vou me opor se você não for."

"Quem devia ir era você, não eu. Você e o meu pai iam se entender superbem." Ele desabou numa cadeira, e Renée se sentou no colo dele. Ele deslizou as mãos por baixo da camiseta dela. "Bom, vamos ver como nós vamos estar nos sentindo no próximo domingo."

"Quando é que a gente vai fazer a sua mudança?"

"Sei lá. Algum dia antes disso. Quarta?"

"E enquanto isso?"

"Enquanto isso..." Ele puxou a camiseta dela para cima devagar, deixando-a amontoada acima do sutiã preto.

"Eu tenho umas coisas de trabalho pra fazer. E também tenho que fazer o backup do sistema na segunda-feira, que vai levar a noite inteira."

Ele desenganchou o sutiã dela e libertou seus seios, aquelas coisas femininas que, naquela noite, ele tinha tido a sensação de nunca ter visto antes. Eles eram como bolinhos macios e vivos. Louis estava só começando a dar uma boa e cuidadosa olhada neles, quando...

"Mm!"

Ela se levantou de um salto, puxando a camiseta para baixo, cruzou os braços e virou para a parede. Ele achou que ela tinha ficado emaranhada em suas neuroses de novo, mas, depois de ajeitar o sutiã, ela pediu desculpas e disse que era só o guaxinim, o guaxinim na janela, que ela o tinha visto lá, olhando bem para ela.

Louis ainda não tinha visto o tal guaxinim. Foi até a janela, mas, com as luzes da cozinha acesas, só o que conseguiu enxergar através da tela foram algumas luzes dos quintais dos fundos dos prédios vizinhos em meio às árvores e uma extensão de calha branca na ponta do pedaço de telhado visível da janela.

"Escuta", disse Renée.

Louis ouviu umas fungadelas estranhas, tão leves que ele ficou na dúvida se estava ouvindo mesmo.

"Ele está logo atrás da quina do telhado", disse ela. "Ele fica nervoso e corre para lá, mas depois fica curioso e volta. Eu estou dizendo 'ele', mas não sei se é macho ou fêmea. O que é interessante, se você para pra pensar: quando não sei o sexo de um bicho, eu sempre digo 'ele'. Gênero padrão: macho. Mas a gente tem que sair de perto da janela. Ele..."

"Eu sei o que você vai dizer."
"O quê?"
"Ele é que nem um terremoto. Só vem se você não está olhando."
"Exatamente."
"Mas ele vem? Quer dizer, existe mesmo um guaxinim?"
"Claro que existe! Você acha que eu estou mentindo pra você?"
Eles se sentaram diante da mesa. Louis trapaceou, fingindo não estar vigiando a janela, mas volta e meia dando uma espiada furtiva. Mesmo assim, foi uma completa surpresa quando ele percebeu que a tela não estava mais vazia. Em que momento, exatamente, o focinho castanho, o nariz perspicaz que parecia de couro e os olhos reluzentes tinham aparecido ali?
Dessa vez, quando Louis foi até a janela, o guaxinim recuou só até a calha. De lá, lançou um olhar magoado para Louis, por cima do ombro, como um suicida indeciso na beira de um terraço. Era um bicho grande, de rabo listrado e olhos mascarados, maior que um gato. Assim que Louis se virou para olhar para Renée, o guaxinim voltou para perto da janela. Ficou andando de um lado para o outro, um borrão escuro de pelo a maior parte do tempo, mas de vez em quando (e sempre de maneira surpreendente) ele encostava o nariz na tela e olhava para Renée.
"Ah, ele ainda está machucado", ela disse, preocupada.
"Isso é incrível. Você costuma dar comida pra ele?"
"Às vezes eu ponho alguma coisa do lado de fora. Ele geralmente não come muito. Não é sempre que ele vem aqui. Às vezes ele aparece duas ou três noites seguidas e depois some durante um mês. Uma vez, ficou três meses sem aparecer. Eu achei que ele tinha morrido, pego por um cachorro ou atropelado por um carro. Ou de raiva."
Louis ficou observando o guaxinim escalar um cano de escoamento, arqueando os ombros fortes e peludos como um gato, estendendo um braço como um macaco e depois, ao apoiar o queixo na calha e içar o corpo para cima do telhado, parecendo mais uma pessoa do que qualquer outra coisa. O teto rangeu, uma vez, sob o peso dele. Com um sorriso, Louis se virou para comentar alguma coisa com Renée, mas a cozinha estava vazia.
Foi encontrá-la nua, entre os lençóis. Cheio de desejo, tirou a roupa e foi até ela, mas mesmo em meio a sua ansiedade, mesmo enquanto engatinhava pela cama para os braços dela, pousava o peso do corpo sobre o corpo dela, sentia o

calor uniforme da pele dela e segurava a cabeça dela entre as mãos, ele se perguntava como era possível que ela sempre desse um jeito de fazer com que ele fosse até ela, e nunca o contrário. E se perguntava também por que tinha de se sentir tão sozinho quando eles faziam amor, tão sozinho com o prazer dela enquanto ele impulsionava a longa sequência de ondas que levava à satisfação dela (na tela de plotagem verde, na sala de computação, ela havia lhe mostrado a aparência que um terremoto grande e distante assumia ao ser registrado pelo sismógrafo digital do departamento: uma linha plana e brilhante levemente encrespada pela onda primária, sossegando por um momento, depois ziguezagueando com mais violência quando a onda secundária chegava e com mais violência ainda à medida que mais e mais ondas de choque ricocheteavam no núcleo externo, no núcleo interno e na crosta da Terra, as ondas SS, SCS, SS, PP e PKiKP, até que por fim a linha enlouquecia de vez sob o efeito de ondas de superfície colossais, as ondas Love e Rayleigh, que demoliam pontes, derrubavam prédios e rasgavam a terra por toda parte). Não era que eles não combinassem ou não gozassem o bastante; era só que parecia que nunca, nem mesmo naquele ato mais típico entre os sexos, ela se apresentava ou se dava ou sequer deixava que ele a visse como uma mulher. Mesmo antes de o ciúme ter aguçado seu interesse, Louis vinha dizendo a si mesmo para parar e *olhar* para aquela mulher na próxima vez que eles fizessem amor, e toda vez que eles faziam amor, ele esquecia e só lembrava tarde demais. Havia algo como a própria timidez de um terremoto na maneira como ela enganava os olhos dele, de modo que ele podia estar com ela e sentir a presença de tudo, menos daquelas exatas qualidades que sua imaginação evocava quando ele estava sozinho e formava a imagem mental de uma Mulher. Ele sempre tinha a impressão de que fazer parecer que os dois eram do mesmo sexo, excitáveis por meio de nervos equivalentes e saciáveis por meio de estímulos equivalentes, convinha a algum obscuro propósito dela. Algum princípio de sedução, algum reconhecimento da diferença, estava faltando. E parecia que, sempre que intuía que ele sentia uma ausência, ela começava a falar, com uma voz bêbada de orgasmo e envolvente como um acalanto — pró-ele, pró-eles, pró-sexo.

Então, ele acendeu as luzes. Eram duas da manhã. "Eu quero olhar pra você", disse.

Ela apertou os olhos na claridade. "A gente não precisa de todas essas luzes acesas."

Ele acendeu mais uma luz e ficou de pé ao lado da cama olhando para Renée, determinado a, de uma vez por todas, realmente ver aquela mulher. O jogo tinha acabado; ela não podia se esconder; nem tentou. No clarão das luzes, ele viu: o negrume do cabelo e das pálpebras. A mancha vermelha da boca e dos mamilos. Lábios vaginais oblíquos distendidos e salpicados de espuma. Uma orelha transpassada de objetos de metal. A moleza dos músculos relaxados sob a pele cinzenta. Áreas opacas e enrugadas de sêmen seco ou quase seco. Penugem escura no lábio superior e nos pulsos. A aparência amassada e fetal de um rosto cansado. Todas as qualidades expostas como órgãos à venda na vitrine de um açougue francês. Era aquele o corpo quente que ele estivera abraçando? Era aquela a sua namorada, Renée?

Ele tinha sido enganado mais uma vez. Vira um anjo planando nas correntes termais bem acima de sua cabeça e, sem acreditar no que via, dera um tiro nele, acabando por descobrir que ele não passava de um pedaço de carne emplumado e desajeitado. O estrondo do tiro ecoou espaço afora como a risada do anjo que havia escapado.

Com uma suspeita falta de curiosidade em relação ao que ele estava fazendo ali em pé, Renée puxou o lençol até os ombros. Louis supôs que fosse possível que ela estivesse só com muito sono. Voltou para a cama, ansiando desesperadamente por ela.

No domingo, o *Globe* publicou um artigo interminável sobre os terremotos recentes, as longas colunas ladeadas pela costumeira escolta de fotos, gráficos e boxes. Renée não era mencionada no texto principal, mas era citada num boxe que trazia o título: TERREMOTOS: VONTADE DE DEUS, ESPÍRITOS DA TERRA OU FENÔMENOS FORTUITOS?

Para a sismóloga Renée Seitchek, da Universidade Harvard, a linha que separa ciência e religião mostrou-se particularmente tortuosa. Seitchek, que numa entrevista concedida à televisão em 27 de abril denunciou os esforços empreendidos por Stites para associar a questão do aborto aos tremores, virou alvo de um assédio telefônico e postal ilegal dirigido a clínicas e médicos que realizam abortos e a outros defensores do direito de escolha na Grande Boston.

Stites e outros líderes da Igreja da Ação em Cristo negam qualquer responsabilidade pelo assédio, mas Seitchek acredita que a avalanche de cartas iradas que recebeu constitui uma tentativa por parte da direita religiosa de reprimir a livre e acurada expressão de opiniões científicas.

"A ciência dos terremotos é uma ciência de incertezas", disse Seitchek. "Ao admitir essa incerteza nós corremos o risco de parecer estar abrindo espaço para a superstição. No entanto, se uma cientista tenta se antecipar a isso e traçar uma linha clara entre o debate científico e o debate moral, ela aparentemente está correndo o risco de ser molestada por Philip Stites."

De acordo com o texto do boxe, o fato de Stites ter "previsto com sucesso" os recentes terremotos havia atraído dezenas de novos seguidores para sua igreja, que ainda continuava alojada no instável prédio de Chelsea. A igreja garantia não ter sofrido "nenhum dano significativo" desde que se transferiu para lá, embora a essa altura não haja praticamente nenhuma residência ao norte de Cambridge que não tenha tido algumas louças quebradas ou paredes rachadas.

De fato, estimava-se que o valor acumulado dos danos à propriedade já havia atingido a marca dos cem milhões de dólares, dos quais mais de oitenta por cento se deviam ao mais recente par de terremotos perto de Peabody. Numa folha de papel que trazia o título CULPA DELES, Louis escreveu:

20 de abril, Peabody	$3.400.000
10-11 de maio, Peabody	$80.000.000+

Fazer aqueles zeros todos lhe deu uma grande satisfação.

Em seu tempo livre, Renée continuava a desenvolver os argumentos científicos para embasar uma acusação contra a Sweeting-Aldren, estudando todos os casos documentados de sismicidade induzida. Louis ficava contente de vê-la trabalhando, mas não estava com a menor pressa que ela terminasse. Quanto mais eles demorassem a tomar providências contra a empresa, mais tempo a terra teria para tremer de novo debaixo de Peabody, causar mais estragos e elevar a conta do prejuízo da empresa a alturas ainda mais gratificantes. Na visão dele, os executivos da Sweeting-Aldren eram calhordas e inimigos da natureza, e ele queria vê-los falidos, se não na cadeia. Sentia um suspense de uma intensidade quase erótica enquanto esperava, dia após dia, o próximo grande terremoto. Para se ocupar, começou a ler textos básicos de sismologia enquanto Renée estava no trabalho.

No fim da tarde de quarta-feira, ela voltou para o apartamento com uma nova pasta de arquivo cheia de fotocópias. Tinha estado na biblioteca Widener, lendo jornais velhos.

"Tem algumas coisas interessantes aí", disse ela.

Ele abriu a pasta avidamente, mas Renée não deixou que ele começasse a ler. "Vamos buscar as suas coisas. Depois eu te falo o que eu encontrei."

Era verão novamente. O calor subia em espirais das capotas dos carros na terra de ninguém da Davis Square, o toldo do Somerville Theater tremendo no volúvel torvelinho da fumaça de canos de descarga. Louis e Renée frequentando aquele cinema à noite por causa das sessões duplas baratas e do ar-condicionado de graça.

Na Belknap Street, a soprano estava com as janelas abertas e cantava como se estivesse à beira da morte. A voz parecia vir de todos os lados. Era um som tão amplo que era difícil acreditar que saísse de uma coisa tão estreita quanto uma boca humana. "Eu gostaria de fazer essa pessoa passar vergonha", disse Renée. Louis a botou para trabalhar na cozinha, o cômodo mais distante do inferno de tormentos melodiosos. A soprano berrava e berrava. O ouvido torturado não conseguia acreditar que nenhuma autoridade fosse aparecer com uma agulha ou uma arma para acabar com aquele desespero, pelo bem da humanidade. Louis manteve aberta a porta da frente do prédio com um calço e pegou uma corda de dentro do Civic. O futon ia viajar na capota do carro.

"Ei, Lou. Lou! Por onde você andava, Lou?" John Mullins desceu os degraus de sua varanda, zangado. Plantou os pés na pista de entrada com a cabeça projetada para a frente, como um profeta do deserto. Uma gota de suor em forma de cisto pendia de seu queixo. "Teve gente aqui te *procurando*, Lou", disse ele, todo reprovação. "Onde é que você *andava*? Onde é que você *andava*? Ah, meu Deus, você não está se mudando, está? Lou? Você não está se mudando daqui? Qual é o problema, você não, você não, você não gosta daqui?"

"Gosto. Adoro", disse Louis por cima da ária. "Eu só estou vendo se as minhas coisas cabem todas no meu carro."

"Ah, o pequeno Honda Civic. Você gosta desse carro? Ah, ei, Lou, aquela menina que esteve aqui te procurando, ela conseguiu te encontrar? Você sabe de quem eu estou falando? Uma menina bonita."

A parte instintiva de Louis, a parte relacionada com pressão sanguínea e estômago, não a parte cognitiva, perguntou a Mullins: "Quando foi isso?".

"Hoje de manhã. Por volta de nove, nove e meia. Eu estava lendo o jornal. Eu disse pra ela que você não costuma aparecer muito por aqui durante o dia."

"Como ela era?"

"Uma moça alta. Disse que estava procurando você."

"Gordinha, de óculos?"

"Não, não. Uma moça bonita. Estava carregando uma mala."

Louis entrou no prédio. Quase na mesma hora, tornou a voltar para a rua e ficou olhando para o carro, tentando se lembrar do que tinha de fazer. Tocou no carro uma vez, na capota, voltou para o apartamento, foi direto para o seu quarto e ficou andando em círculos. Renée empacotava coisas ruidosamente na cozinha, talheres batendo na frigideira, a caixa de papelão grunhindo enquanto suas abas eram dobradas umas sob as outras. Ele deveria pegar as coisas e levá-las para o carro. No entanto, tudo que ele olhava com a ideia de levar para o carro parecia não ser a coisa certa para levar naquele exato momento. Ele continuava zanzando pelo quarto. Parecia uma pessoa que vê que sua casa está pegando fogo e não consegue decidir qual de seus pertences é o mais precioso e então não consegue salvar coisa alguma. A única coisa de que ele tinha certeza era que queria matar a soprano, que tinha começado a dar longos agudos e a exagerar no *tremolo*. Mas aquela voz persistente, incessante, lhe parecia agora uma propriedade fundamental do mundo que ele não tinha como mudar. Parou diante de sua janela e ficou olhando na direção de onde a soprano cantava, atrás de telas opacas. Não se sentia nem infeliz nem feliz. A frente de onda avançava pelas montanhas, alterando a paisagem quando chegava, e então ele estava dentro dela, dentro dela. E isso era tudo.

Mais cedo do que esperava, ele ouviu vozes na parte da frente do apartamento. Vozes femininas. Passos. Renée apareceu, com a caixa de papelão nos braços. Ela falou como a mãe imperfeitamente enganada de um fugitivo, quando a polícia aparece na sua porta.

"Tem uma pessoa aqui querendo falar com você."

Deu um passo para o lado, abrindo caminho para ele passar, claramente tirando o time de campo para não criar embaraços. Quando, em vez de sair, ele olhou para ela e tentou dizer alguma coisa, ela se sentiu impelida a acrescentar: "É a sua amiga Lauren".

"Ah", ele disse. "Ah."

Ele sentiu os olhos de Renée sobre ele enquanto ele atravessava o corredor, sentiu todo o peso da possessão dela, de modo que não chegou a ser nenhuma grande surpresa que a garota parada perto da porta da frente, ao lado de uma pequena mala cor de palha sobre a qual estava pousada uma jaqueta de couro preta, lhe parecesse uma visão da libertação. Lauren estava bronzeada, com o cabelo loiro e mais alta do que ele se lembrava. Bastou ele bater os olhos em Lauren para que ficasse claro com que afinco sua mente vinha se treinando para apreciar Renée — a se concentrar naquelas partes dela que eram bonitinhas e jovens e ignorar o fato maior, qual seja, que ela tinha trinta anos e não era linda. Ele era capaz de reconhecer uma conta de grande valor sem precisar ler os números escritos nela e era capaz de reconhecer a beleza de Lauren sem precisar examinar suas pernas compridas e musculosas de uma mulher de vinte e dois anos, sua pele dourada de uma mulher de vinte e dois anos, seu cabelo sedoso, que agora chegava até os ombros, de uma mulher de vinte e dois anos. Ela estava usando a mesma minissaia xadrez plissada que vestia quando ele a viu pela primeira vez, sapatos pretos e meias três-quartos parecidos com os daquele dia e uma camiseta regata branca úmida de suor entre seus seios.

A soprano, que tinha parado de cantar, deixara uma inoportuna quietude.

"Oi, Louis", disse Lauren, com uma voz neutra e instável, sem olhar para ele.

"Oi, hã... O que houve?"

"Nada. Eu só vim te ver."

"Onde é que está o Emmett?"

Ela não deu nenhum sinal de ter ouvido a pergunta.

"Não está aqui, obviamente", disse Louis.

Ela mordeu os lábios, ainda sem olhar para ele.

"Onde é que ele está, Lauren?"

Ela levantou o queixo e disse: "Nós não estamos mais juntos".

"Ah, sei. Você o deixou. Ele deixou você. Vocês estão separados. Divorciados."

Essas palavras lhe causaram grande desconforto. Ela olhou para seus sapatos, inspecionando os dois lados de um deles. "Sei lá. Eu posso entrar?"

"Talvez não."

"Eu cometi um erro terrível, Louis, um *erro terrível*. Posso entrar?"

"O que é que você quer?"

"Eu quero saber se estou chegando tarde demais. Se já for tarde demais, eu não vou entrar. Eu posso entrar?"

Renée agora estava parada no vão da porta entre a sala de jantar e a cozinha, de onde não podia ver Lauren e nem Lauren a ela, mas Louis estava vendo as duas.

"Aquela era a sua namorada, não era?", Lauren perguntou.

Ele se virou para Renée, como se tivesse que perguntar a ela antes de responder. A cara de Renée deixava claro que ela achava que ele já devia ter se livrado da visita àquela altura. Fez gestos impacientes: Então? O que é que você está esperando! Mas, como ele continuou sem dizer nada, a impaciência dela foi cedendo lugar ao espanto, depois o espanto cedeu lugar à dor e, por fim, a dor cedeu lugar a uma acachapante incredulidade, sendo cada um desses estágios visíveis e distintos.

"Ah, ela está aí?", disse Lauren, se fingindo de burra.

Você pode me machucar. Um pouco. Pode me morder ou...

Ele tinha consciência de que estava cometendo um erro, mas não tinha controle. Ficou fascinado com a dor no rosto de Renée. Estava finalmente conseguindo vê-la. Ela finalmente estava nua, e ele continuou a olhar para ela, pensando: *Eu sou um estuprador também. Eu sou um sádico também*, enquanto a machucava para o seu próprio prazer, fazendo isso com o seu silêncio e entendendo agora o que as pessoas queriam dizer quando falavam que um pênis pode comandar um homem, porque era exatamente assim que ele estava se sentindo. Mas ela era uma pessoa, era só uma pessoa decente, e não estava interessada em aceitar esse tipo de coisa. Com terrível dignidade, ela atravessou a sala de jantar e a sala de estar. Quando passou por Lauren, que se afastou como quem evita trombar com um estranho na calçada, ela derrubou no chão a jaqueta de couro que estava em cima da mala e por pouco não tropeçou nela enquanto saía às pressas porta afora.

"Putz", Louis murmurou para o espaço vazio que ela deixou atrás de si. Não conseguia acreditar naquele sangue todo em suas mãos.

Lauren fechou a porta e pendurou a jaqueta na maçaneta. "Ela era sua namorada, não era? Pode falar."

"Putz", ele murmurou de novo. Não estava sóbrio o bastante antes para se dar conta de que o que tinha feito com Renée era a pior coisa que alguém poderia fazer com ela. Mas ele a conhecia e sabia que aquilo era a pior coisa. Era justamente a pior coisa. E embora não tivesse "se dado conta", ele sabia muito bem.

"Eu imaginei que você pudesse ter uma namorada", disse Lauren, esparramando-se quase na horizontal no sofá bege. "Era um risco que eu estava correndo. Mas eu sabia que, se fosse preciso, podia dar meia-volta e voltar direto pra casa."

O fato de que ela teria de voltar a pé para casa agora. O orgulho com que ela andaria aqueles quatro quilômetros. E os cachorros não iam uivar, e ela subiria as escadas galgando dois degraus de cada vez com aquele seu uniforme de tênis, jeans e camiseta, e trancaria a porta atrás de si, e será que ia chorar? Ele só a vira chorar uma vez e tinha sido por causa de uma dor física. E assim que ela trancou a porta, nos olhos da imaginação de Louis, ficou difícil continuar a vê-la.

"Você quer que eu vá embora?", Lauren perguntou. "Ela vai te perdoar, se você explicar as coisas. É só você falar a verdade que ela vai te perdoar." Ela abriu os dedos e examinou suas unhas. "Porque, sabe, eu não quero me intrometer, se ela for sua namorada. Ela é sua namorada, não é? Eu vi pelo jeito como ela olhou pra mim. Ela é sua namorada."

"É."

"E você ama a sua namorada?" Lauren virou a cabeça para o lado, nervosa, sem querer ouvir a resposta. "Eu posso ir embora agora mesmo."

"Não! Não. Eu só... vou lá embaixo trancar o meu carro."

Renée não estava esperando ao lado do carro nem em nenhum lugar por perto. Louis olhou para o ar vazio acima da calçada, por onde necessariamente ela tinha de ter passado, já que não estava mais à vista. A lógica ditava que Renée tinha vencido aquela distância, mesmo que ninguém a tivesse visto fazer isso. Ditava também que, naquele exato momento, ela estava em algum lugar entre aquela calçada e o apartamento dela, não simplesmente em qualquer quarteirão, mas num quarteirão específico, seguindo em frente, à vista de todos. Ditava ainda que um observador dentro de um balão poderia ter acompanhado cada passo que ela deu desde o momento em que saiu dali até a hora em que chegou à Pleasant Avenue, subiu os quatro degraus de concreto desmantelados até a porta de sua casa e desapareceu porta adentro.

Louis pensou: Eu odeio essa mulher.

Assim que ele entrou no apartamento, Lauren se levantou, esticou os braços para cima com volúpia e sorriu, como se fosse de manhã e ela tivesse dormido divinamente bem e soubesse que ele, mais que ninguém, ficaria feliz em saber disso. Liberto do fardo de ver Lauren pelos olhos de Renée, ele agora estava devidamente pasmo de ver no apartamento bege de Toby aquela menina linda e complicada que ele tinha amado tanto. Ela veio até ele e encostou o rosto no dele, inclinando-se para trás por um momento para tirar-lhe os óculos. Sem beijá-lo, mas com os olhos fixos nos dele com o espanto e a expressão vazia e parva que olhos assumem quando focalizam alguma coisa de muito perto, e com o nariz apoiado no dele e suas palavras fazendo os lábios dele vibrarem, ela disse: "Eu estou apaixonada por você, Louis, penso em você todos os minutos do dia, eu estou *apaixonada* por você, eu te amo, eu te amo, eu te amo, eu te amo, eu te amo".

Tomou fôlego, suas pupilas e suas íris de um verde-acinzentado leitoso ainda centradas na visão dele. Beijou-o, botando as mãos dele em partes diversas de seu corpo, cerrando os punhos e apertando o peito dele com os nós dos dedos. Virava a cabeça de um lado para o outro debaixo da boca de Louis, como se ele fosse uma ducha que ela estava tomando. Seu perfume estava tão integrado ao cheiro de seu rosto suado que o nariz dele não conseguia encontrar a fronteira entre os dois, era tudo um cheiro bom de Lauren.

"Eu juro pra você", disse ela. "Eu faço *o que você quiser.* Eu fico, eu vou embora, eu volto pro Emmett, eu largo o Emmett, eu me caso com você, eu tenho filhos com você, eu trabalho pra você, eu me caso com você ou moro com você sem estar casada com você. Eu faço qualquer coisa. Eu fico enquanto você me quiser e vou embora quando você mandar, você pode ser o meu dono, pode me botar pra fora ou ficar comigo, pode fazer qualquer coisa comigo menos me vender, qualquer coisa, qualquer coisa, qualquer coisa."

Ele a abraçou, lembrando as dimensões específicas dela e a sensação de tocar em suas costas quando ela chorou na cozinha dele em Houston, e ele pôs os braços em volta dela.

"Ah, Louis", ela disse, chorando e sorrindo. "Você foi tão bom pra mim e eu fui tão má com você. Mas agora eu vou compensar o que fiz. Se você deixar, eu vou compensar."

"Embora, claro, você esteja casada agora."

"Ah, isso." Uma expressão culpada, melancólica, familiar a Louis, surgiu no rosto dela. "Eu ainda continuo tentando ser uma boa pessoa, sabe. Eu estou tentando amar a Deus e ser uma boa cristã, e estou aqui em Boston me encontrando com você. O casamento é um santo sacramento e eu estou aqui me encontrando com você. É como se eu fosse a mesma pessoa de sempre, não é? Tudo que eu toco vira lixo. E o negócio é que você é a única pessoa que eu já conheci na vida que acha que eu valho alguma coisa. A única. Lembra quando eu te falei que nunca tinha amado ninguém de verdade?"

"Lembro."

"Bom, isso era verdade. Era verdade. Mas agora não é mais, porque assim que eu não pude mais te ver, eu comecei a sentir uma coisa. Acho que eu imaginava que fosse culpa ou alguma coisa assim, mas eu queria muito te ver e falar com você, só pra ouvir um pouco a sua voz, mas eu já tinha te dito que a gente não ia poder, e eu achei que você devia estar com ódio de mim e não ia acreditar, de qualquer maneira."

Ela se sentou no sofá e franziu o cenho, como se alguma coisa não estivesse fazendo muito sentido. "Mas, sabe, tinha o Emmett também", disse ela. "Eu sentia pena dele, porque ele sempre foi inacreditavelmente paciente comigo e, além disso, a família dele realmente parecia gostar de mim. Eles me deram um monte de coisas quando eu e o Emmett ficamos noivos, a avó dele me deu um colar de pérolas lindo e a mãe dele me deu uma caixa de joias incrustada que tinha tipo uns cento e cinquenta anos e estava na família sei lá desde quando. Mas aí eu dormi com alguns outros caras e também disse pra você naquele dia que dormiria com você, bem debaixo do nariz dele, e então eu devolvi o anel de noivado pra ele, mas nunca nem tive a coragem de devolver as outras coisas. E aí, quando nós começamos a namorar de novo, todo mundo da família dele continuou sendo inacreditavelmente gentil comigo. Eles me tratavam como se eu tivesse andado doente, mas agora já estivesse melhor, e eu sentia tanta pena deles e me sentia muito grata também, sabe. E aí eu pensei: Esse é o sacrifício que eu vou fazer, sabe. Porque tudo o que eu queria era ser *uma boa pessoa*. E é óbvio que pra ser uma boa pessoa você tem que sacrificar algumas coisas. Além do mais, eu pensei, eles são tão legais comigo que nem é tanto sacrifício assim. E os meus pais queriam que eu me casasse, porque eles acham que o Emmett é um rapaz maravilhoso, e ele é, imagino, só que eu não amo o Emmett. Eu só amo você."

Louis fechou os olhos.

"Mas, enfim. Nós nos casamos." Lauren ficou mordendo o lábio, os olhos fixos no vazio, provavelmente lembrando alguma cena ou cerimônia. Louis pensou que ela fosse continuar, mas aparentemente isso era tudo o que ela tinha a dizer.

"E depois? Você acabou descobrindo que ele é um monstro, foi isso?"

Ela sacudiu a cabeça.

"Sim? Não?"

Empoleirada na beira do sofá, ela olhava com ar sombrio para um radiador prateado. Jogou a cabeça para trás, afastando o cabelo dos ombros. Sua expressão era dura e indiferente. "Eu traí o Emmett."

"Arrã. Claro."

"Eu não sou uma ótima pessoa, Louis? Eu não sou, assim, a melhor pessoa que você conhece? É que tinha um cara que eu conhecia antes, e era como se eu tivesse tão mais a ver com ele do que com o Emmett, sabe. Ele transava com todo mundo, sabe esse tipo de pessoa? E eu simplesmente não estava nem aí. Eu sabia que tinha feito um sacrifício grande demais, e era como se eu precisasse fazer alguma coisa muito escrota pra compensar, sabe, pra equilibrar as coisas. Sei lá. Eu não sei o que passou pela minha cabeça. Acho que eu acabei me tocando que queria que o Emmett me desse um chute na bunda de novo, porque eu estava com essa coisa dentro de mim. E essa coisa era que eu estava apaixonada por outro cara, um cara que era apaixonado por mim até que eu o magoei, e agora eu estava sentindo muita falta dele e percebi que o amava muito." Lágrimas brotaram em seus olhos de novo e ela abaixou o queixo, como que tentando arrotar, os olhos ainda fixos no radiador. "Quer dizer, o Emmett é supercarinhoso e tudo, mas ele me trata como se eu fosse uma criancinha doente, e aí depois de um tempo eu fico de saco cheio e vou e faço uma coisa escrota dessas com ele, mas isso só deixa mais claro ainda que eu sou mesmo uma criancinha doente, sabe. E aí acaba que eu não consigo mais acreditar que em algum lugar lá dentro dele, por trás de toda aquela gentileza, ele não sinta na verdade um ódio profundo de mim e queira que eu morra."

Houve um longo silêncio. Louis sentiu pânico ao pensar em Renée, que durante aqueles minutos em que ele não estivera pensando nela sem dúvida devia ter percorrido todo o caminho de volta até seu apartamento. O tempo estava passando na vida dela, mesmo que estivesse estagnado na dele. Ela estava tendo todo aquele tempo para pensar, e ele não.

Uma pergunta em voz baixa atravessou a sala: "Qual é o nome dela?".
"De quem? Ah. Renée."
"É um nome bonito."
"Ela detesta."
"Detesta?"
"É o que ela diz."
"Ela está apaixonada por você?"
"Eu não sei."
"Vocês são mesmo namorados?"
"Eu não sei."
"O que você acha da ideia de sair comigo? Eu quis dizer hoje, agora."
"Você não está cansada?"
"Estou, mas eu quero sair com você. Era o que eu estava com vontade de fazer o dia inteiro. Eu só preciso ir ao banheiro."

Eles estavam entrando no carro de Louis quando John Mullins veio de trás da casa capengando e tropeçando pela pista de entrada. Mirou seu rosto lívido em Louis, sua boca feito um buraco de bala, e ficou olhando fixamente para ele sem dar nenhum sinal de reconhecimento.

"Você já tinha vindo aqui antes?", Louis perguntou.

Lauren fez que não. "É bonito. É tão diferente. A gente soube dos terremotos todos. Você sentiu a terra tremer? Ficou com medo?"

"Nã."

Os polígonos de terra entre as trilhas de pedestres do Harvard Yard tinham sido semeados e cercados com cordas para engordar a grama em benefício do prazer de pisotear de alunos, pais de alunos e ex-alunos, quando eles acorressem à universidade em fins de junho. Por alguma razão, um pequeno grupo de mulheres da Igreja da Ação em Cristo estava fazendo uma manifestação em frente ao Holyoke Center, carregando enormes fotografias de fetos abortados. As cores das fotos eram berrantes e oleosas, como picles coreanos. As mensagens centravam-se nos assuntos do momento: TERREMOTOS SÃO A IRA DE DEUS. CAMBRIDGE = EPICENTRO DO MASSACRE. SALMO 139.

Ao lado das escadas rolantes da Red Line, jovens punks bebiam vodca e chutavam bolas de meia. Hare Krishnas com túnicas da cor de sorvete de laranja tocavam tambores e faziam malabarismos em frente à Coop. Lauren mexia os ombros enquanto andava, nem de longe intimidada pela cena. Os pedestres nas ruas transversais, os homens de rostos lisos e sapatinhos estreitos, as mulheres de cabelo escorrido, boca pequena e óculos escuros sexy não representavam nenhuma ameaça a sua confiança. Ela botou a mão no bolso de trás da calça de Louis. Um ano atrás isso era tudo o que ele queria, andar com ela pela rua e ser seu namorado.

Eles pararam em frente a um restaurante Tex-Mex ligeiramente decadente. Louis queria recuar da porta — a clientela era o que Renée teria chamado de "pessoas por dentro" e que ele considerava "o tipo de gente que é amiga da Eileen" —, mas Lauren o rebocou lá para dentro. Ela escolheu uma mesa na seção de fumantes, explicando em voz baixa que ainda fumava e bebia um pouco, porque tinha se dado conta de que era impossível virar uma pessoa perfeita de uma hora para a outra. "A única época que eu não fiz merda foi no verão passado, quando estava me encontrando com você. Foi a única vez na minha vida inteira que eu não me senti uma merda. Você me ajudou tanto. E eu fui tão má com você."

Ela se encostou na cadeira para abrir espaço em seu colo para o cardápio. Louis perguntou de onde ela estava tirando o dinheiro para pagar suas despesas e ela disse que estava usando seu cartão American Express, cujas faturas eram pagas pelos pais de Emmett. "É muita sacanagem minha, não é? Pegar um avião pra vir pra cá desse jeito."

"Você vai dar o dinheiro pra eles depois?"

Ela deu de ombros. "Eles são cheios da grana."

"Mesmo assim, eu acho que você deve pagar pra eles assim que puder."

Ela fez que sim, com ar de menina obediente. "Está bem."

Louis lançou um sorriso benigno para os estudantes barulhentos nas mesas vizinhas. Que coisa sociável e prazerosa poder ser uma pessoa normal e comer num restaurante animado, cercado de outras pessoas jovens que estão fazendo a mesma coisa, e como seria particularmente prazeroso fazer isso na companhia de uma garota bonita que acabou de declarar o amor dela por você. O ressentimento monumental de Louis contra gente da laia do todo-asqueroso sr. Aldren se reduziu a uma irritação que ele podia pegar ou largar. Era verdade que, quando Lauren o deixou sozinho com as *fajitas* por alguns míseros instantes, para ir ao banheiro, as brasas dentro dele se reacenderam, e ele começou a fuzilar com os olhos um grupo de moças e rapazes estudantes de direito de uma mesa próxima, que volta e meia forçavam a atribulada garçonete a trocar provocações zombeteiras com eles. Um bolo com velas foi levado para a tal mesa e, sendo muito originais, quatro dos cinco rapazes cantaram "Parabéns pra você" fazendo a harmonia em vez da melodia. Quando estavam cantando *muitas felicida-ades*, o quinto rapaz resolveu ser criativo e original também, e então só sobraram as moças para fazer a melodia. Mas quando Lauren voltou e sugeriu que eles fossem a algum lugar para dançar, Louis se acalmou na mesma hora. Ele lançou um olhar cobiçoso para o cartão de crédito dela. Estava quase na miséria.

Gramados frescos e fumaça de cigarro, uma noite quente de junho. Fazia cinco horas que Renée tinha ido embora; ela agora já havia tido cinco horas para ficar pensando, sozinha. Louis comprou um *Boston Phoenix* e Lauren descobriu nele uma boate do outro lado do rio; quando eles chegaram lá, Louis ficou assombrado ao pensar que aquela boate provavelmente vinha funcionando todas as noites desde que ele chegara a Boston, oferecendo diversão para uma multidão cuja idade média era mais ou menos a dele. Eles estenderam as mãos para que fossem carimbadas, as fivelas e tiras da jaqueta de Lauren balançando. Louis não mencionou que a única vez na vida em que ele havia topado dançar tinha sido numa festa de Primeiro de Maio em Nantes, no meio de argelinos. Felizmente, a boate já estava lotada e dançar ali era basicamente uma questão de dar trombadas e amassos, de qualquer forma. Além do mais, com exceção de algumas faixas de rap, a música era horrorosa e difícil de acompanhar com movimentos, o ritmo "raso", como críticos de restaurantes às vezes dizem ao descrever o tempero de um chili, com "um calor fugidio e superficial" em lugar do "calor profundo e picante" que advém de um preparo cuidadoso e de bons ingredientes. Mas com Lauren em seus braços, Louis podia experimentar as alegrias de ser acrítico.

No carro, eles vararam a Soldiers Field Road com as janelas abertas, o cabelo de Lauren se encapelando e migrando para o ombro que estava mais distante da janela, o rio deslizando contra as luzes do MIT e de Harvard, as luzes deslizando contra as seis estrelas boreais visíveis na noite mormacenta. O fato de ser uma e meia significava que Renée havia tido agora quase oito horas para ficar sozinha, pensando, mas Louis só computou esse número por hábito, porque não estava mais conseguindo imaginá-la muito bem.

No apartamento dele, os dois se deitaram vestidos no futon e Lauren experimentou os óculos de Louis. "É assim que você é", disse ela, se arrastando para ele, os óculos escorregando até a ponta de seu nariz e seu cabelo caindo sobre as orelhas de Louis. Fazia muito tempo que ele não via alguém tão feliz como ela estava. Não parava de fazer gracinhas, e a verdade era que convinha às necessidades de ambos agir como adolescentes, curtindo as roupas que os mantinham separados, dando passos bem pequenos pela estrada carnal, apreciando a paisagem ao longo da estrada, seu clima e seus cheiros, e se lembrando de quando uma estação do ano era tão longa que você esquecia que outras estações vinham depois, e um cheiro era um cheiro e um som era um som, sensações ainda não contaminadas por lembranças. Por fim, quando ouviram a impressora de Toby começar a trabalhar, eles tiraram algumas peças de roupa. Lauren ofereceu seus seios casualmente, como encantos extras que ela ficava contente em doar aos necessitados. Mas quando ele pôs a mão em sua calcinha, ela o deteve, dizendo: "Para".

"Você não...?"

"Eu não preciso disso", ela disse, com uma voz muito rouca.

Ele deitou de barriga para cima, precisando demais daquilo.

"Se nós fizéssemos isso agora", ela disse, se inclinando por cima dele e roçando o peito no dele. "Nós seríamos canalhas."

Louis imaginou Renée sozinha no apartamento dela e pensou que, àquela altura, não faria muita diferença se ele já tivesse sido um canalha.

"Você não acha?", Lauren sussurrou. "Você não acha que a gente devia começar desde já a tentar ser forte e fazer o que é certo? Você não acha que há certas coisas que nós não deveríamos fazer se não vamos ficar juntos? Será que a gente não pode só ficar feliz desse jeito?"

Louis duvidava muito que houvesse algum jeito de ele ficar feliz. Sabia que, se prometesse amá-la, ela tiraria a calcinha e deixaria que ele gozasse dentro dela, e que de algum modo seria fácil para ele depois dar um fora nela e voltar para Renée. O que o deteve não foi o medo de magoá-la. Foi o fato de que ele sempre tinha sido bom para ela e de que acreditava que ela realmente o amava agora, e ele não conseguia suportar a ideia de matar a precária fé de Lauren na bondade de um ser humano. Só o que ele podia fazer era ficar ali quieto e torcer para que ela trepasse com ele assim mesmo, sem fé, movida por uma pena que ele não merecia. Depois ele podia se livrar dela.

"Você não acredita que eu te amo?" Ela apoiou o queixo na coxa dele. "Você tem que acreditar. Você tem que me dar um tempo pra eu te mostrar o quanto eu te amo. Você tem que me dar uma chance, porque eu realmente te amo, Louis. Eu te adoro. Eu te adoro." Por cima da cueca, ela deu um beijo no pau dele, que estremeceu violentamente. "Eu faço o que você quiser, se você me der uma chance. Mas se você realmente acha que é possível que você ainda me ame, mas não tem certeza, você não vai me pedir pra fazer certas coisas ainda."

"A sua passagem", ele disse. "A volta é com data aberta?"

"Eu só comprei a passagem de ida."

"Nossa, os Osterlitz vão realmente ficar contentíssimos com o que você fez."

"Não, eu comprei uma passagem de *stand-by*. Eu vim de *stand-by*."

"Bom, eu acho que você deve tentar pegar um voo de volta no domingo."

"E onde eu vou ficar quando chegar lá?"

"Você não pode ficar na casa de alguma amiga sua?"

"Eu não posso ir pra Chicago com você?"

"Não. Eu tenho que pensar."

"Mas depois você vai voltar pra cá, e ela vai estar aqui. E mesmo que você só se encontre com ela pra dizer que quer terminar o namoro, você vai me esquecer e vai querer ficar com ela. E eu vou estar lá em Austin, esperando alguma notícia sua, e daí eu vou ter que vir pra cá de novo, mas não vai adiantar nada porque você já vai ter resolvido que gosta mais dela do que de mim."

Ele não sabia o que dizer em resposta a isso.

"Mas você tem razão", disse Lauren. "Você tem razão, mas você vai ter que olhar nos meus olhos e jurar por Deus que não vai se esquecer de mim. Você tem que prometer que vai pensar em mim."

"Sem problema."

"Porque eu não quero você se você não me quiser de verdade. Não quero que você fique o tempo inteiro pensando que tomou a decisão errada, como eu fiquei. Eu não quero que você se sinta infeliz. Eu vou, Louis. Eu vou pra Austin, porque eu te amo demais. Mas você tem que me prometer que vai pensar em mim."

"Isso não vai ser um problema."

"Eu te amo tanto. Eu te amo tanto. Eu te amo tanto..."

Várias e várias vezes no decorrer daquela noite Louis sonhou que estava perdendo o voo. Estava na sala de espera do aeroporto com Lauren, que o tratava com frieza, enquanto ele implorava um sorriso e uma palavra gentil. Várias e várias vezes ele se deu conta de que era um dia antes do que ele achava que fosse e de que não tinha perdido o voo coisa nenhuma. Mas isso acabava sempre se revelando uma ilusão. Era domingo, sim, e ele olhava para um relógio de parede e se tocava de que tinha três segundos para chegar até a outra ponta do aeroporto. Já estava até vendo o avião saindo do portão de embarque.

Eles foram acordados pelo zumbido de insetos vespertinos. Dias de verão, quando você acorda no meio deles, ficam zangados com você, galhos e folhas poeirentas se debatendo sob o jugo de um vento quente do sul, ares-condicionados trabalhando sem parar. Louis estava falando com Toby pelo telefone quando Lauren emergiu do banheiro, onde tinha tomado uma chuveirada. "Parece Houston", disse ela. "Eu pensava que aqui fosse mais frio."

No final da tarde, eles foram de carro até a Pleasant Avenue. Embora soubesse que era maldade, Louis deixou que Lauren descartasse as objeções dele e fosse com ele até lá. Ela ficou esperando no carro enquanto ele subia. Os dobermanns se atiraram com força contra a porta do apartamento térreo, mas a tranca aguentou firme. Lá em cima, preso com um pedaço de fita adesiva na porta de Renée, aguardava-o um envelope com o seu nome escrito na caligrafia íntegra dela. Dentro do envelope, ele encontrou as passagens de avião e mais nada. Duas sacolas do DeMoula's estavam pousadas ao lado da porta, uma delas com as roupas sujas de Louis. As roupas limpas tinham sido dobradas e postas dentro da outra sacola junto com as fitas cassete e outros objetos dele. Sua televisão estava ao lado das sacolas.

Pela janela do hall, ele viu um enorme AMC Matador branco estacionado do outro lado da rua. Era o carro de Howard Chun. Nuvens de fumaça de cigarro, fantasmagóricas sob a luz cor de fumaça da rua, saíam de dentro do Civic de Louis.

Ele espiou pelo buraco da fechadura; a luz da cozinha estava acesa. Encostou a orelha na porta; não ouviu som algum a não ser o de sua própria orelha roçando na madeira. Então, a buzina do Civic soou, e ele pegou as sacolas e a televisão e desceu as escadas correndo, quase se esquecendo de deixar sua chave dentro da caixa do correio.

II. EU ♥ A VIDA

7.

A anglicização de Howard Chun começou quando ele tinha nove anos e sua família o matriculou na Queen Victoria Academy, um posto avançado da Igreja Anglicana num subúrbio de Taipei, onde as letras do alfabeto inglês, cada qual segurando pela mão sua filha minúscula, desfilavam ao redor da sala de aula da terceira série entre os quadros-negros e os retratos em cores de Jesus, e onde as aulas de chinês eram eletivas nas séries mais adiantadas. Pelo certo, Howard deveria ter se tornado o Henry de sua turma, já que seu prenome era Hsing-hai, mas aconteceu que também havia na turma um menino chamado Ho-kwang, cujos pais tinham sido mais eficientes do que a mãe de Howard na tarefa de pré-programar o filho para reivindicar os direitos que lhe cabiam em troca dos trinta mil dólares taiwaneses que um ano de estudos na escola primária da Queen Victoria Academy então custava. Ho-kwang se apoderou de Henry quando os nomes ingleses estavam sendo distribuídos, e Hsing-hai, piscando os olhos para afugentar as lágrimas enquanto olhava com raiva para o mesquinho Henry, nascido Ho-kwang, recebeu o menos agradável e menos régio Howard, a usurpação sofrida por ele oficializada e selada pela Igreja da Inglaterra antes mesmo que ele tivesse tido a chance de entender o que estava acontecendo.

A mãe de Howard era atriz de cinema. Tivera uma daquelas vidas fascinantes geradas pela união de guerra e dinheiro. Não tinha nenhum grande talento dramático, mas, quando jovem, havia feito certo furor no cinema burguês de Pequim, principalmente no papel-título de *A garota da árvore*, um filme bastante esquecível, salvo por uma sequência imortal em que a tal garota da árvore é perseguida por um comerciante de tapetes com objetivos imorais durante a grande enchente de Wuhan, ocorrida em 1931; onze estupendos minutos daquela beldade casta correndo, trôpega, por águas cada vez mais fundas e sujas e lugares cada vez mais ameaçadores, segurando junto ao pescoço sua blusa rasgada, seus olhos redondos irradiando um terror e uma angústia incessantes no decorrer de todos os quinze mil fotogramas. Em meados da década de quarenta, a srta. Chun e um diretor com idade para ser seu pai viveram um exílio elegante em Singapura e dilapidaram o considerável pé-de-meia que ela havia juntado, o que a forçou a voltar com os três filhos pequenos para perto de seus parentes em Taipei assim que os nacionalistas voltaram à indústria do cinema. Por algum tempo, foi bastante requisitada por diretores de elenco que precisavam de uma "irmã mais velha não tão bonita" e, posteriormente, passou muitos anos lucrativos fazendo o papel de uma madrasta má numa novela chamada *Reféns do amor*. Pelo menos uma vez em cada capítulo, a câmera a focalizava arreganhando os dentes e revirando os olhos, para lembrar aos espectadores que ela era perversa e maquiavélica. Na vida real, ela era vaga, afável e egoísta, e vivia basicamente para comer doces. Quando voltava da Queen Victoria Academy para casa em dias em que ela não estava gravando, Howard a encontrava sentada na cama, mastigando em câmera lenta um pedaço de fruta cristalizada, franzindo o cenho como se o sabor da fruta fosse uma mensagem que estivesse chegando a sua cabeça via telégrafo e ela tivesse de se esforçar para conseguir captar cada palavra.

Howard era seu quinto filho, o caçula, e o único que ela tivera com um homem acerca do qual ninguém na família, incluindo ela, conseguia oferecer um relato satisfatório. Ela dizia por alto que o homem tinha sido um herói de guerra, "um espírito nobre que comandava tropas na batalha pela liberdade", muito embora quando Howard ouviu essa história os nacionalistas já estivessem fora de combate fazia uns vinte anos. De vez em quando, ele tentava imaginar seu pai lá em cima, em alguma parte do céu, um marechal nas nuvens tropicais de quilômetros de espessura acima do mar Amarelo, numa altitude em que as hostilidades ainda não haviam cessado, mas a imagem era ridícula e ele se forçava a pensar em outras coisas.

As tias e tias-avós de Howard eram um bando filosófico, disposto a fechar os olhos aos lapsos morais da vida pessoal da mãe dele pelo bem da renda que ela proporcionava à família. Elas se juntavam para cochichar nos corredores, administrando o orçamento; nunca dava para saber ao certo na bolsa de brim de quem a caderneta das economias dela se encontrava. Howard preferia o realismo das tias aos devaneios da mãe e, consequentemente, cresceu se sentindo mais como um hóspede paparicado do que como uma criança. Nunca adolesceu de verdade. Depois que sua mãe morreu, ele adotou um comportamento relaxado e confiado com as matriarcas da família, fazendo companhia a elas na cozinha como um homem de meia-idade desempregado, o tipo de amigo da família ou parente distante que aparece para filar o jantar todas as noites durante um ano, depois some e nunca mais dá notícias. No cômputo geral, embora fosse a criança mais inteligente da casa e nenhuma despesa razoável fosse poupada em sua educação, Howard desperdiçava uma quantidade boçal de tempo; e sempre que alguma tia discorria sobre o futuro brilhante que o aguardava, ele lhe dirigia um estranho olhar de soslaio, como se esse Hsing-hai de quem ela estava falando fosse um patético constructo imaginário que só ele, Howard, tinha o privilégio de saber que não tinha a menor intenção de habitar o futuro que ela previa.

Um dia ele anunciou que pretendia estudar numa universidade americana. Seu meio-irmão mais velho era capitão da Força Aérea Nacionalista e poderia ter aberto portas para ele lá, mas Howard não via nenhuma razão para doar três anos de sua vida às Forças Armadas se isso pudesse ser evitado. Ele tinha pernas compridas e, quando pensava em voos tripulados, as imagens que lhe vinham à cabeça eram de garrafinhas de uísque de uma dose só, de mexedores de bebida em formato de hélice e de espaçosos assentos de primeira classe.

Por questões legais, o pacifismo de Howard exigia que, ao sair de Taipei aos dezoito anos de idade, ele não voltasse por pelo menos dezessete anos. Qualquer arrependimento que ele pudesse sentir em relação a sua decisão não sobreviveu a sua primeira viagem de ônibus na América. Uma espiada em garotas com botas de caubói, uma olhadela para uma colina salpicada de outdoors e uma boa examinada na rodovia U.S. 36 ao norte de Denver — com suas lanchonetes Denny's, Arby's e Wendy's, seus carros de homem alto nas pistas de gente grande — foram suficientes para que ele se tranquilizasse:

Aquele era o lugar para ele. Reclinou-se em seu banco até o ângulo máximo permitido e cochilou até o ônibus chegar a Boulder.

Ninguém poderia amar mais a vida na América do que Howard Chun. Um mês depois de chegar aos Estados Unidos, ele já tinha um MasterCard; um semestre depois, tinha um carro. Aonde quer que fosse, em seu primeiro ano de faculdade, os Bee Gees estavam no ar, e ele foi um dos primeiros a pegar a febre e um dos últimos a debelá-la. Adorava dizer "*disco music*". E adorava dançar esse tipo de música. Adorava ficar congelado na luz estroboscópica e esticar o braço com o punho cerrado. Com relação a arranjar garotas, ele até que se saía relativamente bem; com certeza não era seletivo a ponto de ter de se conformar com muita frequência a passar sem elas. Gostava de fast food não porque era *fast*, mas porque tinha um gosto bom. Diversos governos financiaram seus estudos, e o de que mais precisava para manter suas contas correntes em boas condições chegava até ele via golpes de sorte, que geralmente tomavam a forma de uma transação de exportação, importação ou revenda, já que ele vivia viajando e sempre havia amigos ou parentes dispostos a pagar um ágio sobre o valor de produtos portáteis. Levava regularmente para o correio uma braçada de discos e fitas cassete recém-lançados, no valor de trezentos dólares, escrevia "discos, fitas" na declaração alfandegária e seis meses depois recebia um cheque administrativo no valor de seiscentos dólares americanos enviado por um primo mais velho de Taipei. No que dizia respeito a sua vida noturna, esses cheques eram uma tremenda mão na roda. Isso que ele fazia talvez fosse meio ilegal, mas, como nunca foi pego, ele nunca soube ao certo.

No todo, ele estava se divertindo tanto no Colorado que foram necessários cinco anos e constantes ameaças da Secretaria de Auxílio Financeiro para que ele concluísse seu bacharelado. No entanto, assim como suas dívidas financeiras nunca o impediram de dividir pizzas, pagar cervejas e oferecer caronas, seus percalços acadêmicos também nunca atrapalharam de forma alguma a generosa ajuda acadêmica que ele costumava oferecer a alunos mais jovens (principalmente a alunas mais jovens e louras) e seu papel como uma das peças centrais da vida social do departamento de geologia. No segundo semestre de seu quarto ano na universidade, ele teve a boa sorte de quebrar ambas as pernas numa pista de esqui. A monografia que ele escreveu enquanto esteve de molho foi boa o bastante para permitir que ele ganhasse uma bolsa de pós-graduação de Harvard.

Em Harvard, ele decidiu se proteger academicamente dominando os meandros do computador do departamento. Dessa forma, a máquina podia fazer o trabalho por ele e ele só tinha de dar uma passada no laboratório uma vez por dia, antes de ir jogar squash ou depois de pegar um cineminha na Harvard Square, para apanhar o trabalho concluído e dar novas instruções ao computador. Ser um perito em computação permitia que ele matasse uma aula ou seminário de vez em quando e discutisse os textos dos cursos com seus professores em horários que não afetassem seu sono nem sua programação social. O único professor que se opôs a esse *modus operandi* foi o orientador dele, que, no segundo semestre do terceiro ano de Howard em Cambridge, elevou a voz a novas alturas e disse que achava improvável que Howard passasse no exame de qualificação. Demonstrando grande falta de tato, o professor também conjecturou em voz alta como era possível que Howard tivesse conseguido avançar muito menos em três anos de trabalho do que Renée Seitchek, por exemplo, em dois. Renée Seitchek havia passado sem esforço em seu próprio exame de qualificação e estava expandindo sua dissertação de mestrado para transformá-la numa tese de doutorado.

Embora estivesse oficialmente um ano atrás dele, Seitchek era da mesma idade que Howard ou um pouco mais velha. Ao contrário dele, ela costumava trabalhar o verão inteiro e só ia a um congresso por ano. Quando cientistas de outras instituições telefonavam para o laboratório, eles pediam para falar com ela mesmo quando as perguntas que tinham a fazer diziam respeito à área de Howard. Ela ia a festas e jantares oferecidos por professores e outros alunos; só não ia às festas e aos jantares que Howard dava. No primeiro ano dela em Harvard, ele a tinha convidado várias vezes para jogar squash ou almoçar ou jantar com ele, e ela sempre recusava de um jeito tão educado e sorridente que ele tinha levado um semestre inteiro para captar a mensagem.

Sempre que passava no laboratório para checar seu trabalho (coisa que fazia em pé, debruçado sobre um teclado, sem tirar o casaco nem desenrolar o cachecol do pescoço), Howard via Seitchek trabalhando implacavelmente em seus projetos, os músculos de seus braços perdendo o tônus juvenil mês após mês, fios brancos surgindo em seu cabelo, a pele adquirindo o tom acinzentado das lâmpadas fluorescentes, enquanto ele, que jogava squash todo dia e tirava férias com frequência, continuava em forma e corado. Foi Seitchek quem notou que os programas de Howard estavam consumindo tempo demais da CPU e assoberbando o processador vetorial todas as manhãs (enquanto Howard dormia). Ela levantou a voz e assumiu o mesmo tom de "Howard, você já foi avisado várias e várias e várias vezes" que o orientador dele tinha assumido. Quando a renovação do financiamento para sua pesquisa não saiu, Howard teve de abandonar seu trabalho sobre *strong motion*, embora todo mundo concordasse que suas inversões de registros de aceleração poderiam ter vindo a mostrar resultados interessantes um dia, se Howard tivesse seu próprio supercomputador particular. Ele foi obrigado a sair desesperado à cata de um novo projeto, enquanto Seitchek chegava cada vez mais perto de concluir seu doutorado.

Até que, um verão — o verão antes de os terremotos locais começarem —, todo mundo começou a deixar de gostar dela. Talvez tenha sido porque o último de seus amigos mais antigos saiu do departamento, ou talvez porque seu novo orientador de tese, o diretor do departamento, saiu de licença por um ano, mas o fato é que em questão de semanas ela conseguiu se indispor com praticamente todos os alunos e pós-doutorandos que restavam. Terry Snall dizia ter entreouvido Seitchek usar uma palavra ofensiva em referência ao jeito dele; segundo boatos, a palavra era "afrescalhado". Uma manhã, usuários do computador descobriram que valiosos documentos seus tinham sido jogados no lixo tão somente por se encontrarem nas pilhas de quase meio metro de papéis acumulados que engolfavam os consoles nas salas do sistema. Pouco depois, houve um arranca-rabo quando alguns alunos descobriram que Seitchek estava reduzindo a prioridade dos trabalhos deles para que seus próprios programas rodassem mais rápido, enquanto os deles marcavam passo. Ela fez uma moça chorar e deixou um petrólogo imaturo tão irado que ele jogou um cesto de lixo no telefone e quebrou uma luminária de mesa. Quando Terry Snall tomou as dores do petrólogo, Seitchek ficou furiosa. Disse que setenta por cento das verbas que bancavam o computador vinham dos financiamentos concedidos ao orientador dela. Disse que fazia três anos que ela vinha cuidando pessoalmente de mais da metade da manutenção diária do sistema e que, se alguém queria discutir com ela, essa pessoa deveria antes ligar para o diretor do departamento na Califórnia para ver na opinião de quem *ele* confiava e para perguntar o que *ele* achava, se *ele* achava que ela não tinha o direito de reduzir as prioridades, se *ele* achava que o petrólogo que não contribuía em nada para o sistema nem para a conservação dele tinha qualquer direito que fosse ali. Howard entrou no laboratório para checar seus programas no exato momento em que Seitchek estava saindo, colérica, corredor afora. Encontrou Snall incitando o petrólogo a reduzir a prioridade de Seitchek, agora que ela já não estava mais na sala.

A vez de Howard chegou alguns dias depois, quando ele estava prestes a pegar um avião para Londres para ir ao casamento de um primo e depois passar uma semana de férias na Irlanda. Ele tinha passado no laboratório para pôr algumas centenas de tarefas de lote de vinte minutos para rodar enquanto ele estivesse fora e para pegar suas mensagens. Sem ter realmente a menor intenção de fazer isso, ele havia se envolvido com uma engenheira americana de ascendência chinesa chamada Sally Go, que parecia acreditar que ele tinha lhe prometido alguma coisa e caía em prantos sempre que ele tentava descobrir o quê. Ele tinha quase certeza de que ela achava que ele havia prometido se casar com ela na primavera seguinte, mas como ela se recusava a dizer o que ele prometera, insistindo em vez disso em chorar e repetir "Você *sabe* o que me prometeu", ele por sua vez se sentia justificado em perguntar "O quê? O quê? O que foi que eu prometi? O quê?". Na ocasião, fazia umas três semanas e meia que ele vinha conseguindo não se encontrar com Sally, e as mensagens diárias que ela deixava na mesa dele tinham começado a tratar de temas como "covardia", "cachorrada" e "desgraça". Ele estava lendo a última mensagem deixada por ela, o nariz franzido de desagrado, quando ouviu do corredor Seitchek falando dentro da sala de computação.

"Qualquer um imaginaria que, depois de dez anos, ele já teria tido tempo de sobra pra aprender a fazer o som do *r*", ela estava dizendo. "Eu vou ter um *troço* se tiver que ouvir mais uma vez ele dizer 'poglama de computô'. Poglama de computô. Poglama de computô." A voz dela era atrevida e ressoava maldade. "Eu vou esclevê um poglama de computô pá calcurá os mínimos quadlados."

Os olhos de Howard se encheram d'água. Ele se abalou de sua sala piscando os olhos violentamente, franzindo as sobrancelhas e sacudindo a cabeça como que para se livrar de uma alucinação inconveniente. Mas não era alucinação, e ele sabia. Seus mais de dez anos de Estados Unidos pouco tinham feito para corrigir a mutilação que suas habilidades linguísticas haviam sofrido na Queen Victoria Academy. A professora de inglês das séries mais adiantadas, sra. Hennahant, ensinava fonética fiando-se no princípio de que ela era contagiosa, e era curiosamente surda à imunidade que seus alunos demonstravam. Dia após dia ela repetia frases como "*Hilary toca clarinete*", e depois balançava judiciosamente a cabeça no ritmo da voz dos alunos, enquanto eles diziam, um de cada vez, algo como "Hiry toca crarenete". Depois que todos já tinham falado, ela balançava a cabeça de novo, andava empertigada pela sala e tentava mais uma vez martelar o prego irremediavelmente torto na cabeça deles: "*Hilary toca clarinete. Hilary toca clarinete.* O *canal*—alimentar. O *canal—alimentar.* Henry?".

Ao voltar de Londres dez dias depois, Howard só teve tempo para dar uma rápida passada no laboratório antes de pegar um avião para San Francisco, onde um outro primo ia se casar. Tirou pilhas e pilhas de papel impresso da cesta da impressora de linha e da bancada ao lado dela. A ciência tinha ficado cinquenta quilos mais rica enquanto ele estivera passeando por Dublin e pelo condado de Cork, e ele adicionou mais uma centena de tarefas ao arquivo de lote para garantir que sua temporada na Califórnia fosse igualmente produtiva.

Seitchek estava sentada na sala deles, com os pés apoiados em cima de uma mala. Ele lhe perguntou se alguém tinha telefonado para ele. O "não" dela não o abateu. Às vezes ela respondia não e depois, quando já tinha se resignado com o fato de ter sido interrompida, mudava de ideia e desfiava vários recados telefônicos interessantes.

"O Edward está te procurando", ela disse por fim. "Ele soube que você tinha voltado de Londres."

Edward era o nome do orientador ultrarrigoroso de Howard.

"Ah, sei", disse ele. O bilhete que estava no alto da pilha de Sally em cima da mesa dele dizia: ESQUECE!!

"Ele quer te ver na segunda-feira", disse Seitchek. "De manhã cedo. Parece que surgiu alguma informação nova sobre o Alan Grubb, acho."

Howard abriu um sorriso radiante. "Na segunda eu não posso. Estou indo pra San Francisco." Apontou com o queixo para a mala de Seitchek. "E você?"

"Los Angeles", disse ela. "Ou melhor, Condado de Orange. Estou indo ver os meus pais e as minhas... sobrinhas. De três em três anos eu faço uma visitinha a eles."

"Ah, sei." Ele teve a desagradável desconfiança de que isso significava que Seitchek havia concluído a tese dela enquanto ele estava na Irlanda. "Três anos é muito tempo", murmurou, tentando ser educado.

"Nem tanto."

“Quer uma carona até o aeroporto?”

“Não, obrigada.”

“Quer uma carona até a Square?”

“Você quer muito que eu ande no seu carro, não?”

Ele deu de ombros. “Eu estou parado em fila dupla.”

Na Califórnia, grandes lesões de um fogo laranja e oleoso estavam devorando as matas de Eureka até as montanhas de San Gabriel. Até na cidade o ar cheirava a casas queimadas. Pela primeira vez em muito, muito tempo, Howard se arrependeu de ter viajado. Nem o casamento, no sábado à tarde, nem o banquete mais tarde em Chinatown se comparavam às festividades nupciais de Londres. Para começar, porque a idade média dos convidados não chegava a doze anos. Howard usava um terno risca de giz largo e comprido, estilo anos quarenta, e dock-sides, sem meias; era a pessoa mais alta ali presente. Como seus parentes mais importantes já o haviam encurralado em Londres para saber das novidades de sua brilhante carreira, ele passou um bom tempo sozinho, tomando cerveja em lata e exibindo no rosto uma expressão de dignidade e de leve desconforto enquanto olhava para as cabeças murchas de tias-bisavós e para os penteados sofisticados das pré-adolescentes. Estava ficando de saco cheio de casamentos.

No domingo de manhã, pegou seu carro alugado e seguiu para leste, rumo às colinas, onde planejava acampar e fazer uma inspeção informal de escarpas de falha. Na região onde ele estava entrando, o céu estava tomado de uma névoa cor de bromo, e logo ele começou a passar por bombeiros pretos de fuligem, que tinham se jogado no banco de terra à beira da estrada e estavam dormindo. Pouco depois, ele se viu cercado de fogo de todos os lados. Mudando de ideia, tomou o caminho da costa de novo, perguntando-se se não haveria chegado a hora de enfrentar Alan Grubb. Grubb era um aluno da Scripps Institution, em San Diego, cuja tese, segundo diziam, era idêntica à de Howard em conteúdo e estava dois anos mais adiantada que a dele. Howard já tinha sido avisado várias e várias e várias vezes, por Edward, Seitchek e outros que volta e meia assumiam o papel de sua consciência, que ele devia telefonar para Grubb ou tentar se encontrar com ele em algum congresso, mas até agora Howard só havia feito ignorar suas sugestões.

Num supermercado ao norte de Santa Barbara, ele comprou um pacote de três fitas de música de discoteca latina e, por volta de meia-noite, estava dormindo no banco do carro numa rua transversal do centro de San Diego. Às nove da manhã seguinte, tomou o rumo da Scripps Institution. O lugar estava morto ao sol do Dia do Trabalho. Um vigia lhe indicou um laboratório onde, de uma janela de frente para a praia, um sorumbático pós-doutorando lhe disse que Allan Grubb estava na Itália e só ia voltar no dia 23 de setembro. A moral da história era tão óbvia que poderia estar estampada num letreiro oficial na entrada do laboratório: VALE A PENA TELEFONAR ANTES.

Mais tarde, depois de uma produtiva sessão de bronzeamento, Howard se convidou para visitar alguns amigos de sua meia-irmã mais velha, que morava ali perto, em Linda Vista. Lá, traçou um churrasco bem decente. À medida que a tarde avançava, ele afundava em sua cadeira de plástico e observava as migrações, laboriosas como as de placas tectônicas, dos blocos de gelo com que seus anfitriões esfriavam a água da piscina, seu rosto quase roxo por causa dos martínis que haviam lhe dado, seu ânimo esmorecendo diante da ideia de passar mais um minuto que fosse dentro de um carro alugado, de entrar em mais um Wendy's ou de acrescentar mais uma milha ao seu programa de milhagem. Sementes queimadas de gergelim caíam dos queixos dos filhos dos anfitriões. Agora, quando conversava sobre amenidades em mandarim, sua própria voz soava birrenta e ranheta ao seu ouvido americanizado. Poglama de computô, poglama de computô. Ele pediu para usar o telefone e seus anfitriões o conduziram até o aparelho, insistindo para que ele se sentisse à vontade para ficar em Linda Vista por quanto tempo quisesse; eles esperavam (na verdade, planejavam) levá-lo para pescar em mar aberto e para o Sea World.

A operadora do serviço de auxílio à lista telefônica só encontrou um Seitchek listado em Newport Beach. Assim que ouviu a voz dela, Howard começou a sacudir a cabeça, arrependido. Seitchek, porém, parecia contente por ele tê-la procurado. Ela perguntou como ele estava.

"Tá tudo bem", disse ele. "Vi uns amigos — tenho uns amigos em Los Angeles —, aluguei um carro, tá tudo bem. Estão sendo boas férias."

"Você vai vir aqui me visitar?"

O tom de convite na voz dela era tão carinhoso que ele ficou meio ressabiado. Investiu contra as cortinas da janela que dava para a rua e viu um carro passando. Era só um carro comum, sem nenhuma relação com ele.

"Não, sério", disse Seitchek. "Você ligou por que queria combinar alguma coisa?"

"Claro, por que não?", disse Howard, como se a ideia tivesse partido inteiramente dela.

O céu que pairava sobre Newport Beach, na tarde seguinte, era de um branco brutal, e sua simples visão, pela janela ampla do quarto de Seitchek, negava o efeito do ar-condicionado e trazia para dentro do quarto o torpor das palmeiras jovens e altas em frente à janela, o fogo branco nos telhados de terracota além das palmeiras e a monotonia ofuscante das praias ao longe. As paredes do quarto estavam nuas salvo por um pôster do Magic Johnson fazendo uma enterrada e uma grande pintura acrílica de uma paisagem marítima em cores brandas de estofado. A porta do closet estava aberta e dos dois lados dela havia sacos de lixo grandes e pilhas de caixas de papelão amarelas da empresa de mudanças Mayflower.

Do corredor, Howard deu uma discreta examinada no quarto, inclinando-se para dentro dele como se houvesse uma corda de veludo no vão da porta. Seu pescoço estava cheio de pequenos cortes e áreas de irritação, cuja vermelhidão cumulativa lhe dava um ar imaturo, mal-humorado e culpado. Antes de sair de San Diego, ele havia se barbeado impiedosamente, o convite cordial de Seitchek o tendo levado a crer que ela fosse apresentá-lo à família e talvez convidá-lo para um almoço servido à mesa. Quando ele chegou, porém, a casa estava vazia e Seitchek não lhe ofereceu sequer um copo d'água. Ela subiu a escada que, quando ainda estava do lado de fora, ele a ouvira descer e deixou que ele a acompanhasse. Parecia não estar reconhecendo de verdade nenhuma das coisas em que seus olhos pousavam, incluindo Howard. Tinha a aparência de uma criança abandonada, o rosto encovado e pálido como o de uma pessoa muito gripada.

"Você está se sentindo bem?", ele perguntou.

Ela não respondeu. Em cima de uma mesa perto da janela, havia um frasco de xampu Nexxus e cerca de uma dúzia de bibelôs de porcelana. Ela empurrou os bibelôs até que eles ficassem alinhados com a parede.

"Eu fiquei espantada quando você ligou", ela disse de repente, de costas para ele. "Fiquei espantada porque estava deitada aqui no chão", apontou com o queixo para um espaço entre uma cama de solteiro e uma parede, "fazia umas cinco horas, me perguntando o que poderia fazer com que eu viesse a me levantar de novo algum dia na vida, e obviamente a resposta foi: minha mãe batendo na porta e dizendo que tinha alguém no telefone querendo falar comigo. Fiquei espantada quando ela me disse quem era."

Ela empurrou os bibelôs de novo, certificando-se de que não havia como deixá-los mais retos do que já estavam. Virou-se para Howard e perguntou num tom neutro: "Você foi até a Scripps? Falou com o Alan Grubb?".

"Fui, mas ele não estava lá. Vocês têm um banheiro?"

"Um banheiro? Se nós temos um banheiro?" Ela esperou que ele saísse do quarto.

No espelho do banheiro, Howard puxou sua camisa para baixo, tentando desamassá-la, e tirou parte do sangue seco de seu pescoço. Olhou pela janela e examinou a piscina. Quando ele voltou para o quarto, Seitchek estava ajoelhada perto do closet, passando livros de uma caixa de papelão cheia para outra menos cheia. Um chiclete que já tinha sido verde estava alojado na sola de seu tênis esquerdo. Entre o cós de sua calça jeans e a pele branca da parte inferior de suas costas havia espaço suficiente para enfiar um braço. "Eu parei o meu carro na sua entrada, tudo bem?", Howard perguntou.

"Claro." Ela ergueu rapidamente os olhos dos livros. "Você pode botar o seu calo onde quiser."

Botar o calo dele? Botar o calo dele? Ela tinha dito aquilo tão casualmente, mas mesmo assim... Howard se sentou na cama e deu pancadinhas no colchão, até as pancadinhas se tornarem estilizadas e irrelevantes. "Você quer sair? Comer alguma coisa?"

"Não", disse ela. "Você quer?"

"Talvez. Talvez comer *fish and chips*. Eu vi uma lanchonete de *fish and chips* aqui perto. Você quer ir lá?"

Ignorando-o, ela continuou jogando livros dentro da caixa, *A Separate Peace*, *Franny e Zooey*, *Zen e a arte da manutenção de motocicletas*, *The Women's Room*, *O jogo das contas de vidro*, *The Sot-Weed Factor*, uma pilha de livros de Kurt Vonnegut, alguns de Frank Herbert e de Robert Heinlein, *Watership Down*, *Medo de voar*, *The Sunlight Dialogues*, uma caixa com uma coleção de Tolkien, mais livros de Salinger, alguns de P. D. James, *The Bell Jar*, *1984*. Ela endireitou as costas e disse:

"A minha mãe saiu especialmente para comprar frios, pães e cerveja Heineken preta, antes de ir jogar golfe. Eu disse a ela que você vinha aqui."

Debruçando-se sobre as caixas de novo, ela folheou *The Bell Jar* rapidamente e depois o botou de volta na caixa dos descartados. Um livro de D. T. Suzuki, *The World According to Garp* e *Ragtime* foram para a caixa em seguida. Ela se virou para Howard. "Quer uns livros?" Com um vigoroso empurrão, ela deslizou a caixa pelo tapete.

Howard selecionou dois livros de Heinlein. "Posso pegar esses?"

"Pode pegar tudo o que você quiser. Sério. Eu vou me desfazer de todos eles. Que tal alguns sapatos? Você tem irmãs mais novas?" Ela levantou um par de sandálias-plataforma com salto de cortiça, um par de Earth Shoes, um par de tamancos com margaridas gravadas no couro marrom, um par de botas brancas de cano alto tamanho infantil. Desdobrou uma calça boca de sino de poliéster, cujo tecido tinha um enorme padrão quadriculado em verde e branco. "As pessoas esperam que eu me sinta bem comigo mesma, sabendo que houve uma época em que eu era vista em público usando isso?" Ela escarafunchou outra caixa. "O meu paletó Nehru. Alguém se interessa por paletós Nehru hoje em dia em Taiwan?" Ela enfiou o paletó num saco de lixo.

"Frios", disse Howard, dando uma indireta.

"É. Carne de porco, carne de vaca. Meu tipo preferido de comida."

Ele fez um barulho de aprovação, mas estava claro que ela não estava levando aquela ideia de almoço a sério. Ela afastou o cabelo dos olhos e abriu uma nova caixa. "Quer ver a minha turma de primeira série?", perguntou, entregando a ele uma folha de papel fotográfico com várias fotos. "Aqui, você quer isso? Você quer umas quinhentas fotos minhas?" Ela deslizou a caixa inteira na direção dele. Enquanto ele espiava dentro da caixa, levantando os cantos de algumas fotografias, ela desencavou outros tesouros — uma faixa de feltro do Peanuts declarando que a felicidade é um cãozinho quentinho; discos de Walter Carlos, discos da Three Dog Night, discos de Cat Stevens, discos de Janis Ian, discos da Moody Blues, discos de Paul Simon; pôsteres de Peter Max; um tabuleiro de The Game of Life; coletâneas das tirinhas *Doonesbury*; uma almofada forrada com um tecido que imitava pele de zebra; uma luminária feita com uma lata de 7UP. Ela desenrolou um pôster de corpo inteiro de Mark Spitz. "Eu ganhei isso", disse. "Ganhei na escola de dança. E o mais espantoso é que eu pendurei isso. Pendurei na porta do meu armário e ele ficou olhando para mim um ano inteiro, com as sete medalhas de ouro dele. Os olhos dele me *seguiam*."

Howard estava tentando mostrar algum interesse pelo pôster quando ela deixou que o pôster se enrolasse de novo e o enfiou bem no fundo de um saco de lixo. Ela soltou um suspiro e se largou de qualquer jeito, olhando para o chão. "Eu não tinha nada pra fazer com nenhuma dessas coisas quando vinha pra cá. A última vez que vim aqui, eu passei uns dois dias vendo todas as fotos e folheando todos os meus trabalhos e cadernos antigos. Cada um dos programas de shows de bandas em que pus meu nome. Todos os prêmios de primeiro lugar que ganhei, todas as cartas de aceitação que recebi, todos os testes que fiz e cada pequeno trabalho que escrevi na vida. Mesmo que eu jogue tudo fora, é como se fosse um fardo colossal de coisas comprometedoras, e como é que eu vou me livrar disso, *como*?"

Os olhos dela pousaram numa apostila de capa azul-clara, de preparação para exames de ingresso em universidades, que estava perto dos pés dela, no chão. Ela enfiou a apostila no saco de lixo. "Os meus pais se mudaram pra cá no ano em que eu entrei pra faculdade. Compraram uma boa casa de quatro quartos, com um quarto pra cada um de nós, filhos, e um quarto grande pra eles. O meu é também o quarto de hóspedes, não é ótimo? O *décor*? Tem tudo a ver comigo. Mas essa é que é a questão: *tem* tudo a ver comigo. É isso que eu tento esquecer."

Howard olhou para o pôster do Magic Johnson e para os bibelôs de porcelana. Saltitou de leve sentado na cama. "Pra que você vem pra cá então, se não gosta daqui?"

"Pra jogar coisas fora."

Um lampejo fez os olhos dele cintilarem maldosamente. "Eu pensei que você tinha vindo pra ver as suas sobrinhas."

"Ah, sim, as minhas sobrinhas." Ela lançou um sorriso de escárnio na direção da porta aberta. "Você acredita que eu nunca tinha visto as minhas sobrinhas antes? Nenhuma delas?"

"Claro."

"Embora, da última vez em que estive aqui, eu tenha tido o prazer de ver uma cunhada grávida. Como você pode ver, nós não estamos vivendo na pobreza. Poderíamos perfeitamente ter bancado uma viagem minha pra cá. Obviamente, fui eu que não quis vir."

"Eu nunca vou pra casa", disse Howard.

Isso a interessou. "Pra onde, pra Taiwan?"

"Não posso ir. Não quero ir."

Ela sacudiu a cabeça, esquecendo-se dele de novo. "Eu começo pensando que pode ser bom pra mim vir pra cá. Que eu posso vir pra casa, posso beber, posso comer, posso dormir, posso ficar aqui e levar uma vida de rica como eles levam, posso dirigir o BMW, conhecer os bebês da família e simplesmente *ser desse jeito*, sabe, por uma semana. Começo até a ficar ansiosa pra vir. Me mato tentando terminar a tese pra poder pegar o avião e vir pra cá, e é simplesmente uma estupidez tão grande minha me botar nessa situação. Quando eu chego aqui, a minha família inteira está na sala, os meus dois irmãos mais novos, as minhas duas cunhadas, todas as minhas sobrinhas. Eu finalmente vim conhecer os bebês! Estou vindo com muito atraso, mas ainda não é tarde demais. O suspense deve ser insuportável pra mim. É impensável que eu possa não estar absolutamente louca pra pegar as minhas sobrinhas no colo. E o simples fato de que é impensável já é suficiente pra matar o meu interesse na mesma hora."

Ela sorriu, vendo que Howard estava correndo os olhos pelas fotos dela. "O negócio é que eu não consigo demonstrar interesse e prazer assim no abstrato. Eu preciso *falar* com essas meninas. Preciso estabelecer uma relação com elas. Com aquela menina de dois anos e meio e aquelas duas bebês que ainda não falam uma palavra. Eu penso em dizer alguma coisa espirituosa, como se estivesse falando com um cachorro ou sei lá com o quê, mas aí percebo que está todo mundo prestando atenção em mim e então tento pensar em alguma coisa carinhosa pra dizer, o que é pior ainda porque, sabe, é só uma *criança*, e o que é que você pode dizer, o que é que você pode dizer...?"

Ela se calou e ficou olhando fixamente para a parede do fundo do closet. Howard se inclinou para dar uma espiada lá dentro, quase acreditando que havia alguém ali, ouvindo o que ela estava dizendo.

"Só o que eu ouço é a incrível estupidez e canhestrice das coisas que eu estou dizendo. E as meninas sabem disso. A mais velha, pelo menos, definitivamente sabe. Ela sabe que eu não sou uma daquelas mulheres que acham que não há nada melhor no mundo do que ter uma filha como ela, e então é claro que ela não gosta de mim, por que ela haveria de gostar? E aí há uma certa ceninha porque ela se recusa a chegar perto de mim, e eu fico com ódio dela e ela com ódio de mim, e a razão disso é que eu sou mais parecida com ela do que com qualquer um daqueles quatro pais, e ela sabe disso." Ela balançou a cabeça, categórica. "Eu tenho quase trinta anos e sou mais parecida com ela do que com eles. E uma coisa é você ter três anos e ser criança, mas ter a idade que eu tenho e ainda ser tão travada... Ainda assim, eu poderia ter suportado a coisa toda se eles todos não estivessem tão obviamente com pena de mim. Eles olham para mim com uma cara de pena tão grande e ainda têm o desplante de me dizer que eu não faço ideia de como é a vida de adulto, que eu não faço ideia da *trabalheira* que é, não faço ideia do que é não ter tempo pra nada, *nem pra ler o jornal*, porque eu não tenho filhos. Mas quando tiver filhos, eu vou entender. E o que eu tenho vontade de dizer é: Que tal eu dizer pra *vocês* algumas das coisas que *vocês* não sabem a respeito da vida e *nunca* vão saber? Mas aquelas mulheres, é como se elas tivessem ficado a vida inteira esperando pela chance de ignorar uma pessoa como eu e, agora que têm filhos, elas podem. Elas podem ser completamente autocentradas e extremamente indelicadas comigo, porque elas têm *filhos*. Depois que tem filhos, você pode virar uma pessoa de cabeça fechada. E ninguém pode dizer que você não é adulta. E qualquer tipo de vida que *eu* possa ter, qualquer tipo diferente de vida, qualquer tipo de vida que possa causar inveja... isso obviamente não está dando certo, porque eu continuo sendo essa adolescente incrivelmente constrangedora. Eu simplesmente não tenho como competir com aqueles pais de vinte e quatro anos, com todo aquele narcisismo e aquela respeitabilidade básica deles. Simplesmente não há como competir."

Ela ficou em silêncio, sacudindo a cabeça e olhando para dentro do closet. Howard tinha começado a saltar na ponta dos pés com as mãos dentro dos bolsos e os cotovelos abanando. Ergueu uma perna para se equilibrar e deu uma espiada no corredor, como se tivesse ouvido algum barulho. Mas não tinha havido barulho nenhum. Quando ele se virou, Seitchek estava olhando para ele.

"E é isso que eu vejo", ela disse com amargura. "Na minha vida livre e excitante na Costa Leste. É isso que eu vejo, quando olho por cima da tela do computador. Essa é a grande alternativa."

Ele saltou na ponta dos pés. "Acho que eu tenho que ir agora", disse. "Ainda tenho que ver umas pessoas, acho melhor eu ir."

Ela lhe deu um sorriso terrível. "Mas e os seus flios? Você não quer os seus flios? Não quer botar o seu calo na entlada?" Ela virou o rosto, enojada. "Está vendo? Eu já nem me importo mais com o que digo. Nem ligo mais pra quem está ouvindo."

Howard continuava a saltitar, rodando e tombando para o lado como um pião nos últimos estágios de suas revoluções, as vibrações de seu corpo expulsando suas mãos de dentro dos bolsos. Na última volta que deu, parou perto de Seitchek. Quando ela ergueu os olhos para ele, ele lhe deu um tapa com tanta força que ela caiu para trás, apoiada sobre os cotovelos.

Eles se encararam. Houve um estranho e silencioso momento de descoberta. Era como se a fase do dia tivesse mudado de repente. Então, o rosto de Seitchek se contorceu e ela o cobriu com as mãos. "Ah, meu Deus. Ah, meu Deus, que vergonha."

Howard já estava se abaixando, suas mãos perto da cabeça dela. Passou a mão na bochecha dela, tocou em suas orelhas, depois deu tapinhas nos ombros dela com as duas mãos, não com remorso, mas com impaciência, como se tivesse esbarrado numa mesa e estivesse levantando às pressas a porcaria dos vasos que tinham caído. "Desculpa", disse. "Desculpa, desculpa, desculpa."

Ela golpeou o queixo dele com as unhas. "Sai de perto de mim! Sai de perto de mim! Pega o seu calo e vai embola, vai. Sai de perto de mim." Ela o enfrentou, e ele teve de segurar seus pulsos e imobilizá-los cruelmente, enquanto ela lutava tentando se soltar. Ela se debatia debaixo dele, arfando e rompendo no que ele achou que fossem soluços, mas acabou revelando ser algo mais parecido com uma gargalhada, porque as coisas não estavam de forma alguma no pé em que ele achou que elas estivessem. Ela estava enterrando os dedos no cabelo dele. Estava apertando o rosto dele contra o dela, e ele fechou os olhos com força, os cílios curtos se entrecruzando como os pontos que servem de olhos para as bonecas de pano, porque ainda não estava preparado para olhar para a pessoa debaixo dele e acreditar na sorte que estava tendo de pegar uma garota como aquela, numa casa como aquela, com quatro quartos enormes, uma piscina de dez metros e um bar na sala de estar.

8.

Terremotos não são um homem que mata a esposa grávida. Não são a proibição da segregação racial por decreto judicial. Não são os Kennedy. Por algumas semanas, depois que as últimas equipes de repórteres de televisão arrumaram as malas e foram embora de Boston, dava para sentir no ar a decepção da cidade com a terra. Claro que ninguém estava ansioso para ser pessoalmente esmagado por vigas em queda nem para ver seus bens pegarem fogo, mas durante alguns dias, na primavera, a Natureza havia mexido com as expectativas da cidade, e as pessoas haviam rapidamente adquirido apetites velados por imagens televisionadas de corpos debaixo de folhas de polietileno, pela sensação de montanha-russa de ser arremessado de um lado para o outro da sala, por uma experiência californiana, por números de vulto. Cem mortos teria sido algo realmente digno de nota. Mil mortos: histórico. Mas a terra havia voltado atrás em suas promessas, recusando-se mudamente a reduzir edifícios a impressionantes e fotogênicas pilhas de escombros; e a contagem de mortos nunca chegou a sair do rés do chão. Apesar de todo o impacto que os números tiveram nas vísceras locais, os trinta e sete ferimentos relacionados aos terremotos poderiam ter sido causados por monótonos acidentes de carro, os cem milhões de dólares de prejuízo em danos materiais por falta de manutenção e a morte de Rita Kernaghan por um corriqueiro ataque cardíaco. Os abalos jornalísticos se reduziram a uma ou duas matérias por semana. Repórteres locais ainda continuavam vasculhando o condado de Essex à procura de vidas arruinadas pelo desastre, mas, para seu desalento, não conseguiam encontrar uma sequer. Proprietários de casas estavam consertando paredes e tetos. Estruturas questionáveis estavam sendo inspecionadas e reabertas. Era tudo tão moralmente neutro, tão sensato.

Felizmente para todos, os Red Sox iniciaram o mês de junho ganhando uma série inteira contra os Yankees no Fenway Park e levando sete vitórias consecutivas na mala ao viajar para enfrentar a divisão oeste da Liga Americana. Ninguém em seu juízo perfeito acreditava que os Sox fossem de fato conseguir se sagrar campeões de sua divisão, mas no momento não havia como acusá-los de estar perdendo terreno, e o que o torcedor poderia fazer? Vaiar de antemão? Mais para o fim do verão, haveria oportunidades de sobra para reviver o velho ódio e a velha inveja — os corações dos bostonianos bateriam forte e suas gargantas ficariam apertadas só de pensar nos campeões do beisebol, com seus times de arremessadores soporiferamente eficientes, nos arrogantes superbatedores com bochechas de neném que Deus inacreditavelmente permitia que marcassem um *home run* atrás do outro e nos medonhos torcedores das horas boas, euforia barata besuntada na cara como os fluidos de sexo e pêssegos, que achavam que a essência do beisebol era isso, era vencer e vencer fácil —, mas, enquanto a boa fase durasse, a cidade estava cheia de abastados idólatras jubilosamente indiferentes aos desvalidos do mundo dos esportes. E, na ausência de novos tremores, o medo da morte e do sofrimento físico havia se recolhido ao seu devido lugar, bem lá no fundo da consciência das pessoas.

Isso não quer dizer, contudo, que o condado de Essex tivesse parado de estremecer por completo. Sismógrafos portáteis instalados cooperativamente pelo Boston College, pelo Serviço Geológico dos Estados Unidos e pela Weston Geophysical Corporation vinham registrando cerca de vinte tremores por dia nas cercanias de Peabody e, vez por outra, um pontinho luminoso perto de Ipswich. As magnitudes na escala Richter raramente ultrapassavam 3,0; no entanto, e embora não houvesse qualquer consenso entre os cientistas em relação ao que exatamente estava acontecendo, tais atividades vinham sendo, de modo geral, consideradas réplicas dos terremotos de abril e maio. É verdade que réplicas de terremotos moderados costumam se dissipar rapidamente, coisa que as réplicas em Peabody não estavam fazendo, mas, em vista dos abalos premonitórios estranhamente fortes que antecederam os eventos de 10 de maio, Larry Axelrod e outros sismólogos levantaram a hipótese de que a ruptura de rocha sob Peabody tinha sido, por alguma razão, "incompleta". Como Axelrod explicou ao *Globe*, quando uma galinha tem a cabeça totalmente decepada, seu corpo se convulsiona por alguns instantes, mas logo para; já uma galinha com o pescoço parcialmente cortado pode estrebuchar durante uma hora, ainda que de forma cada vez mais fraca.

Praticamente ninguém da área de sismologia se arriscava a garantir com absoluta certeza que Boston não seria mais atingida por movimentos fortes. A única exceção era a Mass Geostudy, uma empresa de pesquisa privada patrocinada pelo Corpo de Engenheiros do Exército e pela indústria de energia nuclear. Ignorada em matérias jornalísticas, a Mass Geostudy enviou uma carta irritada ao *Globe* e informou aos leitores que "a probabilidade de a grande Boston vir a sofrer um terremoto tão intenso quanto os tremores de 10 de maio nos próximos 85-120 anos é nula". Muitos outros cientistas concordavam que a liberação de tensão ocorrida em 10 de maio havia, de fato, diminuído o risco de acontecerem grandes terremotos no futuro próximo, mas uma minoria substancial, que incluía o respeitado Axelrod, continuava a advertir que "as coisas só acabam quando terminam". Essa minoria chamava a atenção para o padrão atípico das réplicas e para indícios da existência de estruturas semelhantes a falhas, bastante profundas, nos cerca de vinte quilômetros que separavam Ipswich de Peabody. Embora não existissem razões para supor que viesse a se dar uma ruptura ao longo de toda a extensão desses vinte quilômetros (o que seria um terremoto de grandes proporções), também não era possível descartar o risco de vir a ocorrer uma pequena ruptura.

A expressão do momento, aplicada a torto e a direito a todas as coisas geofísicas no leste dos Estados Unidos, era "não bem compreendido".

Em vez de gastar um bilhão de dólares para tornar Massachusetts tão resistente a catástrofes quanto a Califórnia, os legisladores do estado optaram por alocar um milhão de dólares para pesquisas sismológicas imediatas. (E até mesmo um milhão parecia muito para um estado que enfrentava sérios problemas orçamentários.) Boa parte do dinheiro foi para o Boston College, para financiar um mapeamento sísmico completo do condado de Essex. Falhas expostas foram inspecionadas em busca de indícios de deslocamentos recentes (nenhum foi encontrado) e fontes sísmicas do tipo Vibroseis foram postas em operação. Estudantes levavam um desses caminhões vibradores para locais selecionados e instalavam ao redor uma malha de instrumentos de captação acústica chamados geofones. Em momentos cuidadosamente cronometrados, o vibrador transmitia pulsos para dentro da terra e, a partir das refrações, reflexões e dilatações sofridas pelos pulsos no subsolo e registradas pelos geofones, estruturas profundas podiam ser mapeadas de uma forma muito semelhante ao mapeamento de um feto por ultrassom.

Resultados preliminares do mapeamento com vibradores revelavam que um emaranhado de descontinuidades entrecruzava o condado de Essex e atingia profundidades bem maiores do que se supunha antes. As incertezas cresceram ainda mais quando sismólogos começaram a tentar correlacionar os hipocentros dos terremotos às estruturas mapeadas. Os novos dados serviram de apoio a vários modelos discordantes. E deram origem a novos modelos que contradiziam não só uns aos outros, mas também todos os modelos anteriores.

No dia 7 de junho, um aluno do Boston College que estava instalando um geofone num bosque de Topsfield encontrou o corpo nu de um adolescente de Danvers que estava desaparecido fazia um mês, e os Red Sox conquistaram uma vitória apertada contra os Seattle Mariners em dez *innings*.

O resto do dinheiro do estado estava sendo gasto com estudos de previsão de terremotos a curto prazo, organizados por pesquisadores de diversos lugares, inclusive da distante Califórnia. Um grupo instalou sensores no leito de rocha para medir alterações ocorridas na condutividade elétrica. Outro estava monitorando campos magnéticos e tentando captar ondas de rádio de frequência extremamente baixa. Quatro grupos independentes estavam estudando indicadores menos glamorosos, mas igualmente bem aceitos: alterações na profundidade e na clareza da água de poços, vazamento de metano e outros gases de buracos profundos, comportamentos estranhos em animais e sequências de tremores semelhantes a abalos premonitórios.

Um pequeno escândalo eclodiu quando o Channel 4 descobriu que o estado havia dado quinze mil dólares a um pós-doutorando do Michigan para que ele importasse um aquário de bagres japoneses e os observasse num quarto de motel, à meia-luz, nas cercanias de Salem. Alguns estudos haviam indicado que essa espécie de bagre ficava agitada na véspera de terremotos, mas o pós-doutorando do Michigan era tímido e não se saiu muito bem falando diante das câmeras. A repórter do Channel 4, Penny Spanghorn, chamou o experimento de "talvez o cúmulo da tapeação".

De maneira geral, a mídia e o público acreditavam que os grupos de pesquisa iam emitir alertas urgentes caso um grande terremoto parecesse ser iminente; afinal, era para isso que eles tinham vindo para Boston. Já os grupos em si não tinham nenhum plano nesse sentido. Eles eram cientistas e estavam ali para colher dados e aprofundar o entendimento que tinham da Terra. Sabiam, de todo modo, que o governador jamais tomaria a medida economicamente desestabilizante de emitir um alerta geral, a menos que a maioria das previsões concordasse que um grande tremor estava a caminho. No passado, jamais havia acontecido de os métodos concordarem quanto à data, à intensidade e à localização de grandes terremotos. Era por isso que os métodos ainda estavam sendo testados. Quando os grupos davam esses esclarecimentos, no entanto, o público tomava isso como modéstia e continuava a acreditar que de alguma forma, caso um desastre assomasse no horizonte, um alerta seria emitido.

Tirando a história dos bagres, a cobertura midiática dos esforços de previsão estava sendo entusiástica, e as instalações experimentais tornaram-se locais muito procurados pela população jovem local. A notícia de que a água de dois poços de Beverly ficara turva foi mais tarde desmentida, quando um adolescente confessou ter jogado terra e cascalho dentro deles "de brincadeira". Pouco depois disso, um numeroso grupo de jovens de Somerville que haviam se espremido dentro de um carro para fazer uma visita a uma das instalações foi detido pela polícia de Salem quando "fazia vandalismo" num lugar ermo. Os jovens tinham imaginado que seria divertido enganar um sismógrafo portátil pulando no chão e simulando tremores, mas acabou que não foi tão divertido quanto eles achavam que ia ser e, então, eles resolveram atacar o sismógrafo com tacos de beisebol.

Na primeira semana de junho, todas as residências do leste de Massachusetts receberam um folheto intitulado DICAS DE COMO PROCEDER EM CASO DE TERREMOTO. O folheto, que tinha sido impresso na Califórnia, era ilustrado com palmeiras e casas em estilo colonial espanhol e recomendava que crianças se abrigassem debaixo de suas carteiras na escola, que se evitasse chegar perto de cabos elétricos caídos, que vazamentos de gás fossem imediatamente comunicados às autoridades e que um estoque de alimentos enlatados e água mineral fosse comprado com antecedência. Supermercados e magazines responderam com displays especiais de "Kits de Sobrevivência para Terremotos", e vendedores de armas de toda a região diziam estar registrando um salto nas vendas.

Companhias de seguros haviam voltado a vender seguro contra terremoto, embora admitissem abertamente que, com preços a partir de trinta dólares por mil dólares de cobertura, quase ninguém estava comprando. Embusteiros que vendiam seguros de porta em porta, no entanto, vinham faturando alto com falsas políticas de descontos. As ações de empresas e bancos com grandes investimentos de capital na área de Boston continuavam em baixa, assim como o mercado de imóveis no condado de Essex e em áreas de terreno baixo mais ao sul, incluindo Back Bay e boa parte de Cambridge. (Prédios construídos sobre pântanos aterrados e outros tipos de aterro eram particularmente suscetíveis a trepidações sísmicas.) Municípios ricos tinham receio de gerar um pânico generalizado se promovessem simulações de evacuação; comunidades pobres tinham outras preocupações; e, assim, nenhuma simulação era feita.

Num editorial da WSNE, o reverendo Philip Stites observou num tom contido que não acreditava que Deus já tivesse terminado de dar Seu recado ao estado de Massachusetts e nem terminaria até que a última clínica de aborto do estado tivesse fechado as portas. Em seguida, Stites condenou as bombas recentemente detonadas em clínicas de Lowel, dizendo que cabia a Deus, e não ao homem, impor castigos. Desde 8 de junho, cinquenta e oito membros da Igreja da Ação em Cristo estavam mofando em celas de cadeia em Boston e Cambridge. Eles haviam se recusado a pagar fiança depois de terem sido presos por bloquear as entradas de diversas clínicas. Cartunistas e colunistas retratavam Stites como um dândi rico que não estava disposto a sujar as mãos participando de ações que pudessem levá-lo a ser preso junto com suas tropas. Zombavam da maneira escancarada como ele cortejava políticos conservadores locais e detectavam "um cheiro de hipocrisia" em tudo que ele fazia.

Do outro lado da cerca, uma coalizão de grupos partidários do direito de escolha estava prometendo lotar o Boston Common com cem mil pessoas numa manifestação marcada para 14 de julho. Uma das organizadoras havia escrito para Renée, pedindo permissão para incluí-la numa lista de figuras públicas que apoiavam a manifestação. Renée telefonou para a organizadora e perguntou: "Por que você me quer na sua lista?".

"Você é a geóloga. Você apareceu na televisão."

"Muita gente aparece na televisão."

"Você está dizendo que não quer ser incluída na lista?"

"Não, não, tudo bem. Pode me incluir."

"Está bem, então." A voz da organizadora soou meio irritada. "Nós vamos pôr o seu nome na lista."

Os escritórios administrativos regionais da Agência de Proteção Ambiental ficavam no oitavo andar de um prédio de granito do período pré-guerra, em frente ao Tribunal de Justiça Federal, naquela parte antiga do centro onde, se você ficasse um tempo olhando para a fachada dos prédios e depois olhasse para a rua de novo, teria a sensação de que iria ver todos os homens usando chapéu diplomata, gravatas finas escuras e óculos estilo Buddy Holly.

Diante do Tribunal, seis mulheres manifestantes, com as mãos dentro de grossas luvas de tricô, tinham envolvido suas fotografias de fetos em filmes de PVC transparente. Lençóis de água escorregavam das ladeiras que levavam à zona de combate, a chuva listrando as janelas verde-cinza da cidade e ensopando os volantes de propaganda de sexo por telefone enfiados debaixo de todo limpador de para-brisa que não estivesse em movimento. Era uma peça que Renée já tinha visto os verões da Nova Inglaterra pregarem várias vezes: uma máxima de doze graus hoje e a previsão de mais do mesmo para o fim de semana.

As cadeiras de plástico duro do vestíbulo das salas da EPA desestimulavam qualquer vontade de sentar. Algumas estavam dispostas num semicírculo que sugeria sociabilidade, apesar de as cadeiras estarem vazias; as restantes estavam isoladas perto das paredes, em ângulos fortuitos. Quando a vice-diretora regional, Susan Carver, veio até o vestíbulo para recebê-la, Renée deixou marcas de chuva no chão perto do pôster que estava lendo, a respeito da lei que garantia oportunidades iguais de emprego.

Carver era uma mulher alta e corpulenta, com bochechas brancas carnudas e sobrancelhas grossas. Seus óculos tinham aros redondos cor de cereja e lentes enevoadas pela iluminação padrão das instituições federais. Ela parecia um coelho branco inteligente apertado dentro de um tailleur tamanho 48. Estava conduzindo Renée a sua sala, quando uma bolinha de papel saiu voando pelo vão da porta de uma das salas e quicou em seu ombro massudo. Ela agarrou a bolinha no ar com surpreendente destreza e parou diante do vão da porta. Quatro administradores de meia-idade, usando cores como ferrugem e cinza-azulado, ergueram os olhos de suas mesas com uma culpa que era mais um deleite contido. Sem dizer nada, Carver arremessou a bolinha de papel bem no meio de um aro de basquete cor de laranja preso à parede e voltou sua atenção de novo para Renée, enquanto os homens vibravam.

"Você queria falar comigo sobre a Sweeting-Aldren."

"Sim."

"Isso diz respeito aos terremotos de Peabody."

"Sim."

Obviamente satisfeita consigo mesma por ter acertado a cesta, Carver se sentou atrás de sua mesa e entrelaçou suas manzorras brancas sobre o tampo, esticando as riscas de giz de seu casaco nos cotovelos e nos ombros. No peitoril da janela atrás de sua cadeira havia porta-retratos com fotos de sua família: uma adolescente gorducha de nariz pequeno e rosto achatado e ávido, com jeito de quem é fera em computador, um menino balofo de oito ou nove anos e um marido magricela e sorridente. Havia uma pistola d'água, no formato de um revólver 38, ao lado de seu fichário de mesa giratório. Com um ar ressabiado maternal e bem-humorado, como se a empresa fosse mais um de seus filhos, ela perguntou: "O que foi que a Sweeting-Aldren fez, na sua opinião?".

Renée fez menção de pegar a bolsa de ombro onde estavam seus papéis, mas recolheu lentamente a mão, sem nem chegar a tocar na bolsa. "Existem alguns indícios", disse, "de que eles vêm injetando líquidos num poço muito profundo já faz alguns anos, se não décadas, e de que isso pode ter provocado os terremotos que aconteceram em Peabody."

As sobrancelhas de Carver subiram e desceram quase imperceptivelmente. "Continue."

Renée abriu sua bolsa e fez uma apresentação equilibrada e cautelosa. Só ergueu os olhos de seus papéis depois que terminou. Carver tinha um leve e abstraído sorriso no rosto, como se ainda estivesse saboreando a cesta que havia feito.

"Deixe-me ver se eu entendi a sua cronologia", disse ela. "Primeiro a Sweeting-Aldren começa a cavar um poço profundo em algum lugar, em fins da década de sessenta. Depois, em 1987, há um enxame de pequenos terremotos perto de Peabody, que dura uns três meses..."

"E se dissipa com uma rapidez incomum."

"E se dissipa rapidamente. Depois, há um vazamento líquido em Peabody, não particularmente grande — no máximo, o acúmulo de uns dois anos de efluentes que não podem ser lançados no meio ambiente. E, por fim, não muito depois do vazamento ser descoberto, os terremotos em Peabody começam de novo, aparentemente em conexão com os terremotos de Ipswich, mas na verdade sem conexão nenhuma, segundo você."

"Não só eu. Ninguém da área de sismologia conseguiu formular um modelo convincente relacionando os eventos de Peabody aos de Ipswich."

Carver balançou a cabeça para cima e para baixo. Pegou sua pistola d'água e ficou mordiscando a alça de mira. "Entendo. Embora a impressão que eu tenha é que tem muita coisa que os sismólogos não sabem a respeito do que faz os terremotos acontecerem, quando e onde eles acontecem, principalmente terremotos na Costa Leste."

"Um modelo de sismicidade induzida explica perfeitamente o enxame de terremotos de Peabody."

"Sim, eu entendo. Embora, mais uma vez, tudo dependa do seu pressuposto de que um buraco tenha sido de fato perfurado e perfurado perto de Peabody. Como podem existir outros 'modelos' que sejam igualmente convincentes..."

"Quais, por exemplo?"

Carver deu de ombros. "Talvez uma causa natural de terremotos em Peabody, e depois um 'modelo' de demanda cíclica que explique o vazamento que aconteceu lá em abril. Sabe, eu não sei até onde vai o seu conhecimento do funcionamento da indústria química. O armazenamento tanto de matérias-primas quanto de resíduos não tratados é uma coisa muito comum. A Sweeting-Aldren armazena resíduos incineráveis até que a demanda pelos produtos que eles fazem nos reatores de alta temperatura aumente. E então nesse meio-tempo, no mês passado, um terremoto danificou um dos tanques de armazenamento deles."

Renée fez que sim. Já esperava que Carver bancasse o advogado do diabo; na verdade, até torcia para isso. "Eu posso perguntar se vocês, se a EPA já esteve dentro da fábrica de Peabody para verificar se eles realmente estão tratando esses resíduos todos da forma como dizem que estão?"

"Claro que você pode perguntar. A resposta é não. Nós não temos lançado sondas dentro dos tanques deles. Não temos vigiado os processos internos deles. Nós não temos nem pessoal nem direito legal para sair por aí verificando cada cano e cada válvula de cada fábrica que existe nos Estados Unidos."

"Ainda que, obviamente, esse seja meio que um caso suspeito."

"Ah, sim. Um caso suspeito." Carver se apoiou nos braços de sua cadeira e, com considerável esforço, se reposicionou no assento. "Deixe-me explicar uma coisa a você, Renée. Como uma sobrevivente dos anos oitenta que ainda continua trabalhando para a EPA. A razão pela qual nós estamos fazendo um trabalho minimamente aceitável no sentido de proteger o meio ambiente deste país é que nós somos realistas e estabelecemos prioridades. Nós estamos lidando com o mundo real, e no mundo real não há como investigar a veracidade de toda hipótese concebível. Você tem que se concentrar no que está saindo dos canos de esgoto e das chaminés, e isso significa ocasionalmente aceitar certas coisas de boa-fé. Se uma empresa como a Sweeting-Aldren não está poluindo o ar nem a água..."

"Até o vazamento do mês passado."

Carver sorriu. O sorriso queria dizer: Você vai me deixar terminar? "A Sweeting-Aldren é uma empresa administrada de forma responsável. Talvez, se não tivesse mais ninguém com que me preocupar, eu pudesse ir lá verificar isso tudo. Mas eu tenho que lidar com empresas que estão despejando meia tonelada de sais de cádmio e de mercúrio por hora em estuários. Tenho que lidar com empresas de gestão de resíduos que estão pegando óleo com níveis de PCB na proporção de uma parte por mil e níveis de tolueno e de cloreto de vinila na proporção de uma parte por dez e despejando em tanques de cinquenta anos debaixo de postos de gasolina abandonados. Tenho que lidar com aterros sanitários que estão à beira de contaminar lençóis freáticos praticamente no estado inteiro, daqui até Springfield. Tenho que lidar com empresas que" — Carver contou os itens usando as pontas dos dedos — "ignoram os nossos regulamentos, ignoram as multas que nós aplicamos, ignoram ordens judiciais e, por fim, vão à falência, deixando para trás terras de centenas de acres contaminadas pelo resto da eternidade. Do outro lado, nós temos uma população propensa ao pânico e presidentes que, a cada dois anos, se comprometem com orgulho a *não cortar* ainda mais a nossa verba."

"Mas o vazamento de Peabody..."

"Sim, havia PCBs no vazamento. Eu sei o que você quer dizer. E a empresa enganou a população durante uns dois dias, não que Wall Street não tenha sacado perfeitamente que era mentira. Por outro lado, é uma reação extremamente humana negar algo quando se está envergonhado. Oi, Stan." Carver mirou sua pistola d'água em direção ao vão da porta, onde um homem de blazer verde-ervilha segurava uma pasta de arquivo. "Eu já vou falar com você. Me dá só uns minutinhos."

Renée franziu o cenho. Uns minutinhos?

"Esse seu buraco", disse Carver. "Se é que ele chegou de fato a ser feito, supostamente ele teria sido perfurado nas cercanias de Hereford, Massachusetts. Para fazer o seu 'modelo' funcionar, você não deslocou de forma mais ou menos arbitrária um buraco de oito mil metros de profundidade para uns duzentos e cinquenta quilômetros a leste?"

"O que está dito na *Nature* é leste de Massachusetts. É a única localização que eles dão: leste de Massachusetts."

"Você encontrou alguma outra referência a isso?'

"Não. Ainda não."

"E a *Nature* é uma publicação... inglesa. Sabe, eu detesto ter que dizer isso, mas não me sinto particularmente confortável com uma teoria que depende do conhecimento que o editor de uma revista inglesa tinha da geografia americana."

Renée apertou os olhos.

"Outras objeções que me vêm à cabeça agora. Por que alguém iria gastar milhões e milhões de dólares num poço profundo em busca de petróleo em 1969? Você sabe quanto custava um barril de petróleo naquela época?"

"Sim, eu sei. Mas não acredito que não houvesse ninguém na América capaz de antever o que iria acontecer em 1973. Eles estavam tendo lucros astronômicos. É provável que tenham ficado até contentes com a ideia de arcar com um prejuízo que poderia representar uma dedução de impostos."

"Ninguém ganha dinheiro com dedução de impostos. E uma empresa com tanta antevisão também já não teria ouvido falar em sismicidade induzida? Qualquer um que abra um livro básico de sismologia certamente encontra alguma coisa sobre o assunto. Mas, segundo você, eles foram pegos de surpresa pelos terremotos de 1987."

"Eu imagino que eles tenham visto os estudos sobre o que aconteceu em Denver", disse Renée. "Denver já tinha registrado terremotos antes, e o maior evento induzido teve magnitude de 4,6. Em Peabody não havia nenhum caso de terremoto e nenhuma razão para crer que terremotos pudessem vir a acontecer. Além disso, eles só estavam injetando uma pequena fração da quantidade de resíduos que o Exército injetou em Denver. E tem mais uma coisa, na verdade, que eu esqueci de mencionar. O vice-presidente de operações da Sweeting-Aldren fez seguro contra terremotos na casa dele."

Carver encostou a ponta do cano de sua pistola nos lábios, como se estivesse assoprando a fumaça. Sorriu para Renée serenamente. Seria possível que ela tivesse sido corrompida pela Sweeting-Aldren? Renée descartou a ideia. Sentia que o problema ali era que Carver simplesmente não tinha ido com a cara dela.

"Imagino que você não tenha casa própria", disse Carver.

"Não, eu não tenho casa própria."

"Não que haja nada de errado com isso, obviamente. Mas talvez você não tenha muita noção do quanto as pessoas que *têm* casa própria receiam perdê-la. E talvez também não tenha lhe ocorrido que pessoas que passaram a vida inteira em Boston podem se lembrar dos terremotos dos anos quarenta e cinquenta. Você está falando de quem, do Dave Stoorhuys?"

Ela falou o nome dele de um jeito que parecia que ele era alguém com quem ela saía para tomar chope.

"Exato."

Carver balançou a cabeça. "Ele é a precaução em pessoa. Você o conhece?"

"Eu conheço o filho dele."

"Sei, mas, sabe, eu de fato lido com essas empresas quase que diariamente. E, por mais estranho que possa parecer, realmente existem algumas pessoas muito decentes e bem-intencionadas na indústria. Na verdade, em se tratando de visar interesses próprios e querer se autopromover, eu posso dizer que já encontrei isso tanto do lado acadêmico da cerca quanto do lado comercial, talvez até mais do lado acadêmico. Era isso que você queria ouvir? Claro que não. Mas eu estaria mentindo se não lhe dissesse que acho que você está gastando a sua munição à toa mirando o Dave Stoorhuys e a Sweeting-Aldren."

"E se eu mesma procurasse o poço de injeção e lhe trouxesse fotos?"

"Você quer permissão para espionar e invadir propriedades alheias? Quer a aprovação da mamãe?" Os olhos de Carver cintilaram. "Suponho que, se você me apresentasse algo mais concreto do que uma conjectura acadêmica, eu mandaria alguém até lá para averiguar. Embora, sinceramente, existam várias coisas bem piores que uma empresa pode fazer com essas substâncias químicas do que injetá-las mais de seis mil metros abaixo do lençol aquífero."

"E se eles tivessem procurado você para pedir uma licença para injetar os resíduos deles no subsolo. Você teria dado a licença para eles?"

"Se está falando de responsabilidade legal por danos causados pelos terremotos, você deveria estar falando com outra pessoa."

"Com quem, por exemplo?"

"A imprensa sempre adora boas histórias." Carver olhou para seu relógio de pulso e se levantou. "Eu reparei que eles gostam muito de você também."

"Isso é responsabilidade sua", disse Renée. "Se eles estão injetando resíduos, a única coisa que eles estão violando são os regulamentos da EPA. Eu acho que alguém devia pelo menos ir até lá ver se eles têm um poço na propriedade deles. E, se tiverem, o poço devia ser interditado antes que eles tenham a chance de tapá-lo."

"Eu vou dar uma olhada nos nossos registros." Carver estava andando em direção à porta agora, forçando sua visitante a se levantar. Todo funcionário público sabe que as pessoas que fazem queixas às agências do governo invariavelmente se consideram especiais e ficam aturdidas quando finalmente se dão conta de que as agências não parecem considerá-las especiais. Se quem estava fazendo a queixa era uma pessoa orgulhosa e retraída como Renée, deixá-la aturdida e se livrar dela eram tarefas particularmente fáceis. Foi, portanto, uma inequívoca maldade da parte de Carver ter se dado ao trabalho de acrescentar: "Eu preciso lhe dizer, eu já ouvi isso tudo antes. E, sinto muito, mas acho que você está viajando um pouco nessa sua história romântica".

"O quê?"

"Você sabe... uma viagem. Quantos anos você tem?"

"Eu sei o que a palavra significa."

"Dois meses atrás um entomologista veio aqui nos dizer que o spray que o estado usa para combater a mariposa-cigana contém dioxinas. Ele também tinha uma bela teoria. O único problema é que não tem dioxina nenhuma no spray. No ano passado veio outro acadêmico, um cara de Harvard — Thetford? Oceanógrafo? —, falando de mercúrio na plataforma continental. De má-fé e de conspiração. Imagino que eu mesma também pensava assim, muitos e muitos anos atrás. É muito gratificante, muito romântico. Mas 99,9 por cento do tempo, não é como o mundo realmente funciona. Talvez você devesse tentar se lembrar disso."

De volta à rua, Renée segurava seu guarda-chuva logo abaixo das varetas e usava a outra mão para evitar que sua bolsa escorregasse de seu ombro enquanto o vento soprava e a chuva caía. Naturalmente, estava louca de vontade de fazer xixi. Pessoas se esquivavam irracionalmente umas das outras a céu aberto ou em lugares fechados. Um rapaz negro que estava parado no último degrau da escada do metrô apontou para uma mancha de água em sua calça e perguntou: "O que é que se diz?".

Renée saiu andando rápido na diagonal.

Ele foi atrás dela. "O que é que se diz? Você diz *desculpe*. Você diz *por favor, me desculpe*."

"Desculpe", ela disse.

"*Por favor, me desculpe. Eu lamento ter espirrado água em você. Lamento ter molhado a sua calça.*"

"Eu lamento ter espirrado água em você."

"Obrigado", ele gritou atrás dela, do outro lado das roletas. "Obrigado pelo seu pedido de desculpas."

Esse diálogo ficou ecoando na cabeça de Renée até o trem chegar.

Um exemplar do *Globe* tinha explodido no carro em que ela entrou, cobrindo o chão e se amontoando debaixo dos bancos. Na primeira página, uma manchete carimbada com uma pegada molhada dizia: ATENTADO A BOMBA ATINGE SEGUNDA CLÍNICA DE ABORTO EM LOWELL.

Na Central Square, a Mulher Raivosa local, forçada pelo mau tempo a ir para o subterrâneo, estava xingando os filhos da puta dos homens que mandavam no mundo. Um senhor chinês carregando dois peixinhos dourados dentro de um saco cheio de água se sentou ao lado de Renée, que lhe dirigiu um sorriso amável. "Chuva chuva chuva", disse ele.

"É, chuva chuva chuva."

Esse diálogo ficou ecoando na cabeça dela o caminho inteiro até Harvard.

O andar térreo do laboratório Hoffman estava calmo, as grandes telas brancas na sala dos computadores Sun cuspindo silenciosamente pequenas declarações em preto enquanto programas rodavam para alunos e pós-doutorandos que estavam almoçando tarde na praça, as telas pretas menores das salas do sistema aguardando nomes e senhas de usuário ou exibindo caracteres verdes em movimento. Renée foi direto do banheiro das mulheres para uma das telas pretas. Enquanto ela trabalhava, o telefone em cima do radiador tocou até cansar diversas vezes. Àquela altura, até mesmo usuários infrequentes do computador já tinham sido informados de que a vida humana começa na concepção. Ninguém atendia mais, mas o telefone continuava tocando.

Por volta das três horas, Howard Chun e um amigo seu de Pequim voltaram do almoço, exalando alho. Com sua parca de náilon gotejando, Howard estacionou atrás de uma plotadora Tektronix. Da última vez que Renée o vira, ao sair de casa depois de tomar café da manhã, ele estava esparramado na cama dela, roncando intermitentemente.

"Por que essa máquina está tão lenta?", ela perguntou a sua tela.

"O disco B está cheio", disse o pequinês, franzindo sua testa larga e incrivelmente expressiva. Ele era um bom cientista e Renée gostava dele.

"O disco B está cheio. Sei. Quatro dias atrás, eu fiquei até de madrugada fazendo o backup dele."

Ela entrou no diretório do Operador, assumiu a identidade SUPERUSER e viu que, em menos de uma semana, usuários com o nome de TERRY, TS, TBS, DNC1 e DNC2 tinham ocupado 375 megabytes de memória do disco B e mais 65 megabytes de memória do disco A. Todos esses usuários eram Terry Snall. O tema de sua tese era deformação não coaxial. DNC1, uma conta temida e odiada nas salas do sistema, ocupava sozinha 261 megabytes; isso era o quádruplo do espaço ocupado pelos arquivos de qualquer outro aluno; era quase metade de um disco.

SUPERUSER assumiu a identidade SUPEROP. "Você sabe o que o Terry fez?", ela perguntou.

No canto do equipamento Tektronix, atrás de divisórias, o teclado de Howard clicava, indiferente. A sala estava ficando saturada de odores de alho. SUPEROP se dirigiu ao pequinês. "Ele trouxe de volta todos os arquivos de programa dele, todos, todos, todos. Tem setenta megabytes de arquivos de programa nesse disco. Eu estou levando vinte minutos para conseguir rodar um programa de um minuto e ele tem setenta megabytes de arquivos de programa."

"Cancela todos eles", o pequinês recomendou.

"É exatamente o que eu vou fazer."

Arquivos de programa só eram necessários quando um programa estava de fato sendo rodado e podiam ser recriados em questão de minutos. SUPEROP apagou todos os arquivos de programa de Terry.

"Ah, muito melhor", disse o pequinês.

"Oito megabytes livres num disco de seiscentos mega. Será que ele não *sabe*? Será que ele não *entende*?"

Howard saiu do canto onde estava e foi indo de console em console, se conectando em cada um deles. Mesmo quando só ia trabalhar durante alguns minutos, ele não se sentia confortável se não estivesse conectado em pelo menos três ou quatro. Quando trabalhava tarde da noite, às vezes se conectava em dez deles. Todos, menos o que ele estava usando, automaticamente se obscureciam para evitar o desgaste dos pixels.

Numa nova mensagem a ser exibida a todos os usuários que estivessem se conectando nos consoles, SUPEROP enfatizou que arquivos que não fossem imediatamente necessários não deveriam ser instalados no disco. Como todo mundo sabia quem escrevia essas mensagens, ela não assinou. Em seguida, assumiu a identidade RS de novo.

"Você viu o recado que deixaram para você?", o pequinês perguntou a ela.

"Alguém se deu ao trabalho de anotar um recado para mim?"

"O Charles."

"Ah."

Na sala do outro lado do corredor, debaixo de sua bolsa de ombro e de sua jaqueta jeans úmida, ela encontrou um número de telefone e o recado: SRA. HOLLAND TELEFONOU. VOCÊ PODE LIGAR PARA ELA A COBRAR.

Renée jogou o recado no lixo e voltou para seu console. O pequinês tinha saído da sala. "Howard?", ela chamou.

Uma parca farfalhou, mas Howard não respondeu. Atrás da divisória, Renée o encontrou esparramado numa cadeira, os olhos fixos num cintilante espectro sísmico verde, os pés cruzados em cima de um ninho de cabos, o teclado no colo.

"Você ainda tem contato com aquele cara que tem licença de piloto?", ela perguntou.

Howard sacudiu a cabeça e digitou alguma coisa no teclado.

"Você não tinha um amigo que levava você pra voar?"

Um novo espectro desabrochou na tela. Howard sacudiu a cabeça. Renée franziu o cenho. "Você está zangado comigo?"

Ele sacudiu a cabeça.

Ela lançou um olhar cauteloso na direção da porta que dava para o corredor. "Ah, vai", ela sussurrou. "Não fique zangado comigo. Eu realmente preciso que você não fique zangado comigo."

Howard piscou os olhos ainda fixos na tela, determinado a ignorar Renée. Dando mais uma olhada de relance para o corredor, ela se ajoelhou e pôs as mãos no peito dele. "Vai. Por favor. Você não pode ficar zangado comigo agora. Por favor."

Ele tentou fazer sua cadeira deslizar para longe dela.

Renée segurou a mão de Howard e encostou o rosto em seu peito. Era a primeira vez que ela tocava nele dentro do laboratório e, assim que fez isso, ouviu um farfalhar de roupas bem atrás dela. Uma sensação de inevitabilidade a invadiu, como um pavor, quando ela se virou e viu Terry Snall dando meia-volta e saindo de novo pelo corredor.

Ela se levantou de salto. "Merda!" Fez menção de ir atrás de Terry, mas voltou para o Tektronix. "Merda! Merda!" Puxou o cabelo para trás. "O que foi que eu fiz pra você ficar assim?"

Howard digitava casualmente em seu teclado.

"Ah, meu Deus, isso vai acabar comigo. Isso realmente vai me destruir." Ela agachou ao lado de Howard de novo. "Pelo menos me diz o que foi que eu fiz."

Ele fez uma careta horrenda, toda gengivas e narinas dilatadas. "O que eu fiz pla você?", ele caçoou. "O que eu fiz pla você? O que eu fiz pla você?"

"Eu deixo você transar comigo", ela sussurrou, furiosa. "Eu deixo você transar comigo, *muito*."

"Eu deixo você tlansar comigo eu deixo você tlansar comigo."

Ela ficou olhando para ele, a boca trêmula.

"Rouis, Rouis", disse Howard. "Pode me beriscar um pouquinho, me bate, me bate."

"Ai, meu Deus." Ela saiu de perto dele e procurou um lugar para onde fugir, mas não havia lugar nenhum. Ao sair para o corredor, quase colidiu com Charles, um dos secretários do departamento. Ele era alto e calvo e estava escrevendo um romance nas horas vagas. Usava suspensórios em vez de cinto. "Melanie Holland", ele disse. "Ela está no telefone de novo."

"Diz que eu já fui embora."

"Ela quer saber pra onde ligar pra falar com você."

"Diz pra ela tentar a minha casa."

"Ela já tentou várias vezes."

"Diz que eu viajei."

"Ah, Renée", Charles sacudiu a cabeça. "Eu não sou pago pra mentir pras pessoas. Se você não quer falar com ela, a coisa honesta a fazer é dizer isso a ela. Assim ela não vai mais ficar ligando pra cá toda hora e me interrompendo, e eu não vou ter mais que ficar descendo dois lances de escada toda hora pra vir aqui perturbar você."

Renée apontou para a porta da rua. "Eu estou indo."

"Olha, Renée, eu te aconselho a não fazer isso. Não se você quiser voltar a usar a minha copiadora algum dia ou quiser que eu anote recados de outras instituições pra você ou quiser pedir emprestado o meu cortador de papel. Você está interessada em usar o meu cortador de papel de novo algum dia?"

Sem dizer uma palavra, ela saiu andando empertigada pelo corredor em direção à escada. "Não pense que eu estou chantageando você", disse Charles, andando atrás dela. "Isso é uma questão de gentileza e de profissionalismo. Eu deixo você usar o meu cortador de papel por gentileza. Eu não sou obrigado a deixar você usar o meu cortador, sabe."

A voz dela ecoou no poço de concreto da escada. "É sim."

Ele a seguiu escada acima. "Você costumava ser tão gentil, Renée. Você era a pessoa mais gentil deste prédio. Você sabe quantas cópias eu já deixei você tirar na copiadora? A copiadora que é para uso exclusivo da secretaria do departamento? Renée? Você está me ouvindo? Seis mil e quinhentas cópias, Renée!"

Ela entrou na sala do diretor do departamento, que estava ausente, e fechou a porta na cara de Charles. A sala estava escura, fresca e agradavelmente inodora. Renée sempre tinha gostado de ficar ali. As estantes continham volumes encadernados de todos os principais periódicos da área publicados desde a década de quarenta. Havia armários de arquivo abarrotados de artigos, brochuras de propostas de projetos de pesquisa multinacionais úteis e interessantes, pacotes inteiros e ainda fechados de canetas coloridas e mais um ou outro suprimento de escritório. Dali a alguns anos ela também teria uma sala como aquela, e algum jovem trouxa como ela cuidaria de um sistema computacional para ela, e as pessoas teriam de incluí-la em todas as discussões de grandes eventos sismológicos. Importaria que ela havia estudado com X, Y e Z em Harvard — uma universidade que, como ela sempre lembrava quando entrava naquela sala, podia se gabar de ter um pequeno, mas excelente programa em geofísica. Más recordações das salas de computação sumiriam. Árvores balançariam ao vento para além da sua janela.

"Renée? Aqui é Melanie Holland. Escuta, eu não quero tomar o seu tempo enquanto você está trabalhando, mas eu gostaria muito de conversar com você de novo e estava pensando se você aceitaria um convite meu para almoçar amanhã. Já que é sábado. Tem um restaurante muito agradável no Four Seasons, eu adoraria levar você lá."

"Para quê?", Renée perguntou, grosseira. "Quer dizer... é muita gentileza sua me convidar."

"Ótimo. Então você vai."

"Não. Não, eu não vou. Quer dizer, eu não posso."

"Bom, não precisa ser necessariamente um almoço amanhã, se você tem outros planos. Nós podemos tomar um brunch no domingo ou jantar amanhã à noite. Ou mesmo hoje à noite. Seria *tão* bom se você pudesse."

"Sobre o que você quer conversar comigo?"

"Sobre tudo e sobre nada. Eu acho que seria muito bom para nós duas se pudéssemos nos conhecer melhor. Eu estou ligando para você como uma amiga. Por favor, almoce comigo, Renée."

Ela franziu o cenho com tanta força que chegou a doer. "*Mas para quê?*"

"Ah, por favor, vamos deixar de bobagem. Eu posso levar você para almoçar amanhã ou não posso? Sim ou não. Significaria muito para mim. Me dê um bom motivo para você não aceitar o meu convite."

Melanie sabia fazer uma voz linda quando queria. Era como um riacho correndo num vale, às vezes ao sol, às vezes à sombra, e formando piscininhas entre os salgueiros; aquele tipo límpido de riacho que faz você querer mergulhar as mãos e beber a água dele e esquecer as carcaças de cervo e os criadouros de gado perto da nascente, que de qualquer forma podiam até já nem estar mais lá.

"Eu ligo para você depois para dar a resposta, está bem?", disse Renée.

"Eu sei. Você está muito, muito ocupada. Eu preciso ser indelicada? Não há ninguém no mundo mais interessado em falar com você do que eu. Ninguém no mundo. Por favor, almoce comigo."

Renée zanzava, tonta, em volta da cadeira do diretor, apertando o telefone. "Você não pode me dizer qual é a razão desse interesse?"

"Amanhã. Meio-dia e meia está bom para você? O nome do restaurante é Aujourd'hui."

Atrás de finos fios de chuva, que se juntavam, se separavam e desciam pela janela, um grupo de turistas japoneses debaixo de guarda-chuvas idênticos se aproximava da entrada do Peabody Museum, cuja deslumbrante coleção de flores de vidro, criada cem anos antes por vidreiros alemães para revelar a estrutura e a variedade da flora do mundo a estudantes de botânica de Harvard, era a atração turística mais popular de Cambridge. Renée nunca a tinha visto. Os guarda-chuvas japoneses se inclinaram na direção do aviso pregado na porta do museu; dando voltas hesitantes, eles se juntaram para confabular e depois se separaram. Outros chegaram perto do aviso, que dizia que, devido aos danos causados pelos terremotos recentes, as flores de vidro ficariam guardadas até que uma forma mais segura de exibi-las fosse encontrada. Para se consolar, os japoneses fotografaram uns aos outros ao lado do aviso, o branco de seus flashes iluminando o asfalto molhado e as árvores mais próximas. Duas manchas de vapor em forma de pulmões e, acima delas, o contorno mais tênue de uma testa permaneceram na janela do diretor durante alguns minutos depois que Renée voltou lá para baixo.

Durante três semestres, ela tinha dividido seu apartamento com uma sismóloga chamada Claudia Guarducci, uma romana magra, ranzinza, entediada e muito inteligente que estava fazendo pós-doutorado em Harvard. Elas cozinhavam juntas, iam ao cinema juntas, malhavam colegas juntas, aceitavam ou recusavam convites para jantares juntas. Claudia comprou uma motocicleta e dava carona para Renée até o trabalho. Elas nunca partilhavam segredos.

Quando Claudia voltou para a Itália, elas mantiveram contato através de cartões-postais lacônicos. Sentindo falta do cheiro dos Merit Ultra Lights de Claudia, Renée fazia questão de ficar perto de fumantes. Indagou a respeito de pós-doutorados em Roma, pensando que, se fosse para lá, ela poderia telefonar para Claudia e mencionar, apenas mencionar, seu atual paradeiro. O futuro que ela queria iria começar de verdade se ela pudesse morar na Itália e ser a melhor amiga de uma mulher romana.

Olhando para trás, ela tinha a sensação de que não havia feito outra coisa na vida senão lançar as bases para futuras torres de vergonha e de ódio a si mesma. Algum lado crédulo e autônomo seu teimava em construir sonhos chinfrins de garota do Meio-Oeste: noites europeias na companhia de Claudia Guarducci; cenas de tranquilidade doméstica com Louis Holland; um caloroso tapinha nas costas da EPA e dos cidadãos de Boston.

Estava terminando sua dissertação de mestrado quando Claudia a informou, num cartão-postal de duas linhas, que havia se casado com seu antigo namorado do Istituto Nazionale.

Renée ficou espantada com o quanto se sentiu traída. Não conseguia ter ânimo para escrever para Claudia de novo, e os meses foram se passando e Claudia também não escreveu mais. O que doía era saber que ela não estava com ciúme do homem por ter Claudia, mas de Claudia por ter um homem. Isso e também saber a diferença que fazia o fato de ela ser mulher.

Tinha certeza de que se isso tivesse acontecido entre um René e um Claudio, dois bons amigos heterossexuais, René não teria se sentido tão traído. Homens que se casavam ou arranjavam namoradas não se afastavam de seus amigos solteiros, pelo menos não com tanta frequência quanto mulheres se afastavam de suas amigas solteiras. Obviamente, homens eram espíritos mais nobres do que mulheres. Era uma das consequências de pertencer ao gênero padrão. Se tanto os homens quanto as mulheres consideravam seus relacionamentos com homens invioláveis, então os homens inevitavelmente se mantinham fiéis ao seu gênero, enquanto as mulheres, também inevitavelmente, traíam o seu. A superioridade moral dos homens estava estruturalmente garantida.

No entanto, Renée não queria ser homem.

Um homem, se tinha sido seu namorado na faculdade, ainda "queria continuar sendo seu amigo" depois de dar um fora em você. Sua fé masculina na amizade era tão inabalável, na verdade, que ele chegava a acreditar que você ficaria contente em receber um convite para o casamento dele.

Um homem, se era seu irmão mais novo, recém-saído da universidade, dava uma declaração *realista* à mesa do jantar sobre como "as mulheres simplesmente não são iguais aos homens, elas têm prioridades diferentes", falando com leviandade e em proveito próprio essa verdade que você tinha levado trinta anos para aprender, incentivado em sua arrogância por uma esposa de vinte e três anos que tinha "decidido não adiar ter filhos" e, por isso, se considerava mais madura que você.

Um homem era uma criatura que acreditava estar passando uma imagem de pessoa sensível ao dizer "eu amo as mulheres".

Um homem era alguém que não conseguia admitir para uma mulher que estava errado e continuar sendo homem. Era mais fácil ele chorar, se humilhar e implorar perdão como uma criancinha do que admitir um erro como um homem.

Um homem achava mais que natural uma mulher compreender seu pênis, mas se achava o máximo por entender o clitóris e sua importância. Sorria por dentro ao pensar em sua superioridade em relação a todos os homens, do passado e do presente, que não haviam desvendado esse segredo feminino. Sentia orgulho de seu esclarecimento e de sua gentileza quando perguntava a uma mulher se ela tinha gozado. O presente perfeito para um homem que tinha tudo era um vidrinho de oito mililitros de feminismo.

Inescapavelmente imerso numa história feita por pessoas de seu próprio sexo, um homem jamais poderia se sentir tão pouco à vontade no mundo quanto uma mulher: jamais poderia sentir tanta vergonha. Por mais sensível que um homem fosse, faltava a ele aquela consciência radical de que havia sido apenas a sorte, um emparelhamento de X e Y, que tornara a sua vida descomplicada. Em algum nível de sua consciência, ele sempre acreditaria que a facilidade de sua vida implicava uma superioridade moral; essa crença o tornava ridículo.

Mulheres sabiam que seus maridos eram ridículos. Portanto, mulheres casadas, principalmente as que tinham filhos, podiam ser amigas umas das outras. A vergonha de estar casada com um instrumento rombudo, uma criatura cativante porém limitada, e de gerar filhos seus e de suportar sua superioridade, era amenizada pelo contato com outras mulheres com igual fardo ou com mulheres cujo mais ardoroso desejo era carregar tal fardo.

Renée, contudo, não era casada. Também acreditava que, mesmo que fosse, a irmandade de genitoras não a acolheria de bom grado. Tinha a impressão de que os membros mais bem-sucedidos da irmandade — mulheres que conseguiam ser profissionais competentes e ainda criar uma família —, lutando para fazer frente a sua vida, construíam uma tal couraça para seus egos que pouca imaginação lhes sobrava para gastar num caso complicado como ela. Mães com empregos não tão exigentes tendiam a ficar na defensiva e a temer e desprezar alguém como ela, por causa da ambição que ela tinha. Mães que não tinham emprego algum a atraíam — ela sentia, na verdade, um carinho especial por mulheres sem afetações —, mas ela também não podia ser amiga delas, porque elas não a entendiam e, como não a entendiam, ficariam confusas e magoadas com o fato de ela se recusar a ser como elas.

Sem amigas, Renée via estereótipos onde quer que olhasse. Sua cabeça estava cheia de imagens de mulheres, e ela odiava mais aquelas que mais se pareciam com ela.

A acadêmica bem-falante, socialmente preocupada, sem humor e defensiva.

A mulher solteira magra, vulnerável, ensimesmada, de ar vagamente atormentado que é ou uma pessoa em busca espiritual ou simplesmente uma fracassada. Provavelmente uma fracassada.

A profissional de trinta anos insatisfeita que vê o equívoco da opção de vida que fez e começa a ansiar por ter um bebê.

A cientista maçante que vive enfiada numa sala de computação, mas se considera menos maçante do que outras pessoas como ela porque dez anos atrás ia a shows do Clash.

A menina que, não tendo amigas, cresceu lendo livros de ficção científica, de ciências e de filosofia popular e que, já adulta, ainda continua a ser romântica a ponto de acreditar em coisas como má-fé empresarial e heróis que fazem a diferença.

A acadêmica medianamente atraente que, em sua busca por se sentir muito atraente, adquire a reputação de fácil.

A mulher que não consegue se dar com outras mulheres, que costuma andar com homens e que, com o passar do tempo, acaba dormindo com vários deles e que, sendo uma traidora de seu próprio sexo, só é respeitada pelos homens na medida em que é como um homem.

A acadêmica bem-falante e medianamente atraente da qual ninguém gosta, mas que mesmo assim se considera extremamente especial, interessante e incomum e costuma ter no rosto um certo sorriso que mostra isso, o que faz com que ela seja mais odiada ainda.

Conforme os abomináveis estereótipos iam se aproximando cada vez mais dela, a única coisa que a impedia de concluir que só o que ela realmente odiava era a si mesma era seu autopatrulhamento. O autopatrulhamento era um anjo da guarda que a acompanhava aonde quer que ela fosse. Em supermercados, ele lhe dizia como escolher alimentos — maçãs, ovos, peixe, pão, manteiga, brócolis — que ela podia confiar que não iriam botar palavras em sua boca. Palavras como *Eu sou uma yuppie* ou *Eu estou me esforçando muito para não ser uma yuppie* ou *Veja como eu sou original* ou *Veja como eu sou tímida enquanto tento evitar ser como as pessoas que não quero ser, incluindo aquelas que fazem um esforço consciente para serem originais*. Era necessária uma vigilância diária para não se permitir cozinhar como pessoas cultas de trinta anos retratadas na televisão, ou como gastrônomos que tinham orgasmos com um bom prato de massa, ou como mulheres que seguiam dietas de revista, ou como homens que achavam que cozinhar usando alcaparras e rir gulosamente diante de um Richebourg 71 os tornava sexy e sofisticados. Ou, ao contrário, como pessoas que nunca paravam um segundo para pensar no que comiam. Porque infelizmente comer porcaria não era uma opção. No futuro que imaginava para si, ela não iria comer porcarias. Mal conseguia engolir porcarias.

Da mesma forma, ela não conseguia se dispor a usar roupas feias ou a mobiliar seu apartamento com lixo. Na verdade, quando fazia compras em lojas de departamentos, as roupas e utensílios que lhe pareciam menos comprometedores acabavam invariavelmente se revelando os mais caros de sua espécie. Claramente, se você tinha dinheiro bastante, a transparência podia ser comprada. Não sendo rica, ela se via diante do desafio de encontrar coisas bonitas e não muito caras e evitar todo aquele comprometedor estilo contemporâneo massificado. Essa busca por camisetas neutras, sapatos neutros, casacos neutros e cadeiras neutras consumia um tempo imenso e a deixava ainda mais dolorosamente consciente de si mesma.

Ela odiava coisas novas "inspiradas em" coisas antigas — produtos conspurcados pela nostalgia de um designer moderno pelos anos cinquenta ou vinte. Nas coisas antigas propriamente ditas ela podia confiar, desde que não tivessem passado pelas mãos poluentes de uma consciência como a dela. Tinha sido um prazer decorar seu apartamento com coisas de um ingênuo mercado das pulgas realizado semanalmente no estacionamento da biblioteca de Somerville. Mas quando entrava numa loja de roupas "*vintage*", mesmo que fosse uma loja com artigos bonitos, ela sentia uma espécie de fraqueza, um enjoo, e logo fugia de lá. Só num brechó ingênuo, como os que o Exército da Salvação mantinha, ela podia ter esperança de conseguir aguentar as pontas por tempo suficiente para encontrar alguma coisa, e mesmo assim só se ela não estava em Boston, porque em Boston essas lojas eram assiduamente frequentadas por outros jovens caçadores de pechinchas perigosamente parecidos com ela.

Uma vez a cada um ou dois meses, ano após ano, ela pensava nas roupas que sua mãe não quisera lhe dar.

Essas roupas tinham vindo à luz no último ano que sua família passou em Lake Forest, quando todo mundo menos Renée estava se preparando para se mudar para a Califórnia. Ela as encontrou num quarto abarrotado de coisas que seriam doadas para a caridade. Estava resgatando uma última braçada delas — algumas saias justas clássicas, um casaco com uma gola de veludo verde-esmeralda, um vestido vermelho-cereja de cintura alta, um casaco de lã xadrez, um par de sapatos bicolores marrons e pretos — quando sua mãe a flagrou.

"O que você está fazendo com isso?"

"Desculpe. Desculpe. Eu pensei que você fosse dar essas roupas."

"Eu vou dar essas roupas."

"Bom, então eu posso ficar com elas?"

"Eu vou doá-las para a caridade. Por favor, ponha de volta onde você as encontrou."

"Por que eu não posso ficar com elas?"

"Meu amor, você tem tantas roupas no seu armário que você nem sequer chegou a usar. Para que você quer essas coisas velhas?"

"Elas são bonitas. Eu quero essas roupas. Por favor, me deixa ficar com elas."

A mãe fez que não, com ar triste. "Eu lamento muito se você ficou encantada com elas, mas eu não quero que você use essas roupas."

"Mas por que não? Por que não?"

"Eu só não quero ver você com elas. Elas trazem associações pra mim."

"Mas eu estou indo morar em outro estado. Você não vai me ver."

"Você sabe que eu estou disposta a comprar qualquer coisa que você queira. Coisas iguais a essas. Coisas novas, melhores que essas. Mas imagine que você tivesse tido um namorado e que você rompeu com ele. Você daria o seu ex-namorado para a sua melhor amiga?"

"Mas isso são *roupas*."

"Para mim é a mesma coisa", disse a mãe.

Renée saiu de seu próprio quarto meio trôpega, os olhos cheios d'água. A mãe não cedeu. As roupas foram doadas para a caridade. Na memória de Renée, elas continuavam sendo as roupas mais bonitas que ela já tinha visto na vida, as roupas mais perfeitas para ela que se poderia imaginar. Ela poderia desconfiar de sua memória, não fosse o fato de que existiam fotos daquelas roupas nos álbuns de fotografia da família — fotos da jovem Beth Macaulay num tour pela Europa que acabou se estendendo por um ano e meio. Fotos do casaco xadrez no Bois de Bologne. O casaco xadrez em Dublin. O vestido de verão listrado na Berck-Plage. Beth Macaulay em Arles, sua pele perfeita, seus óculos de sol de lentes pretas, seus avançados sapatos bicolores, seu diário. O vestido vermelho em preto e branco em Roma. O casaco xadrez em Veneza.

Ela estava grávida de três meses quando se casou com Daniel Seitchek, um jovem cardiologista de uma família do West Side, composta de atacadistas e intelectuais de meia-tigela. Como parecia dolorida e abatida a jovem e bela Elizabeth em preto e branco (o preto fuliginoso do sul de Chicago, o branco da neve fresca, o preto e branco do casaco xadrez) ao levantar sua bebê embrulhadinha para a câmera.

Como era difícil conciliar aquelas imagens com as roupas de golfe e de tênis brancas, verdes e rosa usadas pela mulher que Renée cresceu conhecendo como sua mãe. A mulher que mais tarde, na Califórnia, conduziria um carro em cuja placa se lia MOMS JAG, Jaguar da mamãe, para jogos escolares de beisebol e se sentaria nas arquibancadas junto com outras mães tão bronzeadas quanto egípcias e berraria quando os filhos fizessem boas jogadas e gemeria risonhamente e tamparia os olhos quando eles dessem mancadas. A mulher que uma vez, numa conversa que a filha entreouviu, se descreveu como "uma espécie de Pollyana" e confessou ser "viciada" nos romances de Tom Clancy. As fotos de Beth Macaulay na Europa, vestida com aquelas roupas lindas, pareciam dizer que um dia ela já tinha sido mais como Renée — mais romântica, mais independente — do que poderia imaginar quem quer que a visse correndo de um lado para o outro numa quadra de tênis com seus saiotes balançantes. Tendo medo da morte, Renée queria acreditar que, apesar das diferentes circunstâncias das duas, ela e a mãe tinham almas idênticas. E era tentador deixar que a *probabilidade* da identidade, o senso comum da pressuposição, passasse por certeza. Infelizmente, ela também era racional e se recusava a acreditar que fosse igual àquela Pollyana festeira do condado de Orange sem ter alguma espécie de prova. E, por acaso, os anos em que sua mãe havia sido uma pessoa diferente e presumivelmente mais parecida com Renée eram justamente os anos em que ainda não existia essa pessoa chamada Renée.

Enquanto isso, ela era autoconsciente demais para não perceber as ironias: Que enquanto se vigiava para não virar uma pessoa superficial como a mãe, ela estava gastando quantidades boçais de tempo se preocupando com decoração, roupas e comida. Que tinha desenvolvido uma obsessão burguesa com mercadorias e aparências muito mais profunda que a de sua mãe. E que os tipos femininos inteligentes e confiantes em relação aos quais ela sentia uma animosidade virulenta e defensiva eram exatamente os tipos em relação aos quais a mãe também sentia uma animosidade, embora não tão virulenta e defensiva quanto a dela, já que a mãe tinha os filhos e as netas para distraí-la e confortá-la.

Renée sabia que, se simplesmente desistisse de sua busca por uma vida perfeita, se assentasse a cabeça e aceitasse ter filhos como a mãe tivera na idade dela, ela também poderia conquistar certo grau de contentamento e de esquecimento. Mas não havia ninguém que quisesse se casar com ela e, de qualquer forma, ela odiava gente que era obcecada pelos pais. Uma família era uma arapuca para quem estava nela, um tédio para quem estava fora dela. Ela odiava a palavra "obcecada". Odiava gente que odiava tanta coisa como ela odiava. Odiava a vida que a fazia odiar tanta coisa. Mas não se odiava por completo ainda.

9.

Ela só tinha um vestido que lhe parecia apropriado para usar num almoço com Melanie Holland, um estampadinho de algodão sem cinto de dez anos de idade. As sapatilhas rasteiras que ela escolheu para combinar com o vestido já estavam encharcadas quando o ônibus que ia até a estação Lechmere parou para ela num ponto da Highland Avenue. Uma chuva fina, mas intensa, ocupava por completo o espaço aéreo acima do Charles. O rio estava tão cheio que parecia mais alto que as ruas em volta.

Na Boylston Street, em frente ao hotel, a porta de um táxi se abriu e um par de pernas dentro de uma calça jeans justíssima e de botas estilo caubói se lançou porta afora, seguido de um guarda-chuva, uma sacola de compras da Filene's e, por fim, agasalhado por uma jaqueta larga de pele de foca, o resto de Melanie. Ela bateu a porta e quase trombou com Renée, que estava parada ali perto, olhando para ela.

No restaurante, grandes apetites estavam em evidência. Turistas sorriam e mulheres de cabelo branco cochichavam sobre investimentos, cada par com um ar de ser o mais importante do salão. Melanie parecia cansada. Tinha apanhado sol recentemente, mas sua pele estava enrugada e lustrosa, feito esmalte velho; o bronzeado parecia não querer grudar na pele. O forro de seda de sua jaqueta, que ela havia deixado escorregar de seus ombros para a almofada do banco, a envolvia tão delicadamente quanto o papel de seda em que presentes finos costumam ser embrulhados. Ela examinou Renée. "Minha nossa", disse. "Você está toda molhada!"

"É, eu estou um pouco molhada."

"Você veio de trem."

"Trem e ônibus."

"Você mora... vamos ver se eu adivinho." Ela juntou as mãos na forma de uma caderneta e as levou aos lábios. "Você mora... numa daquelas casas antigas do lado da Harvard Square onde fica o Radcliffe."

Renée fez que não.

"Mais para perto da Inman Square?"

"Eu moro em Somerville."

"Ah." Melanie sorriu vagamente e desviou os olhos. "Somerville." Um garçom veio atendê-las. "Você me acompanha num drinque?"

"Campari com soda?", Renée disse ao garçom.

"Me parece a pedida perfeita", disse Melanie. "Tão vermelho, tão chique."

O garçom assentiu. Tão vermelho. Tão chique.

"Que bom que você pôde aceitar esse meu convite feito tão em cima da hora", disse Melanie. "Infelizmente, a coisa chegou num ponto que seria mais fácil eu comprar passagem de Boston para Chicago e vice-versa logo de uma vez. Se vou para uma cidade numa semana, invariavelmente tenho que ir à outra na semana seguinte. Mas é assim que as coisas são, às vezes. É assim que as coisas são. Você costuma viajar muito a trabalho?"

Renée abriu a boca para responder, mas perdeu o ânimo. Empurrou sua colher de chá um pouco para o lado sobre a toalha de mesa. "Não", disse, "e talvez fosse melhor você me dizer logo o que você quer."

"O que eu quero? Eu quero que a gente relaxe, se divirta e se conheça um pouco melhor. Quero ser sua amiga."

"Você quer informação."

"Também, mas..."

"Então por que você não pergunta de uma vez o que você quer me perguntar? Porque eu não vou poder ajudar você, então seria melhor acabar logo com isso."

Melanie inclinou a cabeça para o lado e apertou os olhos, exatamente como o filho dela às vezes fazia. "Tem alguma coisa errada? Hoje não é um bom dia? Ah, meu Deus!" Ela se debruçou sobre a mesa. "Você está parecendo tão triste. Hoje não foi um bom dia?"

Renée pôs a colher de chá de volta onde estava antes. "Eu não estou triste."

"Você acha que eu não tenho nenhum interesse pessoal por você. Você acha que eu só a convidei para almoçar a fim de bajular você e fazer com que você se sinta na obrigação de responder as minhas perguntas. É isso que você acha? É ou não é?"

"É."

"Você está sendo honesta comigo. Eu admiro isso. Mas você está enganada, e eu quero saber como posso lhe provar que você está enganada. Você pode me dizer?"

"Imagino..." Renée parecia não saber o que dizer. "Imagino que se você não me fizesse pergunta alguma, nunca, eu seria forçada a concluir que você tem algum outro interesse."

"Mas você jamais iria acreditar que eu quero ser sua amiga. Hum. Bom, suponho que seja compreensível, de certa forma." Melanie vasculhou sua bolsa enquanto o garçom punha na mesa os drinques das duas. Ela puxou lá de dentro uma caixa rasa e aveludada e a empurrou até o outro lado da mesa. "Isso é pra você."

Renée olhou para a caixa como se seus olhos tivessem pousado ali por acaso enquanto ela estava pensando em outra coisa.

"Vai, abre."

Renée sacudiu a cabeça. "Acho melhor não."

"Ah, Renée, por favor, eu estou quase perdendo a paciência com você. Você não precisa recusar um presente só pra me mostrar que é uma pessoa honesta. Chega uma hora que acaba ficando ofensivo pra mim. Não vamos fingir que as nossas circunstâncias são iguais. Uma mulher mais velha que gosta de fazer compras dá um presente pra uma mulher mais jovem em sinal de respeito e afeição, eu realmente não vejo nenhuma razão pra você ser tão doentiamente escrupulosa. Isso. Ótimo." Os olhos de Melanie brilharam quando Renée subitamente pegou a caixa e, depois de certa hesitação, tirou de dentro dela um colar de pérolas.

"É lindo."

"Com as suas cores, o seu cabelo, a sua pele. Pérolas, platina, prata, diamantes. Eu sei por ter experiência semelhante. Agora põe, põe o colar. Isso.

Claro que a gente tem que levar em conta que esse não é exatamente o vestido ideal..." Melanie pôs seu estojo de pó compacto em cima da mesa, perto de Renée, com o espelho levantado. "Você teria tempo para fazer umas comprinhas depois do almoço? Eu detestaria que você não usasse o colar por não ter nada que combine com ele."

Renée guardou o colar de volta na caixa. "Na verdade, eu não sei se ele faz muito o meu estilo."

"Ah, é? E qual é o seu estilo?"

"Sei lá. Estilo Somerville."

"Você! Você não tem nada a ver com Somerville, qualquer um vê. A menos que Somerville tenha mudado muito desde que eu era criança, o que eu não acredito."

"O que a faz pensar que eu não tenho nada a ver com Somerville?"

"Os seus modos."

"Os meus modos são horríveis. Eu estou ofendendo você a torto e a direito."

"Você está me ofendendo ao modo de uma jovem muito bem criada, muito culta e muito consciente de si. E você sabe disso."

Mesmo fraco, o Campari tinha ido direto para as bochechas de Renée. Ela era imune a muitas coisas, mas não ao álcool e não a uma expressão como "consciente de si", que, quando usada em referência a ela, sempre provocava um pequeno estremecimento em seu corpo, um espasmo de amor-próprio. E, depois do espasmo, um calor no rosto, uma leve dormência nos braços. Ela riu, olhando para as pérolas. "Quanto foi que isso custou?"

"Isso, continue tentando. Mas você vai me achar uma pessoa muito difícil de ofender hoje."

Renée botou o colar no pescoço de novo e pegou o estojo de pó compacto. O espelho lhe mostrou um salão partido em fragmentos escurecidos e sem profundidade — lustres flagrados no ato de existir, mesas apoiadas num chão que se inclinava de um lado para o outro, flashes subliminares dela própria, um pescoço branco. Ela falou de um jeito estudado: "Talvez eu fique com ele afinal. Se não fizer diferença pra você".

"Não, na verdade, nada me deixaria mais contente."

"Então, ótimo pra nós duas."

"Você está sorrindo, e você tem razão: que importância tem uma joia para uma mulher que é uma profissional?" A joia de pulso de Melanie tilintou quando ela levantou seu copo. Ela bebeu inclinando o corpo e girando a mão de um jeito teatral. "Mas, sabe, eu sou só uma dona de casa boba. Não tenho nenhum feito particularmente nobre de que me orgulhar. E, na minha idade, é possível uma pessoa ter a sensação de que só o que ela fez na vida foi trazer infelicidade para o mundo. Talvez você não possa realmente imaginar como é isso a menos que tenha tido filhos, mas...

"Eu posso imaginar."

"Eu acredito que sim, Renée. Eu acredito que você possa. E talvez você também possa imaginar como você se sente quando percebe que seus próprios filhos a consideram uma pessoa egoísta e que não há nada que você possa fazer pra mudar isso. Eles podem estar redondamente enganados ao seu respeito. Eles *estão* redondamente enganados ao seu respeito. Mas, mesmo assim, o fato é que eles estão convencidos de que você é uma bruxa má e egoísta, e isso dói tanto, mas tanto que você não consegue nem explicar pra eles por que eles estão errados."

Só o que restava do drinque de Renée era gelo e água rosa. "Você sabe que eu conheço o seu filho, não sabe?"

"Você...? Ah, sim, claro. Eu fiquei muito irritada com ele naquele dia. Fiquei irritada por ele ter convidado pessoas para entrar, com a casa naquele estado, embora em retrospecto eu suponha que tenha sido até bom ele ter feito isso." Melanie afagou seu copo, dando cada vez mais a impressão de estar falando consigo mesma. "Porque há coisas que eu quero dizer — coisas que eu *preciso* dizer — para alguém. E se eu pudesse pelo menos aliviar alguns receios que eu tenho — se você pudesse me dar um conselho, ou um conforto, para nós podermos tirar isso do nosso caminho —, eu gostaria imensamente de passar um tempo com você. Eu quero fazer alguém feliz. E você em particular, eu nem sei por quê."

"Que conselho?"

"A gente não precisa discutir isso agora."

Renée se inclinou para a frente, como quem vai fazer uma confidência. Havia um brilho novo e meio alucinado em seu rosto, como se ela estivesse se dando conta de grandes ironias. "Eu acho que a gente deveria discutir isso agora mesmo. Assim a gente pode virar essa página, certo?"

Melanie ia começar a falar, mas reparou no copo vazio de Renée e atraiu a atenção do garçom. Quando o novo drinque chegou, ela ficou observando Renée tomar vários goles sôfregos.

"Eu tenho uma casa", ela disse com voz rouca, "que eu não posso segurar contra terremotos e não conseguiria vender por mais de oitenta por cento do valor que ela tinha em janeiro. Será que eu devo vender a casa agora e investir o dinheiro de outra forma, pra ter dez por cento de juros? Ou será que os preços vão voltar a subir em menos de dois anos? Essa é a minha primeira pergunta. Eu também tenho, por conta da burrice e da teimosia do meu pai, trezentas mil ações de uma companhia cujas ações perderam, desde 1º de abril, um quarto do valor que elas tinham antes, principalmente por causa da ameaça de terremotos. Eu estou prestes a adquirir o controle dessas ações e o que eu quero saber é: será que eu devo vender as ações logo para evitar perder mais dinheiro ainda, ou será que os terremotos vão parar? É isso. Agora você sabe mais sobre a minha situação do que qualquer outra pessoa no mundo sabe, salvo o meu advogado. Está claro? Eu abri o meu coração, Renée, e ele está nas suas mãos. Você pode julgar por conta própria se eu estou só desesperada ou se estou confiando em você porque sinto que existe uma afinidade entre nós."

Com súbita energia, Melanie pegou seus óculos de leitura de dentro de sua bolsa. Franzindo o cenho, examinou o cardápio durante exatamente três segundos antes de perguntar a Renée, cujo cardápio parecia estar escrito em árabe, se ela já havia escolhido o que ia pedir. Ela estava inclinada a pedir um filé de vermelho com salada da casa. O que Renée achava?

"Eu preciso ler o cardápio", disse Renée.

Melanie largou o seu de lado e ficou olhando para um ponto distante do salão. Por fim, Renée desistiu de tentar entender os pratos listados no cardápio. Tomou o resto de seu Campari com soda. "O que a faz pensar que eu possa ter algum conselho para lhe dar? Você lê os jornais. Eu leio os jornais."

"Eu estou me lixando para o que sai nos jornais."

"Por quê?"

"Porque qualquer pessoa pode ler os jornais. Logo, o que sai neles se torna automaticamente inútil como informação em que basear seus investimentos. Os mercados estão em baixa agora por causa de toda essa incerteza que a gente está vendo nos jornais. Eles dizem que é *provável* que não haja mais nenhum grande terremoto. Mas também dizem que pode muito bem haver."

"Arrã."

"Você não entende? Probabilidades não me servem de nada. Eu tenho que tomar uma decisão."

"Eu sei. Eu entendo. Mas por que você não supõe que haja cinquenta por cento de chance de ocorrerem novos terremotos e então vende cinquenta por cento das suas ações? Ou então vende vinte por cento, se acha que há vinte por cento de chance."

"Não! Não!" Melanie se remexeu com veemência na sua cadeira. "Você não está me entendendo. Eu estou dizendo que já *perdi* um quarto do que eu tinha três meses atrás, quando ainda não podia fazer nada a respeito. Eu estou dizendo que não quero perder mais nada, que eu *não vou*, eu *não vou* perder mais nada. Se vender cinquenta por cento dessas ações e elas voltarem daqui a algum tempo a ter o preço que tinham em março, eu vou ter perdido muito dinheiro nesses cinquenta por cento."

"Mas você não tinha como evitar essa perda", Renée disse num tom sensato. "Então por que você simplesmente não parte do princípio de que o que você herdou foi só o valor que você vai ter quando assumir o controle de tudo? É esse valor que é o seu ponto de partida, e você pode vender tudo e considerar que foi isso que você recebeu e é o que você vai ter. Ainda deve ser muito dinheiro mesmo assim, não?"

Melanie fechou os olhos. "É isso que eu vivo discutindo com o meu advogado. É isso que o meu marido me diz. Eu tinha esperança de que uma mulher pudesse entender por que eu me recuso, eu me *recuso* a aceitar que isso é tudo que eu vou ter. Não é ganância, Renée. É uma questão de não querer fazer papel de burra. Se acabar tomando a decisão errada, eu pelo menos quero ter a consciência de que a tomei baseada na orientação de alguém. Porque eu simplesmente não ia conseguir *viver* carregando essa culpa."

"Culpe o seu pai", sugeriu Renée.

"Se isso ajudasse em alguma coisa. Eu posso culpar o meu pai por me botar nessa situação, mas ainda continuo sendo eu que estou nessa situação."

"Sabe o Larry Axelrod? Do MIT? Eu posso botar você em contato com ele."

Melanie se inclinou para a frente, sacudindo a cabeça e sorrindo da ingenuidade de Renée. "Você não vê? Todos os investidores de Boston estão indo falar com ele ou com outras pessoas como ele. Eles já tiveram o impacto deles no mercado. Eu não levo vantagem nenhuma seguindo o conselho deles e, além do mais, eu não acredito no que eles dizem. Não acho que eles possam dizer a verdade, porque sabem que todos os mercados estão ouvindo. É por isso que eles dizem cinquenta por cento isso, cinquenta por cento aquilo."

"Então você acha que, como eu não sei nada sobre os terremotos da Nova Inglaterra, eu sou a pessoa perfeita a quem perguntar."

"Acho."

"É muito racional da sua parte."

"Que bom que você pensa assim. Sabe, um dos motivos pelos quais resolvi procurar você foi que eu notei que, de todas as instituições de Boston, Harvard é a única que não está dizendo nada a respeito dos terremotos. E eu tenho que me perguntar por quê."

"Não tem ninguém em Harvard trabalhando com estudos locais no momento. Nós trabalhamos principalmente com teoria, com estudos globais e com pesquisa com redes globais."

"E você, como uma sismóloga inteligente, não consegue olhar para o trabalho que está sendo feito localmente e tirar conclusões independentes?"

"Eu posso tirar conclusões, mas não sei por que você acha que elas seriam mais valiosas do que as do Larry Axelrod."

"Renée, eu passei metade da minha vida entre acadêmicos e já vi esses Larrys Axelrods na televisão. Eu sei reconhecer um intelecto especial quando encontro um. Não vai adiantar nada tentar me convencer a não confiar em você, porque eu não vou lhe dar ouvidos. Eu vou confiar em você e você vai me dizer de que forma eu posso recompensá-la. Porque eu pretendo recompensar você."

Melanie tinha posto sua bolsa no colo e pousado a mão no fecho. Renée já estava esperando por isso. "Você quer saber se deve vender a casa e se deve vender as ações. Duas respostas simples."

"Exato."

"E se eu estiver errada?"

"Bom, você deve saber que, se estiver certa, eu vou ficar muito grata a você. E se eu ficar grata a você, você vai ficar muito, muito contente de ser minha amiga."

"Você está falando de dinheiro."

Melanie olhou para sua bolsa como se estivesse decepcionada de encontrá-la em seu colo. "De preferência, não. Mas, se esse for o seu estilo, tudo bem. Eu não iria querer lhe dar alguma coisa que você não achasse útil."

"Mas e se eu errar nas minhas conclusões?"

"Eu não creio que você vá errar, mas se isso acontecer eu vou saber que você fez o possível para acertar. E que eu fiz tudo que podia para tomar a decisão certa, que me aconselhei com uma pessoa em quem eu confiava e que nós simplesmente não demos sorte. Como eu disse, não é por ganância. É que eu não suporto a responsabilidade."

"As ações são da Sweeting-Aldren, não são?"

"Sim, são." Melanie deu uma risadinha nervosa. "Espero que você não tenha ficado sabendo disso pelo Louis. Ele adora ser indiscreto."

"Eu acho que posso te ajudar", disse Renée.

"Você não se encontrou com ele de novo, se encontrou?"

"Como?"

"Você disse que conhecia o meu filho. Você estava se referindo ao dia do terremoto. Você não viu o Louis depois daquele dia."

"Na verdade, eu vi sim. Ele me convidou para ir a uma festa na casa da sua filha."

"Ah." Melanie empalideceu e levou a mão à boca. "Sei. E você foi?"

"Fui."

"Você não me disse isso."

"Eu tentei."

"Você não me disse isso." Ela se remexeu em seu banco, virando meio de lado e tocando cada parte do seu rosto com os dedos, como se estivesse na dúvida se estava tudo lá. "E isso... isso era para ter sido a primeiríssima coisa para você me falar." Melanie balançou a cabeça, concordando consigo mesma. "A primeiríssima coisa."

"Eu tentei falar."

Ela se virou com violência para encarar Renée. "*Você está envolvida com o meu filho?*"

"Não!"

"Você já *esteve* envolvida com ele?"

"Não. Não! Eu fui a uma festa com ele. E algumas semanas atrás eu... fui jantar na casa da sua irmã. Quer dizer, da sua filha. Ele parecia achar que precisava levar uma acompanhante. Ele foi muito educado comigo."

"Vocês conversaram sobre mim?"

"Não, de forma alguma."

"Então por que as suas mãos estão tremendo?"

"Porque você está me assustando."

"Você contou a ele que eu tinha ligado para você?"
"Eu comentei com ele sim."
"Quantas horas?"
"Como?"
"Quantas horas você passou com ele?"
Renée deu de ombros. "Umas dez. Oito. Sei lá."
Melanie se debruçou sobre a mesa e examinou o rosto de Renée, tocando-o com o olhar como tinha tocado seu próprio rosto com os dedos, seu medo crescendo conforme deitava raízes cada vez mais profundas na lacuna entre a meiguice do rosto e a possibilidade subjacente de que Renée estivesse mentindo. Estava pateticamente óbvio o quanto ela queria confiar em Renée, mas não estava conseguindo extrair uma resposta definitiva do rosto e já tinha depositado tanta esperança nele que não suportou continuar vasculhando-o, temendo encontrar indícios que confirmassem suas suspeitas. "Ah, meu Deus." Novamente ela se virou de lado na cadeira. "Ah, meu Deus, eu não sei o que fazer."
"Por que você não liga para o Louis e pergunta para ele? Se isso é tão importante para você."
"Dez minutos atrás você estava tentando me convencer a não confiar em você. Agora você está fazendo o oposto. Foi porque eu falei de dinheiro. Foi por isso, não foi?"
"O que aconteceu foi que agora você parece achar que eu tenho alguma razão pra mentir para você."
"Você não é mais aquela pessoa com quem eu conversei dois meses atrás. E agora eu estou entendendo por quê. Agora eu estou entendendo por quê. Como foi que isso não me ocorreu? Ah, por que você não me contou?"
"Prontas para pedir, senhoras?" Com um floreio, o garçom sacou uma caneta esferográfica.
Olhando bem no fundo dos olhos dele, Melanie pôs seus óculos e fez seu pedido. Depois, enquanto Renée fazia o pedido dela, tirou os óculos e os segurou com o punho cerrado, apertando-os com tanta força que o plástico chegava a ranger, e ficou olhando com ar desconsolado para o outro lado do salão. Renée pousou a mão no punho cerrado de Melanie. Estava fazendo um esforço tão grande para pensar que seus lábios se agitaram de leve. "Eu disse que podia te ajudar", falou. "Eu sei o que você deve fazer com as suas ações, e você vai ficar muito contente por ter me consultado. Eu vou te ajudar."

Melanie inclinou a cabeça para trás e engoliu em seco.

"Eu vou dizer a você o que fazer", disse Renée. "E estou tão convicta de que estou certa que vou lastrear as minhas conclusões com todo o dinheiro que eu tiver."

O brilho no rosto dela tinha adquirido uma implacabilidade cintilante e embriagada. Ela afagou a mão de Melanie. De repente, unhas se enterraram em seu pulso. Um rosto se lançou em sua direção; ele cheirava a hálito, perfume e creme hidratante. "*Você está tendo um caso com o meu filho?*"

"Não!"

"*E o que você quer de mim é dinheiro.*"

"É."

"*Você quer fazer um acordo.*"

"Quero."

Melanie se recostou de novo em seu banco. "Está bem." Um minuto inteiro se passou sem que ela fizesse nada a não ser morder o lábio, seus temores obviamente ainda não dissipados. Por fim, Renée perguntou se ela queria vinho.

"Não, obrigada. Mas pode pedir uma taça para você, se quiser."

"Eu posso pedir uma garrafa?"

"Pede o que você quiser."

"Por que a gente não *relaxa* e se *diverte*?"

Melanie sacudiu a cabeça, desconsolada. "Teria sido melhor evitar o assunto de dinheiro. Teria sido melhor esperar. Você pode zombar de mim agora, mas eu realmente tinha esperança de que esse fosse um tipo diferente de almoço."

"Eu vou lhe dar bons conselhos. Você não vai se arrepender."

"Eu já estou arrependida. Estou arrependida de ter envolvido você nisso. E arrependida de estar envolvida nisso."

"Vamos acabar logo com isso, então. Vamos tratar dos últimos ajustes de uma vez. E aí depois a gente pode relaxar."

Melanie enrijeceu ao ouvir essa menção aos "últimos ajustes". Hesitou por longos instantes, até que por fim pegou uma carteirinha de fósforos de dentro da bolsa, escreveu um número na parte de dentro e a fez deslizar pela toalha.

Renée leu o número, pegou a caneta e calmamente acrescentou um zero. "Eu posso querer mais", disse. "Se eu estiver certa. Você vai ter que me dar alguns dias. Mas eu definitivamente não vou aceitar menos, a não ser que..."

Ela refletiu. "Por que eu não pego o dinheiro que eu tiver no banco e dou como garantia no acordo? Assim nós teríamos uma... como se chama? Uma escala móvel. Quanto menos eu acertar, menos dinheiro você me dá. Se eu errar, você fica com a garantia."

"Eu não vou discutir isso com você. A gente se encontra na terça-feira."

"Enquanto isso, você vê se consegue um acordo melhor."

"É possível que eu faça isso mesmo."

"Arrã. Fala com o Larry Axelrod."

"Talvez."

Renée comeu um *carpaccio* encharcado de um óleo amarelo. Esvaziava sem parar sua taça de vinho, até que começou a reluzir feito um objeto dentro de uma fornalha, seu retraimento metamorfoseado em volubilidade enquanto ela fazia o seu número "Por que eu odeio Boston" e depois o "A Califórnia é pior ainda". Era como se Melanie estivesse ouvindo uma filha de quem ela gostava e por cuja conversa tinha todos os motivos do mundo para se interessar, mas só estivesse conseguindo ver nela coisas que a faziam se lembrar de sua própria melancolia, de sua relativa proximidade da morte, de sua incapacidade de relaxar e curtir um almoço, de seu distanciamento do mundo das coisas sobre as quais os jovens falavam. Isso de fato acontece com pais que estão infelizes, mesmo com aqueles que amam seus filhos.

A ponta de sua língua veio para fora enquanto ela escrevia números num cheque. Renée estava reluzindo como se tivesse acabado de atravessar uma nevasca. De volta ao planeta do incessante tráfego de carros, em frente ao hotel, ela pediu dinheiro para pegar um táxi. Melanie abriu sua bolsa sobre o quadril e puxou lá de dentro uma nota de vinte. "Eu sei que você deve estar me achando uma boba por perguntar toda hora. Talvez isso nem tenha importância. Mas..."

Os dedos de Renée se fecharam sobre a nota. "Mas?"

"Bom, eu só queria saber se você e o Louis têm algum tipo de envolvimento."

Ela segurou Melanie pelos ombros. "O que você acha?"

"Eu acho que ainda estou inclinada a pensar que sim."

"Jura?" Ela puxou Melanie mais para perto e lhe deu um beijo na boca, como qualquer mulher poderia beijar a pessoa que a tinha cortejado durante um almoço regado a vinho e pérolas.

Melanie se desvencilhou dela e se recompôs. "Eu vou ter que reconsiderar essa nossa conversa, Renée. Vou partir do princípio de que você tenha bebido um pouco além da conta. Mas, mesmo assim, eu vou ter que reconsiderar."

"Escala móvel. Garantia. Acerto imediato."

"Eu falo com você na terça de manhã."

"Até lá, então."

A chuva tinha se transformado numa neblina fina e quente, agradável para a pele. Assim que entrou no táxi, Renée se estendeu no banco de trás.

"Tá tudo bem aí?", o taxista haitiano perguntou.

"Tá", ela disse alto.

Pingos de água escorriam e formavam lentes na janela diante de Renée, um aspecto distorcido da cidade em cada gota. As fachadas encharcadas e de cabeça para baixo, os cabos de energia e de telefone afundando e se dividindo. Ela estava descontrolada. Três da tarde, bêbada feito um gambá e deitada no banco de trás de um táxi. Romance, romance. Três da tarde, a chuva quente, ela volta para casa de um encontro consigo mesma. Ainda sente o calor dela dentro de si, em sua pele. Sente o cheiro de seu próprio nariz, sente o gosto de sua própria boca.

"São doze dólares e sessenta centavos."

"Sobe a ladeira aqui na Walnut."

Com o estômago embrulhado pelo *carpaccio* e pelo vinho, ela ficou deitada na cama até as janelas pararem de escurecer e ficarem um pouco mais claras e a chuva se transformar em vapor e silêncio. Era como se uma tenda tivesse descido sobre a rua, suas abas de lona úmida indo pousar atrás das casas; como se a rua fosse um cenário cinematográfico molhado com mangueira para uma tomada noturna, com um mundo barulhento e agitado além das casas. Um vizinho de uma casa próxima estava fazendo waffles. Na varanda da casa em frente, alguns meninos e meninas botaram uma música de heavy metal para tocar. Parecia estar tocando no quarto ao lado, não do lado de fora. Renée ligou o aparelho de telefone na tomada e discou um número. "Eu posso falar com o Howard Chun, por favor?"

"Ere não tá", foi a resposta.

Ela trocou de roupa e desceu para a rua. Uma das meninas que estavam na varanda — a gorda; também havia duas magrinhas — aumentou o volume da música. Talvez achassem que Renée estava indo reclamar do barulho. Ela subiu a escada. "Alguém aqui tem um baseado pra me vender?"

Eles abaixaram o volume do rádio, e ela repetiu a pergunta, olhando de um rosto incrédulo para o outro. O menino mais novo tinha uns dez ou onze anos. "Você é judia?", ele perguntou, prosaicamente.

"Não."

"Qual é o seu sobrenome?"

Ela sorriu. "Smith."

"É Bernstein", o menino retrucou.

"Greenstein", disse uma menina.

"*Shalom!*"

Renée esperou.

"Há quanto tempo você mora naquela casa?", a menina gorda perguntou.

"Cinco anos", ela disse. "Você mora aqui há quanto tempo?"

"Cadê o seu namorado chinês?"

"Ela tem um namorado careca."

"Ei. *Ei*. Você tem cerveja em casa?"

Ela cruzou os braços. "Quantos anos vocês têm?"

O garoto mais velho, que estivera calado até então, se levantou rigidamente de uma espreguiçadeira de madeira quebrada. Seus tênis balofos de cano alto estavam cuidadosamente desamarrados. "Você tem que comprar umas cervejas pra nós", ele disse.

"Tá bom. Quantas?"

As meninas confabularam, o garoto mais velho fazendo questão de parecer não estar envolvido. "Dez, mas tem que ser da latona", a menina gorda anunciou, enfática.

"Tem que ser o quê?"

"Da latona."

"Da latona?" Renée sorriu, sem entender.

"A LATONA. AQUELA LATA GRANDE."

"A lata de 470 mililitros!"

"A porra da latona de cerveja!"

"Dããã."

"Você sabe o que é fazer sessenta e nove?"

"Steven, cala a boca, seu babaquinha."

"Dããã."

Afastado do resto do grupo, o garoto mais velho revirou os olhos. Renée desceu a escada ao som de gritos de *Shalom!* Um cheiro de infraestrutura vinha do meio dos arbustos, e ela ouviu seu próprio telefone tocar: outro ativista pró-vida ligando.

Quando ela voltou da Highland Avenue, o garoto mais velho a conduziu ao cômodo da frente do apartamento do primeiro andar, tirou duas latas de uma das embalagens de seis que ela tinha trazido e depois as botou de volta na sacola de papel. Mostrou a maconha para ela. "Tá fresquinha", disse, com ar sincero. "Steven, fecha essa porra dessa porta!" A porta se fechou. "Qual você quer? Pega o grande. O meu nome é Doug."

"Quantos anos você tem?"

"Quase dezesseis. Eu vou tirar carteira de motorista. Você topa sair comigo um dia?"

"Acho que não."

Em cima da mesa de sua cozinha, Renée botou o baseado, uma caixa de fósforos e um pires. Posicionou uma cadeira diante deles e apagou todas as luzes, menos uma. Ela tinha uma fita cassete identificada como PARA DANÇAR que estava quebrada fazia cinco anos. Mirando a luz de sua luminária de mesa na fita, ela a abriu e remendou a parte estropiada usando fita durex e uma tesourinha de unha.

A maconha tinha gosto de abril na faculdade; como a música gravada na fita. Ela dançou ao som de "London's Burning", "Spinning Top" e "I Found That Essence Rare", seus braços e pernas espalhando as últimas nuvens de fumaça numa névoa. Achou que estava chorando quando tocou "Beast of Burden", mas quando abriu os olhos não havia lágrima nenhuma e parecia que tinha sido só sua imaginação.

Do lado de fora da janela da cozinha, ela se deitou no telhado molhado e inclinado. As telhas eram feitas de ardósia de verdade.

De manhã, ela foi atrás de um professor de mineralogia que gostava dela e já tinha lhe emprestado um de seus carros várias vezes. Também se apropriou de uma câmera do departamento, com lente teleobjetiva e zoom. O sol estava torrando na Route 128. Da forma mais metódica que pôde, ela percorreu todas as estradas e ruas de Danvers, do oeste de Peabody, do norte de Lynn e do sul de Lynnfield, parando com frequência para traçar sua rota com lápis vermelho num mapa. Não havia absolutamente carro algum no estacionamento da sede da Sweeting-Aldren, uma estrutura branca inspirada no palácio Monticello, no alto de uma colina verde. De uma ponte da ferrovia Boston &

Maine, dos fundos de um prédio de escritórios ainda em construção e dos fundos de um cemitério, ela examinou as instalações da empresa — regimentos de tanques horizontais que lembravam gigantescas cápsulas de remédio, torres com videiras e gavinhas de ferro se enroscando por elas acima. O revestimento corrugado dos prédios principais era de um tom pálido de azul que ela achava que nunca tinha visto; numa tabela de cores, os tons em torno dele provavelmente seriam agradáveis, mas aquele tom específico de azul não era. Vagas exalações de acetona eram nativas do lugar.

Na segunda-feira, o calor tinha atingido plena força branca. Renée vestiu uma bermuda, ou melhor, uma calça jeans velha com as pernas cortadas, uma camiseta regata que ela só usava para dormir e calçou sandálias. Na prefeitura de Peabody, em frente à sala da Secretaria Municipal de Fazenda, no térreo, ela encontrou registros de oito terrenos não contíguos de propriedade da Sweeting-Aldren. Os seis que ela conseguiu percorrer de carro não tinham nada mais interessante do que cavalos; ela não tentou chegar aos outros dois. Estava dirigindo o mais rápido a que se atrevia e, mesmo assim, já eram quase quatro horas quando chegou ao aeroporto de Beverly.

A moça da lanchonete estava tirando do óleo quente um cesto de arame cheio de batatas fritas. Ela disse para Renée procurar um homem chamado Kevin no hangar.

"Eu posso simplesmente ir entrando?"

"Pode. Ele vai estar lá."

Assim que ela entrou pela porta do hangar, alguém assobiou para ela, mas só o que ela conseguiu enxergar a princípio foi um quadrado ofuscante de céu branco no final do galpão. Perto de onde ela estava, havia um Piper Cherokee e um avião turbo-hélice de oito lugares e fuselagem quadrada, ambos com o motor à mostra. Duas duplas de mecânicos de macacão azul e sujos de graxa estavam trabalhando nas entranhas reluzentes das aeronaves, mexendo lá dentro com ferramentas. Quando ela lhes perguntou sobre o tal Kevin, eles apontaram para um rapaz em cima de uma escada perto de um jatinho parado mais adiante. Ele estava aspergindo um limpador aerossol no para-brisa do jatinho.

"É você que é o Kevin?"

"Sou." Ele tinha vinte e poucos anos, olhos azul-celeste, cabelo tosado e postura ereta. Do outro lado do corredor, alguém estava passando aspirador de pó no interior de outro jatinho, de cuja porta pendia um fio de extensão e de onde vinham vagos sons de música country.

"Eu queria fazer um voo e me disseram que eu tinha que falar com você."

"Pra onde é que você quer ir?"

"Só aqui pelos arredores mesmo."

Ele desceu da escada prontamente, o que a fez pensar que em questão de minutos eles estariam no ar, mas na verdade ela ainda teve de passar quase uma hora respirando fumaça de combustível queimado. Nesse meio-tempo, ela pagou o voo e preencheu e assinou uma dispensa de seguro. Kevin desapareceu durante algum tempo e voltou sem o macacão, passou uns dez minutos resolvendo que havia alguma coisa que não estava lhe agradando no primeiro avião que experimentou, e que parecia estranhamente de cabeça para baixo, depois passou mais alguns minutos mexendo e remexendo num avião comum, um Cessna, e por fim estacionou o Cessna do lado de fora da porta do hangar. Tinha posto óculos escuros. "Pra onde nós vamos?"

"Eu queria só sobrevoar Peabody umas duas ou três vezes. Tem umas coisas lá que eu gostaria de ver."

Ele levou o microfone à boca e murmurou coisas incompreensíveis para os sulcos de plástico. Havia um pequeno bloco de espiral num compartimento embaixo do painel de instrumentos. Ele virou as folhas plastificadas do bloco uma a uma, levantando e abaixando flapes, acelerando o motor até as hélices ficarem invisíveis, murmurando coisas no microfone de novo, apertando botões. A temperatura da cabine subiu uns dez ou quinze graus. O barulho do motor atingiu alturas ensurdecedoras enquanto o avião avançava, sacolejante, pelo asfalto amolecido e pelo concreto firme e depois fazia a curva para pegar a pista de decolagem, o nariz do avião perfeitamente alinhado com a faixa central da pista. Ar aquecido e tufos de capim eram as únicas coisas que se mexiam nos acres de vazio em volta deles.

Eles tombavam para a direita e para a esquerda e quicavam no ar feito um jipe subindo uma ladeira.

"Tem um espaço aéreo controlado bem aqui a sudeste", Kevin gritou. "Eu vou fazer a volta pelo norte de Danvers, se você não se importar."

"Tudo bem."

Nenhum ruído em particular se destacava, mas era difícil ouvir. Kevin beijou o microfone e o pendurou no painel. "Você pode virar aquela alavanca ali agora, pegar um pouco de ar."

Estava um dia horrível para voar, os rios turvos e amarelados, a claridade ofuscante e inescapável. A sopa atmosférica se estendia até bem acima da altitude que eles estavam mantendo, e tudo no chão se dissolvia numa massa azul, a menos que Renée olhasse bem para baixo. Lagos e rios pareciam reluzentes vazamentos de chumbo na terra negro-azulada, estendendo-se em direção a um horizonte marrom-azulado. Toda vez que eles sobrevoavam uma extensão de água, o avião descia feito um ioiô. Cada mergulho era seguido de um ricochete ascendente que era possível prever, mas para o qual era impossível se preparar. Kevin botou um saco de papel em cima do joelho de Renée.

"Você é bonito", ela arriscou, gritando.

"Você também. Mas não tanto quanto a minha mulher."

Ela balançou a cabeça sensatamente. "Em que você trabalha?"

"Eu trabalho como piloto pra uma fábrica de ferramentas de Lynn. Eles têm três aviões, um deles jato. Eu sou o número dois, então não piloto muito o jato. Levo muito o presidente da empresa para o Maine. Pra casa de férias que ele tem lá. Os convidados dele também. E você?"

"Eu sou fotógrafa."

"Do...?" Ele apontou para a etiqueta na câmera dela. "Departamento de geofísica de Harvard?"

"É."

"Você se interessa por terremotos?"

"Não", ela gritou. "Formações geológicas."

"Eu pensei que você estivesse procurando falhas ou coisa parecida. Tem muito sismólogo por aqui. Um cara que eu conheço fez um voo com um sismólogo no mês passado, contornando a costa pra cima e pra baixo."

"Eu posso te mostrar onde eu quero ir?" Ela estendeu um mapa, no qual ela havia circulado de vermelho a principal propriedade da Sweeting-Aldren e os dois terrenos menores que ela ainda não tinha visto. Kevin pôs o mapa no colo, ficou estudando-o por alguns instantes e depois olhou bem para a frente pelo para-brisa. O avião deu outro solavanco contra mais uma térmica. O barulho do motor mudou e assim ficou.

"Pode ser?", ela gritou.

Ele demorou um tempo para responder. "O que é que você quer ver lá na Sweeting-Aldren?"

Ela entortou o pescoço, fingindo checar o mapa. "Ah, é isso que tem lá?"

"Você tem alguma razão especial pra querer ir lá?"

"Eu estou procurando formações geológicas."

"Eu não vou poder voar mais baixo que três mil pés."

"Qual é a nossa altitude agora?"

"Três mil pés."

"Por que não?"

"Porque eles não gostam. Eles são uma empresa. Eles têm segredos."

"E se eu encontrar uma coisa que eu quero ver?"

"A Sweeting-Aldren é responsável por mais ou menos metade dos negócios empresariais feitos no município de Beverly. Eles têm seis jatos lá. Você está entendendo o que eu estou dizendo?"

"Não."

"Eu estou dizendo que é lá que eu trabalho."

"Você trabalha pra Sweeting-Aldren?"

"Eu trabalho pra Barnett Die. Mas eu fico no aeroporto. Você está entendendo?"

Ele apontou para as duas propriedades menores, um par de terrenos separados por estradas de terra. O avião sacolejou de novo. O motor engasgou quando eles se inclinaram para o lado, o sol se derramando no colo de Renée e saindo pela outra janela. Uma colina vomitava carros amassados e coágulos de sucata enferrujada. Orgulhosas mansões abriam suas saias de veludo verde numa extensão de terra encravada entre os velhos falos de tijolo da indústria e as fábricas mais novas — retângulos chatos com cascalho no telhado e caminhões se amontoando para encher a pança em gamelas nos fundos. A mais permeável das membranas separava um country club de acres de pilhas de escória cor de osso listradas de amarelo sulfúrico, como as mijadas de um cachorro de quatro andares de altura. Condomínios de prédios baixos com estacionamentos novos em folha e filiais do BayBank se empoleiravam em sumidouros repletos de algas e resíduos indestrutíveis. Em toda parte, riqueza e sujeira conviviam lado a lado. Antes de ceder lugar à propriedade da Sweeting-Aldren, a paisagem parecia hesitar, empreendimentos imobiliários degenerando em bairros subnutridos de residências pequenas e chatas, algumas casas pré-fabricadas, tabernas solitárias e ruas não pavimentadas contornando bosques e morrendo diante de uma ou duas casas inúteis, semiacabadas, com lixo cascateando barrancos abaixo. No lado da mata que pertencia à empresa, tubos e trilhos montados sobre pilares baixos cruzavam pântanos em linha reta, atravessando subúrbios industriais feitos de estruturas circulares idênticas, passando por cima de estradas de tubos emaranhados, mergulhando rumo ao centro da cidade e depois avançando por entre bairros-satélite. Veículos passavam em meio às fileiras de barris com códigos de dez mil cores; línguas de fumaça escapavam do alto de charutos prateados. O conjunto passava uma impressão de boa administração; havia uma lógica nos códigos e no movimento. O oceano escuro cintilava logo adiante.

Kevin baixou uma asa para que Renée pudesse tirar algumas fotos. "Já viu o bastante?"

"Não", ela gritou. "Você tem que descer mais."

"Você está parecendo meio pálida."

"Você tem que descer mais."

"Eu faço um sobrevoo a mil e quinhentos pés e aí a gente vai embora."

"Dois sobrevoos a mil pés."

Ele sacudiu a cabeça. O avião subiu feito um balão de hélio.

"O que eu posso te oferecer?" Ela fez o melhor que pôde para sorrir de um jeito simpático. O avião deu um mergulho tão brusco que os dentes dela bateram.

"Você não está entendendo", disse Kevin. "Eles são muito, muito cheios de frescura."

"Eu te dou mais dinheiro."

Ele fez que não. "Um sobrevoo a mil e quinhentos. E eu quero ver a sua carteira de motorista ou de estudante ou de alguma coisa. Algum documento que tenha foto."

Ele pegou a carteira de motorista de Renée e conferiu o nome e a imagem dela enquanto eles faziam uma curva em sentido anti-horário. "Você tem trinta anos", ele disse.

Ela fez que sim, abaixando a cabeça entre os joelhos. Conseguiu abrir o saco de papel uma fração de segundos antes que uma onda de movimento lhe subisse pelas costas e lhe sacudisse os ombros. O saco enrijeceu com o novo peso dentro dele. Kevin entregou a ela um saco novo.

"Joga isso no banco de trás. Nós vamos subir pelo lado oeste, cortar pelo leste e depois tomar o rumo de casa. Vai ficar tudo virado pra sua janela. Com o sol atrás de você. Você acha que vai sobreviver?"

A única coisa que a mantinha erguida era estar apoiada na câmera, com a lente encostada na janela. Ela fotografava tudo, usando o zoom. Eles já tinham passado da instalação central quando ela se deu conta de que não estava vendo nada, de que devia estar simplesmente olhando.

Eles tiveram de circundar Wenham enquanto um jato pousava na frente deles e outro decolava. Renée mantinha os olhos fechados e o rosto colado nas frestas de ventilação. Cada sacolejo, por menor que fosse, aumentava enormemente seu mal-estar. Estava chocada com o fato de Kevin continuar lhe dando informações para digerir. Fatos, àquela altura, eram tão pouco bem-vindos quanto um sanduíche de salada de atum.

"A gente já está na hora do rush. Eles acabaram de autorizar um jato da Sweeting-Aldren a pousar e tem outro vindo logo atrás. Eles deviam era ter uma linhazinha aérea particular."

O avião subia e descia. O motor zumbia.

"Só mais três minutos e você vai poder botar os pés no chão de novo. Um dia como esse acaba com quase qualquer um."

Com um olho, Renée viu a pista de pouso se estendendo diante deles. Só tornou a abrir os olhos depois que eles já tinham taxiado e parado. "Dá só uma olhada", disse Kevin, apontando com o queixo para o hangar. Dois homens de terno, um deles com um capacete na cabeça, estavam parados na porta do hangar.

"Você não acreditou em mim, não foi?"

"Espera espera espera." Ela estava rebobinando o filme.

"Eu não estou vendo isso. Estou saindo lentamente pela porta."

De cabeça baixa, ela botou um filme novo na câmera e tirou vinte fotos de nada. Os homens agora estavam esperando no pátio de manobra. Quando ela desceu do avião, um deles entrou para revistar o interior da aeronave, enquanto o outro a conduzia até o hangar.

"Você precisa deixar que ela se sente", disse Kevin. "Ela está muito enjoada."

Sem dizer nada, ela se encostou numa parede de um corredor enquanto, atrás dela, sua bolsa era revistada. Na lanchonete, ela recebeu permissão para se sentar numa mesa em cujo tampo havia uma mancha fina e comprida de ketchup. O homem de capacete estava com a bolsa dela no colo; seu rosto era vermelho, achatado e espantado, uma nuca com olhos de botão. Ele ficou calado a entrevista inteira, esquadrinhando incansavelmente os seios e os ombros de Renée.

O outro homem tinha uma tonsura, cabelo grosso e liso cor de grafite que se amontoava em cima da gola de sua camisa, e cenho inteligente de águia. Estava revirando as carteiras de identificação de Renée entre os dedos. "Renée Seitchek, Pleasant Avenue número 7, Somerville. Universidade Harvard." Cravou os olhos nela. "Renée, nós soubemos que você andou tirando fotos de algumas instalações industriais. E, sinceramente, estamos loucos pra saber o que motivou você a fotografar aquelas instalações específicas."

"Eu posso tomar um copo d'água?"

"Tá enjoadinha? Talvez um Sprite ajude. Bruce?" Ele fez um gesto com a mão na direção do balcão e Bruce se levantou. "Mas continue."

"Eu sou fotógrafa."

"Fotógrafa! Que tipo de coisas você gosta de fotografar, Renée?"

"Coisas... interessantes, coisas bonitas."

"Ah, você é fotógrafa artística. Que coisa fascinante!" O interrogador olhou para ela com ar de admiração. "Mas, sabe, eu não estou conseguindo resistir à tentação de perguntar: o que há de tão bonito numa instalação industrial? Você quer tentar me explicar isso? Considerando que é uma coisa que mais ou menos contraria as nossas ideias preconcebidas."

"Quem é você?", perguntou Renée.

"Rod Logan, gerente de segurança operacional das Indústrias Sweeting-Aldren. Meu assistente, Bruce Feschting. Nós fizemos uma viagenzinha especial até aqui pra conhecer você, Renée. Ah, olha só pra isso. O Bruce se superou de novo. Sprite *e* água *e* um guardanapo. Por falar em guardanapo, Renée, talvez você queira limpar um pouquinho o seu queixo."

Um grupo de homens usando sapatos sociais marchou lanchonete adentro, trocando saudações com Logan e Feschting. Pastas 007 balançavam em suas mãos enquanto eles se dirigiam à porta que dava acesso ao estacionamento.

"Mas essas fotografias artísticas", disse Logan. "Como é que é o mercado pra elas, hein? Você tem um patrocinador rico? Tem muita empresa comprando arte hoje em dia."

"É só pra mim."

"Só pra você! Você não se importa se eu perguntar o que a atraiu para aquelas instalações em particular, se importa?"

"Eu vi as instalações da estrada."

"Você estava só passando de carro por lá, não é? Mas teve alguma coisa específica que lhe pareceu interessante e bonita nas nossas instalações?"

"Não. Foi o conjunto todo. A aparência dele."

"Caramba, o mundo realmente deixa a gente de queixo caído às vezes." Logan sacudiu a cabeça. "Simplesmente de queixo caído. Sabe, em algum lugar do vasto universo eu tenho certeza de que existe uma Terra em que uma menina de Harvard realmente vai até o aeroporto mais próximo de nós e faz um voo em plena luz do dia num avião bem identificado, querendo apenas tirar algumas fotos pelo puro prazer que isso dá a ela. Universo infinito, uma infinidade de mundos. Mas, sabe, em que mundo eu estou? Nesse? Ou será que é num mundo mais como esse aqui?" Ele deu golpes no ar com as mãos, sugerindo galáxias em movimento. "Mas escuta, Renée, eu sou um cara razoável. E legalmente, legalmente, eu não posso te impedir de sair por aí tirando fotos até enjoar. Você sabia disso? Que eu não posso legalmente te impedir? Mas, sabe, eu estou segurando a sua câmera no meu colo agora e o Bruce está segurando o outro rolo de filme que estava na sua bolsa..."

"Esse filme está virgem."

"Está virgem, Bruce? É, parece que está. Então você vai ficar feliz em vender esse filme pra gente por dez dólares. E quanto ao que está dentro da câmera, falando em termos práticos, eu gostaria de lhe oferecer revelação e impressão grátis, com o compromisso de enviar as fotos para o seu endereço de Somerville assim que elas ficarem prontas. Eu sinceramente não consigo imaginar um acordo mais amigável. Porque, sabe, Renée, nós levamos os nossos segredos comerciais muito a sério e temos guardas armados na nossa propriedade e um fundo de um milhão de dólares especialmente reservado para processar espiões industriais com o máximo rigor que a lei permite. Então por que você não nos deixa revelar esse filme e depois mandar as fotos pra você, arcando com todas as despesas? Não parece uma proposta razoável, Bruce?"

"Essas fotos são particulares", Renée disse.

"Ah, elas são particulares, sim. Mas por uma questão prática, considerando quem está com a câmera no colo, eu sou forçado a dizer que a sua única outra alternativa seria me permitir abrir a câmera e expor o filme inteiro à luz."

Ela cravou as mãos na cabeça, arrasada. "Vai em frente. Só me deixa em paz."

"Tem certeza?", Logan perguntou, já abrindo a máquina.

Um novo contingente de executivos havia entrado na lanchonete. Feschting se levantou, sem jeito, e saiu de trás da mesa. "Sr. Tabscott", disse. "Sr. Stoorhuys."

"Oi, Dave. Dick." Logan acenou para os recém-chegados, as mãos ocupadas com o filme.

"Rod, Bruce. De onde vocês estão vindo?"

"De lugar nenhum. Nós tivemos um incidentezinho aqui."

Tabscott saiu da lanchonete, mas Stoorhuys parou e se debruçou sobre a mesa, as mangas de seu paletó se engelhando nos cotovelos, dez centímetros de punho à mostra. Ele acenou com a cabeça, mas estava olhando para Renée, de esguelha. Seus lábios se franziram, deixando os dentes à mostra.

"Essa aqui é a Renée Seitchek", disse Logan. "A nossa última *sobrevoante*. Fotógrafa artística. Aluna do departamento de geofísica de Harvard. A lividez do rosto se deve a um violento caso de enjoo aéreo."

Os lábios separados, Stoorhuys a examinou mais de perto. "O sr. Logan explicou a você o motivo da nossa precaução?"

"Explicou."

"Nós vamos providenciar para que você seja reembolsada pelo seu filme."

Ela balançou a cabeça, os olhos voltados para baixo.

"Ela gosta de fotografar coisas bonitas e interessantes", Logan comentou.

"Ela própria é uma coisa bonita e interessante", disse Stoorhuys, com patente insinceridade. Parecia ter perdido o interesse. Seus dedos ossudos apertaram o ombro de Logan. "Pega leve."

"Deixa comigo, Dave."

Instantes depois, ela foi deixada sozinha na mesa. Tomou sua água, deitou a cabeça, encheu os pulmões. Uma nota de vinte dólares estava pousada perto de sua orelha. De repente, um saco de papel caiu em cima da mesa. Renée deu um pulo.

"Está aí o seu vômito", disse Kevin.

Ela pegou um punhado de guardanapos antes de sair da lanchonete. Rodou vinte minutos e, por fim, parou no estacionamento de uma agência do Shawmut Bank. Escondendo-se atrás de uma lixeira feito um guaxinim, ela rasgou o saco de vômito e recuperou o rolo de filme debaixo do conteúdo de seu estômago. As luzes da autoestrada reluziram em seus olhos quando ela lançou uma olhadela furtiva por cima do ombro.

Estava ficando claro que ela não ia conseguir ver as fotos antes de se encontrar com Melanie. De qualquer forma, duvidava que as fotos fossem revelar muita coisa. Se a Sweeting-Aldren mantinha um poço de injeção perto de suas principais instalações, ele muito provavelmente estava escondido sob um galpão. Renée voltou para Cambridge, devolveu o carro e ficou na biblioteca Widener até a campainha que anunciava o horário de fechamento tocar.

Na manhã seguinte, ela tomou café da manhã e pouco depois botou tudo para fora. Fumou o resto do baseado e tomou um segundo café da manhã no Au Bon Pain antes de voltar para as máquinas de microfilme da Widener. À uma e quinze da tarde, fez uma cópia de uma foto que saíra no *Globe* em 9 de março de 1970. A foto mostrava uma filial bancária recém-aberta num edifício comercial de quatro andares na Andover Street, em Peabody; por entre as árvores peladas ao fundo, era possível ver a parte de cima de uma estrutura que lembrava, parecia-lhe, uma torre de perfuração.

Depois, foi ao banco levando seu título de poupança da série E, um "*war bond*" que ganhara de presente de uma avó já falecida. O funcionário do banco observou que ainda faltavam dois anos para o vencimento do título.

"Quanto é que ele vale agora?"

Ela tinha oitenta notas de cem dólares no bolso da frente de sua calça jeans quando desceu do trem em Salem, com a primeira leva de pessoas que voltavam do trabalho. O endereço que tinham lhe dado a levou à sede do condado, em frente à qual, numa casa antiga reformada, revestida de fasquias brancas e com uma placa em que se lia 1753, ficavam os escritórios de Arger, Kummer & Rudman.

"Senhorita Seitchek", disse Henry Rudman, afável, botando sua mão larga no meio das costas de Renée. Fez com que ela se sentasse numa cadeira posicionada bem em frente à mesa dele e parou a seu lado, solícito, perguntando se ela aceitava alguma coisa para beber.

"Água gelada, por favor."

Atrás da mesa dele, num canto da sala situado entre um computador e um ar-condicionado de janela que parecia prestes a pedir arrego, Melanie estava sentada de cabeça baixa, com as mãos entrelaçadas sobre o colo. Lançou um único e rápido olhar para Renée, cheio de mágoa, como uma mulher num tribunal que não espera mais nada do marido, a não ser uma parte do patrimônio dele e de sua futura renda. O amor tinha morrido. Tudo se reduzira àquilo.

Renée cruzou os braços e jogou a cabeça para o lado, com indiferença. Em cima da mesa de Rudman havia pequenas fotografias de uma esposa e de três menininhas, mas em termos ornamentais a sala era dominada por três ampliações em preto e branco na parede, todas autografadas: Ted Williams num cruzeiro, com o braço em volta dos ombros de um Rudman mais jovem; Rudman e Yastrzemski de rosto colado, numa mesa de banquete; Rudman e Jim Rice, de tacos em punho, num campo de golfe com palmeiras ao fundo. Renée riu. Seus olhos estavam vermelhos, seu queixo pontilhado de novas espinhas. Seu cabelo vinha crescendo fazia meses e agora, de repente, estava quase batendo nos ombros — sujo, um emaranhado de ondas duras. Ela cheirava a suor e couro cabeludo. De alto a baixo ela estava melada de oleosidade; melada, suja, animalesca e sexy. Lançou um súbito olhar de relance para Melanie, que abaixou os olhos de novo.

Rudman trouxe o copo d'água e se plantou atrás de sua mesa. "Então, senhoras, estamos todos prontos?" Ele não esperou uma resposta. "Senhorita Seitchek, a senhora Holland me disse que a senhorita a abordou a respeito de uma aposta quanto ao desempenho de um certo imóvel e de ações de uma certa empresa. Sendo o imóvel em questão a propriedade da senhora Holland em Ipswich e as ações em questão as da empresa Sweeting-Aldren. As informações estão corretas?"

"Não", disse Renée. "Não fui eu que a abordei. Foi ela que me abordou. Além disso, eu não tenho nada a dizer a respeito do imóvel. Se ela quiser tirar conclusões com base no que eu disser a respeito das ações, isso é com ela."

Rudman e Melanie trocaram olhares. "A senhorita é sismóloga, senhorita Seitchek."

"Sou."

"Nós podemos pressupor que a senhorita esteja baseando a sua previsão na sua interpretação de dados sismológicos. Mas a previsão se aplica apenas às ações, é isso?"

"Peabody e Ipswich ficam a quase dezoito quilômetros de distância uma da outra."

"Isso é novidade?"
"O que eu estou dizendo é que não existe uma conexão óbvia."
Rudman se virou. "Senhora Holland?"
Melanie apertou os lábios um contra o outro, aparentemente contando até cinco. "Eu gostaria de lembrar a você, Renée, que, embora seja verdade que fui eu que a abordei, foi você quem mencionou dinheiro e sugeriu um acordo. Também gostaria de lembrá-la que você a princípio omitiu deliberadamente que tinha informações que poderiam me ajudar, e você *não* me disse que essas informações não se aplicariam ao imóvel."
Renée deu um de seus sorrisões. "Você quer que eu vá embora?"
"Senhoras, senhoras."
"Eu agradeceria se você dissesse a *verdade*", disse Melanie, num tom neutro. "É só isso que eu estou dizendo."
"Pode ser, senhorita Seitchek? A senhorita pode tentar dizer a verdade para nós podermos seguir adiante? Isso vale para a senhora também, senhora Holland."
Melanie fez uma pose de mulher íntegra.
"Pois bem, senhorita Seitchek, hã..." Rudman coçou o bigode. "A senhora Holland relatou que a senhorita esperava que ela botasse na aposta... hã... cinquenta mil dólares, que nós podemos deduzir que..."
"Não", disse Renée, enfática. "Não. Eu disse que queria no *mínimo* cinquenta mil dólares. E disse também que, quanto mais certa eu estivesse, maior deveria ser a minha recompensa."
"Em momento algum eu concordei com essa condição."
"Eu disse que você tinha concordado?"
"Senhoras."
"Eu também disse que apostaria todo o dinheiro que eu conseguisse levantar nesse arranjo. O que eu estou pronta para fazer." Ela tirou o bolo de notas do bolso e o jogou em cima da mesa de Rudman.
"Dinheiro!", ele exclamou, como um Fausto horrorizado, levantando-se parcialmente de sua cadeira.
"Guarde isso", disse Melanie.
"Senhorita Seitchek, por favor, hã... Isso é muito tocante, como gesto, mas sinceramente isso é uma coisa para se manter num lugar seguro. Não é uma coisa para se pôr na mesa de outras pessoas, sem elástico, sem nada. Eu estava

para dizer à senhorita, aliás, que a senhora Holland respeitosamente recusa a sua oferta de uma garantia e de uma escala móvel. Em contrapartida, ela insiste em fixar como teto os cinquenta mil que a senhorita propôs."

Renée se levantou e enfiou o bolo de dinheiro de volta no bolso. "Nada feito."

"Senhora Holland?"

Melanie inclinou a cabeça para o lado mecanicamente, como um pássaro. "Que tipo de teto você tinha em mente, Renée? Ou você não queria teto algum? Será que a sua ideia era pedir trinta por cento logo de uma vez?"

"Um milhão de dólares."

Melanie soltou um bufo de desdém.

"Quanto dinheiro tem aí no seu bolso, senhorita Seitchek? Se é que eu posso perguntar?"

Ignorando-o, Renée deu um passo na direção de Melanie e se dirigiu a ela diretamente. "Eu vou lhe dizer o que vai acontecer com essas ações específicas nos próximos três ou seis meses, o que você preferir. Você vai ou comprar mais ações ou vender a sua participação na empresa de acordo com a minha recomendação. Se você ganhar quinhentos mil dólares porque eu lhe dei o conselho certo, eu quero cinquenta mil. Se você ganhar dez milhões, eu quero um milhão. São dez por cento até um milhão. Se não ganhar nada ou se perder dinheiro, você fica com o dinheiro que eu tenho aqui no meu bolso agora. São oito mil dólares."

Rudman estava balançando a cabeça e agitando os braços, como um árbitro tentando apitar um impedimento. Melanie encarou Renée com um olhar alucinado. "É o Louis!", disse. "Não é você de jeito nenhum. Você... você nem sequer está aqui! É o Louis!"

"Ah, meu Deus, senhora Holland. Sinceramente."

"Você está enganada", disse Renée, tremendo de ódio. "Você está completamente enganada."

Rudman acenou para ela. "Está vendo? Ela diz que a senhora está enganada. Está vendo? Mas... hã... senhorita Seitchek, a senhorita vai precisar nos dar licença um instante."

Ele conduziu Melanie em direção ao fundo da sala, onde havia uma porta que dava para uma sala de reuniões, forrada de sentenças. Ouvindo o trinco estalar, Renée se sentou, fechou os olhos e respirou. Cinco minutos se passaram antes que Rudman saísse lá de dentro. "Dez por cento até chegar a duzentos mil, oito mil de garantia."

Ela não se virou. "Não", disse. E acrescentou, como se fosse uma palavra estrangeira que ela não tinha certeza se havia pronunciado corretamente: "Não".

Rudman se retirou. Dessa vez, ele voltou em menos de um minuto. "Última oferta, senhorita Seitchek. Trezentos e cinquenta mil."

"Não."

Novamente o trinco estalou. Ela pensou que estivesse sozinha, até que sentiu a mão dele em seu ombro e viu o bigode dele se aproximando obliquamente. "A senhorita disse não?"

"Disse."

"Deixe-me lhe fazer uma pergunta, senhorita Seitchek. Só uma perguntinha, está bom? Que merda é essa que você acha que está fazendo?"

Ela ficou olhando fixamente para a frente.

"Claro que Harvard é uma excelente universidade, e talvez você seja uma excelente aluninha de pós-graduação, mas... uh... trezentos e cinquenta mil dólares..."

"Sem descontar os impostos."

"Será que não estamos nos deixando levar por uma certa avidez, não? Você já ouviu falar numa coisa chamada moderação? De parar enquanto se está ganhando? Em compaixão por uma senhora que obviamente não está batendo muito bem da bola? Eu tenho certeza de que não preciso lhe dizer que ela está lá naquela sala me dizendo pra aceitar as suas condições. Você sabe o que ela acabou de me dizer? Ela me disse que você é o Demônio, Demônio com D maiúsculo, e eu juro pra você que ela quis dizer *literalmente* o Demônio, juro por Deus. Com a cara mais séria do mundo! É esse o tipo de pessoa que você está imprensando contra a parede. Mas só aqui entre nós dois, garotinha, você não é o Demônio. Você é uma estudantezinha de pós-graduação sebenta que só Deus sabe como conseguiu botar as garras numa senhora fina como a senhora Holland. E quer saber de mais uma coisa? Você não vai levar mais do que trezentos e cinquenta mil nessa. Eu não preciso lhe dizer que nós estamos lidando com uma pessoa que perdeu a perspectiva das coisas. Por ela, você levaria o milhão todo, mas eu não vou deixar que ela faça isso. Eu não vou deixar. Ela pode ficar burra de pedra e ir parar num manicômio no que depender de mim, mas eu não vou deixar que ela dê um milhão de dólares de mão beijada pra uma vigaristazinha que está vendendo segredos por trás das costas do chefe. Eu estou lhe dizendo o que eu penso de você, senhorita Seitchek. Eu acho que você é uma merdinha de uma golpista sebenta. Você está me ouvindo?"

Ela estava absolutamente imóvel.

"É, e pra sua informação, você não vai encontrar muitos caras mais mansos do que eu por aí não."

"Descontando os impostos", ela disse em voz baixa. "Seiscentos é trezentos e cinquenta, mais ou menos, descontando os impostos. E eu vou embora se você não aceitar."

"Ei, grande ideia. Por que você não vai embora agora logo de uma vez? Ou você precisa que eu lhe explique como é vender blocos de ações? Talvez você queira uma aula sobre ganhos de capital? Você já ouviu falar nisso? E em comissão do corretor? Não, o que é que eu estou dizendo, você provavelmente decorou a tabela do imposto."

Ela se levantou de um salto e, antes que ele pudesse impedi-la, entrou na sala de reuniões. Melanie estava debruçada sobre a mesa oval, chorando.

"Seiscentos mil", disse Renée, enquanto se desvencilhava das mãos de Rudman. "*Seiscentos mil.*"

"*Cala a boca! Cala a boca!*"

Melanie segurou a mão de Rudman, num gesto de súplica. "Henry, aceita!"

"Senhora Holland..."

"Aceita. Eu disse pra aceitar. Aceita e a gente acaba com isso."

10.

Meia-noite nas salas do sistema computacional. O ronco de ventiladores e aparelhos de ar-condicionado as preenche por completo, sem deixar a salvo a mínima brecha, como ar num colchão inflável. Todos os monitores tinham se obscurecido. Em seu closet particular, a impressora de linha martela números em folhas de papel. O *New York Times* do dia está pousado ao lado da impressora a laser. Uma manchete diz:

ESTUDO REVELA QUE CHAVE DA FELICIDADE ESTÁ NA PROFUNDIDADE,
NÃO NO NÚMERO DE RELACIONAMENTOS

A certa distância dali, uma porta se fechou e os ruídos dos passos de alguém parecem estar ficando cada vez mais baixos, mas de repente começam a ficar mais altos, ecoando no poço da escada, e continuam aumentando cada vez mais à medida que descem os degraus sem pressa, tornando-se altíssimos ao chegar ao patamar diante das salas do sistema. Não fazem sequer uma pausa ali: passam direto. O corredor já havia contado vinte e quatro passos quando a porta de enrolar foi aberta; o último som é o som da porta descendo até o chão e travando.

Os diodos do mostrador da CPU tremeluzem, cônscios.

* * *

A impressora já encheu seu cesto de metal, e a cena retangular na única janela que dá para a rua já passou do azul do mar profundo ao verde do mar raso e depois aos amarelos gotejantes e enevoados de uma manhã de verão, quando os primeiros estudantes começam a chegar. Eles carregam copos de café e se movem com cautela, como se estivessem patinhando, com água até a cintura, na marola da noite.

Em frente ao prédio, diante do Peabody Museum e de sua coleção de flores de vidro, há um arbusto pouco atraente, um corniso. Turistas se fotografam em frente a esse arbusto trinta ou quarenta vezes por dia, envolvendo-o em suas vidas como um observador acusado de crimes imaginários e disparando suas câmeras contra ele como se o executassem sumariamente. Existem fotos desse corniso em álbuns de Tóquio, Yokohama, Hokkaido, Stuttgart, Pádua, Riade e Malmö.

Na varanda que circunda a sala de lazer dos alunos, na cobertura do prédio, o sol ainda não evaporou o orvalho sobre a série de churrasqueiras hemisféricas, a garrafa quadrada de fluido combustível e as enormes pinças de laboratório que os estudantes usam para mexer o carvão. Um saco de carvão está encostado na grade, exausto. Dentro da sala de lazer, numa mesa perto do elevador, fatias desbotadas de melão e um pedaço de maçã com a casca soltando boiam numa tigela de plástico transparente. Howard Chun dorme num sofá, com as mãos entrelaçadas sobre o peito, um cadáver sereno. Fragmentos triangulares de batata frita estão espalhados pelo carpete marrom.

Onda P residual, heterogeneidade lateral, fronteira núcleo-manto, momento tensor, propagação da ruptura, penetração da placa, enxame de eventos, resistência ao cisalhamento, sismicidade intraplaca, deconvolução, funções fonte-tempo, modos normais, deslizamento assísmico, migração dos polos. Um aluno chama seus programas por nomes como "Kelly", "Diane" e "Martha". São nomes de mulheres de quem ele já esteve ou está a fim. Ele gosta de dizer seus comandos favoritos em voz alta: "Abra Martha. Rode Kelly. Execute Diane".

O jornal diz: *Parece que faz séculos que os homens diziam coisas grosseiras e cheias de empáfia para mulheres crédulas.*

* * *

O sistema pode ficar irritadiço quando está sobrecarregado. Pode levar uma eternidade para executar tarefas simples. Pode enviar mensagens frustrantes para o seu console. Pode fingir-se de morto.

Se você se esquecer de dizer ao sistema para não esperar alguma coisa, ele vai ficar esperando. De tantos em tantos minutos, ele vai cuspir uma mensagem no papel no console do sistema, informando ao mundo que, embora você tenha esquecido o seu compromisso, ele não esqueceu. E vai ficar cuspindo essas mensagens por horas a fio.

Quando não tem nada para fazer, o sistema dorme. Acorda sabendo que horas são com uma precisão de centésimos de segundo.

Às vezes o sistema se torna irracional, e um moço vestindo um uniforme apertado demais tem de vir com suas pastas de alumínio e examiná-lo. A CPU é aberta e sofre a indignidade de ter suas placas removidas, uma atrás da outra, até que a que está com defeito seja encontrada. Depois fica tudo bem de novo.

A janela está escura quando Renée aparece. As cadeiras foram reunidas em grupos, um perto do telefone e outro no canto perto da tela Tektronix. Ela as empurra de volta a seus devidos lugares, joga cinco latas de refrigerante na lata de lixo reciclável e desconecta consoles para as pessoas que não se deram ao trabalho de fazer isso. Depois, sobe a rampa que leva à sala interna e se senta enviesada diante do console ao lado da jukebox de disco óptico, com as pernas de um dos lados da cadeira. Está tão sozinha e tão imóvel no rumor da sala clara, tão técnica em sua coloração, que, mesmo estando totalmente visível pela janela de vidro laminado, um sedimentólogo que passa por ali e enfia a cabeça pelo vão da porta tem certeza de que a sala está vazia.

Uma imagem da terra abaixo de Tonga surge na tela colorida. Renée olha para cada objeto estacionário dentro da sala, o console do sistema, os discos de armazenamento, as paredes, a CPU, as unidades de fita, a caixa de força, o processador vetorial, o digitalizador, as prateleiras de fitas, seu próprio corpo, as paredes, a jukebox. Sente a vigilância e a perpetuidade. Ouve atentamente o ruído, tentando encontrar nele algum sentido, padrão ou alusão, sabendo que não vai encontrar nada. Por trás do ruído existem, porém, fantasmas de ruídos — o alvoroço, o risinho abafado, de elétrons fazendo cálculos.

* * *

Howard Chun entra na sala vazia à meia-noite, carregando um milk-shake e seu aparelho de som portátil, que é do tamanho de um arquivo de duas gavetas. Conecta-se ao sistema a partir de seis consoles e escuta a *Eroica* enquanto trabalha.

Mais tarde, depois que ele já foi embora, um vento noturno arrasta um copo de papel pela calçada em frente à janela. O ruído do sistema abafa o suspiro do vento, mas não os estalidos do copo.

Mais tarde ainda, o canto de um mapa oceânico se desprende da parede e se dobra. Três semanas depois, outro canto também irá se desprender, e a primeira pessoa a entrar na sala no dia seguinte vai encontrar o mapa caído no chão.

É de manhã: o corniso está sendo fotografado. O jornal diz: *Comida pode não ser amor, mas também dá prazer e tem suas utilidades.*

Todas as luzes estão acesas. Latas de refrigerante boiam de lado num mar de papel amassado. O hemisfério de plástico rachado que pertence ao globo da sala tem cascas de amendoim dentro dele, e o painel da frente do radiador, de cujo ventilador também pode sair ar frio, está jogado no chão, com sua apodrecida lâmina de espuma isolante para cima. Na sala do *mainframe*, uma embalagem de Twinkies e o papelão pegajoso que vem embaixo do bolinho estão largados em cima da CPU, perto dos modems.

Nos sete anos que se passaram desde que ele começou, o ruído só parou uma vez. Era mais de meia-noite num sábado de agosto quando uma correia do ar-condicionado arrebentou. Um alarme alertou a Segurança do Campus de que algo havia acontecido, mas não havia nenhum sinal de arrombamento e o ar-condicionado estava fazendo seu ruído habitual, então os seguranças desligaram o alarme. A temperatura na sala do *mainframe* subiu a cinquenta e quatro graus antes que Renée chegasse para trabalhar e, devidamente horrorizada, desligasse o sistema.

Que silêncio se instalou ali naquele dia. Era como estar diante de um oceano do qual toda a água tivesse sido retirada.

* * *

O sistema acredita que os últimos vinte anos eliminaram qualquer diferença significativa entre a inteligência humana e a inteligência artificial na América. O sistema acredita que todas as funções vitais da inteligência média americana podem agora ser simuladas por um programa de onze mil linhas suportado por seis bibliotecas de Frases e uma biblioteca de Opiniões, totalizando juntas menos de oito megabytes. Um laptop com disco rígido de preço mediano consegue rodar esse programa, que pode realizar exatamente as mesmas tarefas mentais operadas por um americano selecionado aleatoriamente: pode simular realisticamente seus padrões de gasto, seus mecanismos de reação a crises, seu comportamento político.

O segmento do programa referente ao horário das 17h às 18h30 de um dia de semana para um homem seria algo mais ou menos assim:

```
3080 desejo = desejo + desinc
3090 fimtrabalho
3100 ANDEPARA carro
3110 desejo = desejo + desinc
3115 se desejo(1) < .67 então 3120
        DIRIJAPARAESTACIONAR Bar(n)
        vásub escolhabebida
        em gostosa 3200
3120 se dinheiro > 6i se tempo > 1 se desejo(6) > .5 vásub compras
3130 se combustível > .5 se tempo > .05 vásub abasteça
3140 DIRIJAPARAESTACIONAR Casa
...

compras
    desejo = desejo + desinc
    leia pequenasnecessidades/grandesnecessidades/grandesvontades
    vásub tiponecessidade: necessidades.temp; dinheiro;
        DIRIJAPARAESTACIONAR Shopping(n,)
        ANDEPARA Shopping(n,necessidades(1))
        em prodquente vásub compraimpulsiva
        em deslumbre vásub compraimpulsiva
        COMPRE necessidades(1)
        se dinheiro < 6i saiasub
```

```
        se desejo(2) < .5 então 80
            SINTA desejo(2)
            vásub jantarfora
        80 próximas necessidades

jantarfora
    10 vásub escolhacomida
    jcompatível Shopping(n, c(1))
        em incompatível vásub escolhacomida
            ANDEPARA Shopping(n,c(1))
            se álcool então alc = (0,1) se não alc = (1,0)
            COMPRECOMA c(1), [j(1a, 1b)·alc]
        em gostosa 3200
        desejo(2) = desejo(2) – [valorj(c1)]
        se desejo(2) < .5 saia se não 10

3200 SINTA desejo(1)
    vásub avalieela
        se (ela·desejo(1)) < .5 saialoop
        desejo(1) = 2·desejo(1)
        ligue bib :assuntoconv/;bompapo
        vásub paquera

[paquera
    DIGA "Oi"
    em esnobada saiasub
    conheçaela = ela/10
        110 leia $eladiz
            busca assuntoconv
            pcompatível $eladiz $responda
            rem: valp atribuído em pcompatível
        DIGA $resposta
        em esnobada saiasub
        conheçaela = conheçaela + valp
            vásub avaliaela
        se ela·desejo < .5 saiasub
        se conheçaela < .67 então 110
        DIGA "Escuta, se você estiver livre, talvez a gente possa";$linha(n)
        leia $eladiz
        ...
```

```
[escolhacomida
    randomize
    comida = int(md*10)
    crie b1 {a,b}
    se comida = 1 então c1 = {pizza} b1 = {pepsi, cerveja} saiasub
    se comida = 2 então c1 = {nachos} b1 = {sprite, cerveja} saiasub
    se comida = 3 então c1 = {nuggets}...

se (margemgasto-dinheiro) < mcrit então casa

3150 assistanoticiário
    ligue bib :papoquente
    ...
    ...
```

Talvez você queira objetar: Por acaso a inteligência artificial é capaz de ler um livro com compreensão? Ela é capaz de pintar um quadro genuinamente original ou compor uma sinfonia? É capaz de distinguir fatos de meras imagens e tomar decisões políticas responsáveis com base nessa distinção?

O sistema salienta que o programa simula a inteligência do americano médio na década de 1990.

Você pode argumentar ainda que nenhuma máquina, por mais sofisticada que seja, será jamais capaz de *sentir* subjetivamente a cor azul ou *saborear* o gosto de canela ou *ter consciência de si enquanto pensa*.

O sistema considera isso uma perigosa irrelevância. Pois, a partir do momento em que você permite que a subjetividade entre numa discussão lógica, a partir do momento em que você confere realidade a fenômenos que jamais poderão ser verificados por uma máquina ou uma reação química, a partir do momento em que você diz que a interpretação subjetiva que uma pessoa dá a moléculas de canela como *Ah! Canela!* tem uma significação, você abre uma caixa de Pandora. Quando você der por si, a pessoa vai estar lhe dizendo que ela interpreta o silêncio no cume de uma montanha como *Ah! Existe uma presença eterna ao meu redor*, e a escuridão no quarto dela no meio da noite como *Ah! Eu tenho uma alma que transcende sua clausura física*; e é por aí que se chega à loucura.

É muito mais sábio viver racionalmente, como uma máquina faz. Votar no candidato que se opõe mais ferrenhamente aos chefões do tráfico de drogas. Sustentar que o que existe de real no sabor da canela são as informações nela contidas: ela diz a seu cérebro — e isso por puro acidente químico, já que canela não tem nutrientes — *me coma, eu faço bem para você.* É certamente mais sábio rir da pessoa que lhe diz que sem a sua experiência subjetiva da canela você teria se enforcado aos treze anos de idade, ou que sem a sua experiência subjetiva do cheiro da neve derretendo a sua atitude em relação a sua mãe ou a sua mulher ou a sua filha se resumiria a O *que eu posso fazer para que ela me dê o que eu quero?* E como algumas pessoas não têm paladar e como o líder de uma nação de daltônicos mora em sua negra Berlim ou em sua cinzenta Tóquio ou em sua Casa Branca e zomba daqueles que dizem que têm sentimentos em relação à cor azul, você precisa aprender a zombar daqueles que estiveram nas montanhas e dizem ter sentido a presença de um Deus eterno, e a rejeitar quaisquer conclusões que eles tirem dessa experiência.

Se não — se deixar que a emoção o engane e o faça acreditar que existe algo único ou transcendente na subjetividade humana — você pode acabar se perguntando por que organizou a sua vida como se você não passasse de uma máquina voltada para a desprazerosa produção e o prazeroso consumo de mercadorias. E por que, a pretexto de uma educação responsável, está incutindo em seus filhos o mesmo *éthos* consumista, se o aspecto material não é a essência da humanidade: por que está garantindo que a vida deles seja tão entulhada de mercadorias quanto a sua, com tarefas, loops, input e output, de modo que eles vivam sem qualquer outro propósito a não ser o de perpetuar o sistema e morram sem qualquer outra razão a não ser a de estarem exaustos. Você pode começar a recear que, a cada aparelho que compra, a cada objeto de plástico que joga fora, a cada galão de água quente que desperdiça, a cada ação da Bolsa que negocia, a cada quilômetro que roda, você está apressando o dia em que não haverá mais terra nem ar nem água no mundo que não tenha sido modificado, o dia em que a primavera terá cheiro de ácido clorídrico e uma chuva de verão terá sabor de paradiclorobenzeno, e a água que sai da sua torneira terá um tom vivo de vermelho e um gosto igualzinho ao da Pepsi, e os únicos pássaros no mundo vão ser pardais amestrados que piam "Simplesmente diga não!", gaios-azuis que gritam "Sexo!" e galinhas que cacarejam "Carne branca!", e você vai comer carne vermelha numa noite, frango na noite seguinte e carne vermelha na outra, e todas as florestas vão estar plantadas com o mesmo tipo de pinheiro ou o mesmo tipo de bordo, e mesmo a mil e tantos quilômetros de distância da costa o fundo do oceano vai estar coberto de escória enferrujada e garrafas de plástico, e apenas atuns, sardinhas e camarões graúdos vão nadar por lá, e mesmo à noite, no alto de uma montanha remota, o vento terá o cheiro do ar que sai da chaminé de um McDonald's e você ouvirá alarmes de carro, barulho de televisão e o ronco dos jatos, no interior dos quais estará sendo oferecida aos passageiros a opção entre *Frango... ou carne?* — e a natureza em que todas as pessoas, conscientemente ou não, um dia sentiram a imanência da eternidade estará morta, e o jornal que você pode ler na tela de um computador que você comprou com o dinheiro que ganhou trabalhando arduamente em outra tela irá lhe dizer que *O homem é livre e todos somos iguais* e que *Minigolfe é o novo jogo urbano*. E como poderia ser perturbador achar tal mundo insatisfatório! Então, pelo bem da sua própria paz de espírito, já que de qualquer forma nada pode ser provado nem refutado — uma vez que a sua ciência se abstém de responder justamente aquelas perguntas que dizem respeito à capacidade da mente humana de sentir aquilo que, num sentido absoluto e verificável, não está lá —, será que não é infinitamente mais seguro pressupor que as máquinas tenham sua própria alma e seus próprios sentimentos virtuais?

Renée tinha voltado para casa do escritório de Arger, Kummer & Rudman com uma dor de cabeça alucinante, um contrato de duzentas e setenta palavras autenticado e suas oitenta notas de cem dólares. Melanie, irracional até o fim, havia se recusado a aceitar o dinheiro como garantia. Renée respondeu a um anúncio de uma pessoa que estava vendendo um Mustang 74 conversível, vermelho-fogo. Deu uma nota de cem dólares para o mecânico que avaliou o carro e mais trinta e oito para o zoólogo de invertebrados que estava vendendo o carro.

Depois, rumou para as badaladas lojas de roupas da Harvard Square, lugares que eram filiais de lojas da parte sul da Broadway, em Manhattan. Comprou saias curtas e justas, sapatos lustrosos, batons, camisetas de verão que custavam 3 dólares o grama, um par de óculos escuros. Comprou uma jaqueta de couro e bijuterias de plástico.

Na manhã seguinte, voltou para a Square, cortou o cabelo e fez mais algumas compras. Estava parada em frente ao espelho de uma loja de roupas, vendo se tinha corpo para usar uma saia verde-limão com um corte para lá de justo, quando seus olhos refletidos encontraram seus olhos de verdade e de repente lhe ocorreu que só o que ela estava fazendo era tentar imitar o estilo de Lauren Bowles.

Decidiu que já tinha comprado o bastante por ora.

O Mustang virava cabeças enquanto ela rumava para o norte com a capota abaixada, cruzando Cambridge e Somerville. Pegou a pista do meio da I-93. A única coisa desanimadora era que ela não suportava nenhuma das músicas que tocavam no rádio.

O ar em Peabody tinha cheiro de alga marinha. Na Main Street, no quarteirão seguinte ao do Warren Five Cents Savings Bank, ela bateu duas vezes na janela da sede do *Peabody Times* antes de reparar no aviso que dizia FECHADO ESTA SEXTA. Encostou-se num para-lama, sentindo a quentura do metal através do tecido fino de sua saia, e roeu três unhas até o limite do aconselhável.

Na Andover Street, localizou o prédio bancário de meia-idade que ela tinha visto fotografado quando recém-nascido num exemplar do *Globe* de 1970. A ferrugem agora carcomia os painéis que revestiam a fachada; a calçada estava rachada, crestada e cheia de tufos de capim. Do outro lado da rua havia uma lavanderia, uma videolocadora e uma "lanchonete" que vendia cerveja e artigos de mercearia. O homem atrás do balcão da lanchonete era um português, que lhe disse que era dono do estabelecimento fazia seis anos. Ela jogou a garrafa de Pepsi que tinha comprado no banco de trás do Mustang.

Circulou de carro pelo bairro operário que ficava atrás do prédio do banco, passando por casebres brancos que pareciam à beira da condenação, atravessando diferentes concentrações de vapores de acetona, subindo e descendo todas as ruas que terminavam na cerca alta da empresa, com suas placas que diziam ENTRADA EXPRESSAMENTE PROIBIDA. Parou em frente a uma casa em cuja varanda havia um senhor de cabelos brancos. Ele veio mancando pelo gramado, poupando um quadril problemático, e ficou olhando para ela como se ela fosse o Anjo da Morte que havia chegado em seu Mustang vermelho mais cedo do que ele esperava. Ela disse que seu nome era Renée Seitchek e que era sismóloga da Universidade Harvard e perguntou se podia lhe fazer algumas perguntas. Aí ele teve certeza absoluta de que ela era o Anjo da Morte, capengou de volta até a varanda e, dessa posição relativamente segura, gritou: "Cuida da tua vida!".

Ela tentou outras ruas e abordou outros velhinhos. Ficou se perguntando se haveria alguma coisa na água dali que fazia com que eles fossem todos tão bizarros.

Uma mulher atarracada, que estava revolvendo a terra em volta de algumas roseiras aparentemente mortas, viu Renée passar de carro pela terceira vez e perguntou o que ela estava procurando. Renée disse que estava procurando pessoas que morassem ali no bairro pelo menos desde 1970. A mulher pousou sua pá. "Eu ganho algum tipo de prêmio se disser que moro?"

Renée estacionou o carro. "Eu poderia lhe fazer algumas perguntas?"

"Bom, se é pela ciência."

"Você se lembra de ter visto, mais ou menos uns vinte anos atrás, uma... uma estrutura particularmente alta naquela propriedade ali, meio parecida com uma torre de petróleo?"

"Claro que lembro", a mulher respondeu na mesma hora.

"Você se lembra em que ano foi isso?"

"O que é que isso tem a ver com terremotos?"

"Bom, eu acho que a Sweeting-Aldren pode ser responsável por eles."

"Não diga? Então talvez eles queiram consertar o teto da minha cozinha." A mulher riu. Ela tinha uma boca larga, pintada de batom laranja, e um físico que lembrava um pouco uma caixa de correio. "Deus do céu, eu não acredito nisso."

"A minha outra pergunta é se você teria alguma foto antiga em que apareça a... hã... estrutura."

"Foto? Entra aqui um instante."

O nome da mulher era Jurene Caddulo. Ela mostrou a cratera cinza no teto de sua cozinha e não descansou enquanto Renée não encontrou a combinação certa de frases para expressar sua solidariedade e indignação. Jurene contou que trabalhava como secretária na escola secundária ali perto e ficara viúva fazia oito anos. Numa gaveta da cozinha, ela tinha umas cinco mil fotografias, enfiadas ali sem nenhuma espécie de organização.

"Você aceita um licor?"

"Não, obrigada", disse Renée, enquanto garrafas de Amaretto, de licor de damasco e de cereja eram postas em cima da mesa. Jurene voltou de outro cômodo da casa trazendo um par de taças de cristal lapidado extraordinariamente feias.

"Você acredita que só me sobraram duas dessas taças? Eu tinha oito antes dos terremotos. Você acha que eu posso processar a fábrica? Essas taças são antiguidades, não existem mais por aí não. Você gosta de Amaretto? Toma aqui. É bom, não é?"

Cupons de desconto expirados pontuavam a desordenada história fotográfica da família Caddulo. A filha de Jurene que morava em Revere e a outra filha, que morava em Lynn, tinham posto no mundo crianças de variados formatos e tamanhos; ela examinava intrigada as fotos de grupo, tentando acertar os nomes e as idades. Renée se pegou dizendo: "Esse deve ser o Michael Junior", o que fez com que Jurene examinasse de novo as outras fotos, pois sabia que aquele *não* era Michael Junior e, portanto, a criança que ela havia acabado de identificar como Michael Junior devia ser o Petey, e aí tudo fez sentido novamente. O filho mais novo de Jurene tocava guitarra. Havia dezenas de cópias de uma foto da banda dele tocando a missa heavy metal que ele havia composto aos dezessete anos e para a qual o padre havia negado uma apresentação na igreja e, então, eles tinham tocado ali mesmo, no porão, sem os sacramentos. O filho agora tocava em outra banda e dirigia uma picape 4 x 4 personalizada. O filho mais velho apareceu já adulto em San Francisco, de bigode e colete de couro, e também como um borrão de beca em fotos em tons de azul de uma formatura de escola secundária num dia sombrio. Jurene disse que ele era cabeleireiro. Renée balançou a cabeça. Jurene disse que seus dois filhos ainda estavam procurando a moça certa. Renée balançou a cabeça de novo. Na escola ginasial e na escola secundária, as filhas costumavam usar seus cabelos de cor indefinida arrumados em fantásticos penteados armados. Numa foto, seus corpos estavam deformados feito brinquedos de piscina pelos afetuosos tentáculos esmagadores do pai, que morrera de câncer. Toda a tristeza dos anos setenta estava na gaveta de Jurene, todos os anos em que Renée não fora feliz e não tinha tido o que queria, mas, em vez disso, tivera espinhas e amigos que a constrangiam; anos cujos colarinhos imensos, sapatos plataforma, bocas de sino e cabeleiras gigantescas (Não é verdade que pessoas com problemas mentais costumam parar de cortar o cabelo?) agora lhe pareciam ser tanto os símbolos quanto os paramentos literais da infelicidade.

Jurene ainda continuava a passar as férias na mesma casa que vinha alugando fazia vinte anos em Barnstable, Cape Cod. Estava indo para lá no domingo. "Quando volto do Cape, eu sinto o cheiro daqui durante uns dois dias, antes de me acostumar de novo. Mas sabe o que é mais estranho? Às vezes, lá no Cape, eu sinto esse mesmo cheiro na praia."

"É como se fosse uma vibração no seu ouvido, só que no seu nariz."

"Não, eu estou falando do cheiro. Ah, olha aqui." Jurene pegou um punhado de fotos de baixa resolução de um boneco de neve, de uma fortaleza de neve e de uma guerra de bola de neve no pequeno quintal da frente de sua casa. No fundo de todas elas, bem atrás das casas do outro lado da rua, estava a torre de perfuração da Sweeting-Aldren. Não havia mais nada que aquilo pudesse ser; nenhum processo químico que Renée conhecesse precisava de uma estrutura como aquela. A data estava carimbada no verso das fotos: fevereiro de 1970.

"Eu posso pegar uma delas emprestada?"

"Claro, pode pegar todas. Deixa ver se eu encontro os negativos."

Ela abriu uma gaveta tão abarrotada de negativos que alguns pularam para fora e caíram no chão. Ela os deixou lá enquanto, pensando melhor, abriu uma lata de biscoitos amanteigados e os arrumou num prato pintado. Renée segurou sua taça de Amaretto contra a luz cinzenta que entrava da janela. Uma etiqueta colada na garrafa dizia: A *Secretaria Nacional de Saúde adverte que mulheres grávidas não devem ingerir bebidas alcoólicas devido ao risco de causar defeitos congênitos.*

"Eu tenho que ir", disse Renée.

O céu estava escurecendo como se a Terra estivesse numa ladeira, escorregando em direção a um precipício. No estacionamento de um conjunto de prédios de escritório do qual se tinha uma boa vista da Sweeting-Aldren, Renée se sentou no capô do Mustang com as fotos da família Caddulo e um mapa topográfico do Serviço Geológico dos Estados Unidos, comparando perspectivas numa torre de resfriamento, tentando calcular por triangulação a localização da torre de perfuração. Milhares de pedregulhos do tamanho de porcos e de vacas, alguns deles possivelmente glaciais e nativos, escoravam a colina onde ficava o complexo.

Uma voz falou bem de trás dela: "Que crianças feias".

Ela se virou e estrangulou um espasmo de medo. Rod Logan estava parado perto do carro, segurando uma foto que pegara de cima do capô.

"Me dá isso", Renée disse.

Atrás dela, no estacionamento, jovens executivos andavam em direção a seus carros lustrosos. Para não correr o risco de que ela fizesse uma cena, Logan preferiu devolver a foto. Depois, foi andando até a beira do asfalto e olhou lá para baixo, para o lago amarelado abaixo dos pedregulhos.

"Sabe, nos velhos tempos, pessoas que nem você apareciam por aqui, eram avisadas das coisas e, se insistissem em continuar aparecendo, levavam umas boas porradas e ninguém pensava em denunciar nem em dar queixa nem em coisa nenhuma, porque era só parte do modo como o jogo era jogado. Mas, de uns tempos pra cá, todo mundo inventou de ficar tão bonzinho e gentil que é uma praga, sabe. A coisa chegou a um ponto que só o que eu posso realmente fazer é pedir educadamente a você que dê o fora, e se por acaso você se recusar, o que acontece é que nós entramos num terreno pantanoso, se é que você me entende. Nós não sabemos que tipo de procedimentos são necessários. Ainda não existe material de consulta sobre o tema."

Renée entrou no carro.

"Que carro incrementado você arrumou, hein. Roupas bacanas, também. Parece que você encontrou um patrocinador rico, afinal."

Ela deu partida no carro. Logan se inclinou para ela, olhando bem para o colo dela.

"Tchau, Renée."

Ela foi mais uma vez até a Square, deu uma passada na clínica do Holyoke Center e depois deixou os negativos da família Caddulo numa loja de revelação, para ampliar. O resto do fim de semana ela passou trabalhando num console do laboratório, até altas horas nas duas noites. Ninguém atrapalhou seu sossego até domingo à tarde, quando alguns alunos apareceram por lá, disseram oi, executaram Diane etc. Ninguém se interessou em olhar o que ela estava escrevendo.

No resumo do trabalho, ela dizia:

> Recentes atividades sísmicas em Peabody, Mass., e a prolongada sequência de 1987 apresentaram a forma de enxames de eventos encontrada em casos conhecidos de sismicidade induzida. Até o momento, a semelhança vem sendo desconsiderada em função das profundidades focais relativamente grandes dos ter-

remotos (3-8 km) e da inexistência de reservatórios e poços de injeção na área focal. No entanto, evidências fotográficas e documentais indicam que em 1969-70 as Indústrias Sweeting-Aldren de Peabody perfuraram um poço exploratório de mais de 6 km de profundidade e que, posteriormente, esse poço foi utilizado para o descarte de resíduos. A presente pesquisa atribui a atividade observada a um abrupto "mergulho" de uma falha do embasamento de direção SO-NE. Também propõe modelos de migração dos fluidos e ativação da falha, explica a distribuição temporal da sismicidade observada e discute brevemente as implicações legais do papel da Sweeting-Aldren.

Ela descreveu o ambiente tectônico dos terremotos de Peabody. Marcou prováveis localizações para o poço em suas melhores fotos aéreas. Em notas de rodapé, mencionou Peter Stoorhuys e David Stoorhuys pelo nome. Fez desenhos:

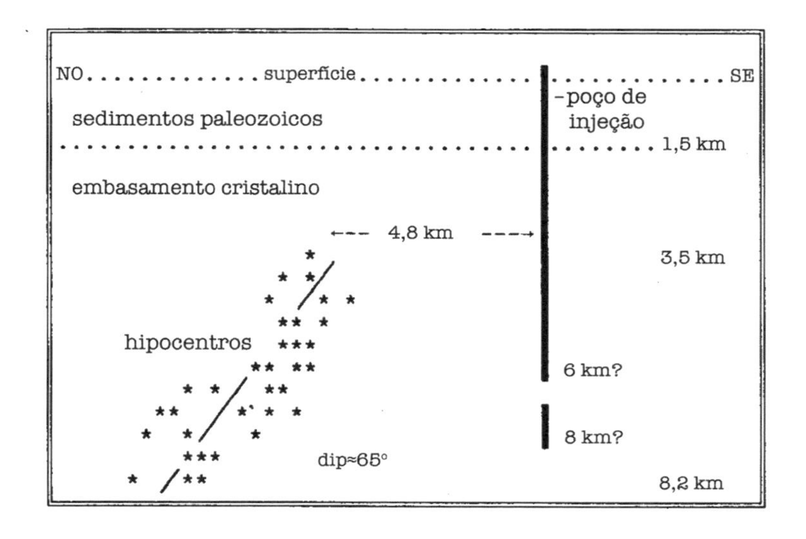

Escreveu que a ausência de terremotos entre 1971 e 1987 indicava que não existiam falhas sob pressão nas cercanias imediatas do poço de injeção. Tinham sido necessários dezesseis anos para que o fluido fosse empurrado fundo o bastante na rocha circunvizinha para atingir a(s) falha(s) onde os terremotos estavam ocorrendo. Isso indicava que um volume bastante significativo de resíduos fora injetado e que a formação rochosa presente numa profundidade de 4 km era porosa o suficiente para aceitar esse volume a uma pressão de bombeamento baixa o bastante para ser comercialmente atraente. As convenções da prosa científica contribuíam para evidenciar e realçar a paixão com que ela escrevia. Estava tão absorta em sua argumentação que ficou chocada ao ver, no espelho do banheiro feminino do segundo andar, as roupas caras e provocantes que estava usando.

Na segunda à tarde, depois de dormir a manhã inteira, ela pegou as ampliações dos Caddulo, comprou um esmalte vermelho e passou no Holyoke Center de novo. Quando voltou para o laboratório Hoffman, viu uma mulher gorducha e queimada de sol parada no hall em frente à sua sala, com cara de quem está completamente perdida. Margaridas de feltro marrom estavam costuradas no peito de seu casaco de moletom amarelo e nas coxas de sua calça de moletom amarelo; um bóton preso perto do ombro dela dizia: ABORTO NÃO! ADOÇÃO! Renée sabia que pessoas assim ainda continuavam a aparecer no laboratório de vez em quando, mas não via uma delas pessoalmente desde a semana em que o assédio postal e telefônico a ela começara.

A mulher veio andando até ela e falou num tom confidencial, com sotaque interiorano: "Eu estou procurando uma doutora Seitchek?".

"Ah", disse Renée, com indiferença. "Ela morreu."

"Morreu!" A mulher chegou a cabeça para trás feito uma galinha afrontada. "Eu sinto muito."

"Eu estou brincando. Ela não morreu não. Ela está bem na sua frente."

"Ela está? Ah, é você. Por que é que você disse que tinha morrido?"

"Foi só uma brincadeira. Deixe-me adivinhar por que você está aqui. Você veio à minha clínica de aborto para protestar contra mim pessoalmente."

"Isso mesmo."

"Eu sou clarividente", disse Renée, tocando com o dedo na testa. Ela viu que Terry Snall tinha descido a escada e estacado no último degrau. Ele estava com as mãos nos quadris, olhando embasbacado para o modo como ela estava vestida. Renée deu as costas para ele. "Me responda uma coisa", ela disse para a visitante. "Você acha que esse lugar parece uma clínica de aborto?"

"Sabe, eu estava agora mesmo me perguntando isso."

"Pois é, sabe, isso aqui não é uma clínica de aborto. E eu não sou médica.

Eu sou geóloga." Num impulso, girou o corpo e apontou para Terry. "Já aquele rapaz ali, o Terry, ele faz abortos. Como bico, não é, Terry?"

"Não tem graça, Renée. Não tem graça nenhuma."

"Ele nega porque não quer que vocês o assediem, sabe", ela explicou. "Mas ele faz parte de toda essa... conspiração do aborto."

Renée abraçou o próprio corpo com força, girando um sapato sobre o salto. Instalou-se um silêncio constrangido, interrompido apenas pelos resmungos da impressora de linha atrás de uma porta fechada.

"Bom", disse a visitante. "Ela já mentiu pra mim uma vez. Ela disse que tinha morrido!"

"A Renée é assim mesmo", disse Terry. "Ela acha que pode fazer tudo que quer. Acha que é melhor que todo mundo."

Renée girou de novo, ainda abraçada ao próprio corpo. "Mas isso é porque eu *posso* fazer tudo que quero. E eu vou fazer, Terry! Espera só pra ver." Ela se aproximou da mulher, que, embora fosse maior e mais alta, deu um passo cauteloso para trás. "De onde você é?"

"Você quer saber onde eu nasci? Eu sou de Herculaneum, Missouri. Mas moro em Chelsea agora."

"Você é da igreja do Stites."

"Do reverendo Stites."

"Aquele mesmo reverendo Stites que diz não ter nada a ver com o assédio telefônico e postal."

"Ah, mas ele não tem mesmo não, sabe." Sem se dar conta de que havia deixado a palavra "assédio" passar, a mulher abriu o zíper de sua inchada bolsa bege. "Esta carta aqui, ela foi reenviada pra mim lá de Herculaneum."

Renée se virou para lançar um olhar zombeteiro para Terry, mas ele já não estava mais lá. "Qual é o seu nome?", ela perguntou à mulher.

"O meu nome? Senhora Jack Wittleder."

"Prazer em conhecê-la, Jack."

"Ah, não. Jack é o nome do meu marido."

"Ah. Então, qual é o seu nome de verdade?"

"Os meus amigos e os irmãos da igreja me chamam de Bebe. Mas esse não é o meu nome de verdade, o meu nome legal. Sabe, dra. Seitchek, eu não sei como é com você, mas, na parte do mundo onde eu vivo, quando uma mulher se casa..."

"Sei sei sei."

A sra. Jack Wittleder ficou magoada. Soltou um suspiro, piscando os olhos. "Eu não sei o que o seu nome está fazendo na minha lista, se o que você diz é verdade. Aqui *é* o numero 20 da Oxford Street, não é? Não tem como ser engano, se aqui é o laboratório Hoffman e você é a doutora Seitchek. Eu já liguei pra você um montão de vezes e nunca ninguém atende. O telefone toca e você não *atende*, é isso?"

"É, geralmente é assim que funciona."

"Mas tem que ter alguma razão pra você estar na minha lista. Você por acaso...? Me diga uma coisa, quando você acredita que a vida humana começa?"

"Aos trinta."

A sra. Jack Wittleder sacudiu a cabeça. "Caçoar do Senhor é um pecado muito mais grave do que ser ateu, doutora Seitchek. Eu não sou uma mulher culta, não em comparação com uma doutora da Universidade Harvard, mas a Bíblia nos diz que não é com o intelecto que nós conhecemos Deus, mas sim com o coração, e também não é com os olhos que nós vemos Deus, mas sim com o coração, e pode ser que o meu coração saiba distinguir o certo do errado melhor do que o cérebro de uma professora universitária."

"Sem dúvida. Mas, sabe, eu estou meio ocupada agora."

"Ocupada demais pra pensar no que é certo e no que é errado."

Renée sorriu. "Exato, você entendeu direitinho."

"Bom, pelo menos você é franca. Isso eu posso dizer a seu favor. Imagino que você não tenha o hábito de ler a Bíblia?"

"Não, não tenho."

"Você sabia que o único lugar onde se pode encontrar a verdade a respeito da vida humana na Terra é a Bíblia?"

"Olha, eu entendo, você quer me converter, mas..."

"Não, doutora Seitchek, eu não quero te converter. Eu quero te levar ao lugar onde eu encontrei a felicidade."

"E onde é isso?"

"É na igreja que é a noiva de Cristo. A igreja do reverendo Stites."

"Ah. Sei. A noiva de Cristo mora num edifício de Chelsea."

"Isso mesmo."

"E você sai por aí visitando clínicas que nem essa pra tentar recrutar novos membros entre todos os simpatizantes que vocês têm nesses lugares."

"Não. Só quando eu encontro uma oportunidade de plantar algumas sementes nas pessoas."

"Sei. Bom, eu já fui semeada."

A sra. Jack Wittleder olhou para um e outro lado do hall, querendo se certificar de que elas estavam sozinhas. Ela abaixou a voz. "O que exatamente você quer dizer com isso, doutora Seitchek?"

O rosto de Renée perdeu a expressão de bom humor. "Nada. Absolutamente nada."

"Por que você não vai até lá comigo?", a sra. Jack Wittleder sugeriu. "O reverendo Stites é um rapaz muito gentil e muito erudito. Ele me ajudou tanto. Eu tenho certeza que ele vai poder ajudar você também."

"Eu não preciso da ajuda dele."

"Você está conversando comigo. Nenhuma das outras pessoas com quem eu já tentei falar me deu um pingo de atenção. Vamos até lá comigo e você vai ver."

Renée saiu andando pelo hall e parou diante de uma enorme imagem da Terra na profundidade de mil e quinhentos quilômetros. Voltou toda sorrisões. "Está bem, senhora Wittleder."

"Pode me chamar de Bebe."

"Eu adoraria ir até lá com você, Bebe. Isso a deixa feliz? Eu vou com você conhecer a sua encantadora igreja. Terry!", ela chamou. "Terry!"

Uma barba, lábios vermelhos e um par de óculos apareceram no vão de uma porta. "Que é?"

"Quer dar um pulo lá em Chelsea comigo? Conhecer a famosa igreja? Você pode falar com as pessoas que andam obstruindo o seu telefone. Dizer umas verdades pra elas."

Terry balançou a cabeça ominosamente. "Se fosse você", ele disse para Bebe, "eu não levaria essa moça lá. Ela só quer fazer você passar vergonha."

"Ah, obrigada", disse Renée.

"Ela só quer se vingar", disse Terry.

"Nossa, esse cara é mesmo um encanto de pessoa."

"Bom, a verdade é que você já mentiu pra mim duas vezes", refletiu Bebe.

"Mas eu não estou mentindo agora. Me espera só um segundo que eu já venho." Renée entrou na sala dos terminais e copiou seu novo trabalho numa fita, inseriu um anel de proteção no carretel da fita e a guardou dentro de uma gaveta. As fotos ampliadas, ela guardou separadamente.

Depois, foi com Bebe para Chelsea.

Durante todo o trajeto até a Park Street, um cão-guia ficou olhando para Renée com uma expressão apaixonada. Bebe lançava olhares de desdém para todos os passageiros que estavam no metrô — até o cego recebeu um, e cada pessoa negra recebeu vários —, mas Renée desconfiava que isso fosse mais um produto da insegurança típica do Meio-Oeste do que um sinal de arrogância.

"Você tem uma caneta aí?", ela perguntou em voz baixa, apontando com o queixo para um pôster sobre planejamento familiar que estava na faixa publicitária acima dos bancos. "Por que você não rabisca aquele anúncio ali? Não, espera. Por que você não arranca logo de uma vez aquilo dali?"

"Isso não seria certo."

"Ah, vai", sussurrou Renée. "Arranca, vai. É um crime menor para evitar um crime maior."

"Não é certo."

"Você tem medo do que as pessoas vão dizer. Isso quer dizer que a sua fé não é forte o bastante."

"A minha fé", disse Bebe, botando a mão na margarida marrom em seu peito, "é problema meu."

Era uma longa caminhada da estação de metrô de Wood Island até a Igreja da Ação em Cristo. A Chelsea Street cruzava uma vizinhança de cilindros gigantes marcados com números vermelhos dentro de círculos brancos. Atravessava uma ponte levadiça cuja superfície de grade vibrava sob os pneus do tráfego pesado. Renée olhou para o contrapeso de concreto sólido suspenso acima dela (ele era do tamanho de um trailer grande) e ficou pensando em como a riqueza vítrea do centro de Boston precisava de um contrapeso naquelas áreas industriais, onde terrenos baldios colecionavam folhas de jornal apodrecidas trazidas pelo vento, as ruas transversais eram cheias de crateras e os trabalhadores tinham rostos do mesmo tom de vermelho-nitrito de salsichas de cachorro-quente. Um Ford Escort com limpadores de para-brisa verde-fosforescentes atravessou a ponte, seguido de perto por um Chevrolet Corvette que se identificava como Carro-Madrinha Oficial, 70ª Indianápolis 500, 27 de maio de 1985.

Bebe andava com uma lentidão inacreditável. Contou que estava na igreja fazia cinco meses. Seu dia começava ao nascer do sol, com preces e cânticos comunais, seguidos pelo café da manhã. O trabalho missionário, que era "voluntário, mas esperado", começava às oito e meia. Havia uma infinidade de lugares a serem cobertos pelas ações da igreja, e os membros eram incentivados a fazer manifestações em sistema de rodízio, em grupos de três a seis pessoas. "Grupos de Doze" eram formados quando o espírito percorria a comunidade e doze membros Escolhidos espontaneamente decidiam evitar a cota de um dia de assassinatos em uma das várias famigeradas clínicas. Bebe ainda não tinha tomado parte de um Grupo de Doze, embora tivesse testemunhado a prisão de um deles e participado das visitas diárias à cadeia. Ela disse a Renée que os últimos cinco meses tinham sido o período mais significativo e cheio de luz de sua vida.

Deus é... Pró-vida!, dizia a faixa pendurada na entrada do edifício. O prédio era o último de um conjunto de cubos de tijolo, com janelas pequenas e quadradas. Como se o arquiteto tivesse antevisto o futuro do prédio como igreja, o clerestório central era seccionado verticalmente por janelas estreitas que lembravam catedrais.

Várias dezenas de mulheres trabalhavam no salão principal, um cômodo de teto rebaixado e piso de linóleo que provavelmente um dia já fora um centro comunitário ou uma creche. Havia um alegre cheiro de tinta guache no ar. "A minha irmã vai se juntar a nós amanhã", disse uma artesã idosa que estava dando os toques finais num cartaz, que Renée virou a cabeça para ler:

MULHERES SE UNEM

EM CRISTO

“Eu já tinha quase desistido, mas aí ela me ligou e disse que estava vindo.”

“Louvado seja o Senhor, glória a Jesus.”

“Amém.”

O que é conveniente para você é homicídio. Jesus nasceu de uma gravidez não planejada. OBRIGADA MÃE EU ♥ A VIDA.

Bebe tinha desaparecido, deixando Renée sozinha no meio do salão, com suas roupas pretas e seus óculos escuros, cercada de mulheres das mais diversas idades, todas com roupas em tons pastel e penteados agressivamente castos. Um número cada vez maior delas olhava para Renée. Apenas duas semanas antes, aqueles olhares a examiná-la de alto a baixo poderiam ter aniquilado seu autocontrole, mas ela se sentia capaz de enfrentá-los agora.

Na frente do salão, uma mulher de conjunto de moletom branco com um apito e uma cruz pendurados no pescoço estava batendo palmas. Ela era como todas as professoras de educação física que Renée tivera na escola secundária. “Muito bem, pessoal, hora de arrumar a bagunça. Nós agora vamos ver um vídeo. Vamos lá! Todo mundo arrumando a bagunça!” Ela deu uma volta pela sala, puxando para baixo as surradas persianas opacas, enquanto as pintoras fechavam obedientemente seus potes de tinta. Renée se plantou no fundo da sala, encostada à parede. Havia homens ali, um triste grupinho de gatos-pingados, sentados de pernas cruzadas, olhando para as próprias mãos.

As mulheres se sentaram amontoadas, feito bandeirantes, diante de um carrinho com equipamento de vídeo. As luzes foram apagadas. O programa começou.

Ao som de uma música californiana de três acordes, uma égua amamenta seu potro num campo de verão, com a cordilheira Teton ao fundo. Adoráveis filhotes de raposa correm atrás da mãe por uma trilha de floresta. Passarinhos cantam e põem comida nos bicos abertos de seus filhotinhos. *Corta para uma boate em TriBeCa, guitarras guinchando, luz estroboscópica piscando. Uma mulher de óculos escuros e batom roxo ri, mostrando os dentes, e diz: “Atos antinaturais”.* De volta à cordilheira Teton, uma mãe sardenta de vestido de algodão xadrez observa os filhos pequenos colherem flores do campo. O sol reluz em seu cabelo ruivo. “Mamãe!”, uma das criancinhas grita. Ao longe, sob uma luz difusa, o pai corta lenha com um machado. Vê-se o volume de uma nova gestação sob o vestido xadrez. *Guitarras berram do lado de fora da porta de um banheiro feminino high-tech, onde duas moças negras de salto agulha arqueiam as costas, como atrizes pornô, para cheirar uma carreira de cocaína. Um zoom vacilante penetra num cubículo vazio: um feto de vinte e quatro semanas, vermelho feito tomate, boia dentro do vaso sanitário.* O acelerado desabrochar de uma flor de genciana. Filhotinhos de cão-da-pradaria andam rebolando. Um bezerro entorta o pescoço para pegar a teta da mãe. Patinhos em Jackson Hole. Ao pé de uma fogueira bruxuleante, atrás de uma lente besuntada de vaselina, Nossa Senhora do Vestido Xadrez segura uma criança em cada joelho e as enche de beijos. *Guitarras mais estridentes ainda. Mãos brancas, mãos negras, mãos cheias de joias apertam furiosamente o botão da descarga, mas o feto é como um daqueles cagalhões que teimam em não descer. Luzes estroboscópicas piscam. Contrariadas, as mãos se contorcem de raiva.* Uma criança nina uma boneca. Égua e potro galopam em câmera lenta...

Os membros da igreja oriundos do interior do Arkansas, do interior do Missouri, da Carolina do Norte, da Carolina do sul, de Buffalo, de Indianápolis e de Shreveport permaneciam tão calmos quanto pacientes hospitalizados, enquanto recebiam essa dose de sofisticação cinematográfica. As portas do fundo da sala volta e meia se abriam, deixando entrar a luz do sol e missionários cansados, que pousavam seus cartazes no chão e engrossavam o reverente círculo em volta da tela de TV. Renée estava boquiaberta, pensando na sorte que tinha sido ela ter ido até ali, com que incrível facilidade ela poderia não ter ido.

"*...Na Sunnyvale Farms você não vai encontrar pornografia em exposição atrás do balcão. Não vai encontrar contraceptivos nas prateleiras, ao fácil alcance de seus filhos. A Sunnyvale Farms é mais que uma loja de conveniência, é uma casa longe de casa — a sua casa. E lembre-se: a cada dez dólares de compras que você fizer na Sunnyvale Farms, nós faremos uma contribuição para a guerra contra as drogas, para ajudar a transformar o mundo num lugar mais ensolarado para seus filhos. Sunnyvale Farms: a loja de conveniência da família.*"

"Então, de que revista você é?", um homem jovem de sotaque sulista perguntou a Renée, parando ao lado dela. Ele tinha um rosto liso e rechonchudo e cabelo louro escorrido; tinha também uma postura decidida e um jeito meio atrevido de olhar para você por trás dos óculos e de virar a cabeça num determinado ângulo que a fizeram lembrar de Louis Holland. Era Philip Stites.

"De revista nenhuma", ela respondeu.

"Jornal, canal de televisão, emissora de rádio?"

"Não."

"Droga. Você estragou o meu recorde."

"O meu nome é Renée Seitchek."

Stites chegou o rosto mais perto do dela, obliquamente, como um oftalmologista. "Claro! Claro. O que você está fazendo aqui?"

"Vendo... os vídeos mais repulsivos que eu já vi na vida."

"É bem pesado, não é. Escuta, Renée, eu adoraria conversar com você. Será que você pode voltar um pouco mais tarde? Ou você pode ficar aqui se quiser. Eu vou estar ocupado até mais ou menos umas seis e meia."

"Vamos ver por mais quanto tempo eu vou conseguir aguentar isso."

"Combinado. Ei." Ele a fez olhar para ele. Seu blazer azul-marinho estava um pouco amarrotado e ele tinha afrouxado o nó de sua gravata amarela. "Eu estou muito contente por você ter vindo aqui. De verdade."

Ele atravessou a sala escura, serpenteando por entre seu rebanho, e saiu por uma porta lateral. Alguns fiéis se levantaram e foram atrás dele. O resto continuou assistindo ao vídeo, que ainda levou quase uma hora para terminar. Quando as persianas finalmente foram abertas, a luz nas janelas estava dourada. Três mulheres de avental branco entraram pela porta do fundo, seguidas discretamente por um aroma de carne de porco e feijão. A professora de educação física que tinha posto o vídeo pediu silêncio a todos e, com uma prancheta na mão, começou a ler anúncios.

Ela estava feliz em receber de volta June, Ruby, Amanda, Susan Dee, Stephanie, sr. Powers, sra. Moran, sr. DiConstanzo, Susan H., Allan, Irene e sra. Flathead, todos liberados hoje da prisão municipal de Cambridge. Os vinte dias que eles passaram atrás das grades haviam custado à cidade um valor estimado de 11 mil dólares, sem contar os custos judiciais, que o município estava abrindo processo para recuperar.

O Grupo de Doze se levantou e recebeu uma salva de palmas.

Outra boa notícia era que o serviço de atendimento familiar de Braintree tinha suspendido a partir de hoje e por tempo indeterminado seus procedimentos homicidas. "A todos aqueles que os ajudaram a tomar essa decisão consciente", disse a professora de educação física, "eu estendo a minha gratidão, a gratidão de toda a nossa igreja e, acima de tudo, a gratidão de todas as incontáveis doces criancinhas a quem vocês proporcionaram a dádiva da vida. Louvado seja o Senhor, glória a Jesus."

Outra salva de palmas.

Novos membros ali presentes pela primeira vez eram a sra. Jerome Shumacher de Trumbull, Connecticut, a sra. Libby Fulton de Wallingford, Pensilvânia, a srta. Anne Dinkins de Sparta, Carolina do Norte, e a srta. Lola Corcoran de Lexington, Massachusetts. Depois de aplaudi-las, a congregação foi instada a fazer as recém-chegadas se sentirem parte da família.

"Bebe Wittleder", continuou a professora de ginástica, "me informou que nós também temos conosco esta noite uma visitante da Universidade Harvard, a doutora Renée Seitchek, uma geóloga que talvez vocês se lembrem de ter visto no noticiário..."

A congregação se virou para olhar, boquiaberta, para Renée. Uma imagem de sua figura franzina se formou em seiscentas retinas.

"Paz e boa vontade para a senhora, doutora Seitchek, em nome de Jesus Cristo. Sinta-se à vontade para celebrar conosco e partilhar da nossa refeição. Nós somos uma igreja aberta."

Stites voltou a tempo de ouvir os últimos anúncios. Quando eles acabaram, ele imediatamente iniciou uma oração, que finalizou convidando a todos a rezarem juntos, em voz alta, o Pai Nosso. Sentada diante de um piano vertical, uma mulher tocou e cantou três hinos religiosos, acompanhada por toda a congregação. Stites também cantou, mas era impossível distinguir sua voz entre as demais. Em seguida, sentou-se informalmente na beirada de uma mesa de refeitório escolar, as pontas de suas meias de losango aparecendo, e olhou para seu rebanho, deixando a expectativa crescer. Quando finalmente falou, sua voz encheu a sala inteira.

"Vocês já ouviram: Deus é amor. Gente, Deus *é* amor. Deus é duas coisas: amor e sabedoria.

"Gente, eu quero que vocês tentem imaginar Deus. Imaginem um ser que é tão cheio de Amor que Ele é mais forte que os átomos ou que qualquer outra coisa. Ele é puro e pleno amor. Pois bem, no início, Deus tinha tanto amor dentro Dele que isso criou o universo, simplesmente através da força do amor. Ele criou o universo para que existisse alguma coisa para Ele amar. E havia um Vazio? E o Vazio, o livro do Gênesis nos diz, o Vazio se tornou o universo, mas o universo ainda continuava sendo apenas uma massa de nada, só matéria. E Ele amou o universo e era mais sábio que ele, e a razão por que o universo tomou forma...

"Agora prestem atenção. A razão por que o universo tomou a forma que tomou foi a dor que existia no coração de Deus."

Stites olhou para o lado com um estranho sorriso no rosto, como se Deus fosse um sujeito que ele tinha conhecido lá na Carolina e que fazia umas coisas do arco-da-velha.

"Vocês sabem", ele continuou, "mesmo antes de criar o universo, Ele amava e era sábio. E porque era sábio, Ele sabia que o que quer que Ele amasse iria saber menos do que Ele sabia. Ele é supremo, e o fato de ser supremo faz com que Ele sofra muito. Ele é um Deus que sofre e um Deus zangado. Ele sabe mais do que qualquer pessoa e Ele ama todo mundo mais do que qualquer pessoa ama o que quer que seja, e então quando nós pecamos ou quando temos ideias — até mesmo quando os filósofos mais inteligentes do mundo têm ideias — Ele sabe mais que todos. Ele sabe que nós temos que virar pó de novo e Ele nunca esquece. E Ele está triste porque nos ama mesmo na nossa sórdida existência terrena. Na verdade, Ele nos ama ainda mais.

"E então tudo isso que vocês veem aqui — as paredes, essa mesa, esse videocassete, essa caneca de café" — ele levantou uma caneca de café para todos verem —, "tudo tem forma por causa dessa dor. É por isso que eu posso apertar essa caneca de café aqui e sentir que ela é dura. Ela é dura porque Deus está triste. Se Deus estivesse feliz, não haveria resistência nenhuma no mundo, a mão de vocês passaria através de tudo. Não existiria dor, nem sofrimento, nem morte. Vocês entendem o que eu estou dizendo? Se estivesse tudo bem com Deus, não existiria universo algum. Só existe um universo porque Ele sabe. Porque Ele sofre porque sabe.

"Vocês já ouviram aquela frase que diz que é solitário estar no topo? Então, com Deus é exatamente assim. E não é verdade que isso nos dá um certo conforto? Saber que, por pior que você se sinta, você nunca vai poder se sentir tão mal quanto Ele se sente, porque você não tem a real noção do quanto as coisas estão ruins. Foi por isso que Ele deixou que crucificassem Seu único filho. *Porque Ele queria que nós soubéssemos o quanto dói.* E, sabe, quando eu fico pensando que o mundo talvez acabe um dia e começo a me sentir triste porque tem tanta coisa no mundo que eu amo tanto, por mais triste que eu fique, eu não entro em desespero, e vocês sabem por quê? Porque eu sei que esse sentimento de tristeza é sagrado. E se houver um Armagedom, então haverá Deus para prantear a todos nós quando tivermos partido, e todas as coisas que eu amo e que não existem mais, Ele não esqueceu nenhuma delas, Ele as amou o tempo todo — amou-as como eu e vocês nunca seremos capazes — e Ele não vai se esquecer delas nunca, Ele vai se lembrar delas por toda a eternidade, e é isso que é o céu: o céu é continuar a viver no amor de Deus para sempre."

A expressão "para sempre" ficou pairando no ar como uma peteca de *badminton* no topo de seu arco.

"Este é o sermão desta noite. Eu agradeço a todos vocês."

Um hino final foi cantado, e então Stites atravessou a sala caminhando novamente por entre a congregação, ajoelhando-se duas vezes para pegar as mãos de mulheres na sua e trocar algumas palavras com elas. Foi parar diante de Renée. "Está com fome?"

"Na verdade, não."

"Bom, eu estou sinceramente faminto."

Um apartamento no térreo, atrás do salão, tivera algumas de suas paredes demolidas, ampliando a cozinha já existente. Três fogões velhos adicionais tinham sido instalados e havia lugares à mesa para talvez cinquenta pessoas. Stites recebeu um prato cheio de feijão, servido de uma enorme panela de refeitório. De um bufê, ele pegou quatro fatias de pão branco e uma laranja, enquanto explicava a Renée que, a menos que algum patrocinador rico o convidasse para almoçar, ele só fazia duas refeições por dia, o café da manhã e o jantar ali.

Em seguida, subiu com ela uma escada mal iluminada e a conduziu por um corredor cheio de pedaços de reboco no chão. Numa das paredes, enfileirados um ao lado do outro, encontravam-se vários exemplares idênticos do que pareciam ser aparelhos artesanais de exercício, feitos com tábuas e canos galvanizados, num formato que lembrava pelourinhos. "O que é isso?", Renée perguntou.

"Isso? Isso são pelourinhos."

"Ah, meu Deus."

"Calma, eu vou te mostrar." Stites pousou seu prato no chão. "O reboco está solto por causa do terremoto. A gente toda hora varre, mas parece que basta *olhar* pras paredes que já cai um monte de pedaços de novo." Ele botou a cabeça e os pulsos em entalhes abertos na tábua inferior de um dos pelourinhos. "Você pode abaixar a tábua de cima com o pé. Assim, está vendo?" Enfiando o pé dentro de uma argola, ele desenganchou uma corrente, o que fez com que a tábua de cima descesse sobre sua nuca, prendendo-o ali. "Ou você pode pedir pra alguém fazer isso pra você."

Ele ficou ali curvado, mas relaxado, com sua calça cáqui e seus mocassins marrons, de frente para a parede, uma carteira fazendo volume num dos bolsos de trás de sua calça.

"E aí?", Renée perguntou.

"Aí você fica aqui. Eu acho que todo mundo devia fazer isso de vez em quando. Eu faço isso toda hora, provavelmente mais que todo mundo. Não que eu me orgulhe disso. É que eu tenho uma necessidade especial de ficar aqui, sabe, principalmente quando passo o dia inteiro em Weston, na casa de pessoas ricas. Você fica aqui e olha pra parede. Você reza, ou então só relaxa. Isso deixa você mais humilde. É muito bom. Fisicamente, machuca um pouco depois de algum tempo. Mas isso é bom também."

Com traquejo, ele pisou na argola de novo, ergueu a tábua de cima e se libertou. Olhou para Renée, com um sorrisinho congelado. "Você quer experimentar?"

"Não, obrigada."

"Tem certeza? Você meio que parece que quer."

"Não, não quero!"

"Você ia gostar se experimentasse."

"Eu não quero."

"Tudo bem, como quiser. As pessoas se sentem vulneráveis quando não conseguem ver o que está acontecento atrás das costas delas e não conseguem se mexer. Eu acredito muito que a vulnerabilidade seja algo que a gente deve cultivar."

Ele saiu andando pelo corredor com passadas largas e altas, como se estivesse atravessando um charco. Seu escritório não tinha porta. Havia livros empilhados sobre o tapete vermelho felpudo, que tinha manchas de tinta branca e estava coberto de pedaços de reboco caído. Uma mensagem impressa pregada numa das paredes dizia: *Sucederá nos últimos dias, diz o Senhor, que derramarei do meu Espírito sobre toda carne.* A janela dava para um pátio do edifício, onde alguns fiéis estavam fazendo piquenique e a professora de educação física organizava uma partida de vôlei.

"O resto é banheiro e cozinha", disse Stites. "Eu divido esse espaço com dois dos homens. Peguei esse cômodo externo todo pra mim porque tenho essa montanha de livros e papéis. Você pode ficar na mesa. Eu sento no chão."

"Não, quem está comendo é você."

"Bom, nós dois sentamos no chão, então. Eu peço desculpas pelo reboco. Está assim em tudo quanto é lugar."

Ele começou imediatamente a pôr garfadas de feijão na boca. Renée estava acostumada a sentar com as pernas cruzadas à moda indiana, mas a saia curta a obrigou a dobrar as pernas num duplo Z. "Foi sorte sua o prédio inteiro não ter desmoronado em cima de vocês."

Ele fez que sim, mastigando.

"Você realmente acredita que Deus possa salvar um prédio instável de um terremoto?"

Ele partiu um pedaço de pão. "Não, e eu nunca disse que acreditava. Eu comprei esse prédio porque estava barato. Nós estamos aqui pra ter um teto."

"E você não se preocupa com o fato de que, se ele cair, você vai ser o responsável por todas as pessoas que morrerem ou se ferirem?"

"Elas sabem dos riscos, tanto quanto eu."

"Mas você é o líder, é você que dá o exemplo."

"Tem razão." Ele segurava o garfo como manda a boa educação, bem na ponta do cabo. Parecia ter prática em falar de boca cheia. "Eu como, durmo e trabalho nesse prédio pela graça de Deus. Tenho plena consciência de que, se Deus quiser assim, a minha vida vai acabar. E é assim para todo ser vivente, só que a maioria das pessoas prefere gastar seu tempo tentando ignorar isso. Mas se você mora no que as autoridades chamam de uma armadilha letal, você está permanentemente ciente de que a sua vida está nas mãos de Deus. E isso é uma coisa positiva. Certamente me parece uma coisa mais positiva do que morar, sei lá, em Weston, e se sentir imortal na sua mansão de um milhão de dólares. Aqui eu valorizo cada dia. Eu costumava ficar desesperado porque nunca tinha tempo pra fazer as coisas que eu queria. Eu achava que a vida ia ser curta demais. Pra você ver como o meu amor por Deus era pequeno. Agora eu estou mais ocupado ainda, mas, desde que vim pra esse prédio, de repente eu estou conseguindo alcançar tudo o que eu quero alcançar, incluindo pessoas como você. Isso é o mais perto da felicidade que eu acho que uma pessoa pode chegar. Eu posso viver sem medo porque sinto claramente que estou à beira da morte, nas mãos de Deus. Se você bota a sua vida em equilíbrio com a sua morte, você para de entrar em pânico. A vida deixa de ser apenas o *status quo* que você espera que não mude tão cedo."

Ele se debruçou sobre seu prato para juntar os últimos grãos de feijão num montinho. Depois, empurrou os óculos para cima com o dedo do meio e passou a língua pelos dentes para limpá-los, olhando para Renée de cabeça baixa e com uma curiosidade penetrante. "Você veio até aqui pra me dizer que o meu prédio não é um lugar seguro."

"Eu vim porque uma das suas mulheres foi lá me perturbar no meu trabalho."

"A senhora Wittleder."

"Eu disse uma coisa na televisão da qual você discorda e desde então a minha vida virou um inferno."

"Você está recebendo telefonemas. Cartas. Visitas."

"Telefonemas, cartas e visitas muito ofensivos e muito invasivos."

"Sim, eu entendo. São coisas da ala lunática, digamos assim. Pessoas que são só raiva e nenhum amor. Eu não sei se você viu as notícias hoje, aquele atentado a tiros em Alston? Algum imbecil resolveu passar de carro na frente de uma clínica ontem e sair dando tiro em todas as janelas. Aquelas janelinhas minúsculas, sabe? Vou te contar, é muita estupidez. A mesma coisa com aquelas bombas em Lowell. Raiva eu entendo, mas violência não."

"A única coisa que eu fiz naquela entrevista foi criticar você", disse Renée. "Quem mais além de você iria se importar com o que eu disse?"

"Como é que eu vou saber? Alguém viu a entrevista e não gostou de você. Eu pessoalmente nem me importei com o que você disse, sabe. Você foi honesta, você expressou o ponto de vista contrário muito bem. Você está completamente errada, mas eu sei ver a diferença entre uma geofísica e uma aborteira. E, sinceramente, tenho coisas mais úteis a fazer do que protestar na frente do seu laboratório. E a Bebe Wittleder é uma boa pessoa, que eu não consigo acreditar que tenha sido desagradável com você."

"Ela não foi desagradável. Não propositalmente."

"Bom, então. Mas de alguma forma ela ainda deixou você irritada o bastante a ponto de você vir até aqui."

"Não. Eu só fiquei irritada depois que vi os vídeos."

Stites raspou seu prato com uma fatia de pão. "O que foi que irritou você nos vídeos?"

"Mulheres que fazem abortos são vadias abjetas que não fazem outra coisa da vida senão cheirar cocaína. Mulheres que têm bebês são doces e lindas esposas que adoram seus filhos."

"Entenda que o que você viu não é jornalismo. É propaganda."

"Que pessoas de pouca instrução engolem como se fosse a verdade."

"Ah." O pão, dobrado em quatro, desapareceu dentro da boca de Stites. "Então você quer que eu — eu, que acredito que a vida humana é um mistério e não um processo químico, que acredito que aos olhos de Deus um indivíduo começa a existir a partir do momento em que é concebido —, você quer que eu mostre à congregação imagens de mães maltratando os filhos? E de mulheres santas fazendo abortos? Uma espécie de retrato equilibrado, é isso? Eu acho que você não entende a essência da propaganda."

"Um filme nazista que mostra arianos deslumbrantes e judeus imundos é só uma propaganda."

"Bom, a diferença é que eu não estou defendendo um genocídio. Estou defendendo o oposto, não?"

"A perseguição a mulheres grávidas."

Ele fez que sim. "Perseguição, claro, na sua maneira de entender. Mas não deportação e assassinato. Sabe, eu acho que o que incomoda você nesses vídeos é que eles são eficientes. Eles afetaram *você*. Mas há várias propagandas mais eficientes ainda na televisão para convencer você a comprar jeans ou a comprar cerveja. Propagandas que usam o sexo, que é a arma mais poderosa e mais desonesta de todas. Sabe, se tomar Budweiser Light, eu vou conquistar uma daquelas gatas gostosas da praia para dar uns amassos. Isso sim é que é *desonesto, manipulador* e *nocivo*. E se está tentando combater uma coisa perniciosa dessas, você precisa se armar de imagens poderosas também. E a verdade é que existe *sim* algo de muito bonito numa mãe com seu bebê e existe *sim* algo de muito feio num aborto. Só o que eu quero é uma oportunidade equivalente de atingir o mercado. E a questão é que não me dão essa oportunidade. Não existe um único canal comercial de televisão na América que aceite passar esses vídeos. Eu tenho um certo espaço no rádio, um pequeno espaço, mas você não consegue fazer nada só com o rádio, não em comparação com o que você consegue com o vídeo. É muito irônico que você ache que nós somos os perseguidores. Nós somos a minoria perseguida."

"Que está tentando impor suas opiniões à maioria."

"Nenhuma rede de televisão na América aceita transmitir um único vídeo nosso. Todo santo dia, todos os americanos assistem a meia hora de anúncios que estimulam o sexo pelo sexo e outra meia hora de anúncios que estimulam o consumo egoísta de bens materiais. Todos os jornais impressos e todos os noticiários de alcance nacional têm uma clara tendência antirreligiosa e antivida. Você vai negar isso? O mesmo vale para os programas do horário nobre. E isso acontece todo santo dia, sete dias por semana, ano após ano: transe, transe, compre, compre, aborte, aborte. E mesmo assim quarenta por cento dos americanos são contra o aborto, salvo em casos de estupro ou incesto. Essa é a nossa minoria. Nós estamos assistindo ao mais gigantesco esforço de propaganda de toda a história da humanidade, e mesmo assim apenas pouco mais da metade das pessoas está convencida."

Um apito estridente soou no pátio. A professora de educação física gritou: *Vamos lá! Eu quero ver um bom vôlei cristão!*

Renée riu. "Você é assustador."

Stites ofereceu a ela metade da laranja. "Por quê?"

Ela aceitou a metade da laranja. "Porque você é inteligente e tem absoluta certeza de que está certo. Você tem absoluta certeza de que tudo é muito simples."

"Você está invertendo as coisas. É o seu mundo que acha que tudo é muito simples: pegue o que quiser, faça o que quiser e não haverá consequência alguma. Porque, veja bem, existem dois tipos de certeza: a positiva e a negativa. A Bíblia nos ensina que é errado ter certeza de uma forma positiva, por exemplo ter certeza de que você está certo ou de que está salvo. Mas a Bíblia está cheia de gente que tem o outro tipo de certeza: a minha certeza de que esta sociedade está *errada*. Eu estou cheio dessa certeza negativa."

"Ela está errada em relação a muita coisa, mas não em relação ao direito das mulheres à privacidade", disse Renée. "E eu não acho que a sociedade de fato persiga vocês. Passar os seus anúncios é simplesmente um mau negócio para um canal de televisão. Se a maioria das pessoas realmente não estivesse satisfeita com a vida que leva, elas procurariam a religião. O fato de elas não fazerem isso parece indicar que elas estão satisfeitas."

"Você não é a primeira pessoa a provar que a revolução é logicamente impossível: o fato de as pessoas ainda não terem se revoltado significa que elas estão satisfeitas. Nossa, isso é *muito* convincente."

"Eu acho que o que as pessoas querem é basicamente que você não se meta na vida particular delas."

"E eu não me meteria se não achasse que há vidas em jogo. Mas, do jeito como as coisas estão, eu me sinto moralmente obrigado a me meter. Você acha que a raiva da minha igreja é feia e que os meus métodos são radicais, mas pense só em como os manifestantes hippies deviam parecer feios e radicais para os conservadores em 1969, muito embora eles tivessem *um bom argumento moral*, exatamente como eu tenho hoje. Além do mais, uma coisa seria se a sociedade cultuasse abertamente o dinheiro e dissesse sim, nós estamos dispostos a destruir vidas inocentes pelo bem do sexo fácil. O que me irrita é a hipocrisia. A ideia de que você pode transformar a vida das pessoas numa busca infernal de prazer e dizer que está fazendo um favor a elas. É difícil entender um mundo que encara a crença religiosa como uma forma de psicose, mas acha que o desejo de possuir um forno de micro-ondas melhor é o sentimento mais natural do mundo. Pessoas que mandam dinheiro para um pregador da televisão porque sentem um vazio em suas vidas estão sob o efeito de um feitiço maligno, mas pessoas que acham que precisam ter um casaco de pele para se exibirem com ele no supermercado são apenas pessoas normais, feito eu e você. É como se a coisa mais sagrada que existe neste país fosse a Constituição dos Estados Unidos. A raça humana nunca viveu sem sofrimentos em toda a sua história, mas de repente o senhor *Boston Globe* e o senhor senador de Massachusetts são mais inteligentes que todo mundo que já fez parte da história humana. Eles têm certeza de que têm a resposta, e a resposta é o estatuto disso e o estatuto daquilo e os estudos acadêmicos sobre o comportamento humano e a Constituição dos Estados Unidos. Mas eu lhe digo, Renée, eu lhe digo, a única razão pela qual alguém pode imaginar que a Constituição americana seja a maior invenção da história humana é que Deus deu à América tantas riquezas fantásticas que, mesmo tomado pela mais completa idiotia, o país conseguiria fazer sucesso no curto prazo, se você não levar em conta trinta milhões de pobres, nem a sistemática dilapidação de todas as riquezas que Deus nos deu, nem o fato de que para a maioria dos povos oprimidos do mundo a palavra América é sinônimo de ganância, armas e imoralidade."

"E liberdade."

"Uma palavra-código para riqueza e decadência. Pode acreditar em mim. O que a maioria dos russos acha que é maravilhoso na América é o McDonald's e os videocassetes. Só políticos e âncoras de telejornal são burros ou desonestos o bastante para agir como se não fosse assim. Primeiros-ministros vêm a

Washington e nós dizemos pra eles: bem-vindos à terra da liberdade. Os primeiros-ministros dizem: nos deem mais dinheiro. Eu tenho certeza de que nós somos alvo de chacota do mundo inteiro. Do que é que você está rindo?"

"É que você me faz lembrar um cara cínico que eu conheci."

"Cínico? Você acha que é cinismo reconhecer que todos os seres humanos, inclusive eu, querem gratificar seus sentidos sem ter que assumir a responsabilidade por isso? Por que não me chamar de cristão em vez disso, ou de honesto, ou de realista? Porque o que eu vejo do outro lado é puro sentimentalismo e vontade de moldar a realidade aos próprios desejos. Essa ideia de que os seres humanos são essencialmente bons e altruístas. De que você pode curar a tristeza, a solidão, a gula, a luxúria, a falsidade, a raiva e o orgulho com pleno emprego e bons psicólogos. Sabe qual é a minha fábula moderna favorita?"

"Qual?"

"A de Chappaquiddick. O perfeito liberal vê o que um ser humano realmente é e sai correndo. Passa o resto da vida negando que o que ele viu tenha qualquer significação e dizendo para todas as outras pessoas o que há de errado com elas. O liberalismo é tão desonesto que nem sequer admite que tudo o que há de bom nele, a suposta compaixão que está no centro dele — e que é *irracional*, diga-se de passagem, exatamente como toda religião é — vem diretamente da tradição de dois mil anos do cristianismo. Mas pelo menos o liberalismo *tem* essa compaixão. Ele é inocente, como uma criança de seis anos de idade. Mas Deus tem um fraco por inocentes e um lugar reservado no coração para todos os inocentes do mundo. Então, o que eu mais odeio é o político conservador. O lado conservador é só puro e cínico interesse econômico. Tudo bem, eu admito que ele é bem realista em relação à ganância humana, então ele é razoavelmente maduro, sabe; está mais ou menos no nível de um garoto de treze anos de idade metido a esperto. Mas ele é mais culpado ainda que o liberalismo por substituir Deus pela busca da riqueza. E eu acho isso imperdoável."

"E é por isso que você mora nesse prédio caindo aos pedaços. Com um bando de mulheres de classe média raivosas."

"Exato."

"Imagino que você seja uma pessoa bastante admirável."

"Foi você que disse isso. Não eu. Porque é claro que esse é um risco que todo mundo corre quando tenta fazer algo de bom. A ideia de que, se você sabe que está fazendo o bem, então o que você faz não conta de verdade. Mas eu pergunto: qual é a alternativa? Ser um babaca só para ter a certeza de que não vai cair no pecado do orgulho?"

"Não é uma má alternativa. Você deveria tentar."

"Você é meio cínica também, não? Por que foi que você veio aqui?"

No pátio em frente à janela aberta, um silêncio acompanhava as pancadas da bola de vôlei. Pedaços de casca de laranja jaziam com a parte branca para cima no prato vazio de Stites. Renée sorriu. "Por nada."

"Ninguém vem aqui por nada."

"Eu vim porque eu estava entediada."

A luz da sala tinha ficado pessoal, tornando as expressões faciais mais ambíguas e o contato olho no olho menos seguro. "Você é casada?"

"Não."

"Tem namorado?"

"Não."

"Nem filhos, imagino."

Ela fez que não.

"Você quer ter filhos?"

Ela fez que não de novo.

"Por que não?"

"Porque eu não gosto do que acontece com as mulheres quando elas têm filhos."

"O que acontece com elas?"

"Elas simplesmente viram mulheres."

"Você quer dizer que elas se tornam adultas."

A bola de vôlei batia e batia. Tênis arranhavam o chão de terra batida e caíam sobre ele. O padrão do tapete começou a se rearranjar enquanto Renée olhava fixamente para ele. "Você quer dormir comigo?", ela perguntou.

"Rá." Stites sorriu, aparentemente achando mais graça do que qualquer outra coisa. "Acho que não."

"Porque você tem medo que eu conte pra alguém", ela disse, com uma voz cruel. "Ou você tem medo de ir pro inferno. Ou você tem medo que isso abale a sua fé. Ou porque eu não sou atraente o bastante."

"Se uma pessoa tenta encontrar razões para dizer não, ela está perdida. Ela tem que simplesmente dizer não, um não que venha lá do fundo do coração."

"Por quê?"

"Porque se você faz isso, você sente o seu amor por Deus crescer."

"Mas e se você não ama Deus? E se você nem sequer acredita que exista um Deus?"

"Então você tem que procurar Deus."

"Por quê?"

"Porque, só de estar aqui sentado com você, eu acho que você ficaria feliz se fizesse isso. Porque eu acho que você é uma pessoa de verdade, e eu sinto amor por você, e a sua felicidade me deixaria feliz."

"Você sente amor por mim."

"Um amor cristão."

"Só isso?"

"Eu não sou mais perfeito do que você."

Ela deslizou para mais perto dele. "Você poderia me deixar feliz bem rápido."

A única coisa que dava expressão ao rosto dele era um par de retângulos tremulantes, reflexos da luz que entrava pelo vão da porta. Ele cruzou os braços. "Me diga como você se sente depois que faz sexo."

"Eu me sinto bem." Ela se sentou mais ereta, orgulhosa. "Me sinto como se soubesse alguma coisa a respeito de mim mesma. Como se eu tivesse um fundo e soubesse como eu sou bem lá no fundo. Como se eu soubesse que o bem e o mal não têm nada a ver com isso. Como se eu fosse um animal, no bom sentido."

Os retângulos nos óculos de Stites pareceram assumir um ar pensativo e melancólico. "Imagino que você seja uma pessoa de sorte", disse ele.

"Eu não acho que eu seja diferente de nenhuma outra mulher. Quer dizer, de nenhuma outra mulher que não tenha tido a cabeça fodida pela religião dos homens."

"Hum, palavras de briga."

Ela chegou ainda mais perto dele. "Briga comigo."

"Se você jogar limpo e chegar um pouco pra trás, eu brigo com você."

Ela recuou. "Então?"

Ele entrelaçou as mãos sobre as canelas, logo acima das meias de losango. "Bom, imagino que a questão seja por que Deus fez o sexo ser tão prazeroso. Você obviamente considera isso irrelevante, mas o que acontece se você gerar uma criança no decorrer dessa sua busca por se sentir bem?"

"Engraçado você perguntar isso."
"O que você quer dizer com isso?"
"Que é engraçado você perguntar isso."
"Bom, e qual é a resposta?"
"Você sabe qual é a minha resposta. Se eu estiver numa situação razoável emocional e financeiramente, eu tenho a criança. Se não, eu faço um aborto."
"Mas e quanto à potencialidade que você destrói fazendo um aborto?"
"Sei lá. E quanto às potencialidades que eu destruí quando terminei com o cara que eu namorei na escola secundária? Nós já poderíamos ter tido uns oito filhos a essa altura. Isso quer dizer que eu cometi oito assassinatos?"
"Está bem. Mas você já conheceu alguém que tenha sido concebido fora do casamento?"
"Bom, eu, pra começar."
"Você?"
"Sim, eu. Eu tenho certeza de que sou o exemplo perfeito. Tenho certeza de que teria sido abortada, se isso tivesse sido mais conveniente pra minha mãe."
"E como você se sente em relação a isso?"
"Completamente indiferente", disse ela. Seus olhos pousaram na passagem bíblica pregada na parede; ela achou o tipo da fonte feio. "A minha vida começou aos cinco anos. Se alguma coisa tivesse acontecido antes disso, eu não teria perdido nada. Não existia nenhum 'eu'."
"Você não pode se amar, se é tão indiferente. Não pode amar o mundo. Você deve odiar o mundo. Você deve odiar a vida."
"Eu me amo, eu me odeio. No fim das contas, o resultado é zero."
Uma longa sequência de passes de vôlei estava em andamento no pátio, a quietude e o suspense em torno dela aumentando à medida que ela se estendia. Então, os jogadores soltaram um suspiro de lamentação. Stites falou em voz baixa: "Você não sabe o quanto me entristece ouvir você dizer isso".
"Dormir comigo pode ser bem divertido."
"Você acha que tem o direito de jogar a sua vida fora."
"A ideia já me passou pela cabeça."
"Eu acho que você está muito infeliz. Acho que você deve ter ficado muito magoada com alguma coisa."
Renée levantou o rosto na direção do teto esburacado, apoiando o peso do corpo nas mãos, a imagem de uma pessoa curtindo o sol na praia. Ela estava sor-

rindo e continuou a sorrir, mas depois de um tempo sua respiração foi ficando áspera, como uma bomba d'água que a princípio só puxa ar. "Eu..." Sua respiração se tranformou num tremor. "Eu estou muito magoada com uma pessoa. Estou profundamente magoada. Estou tão magoada que quero morrer."

Stites se levantou e foi até o banheiro. Voltou trazendo um copo d'água, mas Renée já não estava mais lá. Tinha ido para o corredor.

"Eu acho que vou embora", ela disse.

"Eu quero te ajudar."

"Você não pode me ajudar."

Ele pousou o copo na tábua de um pelourinho e pôs as mãos nos braços nus de Renée. "Você é você", ele disse. "Você é só você. E você tem sido você desde o instante em que foi concebida. Toda a sua história já estava lá quando você tinha um minuto de idade. A dor que você está sentindo é sagrada. E está a um centímetro de se transformar na mais verdadeira felicidade."

O rosto dela estava a um centímetro do dele. Ela subiu na ponta dos pés e abriu a boca, pousando a parte mais macia de seus lábios nos tocos duros de barba em volta da boca de Stites. Quando ela deu por si, um copo inteiro de água tinha sido despejado em sua cabeça.

"Porra!", ela exclamou, saltando e cuspindo água no chão. Recuou para o corredor, os punhos cerrados apoiados nos quadris. "Vai se foder!"

Stites se enfiou em seu escritório. Algumas pessoas estavam subindo pela escada atrás de Renée, e logo alguns dos pelourinhos já estavam ocupados, grandes traseiros femininos vestidos de moletom virados para cima, pneus de banha aparecendo acima de alguns dos cós das calças. Rangidos metálicos ecoavam pela sala conforme outros pelourinhos eram acionados.

Stites tinha se sentado atrás de sua mesa e começado a ler a Bíblia, à luz de uma lâmpada nua que pendia do teto. A janela atrás do ombro dele estava escura agora. Ele não levantou os olhos quando Renée apareceu no vão da porta, com um lado do cabelo bagunçado, rímel dissolvido empoçando debaixo de um dos olhos.

"Eu odeio você", disse ela. "Odeio a sua igreja, odeio a sua religião. E você próprio é cheio de ódio. É exatamente como você disse. É tudo negativo. Você odeia as mulheres, odeia sexo e odeia o mundo tal como ele é."

Havia lâmpadas nuas nos olhos de Stites. "Eu sinto amor por você, Renée. Você não é uma pessoa fria. Você é cheia de emoções e de carências, e você veio até aqui, e só de passar uma hora com você, eu sinto um amor por você. É um amor cristão, mas a Luz é filtrada pelo fato de que eu sou um homem, então eu adoraria ter você nos meus braços. Eu gostaria de dormir com você. Está bem? Eu estou dizendo isso porque você parece achar que é fácil pra mim. Eu quero que você saiba: eu sou um homem. Eu não sou feito de pedra. E eu acho bom você tratar de me respeitar."

"Eu te respeitaria se você fosse em frente e transasse comigo."

Ele fechou a Bíblia e se recostou em sua cadeira. "Sabe, todo dia eu leio algum texto que fala sobre como a vida das mulheres é dura na sociedade de hoje. Sobre como elas têm que fazer uma porção de escolhas difíceis, sobre todas as responsabilidades que elas têm que assumir com relação a suas famílias. Elas têm que ser mães e têm que trabalhar como homens também, se é para a sociedade liberal funcionar."

"Não são só as mulheres", disse Renée. "Os homens também têm que mudar."

"Ah, sim, supostamente é assim que funciona. Só que a gente não ouve falar tanto sobre homens que se queixam e homens que se sentem num beco sem saída, ouve? Os homens ainda têm a possibilidade de escolha, certo? Eles podem se realizar profissionalmente e, se *quiserem*, podem se realizar também como pais. É como se a vida estivesse *melhorando* para os homens, eles estão tendo opções num sentido *positivo*, enquanto as mulheres estão tendo todas essas opções extras num sentido *negativo*. Você não acha que isso é o grande paradoxo da nossa era? Que quanto mais as coisas melhoram para as mulheres no sentido político-liberal, piores as coisas ficam para elas na realidade?"

"O fato de eu mais ou menos concordar com você só me deixa com mais raiva ainda, porque eu sei o que você vai dizer."

"O quê? Que a única coisa da qual as pessoas nunca parecem desconfiar é que é a política em si que está errada? Porque é claro que essa sociedade não entende coisas como 'júbilo'. O júbilo que uma mãe sente. Essa sociedade só entende coisas como 'empregos', 'estatutos' e, principalmente, 'dinheiro'."

"E que as mulheres são cidadãs de primeira classe. Esse júbilo não vale muita coisa se é algo que é imposto a você. E que é melhor ter escolhas dolorosas do que não ter escolha nenhuma."

"Eu só ia dizer que eu não nego que existam mulheres como você. O nosso Senhor nos diz que algumas pessoas nascem eunucos e outras se tornam eunucos ao longo do caminho."

"Arrã, vai se foder você também."

"Mas o fato é que a maioria das mulheres quer ter filhos. Só que a sociedade precisa delas pra outras coisas, sabe, pra ganhar mais dinheiro e pra ter mais lucro, então a sociedade tem que fisgar as mulheres pela vaidade, pelo orgulho e pela ganância delas. Coisas que, aliás, as mulheres têm tanto quanto os homens."

"É, eu reparei."

"Mas se uma mulher tem liberdade para seguir os seus melhores instintos, ela não precisa de um emprego importante para se sentir bem consigo mesma."

"O legítimo lugar dela é o lar."

"Exato. A igreja entende isso a respeito das mulheres. Ela entende o júbilo da maternidade."

"Bom, então me diga uma coisa sobre esse seu Deus." Renée deu um passo na direção de Stites. "Só uma coisinha. Se as mulheres supostamente não têm que ter o mesmo tipo de vida que os homens têm, então por que o seu Deus nos deu o mesmo tipo de consciência?"

Stites pulou para a frente feito uma boca de armadilha se fechando. "Ele não deu! Ele deu a todas as pessoas o mandamento: Crescei e multiplicai-vos! E foi você mesma quem disse que essa 'consciência' não sobrevive ao nascimento do primeiro filho de uma mulher. Que ela vira 'só uma mulher' depois, não foi o que você disse? Você entende o que eu estou dizendo? A mulher que se sente infeliz porque tem uma consciência de homem é a mulher que *desobedeceu* o mandamento do Senhor. O Senhor promete que vai nos salvar *se* nós obedecermos a palavra Dele. E esse tipo de problema de consciência de que você está falando desaparece numa mulher que tem um bebê, exatamente como está dito nas Escrituras. Ela se torna uma mãe instintiva, exatamente como você disse e exatamente como a igreja sabe que ela vai se tornar. É um fato!"

Ela balançou a cabeça, impaciente. "Mas, ainda assim, permanece o fato de que as mulheres recebem uma consciência só para que ela lhes seja tomada depois. Elas têm uma amostra do que elas *poderiam* ter — se fossem homens — e depois isso lhes é negado. E você pode até dizer que a maior parte das mulheres não é como eu, mas mesmo que fosse só eu que pensasse assim, o que não acredito de forma alguma, o fato é que eu estou diante de uma escolha horrorosa, e a única forma como você pode justificar isso é dizer que nós estamos pagando pelo pecado de Eva ou alguma outra baboseira do tipo. E eu estou dizendo a você que tem um furo na sua religião, um furo por onde poderia passar um caminhão: o fato de que a vida é basicamente uma merda para as mulheres e sempre foi."

"E sempre vai ser, Renée. Como é basicamente uma merda para todas as pessoas na face na Terra. Então a verdadeira escolha que você tem é ou sofrer para nada, sofrer e ser uma pessoa amarga e fazer mal para as pessoas ao seu redor, ou encontrar um caminho para Deus através do seu sofrimento. E eu acho que a Bíblia talvez concorde comigo quando eu digo que há muito mais mulheres no céu do que homens. Só pelo sofrimento que elas suportaram e pelo orgulho que elas engoliram. Porque os últimos serão os primeiros e os primeiros serão os últimos."

"Se existir um céu."

"Ele existe e está ao seu alcance. Ele está bem na sua cara. É pra isso que você está aqui. Você sabia que o seu nome significa 'renascida'?"

"Ah, meu Deus", disse Renée, completamente enojada.

Stites se levantou e deu a volta em sua mesa. "Você me promete pelo menos que vai voltar aqui outro dia? Eu não vou perguntar se posso rezar por você, porque você não pode me impedir. Mas eu posso telefonar pra você?"

Ela sacudiu a cabeça bem devagar. Estava com os olhos fixos em Stites, gravando a imagem dele na memória para poder sempre encontrá-la ali quando quisesse: os olhos cansados atrás dos óculos redondos de casco de tartaruga, a gravata amarela que agora tinha uma mancha de caldo de feijão, os quadris masculinos, o princípio de barba em suas bochechas.

"Você já me ajudou o bastante", ela disse. "Você me ajudou à beça."

11.

O guaxinim acordou faminto e nada revigorado. Havia apenas um leve reflexo de luz na água parada abaixo da mureta onde ele tinha dormido. Ratos peregrinavam ao longo das paredes e pelo meio da sujeira nos bancos de terra estreitos e pedregosos, migrando, como faziam todo fim de tarde, da prefeitura para as enormes lixeiras de metal da Union Square. O guaxinim se levantou, bocejou e se espreguiçou, o queixo perto do chão, como um muçulmano rezando.

Às vezes, quando descia de sua mureta, ele corria de um lado para o outro pela água, confuso, assustando os ratos e sendo assustado por eles; às vezes, corria um quarteirão ou mais e depois parava, bigodes tremelicando, olhava para a escuridão negra e gotejante a sua frente e então, como se a escuridão fosse uma barreira de concreto, dava meia-volta.

Hoje, porém, ele seguiu direto colina abaixo. A luz da rua entrava pelos pequenos buracos e pelas aberturas maiores acima dele. Pata ante pata, ele começou a subir os degraus da escada de ferro por onde quase sempre subia. No meio da escada, virou de repente e desceu, de cabeça para baixo, depois virou de novo e subiu até o último degrau, espiando lá para fora por uma abertura. Por entre para-choques de carros, avistou a agência dos Correios. Nunca saía por aquela abertura. Toda noite, ele se lembrava de já ter estado ali inúmeras vezes, mas a lembrança era mais fraca que o hábito, e então ele invariavelmente mais uma vez subia e descia a escada de ferro. Esses e todos os outros movimentos que ele repetia todas as noites eram como uma mágoa.

Os ratos eram como uma mágoa. Eles eram tantos e ele só um. Nos ratos, o mundo cinzento e hostil se ramificava, cerrava fileiras e rodava em volta dele. Tamanho e inteligência superiores não contavam para nada quando ele se defrontava com ratos; ele ficava desajeitado e vulnerável. Embora eles lhe dessem amplo espaço de manobra nos túneis, o fato de serem tão numerosos os tornava destemidos. Se eles o surpreendiam, ele levantava os ombros enfurecido, feito um gato, bufando impotentemente enquanto os pequenos demônios corriam, bruxuleando, escuridão adentro. Eles nadavam assustadoramente bem.

O guaxinim também era maior que esquilos, coelhos e gambás, além de mais esperto e bem-proporcionado, mas, de novo, eles eram muitos e ele só um. O mundo de um esquilo podia não passar de árvores e nozes, um vaivém neurótico, mas havia uma sensação de estar em casa — uma confiança e uma despreocupação — que advinha do fato de se pertencer a uma grande população que fazia exatamente as mesmas coisas inconsequentes. Solitário e onívoro, o guaxinim não tinha nenhuma razão melhor para trepar numa árvore do que o prazer que lhe dava seguir um instinto. Os galhos altos em que ele gostava de subir vergavam loucamente com o peso dele. Quando caía de uma árvore, um esquilo girava no ar na velocidade da luz, batia de raspão em um ou outro galho e já caía no chão correndo; mas um guaxinim, quando caía, despencava lá de cima com estardalhaço, tentando inutilmente se agarrar a alguma coisa, fazendo ruídos de angústia e se estatelando no chão sem dignidade nenhuma. Em casa em muitos ambientes, ele não estava realmente em casa em nenhum.

Chegando ao fim do túnel, ele subiu à superfície por um bueiro sem grade no terreno próximo ao trilho do trem suburbano. Carros sobre pontes atravessavam o silêncio que se empoçava naquela parte baixa e cheia de entulho de Somerville. Dezenas de cheiros de comida se misturavam na brisa que vinha do mar, mas poucos tinham a pungência de uma possível refeição imediata. Os sinais da ferrovia estavam verdes e vermelhos em ambas as direções.

Debaixo de uma ponte que recebia um intenso tráfego de pedestres durante o dia, ele comeu um pedaço de donut dormido com geleia e os farelos de outros donuts que estavam numa caixa rosa e laranja. Comeu um miolo de maçã e alguns marshmallows, uma novidade para ele. Comeu também uma mariposa.

Subindo Prospect Hill, havia boas iguarias, boas macieiras e muito lixo orgânico, mas havia também cachorros. Às vezes, no momento mais inoportuno, uma porta dos fundos se abria de repente e lá vinha uma bola de canhão peluda e cheia de dentes, e o guaxinim, que provavelmente estava comendo os restos secos do jantar Purina do cachorro, tinha de escalar às pressas a superfície vertical mais próxima. Ele já tinha passado noites inteiras andando de um lado para o outro, nervoso, na trave de um balanço ou no teto de um trailer, enquanto, lá embaixo, um cachorro atrapalhava o sono da vizinhança. Vários bichos de estimação já haviam mordido seu rabo e suas patas traseiras. Um gato tinha aberto um rasgo numa de suas bochechas (mas tinha pagado por isso com um olho). Uma noite, trepado num solitário pinheiro de três metros de altura, ele se viu cercado por um par de *schnauzers*; refletores de jardim se acenderam e um homem gordo emergiu de dentro da casa com crianças atrás, os *schnauzers* em frenesi o tempo inteiro; em seguida, a luz vermelha de uma filmadora se acendeu e, enquanto o homem gordo trabalhava no zoom, uma das crianças levantou um *schnauzer* o mais alto que seus braços esticados permitiam, de modo que os germânicos olhos pretos tomados de furor justiceiro, a língua cor de rosa e os dentes pontiagudos do cachorro ficaram a meio metro de distância do aterrorizado e humilhado guaxinim, sendo esse confronto, ainda por cima, inteiramente registrado em videoteipe.

Por acaso uma coisa dessas aconteceria com um esquilo? Com um rato? Com um gambá, um cangambá ou um coelho?

O guaxinim tinha tido duas irmãs. Uma havia sido morta por gatos durante um arranca-rabo em que sua mãe também fora desfigurada. Mais tarde, a outra irmã parou de comer e morreu. Ele e sua mãe se viam cada vez menos. Uma vez, ele passou por ela num túnel e alguma coisa o fez pular em cima dela, mas ela o repeliu. Ratos corriam pela lâmina de água no meio deles enquanto os dois se encaravam, ofegantes e em posição de bote, em lados opostos do túnel. Depois, ela saiu correndo colina acima e virou para trás, com cara de zangada. Ele só foi vê-la de novo no inverno. As ruas estavam brancas de sal e de luar quando ele a encontrou rígida, encostada ao meio-fio, os olhos enevoados de cristais de gelo. Estava tão frio que ele teve de enterrar o nariz no pelo dela para conseguir sentir algum cheiro.

Da Union Square, na direção dos edifícios altos, o terreno que ladeava a ferrovia ia ficando cada vez mais estreito e pedregoso e menos rico em coisas comestíveis, até que por fim chegava-se a vastos túneis em que o vento tinha cheiro de óleo diesel e o chão tremia.

A oeste havia mais vida selvagem. Em seu segundo verão, o guaxinim tinha viajado naquela direção por vários quilômetros, atraído pelo cheiro de fêmeas. Topou com alguns machos e eles cheiraram uns aos outros e escalaram um telhado juntos, mas basicamente cada um seguia imerso em seu estranho comportamento solitário, o dele próprio tão estranho quanto qualquer outro. Sofreu repetidos traumas envolvendo automóveis, que na região oeste de Cambridge teimavam em nunca parar de passar. Enquanto isso, o cheiro de fêmeas ia ficando cada vez mais fraco. Antes de o verão chegar ao fim, ele já estava de volta à Union Square.

As estações mudavam e voltavam outra vez; ele nunca fez a coisa que os animais mais gostam de fazer. Seu pelo escureceu. Algo em seu estômago lhe causava uma dor constante. Moscas o atormentavam em ciclos. Só mais uma ou duas vezes ele viu outro animal como ele; e, sem nunca brigar, nem cruzar, nem interagir com sua própria espécie de forma nenhuma, ele quase deixou de ter uma natureza. Tornou-se um indivíduo vivendo num mundo que consistia unicamente em suas compulsões e aflições, que eram como mágoas, e no prazeroso exercício de suas habilidades. O único rosto de verdade que ele via era o seu próprio, quando olhava para água escura — não quando lavava algum alimento, porque nessas horas, embora ficasse olhando para o alimento em suas patas agitadas e para os arbustos e as peças de carro a sua volta, sua compulsão o deixava cego —, mas quando a chuva tinha enchido uma vala ao longo da ferrovia e, ao parar para atravessá-la, ele via uma cabeça peluda e mascarada descer do céu urbano com uma lentidão atenta e cautelosa para encostar o nariz no dele, como um sonho da namorada que ele nunca teve, e então o tempo se dobrava em si mesmo, os padrões repetitivos de sua existência se alinhando como múltiplos reflexos de um mesmo objeto acabam se juntando, de modo que em vez de uma sucessão de dias havia apenas um dia que era toda a sua vida, na verdade, um único momento: aquele.

Os sinais estavam vermelhos e verdes em ambas as direções. O ar tinha começado a latejar. Raios brancos de luz vindos da direita e da esquerda fizeram seus olhos reluzir, amarelos. Ele atravessou correndo dois pares de trilhos, segurando na boca um pedaço de pão de hambúrguer inchado de ketchup como um absorvente interno e subiu às pressas até a metade de um banco de terra manchado de óleo. Uma locomotiva apitou, oscilando um pouco à medida que avançava. O guaxinim atravessou os trilhos de novo, transformado numa bolinha rígida com um rabo silvante, subiu no banco de terra e, de repente, tomado de terror enquanto as duas imensas e ribombantes locomotivas duplicavam sua aparente velocidade ao passarem uma pela outra, ele se cobriu da melhor forma que pôde com folhas de ambrósia e se fechou deixando o mundo lá fora.

Renée via os trens passarem da ponte da Dane Street, os carros de passageiros correndo abaixo dela como esteiras de aeroporto deslizando em direções opostas. No telhado de um prédio sem janelas, letras de plástico rosa de um metro de altura diziam REFO MA DE MOTORES DE PR CISÃO. Era meia-noite. Ela atravessou rapidamente a Somerville Avenue e passou pelo antigo conjunto de casas idênticas do norte de Little Lisbon. Num envelope de papel manilha, ela levava as fotos da família Caddulo e uma cópia de seu trabalho, que ela havia imprimido no caminho de volta de Chelsea. Passou por um vaso sanitário azul-claro, com reservatório e tudo, mas meio sujo, abandonado na calçada.

Quando ela entrou em casa, um dobermann a recebeu soltando ganidos suplicantes atrás da porta do apartamento do térreo. No andar de cima, o bebê estava chorando e seus pais berravam um com o outro, como faziam com tanta frequência antes de o bebê nascer. Eles eram Ph.Ds e discutiam, por exemplo, sobre o valor-trabalho comparativo de manter a geladeira abastecida e de manter o carro funcionando. Renée tinha ouvido o marido gritar: "*Você quer trocar? Você quer trocar? Você quer cuidar do carro que eu cuido das compras?*". Eles tinham trinta e poucos anos.

Em cima da mesa da cozinha de Renée, havia um pacote de pão integral aberto. Na pia, uma frigideira suja de ovo e pilhas de pratos e copos. Garrafas de vinho e cascas de frutas na bancada. Roupas no chão do corredor, roupas espalhadas pelos dois cômodos principais, um círculo marrom e respingos de vômito dentro da privada, toalhas no chão perto da pia. Sapatos, jornais e poeira por toda parte. Fios de espaguete murchos em volta das bocas do fogão.

Ela pegou a fita cassete identificada como PARA DANÇAR com as duas mãos e dobrou-a com força, até que o plástico se partiu ao meio com um choque cujo pulso de vibrações de alta frequência fez a pele de seus dedos arder. Depois, fez a mesma coisa com a outra fita, a que só tinha uma música gravada. De repente, havia um novo silêncio no apartamento, como se até aquele momento houvesse música tocando fazia tanto tempo que ela já nem percebia mais e só tivesse escutado a música de verdade depois que ela parou.

Tirou a roupa e se deitou de bruços no chão da cozinha, que estava pegajoso e quente. Pedaços do plástico das fitas pinicavam seus cotovelos e suas costelas. Ficou ali um bom tempo, chorando.

Novamente de jeans, ela varreu o apartamento inteiro, lavou, secou e guardou toda a louça. Tudo o que tinha comprado na semana anterior, inclusive a jaqueta de couro, ela enfiou em sacos de lixo, que depois carregou lá para baixo e deixou na calçada. Embora volta e meia parasse para chorar, depois de algum tempo ela conseguiu deixar o apartamento tão limpo e nu quanto ele estava na noite em que ela dormiu pela primeira vez com Louis Holland.

Abriu o envelope de papel manilha e correu os olhos pelo seu trabalho, perguntando-se por que o havia escrito. Só para ganhar dinheiro? Sentou em sua cama obsessivamente bem-feita e leu o "ACORDO, firmado em 12 de junho" entre Melanie Rose Holland, de Evanston, Illinois, e Renée Seitchek, de Somerville, Massachusetts. O acordo tinha sido impresso em papel Bond especial para impressora a laser. Ela o rasgou em tiras finas. Rasgou as tiras em quadrados, que ficou segurando nas mãos em concha durante um minuto inteiro, como se tivesse vomitado nas mãos e não estivesse conseguindo pensar num receptáculo adequado. A privada foi onde, por fim, acabou jogando tudo.

Examinou seu trabalho de novo, tentando avaliar o que ele representava para ela agora. Seus olhos acompanhavam as palavras, mas só o que a leitora em sua cabeça dizia era *Você está viajando nessa sua história romântica. Você está viajando nessa sua história romântica*. Depois de algum tempo, deu-se conta de que tinha posto o trabalho de volta no envelope e estava segurando-o junto ao peito. Ela o abraçou, se balançando, lamentando. Teve um calafrio; não sabia o que fazer. Levantou-se e foi até a escrivaninha, ainda com o envelope fino nos braços. Enfiou nele todas as fotocópias de textos relacionados ao assunto e começou a envolver o pacote, agora volumoso, com uma fita adesiva plástica, larga e marrom. Deu voltas e voltas com a fita adesiva, até o pacote ficar inteiramente coberto, sem nenhum pedaço de envelope à vista. Então, enterrou o pacote na última gaveta da escrivaninha. Olhou para a gaveta fechada e abraçou o próprio corpo, lamentando.

Mais tarde, já no meio da manhã, tomou um banho e foi de carro para a Kendall Square. Seu médico de Harvard tinha lhe indicado uma clínica chamada New Cambridge Health Associates, que ocupava parte do prédio de uma antiga fábrica convertido recentemente em edifício de escritórios, muitos deles de empresas high-tech nascidas do MIT. Ela já havia passado inúmeras vezes em frente àquela clínica, a caminho de palestras no MIT, mas nunca tinha reparado que tipo de clínica era.

Um restaurante de massas japonesas, muito procurado na hora do almoço, cobria a rua com seu hálito de caldo de carne e cebolinha. No estacionamento imediatamente em frente à clínica, atrás da faixa amarela que a polícia estendera entre duas placas de trânsito, cinco mulheres da Igreja da Ação em Cristo seguravam cartazes com as fotografias de sempre, sob o sol forte do meio-dia. Bebe Wittleder olhou para Renée. Renée olhou para ela. Bebe ficou observando, de olhos arregalados e muda, Renée abrir a porta de metal da clínica.

Uma terapeuta bonita, de cinquenta e poucos anos, com cabelo louro grisalho preso numa trança, pegou o envelope que o médico de Renée havia lhe dado.

"Renée Seitchek", disse ela. "Eu sei quem você é."

"É. As pessoas lá fora também."

"Puxa, que coincidência desagradável para você."

"Não, acho que não é não."

A terapeuta se recostou contra um diagrama da reprodução humana, trompas de Falópio e ovários emoldurando seu rosto compassivo ao extremo. "Você quer que eu pergunte o que você quer dizer com isso?"

"Bom, eu fico pensando..." Renée franziu a testa. Sua pele estava rija por causa da falta de sono. "Eu fico pensando se esses últimos meses pareceram estranhos para vocês."

"Quais meses?"

"Os últimos dois ou três. Com os terremotos e as coisas que o Stites tem feito. Para mim, eles foram muito estranhos e muito parecidos entre si. Mas me ocorreu que nem todo mundo sente a mesma coisa que eu."

A terapeuta claramente não sentia a mesma coisa que Renée. "Foram meses... muito curiosos", ela disse com um sorriso neutro.

"Bom, enfim. Eu fiquei com raiva. E com raiva, a gente acaba ficando displicente. Porque, sabe, os homens podem ser displicentes que nada acontece com eles. E aí eu acho que dei azar. Quer dizer, dentro do contexto da minha displicência. Dentro do contexto de que eu acho que não é uma questão de sorte ou azar coisa nenhuma."

"Você está falando de contracepção."

"Estou. Do meu diafragma."

Ela ficou observando a terapeuta preencher um espaço no formulário dela com a palavra "diafragma". De alguma forma, conseguiu se manter educada e humilde enquanto a terapeuta explicava o uso correto do diafragma e o que ela tinha feito de errado. Ela sabia muito bem o que tinha feito de errado.

"Antes de qualquer outra coisa", disse a terapeuta, "eu quero que você saiba que nós podemos facilmente encaminhá-la a uma instituição onde não haja manifestantes. Nós entendemos perfeitamente a ameaça à sua privacidade que ficar conosco pode representar para você."

"Se a minha presença aqui vai piorar a situação de vocês, eu vou para onde vocês quiserem."

"Não, de forma alguma. Não por nossa causa. Mas não seria melhor para você?"

"Não tem importância."

"Então eu vou precisar que você preencha isso aqui." A terapeuta entregou a ela um termo de consentimento informado. "E nós pedimos que o pagamento seja feito antes do procedimento. Imagino que você saiba que nós não aceitamos cheque."

Renée tirou três notas de cem do bolso. Uma auxiliar de enfermagem tirou sangue de seu braço. A terapeuta a conduziu a um corredor no subsolo para que ela pudesse sair da clínica por outra porta.

Na quarta-feira, ela passou o dia inteiro pensando e escrevendo sobre a sismicidade profunda de Tonga. Quando voltou para casa à noitinha, encontrou uma carta de Louis Holland em sua caixa de correio. O carimbo postal no envelope era de Boston, mas não havia nenhum endereço abaixo do nome do remetente. Ela não abriu a carta, mas também não a jogou fora.

O jogo de beisebol que ela ficou ouvindo pelo rádio depois do jantar teve *innings* extras e terminou mais de meia-noite. Os Red Sox perderam.

“Howard”, ela disse. “Eu posso falar com você um instante?”

Estava uma sauna lá fora. Mesmo na sombra dos grandes carvalhos do gramado do Peabody Museum, o calor estava mantendo no chão a maioria dos insetos alados. Os esquilos estavam muito desanimados. Howard enfiou as mãos nos bolsos de sua calça larga e subiu na ponta dos pés algumas vezes. “Que é?”

“Eu vou fazer um aborto hoje. Queria que você me pegasse depois.”

“Tá bom.”

Ela lhe disse onde ele deveria apanhá-la. Ele fez que sim, mal parecendo ouvir. Ela lhe disse de novo onde ele deveria estar. Disse que era muito importante que ele estivesse lá.

“Tá.”

“Então eu me encontro com você lá em algum momento entre quatro e meia e cinco e meia.”

“Tá.”

“Você não se incomoda de fazer isso?”

Ele franziu os lábios e fez que não com a cabeça.

“E você vai estar lá com certeza?”

“Arrã.”

“Às quatro e meia.”

“Arrã.”

“Combinado, então.” As ondas de choque provocadas por um helicóptero que sobrevoava a área fizeram os pulmões de Renée vibrar. “Obrigada.”

Em sua sala, ela ligou o rádio e ficou ouvindo. Sintonizando brevemente a WSNE, ouviu um anúncio das lojas de conveniência Sunnyvale Farms, seguido de passagens do Evangelho Segundo São João. Tirou a carta de Louis Holland de dentro de sua bolsa, examinou-a contra a luz e a botou de volta na bolsa. Em frente a sua janela, turistas decepcionados balançavam a cabeça estoicamente. Ela só se permitiu sair do laboratório Hoffman à uma e meia.

Quando estava saindo da estação do metrô da Kendall Square, ela ouviu as inconfundíveis vozes abafadas e nasaladas de policiais falando em seus rádios. Luzes de alerta azuis lutavam contra a brancura da tarde.

Tinham lhe dado uma chave da porta dos fundos da clínica, mas ela nunca havia tido a menor intenção de usá-la e continuava a não ter agora. Passou por um grupo de quatro policiais de Cambridge na calçada e viu o que eles estavam esperando. Cinquenta membros da igreja de Stites estavam plantados em frente à clínica, espremidos no espaço de estacionamento que lhes fora designado como vacas num vagão de gado. Os policiais estavam esperando que eles tentassem ultrapassar a faixa amarela.

Do outro lado da rua, na sombra de outros vintes membros da igreja brandindo seus cartazes, dois fotógrafos de jornal tiravam fotos, e uma repórter com pinta de atrevida ajustava seu gravador.

PAREM COM A CHACINA. ABORTO É ASSASSINATO. OBRIGADA MÃE EU ♥ A VIDA.

O próprio Stites estava encostado à faixa amarela, com um megafone na mão. Devia ter visto Renée antes que ela o visse, pois, assim que ela deixou os policiais para trás, ele levantou a faixa. Doze mulheres se abaixaram e passaram por baixo da faixa. Em duas fileiras de seis, elas se sentaram de braços dados na frente da porta da clínica.

"*Nós estamos aqui para salvar os não nascidos*", disse o megafone. "*Estamos aqui para salvar vidas inocentes.*"

O trânsito estava ficando congestionado na rua. Stites olhava diretamente para Renée. "*Todo mundo aqui um dia já foi um mero óvulo fertilizado*", ele disse no megafone. "*Todos nós estamos aqui pela graça do nosso Senhor e graças ao amor dos nossos pais à vida.*"

Pares de policiais tinham começado a pegar vovozinhas e aeromoças de corpo mole pelas axilas e a arrastá-las em direção às vans da polícia paradas ali perto. A professora de ginástica enterrava os calcanhares nas reentrâncias da calçada com perícia.

"Renée", Stites chamou, com o megafone abaixado.

Ela olhou para o céu. Nunca tinha visto um céu tão branco e vazio.

"Pare e pense um segundo", ele disse. "Você já foi só um minúsculo grãozinho de células um dia. Tudo que você é, tudo que você já sentiu na vida, veio desse grãozinho. E você não é ninguém a não ser você mesma, você não é um acidente, não é uma coisa aleatória. Você é você. E esse grãozinho dentro de você não é ninguém a não ser ele mesmo, ou ela mesma, e ela está só esperando para vir ao mundo e ter a vida que Deus quer que ela tenha."

Renée olhou para o chão. Nunca teria imaginado que sua cabeça pudesse um dia se fechar tanto.

"Nós amamos você", disse Stites. "Nós amamos a pessoa que você é e a pessoa que você pode vir a ser. Só o que eu peço é que você pense no que está fazendo."

Ele se debruçou sobre a faixa amarela num gesto de súplica, mas o plano que ele habitava não fazia interseção com o dela. Ele pertencia a uma espécie que não era a dela, e aquela palavra que ele usava, "amar", simplesmente designava uma função peculiar à espécie dele. "Nós amamos você" fazia tão pouco sentido para ela agora quanto uma baleia dizendo "Você filtra plâncton com as suas barbatanas, que nem eu", ou uma tartaruga dizendo "Você e eu compartilhamos a experiência de depositar ovos em buracos na areia". Era revoltante.

O caminho agora estava livre para ela entrar na clínica. O Grupo de Doze, em duas vans da polícia, estava cantando "Amazing Grace" em tons e ritmos diferentes.

"Renée", disse Stites. "Por favor me ouça."

"Isso é imperdoável", ela falou, apenas dizendo o óbvio.

Ela entrou.

"Puxa", disse a terapeuta loura. "Você perdeu a chave?"

Renée entregou a chave para ela. "Desde quando eles estão aqui?"

"Desde hoje de manhã."

"Eu acho que agora eles vão embora."

A clínica estava gélida, com seu ar-refrigerado e sua iluminação azulada. Num cubículo branco e limpo, Renée tirou suas roupas e pendurou-as num gancho. A calça jeans, pendurada por cima das outras peças, com um lado do quadril mais saliente do que o outro e os joelhos levemente dobrados, era uma efígie vívida de Renée.

"Eu não quero tomar calmante", ela disse à enfermeira.

Na sala adjacente, a mesa tinha sido preparada para ela, com uma mesa lateral menor para a dra. Wang, os instrumentos de aço inoxidável essenciais reluzindo em cima de um jogo americano de papel. Não havia faca de peixe nem colher de sopa — era uma refeição de um prato só.

A paciente se deitou com seu avental azul-claro. Seu rosto, na parte mais baixa de uma superfície inclinada acolchoada, estava vermelho-escuro, quase purpúreo. Foi introduzido um espéculo, que disse: "Isso pode beliscar um pouco". O tenáculo foi aplicado, uma injeção de cloroprocaína administrada. Com seus dedos finos e ágeis, a dra. Wang rasgou a embalagem de papel de uma cânula de seis milímetros.

Um pouco de gel K-Y foi aplicado. O aspirador foi ligado e a mangueira encaixada. Para dentro e para fora se movia a cânula. Para dentro e para fora, para cima e para baixo. O ruído áspero que ela produzia foi uma revelação. Não era um som que se esperaria que um corpo fizesse; era um som de um objeto inanimado, uma colher de pedreiro se arrastando na lateral de um balde de plástico, as últimas gotas de milk-shake sendo sugadas do fundo de um copo de papel encerado. Para dentro e para fora se movia a cânula. Rufe, rufe, dizia o útero.

"Ai", disse a paciente, novamente dizendo o óbvio, quando as contrações começaram. Ela estava tentando resistir a uma maré alta. Os músculos de seus pés se contraíram nos estribos do pelourinho, que agora tinha rodas e fora empurrado até a calçada, para que todo cientista, secretária, adolescente e membro de igreja que passasse pudesse ver, bastando para isso dirigir o olhar naquela direção, o que havia entre as pernas nuas e afastadas da paciente, para lá do espéculo e dentro do centro vermelho de seu ser. A enfermeira fez carinho na testa dela. O aspirador foi desligado.

"Tudo parece estar muito normal", disse a dra. Wang.

Na sala de recuperação, deram a Renée um suco de laranja, um comprimido de Ergotrate e um donut polvilhado de açúcar, que era o primeiro alimento que ela ingeria desde as sete da manhã. As cólicas não estavam fortes, mas mesmo assim lhe deram envelopes com Darvon e mais Ergotrate. Deram-lhe também várias instruções diretas e avisos. Perguntaram-lhe se ela tinha alguém que pudesse levá-la para casa.

Às cinco em ponto eles deixaram que ela se vestisse.

"Não é melhor você sair pelos fundos? Eu acompanho você até lá", disse a terapeuta.

Renée fez que não.

"Você tem que tentar ficar de repouso até amanhã."

"Pode deixar."

Ela ficou surpresa ao encontrar um céu escuro lá fora. Um vento de tempestade levantava os cabelos dos manifestantes que haviam sobrado e que continuavam plantados em seu espaço no estacionamento exatamente como estavam quando ela os viu pela última vez, como se aquele espaço fosse todo o planeta deles e seus cabelos estivessem levantados por causa das voltas que o planeta dava no ar. Eles olharam sérios para Renée, sem ódio. Do outro lado da rua, Stites estava batendo papo com a repórter atrevida, fazendo-a rir. Sorrindo, ele se virou e olhou bem nos olhos de Renée. Ouviu-se um discreto estrondo de trovão. Ela esperou um Hyundai azul e um Infiniti preto passarem e atravessou a rua.

"Olá, Renée. Essa é a Lindsay, do *Herald*."

"Oi, tudo bem?", disse Lindsay.

Os membros da igreja plantados no espaço de estacionamento tinham dado uma volta de cento e oitenta graus e estavam olhando para seu pastor. Antes que ele tivesse tempo de perceber o que ela estava fazendo, Renée pegou o megafone da mão de Stites e foi para trás de um poste de luz. Encarou a congregação, os curiosos que rondavam por ali, os policiais de prontidão, os fotógrafos, a repórter e o pastor.

"Olá", ela disse, apertando com mais força o botão de plástico do megafone. "OLÁ. MEU NOME É RENÉE SEITCHEK. EU VOU ENTREVISTAR A MIM MESMA."

Stites foi para a frente dela, tentando agarrar o megafone. "Isso não é seu, Renée."

Ela se esquivou dele. Deu alguns passos para trás na calçada, sem perder Stites de vista. "O QUE EU TENHO A DECLARAR, JÁ QUE VOCÊS ESTÃO TODOS TÃO INTERESSADOS", ela disse. "O QUE TENHO A DECLARAR É QUE ACABEI DE FAZER UM ABORTO."

Ela desceu da calçada. "PRIMEIRA PERGUNTA: O QUE MAIS..." Um carro buzinou. "O QUE MAIS EU POSSO LHES DIZER?"

"RESPOSTA: O MEU ENDEREÇO É PLEASANT AVENUE NÚMERO 7, SOMERVILLE. O NÚMERO DO MEU TELEFONE É 360-9671. O MEU TIPO SANGUÍNEO É O. O MEU SEGUNDO NOME É ANN. A MINHA RENDA NO ANO PASSADO FOI DE DOZE MIL DÓLARES. EU ROUBO SUPRIMENTOS DE ESCRITÓRIO DO MEU EMPREGADOR. EU GOSTO DE ME MASTURBAR. O MEU NÚMERO DE SEGURO SOCIAL É 351-40-1137. EU COSTUMAVA USAR DROGAS QUANDO ESTAVA NA FACULDADE. TAMBÉM USEI UM POUCO NA SEMANA PASSADA."

Uma leva de trabalhadores que acabara de sair de seus respectivos escritórios engrossou a multidão. Carros paravam ao lado da calçada. Lindsay do

Herald estava segurando seu gravador no ar, enquanto Stites sacudia a cabeça. Renée apontou o megafone para ele.

"PERGUNTA: QUE IDADE TINHA O FETO QUE EU ACABEI DE ABORTAR?

"RESPOSTA: APROXIMADAMENTE CINCO SEMANAS. EU NÃO SEI AO CERTO PORQUE O MEU *CICLO MENSTRUAL* SEMPRE FOI IRREGULAR.

"PERGUNTA: QUEM ERA O PAI?

"RESPOSTA." Ela respirou fundo. Ia ter que contar uma mentira. "RESPOSTA: EU NÃO SEI AO CERTO. TIVE *RELAÇÕES* COM MAIS DE UM HOMEM NOS ÚLTIMOS DOIS MESES.

"PERGUNTA: POR QUÊ?

"RESPOSTA: PORQUE EU ESTAVA ME SENTINDO SOZINHA E INFELIZ E QUERIA ME SENTIR BEM. TAMBÉM ESTAVA APAIXONADA POR UM DOS HOMENS. QUERIA ME CASAR COM ELE E TER FILHOS COM ELE.

"PERGUNTA: QUEM SÃO ESSES HOMENS?

"RESPOSTA: *ISSO* É CONFIDENCIAL. ELES SÃO *HOMENS*. *ELES* TÊM A OPÇÃO DE MANTER A PRIVACIDADE DELES."

Nesse momento ela ouviu duas ou três vozes femininas jovens gritarem em apoio a ela. Como não conseguiu discernir de que direção os apoios tinham vindo, continuou a apontar o megafone para Stites, que tinha tirado os óculos e estava massageando os cantos internos dos olhos.

"PERGUNTA: QUE TIPO DE MÉTODO ANTICONCEPCIONAL EU USO?

"RESPOSTA: EU USO DIAFRAGMA. ERA INTEIRAMENTE RESPONSABILIDADE MINHA, E QUANDO ELE FALHOU FUI *EU* QUE FIQUEI NA MÃO.

"PERGUNTA: COMO EU ESTOU ME SENTINDO AGORA?

"RESPOSTA: EU ESTOU ME SENTINDO MUITO, MUITO TRISTE, ESTOU TRISTE POR MIM MESMA E TRISTE POR TODAS AS MULHERES, PORQUE UM HOMEM JAMAIS VAI PRECISAR DE UM LUGAR COMO ESSE, NUNCA EM UM MILHÃO DE ANOS. MAS ESSA TRISTEZA É *MINHA*, NENHUM HOMEM PODE SE APOSSAR DELA, E EU ESTOU *FELIZ* POR SER MULHER."

Ouviu-se outro estrondo de trovão. Uma onda de lixo de papel varou a rua. Renée, corando e se curvando por causa de uma cólica, pousou o megafone no meio-fio e saiu andando o mais rápido que pôde de cara contra o vento. Não fazia ideia de quantas pessoas além de Stites e Lindsay tinham ouvido o que ela dissera e nem estava interessada em saber.

O enorme carro branco de Howard estava esperando na esquina da Hampshire com a Broadway, virado na direção de Harvard. Numa vizinhança inteiramente pavimentada como aquela, sem nenhuma folhagem verde à vista, o céu escuro parecia um céu de inverno. Renée esperou um Cressida azul, um Accord cinza, um Infiniti preto e um Camry prateado passarem. Assim que ela atravessou a rua e entrou no carro, Howard meteu o pé no acelerador. Ela se afundou tanto no banco que seus olhos ficaram no mesmo nível que a base da janela. Chutou para o lado latas de coca-cola e um disco de *frisbee* tamanho oficial, massageando o abdome com o punho.

"Você está bem?", Howard perguntou.

"Podia ser pior."

"Tudo bem se eu der uma passada no laboratório?"

"Por que você não me leva pra casa primeiro?"

"Vai ser só um segundo, tá bom? Eu tenho que pegar uma corda pra levar pro Somerville Lumber."

"O que é que você vai pegar no Somerville Lumber?"

"Uma estante."

Ela riu sem vontade. "Você vai querer que eu te ajude a carregar?"

O ronco do motor do carro era como o ruído de um circulador de ar durante uma onda de calor, mantendo o desconforto dela dentro de limites toleráveis. Quando Howard desligou o motor, no estacionamento privativo em frente à porta da sala de computação, ela se sentiu fraca e enjoada e se afundou mais ainda no banco.

Uma lufada de vento quente entrou pelas janelas abertas dos bancos da frente. Pneus cantaram. Um Cressida cinza entrou a toda no estacionamento e parou atrás do carro de Howard, bloqueando a saída dele. Uma jovem oriental de tailleur e tênis saltou de dentro do Cressida e bateu na porta da sala de computação. Era a suposta noiva de Howard, Sally Go. Alguém a deixou entrar.

Atrás da cerca verde e do amontoado de folhas secas, havia movimento na Oxford Street, ação em três planos independentes, a passagem rápida e borrada de tetos de carros, o movimento flutuante de ciclistas, com suas cabeças e ombros bem acima do chão e suas bicicletas obscurecidas pela cerca, e a marcha saltitante de pedestres, estudantes e trabalhadores que voltavam para casa com perceptível pressa, porque agora as árvores estavam mostrando o verso branco de suas folhas e os galhos das mais altas estavam começando a se sacudir com certa violência. O vento trazia fragmentos de sons distantes. As trovoadas estavam aumentando, retumbando como a terra num terremoto da

Nova Inglaterra. Quase deitada, com a mão na barriga, Renée tentava dissipar parte da dor da cólica com a ponta dos dedos. Já não saberia dizer quanto tempo fazia que estava esperando no carro.

Atrás dela, numa parte do céu para a qual sua fraqueza não lhe permitia olhar, uma escuridão semelhante a um eclipse tomava corpo. As árvores estavam em constante movimento, todos os sons da Oxford Street pousando em pedaços bem ao norte dali, mas o chão ainda continuava seco, assim como as roupas das pessoas que andavam na calçada, e o ar estava quente e repleto de pétalas e folhas verdes. Renée pensou que nunca havia respirado um ar tão bonito. Sentia o desgosto escoar de dentro dela. O clima, que era da natureza, tinha tomado os espaços verdes e os espaços pavimentados entre os prédios. O ar tinha cheiro de verão, de fim de tarde, de trovão, de amor, e sua temperatura era tão exatamente igual à temperatura da pele dela que estar nele era como estar em nada, ou como não encontrar barreira alguma entre ela e o mundo. Ela entreouvia a estática da tempestade nos rádios dos carros que passavam. Sentia a pungência dos carros, do asfalto quente, dos prédios de tijolos, das transmissões de rádio, de todas as coisas que os seres humanos tinham feito, enquanto o vento os varria. Como aquilo tudo estava profundamente imerso no mundo! Como ela estava profundamente imersa no mundo! A vida não na pele do mundo, mas bem lá no fundo dele, no mar de atmosfera e árvores chacoalhantes, com um teto espesso e abobadado de nuvens negras acima dele, elétrons subindo e descendo em escadas brancas. Ela queria abraçar aquilo tudo respirando aquele ar, mas tinha a sensação de que nunca conseguiria respirar fundo o bastante, assim como às vezes achava que nunca conseguiria estar fisicamente próxima o bastante de uma pessoa que ela amava.

Ficou se perguntando: o que exatamente ela amava ali? Trovões ecoavam e folhas seguiam trilhas em espiral rumo ao céu verde-escuro. Observando seu próprio raciocínio de uma segura distância irônica, ela formulou o seguinte pensamento: *Obrigada por me fazer estar viva para estar aqui.* Soava falso, mas não completamente falso. Ela tentou de novo: *Obrigada por este mundo.*

Meio a sério, meio de brincadeira, ela tentou várias outras vezes. Ainda estava tentando quando a porta da sala de computação se abriu com violência e Sally Go saiu em disparada porta afora. Sally enfiou seu rosto riscado de lágrimas pela janela aberta de Renée.

"Eu vi você!", disse ela. "Eu trabalho bem aqui e vi você! Eu e as minhas amigas, nós *vimos* você!" Ela tinha uma daquelas vozes urbanas antiaderentes. "Eu odeio esse tipo de joguinho de merda que você está fazendo. Era pra ele ter se casado comigo! Você é maluca. Eu te odeio! Quero mais é que você morra! Eu te odeio tanto!"

Renée abriu a boca para falar, mas a garota já tinha ido para o carro dela. Cantando pneu, Sally deu uma ré e foi embora.

Howard voltou com um rolo de corda de náilon no braço.

"Aquela era a sua namorada?"

Ele deu de ombros, dando partida no carro. Àquela altura o vento já tinha soprado a maioria dos carros e das pessoas para fora das ruas. Uma cortina negra pendia no final da Kirkland Street, um anoitecer de novembro.

"A sua estante vai ficar toda molhada", disse Renée.

"Eu trouxe um plástico", Howard disse.

Ela se lembrou da carta de Louis e, sem pensar, enfiou a mão por baixo da aba de sua bolsa de couro e tentou abri-la sub-repticiamente, mas Howard olhou para ela. Devagar, ela tirou a mão de dentro da bolsa. Debaixo da ponte da Dane Street, o vento achatava moitas de ambrósia e de tifa. As primeiras gotas de chuva acertaram o para-brisa. Ela estava voltando para sua casa em Somerville, de jeans, tênis e útero vazio. As fachadas de ripas marrons, amarelas, brancas e azuis nunca tinham lhe parecido tão bonitas como sob a luz esverdeada da tempestade que começava. Ela já estava até sentindo o ar abafado de seu apartamento, inalando o cheiro da chuva nas telhas de ardósia quentes em frente à janela da cozinha, ouvindo o barulho da água no telhado. Estava tão ansiosa para estar em casa que, quando Howard parou o carro na Pleasant Avenue, ela nem lhe agradeceu direito. Pulou para fora do carro e bateu a porta.

Enormes gotas de chuva caíam na madressilva. Howard arrancou com o carro, mas ainda não tinha avançado nem um metro quando, bem em frente à casa de Renée, do outro lado da rua, a janela do motorista de um Infiniti preto baixou, um braço se esticou para fora, acertou uma bala nas costas dela com um pequeno revólver e disparou mais quatro tiros enquanto ela caía na escada desmantelada. Howard meteu o pé no freio. Pelo retrovisor, viu o Infiniti arrancar em disparada rumo à Walnut Street e desaparecer.

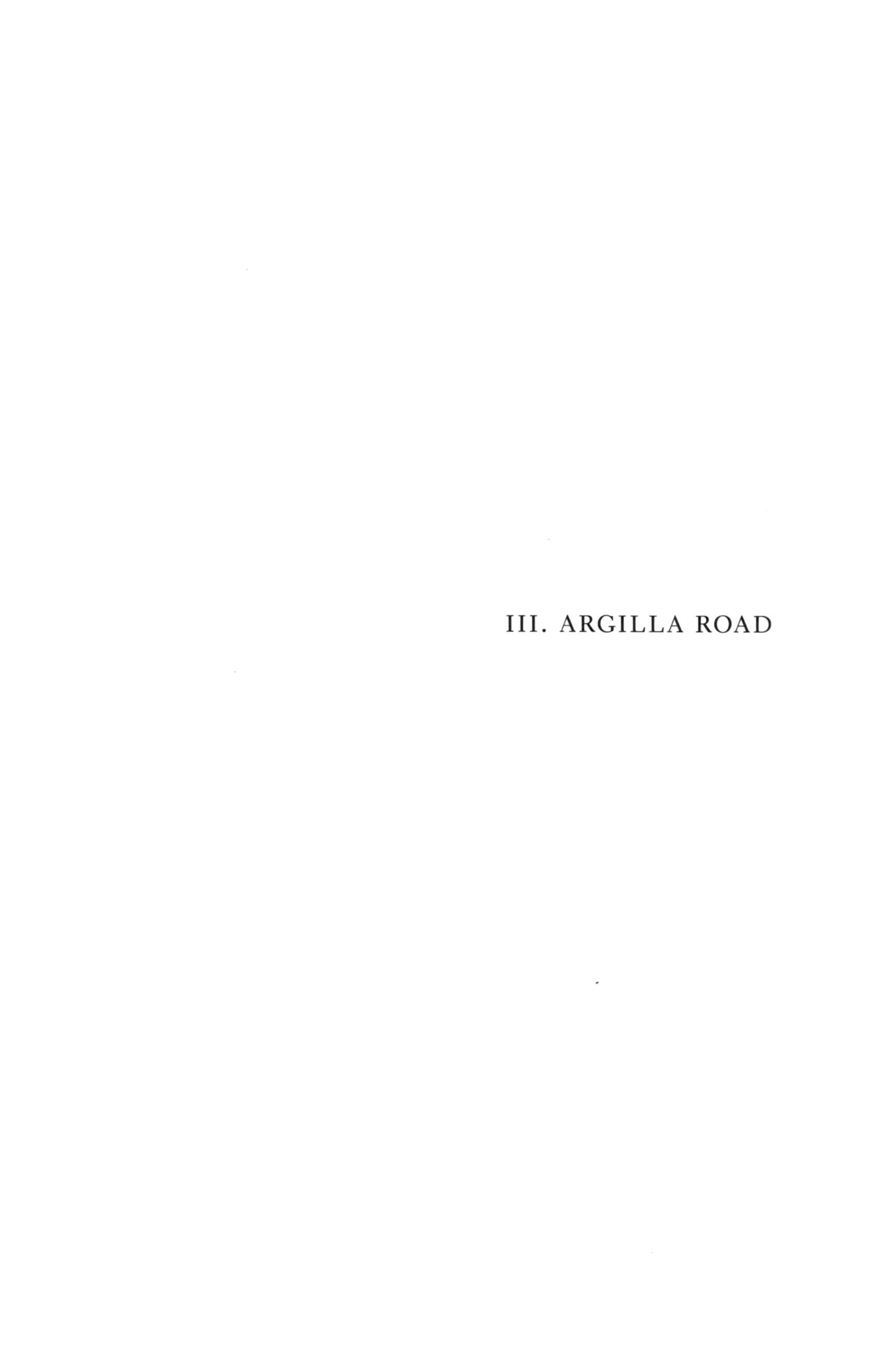

III. ARGILLA ROAD

12.

Ninguém nunca tinha dificuldade de encontrar a casa dos Holland na Wesley Avenue. Ela era aquela com catorze pés adolescentes de pinheiro-branco-do-canadá amontoados no estreito quintal da frente. Bob havia plantado os pinheiros na primavera de 1970 e depois, com o passar dos anos, observado com ar de aprovação eles matarem a cobertura vegetal com suas gotas de seiva ácida e envolverem o quintal de sombria melancolia. Todo dia de semana de manhã, antes de ir de bicicleta para o campus, ele vistoriava o chão da floresta à cata de embalagens de chiclete e caixas de hambúrgueres. Nos fins de semana, tirava lixo trazido pelo vento de cima dos galhos com um ancinho de cabo comprido, os pinheiros se balançando feito cachorros peludos que se submetem mudamente a uma escovação. Eles se retorciam quando Bob apontava uma mangueira para eles, para remover com o jato d'água os poluentes atmosféricos sulfúricos.

No quintal dos fundos, atrás de uma cerca alta que protegia os animados gramados de um engenheiro e de um vice-diretor de departamento atlético, Bob havia deixado que a terra regredisse à pradaria que cobria o Illinois (ele nunca se cansava de explicar) antes da chegada dos europeus e suas práticas agrícolas dilapidadoras e destrutivas. Residindo no meio da vegetação, que batia na altura do peito, encontravam-se toupeiras, cobras, ratos, gaios-azuis e uma verdadeira multidão de vespas. Havia também armadilhas para cortadores de grama, na forma de estacas de aço escondidas no meio do capim e se projetando dez centímetros acima do solo. Bob as plantara em 1983, depois que Melanie, descobrindo ratos nos quartos, pagou um garoto da vizinhança para que ele destruísse a pradaria com um cortador e uma enxada. Agora, a pradaria estava isolada da casa por uma cerca baixa de tela de arame, e qualquer pequeno animal que cruzasse a fronteira era comido pelos gatos dos Holland, Drake e Cromwell, designados especialmente para esse serviço. Periodicamente, Bob calçava luvas e se aventurava quintal adentro, no meio das vespas, para arrancar brotos de bordo e outros intrusos de folhas largas.

A casa em si, da qual apenas o telhado e a lucarna do terceiro andar ainda não haviam sido encobertos pelos pinheiros, tinha uma insólita sala de estar em forma de semicírculo e, imediatamente acima dela, um quarto principal de mesmo formato. Esses cômodos, assim como a sala de jantar e a varanda da frente, pertenciam a Melanie. Ela os mantinha razoavelmente em ordem, e as visitas que entravam na casa jamais viam a cozinha da Idade do Bronze e o porão da Idade da Pedra, onde havia montanhas de roupas sujas cujos estratos inferiores datavam de meados da década de setenta. Bob ficava a maior parte do tempo em seu escritório, que era o único cômodo do terceiro andar. Atualmente, os quartos dos filhos passavam meses a fio sem receber visita alguma, a não ser a da poeira que vinha no ar. As portas, porém, estavam sempre abertas, com os móveis à mostra feito corpos insepultos, sem lhes conceder descanso.

Ao subir a Davis Street vindo do ponto da ferrovia elevada, Louis sentia um vento seco do oeste soprar em seu rosto. Os gramados planos e sem rega estavam tão amarronzados agora em junho quanto costumavam ficar em agosto. Todas as casas pareciam desertas e mergulhadas num profundo silêncio pós-formatura, uma desolação que a fumaça de carvão que exalava do quintal dos fundos de uma solitária casa de família só fazia tornar mais completa ainda.

Estava mais fresco no meio dos pinheiros de seu pai. Raios amarelos atravessavam, oblíquos, o ar repleto de partículas suspensas de pólen amarelo, o sol pendurado nos galhos como se não saísse do lugar fazia vinte anos. O cheiro de resina era penetrante e inibia o movimento dos insetos. (Melanie costumava dizer que tinha a sensação de morar num cemitério.) Preso com fita adesiva na porta da frente, um bilhete escrito com a letra de Bob dizia: *Louis, fui ao Jewel.*

Louis subiu direto para o seu quarto, largou sua bolsa no chão e se jogou na cama, vencido pelo calor, pela letargia da vizinhança e pelo fato de estar em casa. Não sabia por que tinha aceitado vir para casa. Fechou os olhos, se perguntando: Por quê? por quê? por quê?, como se a pergunta pudesse transportá-lo pelos cinco dias seguintes até a hora em que seu voo de volta partiria. Mas pensar no voo de volta o fez pensar em Boston. Ele se virou de bruços, apertando o rosto com as mãos. Tentou pensar em alguma coisa, qualquer coisa, que o tivesse deixado feliz nos últimos tempos, mas nenhum vestígio de prazer restava dos dias que ele havia passado com Lauren, e embora houvesse alguma coisa a respeito de Renée que tivera certa felicidade atrelada a ela, não era nada de que conseguisse se lembrar agora.

Telefones tocaram. Mecanicamente, ele se levantou e atendeu no quarto dos pais.

"Louis?", disse Lauren. Ela parecia estar na casa ao lado. "Eu estou com saudade."

"Onde é que você está?"

"Em Atlanta, no aeroporto. Você fez boa viagem?"

"Não."

"Louis, eu estava pensando. Foi uma ideia que me ocorreu agora há pouco. Lembra que você disse que não aguentava viver nesse país? Bom, eu estava pensando que a gente podia ir pra uma ilha, sabe? Nós podíamos trabalhar, nós dois, juntar dinheiro e aí ir pra lá e abrir um restaurante ou alguma coisa assim. Só nós dois. E nós podíamos ter filhos e ir pra praia e trabalhar no restaurante." Ela se calou, esperando uma resposta. "Parece tão idiota falando assim, mas não é idiota. A gente realmente podia. Eu vou ser tudo pra você, e qualquer lugar está bom pra mim."

Louis ouvia o ar saindo de seu nariz a intervalos regulares.

"Você acha idiota", disse Lauren.

"Não. Não, eu acho que seria ótimo."

"Você não queria que eu ligasse."

"Não, tudo bem."

"Não, eu vou desligar agora mesmo e não vou ligar mais. Desculpa. Finge que eu não liguei, tá bom? Você me promete que vai fingir que eu não liguei?"

“Não, sério, não tem problema.”

“A outra coisa que eu queria dizer” — ela diminuiu a voz — “é que eu quero fazer amor com você. Quero muito, muito, muito. E também queria dizer que lamento muito a gente não ter feito quando teve a chance. Assim que eu sentei no avião, eu comecei a chorar por causa disso, porque a gente não fez. E agora” — a voz dela estava ficando esganiçada — “agora eu não sei se a gente vai fazer algum dia. Louis, eu vivo estragando tudo, não é? Quando estou com você, eu me sinto tão feliz que fico querendo que tudo seja *perfeito*. Mas quando estou sozinha... quando estou sozinha, eu só quero as coisas do seu jeito.”

Houve uma longa pausa, com sons de respiração dos dois lados da linha.

“Aguenta firme”, disse Louis.

“Tá bom. Tchau.”

Ele queria sair do telefone, mas odiou o som desse “tchau”. A palavra o acusava de não amá-la. Se a amasse, ele não pediria a ela que não desligasse ainda?

“Tchau”, ele disse.

“Tá, tchau”, disse Lauren, desligando. Mais uma despesa havia sido registrada no cartão de crédito dela.

Tendo ouvido os estalidos discretos mas penetrantes da roda livre de uma bicicleta de dez marchas na pista de entrada, Louis desceu para a cozinha e encontrou o pai tirando uma mochila das costas.

“Oi, pai.”

“Salve, Louis. Bem-vindo ao lar.”

Não havia nenhum sinal dos tais vinte e dois milhões na cozinha. O linóleo ainda continuava rasgado em frente à pia e à porta dos fundos; a fruteira ainda continha, como sempre, uma banana moribunda e uma maçã obesa e obviamente farinhenta; ainda continuavam lá a arcaica lavadora de louça com as palavras dos botões apagadas e pingos de detergente seco embaixo da porta mal vedada, as janelas sujas com os painéis isolantes de inverno ainda instalados, as teias de aranha e agulhas de pinheiro nos cantos, o velho escorredor de louça com suas ulcerações de ferrugem, o frasco tamanho econômico de detergente genérico com uma crosta rosa em volta do bico e, por fim, ainda continuava lá o velho pai, matraqueando daquele seu jeito levemente divertido sobre a seca local e suas possíveis causas globais. Bob estava vestido como um funcionário de uma firma de manutenção de jardins — calça de microfibra azul com elástico na boca, sapatos de sola grossa e uma camiseta do Greenpeace escura de suor.

Louis ficou observando com uma irritação que beirava o desprezo enquanto o pai se agachava de um jeito feminino em frente à geladeira e transferia verduras e legumes da mochila para a gaveta de legumes. As cervejas na prateleira de cima ainda eram Old Style. Louis pegou uma, esticando o braço por cima do cabelo que agora seria para sempre mais cheio que o seu, sentindo o cheiro das axilas que não sabiam o que era desodorante fazia muito tempo.

"Você esqueceu de tirar a presilha do tornozelo", disse Louis.

Bob tateou a perna de sua calça, sentiu a presilha ali, mas não a tirou. Retirou o ar de dentro da mochila e a dobrou ao meio.

Louis olhou para a cozinha em volta, como se ela fosse uma testemunha do que ele tinha de aturar.

"Bom, então, aqui estou eu", disse. "Você não vai me dizer por que mandou as passagens?"

"Pra você não poder bater o telefone na minha cara", disse Bob.

"Jeito meio caro de fazer isso, não? Ou dinheiro agora não é mais problema?"

"Se está preocupado com isso, você pode pintar a garagem pra mim. E lixe tudo muito bem antes. Mas não, se você quer ser estritamente lógico, não há nenhuma razão pra você estar aqui. Não há nenhuma razão pra eu me importar se vejo você infeliz, nenhuma razão pra você e a sua mãe não continuarem a atormentar um ao outro e a envenenar a família inteira."

Louis revirou os olhos, de novo convocando a cozinha como sua testemunha. "Imagino que ela já esteja em Boston."

"Ela saiu daqui na quinta."

"É muito simpático como ela sempre me avisa quando vai pra lá."

"Sim, eu sei que ela não telefona pra você. Mas a verdade é que você não iria querer ver a sua mãe agora, de qualquer forma."

"Arrã." Louis balançou a cabeça. "É muita consideração da parte dela. Como sabe que eu não vou querer vê-la, ela está me poupando do constrangimento de recusar um convite. Realmente, ela é de um tato impressionante."

"Foi por isso que eu quis que você viesse aqui, Lou."

"'Isso'? 'Isso'? Isso o quê? Esse meu problema de comportamento? Essa minha falta de gentileza para com a minha mãe?" Ele tomou um gole de cerveja e fez uma careta. "Como é que você consegue tomar esse troço? Parece bile gaseificada."

"Eu pensei que você pudesse *querer* vir aqui", disse Bob, determinado a não se deixar provocar. "Você obviamente está com muita raiva, e eu achei que se você conseguisse entender melhor por que a sua mãe, por exemplo, está se comportando da forma como está..."

"Aí eu compreenderia, aceitaria e perdoaria o comportamento dela. Não é isso?" Louis desafiou o pai a desmenti-lo. "Você me explicaria que vida dura a mamãe tem e que vida dura a Eileen tem e que vida comparativamente fácil eu tenho e aí, percebendo como as coisas são fáceis pra mim, eu chegaria pra ela e diria: Puxa, mãe, *me desculpe*, faça o que você quiser, eu entendo perfeitamente."

"Não, Louis."

"Mas o que eu não entendo é de onde todo mundo tirou essa ideia de que as coisas são tão fáceis pra mim. Você mora nessa casa com ela, você a vê todo dia, mas você não pode chegar pra ela e dizer: Puxa, Melanie, você não acha que está sendo meio injusta com o *Louis*, não? Não, em vez disso você tem que comprar uma passagem de avião pra eu vir pra cá pra *eu* ser a pessoa que vai entender."

"Lou, ela entende, mas ela não consegue agir de outra forma."

"Ah, tá. Bom, eu também não consigo. E é por isso que eu não quero ter mais nada a ver com ela. Ela não consegue agir de outra forma, eu não consigo agir de outra forma e esse é o fim da história."

"Mas você *consegue* agir de outra forma, Lou."

"O quê? Ah, sim, porque... Por quê?", ele perguntou à cozinha de modo geral. "Porque eu fui eleito aos dez anos de idade pra ser o senhor Compreensivo? Porque pros homens as coisas são fáceis?"

"Em parte, sim."

"Ah, é pra mim que as coisas são fáceis? Não pra mamãe, que pode fazer o que bem entender e depois dizer que não consegue agir de outra forma? Não pra Eileen, que, sabe, se debulha em lágrimas toda vez que não consegue o que quer? Você está falando sério? Isso é uma arrogância tão absurda. Pois fique sabendo que eu não sou melhor do que elas. O que há de errado nisso?"

"Qual exatamente é o seu problema com ela?"

"O meu problema com ela... Eu não vou nem te dizer qual é o meu problema com ela."

"Por que não?"

“Porque eu não estou a fim.”

“Porque você está com vergonha. Porque você sabe que não é digno de você.”

“Ah, sei. Me fala mais sobre esse meu problema.”

Bob sempre saboreava qualquer convite que recebia para falar. Pegou a banana preta e, segurando-a diante dos olhos, descascou-a lentamente. “Talvez seja a velha ideia romântica da esquerda”, disse com sua voz divagante de sala de aula. “Eu tendo a pensar em você e na Eileen mais ou menos como os dois lados da equação nacional. Sendo a Eileen o tipo de pessoa que acha que precisa da riqueza e do luxo, e você o tipo de pessoa que...”

“Que diz: não, que é isso, feijão com arroz está ótimo pra mim.”

“É isso mesmo. Você pode rir de mim agora, mas era isso que parecia.” Bob começou a comer a banana; nenhuma outra pessoa da família teria tocado numa banana tão preta. “Eu achava que você pensasse mais ou menos como eu penso. E eu costumava acreditar que havia um número considerável de pessoas neste país que não queria nada além de um emprego decente, uma moradia decente, um serviço de saúde decente e satisfações não materiais de primeira qualidade. Porque me parecia que as pessoas *deveriam* ser assim. E aí, nos anos oitenta, eu descobri que isso era tão utópico quanto as outras coisas que eu pensava. Acaba que os trabalhadores decentes deste país têm a mesma ganância consumista que a burguesia, e todo mundo, absolutamente todo mundo, sonha em ter os mesmos luxos que o Donald Trump tem e seria capaz de envenenar o mundo e matar seus semelhantes para ter esses luxos, se isso fosse ajudar em alguma coisa.”

“Ah, então eu sou ganancioso”, disse Louis. “Eu sou um Donald Trump como todo mundo. É esse que é o meu problema com a mamãe: eu quero um apartamentaço num prédio deslumbrante como a Eileen, quero ter o meu videocassete e o meu BMW, e estou puto com a mamãe porque ela não me dá essas coisas. Foi essa a conclusão a que você chegou na sua análise?”

“Você está com raiva porque ela emprestou dinheiro pra Eileen.”

“Mesmo que fosse esse o problema, que não acho realmente que seja, a questão é que existe aí um problema de *justiça*, um problema de *franqueza*. Quer dizer, a sua classe trabalhadora não ligaria pra BMWs se não tivesse que ficar vendo um bando de ricaços babacas e imprestáveis desfilando de BMW por aí, enquanto falam no telefone do carro. E antes que você diga alguma coisa —

eu não estou dizendo que a Eileen seja uma ricaça babaca e imprestável. Não estou dizendo nem que eu tenha necessariamente algum problema com ela."

"Não", disse Bob, terminando tranquilamente a banana. "Você só viu uma oportunidade de atormentar a sua mãe e ainda continuar com a justiça ao seu lado."

"Eu? Você está brincando? Eu estou tentando manter distância dela! Eu estou tentando esquecer que ela existe! Que foi *literalmente* o que ela me pediu pra fazer. Ela disse: vamos fingir que isso não aconteceu. E o que você acha que eu tenho tentado fazer? Sabe, do meu jeitinho crédulo e otário. Eu não sei de onde você tirou essa ideia de que eu estou atormentando a mamãe. Eu fui lá falar com ela *uma vez*, quando descobri que eu era o único que estava sendo solicitado a fingir que isso não tinha acontecido, quer dizer, que não tinham pedido isso da Eileen. Eu tive um lapso de cinco minutos e foi só. E agora você vem me dizer que 'esperava' que eu não fosse tão 'materialista' quanto a Eileen. Bom... talvez eu não fosse. Talvez eu fosse esse cara perfeito e sem ganância que você sempre quis que eu fosse. Só que nunca ninguém me agradece por isso, e aí você vem com esse papo de que está 'decepcionado' comigo e de como você é ingênuo e de como eu sou como a classe trabalhadora, que nunca parece fazer o que os marxistas querem que ela faça. Sabe, não é de espantar que nós, trabalhadores, acabemos todos querendo ser o Donald Trump. *Nós sentimos muito que você esteja decepcionado*. Você acha que eu quero te decepcionar? Quando a única justificativa possível que eu tenho pra viver dessa porra desse jeito imbecil que eu vivo é que talvez pelo menos o meu pai não ache que é tão imbecil assim? Mas você obviamente não consegue enxergar isso, porque você obviamente não tem a menor ideia de como eu sou de verdade, porque faz vinte e três anos que você está doidão demais pra notar. Você fala de ser ingênuo, você fala de ser burro, olha pra *mim* aqui."

Os olhos de Bob tinham se arregalado de repente, como se ele tivesse sentido uma faca furar suas costas. Louis, respirando fundo, voltou os olhos para o chão. "E você está magoado, eu sei. Desculpe. Foi um exagero."

"Não, você tem razão", disse Bob, virando-se na direção da porta. "Você acertou na mosca."

"É, me deixa aqui falando sozinho agora, vai, isso mesmo. Você agora vai se retirar pra fazer com que eu me sinta o invulnerável, não é isso? Como a única pessoa da família que não fica soterrada de dor e de culpa."

"Eu não tenho mais nada pra dizer."

"Você se retira. A mamãe se retira. A Eileen se retira. O que mais eu posso pensar a não ser que quem tem um problema sou *eu*? E o meu problema é que eu sempre tenho a porra da razão, não é isso? É que eu estou sempre certo?" Ele estava falando para o vão vazio da porta. *"Eu não sei o que estou fazendo de errado. O que eu estou fazendo de errado?"*

Ele estava ouvindo os degraus da escada de madeira rangerem. "VOCÊ NÃO ESTÁ FELIZ QUE EU TENHA VINDO PRA CASA?"

Bob Holland era natural de uma pequena cidade ao norte de Eugene, no Oregon. Na Costa Leste, em Harvard, ele havia escrito sua tese de doutorado sobre as origens da especulação imobiliária no Massachusetts do século XVII e conhecera Melanie, a quem começou a perseguir implacavelmente, mas só conseguiu capturar ao voltar para Boston depois de uma temporada de dois anos na Inglaterra, onde fez pós-doutorado na Universidade de Sheffield. Os jovens Holland se mudaram para Evanston no início da década de sessenta e conceberam Eileen no mesmo mês em que Bob obteve estabilidade em seu emprego na Northwestern. Durante alguns anos, ele foi a estrela do departamento de história, dando cursos extraordinariamente populares sobre a América colonial e a industrialização oitocentista e aplicando provas com questões como *Descreva o que poderia ter acontecido* ou *Isso foi um progresso?*, e distribuindo As e Bs a torto e a direito. Começou a cultivar maconha em jardineiras instaladas no telhado, transformou seu quintal numa floresta, ia para Washington de ônibus. Ativistas do movimento estudantil faziam reuniões no porão de sua casa. Uma vez, ele foi atingido por gás lacrimogêneo e passou uma noite na cadeia.

No entanto, como todo mundo sabe, o espírito daquela época logo se perdeu em violência, licenciosidade, autoindulgência, cooptação comercial e desespero. Cada nova safra de alunos que chegava à universidade no início do ano letivo continha mais ervas escovadinhas e sisudas do que a safra anterior. Bob conseguiu cultivar a militância em alguns deles, mas a história e os números estavam contra ele, e sua cabeça estava um pouco transtornada demais por decepções e alucinógenos para que ele pudesse vicejar num ambiente cada vez mais hostil. Já em 1980, ele se viu classificado tanto por alunos como por docentes como só mais um Velho Parasita Marxista.

Os Parasitas eram uma classe exclusivamente masculina. Sentavam-se em seu próprio cantinho nas reuniões de docentes, bem longe dos recém-fortalecidos conservadores, com suas gravatas-borboleta, dos recém-contratados membros de minorias, com seus trajes assertivamente étnicos, e de toda a gurizada, esquerdista ou não, com suas saias justas e seus blazers espinha de peixe. Os Parasitas tinham caras vermelhas e cabelos desgrenhados. Usavam camisas de flanela e coletes forrados de penas. Entre si, trocavam os sorrisos para lá de óbvios dos que aparecem em público drogados e acham isso engraçado. Viam fascismo em toda parte — na administração, nas cafeterias, na livraria — e denunciavam isso nas atas. Sugeriam pessoas como Jerry Garcia e Oliver North para fazer o discurso de formatura. Levantavam as mãos durante discussões sérias acerca de políticas universitárias para pedir que comentários engraçados sobre drogas psicodélicas fossem incluídos nas atas. Todos sentiam uma nostalgia tremenda das drogas psicodélicas.

Carecendo de apoio público para perpetrar um ataque à sociedade como um todo, os Parasitas subvertiam a única autoridade que conheciam: a universidade. Jamais perdiam uma festa ou recepção aberta. Amontoavam-se em volta de fosse qual fosse a comida e a bebida alcoólica pelas quais a universidade tivesse pagado e, carrancudos, mas dando volta e meia uma piscadela uns para os outros como os conspiradores que acreditavam ser, consumiam muitos dólares em comes e bebes. Sentiam-se exultantes abusando de privilégios, pegando pilhas de livros emprestados da biblioteca para nunca mais devolver, usando as máquinas de fotocópia dos departamentos até elas pifarem e insistindo em receber sua cota dos fundos para trazer palestrantes convidados — ex-hippies politicamente militantes ou funcionários públicos menores da Romênia ou de Angola — a cujas palestras só os próprios Parasitas compareciam, com seu imenso apetite para comes e bebes. Questionados por seus pares, eles recorriam a um argumento antediluviano: a sociedade é corrupta, essa universidade é um produto da sociedade, logo essa universidade é corrupta.

Havia Parasitas no departamento de Bob que não publicavam um único artigo desde Kent State. Quando o assunto das publicações vinha à tona, esses homens encaravam suas carreiras abreviadas com a expressão orgulhosa e resignada dos mutilados. Parasitas davam cursos rasos para turmas de atletas, cursos sobre cultura popular e cursos de história russa cujas ementas não sofriam alterações havia três décadas.

Bob, atipicamente, era um bom acadêmico. Mesmo durante os anos mais negros da era Reagan, quando estava fumando maconha cinco dias por semana, ele mergulhou fundo em fontes primárias e secundárias e emergiu delas com uma profusão de fatos históricos maravilhosos, maravilhosos, bem como com uma profusão de insights que, mesmo podados de sua aura canabinólica pelo brilho sóbrio do computador, ainda conservaram vigor suficiente para formar as bases para um livro chamado *Enchendo a Terra: Deus, mata virgem e a Massachusetts Bay Company* e ainda para dois artigos sobre *wampum*, peles de castor e espirais inflacionárias, todos escritos em prosa fluente e publicados de forma muito respeitável.

O que mantinha Bob na linha era principalmente Melanie. Por mais que gostasse de brincar e implicar com ela, ele vivia com medo de perder o respeito da mulher. Ela provavelmente não havia posto os pés no campus mais que uma dúzia de vezes em vinte e cinco anos, então Bob estava livre para fazer papel de ridículo à vontade lá, mas em outros lugares ele tomava cuidado para preservar sua dignidade. Por Melanie, ele penteava o cabelo para trás, vestia um de seus ternos arcaicos e ia de carro com ela para o centro, para ir a uma sinfonia ou uma ópera e cochilar na cadeira até a hora de voltar para casa. Aturava um sem-número de jantares com suas colegas de faculdade, cujos maridos pareciam todos ser membros ou ex-membros da Bolsa de Valores e, mesmo assim, não conseguiam arrancar nada de Bob além de uma gargalhada quando a conversa enveredava para a política. Durante meses a fio, quando Melanie estava ensaiando ou se apresentando na Theatrical Society, Bob fazia o jantar de Louis e Eileen. Melanie gritava com ele e gritava com as crianças; ele tapava os ouvidos com as mãos e sorria como se ela estivesse no palco e se saindo muito bem; ela gritava mais alto ainda, ele subia para o quarto e ela ia atrás, gritando; mas, quando via as crianças de novo, ela ficava constrangida e, às vezes, vermelha. As crianças nunca chegaram a reconhecer conscientemente o óbvio fato de que o homem da casa era loucamente apaixonado pela mulher e a mulher quase que completamente imune ao homem, mas sem dúvida elas captaram a ideia básica. Eileen sentia pena do pai e tinha afeto por ele. Louis sentia uma vergonha horrenda.

Já estava anoitecendo, na segunda-feira, quando Louis voltou para a Wesley Avenue, depois de fazer uma caminhada até Lake Forest que durou o dia inteiro. Ele havia localizado a casa ampla e aprazível em que Renée crescera. Tinha comido duas porções grandes de batata frita ao longo do caminho.

Agora o vento e a luz haviam se dissipado, e a Wesley Avenue estava tão deserta — a vizinhança inteira tão obviamente vazia de seres humanos vigilantes — que parecia que teria sido melhor se aquele dia nunca tivesse acontecido, ou pelo menos tivesse ido para os livros de registro com um asterisco ao lado. No céu acima da Dewey School, *alma mater* dos pequenos Holland, o rastro laranja de um foguete de garrafa PET se extinguiu e em seguida viu-se um breve clarão branco. A umidade amplificou o estrondo.

Louis entrou na casa abafada e tomou dois copos de chá gelado. Tirou a camiseta, torceu-a e vestiu uma limpa. A cada degrau que ele subia na escada até o terceiro piso, a temperatura aumentava um grau e o cheiro de madeira velha e reboco quente ficava mais forte. A porta do escritório de Bob, entreaberta, deixava passar uma réstia de luz suficiente apenas para iluminar o papel amarelado preso na porta, onde se lia a citação:

> Pois eu pergunto: Que valor um homem daria a dez mil ou cem mil acres de excelente *Terra*, já cultivada e bem fornida também de Gado, no meio do interior da *América*, onde ele não tinha esperança alguma de fazer *Comércio* com outras partes do Mundo, para obter *Dinheiro* para si através da Venda da Produção? De nada lhe valeria o cercamento, e nós veríamos o homem devolver ao selvagem Território Comum da Natureza tudo o que fosse além do necessário para suprir os Confortos Materiais da Vida lá obtidos por ele e sua Família.
>
> *John Locke*

Não notando nenhuma fumaça fresca, Louis bateu de leve na porta e a abriu. O pai estava sentado em frente à janela, fazendo carinho na cabeça de Drake e olhando para as hélices do ventilador que soprava ar em cima dele. Metade do chão nu estava ocupada por instáveis pilhas de fotocópias repletas de folhinhas autoadesivas de anotação. Uma fotografia em preto e branco de Eileen estava pendurada na parede acima do Macintosh. Eileen devia ter por volta de quatro anos, tinha cabelo curto, jeito delicado e olhos enormes e estava usando uma coroa de margaridas no cabelo.

"Olha", disse Louis. "Você não precisa falar nada. Eu só quero dizer que estou fazendo o melhor que posso e não estou a fim de que fiquem me dizendo como eu sou mau. Isso realmente não está me ajudando muito no momento, sabe, porque eu já estou me sentindo o maior babaca do mundo."

Drake lhe lançou um olhar satisfeito, tingido de ciúme. Bob falou para o ventilador. "Eu nunca disse que você era mau. Eu sou a última pessoa no mundo que teria o direito de dizer isso. Você não sabe a grande admiração que eu tenho por você."

Louis estremeceu. "Você também não precisa dizer isso. Quer dizer, vamos ficar por aqui que assim está bom."

"E eu suponho que a minha grande admiração acabe gerando expectativas insensatas. Eu tinha esperança de que, mesmo estando chateado com a sua mãe, você pudesse entender o que está se passando com ela, se eu conversasse com você. Você não pode me culpar por tentar. Eu não posso ficar parado de braços cruzados enquanto essa loucura do seu avô destrói a família. Eu preciso fazer alguma coisa."

"Arrã. Como o quê, por exemplo?"

"Como, por exemplo, te dizer que nós te amamos."

Parecia que Louis não tinha ouvido o que o pai dissera. Ele se virou para uma prateleira e passou a mão pelas lombadas dos livros da biblioteca que estavam ali. Depois, cerrou o punho e deu um murro nas lombadas. Com os dedos dobrados, deu safanões nos braços e no peito como se eles estivessem cobertos de sujeira. "*Não diga isso!*" Sua voz parecia um ganido estrangulado, muito diferente de qualquer som que ele já tivesse produzido. "*Não diga isso!*"

O pai virou sua cadeira giratória na direção de Louis, o que fez Drake pular de seu colo e sair do quarto em disparada. "Lou..."

"*Foda-se* o amor. *Foda-se* o amor." Louis bateu a cabeça com força na moldura da porta. Cambaleou porta afora e desabou no chão do hall, segurando a cabeça e dividido entre o que estava sentindo e o que sabia ser uma capacidade ainda opcional de se controlar. Abriu os olhos e experimentou um momento de absoluto vazio, todas as ondas em seu cérebro simultaneamente zeradas. Então, o pai se ajoelhou e pôs os braços em volta dele, e seus olhos queimavam e terríveis coágulos de uma dor cortante lhe subiam do peito. Ele estava chorando, e não havia mais caminho de volta para o amor-próprio e o orgulho que ele tinha sentido antes de começar a chorar. Estava chorando porque a ideia de parar de chorar e ver que aquele eu do qual ele costumava gostar tanto estava chorando nos braços do pai era insuportável. Parecia que existia um órgão específico em seu cérebro que, sob estímulos extremos, produzia uma sensação de amor, mais intensa que qualquer orgasmo, mas mais perigosa também, porque era ainda menos discriminada. Uma pessoa podia se pegar amando inimigos, mendigos sem-teto e pais ridículos, pessoas das quais tinha sido tão fácil viver à distância e em relação às quais, se num momento de fraqueza se permitisse amá-las, ela então adquiria uma responsabilidade eterna.

Sem nenhum motivo aparente, Bob tirou os braços de cima de Louis. Havia uma expressão de desespero em seus olhos. Ele desceu para a cozinha, arrebentou o selo de metal de uma garrafa de Johnnie Walker e a emborcou. Teve de chupar a garrafa, enfiando o gargalo bem dentro da boca, para evitar que o bico de plástico fizesse o uísque escorrer pelo seu queixo. Os gatos tentavam subir pelas suas pernas, cobiçando a garrafa. Ele encheu a tigela deles de água. Ouvia o filho soluçar dois andares acima.

Subindo a escada, encontrou Louis com a cabeça encostada na coluna do corrimão, torto, sem os óculos, seus olhos pequenos e vermelhos, a gola de sua camiseta distendida. Apertou os olhos com uma expressão estúpida na direção do pai, que estava parado contra a luz.

"Você está se sentindo um pouco melhor?" Bob chutou Louis de brincadeira, com um pé e depois com o outro.

"Por que você está me chutando? Para de me chutar."

"Desculpe."

Louis soltou um suspiro. Sentia-se prostrado, como se tivesse se livrado de uma tensão ou de um veneno que vinha se acumulando em seu organismo fazia muito tempo. O caos em que seus pensamentos estavam não chegava realmente a incomodá-lo. "Tem uma coisa que eu queria dizer."

"Tudo o que você quiser."

"Certo. Obrigado." Louis fungou um enorme volume de muco. "É sobre a empresa da mamãe, a Sweeting-Aldren. Eu só queria avisar que são eles que estão causando os terremotos."

"O que você quer dizer?"

"Eu quero dizer que eles estão literalmente causando os terremotos em Boston. Essa mulher com quem eu estou morando... A mulher com quem eu estava morando... A mulher pra quem eu fiz uma coisa horrível..." Louis ficou olhando fixamente para a frente, seus olhos novamente se enchendo de lágrimas. "Ela é sismóloga. E é uma pessoa realmente maravilhosa, pra quem eu fiz uma coisa muito, muito escrota. Eu basicamente perdi essa mulher. E eu nem sei por que isso aconteceu. Quer dizer, eu sei por que, é porque ela é bem mais velha que eu... porque eu a amava muito. Pai. Porque eu a amava *muito*. E essa outra pessoa que é da minha idade e que é alguém por quem eu... Essa pessoa viajou de Houston pra me ver."

Ele olhou desconsolado para o pai. Depois, apertou os olhos, seu rosto se franzindo inteiro.

Bob se agachou na frente dele. "Liga pra ela."

Ele sacudiu a cabeça. "É complicado. Ela não está atendendo o telefone, e eu nem sei se quero falar com ela. Acho que não iria conseguir." Ele chegou um pouco para o lado, temendo que Bob o abraçasse de novo. "Eu não quero falar sobre isso. Eu só tinha uma coisa pra dizer, que era que a empresa está causando os terremotos e que eu vou ferrar com eles de alguma forma, e eu sei que a mamãe tem muitas ações. Eu não ia nem contar pra você, mas agora eu contei, e você pode contar pra ela se quiser. Era só isso."

"Causando. Você disse causando?"

"Disse."

"Ela tem certeza?"

"Tem."

Agora Bob tinha de saber de tudo. Como um frenético treinador de boxeador, ele trouxe para Louis um punhado de papel higiênico para que ele assoasse o nariz, levou-o para a cozinha, fez com que ele se sentasse, serviu-o de água gelada e Johnnie Walker e o metralhou com perguntas. Tentando explicar a coisa sem a ajuda de Renée, Louis achou que a teoria toda soava vaga e improvável, mas Bob estava rindo enquanto picava legumes e carne e os fritava à moda oriental, pontuando cada etapa lógica com um "Ótimo!" ou um "Excelente!". Não havia como não admirar a maneira metódica como ele se empenhava em adquirir o pleno domínio da argumentação. Sentado à mesa, a cada bocado de comida que punha na boca com seus pauzinhos (Louis usou um garfo), ele encaixava mais um fato no quebra-cabeça.

"Ninguém desconfia da empresa", disse ele, botando um pedaço de cenoura na boca, "porque os terremotos são fundos demais."

"Isso."

"E os terremotos de Ipswich não têm relação nenhuma." Uma tirinha de carne agora. "Eles são o disfarce."

"Isso."

"Exatamente como em Nova Jersey, quando o vento sopra na direção do mar, todas as empresas duplicam as emissões de gás, porque aí ninguém consegue pegá-las em flagrante. Os terremotos de Ipswich são o vento soprando para o mar."

"Isso."

"Maravilhoso! Sensacional!" Uma fava de ervilha. "E como ela vai provar que o tal buraco profundo existe?"

Louis gostaria que o pai não insistisse em considerar isso a teoria "dela". "Ela... a gente está procurando fotos ou alguma coisa assim. Mas, até agora, só o que a gente tem mesmo são os dois artigos."

De seu prato manchado de molho de soja, Bob pegou um pedaço de brócolis e o levantou na altura dos olhos, revolvendo-o como um pensamento e franzindo o cenho. "Isso é um problema", disse ele. "Se ela não tiver como provar com certeza que o buraco foi perfurado."

"A gente está trabalhando nisso."

"Não, não. Isso realmente é um problema." Bob se virou e olhou de cenho franzido para a porta que levava ao porão. Depois de alguns instantes, ele se levantou e desceu. Voltou trazendo uma *Atlantic Monthly.*

"Come, come", disse Bob, sentando-se. Sacudiu a poeira da revista e mostrou a capa para Louis: A ORIGEM DO PETRÓLEO. Fevereiro de 1986. "A sua mãe assina", disse ele. "E eu leio."

Louis olhava apreensivo para a revista. A matéria da capa era sobre o cientista que Renée havia mencionado, aquele de sobrenome Gold, que acreditava que o petróleo se originava nas profundezas do planeta. O fato de Louis estar com medo de abrir a revista — com medo de encontrar algo que contradissesse a teoria de Renée — revelava algo não muito lisonjeiro acerca de seu amor pela verdade. Se Renée estava errada, ele preferia não saber.

Bob pegou a revista e passou os olhos pela matéria da capa, correndo o dedo pelas colunas. Quando chegou ao fim da matéria, ele sacudiu a cabeça.

"Não tem nada aqui sobre a Sweeting-Aldren. Se tivesse, pode acreditar, eu teria reparado quando li. Mas... olha, eu não quero que você pense que eu pessoalmente não estou convencido, porque eu estou, eu conheço aquelas pessoas e o que você falou faz muito sentido. Mas a impressão que dá lendo esse artigo é que você simplesmente não escava um buraco em qualquer lugar. É preciso que haja uma geologia muito especial pra que o petróleo que sobe fique acumulado num determinado lugar. Eu estou mais que disposto a acreditar que a empresa tenha perfurado um poço para injetar resíduos, mas eu não creio que eles fossem escavar um buraco de seis mil metros de profundidade quando um buraco de dois mil já bastaria. E, infelizmente, parece que a teoria da sua amiga só funciona se o buraco for muito fundo. Se a geologia do oeste de Massachusetts era a geologia correta, faz sentido que eles tenham escavado um buraco profundo lá. Mas se eles acabaram escavando o buraco em Peabody, o buraco só pode ser raso."

Louis tinha certeza de que Renée teria uma resposta para dar a isso. "Imagino que eles tenham achado que encontrariam petróleo de qualquer forma."

"Ah, pelo amor de Deus, Lou." Bob se inclinou para a frente, numa postura desafiadora. "A coisa tem que fazer sentido nos detalhes também. Se você me manda esse negócio como um artigo para ser avaliado, eu vou cair de pau em cima de você. O petróleo era barato em 1969. Escavar um buraco profundo é caríssimo. Um buraco raso já resolveria o problema se o objetivo era descartar resíduos. A teoria da sua amiga requer que o buraco seja fundo. A *Atlantic* — que, eu admito, não é nenhuma Bíblia, mas de qualquer maneira —, a *Atlantic* me diz que a teoria do petróleo profundo só foi desenvolvida em fins da década de setenta, baseada em dados obtidos por sondas espaciais do início da década. Mesmo que alguém tivesse uma teoria nesse sentido em 1969 — quando ninguém estava muito preocupado com petróleo e a Sweeting-Aldren, diga-se de passagem, estava tendo lucros de mais de quatro dólares por ação anualmente — só poderia ser uma teoria mal fundamentada."

"Bom, foi exatamente isso que a Renée disse. Ela disse que era um trabalho ruim, mas que, mesmo assim, ele meio que antecipou a teoria que surgiu depois."

"Mas um trabalho ruim é um trabalho ruim. Como é que a empresa ia saber que a teoria tinha futuro?"

Louis se contorceu feito um aluno que não sabe a matéria. "Sei lá. Mas o resto todo faz sentido."

"Você lembra o nome do autor? Não era Gold, era?"

"Ah, por favor", disse Louis, empurrando seu prato. "Eu *sei* quem é esse Gold. O autor do trabalho era um tal de Krasner. Ele publicou esse trabalho e depois nunca mais publicou nada, e a gente não faz a menor ideia de onde ele se enfiou." Ele olhou para o pai. "O que foi?"

Bob tinha se levantado da cadeira. Estava olhando fixamente para o armário de bebidas, gravitando na direção dele. Tinha ficado muito pálido de repente.

"O que é que foi?"

Bob se virou como se estivesse respondendo apenas ao som da voz de Louis, não ao teor da frase. Olhou para ele com uma expressão vazia. "Krasner."

"Você está brincando. Vai me dizer que você conhece esse cara?"

"Não é um cara, é uma mulher."

"Uma mulher?" Uma semente de medo brotou no estômago de Louis.

"Anna Krasner. Ela foi namorada do seu avô."

"Como é que você sabe disso?"

Bob respondeu devagar, falando consigo mesmo. "Porque o velho Jack fez questão de que eu soubesse. Não tinha uma única coisa que ele possuísse que ele não fizesse questão de que eu soubesse que era dele."

"Quando foi isso?"

"Em 69."

"Ele já estava casado com a Rita?"

Bob sacudiu a cabeça. "Ainda não. Ele só se casou uns três anos depois." Bob estava lendo mensagens na parede que Louis não conseguia ver — mensagens preocupantes, mensagens amargas. Depois, de repente, ele voltou a si e se sentou. "Você está se sentindo bem?"

"Estou. Só estou meio bêbado."

"Eu acho que posso encontrá-la pra você, se você quiser."

"Seria ótimo."

"Você não lembra muito bem do Jack, lembra?"

"Não lembro absolutamente nada."

"Ele não era um... um ser humano comum. Por exemplo, a Anna era uma mulher muito bonita, acho que uns quarenta e cinco anos mais nova que ele. Quando a gente soube que ele tinha se casado de novo, eu estava certo de que tinha sido com ela. Mas aí, quando acaba, ele tinha se casado com a Rita, que todo mundo concordava que não era uma mulher particularmente atraente. Pra não dizer que ela era um verdadeiro tribufu, embora isso fosse só a minha opinião. Nós a conhecemos quando ela ainda era só a namorada, quando ela ainda era secretária dele, mas isso foi anos antes. Eu tinha deduzido que ela já tivesse saído de cena fazia tempo. E tem muitos homens que não causariam espanto algum se casassem com uma mulher como a Rita, mas não era o caso do Jack.

Ele dava muita importância à aparência de uma mulher, à aparência e à idade dela. Dava mais importância pra isso do que pra qualquer outra coisa."

"Arrã."

Uma mariposa se chocou contra a tela da porta dos fundos, impossibilitada de seguir o cheiro de pradaria que vinha lá de fora. Algum pequeno animal fez o capim alto farfalhar. Os gatos atravessaram a cozinha, em fila única, e encostaram os bigodes na tela. Bob perguntou o que Louis e Renée planejavam fazer com as informações que haviam levantado.

"Imagino que garantir que a empresa pague pelo que fez", disse Louis. "Mas nós discordamos em relação a quando botar a boca no trombone."

"Você precisa avisar a sua mãe com antecedência."

"Está bom."

"Você tinha pensado nisso?"

"Eu estava tentando não pensar."

Bob balançou a cabeça. "Isso foi outra coisa que o Jack fez que foi muito esquisita. Por que ele investiu o dinheiro todo dele em ações da Sweeting-Aldren? Porque não foi como se ele tivesse recebido tudo em ações e depois feito a besteira de não diversificar. Os registros mostram que ele tinha um portfólio bem equilibrado até o início da década de setenta, que foi quando ele fez um novo testamento — suponho que depois que ele se casou com a Rita. Aí, ele se aposentou e começou a comprar ações da empresa sistematicamente, até transformar o portfólio dele inteiro em ações da Sweeting-Aldren. Uma maluquice que já custou muito dinheiro à sua mãe."

"Coitadinha."

"O que a gente não consegue entender é por que o Jack fez isso. Tudo bem, ele era um cara que vestia a camisa da empresa, foi lá que ele fez a fortuna dele, e eu nem sei quantas vezes ele me falou que a Sweeting-Aldren era a empresa mais bem administrada do país. Provavelmente, o mesmo número de vezes que eu o vi na vida. Uma dúzia de vezes, mais ou menos. Só que ele era tão vidrado em dinheiro quanto era em mulheres, e ele era tudo menos burro. Eu simplesmente não consigo imaginar o Jack tomando decisões de forma emocional. Tem que haver algum motivo ganancioso por trás do que ele fez, em algum lugar que eu não estou conseguindo enxergar. Teve um canadense um tempo atrás, um sujeito chamado Campeau, aquele que era dono de lojas de departamentos, sabe? Ele investiu todo o dinheiro dele na própria empresa e todo o dinheiro dos filhos também, coisa de uns quinhentos milhões. Aí, quando ele foi ver, as ações não estavam mais valendo praticamente nada. Se você é ganancioso e tem confiança em si mesmo, imagino que você pense: Por que é que eu vou investir um tostão que seja em coisas que não vão me dar o máximo retorno?"

"É, por que não?", disse Louis.

"Eu vou te dizer por que não. Porque o Jack comprava ações estivessem elas no preço e na cotação que estivessem. Toda vez que o prazo de alguma aplicação dele vencia, ele convertia o montante em ações ordinárias da Sweeting-Aldren, não importava a que preço elas estivessem sendo vendidas, e isso *depois* que ele já tinha se aposentado. Você não diria que isso é meio irracional?"

"Imagino que sim, se eu entendesse de ações."

Bob se inclinou para a frente de repente, apoiando os cotovelos nos joelhos, e focalizou seus olhos vermelhos e entusiásticos em Louis.

"A namorada do Jack trabalha na empresa como química", disse ele. "A empresa escava um poço de injeção de resíduos três ou quatro vezes mais profundo do que seria necessário. A química desaparece. O Jack se casa com um tribufu. Depois, ele converte todo o ativo dele em ações da empresa, não importa a que custo. Quando morre, ele deixa as ações num fundo fiduciário para o tribufu. Você não está vendo nada aí não?"

Se essa pergunta tivesse sido feita a Louis por qualquer outra pessoa, ou em qualquer outro momento dos últimos dez anos, ele só teria ficado irritado, pensando que, se a pessoa tinha algo a dizer, ela devia dizer de uma vez, em vez de ficar torrando a sua paciência. O que ele sentia agora, porém, era vergonha por não estar vendo o que o pai via. Ficou envergonhado por ter de sacudir a cabeça.

"Não", disse ele. "Você vai ter que me dizer."

13.

O País, de acordo com os primeiros Ingleses a nele deitarem os olhos, assemelhava-se mais a um Parque sem fim do que a uma Selva. Desde a costa rochosa até onde um homem era capaz de avançar pelo interior em uma semana, estendia-se uma Floresta repleta de Cervos, Alces, Ursos e Raposas; com Codornas, Perdizes e Perus silvestres tão inocentes e *Abundantes* que um homem poderia deitar fora seu Mosquete e caçá-los com as mãos nuas. Havia majestosos Pinheiros, Nogueiras, Castanheiros e Carvalhos, que se elevavam a alturas nunca vistas por nenhum Europeu e tão generosamente espaçados (como observaram vários Viajantes) que um *Exército* poderia marchar com facilidade por entre eles. Abaixo das árvores e nos Intervalos entre elas, não se encontravam nem Sarças nem Moitas, mas um Tapete baixo e macio de doces Capins e Ervas que os Cervos e os Alces muito apreciavam.

Na aurora do décimo sétimo Século de nosso Senhor, a terra junto à *Baía de Masathulets* tinha sido despojada de suas árvores, por Índios necessitados de lenha. Viçosas Campinas e Colinas cobertas de arbustos estendiam-se em direção a oeste desde a boca do Rio Charles até onde a vista alcançava. A Noite podia cair ao meio-dia quando um milhão de Pombos selvagens enchiam o céu, e na Estação da desova as águas de ribeirões tornavam-se Prateadas, com Eperlanos, Esturjões, Percas e Savelhas nadando contra a corrente em tamanhas Multidões que parecia que um homem poderia atravessar até o outro lado por cima deles, como se atravessasse uma ponte. As ostras da Baía tinham conchas de mais de um palmo de comprimento e não cabiam inteiras dentro da boca. O solo em muitos lugares era negro e rico como Caviar.

Embora os primeiros Ingleses a se estabelecerem nesse Parque quase tenham morrido de fome, os Índios pareciam viver tal qual *Reis* — trabalhando pouco e carecendo de pouco, caçando e pescando ao seu próprio arbítrio. Eram os índios que, uma ou duas vezes ao ano, ateavam o Fogo que se espalhava rápida e inofensivamente por vastas extensões de Floresta, consumindo assim Urzais e muito Mato inútil, matando Pulgas e Camundongos e permitindo o crescimento do doce Pasto. Quando Deus criou o Sol, a Lua e os Planetas, esses Índios já vinham chamando essa Terra de sua havia três mil anos; e depois de outros seis mil anos ela era ainda *mais* parecida com um Jardim do que no dia em que o primeiro Ser Humano andou sobre ela.

Na primavera e no verão, as *Mulheres* indígenas labutavam para plantar Milho em montes e o cultivavam junto com Abóboras, Abóboras-morangas, Melões, Tabaco e Feijões, que trepavam nas hastes do milho. Seus campos desordenados eram Criadouros também para seus filhos. Os homens lançavam-se ao mar em troncos de árvore ocos e remavam à procura de Focas e Morsas, pescando bacalhau e arpoando Toninhas e Baleias. Se seus troncos de árvore afundavam, como era costumeiro acontecer, eles nadavam durante duas horas para chegar à costa. Onde quer que calhassem de pousar os olhos na Terra, eles encontravam Mirtilos, Morangos, Groselhas, Framboesas, Oxicocos e Corintos. Mulheres e crianças colhiam essas frutas e capturavam os pássaros que vinham comê-las. Com armadilhas, capturavam também lebres, porcos-espinhos e outros animais pequenos. A maior parte do Milho e do Feijão que elas colhiam era guardada para o inverno, ao passo que o resto era comido, junto com Castanhas, Bolotas, Tubérculos, Vieiras, Mariscos, Caranguejos, Mexilhões e Abóboras, em Festas que duravam muitas semanas. Depois, quando os Cervos e Ursos estavam mais gordos, os homens partiam em expedições de caça pela Floresta. *Mulheres* arrastavam carcaças até as Tendas e faziam Roupas com as peles dos animais e preparavam a Carne. Quando os homens tinham sorte, eles comiam dez Refeições por dia, dormindo nos intervalos. Quando estavam sem sorte, eles passavam fome durante algum tempo, pois o verão seguinte sempre trazia *Abundância*.

As Guerras e a Abstinência de Relações carnais mantinham um equilíbrio entre a População e os frutos que a terra era capaz de produzir. Quando um campo se esgotava, os Índios plantavam em outro lugar. Quando as Pulgas se tornavam intoleráveis, os Índios transferiam suas Aldeias. Não viam utilidade em Propriedades que não pudessem ser facilmente transportadas ou facilmente abandonadas e refeitas. E, como viviam num Mundo onde havia ou muita comida ou pouca comida e onde, por outro lado, havia bastantes Roupas, Lenha, Tabaco e *Mulheres* para satisfazer suas necessidades, eles nunca tinham pressa. Tudo que pudesse ser adiado para amanhã era adiado. Não havia Ratazanas no Mundo deles, nem Baratas, nem Urtigas, nem Porcos, nem Vacas, nem *Armas de Fogo*, nem Sarampo, nem Catapora, nem Varíola, nem Gripe, nem Peste, nem Mal-gálico, nem Tifo, nem Malária, nem Febre Amarela, nem Tísica.

Pelo lado negativo — como o próprio Bob sempre se apressava em admitir —, os Índios não tinham aquelas maravilhosas azeitonas pretas gregas. Não tinham queijo azul, nem cardamomo, nem os vinhos de Bordeaux, nem violinos. Não tinham nenhuma concepção de manteiga. Sua imaginação não era enriquecida pela porcelana chinesa, por manuscritos persas ornados com iluminuras ou pela ideia de um passeio de trenó à meia-noite no inverno russo. Será que saber que Júpiter tinha luas valia o preço da peste negra? Será que uma pessoa trocaria a *Ilíada* e a *Odisseia* por contentamento e uma vida sem gripe? Será que ela conseguiria se virar se lhe tirassem as panelas e os talheres de metal e, com eles, a história mundial?

Seria como perguntar a uma pessoa se ela optaria, se pudesse, por nunca ter nascido; ou como perguntar à irmã mais velha da América do Norte, a Europa, se ela preferia ter permanecido na escuridão fetal da Idade da Pedra.

Então o mundo dos índios estava dormindo, vivo, mas ainda não nascido, até que os europeus chegaram, e os poucos missionários e colonos compassivos o bastante para se perguntarem por que um mundo como aquele tinha de padecer a dor de despertar para a consciência — e por que eles próprios tinham de ser os instrumentos desse despertar — devem ter respondido com convicção: porque Deus quer assim. Para esses europeus de consciência, essa convicção deve ter sido um conforto.

Para o resto, era um expediente. "Enchei a terra e submetei-a", Deus ordenou no Gênesis. Os ingleses do Senhor chegaram a Massachusetts e, vendo que os nativos haviam desobedecido o mandamento — o lugar era todo árvores e nenhuma cerca! nenhuma igreja! nenhum celeiro! —, sentiram-se no direito de enganá-los, chantageá-los e massacrá-los. Porcos ingleses comeram suas colônias de mariscos e as safras de seus campos sem cerca; armas inglesas chacinaram aves e cervos. A catapora inglesa, a varíola inglesa e o tifo inglês dizimaram aldeias indígenas inteiras, deixando corpos estirados no chão diante das moradias. Eles eram galhos caindo na floresta, esses homens de setenta anos e mulheres de trinta anos e meninas de três anos, sem que ninguém os ouvisse. No espaço de uma geração, mais de oitenta por cento dos índios da Nova Inglaterra morreram de doenças europeias. Vermont ficou praticamente despovoada.

"Deus", disse John Winthrop, "desembaraçou, assim, o nosso direito a este lugar."

Sendo chapéus de feltro e roupas de pele a moda no Velho Mundo, os índios que sobreviveram às epidemias puderam trocar peles de castor por coisas como chaleiras de cobre e anzóis de ferro, que tornavam suas vidas mais fáceis. Passado algum tempo, porém, eles já tinham uma fartura de chaleiras e de anzóis e, então, começaram a malhar as chaleiras e transformá-las em joias. Quando as joias de cobre se tornaram tão comuns que perderam o seu prestígio, os ingleses conquistaram os índios Pequot de Connecticut, exigiram que eles pagassem um tributo em *wampum* — contas polidas feitas com conchas de búzio e de amêijoa — e inundaram o mercado de peles com essa moeda. Como o *wampum* era escasso, portátil e ornamental, como o ouro, não havia, a princípio, limite para o prestígio que um índio podia conquistar com o seu acúmulo. Mas com cada vez menos índios em circulação e cada vez mais *wampum*, instalou-se inevitavelmente a inflação. Em pouco tempo, todos os castores de Massachusetts, Connecticut e Rhode Island foram exterminados, mesmo os índios menos importantes usavam colares de *wampum* antes reservados aos chefes tribais, e os comerciantes ingleses eram pagos em libras esterlinas pelas peles que enviavam para além-mar. Todo mercado tem seus vencedores e seus perdedores; infelizmente para os índios, a libra esterlina acabou se revelando um investimento melhor do que o *wampum*. E no processo de atribuir preços abstratos em libras esterlinas a imóveis igualmente abstratos, os ingleses mais espertos aprenderam a viver da terra trabalhando menos ainda do que trabalhavam os índios quando levavam vidas de reis: comprando barato e vendendo caro.

"Uma grande questão a respeito do século XVII", disse Bob, "é se a economia estava voltada para a subsistência ou se já havia uma mentalidade capitalista. E, se havia capitalismo, qual era o grau de sofisticação dele. A especulação imobiliária é um bom indicador de sofisticação, e havia um material bem intrigante lá em Ipswich. A sua mãe não gostou nem um pouco da ideia de eu ficar hospedado na casa do Jack, mas eu achei que era só paranoia dela. Eu ainda era um jovem cretino. E mesmo agora eu não tenho objeção nenhuma à ideia de beber uísque escocês às custas de um alto executivo. Eles não são mágicos, sabe — aquele uísque não brota da pedra. Politicamente, claro, o Jack e eu não podíamos ser mais opostos..."

"Isso foi em...?"

"Novembro de 69. Eu tinha tirado licença da universidade pra fazer a minha pesquisa. A Sweeting-Aldren estava enviando vinte milhões de dólares por mês em desfolhantes direto para o Vietnã, além de carregamentos esporádicos de napalm. E, como consequência direta disso, o chefe do departamento jurídico e vice-presidente sênior da empresa tinha conseguido comprar um pedaço da história da era revolucionária no valor de um milhão de dólares na Argilla Road. Todo dia de manhã, durante uma semana, eu subia aquela estrada a pé até Ipswich, uma cidade que recebeu a sua carta em 1630 de uma Coroa inglesa imperialista e expansionista, uma cidade cujo bem mais valioso é, de longe, a sua própria história, uma cidade que se orgulha de ter sido um dos primeiros centros fomentadores da liberdade de consciência e da Revolta dos Impostos da década de oitenta, quer dizer, da década de 1680. Enquanto aqui os meus alunos expressavam livremente suas consciências em protestos contra uma guerra imperialista no sudeste da Ásia, uma ousadia pela qual eu não creio que eles desfrutassem do apoio popular universal em Ipswich, certamente não na Argilla Road. E nem tampouco na sede do Tribunal de Justiça de Salem. Todo dia, durante outros cinco dias, eu ia pra lá e lia os registros de centenas de escrituras. Escrituras: que palavra! Como é curioso que as escrituras dos nossos antepassados sejam os registros da compra deste ou daquele pedaço triangular de pasto por três bois de um ano de idade, e da venda do mesmo pedaço de pasto nove meses depois por doze libras e seis *shillings*. Foram esses os grandes feitos heroicos dos nossos antepassados."

"Mas a Krasner, ela estava morando com ele?"

"Não, não. Se ela tivesse se mudado para a casa dele, teria sido o fim dela. Ela teria virado parte da família."

"Como ela era?"

Bob verteu mais um pouco de uísque no próprio copo. Inclinou a garrafa de novo e verteu mais um pouquinho, depois mais uma quantidade bem pequena, como se estivesse honrando algum limite muito preciso. Respirou fundo, virou a cabeça e olhou para a porta de tela, como um querelante tentando se lembrar de seu agressor.

"Escandalosa, vulgar, linda", respondeu Bob. "Ela tinha uma daquelas bocas eslavas enormes, olhos oblíquos eslavos, cabelo castanho-arruivado comprido, talvez um leve sotaque eslavo — pelo menos, ela gostava de engolir os artigos definidos. Ela era perfeita para os objetivos do Jack. Tinha a medida exata de mau gosto e de maus modos que permitia que ela se deitasse com a cabeça no colo dele e se pendurasse no pescoço dele, de modo que não deixasse dúvidas quanto ao tipo de relação que eles tinham. Aí, de repente, ela estalava os dedos na cara dele, pra que eu visse que ela tinha brio. Como um cavalo semiamansado ou algum outro clichê do tipo, que deixa os homens de certa inclinação enlouquecidos. Ela tinha uma daquelas vozes de violoncelo que fazem com que você tenha a certeza de que o corpo dela inteiro é capaz de tremendas ressonâncias, sob as condições certas. E um corpo de violoncelo também, carnudo — um corpo de enlouquecer. Ela era o tipo de mulher que podia fumar um charuto com um sorriso no rosto. Um objeto cujo prazer maior era ser um objeto. Mas, mesmo assim, havia alguma coisa estranha acontecendo entre eles, alguma coisa nada afetuosa, que eu vi com os meus próprios olhos. Ela se sentava à mesa, ficava olhando fixamente pra ele e perguntava: Então, quando é que você vai me nomear vice-presidente? E ele respondia: Quando você quiser. E aí ela dizia: Amanhã, então. Ele dava de ombros e dizia: Claro, amanhã. Mas ela continuava olhando fixamente pra ele, fumando charuto e dando aquele sorriso dela que deixava uns cinquenta dentes à mostra, e dizia: Amanhã? Ótimo! Amanhã você vai me nomear vice-presidente. Assim que chegar lá de manhã, a primeira coisa que você vai fazer vai ser isso. Você disse que ia fazer, não disse? Ou você é mentiroso? Eu espero que você não seja *mentiroso*. Bob, você ouviu o que ele disse, não ouviu? Ele disse que ia me nomear vice-presidente amanhã."

"Mas ela era química, afinal?"

Bob levantou seu copo de uísque contra a luz. Parecia esquecido da presença de Louis. "A cada dois anos mais ou menos eu tenho uma aluna como ela. Você tem quase certeza de que elas não entendem xongas da matéria, mas elas são tão cheias de confiança e de energia animal, e tão convencidas da ideia de que a história é uma selva e de que elas são espertas o bastante e sedutoras o bastante e importantes o bastante para sobreviver nela, que elas acabam de fato sobrevivendo. Um artigo duvidoso sobre petróleo é exatamente o tipo de trabalho que a Anna teria de alguma forma conseguido publicar. O trabalho pode ser ruim, mas há uma vitalidade no autor que faz com que seja difícil você recusá-lo."

Da escuridão do outro lado da porta de tela, vieram ruídos de rasgos, acompanhados do leve rosnado de um gato concentrado em seu trabalho. Um pequeno animal estava sendo desmembrado.

Em fins do século XVIII, uma pessoa que percorresse os quase quatrocentos quilômetros que separam Boston de Nova York passava, no máximo, por trinta e cinco quilômetros de floresta. Visitantes europeus comentavam como eram escassas e mirradas as árvores da América. Achavam que o solo devia ser estéril. Ficavam espantados com o modo como os americanos desperdiçavam madeira pelo bem do lucro de curto prazo ou da conveniência. Em serrarias, só as árvores mais altas e bem formadas eram transformadas em madeira de construção; todas as árvores menos perfeitas viravam lenha ou eram abandonadas no chão para apodrecer. Famílias construíam casas enormes e mal vedadas, de madeira ou de tijolos cozidos em fornos a lenha (o tipo de casa, disse Bob, que até hoje atraía visitantes a Ipswich), e de outubro a abril mantinham lareiras crepitando em todos os cômodos.

Assim que um americano branco adquiria um terreno dos índios, ele tentava lucrar com aquele terreno o mais rápido possível, cortando árvores para fazer tábuas ou queimando-as para fazer cinzas, se a demanda local por cinzas era grande o bastante. Caso contrário, ele poupava trabalho simplesmente matando as árvores e deixando que caíssem de podres. Culturas plantadas em terras que antes eram de floresta cresciam bem durante alguns anos, mas, sem árvores para captar nutrientes e com os esforços do agricultor confinados aos limites imutáveis de uma propriedade, o solo logo se tornava imprestável. A ideia de que os índios costumavam fertilizar as terras exauridas com peixes, disse Bob, é um mito. A única maneira de fazer um jardim durar dez mil anos é alternar os campos de cultivo. Eram os americanos brancos que plantavam arenques junto com as sementes, e os campos deles fediam tanto que os viajantes vomitavam na beira da estrada.

Impedido de perambular livremente, o gado pastava a terra de forma mais rigorosa do que os animais selvagens costumavam fazer. Pisoteavam o solo, empurrando o ar para fora e diminuindo a retenção de água. Cape Cod não tinha dunas quando os europeus lá chegaram. As dunas se formaram depois que o gado acabou com o capim nativo e a camada superficial de terra foi carregada pelo vento.

Terras baixas, que fazia milênios vinham sendo mantidas secas por árvores que evaporavam a água da chuva pelas folhas, viraram charcos tão logo foram desmatadas; em seguida, vieram os mosquitos, a malária e os espinheiros. Em terras mais altas, sem a sombra das árvores, um manto de neve derretia rapidamente e o solo congelava até mais fundo, retendo menos água quando vinham as chuvas da primavera. Cheias se tornaram comuns. Sem as raízes das árvores e as folhas que cobriam o chão para refreá-la, a chuva levava embora os nutrientes da terra. Ribeirões em fúria carregavam a camada superficial da terra e a despejavam em baías e enseadas. Peixes em fase de desova esbarravam com represas e águas cheias de lama. Mas no verão e no outono, sem florestas para regular o fluxo de água, todos os ribeirões viravam valas secas, e a terra nua torrava ao sol.

E foi assim que a terra cuja abundância havia sustentado os índios por tanto tempo e deslumbrado os europeus se transformou em menos de cento e cinquenta anos numa terra de pântanos malcheirosos, de ventos uivantes, de fazendas decadentes e vistas sem árvores, de verões quentes e invernos frios de doer, de planícies erodidas e enseadas asfixiadas. Um filme em tempo acelerado do que aconteceu na Nova Inglaterra nesse período teria mostrado a riqueza da terra se esvaindo, as florestas encolhendo, o solo nu se espalhando, todo o tecido da vida apodrecendo e se desmanchando, e você poderia concluir que toda aquela riqueza havia simplesmente desaparecido — virado fumaça ou escoado pelo esgoto ou sido levada em navios para além-mar.

Se olhasse bem de perto, porém, você veria que a riqueza havia apenas sido transformada e concentrada. Todos os castores que já haviam um dia respirado o ar do condado de Franklin, Massachusetts, tinham se transmutado num aparelho de chá de prata maciça que se encontrava numa sala de visitas da Myrtle Street, em Boston. Os enormes pinheiros brancos que se espalhavam por cerca de vinte e cinco mil quilômetros quadrados do estado de Massachusetts haviam construído, juntos, um quarteirão de elegantes casas de tijolos em Beacon Hill, com janelas altas e uma frota de carruagens, candelabros parisienses e canapés estofados com seda chinesa, tudo isso ocupando menos de um acre. Um pedaço de terra que um dia havia provido o sustento de cinco índios com conforto tinha se condensado num anel de ouro que estava no dedo de Isaiah Dennis, o tio-avô do avô de Melanie Holland.

E depois que a Nova Inglaterra já havia sido inteiramente exaurida — depois que sua abundância original havia se reduzido a um punhado de bairros tão compactos que um deus poderia tê-los ocultado de sua visão só com as pontas dos dedos —, então os agricultores ingleses pobres que haviam se transformado em agricultores americanos pobres migraram em massa para as cidades e se transformaram nos trabalhadores pobres das fundições e das fábricas de tecidos de algodão que os detentores da riqueza concentrada estavam construindo para aumentar sua renda. Agora, um filme em tempo acelerado mostraria uma esfoliação de tijolo vermelho, o represamento de novos rios, a evisceração da terra nua para extrair o barro e o minério de ferro de dentro dela, o enegrecimento do ar, a confluência de navios cargueiros vindos de Charleston carregados de algodão, a propagação de habitações de trabalhadores, a propagação do ferro, os rios de fezes e urina, a chacina das últimas aves selvagens que alguém cogitaria em comer, a fumaça dos trens que traziam carne de Chicago para alimentar os trabalhadores, as ervas daninhas se apropriando dos campos, a derradeira morte de celeiros e casas de fazenda pelas mãos do recém-aberto Meio-Oeste, mas, acima de tudo, um aumento geral de riqueza. Samuel Dennis, o bisavô de Melanie, e seus comparsas industriais e banqueiros haviam aprendido a queimar não só as árvores de sua própria era, mas também as árvores do Carbonífero, agora disponíveis em forma de carvão. Tinham aprendido a explorar a riqueza não só da terra que lhes servia de lar, mas também dos campos de algodão do Mississippi e dos campos de milho do Illinois. "Porque afinal", disse Bob, "qualquer riqueza que uma pessoa adquira além daquela que ela pode produzir com seu próprio trabalho *tem* que vir às custas da natureza ou às custas de outras pessoas. Olhe em volta. Olhe para a nossa casa, o nosso carro, as nossas contas bancárias, as nossas roupas, os nossos hábitos alimentares, os nossos eletrodomésticos. Você acha que o trabalho físico de uma família e de seus ancestrais imediatos e o um bilionésimo dos recursos renováveis do país a que ela tem direito poderiam ter produzido isso tudo? Leva um tempo enorme para construir uma casa do nada; são necessárias muitas calorias para você se transportar da Filadélfia para Pittsburgh. Mesmo que não seja rico, você está vivendo no vermelho. Você está em dívida com operários malaios da indústria têxtil, com montadores coreanos de circuitos, com cortadores de cana-de-açúcar haitianos que moram seis num único cômodo. Está em dívida com um banco, em dívida com a terra da qual você extraiu o petróleo, o carvão e o gás natural que ninguém jamais vai poder repor. Em dívida com as centenas de metros quadrados de aterro que vão suportar o fardo do seu lixo pessoal por dez mil anos. Em dívida com o ar e a água. Em dívida, por tabela, com japoneses e alemães que investem em títulos do Tesouro americano. Em dívida com os bisnetos que vão pagar pelo seu conforto quando você já estiver morto, que vão morar seis num único cômodo, contemplando seus cânceres de pele e sabendo, como você não sabe, quanto tempo uma pessoa leva para ir da Filadélfia para Pittsburgh quando está vivendo no azul."

O avô de Melanie, Samuel Dennis III, tinha uma casa elegante na Marlborough Street, uma casa de veraneio no leste de Ipswich, um Dusenberg Roadster e algumas dívidas corriqueiras, e estava comandando uma família de seis filhas, só uma delas já casada, quando um demônio do período o fez instalar um registrador automático de cotações da Bolsa em seu escritório na Liberty Square.

Havia décadas, o escritório vinha sendo pouco mais que um lugar para fumar charutos e preencher cheques para sobrinhos e sobrinhas cujos fundos Dennis administrava. Era também o desaguadouro de várias correntes de renda que nasciam nas cidades fabris ao norte de Boston — correntes que, em 1920, estavam mostrando uma tendência a assorear e secar — e o depósito de dólares muito, muito antigos: dólares sujos do sangue de castores (e do sangue de visons e do sangue de bacalhaus), dólares que tinham cheiro de pimenta-do-reino e de rum jamaicano, que tinham o cheiro dos pinheiros das terras desmatadas dos Dennis, enferrujados dólares de guerra, dólares acres e úmidos do suor das mulheres que operavam teares, velhos dólares de proveniência obscura que em algum ponto do caminho tinham resolvido pegar carona na enxurrada, todos os dólares incrustados com juros sobre juros sobre juros, e nenhum dólar, por mais embolorado que fosse, de forma alguma menos valioso do que qualquer outro. Por certo o mercado de ações de uma nação democrática não fazia distinção entre riqueza velha e riqueza nova.

Rezava a história oral da família, disse Bob, que Dennis havia demorado muito a perceber que suas especulações o estavam levando à ruína. Num inverno de fins da década de vinte, ele começou a voltar para sua casa na Marlborough Street exibindo no rosto uma expressão de perplexidade que ia ficando mais carregada a cada semana que passava. E então, uma noite, ele morreu.

Seu corpo ainda mal havia atingido a temperatura ambiente quando sua família descobriu que estava falida. Dennis havia penhorado, ou assim afirmou a família mais tarde, até as louças de porcelana e as toalhas de linho. Tanto as filhas como a viúva se viram diante da perspectiva de ter de viver sob a tutela de tias e tios moralistas, e no entanto (ou assim afirmou a família mais tarde) não era por si próprias que elas lastimavam, mas pela casa da Marlborough Street e pela casa de Ipswich. Quem mais cuidaria daquelas casas com o capricho e o empenho com que os Dennis haviam cuidado?

As mulheres da família Dennis estavam à beira do desespero quando o advogado da família lhes informou que Sam Dennis, um mês antes de morrer, havia discretamente transferido a escritura da casa da Marlborough Street para sua filha casada, Edith — ou, mais precisamente, para o marido de Edith, John Kernaghan. Embora privada de sua mobília e aprestos, a amada casa fora salva.

Anos mais tarde, ninguém sabia dizer exatamente como Kernaghan havia adquirido a casa. Era possível que ele próprio tivesse advertido o patriarca do desastre iminente e o ajudado. Mas por mais que "gostassem" de Kernaghan, as mulheres da família Dennis relutavam em lhe conceder tamanho reconhecimento. Desde que Edith se casara com ele, rezava a história oral da família, as meninas da família Dennis só faziam dar risadinhas espremidas e sacudir a cabeça com ar complacente diante da figura daquele jovem advogado moreno, taciturno e meio baixote que provinha da obscuridade dos bosques do Maine e ficava tão intimidado com os ilustres Dennis que só acompanhava Edith em visitas à casa dos pais em dias festivos e, mesmo assim, mal abria a boca. Mas, de alguma forma, esse mesmo Jack Kernaghan — claro que graças à carinhosa orientação e ao apoio do patriarca caído — havia conseguido resgatar a fachada de tijolo da grandeza dos Dennis e, depois, ainda sustentou a sogra e as cinco cunhadas durante as agruras da Grande Depressão. Ele era um sujeito esquisito, dizia a história oral da família. Era tão obcecado por trabalho que nunca tirava uma única semana de férias, coisa que só foi fazer depois de terminar de financiar os estudos da última de suas cunhadas numa escola particular. Sabendo da importância que uma casa de veraneio tinha para a saúde mental das Dennis, todo verão ele alugava para elas uma casa em Newport durante seis semanas, mas, como não ligava muito para água, ele próprio ficava em Boston, trabalhando. Podia bancar o salário de uma empregada para a sogra, mas era tão fanático por ar fresco (sem dúvida porque vinha dos bosques do Maine) que andava quase dois quilômetros todo dia para ir para o trabalho. Todo mundo sabia que ele tinha sempre exatamente três ternos, um molambento, um para o uso diário e um bom. Ele era realmente um homem muito, muito esquisito, dizia a história oral da família, mas tinha feito uma coisa maravilhosa pelas mulheres Dennis, e elas eram gratas a ele, sim: gratas.

"E ele tinha um ressentimento horrendo delas", disse Louis.

"Não. Pelo menos, na época em que eu o conheci, com certeza não. Eu acho que ele desprezava demais as Dennis para se ressentir delas como iguais. Ele só era absurdamente frio. Com a sua mãe, com a sua tia Heidi, com a sua avó, na verdade, com todo mundo da família, menos comigo. Eu o conheci pouco antes de a Edith finalmente se divorciar dele. Ele me perguntou o que eu fazia. Eu disse que era estudante. Ele me perguntou o que eu planejava fazer depois que tirasse o meu diploma e, quando eu disse que pretendia ser professor, ele jogou a cabeça pra trás e começou a rir e saiu da sala rindo. Eu achei que tinha sido o fim da nossa relação. Mas aí, alguns anos depois, ele apareceu no nosso casamento, sem ter sido convidado, de braço dado com a Rita, e ele estava rindo como se não tivesse parado de rir desde aquele dia em que saiu da sala rindo. Depois a sua mãe me disse que aquela tinha sido a primeira vez em quase vinte anos que ele lhe dava um beijo. Foi bem constrangedor pra mim, porque metade das pessoas que estavam na recepção olhavam pra ele como se quisessem fuzilá-lo, e ele fez questão de deixar claro que só estava ali porque gostava de mim: de mim especificamente. E ele ficou me bajulando, sabe, fazia perguntas sobre o meu trabalho como professor e depois ria das minhas respostas. Mas havia alguma coisa genuína no interesse dele por mim, eu sentia que havia. Era como se ele estivesse bêbado, quase como se estivesse encantado comigo e soubesse que não devia, mas não conseguisse evitar.

"Depois nós começamos a receber cartões de Natal dele. E uma caixa de Dom Pérignon todo ano, no dia 22 de dezembro. Uma vez ele veio pra Chicago a negócios e me levou pra almoçar, depois pra outro lugar pra tomar mais drinques e depois pra dar uma volta pelo Lincoln Park. Ele me perguntou: 'Você está cuidando bem da minha garotinha?'. (Ela não era nenhuma garotinha e também não era dele, e foi por isso que ele riu. Ela tinha pavor dele, vivia me dizendo pra tomar cuidado com ele e se recusava a falar comigo porque eu era boa-praça demais e cretino demais pra devolver a champanhe dele e recusar os convites dele.) 'Você já conseguiu estabilidade na universidade? Conseguiu? Ah, isso é ótimo, assim você pode pregar a revolução oito dias por semana e não sentir nem o cheiro de insegurança financeira até a revolução de fato acontecer, e mesmo aí você vai ter posição garantida como Comissário da História Marxista.' E ele estava falando sério: ele realmente achava ótimo. É muito estranho, Lou, estar com um homem que obviamente se importa muito com você, mas por algum motivo completamente obscuro. Um homem que, por algum razão, você deixa quase zonzo de emoções contraditórias. Ele me fez prometer que cuidaria bem da garotinha dele e que nós iríamos lá visitá-los algum dia. E nós fomos, porque a sua mãe não conseguiu me impedir. Você não se lembra, mas você passou uns dias lá em Ipswich no verão de 69, você, a Eileen e até a sua mãe, por um tempinho. Ela passou a maior parte do tempo visitando amigas em Boston..."

"Tinha cavalos lá?"

"Cavalos? Talvez, na casa em frente. Mas, enfim, quando eu voltei pra lá em novembro, o tapete vermelho estava estendido pra mim. Quando eu desci do avião, tinha um funcionário da Sweeting-Aldren esperando por mim num carro da empresa, e almoço pro Jack e pra mim na casa da Argilla Road — ostra, lagosta, champanhe. Eu queria começar a trabalhar à tarde, mas o Jack disse: 'Você tem estabilidade, pra que que você precisa trabalhar?'. Não exatamente debochando de mim, mas mais me sugerindo uma maneira de pensar que ele não sabia se eu era esperto o bastante pra descobrir por conta própria. Aí ele me mostrou a adega nova dele, o carro novo dele, a televisão em cores nova dele num móvel de madeira de lei. Ele me levou de carro até a praia, que mais parecia a praia particular dele, porque estava completamente vazia, depois se sentou no capô do Jaguar dele, acendeu um cigarro e ficou soprando a fumaça para o mar, enquanto as ondas quebravam aos pés dele servilmente. Depois me levou até a marina e me mostrou o barco novo dele, que ele tinha batizado de *Manipulável*. Estava pintado na proa! *Manipulável*! A gente voltou pro carro e ele me levou até uma casa numa colina, uma mansão vitoriana imensa mais perto do cabo Ann. Ele parou o carro atravessado na frente da pista de entrada, desceu e ficou parado, de costas para mim, e aí eu me dei conta de que ele estava mijando no cascalho branco. Ele mija metade de uma garrafa de Dom Pérignon, um riacho espesso e cinzento descendo pelo meio das pernas dele. Aí ele dá um pulinho pra botar o negócio dele de volta pra dentro da cueca e diz que aquela era a casa que ele realmente queria, mas que os donos tinham se recusado a vender. Ele fica parado na frente da pista de entrada, olhando pra colina lá em cima, e diz que imagina que a Melanie tenha me falado que o avô dela faliu no *crash* de 29. Eu respondo que sim, que foi o que ela me falou. E aí ele diz: 'É, só que não foi em 29 coisa nenhuma, foi na primavera de 28'. Todos os mercados inflados, todo mundo ficando mais rico, ninguém ficando mais pobre. Ele diz: 'Era preciso ser um tipo muito raro de homem pra conseguir ir à bancarrota na primavera de 28'. Diz que um amigo passou no escritório dele no inverno de 27 pra 28 e comentou que o Sam Dennis tinha posto as casas dele como garantia em empréstimos que ele tinha feito pra pagar os prejuízos dele na Bolsa. 'E Bob', ele diz, 'nem assim o homem conseguiu enxergar o que estava pra acontecer. Eu tive que ficar lá esbravejando das três da tarde até as dez da noite pra conseguir convencer aquele imbecil a me deixar tentar salvar a casa da Marlborough Street. A dívida já tinha chegado a um valor tal que saldar a hipoteca daquela casa custou a minha própria casa e mais todos os dólares que eu consegui tomar de empréstimo empenhando a minha palavra. Três semanas depois, o homem morre. E a família ainda achava que o dinheiro crescia feito limo em cofres de banco. Elas teriam ficado na rua, olhando embasbacadas pra porra do trânsito, feito um bando de animais de zoológico, se não fosse por mim. Elas eram tão obtusas que você não ia conseguir acreditar, Bob, e elas nunca nem souberam o quanto eram obtusas, por minha causa. Pode acreditar: eu fui o cavaleiro montado em cavalo branco daquela família.'

"Eu pergunto a ele: 'Por quê?'

"Ele volta pra dentro do carro e diz: 'Porque eu tinha medo de Deus'.

"E eu: 'Arrã, claro'.

"E ele: 'Acredite, Bob, eu tinha medo de Deus. Eu tinha medo do velho de vestes esvoaçantes'.

"No caminho de volta, nós vemos uma garota na beira da estrada, tentando pegar carona. Cabelo comprido, jaqueta de couro franjada, um violão ao lado. O Jack reduz a velocidade e encosta o carro perto dela. Ela já estava pegando o violão quando ele mete o pé no acelerador e vai embora. Eu deduzi que fosse uma brincadeira de mau gosto, que ele fosse um daqueles caras que gostam de gozar da cara de caroneiros, mas aí eu vi que ele estava sacudindo a cabeça. 'Tábua', ele diz. E eu: 'O quê?'. E ele: 'Ela é lisa. Não tem peito'. A gente segue em frente e aí, depois de um tempo, ele diz: 'Não tem uma só delas que não entre no carro'. A gente volta pra Argilla Road e aí o cardápio agora é caviar de beluga, faisão, trufas, tudo o que havia de mais caro. A Anna vai de Peabody pra lá, depois do trabalho. Ele já tinha me falado antes que tinha uma pessoa que ele queria que eu conhecesse..."

"Olha, eu sinto muito", disse Louis. "Mas não sei como você pode ter passado cinco minutos com esse cara."

"Como eu podia não ter ódio dele? Claro que eu tinha ódio dele. À noite eu ficava pensando se não ia acabar matando o desgraçado, em nome do povo. Mas quando você estava com ele, a história era outra. Havia um magnetismo. Ele se vestia como um aristocrata inglês; eu lembro especificamente de um terno de fumar que ele tinha, de veludo castanho. Ele tinha sessenta e nove anos, mas a pele dele era toda lisinha ainda e sem mancha nenhuma. Ele era rijo, lustroso e elegante, como a morte, e eu acho que não há ninguém que não encontre algo que o atraia num cara daqueles — no assassino sedutor, no modo como ele conseguia se manter distanciado dos corpos que estavam se empilhando no sudeste da Ásia. Aquela carnificina toda pode ser tão sexy à distância quanto é repulsiva de perto. E quando estava com Jack Kernaghan, você sentia que essa distância era mantida com absoluto rigor. Era como estar numa interminável máscara da morte rubra, naquele castelo no alto da colina. Ele era a minha prova de que realmente havia algo lá — lá nas salas de reunião de diretoria, lá no complexo industrial-militar — que inquestionavelmente merecia o nosso ódio. Você sabe como é fácil a gente se deixar iludir pelo nosso idealismo: como é fácil pensar que a honestidade intelectual exige que você perdoe esses caras e os veja como seres humanos como você, como marionetes nas mãos da história. O Jack era uma magnífica prova do contrário. Ele era contumaz. Tinha um prazer enorme de ser um canalha. E eu o provocava de propósito, sabe, porque que eu era um jovem cretino exatamente como você, e ele não tinha como me atingir. Ou assim eu pensava."

Jack contou que seu pai era professor de escola, "um bunda-mole ridículo", o que você deduzia que quisesse dizer que ele fosse um homem correto e altruísta, que procurava ensinar aos filhos o que era certo e o que era errado. Suponha que o jovem Jack acreditasse nos ensinamentos que recebeu. Suponha que ele tivesse uma enorme admiração pela integridade do pai. Suponha que ao sair de casa aos dezesseis anos para ir para a universidade Jack acreditasse que vivendo honestamente ele ganharia uma passagem para o paraíso, e que vivendo de maneira desonesta ele iria direto para os tanques de enxofre. Suponha que ele comungasse aos domingos e acreditasse que a hóstia era o corpo do Salvador. Suponha que ele amasse o Salvador como seu pai amava.

Ele trabalhava durante os verões numa firma de advocacia de Orono. Candidatou-se para estudar na faculdade de direito de Harvard, foi aceito, teve um excelente desempenho acadêmico no curso e, em seguida, associou-se a uma firma de advocacia de Boston, sempre mantendo o hábito de comungar aos domingos. Com tamanho crédito tanto na sua folha de balanço celestial quanto na terrena, ele deve ter ficado atônito com a veemência com que a família da moça que ele queria para esposa o rejeitou. O senhor Dennis, tendo mais cinco filhas para casar além de Edith, não chegou a ser muito vigoroso em sua oposição, mas a senhora Dennis compensou essa tibieza considerando inadequados todos os aspectos concebíveis da pessoa de Kernaghan, não só o fato de ele ser católico, não só o fato de ele advir de uma família pobre "dos bosques do Maine", não só o fato de ele ter ludibriado a todos eles cortejando Edith fora da casa da família dela, mas também o fato de ele ser *moreno* e *baixinho*. Ela confidenciou a Edith que tinha tido de engolir o riso na primeira vez em que a viu ao lado de Kernaghan. Era como um show de aberrações! Era inconcebível! Uma giganta e um anão! Uma duquesa e seu costureiro! (Na verdade, a diferença de altura entre os dois não chegava a quatro centímetros.) Ela expressou sua firme intenção de boicotar a cerimônia de casamento e imediatamente cortou relações com a família em cuja casa os pombinhos haviam se conhecido.

O fato de eles terem se casado mesmo assim, sabendo que isso frustraria qualquer ambição social que um ou outro pudesse ter acalentado, parece indicar que realmente havia amor entre os dois. Será que Kernaghan poderia ter vindo a odiar Edith de forma tão passional se não tivesse a consciência de que um dia já a havia amado? Um homem odeia em sua esposa aqueles traços que odeia na família dela; odeia a prova de quão profundamente os traços estão enraizados, de como a hereditariedade é inelutável. Vivendo durante quatro anos quase sem contato algum com os Dennis e tendo tão raramente a mãe ou as irmãs à mão para comparar com Edith, Kernaghan só tinha como vê-la em sua singularidade, sua beleza, sua paixão por ele. E, mais ainda, deve ter formado uma imagem igualmente esperançosa da família dela.

De que outra forma explicar a gigantesca boa ação que ele fez para a família Dennis? De que outra forma explicar por que ele quase se arruinou financeiramente para comprar a casa da família e em seguida tomou para si a tarefa de sustentar aquelas mesmas mulheres que o tinham considerado tão desprezível a ponto de se recusarem a ir a seu casamento? Se ele acalentasse desejos de vingança em 1928, cruzar os braços e rir da ruína delas teria sido a coisa mais fácil do mundo. Qualquer pessoa com um nível normal de força moral consideraria que ele tinha todo o direito do mundo de fazer isso.

Ele ainda devia estar tentando conquistar o amor delas. Ele as tinha visto tão poucas vezes nos quatro anos anteriores que devia de fato acreditar que, se as salvasse, elas passariam a amá-lo ou, pelo menos, a respeitá-lo. (Porque, de novo, ele jamais poderia ter passado a odiá-las tão intensamente mais tarde se elas não tivessem sido importantes para ele um dia.)

Em sua nova vida, as mulheres da família Dennis eram, por necessidade, civilizadas com seu benfeitor. Quatro anos antes, Kernaghan teria se contentado de bom grado em ser tratado com civilidade. Mas agora — considerando os riscos que ele havia corrido para salvá-las, considerando o dispêndio gigantesco de altruísmo que ele fizera — ele precisava de mais que isso. Agora havia chegado a hora em que elas tinham de amá-lo. Uma pessoa melhor que ele não teria esperado menos.

Mas claro que as mulheres da família Dennis não podiam amá-lo. Mesmo que ele não as tivesse visto no momento mais degradante da vida delas, mesmo que ele não tivesse cometido a temeridade de salvá-las, elas eram apaixonadas demais por seus egos brâmanes e sentiam-se seguras demais em sua absoluta maioria feminina para precisar de qualquer outra coisa dele além de dinheiro. Pedidos de pagamento de mensalidades escolares, de roupas, de viagens de férias de verão, de enxovais de noiva eram comunicados a Kernaghan através de Edith, que tentou durante algum tempo mediar entre sua família e o comandante da casa ocupada por ela, mas que, inevitavelmente, agora que elas moravam todas juntas, acabou desertando para o lado das Dennis. Elas eram tantas e ele só um. As mulheres tinham o dia inteiro para contaminar Edith com suas pretensões, preconceitos e desejos artificiais. Os filhos de Kernaghan tinham sete mães e um pai; o pai era o homenzinho que trabalhava sessenta horas por semana para fazer a casa funcionar.

Mesmo assim, ele levava uma vida íntegra. Melanie se lembrava de um tempo em que o pai ia direto do trabalho para casa todas as noites e lia para ela e para seu irmão Frank (sendo Frank o único homem além do pai numa casa de nove mulheres), tomava um conhaque e fumava cigarros em seu escritório, engraxava seus próprios sapatos e escovava seu próprio paletó antes de ir para a cama. Ela se lembrava de vê-lo chegar de sua igreja diferente aos domingos, mais tarde que o resto da família, de forma que até o domingo era como um barco de passeio que ele sempre chegava tarde demais para pegar. Ele acompanhava o barco andando pela praia, cuidando de sua própria vida a menos que um filho resolvesse descer do barco e atrapalhar sua leitura dos jornais que vinham se acumulando desde o domingo anterior. Ela dizia se lembrar de um afeto, da época em que ela era pequena. Talvez ele já odiasse a esposa, a sogra e as cunhadas, mas alguma coisa o mantinha a serviço delas, e talvez só pudesse ser mesmo o tal medo do inferno. Ele praticamente admitia isso para você: ele estivera tentando, em 1928 e pelos dez anos seguintes, conquistar as boas graças não só das Dennis, mas também de Deus, e embora claramente estivesse fracassando com as Dennis, ele ainda tinha esperança de ter sucesso com Deus.

Então Deus matou Frank.

Aconteceu num daqueles meses de agosto em que a família estava em Newport, tomando banho de mar de manhã e indo a chás à tarde, Kernaghan estava redigindo testamentos e contratos em Boston e a meningite bacteriana podia matar um menino de pouca sorte em noventa e seis horas. Melanie ainda se lembrava do estado em que Jack chegou a Newport. Nenhuma tristeza visível, só uma raiva descomunal. Raiva da esposa, da sogra, da filha e da cunhada mais nova por não levarem a sério a febre de Frank, por não terem telefonado para ele (Jack) antes, por obedecerem às ordens do médico, por deixarem Frank aos cuidados do hospital atrasado de Newport, por deixarem

Frank morrer, por matarem Frank com a burrice delas, por serem Dennis, por transformarem a vida dele num inferno. Melanie, que tinha seis anos na época, foi retirada às pressas da casa, como se a raiva do pai representasse um perigo físico para ela. Foi um choque do qual ninguém se recuperou, um choque que fez Jack trepidar feito um sino, feito um planeta atingido por um meteoro e que ainda continuava vibrando trinta anos depois, de modo que ele lhe dizia, por cima do *foie gras* em sua casa em Ipswich:

"Aquela família me mostrou como este país seria se fosse gerido por mulheres. É simples: você gasta o dinheiro alheio. Vamos gastar cem bilhões com os pobres, vamos gastar cem bilhões com os negros. Os sentimentos são todos muito bonitos, mas de onde é que vai vir esse dinheiro? É a indústria que bota o pão na mesa das pessoas, mas já vai ser sorte sua se elas encararem você como um mal necessário. Elas olham pra você, elas olham pra indústria como se você fosse lixo, como se você fosse torpe, imundo, desprezível, elas riem de você pelas suas costas. O futuro inteiro delas podia estar morrendo que elas não iam nem saber, a não ser quando os cortes as atingissem."

Ele nunca mencionou o nome de Frank na presença de Bob, mas adorava falar sobre o que tinha feito com as mulheres da família Dennis no ano em que "caiu em si". Sobre como a cozinha começou a feder que nem um aterro sanitário depois que ele dispensou a empregada e as mulheres ficaram esperando, enquanto os dias iam virando semanas, que alguém, qualquer pessoa que não fosse elas, lavasse as panelas e levasse o lixo para a rua. Sobre como elas encontraram uma menina negra disposta a trabalhar em troca de três refeições por dia e alguns mantimentos extras, e como ele então cortou pela metade o dinheiro que dava a elas para as compras do mercado (enquanto ele próprio almoçava magnificamente bem em restaurantes e trazia regalos elaborados e nutritivos para sua garotinha, Melanie) e corrompeu a menina negra com doces, uísque e cigarros e trepou com ela na despensa. Sobre como deixou que duas cunhadas iniciassem um novo ano letivo no Smith College e depois mandou uma carta informando à faculdade que não tinha nenhuma intenção de pagar as mensalidades delas. Sobre como fez a mesma coisa com a sogra, cortando discretamente o crédito dela na Jordan Marsh e na Stearns e provocando cenas em que ela era humilhada por funcionários. Sobre como cancelou a cerimônia de casamento de outra cunhada em cima da hora, com a justificativa de que o noivo dela era um banana. E sobre como, para si próprio, no espaço de um ano, comprou vinte ternos, cem camisas, abotoaduras de diamante, sapatos italianos. Sobre como levava mulheres vulgares, uma mulher diferente a cada semana, para jantar no Ritz-Carlton, no Statler ou em outros lugares chiques onde era certo encontrar uma plateia de amigas das Dennis. Sobre como fez as Dennis pagarem.

No mesmo ano em que Frank morreu, um empresário bigodudo chamado Alfred Sweeting estava comprando terras em Peabody para construir a primeira fábrica de nitrato de amônio em escala comercial da Nova Inglaterra. Num processo desenvolvido pelos alemães, o nitrogênio, o oxigênio e o hidrogênio do ar limpo e da água limpa eram transformados em nitrato de amônio para a fabricação de altos explosivos. A produção começou em 1938 e, em 1942, Sweeting se uniu à empresa J. R. Aldren Pigmentos, sua vizinha imediata em Peabody, uma fabricante de tintas e pigmentos que desejava aumentar seus contatos com os militares. Durante três anos e meio, navios de guerra pintados com as tintas cinza de Aldren e aviões B-17 camuflados com os marrons e verdes-oliva de Aldren bombardearam fascistas com incessantes cargas dos nitratos de Sweeting.

A fusão Sweeting/Aldren havia sido agenciada pela Troob, Smith, Kernaghan & Lee; e Kernaghan, um especialista em legislação empresarial, tornou-se não só o advogado como o grande conselheiro da empresa. Ele supervisionou a aquisição das patentes e das pequenas empresas que permitiram que a Sweeting-Aldren, quando a guerra terminou, se remodelasse e se diversificasse. No funeral de Kernaghan, em 1982, panegiristas atribuíram a ele o mérito de ter influenciado a empresa a se expandir precoce e vigorosamente na direção dos pesticidas — uma decisão que, dada a obsessão dos anos cinquenta por maçãs e tomates de boa aparência e por exterminar todas as infestações de pragas dentro de casa e de ervas daninhas fora de casa, por mais vagamente que fizessem lembrar comunistas, acabou por se tornar a mais lucrativa de toda a história da empresa. Em 1949, Kernaghan e uma equipe de quatro funcionários da Troob, Smith, Kernaghan & Lee estavam trabalhando exclusivamente com patentes, responsabilidade civil e legislação contratual para a Sweeting-Aldren, e ele estava comprando ações ordinárias com desconto num ritmo tal que resultou em sua entrada para o conselho de acionistas em 1953. Mais tarde, ele contaria a Bob que em 1956, o último ano de seu casamento e o último ano em que atuou como advogado privado, ele trepou com trinta e uma mulheres diferentes em mais de duzentas e vinte ocasiões e ganhou, sozinho, cento e oitenta e quatro mil dólares em honorários da Sweeting-Aldren, já descontados os impostos. Um anúncio publicado na *Fortune* em 1957 bravateava que, de acordo com confiáveis estimativas científicas, as linhas de produtos Green Garden™ e Saf-tee-tox™ da Sweeting-Aldren haviam matado, no ano anterior, 21 bilhões de lagartas, 26,5 bilhões de baratas, 37 bilhões de mosquitos, 46,5 bilhões de pulgões e 60 bilhões de diversas outras pragas domésticas e econômicas apenas nos Estados Unidos. Enfileiradas umas atrás das outras, as pragas exterminadas pelas linhas de produtos Green Garden™ e Saf-tee-tox™ dariam vinte e quatro voltas em torno da Terra na linha do Equador.

Kernaghan tinha cinquenta e seis anos quando se tornou vice-presidente sênior da Sweeting-Aldren. Aqueles foram tempos dourados para o patriarcado, quando todos os executivos da América usavam calças com um zíper na frente e cada um deles tinha uma secretária que usava uma saia com um zíper do lado e que, embora fosse com frequência mais inteligente, era sempre fisicamente mais fraca que seu chefe (seus pulsos delicados arqueados sobre as teclas de uma máquina IBM), e que se sentava numa cadeirinha projetada para revelar o máximo possível de seu corpo pelo maior número possível de ângulos, e que usava uma maquiagem de esposa, tinha sempre um alegre sorriso no rosto, obedecia às ordens de seu homem e falava baixinho. Explorada pela indústria, a energia de todos esses milhões de pares heterossexuais transformou os Estados Unidos, no espaço de alguns anos, na maior força econômica da história do mundo. A secretária de Kernaghan na Sweeting-Aldren era uma veterana chamada Rita Damiano, que já se divorciara duas vezes e era vinte e poucos anos mais nova que ele. Não sendo alta, nem jovem, nem bonita, Rita estava longe de corresponder à mulher ideal da imaginação barata e monomaníaca de Kernaghan. Mesmo assim, foi sua acompanhante regular durante mais de três anos e, mais tarde, ele até se casou com ela, de modo que ela deve ter realmente decifrado o homem. Deve ter intuído que um católico frustrado como ele precisava que o sexo fosse sujo. Deve ter sabido como graduar a intensidade do caso deles, como manter Kernaghan desarmado, como fazê-lo se comprometer, como dosar as liberdades que lhe dava, mostrando-se friamente enojada diante da ideia de fazer sexo anal na Páscoa, implorando mais sexo anal no Dia da Árvore e, na manhã seguinte, transpirando autocontrole e eficiência ao servir café para Aldren pai e Sweeting, que traçavam linhas dúbias entre ela e Kernaghan com o olhar, como quem pergunta "Algum interesse ali?", ao que Kernaghan respondia sacudindo a cabeça com ar blasé: não. Ela representava um papel estranho e transparente, deixando claro para ele que o achava um velho depravado e só tolerava suas intimidades porque queria dinheiro. Porque com um homem como ele, era mais inteligente não fingir. Era mais inteligente ser uma puta, deixar-se escravizar unicamente pela promessa do dinheiro dele. Ela foi ao casamento de Bob e Melanie e esnobou as ex-cunhadas de Kernaghan antes que elas tivessem a chance de esnobá-la. Bebia com ele. Debochava da instituição do casamento, debochava do prazer e, com o tempo, Kernaghan foi se afeiçoando a ela e começou a traí-la com as mesmas gostosonas tapadas cuja hipocrisia eles costumavam ridicularizar quando estavam juntos e, então, fez com que ela fosse transferida para outro executivo. E esse foi o fim de Rita, pelo menos por algum tempo.

Enquanto isso, graças novamente às intuições estratégicas de Kernaghan, os investimentos que a empresa fizera na tecnologia de novos processos começavam a render frutos. A princípio alvo do desdém de analistas, que a consideraram uma aposta de alto risco, a Linha M da Sweeting-Aldren, um processo contínuo em sistema fechado capaz de produzir cem toneladas de qualquer um dentre vários hidrocarbonetos clorados por dia, estava operando a toda capacidade desde que as Forças Armadas dos Estados Unidos tinham descoberto centenas de milhares de quilômetros quadrados de selva no sudeste asiático que necessitavam urgentemente ser desfolhados. O resto da indústria levou quatro anos para conseguir atender à demanda e, nesse ínterim, a Sweeting-Aldren nunca soube o que era ter um crescimento anual de faturamento menor que trinta e cinco por cento. Sua nova Linha G, que produzia elastano para uma nação cujo apetite por roupas de banho reveladoras, sutiãs leves e outros artigos colantes havia se tornado insaciável, também estava indo de vento em popa. Foi Kernaghan quem convenceu Aldren pai a duplicar a capacidade da Linha G em 1956, quando ela ainda estava na prancha de desenho, Kernaghan cujos dedos elegantes testaram as virtudes do elastano em incontáveis peças de roupa feminina entre 1958 e 1969, década durante a qual a capacidade extra da Linha G rendeu à empresa coisa de trinta milhões de dólares, no mínimo, já descontados os impostos, e tudo por causa dele. Adicione a isso as vigorosas vendas de tinta e altos explosivos em períodos de guerra, o florescente mercado do novo pigmento alerta laranja de Aldren e os estáveis lucros de todos os produtos mais mundanos da empresa e começa a parecer um espanto que Kernaghan tenha saído dos anos sessenta com um patrimônio de apenas seis ou sete milhões.

Mas a empresa era administrada de modo conservador — olhando para o futuro, evitando contrair dívidas, investindo vultosas somas em pesquisa e desenvolvimento. A jovem Anna Krasner, mestre em físico-química pelo Rose Polytechnic Institute, foi uma das beneficiárias do método de contratação amplo e aleatório da empresa. Kernaghan mais tarde diria que já havia ficado de olho em Anna desde o primeiro dia de trabalho dela na empresa, quando a vira no meio da multidão que atravessava o estacionamento. Mas nenhum dos dois gostava de falar sobre aqueles primeiros dias; quando o assunto surgia, eles se calavam e faziam uma certa cara de asco; e Bob achava isso curioso, pelo menos no caso de Kernaghan, já que é tão comum um macho vitorioso gostar de lembrar à sua amante como ela não suportava sequer olhar para as fuças dele no início. Talvez a ferroada da rejeição ainda estivesse fresca demais na memória dele, ou talvez ele não estivesse muito seguro de ter saído vitorioso, ou talvez se sentisse desconfortável ao pensar no preço que tivera de pagar para fazê-la mudar de ideia.

Fosse como fosse, Rita com certeza estaria à espreita. Teria sabido, em primeira mão ou através de bochichos, que Kernaghan estava caído pela química bonita recém-contratada pelo departamento de pesquisa e que a química vinha esmagando fragorosamente as investidas dele, enfiando as rosas de talo comprido em balões de Erlenmeyer com ácido sulfúrico, dando as trufas de chocolate suíço para ratos albinos comerem. Numa hora em que tem de sair de sua sala para cumprir uma tarefa para seu novo chefe, Rita passa pela sala de Kernaghan e diz: "Você não sabia? Chega uma idade em que você só parece medonho pra uma garota que nem ela. Em que a única coisa que ela pensa quando olha pra você é em problemas de próstata".

Solta em seu próprio laboratório com um gordo orçamento, Anna toma ao pé da letra a declaração da empresa de que nenhuma ideia é estapafúrdia demais para ser perseguida. Lê alguns relatos criativos sobre a origem do sistema solar, cozinha água, amônia e carbono em estado livre num forno de alta pressão e obtém petróleo. Por acaso, ela é o tipo de pessoa que prefere enfrentar leões famintos num coliseu a admitir que está errada. Ela acredita que haja um zilhão de galões de petróleo e zilhões e zilhões de metros cúbicos de gás natural no interior da Terra, a partir de uma profundidade de cerca de seis mil metros, e nenhum químico sênior com cabeça de bigorna, cabelo tosado e mau hálito irá conseguir convencê-la de que está enganada. Ela vai direto ao vice-presidente mais próximo, o jovem sr. Tabscott, e diz: "Vamos perfurar um poço de petróleo nas montanhas Berkshire!".

O sr. Tabscott, mais suscetível à beleza feminina do que o pesquisador sênior de cabeça de bigorna, diz: "Nós vamos pensar com muito cuidado na sua proposta, Anna, mas talvez enquanto isso você devesse reinvestir as suas energias numa direção totalmente nova e se dar um merecido descanso depois dessa pesquisa tão interessante e especulativa que você fez".

Ele ainda está rindo sozinho e sacudindo a cabeça quando a obstinada Anna começa a escrever o trabalho que acaba sendo publicado no *Bulletin of the Geological Society of America* e Jack Kernaghan fica sabendo das dificuldades dela. Ele entra sorrateiramente no laboratório de Anna, olha por cima do ombro dela para as atrocidades ortográficas que ela está cometendo em seu caderno e diz: "Você é muito idiota se acha que nós vamos perfurar um buraco de seis quilômetros no granito pra você".

Ela nem levanta a cabeça. "Eles vão perfurar."

"Não tem a menor chance, menina."

"Não?" Ela levanta os olhos na direção da tabela periódica pendurada na parede a sua frente. Infla as narinas. "Então, se eles não perfurarem, vai ser porque você não deixou. E se eles perfurarem é porque eles gostam mais de mim do que de você."

Ele olha para os balões com suas rosas enegrecidas e os talos estropiados. "O Tabscott só estava sendo gentil com você", diz Kernaghan. "Ele vai deixar o assunto morrer. Quando ele deixar, você vai lá e pergunta pra ele se eu tive alguma coisa a ver com isso. E aí, antes de tomar qualquer atitude precipitada, você me procura."

Anna joga seu lindo cabelo de um ombro para o outro e continua a escrever. Mas acontece exatamente o que Kernaghan tinha dito que ia acontecer. Vários cientistas sensatos são consultados e todos são da opinião de que a teoria dela tem 99,9 por cento de probabilidade de ser furada. Tabscott diz a Anna que a empresa não vai gastar cinco milhões de dólares numa coisa que tem uma chance em mil de estar correta, e Anna diz: "Então, eu me demito! Isso é *boa teoria*".

"Nós gostaríamos que você ficasse, Anna. Mas se... eh... você insiste..."

Kernaghan a encontra no laboratório dela, esvaziando sua mesa, furiosa. "Publicações acadêmicas aceitam meu trabalho", diz ela. "E vocês se recusam a perfurar o poço!"

"Cheques de cinco milhões não nascem em árvores."

"Lá, lá, lá, quem se importa? Vocês não são dignos das minhas pérolas."

"Raciocine um pouco", ele diz. "As suas credenciais acadêmicas são ínfimas. Você jamais vai conseguir trabalhar pra uma empresa tão endinheirada quanto a nossa. Em qualquer outro lugar que você trabalhe, eles vão fazer você pesquisar borracha vulcanizada. Fique com a gente, use os seus trunfos de maneira inteligente e talvez um dia você consiga perfurar o seu buraco."

Ela solta um bufo de desdém. "Você é um porco mesmo."

Ele ri, afável, sai do laboratório e vai conversar com Aldren pai e Tabscott.

"Ah, claro, Jack", dizem eles. "Nós vamos gastar cinco milhões pra te ajudar a dar uma bimbada na Krasner."

"Senhores", diz ele, com um risinho torto, "tal acusação me ofende. O fato é que é uma teoria interessante. E também é fato que, se a Krasner estiver certa em relação à existência de gás e petróleo nas Berkshires, provavelmente também há gás e petróleo bem aqui, debaixo dos nossos pés, em Peabody. O mais importante, porém, é que eu estou sentindo uma mudança de ventos, e eu pergunto a vocês: eu já não acertei outras vezes quando previ mudanças de ventos? Talvez até, quem sabe, tenha acertado tanto a ponto de fazer com que cinco milhões pareçam uma quantia insignificante? Eu sinto que o nosso fluxo de resíduos vai se tornar um problema para nós, digamos, nos próximos três ou quatro anos. Um novo problema, um problema regulatório. Estou pensando especificamente na Linha M, nas dioxinas. Não vai ser surpresa pra mim se os custos do descarte dos resíduos da Linha M triplicarem nos próximos cinco anos."

"É uma questão de opinião, Jack."

"Suponhamos que nós perfuremos esse buraco. Eu não descarto a possibilidade de nós encontrarmos quantidades comercialmente interessantes de gás e de petróleo, talvez até a profundidades menores. Mas se nós não encontrarmos, e se nós perfurarmos o buraco aqui, vocês sabem o que nós ganhamos como prêmio de consolação? Um poço de injeção. Um poço tão mais profundo que o lençol aquífero que nós podemos injetar nele os nossos resíduos desde agora até o Juízo Final e ainda continuarmos sendo bons vizinhos."

"E a legalidade disso?"

"Eu não sei de nenhum estatuto que possa interferir", ele responde com absoluta tranquilidade.

Então, um estudo de viabilidade é realizado. Quanto mais a diretoria pensa no plano de Kernaghan, mais ela gosta dele. Alguns funcionários que trabalham na Linha M estão sendo acometidos por cloracne, um apodrecimento desfigurador e irreversível da pele causado por exposição a dioxinas. Do Vietnã, começam a chegar relatos alarmantes acerca de soldados que usaram os herbicidas da Sweeting-Aldren e ficaram com dores no fígado, sarcomas intestinais e outros horrores mais inomináveis. Metade das cobaias que estavam num caminhão de entregas que ficou insensatamente estacionado durante uma hora ao lado do tanque de evaporação da Linha M entrou em convulsão; a outra metade morreu. Como a única forma de reduzir a quantidade de dioxinas no fluxo de resíduos é duplicar a temperatura da reação, o custo da eletricidade necessária para bombear os resíduos para o fundo da terra começa a parecer razoável. E quando a diretoria olha para todos os efluentes gerados por todas as suas outras linhas de produção e sente os ventos da regulação e da opinião pública mudarem, a decisão é tomada.

Kernaghan faz outra visita a Anna, que andava cozinhando petróleos sintéticos cada vez mais fedorentos em seu forno; ela parece uma camareira suíça com seu avental branco de química. Ele mostra a ela o contrato de aluguel do equipamento necessário para perfurar um buraco de oito quilômetros de profundidade — as ordens de serviço, as autorizações para o uso de energia. Anna dá de ombros. "Por que você demorou tanto?"

"Você será a responsável pela perfuração. Nós estamos acrescentando dez mil ao seu salário."

"Lá, lá, lá."

"Você tem direitos exclusivos de publicação. Direitos exclusivos às amostras do núcleo do buraco mais fundo do leste da América do Norte."

"Claro. Obrigada, senhor Jack Kernaghan. De verdade. Mais alguma coisa?"

Ele sorri, sem demonstrar surpresa. "Eu não sei se você sabe, mas eu precisei de todo o prestígio que conquistei em vinte e cinco anos de empresa pra conseguir esse papel pra você. Vinte e cinco anos de serviços prestados."

"Ai, ai, isso está tão chato."

"Chato?" Ele ergue o contrato de aluguel e começa a rasgá-lo ao meio. Ela não consegue se conter e segura a mão dele. Depois diz: "Você acha que pode me comprar".

"Digamos que eu estou dando uma prova do meu amor."

"Você rasga contrato de aluguel para dar uma prova do seu amor?"

"Se não há esperança para o meu amor, o que mais eu posso fazer?"

Ela pega o contrato e o lê cuidadosamente. "Minhas Berkshires. O que aconteceu com minhas Berkshires?"

"Eu fiz o melhor que pude."

Em cima da mesa dela, há um béquer com petróleo sintético. Anna mergulha um mexedor de vidro refratário no béquer e em seguida o levanta, deixando um filete do líquido preto e viscoso escorrer da ponta. Depois, deixa-se desabar para trás e sua cadeira a segura, rolando de encontro a uma parede com o impacto. "Você quer perfurar meu buraco? Ótimo! Você quer tocar em mim? Tudo bem! Você pode tocar em mim. Mas você nunca vai me tocar."

"Veremos."

Anna se levanta e anda em círculos em volta dele, abrindo a boca ao máximo e dizendo "Lá, lá, lá, lá, lá". Ela ri. Ele a agarra, enfia um joelho entre as pernas dela, dá vazão à urgência que tão bem lhe serviu no passado.

"Então, tá", diz ela, se desvencilhando dele, "o lixo ambulante tem joelhos safados."

Ele fica lá parado, ofegante, enfurecido. "Não pense que eu não seria capaz de matar você."

"Lá, lá, lá", abanando a língua. "Você nunca vai me tocar!"

E esse era o pé em que as coisas estavam no outono de 69. Bob Holland, obviamente, não podia entender por que Anna só tinha dois modos de tratar Kernaghan — o desdenhoso e o vampe — e por que Kernaghan se sujeitava a ser acintosamente ignorado por ela por um minuto que fosse, enquanto, com voz gutural, ela cobria Bob de perguntas sobre o trabalho dele. Os "amantes" trocavam frases breves e cortantes e depois se enfrentavam em longas disputas pela atenção de Bob, as quais Anna invariavelmente ganhava e das quais Kernaghan se retirava recostando-se em sua cadeira para encarar Anna fixamente, seus olhos dois feixes de ódio, minuto após minuto, enquanto Bob falava sobre a história do país e Anna falava sobre sua história pessoal, a primeira infância em Paris e depois o resto da infância e a adolescência no norte do estado de Nova York. Ela segurava seu cigarro verticalmente, na altura da boca, e virava o rosto para o outro lado, apertando os olhos e entortando os lábios enquanto soprava a fumaça para cima. Disse a Bob que ela era como ele no amor ao conhecimento pelo conhecimento, que a mentalidade empresarial era grotesca e desalmada, que abandonaria seu emprego sem pestanejar se não a deixassem perseguir o conhecimento com total liberdade. Disse que os jovens tinham vida, energia e ideais, enquanto os velhos eram carentes de seiva e tinham mais amor ao dinheiro do que à beleza ou qualquer outra coisa. E Kernaghan era um fingidor tão astuto que, quando ele saiu de repente da mesa de jantar, como se estivesse com ódio de Anna por flertar — como se não tivesse nenhum poder para fazê-la parar —, Bob achou que estava sendo um mau hóspede e foi correndo atrás do sogro, não querendo servir de instrumento para a tortura que ela lhe impingia. Quando Bob se virou, Anna já tinha vestido seu casaco de pele de raposa e estava com as chaves do carro na mão.

Uma hora depois, quando estava em seu quarto datilografando anotações, ele ouviu os gritos de Anna, altos o bastante para tê-lo acordado se ele estivesse dormindo. Não tinha ouvido o carro dela voltar.

No dia seguinte, encontrou os dois fumando cigarrinhos matinais à mesa do café da manhã, de mãos dadas, numa intimidade de dar gosto. Eles olharam para Bob como se ele fosse o diabo de quem eles estavam falando.

Como era domingo e todos os arquivos estavam fechados, eles o levaram para dar uma volta. Guardas armados fizeram sinal para que o carro atravessasse os portões da principal instalação da Sweeting-Aldren, e Kernaghan avançou pelas avenidas que serpenteavam por entre as diversas linhas de produção a tal velocidade que o carro chegava a derrapar nas curvas.

"Você está me fazendo ficar com dor de cabeça", disse Anna.

"Eu estou mostrando pro Bob a dimensão da coisa."

Os três puseram capacetes na cabeça e fizeram um tour pela estrutura que abrigava a novíssima Linha AB, em cujos intestinos entravam cloro e etileno e de cujo ânus saíam grânulos brancos de policloreto de vinila. A estrutura era uma orgia de formas metálicas, vinte módulos do tamanho de casebres trepando uns nos outros, se encostando uns nos outros e abraçando uns aos outros com força, cada qual com sua própria voz de êxtase termodinâmico e todos com seus grossos apêndices enfiados bem no fundo de orifícios bordejados de aço; mas era uma orgia rígida, cheia de força e propósito, incessante. Naquelas estruturas, químicos transformavam os verbos de sua imaginação nos substantivos de suas realizações acrescentando *-dor*, *-dora* ou *-or*. Havia misturadores de dois braços e cinco mil galões de capacidade, trituradores com lâminas de aço-carbono, um reator de parede tripla e tipo físico igual ao de Charles Atlas, um resfriador de duas fases e capacidade de oitenta toneladas, um turbomisturador contínuo com revestimento isolante, um trepidante alimentador de rosca, bicos concentradores, evaporadores de triplo efeito, barras intensificadoras, um secador cônico de dez metros cúbicos, um granulador de concreto cilíndrico, um transferidor térmico com tubos inoxidáveis e estrutura de aço-carbono, um condensador vertical de quinhentos e oitenta metros quadrados, um classificador de cone duplo e mais uma dúzia de compressores rotativos. O mais assustador era sentir tantos cheiros que não faziam lembrar absolutamente nada que existisse no mundo. Eles eram como ideias alienígenas se impingindo diretamente na sua consciência, sem a mediação de nenhum gosto. Era essa a sensação que você teria quando invasores do espaço chegassem e assumissem o controle do seu cérebro, uma coisa insidiosa que não era nem espírito nem carne invadindo os sínus da sua face e enevoando seus olhos...

Bob percebeu que estava sozinho. Um manto de chuva caía sobre Peabody, tapando as vistas entre as estruturas das linhas de produção ao seu redor, pondo o lugar em quarentena. Kernaghan e Anna estavam encostados num dos para-lamas dianteiros do carro. Eles trocaram olhares. Por fim, Anna disse: "Eu e o Jack estávamos pensando se você teria um pouco de fumo".

"Fumo?"

"Maconha."

Bob riu. Por acaso ele tinha, lá na casa da Argilla Road. Naquela época, um pacotinho de trinta gramas durava meses na mão dele.

Dentro do carro, rumando para o norte ao longo da costa, com a mão de Anna pousada no ombro dele, o impacto de todos aqueles ésteres e cetonas ainda fresco em seu cérebro, Bob viu as cercas de pedra que coleavam pela mata emaranhada e raquítica e teve de se forçar a não imaginar os primeiros colonos numa paisagem como aquela. Sabia que fora só no século XVIII que a erosão e aradura constante haviam começado a encher os campos de pedregulhos glaciais, e que os agricultores, carecendo de madeira, haviam recorrido às pedras para construir suas cercas. E só depois que o canal de Erie e as ferrovias abriram caminho para a região central foi que a agricultura na Nova Inglaterra foi finalmente abandonada, seus campos retomados por troncos e espinhos. As águas estéreis e os monótonos bosques de árvores esqueléticas e sem copa estavam tão longe de ser um retrato do século XIX quanto do século XVIII; eram tão alienígenas quanto os ésteres em seu nariz, quanto a mão de Anna em seu ombro, as unhas em seu pescoço, as pontas dos dedos no lóbulo de sua orelha.

Ele também era um menino dos bosques, da floresta ainda virgem do oeste de Oregon. Tinha sido apenas no ano anterior, pouco antes da visita mais recente que ele fizera à mãe, que a Weyerhaeuser havia desmatado a colina atrás da casa dela, arrancando de uma vez só um lucro que jamais iria se repetir e depois deixando a terra nua para desabar dentro do rio feito um lobo tosado e morto. Na próxima vez em que fosse à casa da mãe, ele veria a colina depois do "reflorestamento": a sortida e enevoada floresta de pinheiros-de-sitka, cicutas, cedros e sequoias suplantada pelo mato, por galhos secos e pelos abetos-de-douglas idênticos que brotavam a intervalos geométricos da terra solta e revolvida por escavadeiras. A mesma onda de extração de lucro que varrera o cabo Ann em 1630 ainda continuava a se espraiar pela costa do Pacífico, carregando consigo as últimas matas virgens do continente.

Anna segurava um baseado como se fosse um cigarro, batendo a cinza com uma longa unha vermelha, expelindo a fumaça pelo nariz, encarapitando-se na beira do sofá com as pernas cruzadas. Kernaghan não conseguia parar de sorrir. Parecia mais interessado em simplesmente segurar um baseado, curtindo sua ilegalidade e simbolismo, do que em tragá-lo. Quando ficou cheia de fumaça, a sala de estar se transformou, como quando um rolo de filme está chegando ao fim, numa sala de cinema vagabunda, quadros e cenas inteiras sendo engolidos, vozes e rostos saindo de sincronia, pontos brilhantes e rabiscos pretos surgindo de repente, o cômodo inteiro pulando e depois assumindo o tom alaranjado da nova lâmpada do projetor; Bob percebeu que, até então, o mundo na tela esférica ao seu redor vinha sendo projetado por uma luz azulada demais. A luz cinza nas janelas parecia a luz do sol. As três pessoas de barato se amontoaram em volta da geladeira e levantaram pedaços de papel laminado, vendo o que a cozinheira havia deixado. No corredor, Anna encostou a barriga na barriga de Bob e o beijou, desabotoou sua camisa e depois foi andando para trás pelo corredor, inclinando o corpo e fazendo gestos com as mãos para chamá-lo, como se ele fosse um cachorrinho que ela queria que pulasse nos braços dela.

Em Beverly, numa rua insignificante, ele entrou atrás de Anna na casinha comum onde ela morava. A poeira acumulada nos móveis estofados, os retratos de família com suas molduras douradas baratas, a aparência chinfrim de tudo, o mau gosto, deixaram Bob louco por ela e tão certo de sua conquista quanto estava da maciez de colchão do corpo dela quando se afundasse em seus braços. Ela estava selecionando LPs de um suporte de metal que fazia lembrar um escorredor de louça. Kernaghan, que tinha sido deixado no carro, estava rindo baixinho no meio dos arbustos, espiando pela janela, enquanto a chuva escorria pela sua careca lisa.

Eles não o tinham visto de novo, mas ele devia estar no banco de trás do carro quando voltaram para a Argilla Road, devia tê-los seguido quando entraram na casa, rindo baixinho feito um duende, e podia até ter ficado observando os dois o tempo inteiro na sala de estar, talvez no canto onde vinte anos mais tarde Rita racharia a cabeça. Observando Anna carregar a haste do toca-discos com LPs do Frank Sinatra, observando-a tirar a blusa estampada e o sutiã de Silcra, observando a pele branca da barriga dela se preguear quando ela se inclinou para a frente para tirar as botas de cano alto e puxar a minissaia amarela e a calcinha branca de elastano pelas pernas abaixo. Observando os músculos dos ombros de Bob ondularem e se arredondarem, observando seu bumbum jovem se contrair, observando o movimento de seus quadris. Ouvindo o estalo dos seios pesados de Anna contra o peito liso de Bob, observando a respiração acelerada secar a saliva nos cantos da boca de Anna, ouvindo Bob gemer, ouvindo Anna dizer a Bob: "Ele só consegue trepar... com garrafas de Dom Pérignon!". Observando Bob levantar os quadris de Anna do tapete e arar de novo a terra morna, úmida e trêmula. Observando as idas e vindas, vendo o peito dos dois latejar e suas bocas se enviesarem para cobrir uma a outra, como se eles fossem nadadores semiafogados fazendo ressuscitação mútua. Observando a carne dela balançar e a dele estremecer, observando Bob se estender no meio das pernas abertas de Anna, observando Bob arfar de cara vermelha e esquecido do mundo, até que finalmente tivesse observado o bastante e pudesse vacilar através da sala e tocar no ombro de Bob.

"Bob, Bob, Bob!", disse ele, rindo, de olhos semicerrados. Bob viu o pênis dele, intumescido e perpendicular, um instrumento escuro e rosado.

"Ai meu Deus!", Anna gritou, gargalhando. "Ai meu Deus!"

Enquanto vestia seu sobretudo e calçava suas botas, Bob ouvia Anna rir, guinchar, berrar. Saiu no meio da chuva, atravessou o gramado e se embrenhou na mata estéril e alterada. Sentia cheiro de fumaça de madeira queimada e de folha molhada, ouvia o vento sendo penteado por centenas de estreitos troncos de árvore, a água que caía dos galhos batendo nas folhas molhadas que cobriam o chão. Faltava pouco para o dia de Ação de Graças. A penumbra e os cheiros e sons molhados eram como os que um dia o tinham feito tremer quando ele saiu de sua casa para pegar lenha e o fizeram voltar correndo para dentro, onde era quente e ele podia esquecer o vento que gemia, pranteando o passado morto da terra, se arrastando nos telhados duros, com ciúme da vida lá dentro. Embrenhado de tal forma na mata atrofiada que o vulto escuro da casa de Kernaghan poderia ser apenas a noite apontando no horizonte, Bob se ajoelhou sobre as folhas e ali ficou até a chuva parar, até sua cabeça se desanuviar, até o céu se congelar em cristais cintilantes na forma de Órion e Perseu, até ele ouvir o carro de Anna arrancar.

Você comprou um apartamento pra ela?

Eu a ajudei com um empréstimo.

Ah, Melanie.

Era um momento excelente pra ela comprar, Bob.

Ela se espelha em você. Ela se guia pelo seu exemplo. Você não tem que dar tudo que ela quer, sabe. Você poderia lhe dar uma orientação em vez disso.

O dinheiro é meu e eu faço com ele o que eu quiser.

Eu só estou dizendo que se você está se perguntando por que o Lou está com tanta raiva de você, não é muito difícil de entender. Tente se colocar um pouco no lugar dele, você pode fazer isso pra mim? Tente só um pouquinho.

Ah, por favor, não é possível que você me ache imbecil a esse ponto. Eu tenho toda a intenção do mundo de ser justa com ele a longo prazo. Mas se você visse o cavalo de batalha que ele faz desse dinheiro... É impossível ter uma discussão racional com ele. Ele é igual a você. Não, ele é pior. Eu contei pra você, ele arruinou um sofá. Ele chutou um vaso de cristal Waterfront dentro da lareira.

Que bom pra ele.

Ele não tem a menor ideia do que eu estou passando.

Ele entende que a Eileen está sempre levando coisas e mais coisas de você e ele não leva nada.

Você não pode comparar os dois, Bob.

Obviamente, ele acha que você pode.

Você não entende. Desde que essa coisa toda começou, ele tem sido terrível. Eu sinceramente não esperava isso dele. Ele estava só acumulando ressentimento esses anos todos.

Você devia ligar pra ele e pedir desculpas.

Ah, pelo amor de Deus. Pedir desculpas pelo quê? Do que é que eu devo pedir desculpas? Sou eu que estou com o problema! Sou eu que estou no meio do fogo cruzado!

Você devia ligar pra ele e pedir desculpas. É o que você devia fazer e se não consegue fazer isso, então você também não pode reclamar. E também não pode reclamar se eu me encarregar do problema.

Ah, claro, vá em frente. Você sempre sabe qual é a coisa certa a fazer. Você nunca, jamais, se deparou com uma situação em que não sabia o que fazer. Tudo está sempre muito claro pra você. Tudo é muito simples e tudo sempre dá certo. Você me queria, você se casou comigo. Você vive a sua vida politicamente correta e deixa o resto todo por minha conta, e foi exatamente pra isso que você se casou comigo.

Eu me casei com você porque eu te amava.

Eu sei disso, Bob. Eu sei disso. Não fale...

E eu ainda te amo.

NÃO FALE ISSO.

Um longo silêncio.

Doe tudo, Bob disse por fim.

Tudo o quê?

O dinheiro.

Eu vou doar. Eu vou doar... metade! Mas eu preciso receber o dinheiro primeiro.

Doe tudo e você vai se sentir bem mais feliz. Reserve um pouco para as crianças e um pouco para você. Reserve um milhão e doe o resto. Você vai se sentir feliz.

Eu não posso, Bob. Eu não posso.

Enquanto isso, um buraco está sendo perfurado em Peabody ao custo, talvez, de uns cinco mil dólares por dia, contando mão de obra, equipamentos e energia. Anna etiqueta as amostras do núcleo à medida que elas são colhidas e as guarda num depósito refrigerado, para retardar a oxidação. Ela tranca o depósito com seu próprio cadeado. Não saberia distinguir xisto de feldspato nem se sua vida dependesse disso, mas as amostras serão exclusivamente dela, para que as estude e explore como bem entender, e o único pensamento em sua cabeça é *mais fundo, mais fundo, mais fundo*. Ainda acredita que haja petróleo ou, pelo menos, metano lá embaixo. Mas atrasos e avarias dispendiosas tornam-se cada vez mais frequentes depois que a perfuratriz ultrapassa a marca de mil e quinhentos metros. Concorrentes com instalações e equipamentos novos estão corroendo os lucros que a Sweeting-Aldren vem obtendo com a guerra. Com o buraco agora já bem abaixo do lençol aquífero, com profundidade mais que suficiente para o descarte de resíduos, a diretoria decide que é hora de cortar o financiamento. Kernaghan, porém, sabe que Anna vai sair da empresa se a perfuração for interrompida cedo demais. Por meio de ameaças, mentiras e bajulação, ele consegue convencer Aldren pai a continuar financiando a perfuração pelo menos até o fim de 1970.

Rita não consegue entender. Uma garota sexy e orgulhosa como Anna? Com um velho depravado e impotente? Obviamente Kernaghan encontrou alguma forma de comprar a garota. Mas os meses passam e Anna não só não é promovida, como continua morando naquele casebre tosco de Beverly e dirigindo o mesmo velho Ford. Algumas joias de grande porte inspiram suspeitas, mas Rita tem certeza de que a garota é esperta demais para ter se vendido por alguns pares de brinco e um pendente de diamante.

"Ela odeia o velho", colegas de Anna no departamento de pesquisa confidenciam quando Rita pergunta.

"Mas ela dorme com ele."

"Ele tem Poder sobre ela", eles dizem de forma misteriosa, querendo dizer que não fazem a menor ideia.

Rita faz uma visita à própria Anna.

"Eu o amo de paixão", diz Anna, rindo na cara de Rita; Kernaghan já havia lhe contado tudo sobre Rita. "E ele é louco por mim."

"Então por que você não se casa com ele?"

"Quem disse que eu quero me casar? Ele quer uma mulher que *despreze* o dinheiro."

A conversa com Anna atiça as brasas do ciúme de Rita, transforma a cálida incandescência numa labareda branca e direcionada. Ela começa a ficar intrigada com a enorme torre chamada Linha F2, em volta da qual a diretoria mandou instalar uma cerca alta e opaca e que Anna visita diariamente. Rita começa a bisbilhotar, a ouvir conversas telefônicas pela extensão, a abrir gavetas proibidas, a ficar de olho em chaves de armários que volta e meia ficam abandonados. Quanto mais ela descobre, mais fácil se torna ler nas entrelinhas de memorandos, decifrar as piscadelas de olho que os chefes trocam, decodificar os comentários que eles fazem nos corredores. Ela monta o quebra-cabeça do "projeto de pesquisa" de Anna.

No meio do inverno, quando o buraco já chegou aos cinco mil e quinhentos metros, Rita vai até a sala de Anna levando duas cópias de um memorando confidencial. Ela mostra uma das cópias à garota. "Você reconhece isso?"

Anna, entediada: "E se eu reconhecer?".

Rita lhe mostra a outra cópia, que é idêntica à primeira (cópias a serem enviadas a diversos executivos e a Anna Krasner, pesquisadora, e destruídas depois de lidas), salvo pelo fato de que as palavras "poço exploratório", que constavam na cópia que Anna recebeu, foram substituídas pelas palavras "poço de injeção de resíduos" na outra cópia.

Anna dá de ombros. "E daí?"

"Bom, minha querida, está parecendo que o seu namorado não perfurou o seu buraco porque ama você, afinal. Ele perfurou pra injetar resíduos dentro. O que me leva a concluir que ele comprou você bem baratinho, você não acha não? E mais até, ele comprou você com dinheiro alheio. Pra ele, o seu sonho não passa de um gigantesco esgoto."

Anna dá de ombros de novo. Mas, uma semana depois, ela falta ao trabalho e não dá nenhuma satisfação, e um faxineiro descobre que a mesa dela está vazia. Anna simplesmente desaparece no grande mundo que Boston às vezes esquece que existe em volta dela. E só o que Kernaghan tem são suspeitas sobre o que a levou a abandoná-lo. Talvez ele desconfie de Rita, mas, quando a procura, ela, que ainda está muito longe de se sentir vingada, tem o cuidado de não tripudiar.

A empresa não perde tempo: desmonta imediatamente a torre de perfuração e instala uma estação de bombeamento no lugar. Na esteira do Dia da Terra, Nixon e o Congresso estão avançando rumo a um acordo para criar uma Agência de Proteção Ambiental e aprovar o Clean Air e o Clean Water Acts. Kernaghan sugere que o programa de bombeamento seja mantido em segredo, já que (a) eles perfuraram o poço sem licença e (b) dada a atual histeria ecológica, a população poderia ficar alarmada se soubesse que produtos químicos altamente tóxicos estão sendo bombeados para o fundo da terra, não importa o quanto o processo seja seguro na realidade. A cadeia de comando que culmina no bombeamento é cuidadosamente partida, de modo que apenas os principais executivos sabem da verdadeira história, e brechas para escapar de qualquer responsabilidade são deixadas abertas para todos, menos um deles. Os diversos gerentes de unidade e funcionários envolvidos com o fluxo de resíduos são informados de que os fluidos bombeados na F2 estão sendo temporariamente armazenados num tanque subterrâneo ou de que esses fluidos são inofensivos.

Na véspera do aniversário de setenta e dois anos de Kernaghan, o dia de sua aposentadoria, quando o programa de descarte de resíduos da empresa já está totalmente implementado, Rita aparece na porta da sala dele. Ela vinha acompanhando o desenrolar da conspiração, documentando cada estágio. É secretária de um dos executivos envolvidos — talvez até do próprio Aldren pai. E procura Kernaghan para chantageá-lo.

"Ah, nem vem", disse Louis. "Não dá pra chantagear uma pessoa pra que ela se case com você. Seria muita burrice casar com uma pessoa que te odeia."

"Quem falou em casamento? Ela está tentando chantagear o Jack, ponto. Ela quer todo o dinheiro que ele nunca lhe pagou pelas liberdades que tomou com ela. Ela mostra a ele uma lista dos documentos que ela tem e diz: Ou você me dá tanto, ou vocês todos vão pra cadeia. Lembre-se que nós estamos falando de uma mulher que mais tarde fraudou um banco. Quando percebe que ela realmente está falando sério, ele começa a chorar, de verdade, porque está cansado, porque perdeu a Anna, porque está com medo. Ele diz: 'Rita, por favor, eu já estou velho. Os melhores anos da minha vida eu passei com você. Vamos ser amigos'."

"Mas ela fica desconfiada."

"Claro que ela fica desconfiada. Mas é difícil raciocinar direito quando você está com *todo* o poder nas mãos. Ele se ajoelha e a pede em casamento. Ele ri, ele chora, ele está fora de si. Está totalmente nas mãos dela. E ela é mulher. Ela não consegue reunir coragem pra de fato enfiar a faca."

"Mas, não, espera um instante. Você não pode me dizer que a coisa mais importante pra ele numa mulher era a beleza e a idade dela e depois dizer: Ah, não, mas ele abriu uma exceção pra bruxa velha da Rita. Se o que ela queria era dinheiro e não se casar, então *por que* ele não comprou o silêncio dela?"

"Porque ele tem tanto amor ao dinheiro quanto ela! Ele pondera a situação e decide se casar com ela. Se ele se casa com a Rita, ele garante o silêncio dela e não perde nem um centavo. Ele fica com o dinheiro e ainda pode continuar caçando todas as mulheres que quiser. Além disso, se casando com a Rita ele garante o silêncio dela a longo prazo. Então é a decisão certa a tomar. Eles se casam e o Jack imediatamente começa a converter o portfólio inteiro dele em ações da Sweeting-Aldren, pra garantir que a Rita fique empatada com elas. Quando ele morre, o testamento dele determina que a mesada que a Rita vai receber do fundo fique atrelada aos dividendos da empresa: se ela fizer alguma coisa contra a empresa, isso vai se refletir diretamente na mesada dela. É provável que ele tenha posto pelo menos o Aldren a par da situação toda. E então ela realmente fica de mãos atadas. De certa forma, ela herdou a fortuna inteira dele — claro que ela deve ter exigido um acordo pré-nupcial nesse sentido —, mas ele não permite que ela assuma o controle da herança. É por isso que o testamento tem aquela estipulação completamente absurda, pra quem não sabe da história, de que os administradores do fundo *têm que manter o ativo investido na Sweeting-Aldren*. Não era porque ele fosse um cara que realmente vestia a camisa da empresa. Ele era inteligente demais pra isso. Foi porque ele estava se vingando da Rita."

"E a mamãe é que paga o pato."

"Geralmente são as mulheres que pagam o pato, de uma forma ou de outra."

Em 1982, Kernaghan teve um ataque cardíaco enquanto dormia. Tinha vivido oitenta anos gozando de boa saúde, fumado durante sessenta e morreu sem dor e sem terror. Depois que ele morreu e Rita descobriu a peça cruel que ele lhe pregara com o testamento, ela tratou de escravizar seu espírito. Ele tinha de bater em mesas para ela, soletrar mensagens otimistas sobre o além arrastando um copo virado de boca para baixo e, o mais degradante de tudo, habitar corpos de animais. Uma semana, ela olhava nos olhos do labrador de um vizinho e começava a paparicar seu tolo marido; na semana seguinte, Jack era um gaio-azul que cismara de passarinhar em frente às janelas da cozinha. "Ainda aprontando as mesmas velhas estrepolias", Rita dizia, condescendente. Sua empregada haitiana, aliás, acreditava que Rita fora empurrada de cima daquela banqueta do bar porque o espírito de Jack não aguentava mais tanta humilhação.

Uma mulher com uma imaginação menos fértil que a de Rita, uma mulher que não achasse necessário ter uma gigantesca pirâmide em cima do telhado nem uma múmia egípcia autêntica no porão, poderia ter vivido com muito conforto com os dividendos de suas ações da Sweeting-Aldren. A indústria química havia sofrido alguns baques na década de setenta e no início da de oitenta, mas a Sweeting-Aldren sofrera menos que o resto. Não só a empresa não precisava gastar dezenas de milhões de dólares com controle de poluição e recuperação de resíduos, como conseguia repassar parte dessa economia a seus clientes, vendendo seus produtos constantemente a preços mais baixos que os de seus concorrentes da Costa Leste. A estação de bombeamento da Linha F2 trabalhava de forma tão tranquila e discreta que a velha geração de executivos até se esqueceu dela e a nova geração nunca soube que ela existia. Era como a economia nacional, que começou a aquecer de novo em meados dos anos oitenta. O país fez um empréstimo de três trilhões de dólares para comprar algumas armas e financiar uma melhoria colossal de estilo de vida para os ricos. Quando a economia crescesse, ou assim se argumentava, a arrecadação de impostos aumentaria e a dívida seria liquidada. Mas ano após ano a dívida nacional continuava a crescer.

A natureza emitiu seu primeiro alerta em 1987. Abaixo de Peabody, no próprio quintal da Sweeting-Aldren, a terra começa a tremer. Não é mero acidente. Sempre havia sido apenas uma questão de tempo. O sr. X, o único executivo oficialmente responsável pelo descarte de resíduos, o único executivo ao qual não fora concedida uma brecha para escapar da responsabilidade quando a coisa foi acertada em 72, recorda-se vagamente do conceito de sismicidade induzida. Os tremores continuam. Um preocupado sr. X vai até seu chefe, Aldren Júnior, e diz que o bombeamento precisa parar.

Aldren Jr., frio feito aço, diz: "Que bombeamento?".

"Sandy, o bombeamento na F2. O nosso principal fluxo de resíduos?"

"Eu não faço ideia do que você está falando", diz Aldren Jr. "É de conhecimento geral que a nossa empresa incinera e recicla todos os seus resíduos."

"Brincadeiras à parte, Sandy, nós estamos provocando a porra de um enxame de tremores a três quilômetros daqui."

Com timing perfeito, o escritório deles treme e eles ouvem um estrondo distante, como o de um disparo de canhão.

"Eu confiei em você, X", diz Aldren Jr. "Você tem sido cem por cento, nota dez em todos os quesitos. E agora você está me comunicando que os nossos custos com descarte de resíduos vão triplicar? Eu não acho que eu vá continuar presidente se isso acontecer. E eu tenho um interesse pessoal em continuar presidente. É um cargo muito significativo para mim, em termos de autoestima."

"Eu estou comunicando que nós podemos ter pela frente uma pequena retenção no fluxo de resíduos. Algo como uma interrupçãozinha temporária, digamos assim. Então, seria bastante aconselhável que nós investíssemos a curto prazo na melhoria dos nossos processos de incineração e reciclagem. Ou isso ou cogitar a construção de algum tipo de tanque de contenção de grandes proporções."

Aldren Jr. balança a cabeça bem devagar. "Eu estou ouvindo, nisso que você está me dizendo, gastos na ordem de dezenas de milhões", diz ele. "Estou ouvindo debilitantes investimentos de longo prazo em bens de produção neste momento. Neste momento em que eu já estou sentindo a respiração dos espanhóis no meu cangote. Já estou sentindo a porra do bafo de alho, X! Você sabe o que eles estão fazendo com os resíduos deles? Eles estão jogando a merda toda direto no oceano, lá em Cádis. Eles enchem o bucho dos navios-tanque deles até a borda de merda, vão pro meio do Atlântico e defecam tudo lá. As merdas piores eles botam em barris de plástico e mandam pro Gabão e pra porra dos Camarões. É com isso que eu estou competindo, X. Competindo não, tentando competir. Mais lutando com unhas e dentes pra tentar competir. Você está ouvindo o que eu estou dizendo? Eu estou dizendo que vai ser o velho pé na bunda pra mim, seguro-desemprego, multas exorbitantes e uma possível temporada atrás das grades em Allenwood pra você."

O sr. X ouve o que ele diz. Depois, suspende o bombeamento. Com a minúscula verba para processamento de resíduos de que dispõe, constrói uma chusma de imensos e frágeis tanques de contenção num terreno que a empresa tem perto de Lynnfield e estoca seus efluentes mais perigosos ali. O resto dos resíduos ele deixa vazar para o mar e para o ar, contando com o bom relacionamento que a empresa mantém com a EPA para não ser flagrado. Durante alguns anos, como uma nação que meio que tenta ser mais ou menos responsável, ele segura as pontas e não retoma o bombeamento; e durante alguns anos, como a dívida nacional, o estoque de efluentes vai crescendo e crescendo. Mas, por fim, há uma eclosão natural de atividade sísmica na cidade vizinha de Ipswich, e a prudência do sr. X é vencida pelo seu medo: ele dá a ordem para reiniciar o bombeamento. Ele só precisa de mais meia década sem nenhum desastre sísmico para poder se aposentar com salário integral, passar os verões em Nantucket, os invernos em Boca Raton, jogar golfe de manhã e tomar seu primeiro Manhattan às cinco em ponto. Só mais cinco aninhos! Não dá mais para voltar atrás agora. Ele vai cruzar os dedos, fechar os olhos e rezar: *Senhor, permita que a bomba estoure no colo de outra pessoa.*

Sob a luz branca da manhã, ou melhor, do início da tarde, Bob botou a garrafa de uísque vazia na caixa de reciclagem para Vidro Claro, entre Plástico Mole e Alumínio, e despejou um pouco de suco de laranja numa tigela cheia de cereal. Abelhas polinizavam flores roxas de cardo do lado de fora da janela. Os gatos estavam se refrescando no porão. No andar de cima, uma porta se abriu e pouco depois Louis apareceu, franzindo o cenho por causa da luz. Seu rosto tinha marcas vermelhas de travesseiro — os intrigantes hieróglifos do sono, que toda manhã significavam nada de uma forma diferente. "Você ligou pra ela?"

Bob não respondeu. Continuou de cabeça baixa, botando colheradas de cereal na boca, enquanto Louis vasculhava a geladeira, tomava alguns goles de um refrigerante sabor de cereja que já perdera o gás e, depois, postava-se de braços cruzados diante da mesa, como um pai cuja paciência já se esgotou. "Você quer que eu ligue pra ela?"

"Eu posso terminar de tomar o meu café da manhã primeiro?"

Louis ficou parado mais algum tempo, ainda de braços cruzados. Saiu da cozinha em implacável silêncio.

Bob afastou sua tigela de cereal para o lado. Começou a telefonar para todos os Krasner de Albany, contando com a gentileza do serviço de auxílio à lista telefônica. Em sua quarta tentativa, ouviu uma voz grossa de mulher com sotaque russo que ele já sabia que era da mãe de Anna antes mesmo de perguntar.

"Não. Não", disse ela. "Ela não está aqui. Ela está no estrangeiro."

"A senhora tem o número do telefone dela?"

"O *que* você quer. Me diga."

Bob deu a ela uma versão reduzida da verdade.

"Ela não sabe *nada* sobre Sweeting-Aldren", disse madame Krasner. "*Nada*. Eu não vou dar número dela para você."

"A senhora poderia dar o meu número para ela?"

"Quem é você? Me diga. Quem é você? O *que* você quer, de fato."

"Eu era um bom amigo dela."

"Uh. Ela tem tantos bons amigos. Ela mora em Londres. Tem marido maravilhoso. Três filhos. O *que* você quer, que ela não tem. Não. Não. Eu não vou dar número dela para você. Você tenta outra pessoa."

"A senhora daria o meu número para ela?"

"Ela mora em Londres. Número dela não está listado. Eu sinto muito."

Bob quase arrancou os cabelos. Então, a madame Krasner lhe deu o número de Anna. "Muito caro ligar para lá", disse ela. "Não é como ligar para cá. Muito caro. Sabe, ela tem *dinheiro*. Uh, se tem. O que você pode dar que ela não tem?"

Era hora do jantar em Londres. Pelas janelas da sala de jantar, Bob viu Louis parado no meio dos pinheiros, o sol forte transformando em sombras os olhos atrás de seus óculos. Os buraquinhos do bocal do telefone estavam sujos do batom vermelho de Melanie. Ele discou o número de Anna e, depois de três toques, a própria Anna atendeu. Ele disse o nome dele. Ela disse:

"Quem?"

"Bob Holland."

"... Ah, sim, Bob, como vai você?"

"Anna, escuta, eu estou tentando descobrir se a Sweeting-Aldren perfurou um poço muito profundo em Peabody em 1970. Você por acaso se lembra?"

O silêncio sibilante do outro lado da linha se estendeu por tanto tempo que Bob começou a achar que já não havia mais ninguém lá. Por trás do sibilo, ele ouviu sons fantasmáticos de uma sequência de números sendo discada. Em algum continente, um telefone tocou uma, duas vezes. Então, ele ouviu uma explosão de risadas masculinas e femininas, uma animada confusão em algum lugar bem perto de onde Anna estava. "Desculpe, Bob", ela disse. "O que é que você queria saber?"

Ele repetiu a pergunta. Novamente veio o silêncio e depois novamente uma explosão de risadas. "Eu... não sei, Bob. Eu... não posso responder essa pergunta", Anna disse.

"Como assim você não pode responder? Você acha que é *possível* que exista um poço?"

"Bob, nós estamos recebendo alguns amigos. Eu sinto muito."

"Eu vi o seu artigo", disse Bob. "Você sabe que o poço existe. Eles vêm injetando resíduos nesse poço há anos e isso está provocando terremotos. Você precisa me dizer o que você sabe. Eu não vou usar o seu nome, mas você tem que me dizer."

"Bob, eu realmente preciso desligar agora."

"Só diz sim ou não. Eles escavaram um poço?"

"Eu sinto muito."

"Por que você não me responde? Você prefere falar com a imprensa? Ou com a polícia?"

Não havia mais sibilo na linha; Bob estava falando com um telefone mudo. Ele discou de novo.

"Anna..."

"Bob, eu estou ocupada e não quero falar com você." Ela falou com uma voz firme, controlada, zangada. "É melhor você não me ligar mais."

"Só diz sim ou não. Por favor."

"Sinto muito, Bob. Eu tenho que ir."

"Anna..."

"Tchau, Bob."

IV. NO AZUL

14.

Como prêmio por ter concluído seu MBA e como consolo por ter de começar a trabalhar no Banco de Boston, Eileen estava tirando umas férias na Côte d'Azur com Peter. Eles haviam alugado um Peugeot no aeroporto de Nice e se encantado com Mônaco, sido esnobados em Cannes, se embebedado em St.-Tropez e se submetido a uma extração indolor de seu dinheiro nas cidades menores ao longo do caminho. Pelo menos uma vez por dia, esbarravam com ex-colegas de turma de Eileen. Subiam uma ladeira de pedra ladeada de lojinhas onde molhos de alfazema seca e echarpes provençais balançavam e tremulavam ao mistral, topavam com uma ruína romana cercada de cafés e, do meio das ofuscantes cadeiras de alumínio, vinha um coro de vozes femininas que entoava: "Eileen! Eileen!". Peter trincava os dentes, resmungava um "Meu Deus" e revirava os olhos invisivelmente atrás de seus Ray-Bans, porque ele achava que americanos na França deviam se comportar como camaleões mudos, mas Eileen se dirigia na mesma hora para a sombra do guarda-sol de plástico com logotipo da Cinzano ou da Pernod, onde os rapazes estavam sentados de lábios franzidos, praticando seus olhares Ray-Ban em ciprestes distantes ou numa baía azul-celeste — exatamente como Peter — e as moças estavam ansiosas para trocar informações sobre todas as colegas de turma que já haviam encontrado até então (até o fim da viagem, Eileen viu ou ouviu falar de um total de trinta e cinco delas, de modo que a Côte d'Azur foi um prêmio muito popular entre os formandos do MBA de Harvard naquele ano), enquanto Peter, tendo se dirigido a um canto distante da praça, se banhava ao sol encostado num bloco de mármore talhado por escravos romanos.

Peter parecia, de fato, muito europeu, e Eileen sabia que ele falava francês muito bem. Mas quando eles se sentavam num café e um garçom aparecia, Peter erguia os olhos e mexia ligeiramente os lábios, mas nenhum som saía, e o garçom, não sendo paranormal, virava-se para Eileen, que dizia "*Uncaffay poor moi, ay oon Pernod poor lum*" e, em seguida, para Peter, com uma voz sussurrante e ao mesmo tempo estridente de irritação, depois que o garçom ia embora: "Você tem que dizer pra ele o que você *quer*!". Em resposta o rosto de Peter se congelava num sorriso tão furioso, zombeteiro e amedrontado que, no fim, ela acabava ficando com pena dele. Dava um beijo em sua orelha, bagunçava seu cabelo, passava a mão em sua coxa e dizia que o amava. Seguia-se então um silêncio, no decorrer do qual o rosto dela se anuviava. "Você me ama?"

Ele sorria mais furiosamente ainda, se debruçava na mesa e lhe dava um beijo francês que não chegava a obter uma recepção exatamente calorosa, ainda sem ter dito uma palavra desde a chegada ao café.

À tarde, eles iam à praia. A questão na praia era sempre: ela faria ou não faria? Eileen era uma ilha de recato suburbano de Chicago num mar de carne europeia — mamas normandas, genitálias belgas sombreadas por pneus de banha belga, seios holandeses que eram minúsculos mas balançavam, pênis parisienses incircuncisos, que ela estudava com um fascínio dissimulado e irreprimível. Peter se deitava apoiado sobre os cotovelos, olhando para as ondas cor de esmeralda por cima de seu calção de surfista e dedos dos pés bronzeados, enquanto Eileen tentava se decidir. "Eu vou fazer", disse ela por fim.

Peter bocejou. "Foi o que você disse ontem."

"É, mas hoje eu vou."

Ele ficou olhando para as ondas.

Levando as duas mãos às costas, ela segurou o gancho da parte de cima de seu biquíni. Ficou nessa posição uns cinco segundos. "Será que eu devo?"

"Pense bem", ele disse. "É uma decisão importante."

Ela fez biquinho. "Eu vou fazer."

Ele ficou olhando para as ondas. Ela jogou areia nele. Peter se limpou dando leves espanadinhas com os dedos, como se sua pele fosse um disco que ele não queria arranhar. Quando ele olhou para Eileen de novo, ela estava sentada ereta em sua toalha, com o queixo virado para o sol e a parte de cima do biquíni na areia ao lado dela. Eles mal se falaram até voltar para o hotel, mas lá ele apalpou e apertou o corpo dela ardentemente, lambendo seus seios e montando nela, estremecendo de tesão feito um cachorro, enquanto ela sorria para o teto, sem conseguir imaginar uma felicidade mais perfeita.

Na tarde seguinte ela anunciou: "Eu não vou fazer". Clarões brancos dos cromados dos carros, das colheres de cafés e dos Ray-Bans de certa pessoa vinham perfurando sua cabeça desde o café da manhã. A cama do hotel era quente e exalava bafejos de bebidas alcoólicas vencidas; e Eileen tinha quase certeza de que havia pegado uma infecção urinária.

"Você que sabe", disse Peter, olhando para as ondas.

Ela roeu uma unha e piscou os olhos, mal-humorada. Como a mãe, por mais cansada que estivesse, Eileen sempre tinha uma energia ilimitada para a hesitação. "Você acha que eu devo?"

Nos Estados Unidos, Peter era um comprador ávido e tarimbado, mais seguro que Eileen em relação a como uma mescla de setenta por cento poliéster e trinta por cento algodão se comportava e com mais paciência que ela para peregrinar de loja em loja até a camisa perfeita ou o sapato ideal aparecerem. Na Europa, contudo, ele considerava fazer compras apenas a pior das muitas formas de dar pinta de turista. Quando Eileen entrava numa loja, ele esperava um minuto inteiro antes de entrar atrás dela e, depois, se ajoelhava perto da porta para amarrar e reamarrar os sapatos, como se só tivesse entrado porque seus cadarços estavam soltos. Folheava edições em francês de guias de viagem. (Achava que isso o fazia parecer francês.) Perguntas diretas de Eileen provocavam vazios olhares Ray-Ban de não reconhecimento. Ele olhava para a rua pela porta aberta da loja como se acreditasse que os pensamentos de qualquer francês que tivesse entrado por aquela porta fossem imediatamente se voltar para a ideia de ir embora. (Mas as lojas estavam com frequência cheias de franceses seriamente empenhados em relacionar suvenires mal-ajambrados a batalhas históricas ou à antropologia da Provença e gastando profusamente.) "Está ótimo", ele resmungava, com os olhos na porta, referindo-se a um potencial presente selecionado por Eileen.

"Você nem olhou!"

"Eu confio no seu gosto", os lábios mal chegando a se mexer, os olhos na porta.

O único presente que deu realmente trabalho para Eileen foi o de Louis. No início do mês, quando recebeu Louis e a namorada para comer uma mussacá na casa dela, Eileen não havia mencionado que ela e Peter estavam prestes a viajar para a França. A verdade era que ela habitualmente evitava informar a Louis os planos e aquisições de propriedade que andava fazendo; sempre tinha esperança de que ele nunca viesse a descobri-los; mas claro que sabia que ele sempre acabava descobrindo. Louis descobriria que, enquanto ele estava procurando emprego e suando em Somerville com uma namorada que Eileen pessoalmente achava velha demais para ele, a irmã estivera degustando fantásticos jantares de cinco pratos no Sul da França. Assim, ela se sentia obrigada a levar alguma coisa bacana para ele. Ao mesmo tempo, já estava imaginando Louis fazendo-a se sentir uma idiota fosse o que fosse que ela decidisse comprar, porque, afinal, ele tinha *morado* na França.

"Conhaque", Peter sugeriu.

"Tem que ser alguma coisa da Provença."

"Vinho", disse Peter.

"Não sei, eu tenho que pensar. Eu tenho que *pensar*."

Mas os dias estavam passando cada vez mais rápido, meio-dia virando meia-noite, meia-noite virando meio-dia, e parecia que ela nunca conseguia pensar. Por fim, no caminho para o aeroporto de Nice, ela entrou correndo numa loja de departamentos e comprou uma grande faca de cozinha para ele.

Em Back Bay, havia uma mensagem de Louis na secretária eletrônica, pedindo que ela ligasse para o número antigo dele. Uma pessoa antipática no antigo apartamento dele deu a ela um novo número, que ela descobriu, ao ligar para lá, ser da casa de uma amiga de Louis, Beryl Slidowsky, em cujo sofá, segundo o próprio Louis, ele vinha dormindo fazia algumas noites.

"O que aconteceu com a Renée?", Eileen perguntou, mais inocente que maldosa, embora não tenha chegado a ficar triste com a notícia de que ele não estava mais morando com ela.

"É um problema em que eu estou trabalhando", disse Louis.

"Ah. Vocês estão tentando reatar."

"*Eu* estou tentando reatar."

"Ah. Bom, então boa sorte."

Louis disse que sua presença estava sendo um transtorno na casa de Beryl e perguntou a Eileen se ela se importaria se ele passasse algumas noites na casa dela. De uma forma ou de outra, disse ele, não seria por muito tempo.

"Hum", disse Eileen. "Acho que tudo bem. Mas se você e o Peter ficarem se bicando, não vai ser muito agradável."

"Confie em mim", disse Louis.

Ele foi para lá na noite do primeiro dia de trabalho de Eileen no banco. Ela tinha tomado meia garrafa de Pouilly-Fumé enquanto esperava por Peter, que ainda não chegara do trabalho. Quando abriu a porta para Louis entrar, Eileen imediatamente recuou, tombando para trás como se o chão tivesse ficado íngreme de repente. Não conseguia acreditar no quanto seu irmão havia mudado em três semanas. Ele estava usando seu jeans preto e camisa branca de sempre, mas parecia mais alto, mais velho e mais largo nos ombros. Tinha cortado o cabelo tão curto que o que sobrara era escuro e aveludado e, por alguma razão, ele estava sem os óculos. Seu rosto estava encovado e escurecido por uma barba de uma semana, seus olhos vazios e brilhantes por causa da ausência das lentes, com olheiras cinzentas e acetinadas de cansaço embaixo.

"Eu...eu peguei esse bronzeado na França", disse Eileen, com uma voz alta demais. Foi a primeira coisa que lhe veio à cabeça.

"É, eu soube que você foi pra lá", Louis disse, sem nenhum sinal de interesse.

"O que houve com os seus óculos?"

"Uma pessoa pisou em cima."

"Você já jantou?"

"Se você não se importar, eu acho que vou um pouco pro quarto", disse ele. "Mais tarde eu saio, se você quiser."

Eram onze horas e ele ainda não tinha saído do quarto. Eileen deixou Peter vendo o noticiário na cama do quarto deles e bateu na porta do segundo quarto. Louis, sem camisa, estava debruçado sobre a escrivaninha que eles tinham lá, escrevendo num caderno. No alto da folha do caderno, ela leu as palavras *Querida Renée*. Ele não tentou escondê-las.

"Eu trouxe uma coisa pra você da França", disse Eileen. O *jet lag*, o vinho e os terrores de um primeiro dia num novo emprego haviam conspirado para fazer seus olhos incharem e sua pele adquirir um lustre vermelho. Ela entregou a Louis a caixa com a faca dentro.

Ele franziu o cenho. "Muito legal. Você comprou isso pra mim?"

"É pra sua cozinha. Você tem que me pagar um centavo por ela. É uma superstição. Se você não me pagar, ela vai te dar azar."

Obedientemente, sem pressa, ele tirou um centavo do bolso e o estendeu para ela. Mas ela tinha se virado de frente para o futon. Estava olhando para a pequena bolsa de náilon de Louis, que agora aparentemente estava do tamanho de todos os pertences que importavam para ele. "Você realmente está arrasado por causa dela, não está?"

"Estou", disse Louis.

"Você quer me contar o que aconteceu?"

"Acho que não."

"Você quer que eu faça alguma coisa? Eu posso tentar falar com ela, se você quiser."

"Não precisa não."

Ela fez que sim, mas era mais como se sua cabeça pesada estivesse apenas caindo para a frente. Olhando para o chão, ela disse com voz baixa e trêmula: "Sabe, você é muito, muito bonito, Louis. Tem um monte de garotas que achariam você um gato. E você é inteligente, independente, forte, você é um cara superinteressante e você vai fazer o que quiser da sua vida. Vai ter uma fila de meninas querendo sair com você. Você vai pra Europa de novo e vai se sentir superconfiante. Você vai ter uma vida muito boa, Louis. Você sabia disso?". Ela lhe lançou um olhar acusador. "Eu costumava sentir pena de você. Mas não sinto mais. Eu sei que você está completamente arrasado agora por causa dela, mas eu não estou com pena nenhuma. Então se anime, está bom? Quer dizer, eu espero que você consiga reatar com ela e tudo, mas não vai ser o fim do mundo se você não conseguir."

Louis olhou para ela com a tristeza submissa de um cachorro que sabe que causou estrago, mas nunca teve a intenção de fazer isso. Eileen pôs a mão na maçaneta da porta, mas, em vez de girá-la, ficou segurando-a como se fosse a mão de uma mãe. "Eu não sei por que você sempre faz com que eu me sinta tão mesquinha."

"Eu não estou tentando fazer nada", disse Louis.

"Você faz com que eu me sinta tão mesquinha", ela insistiu. "Você faz com que eu me sinta tão culpada. Você sempre fez isso, a minha vida inteira, inteira", ela tinha começado a chorar. "E eu não quero mais me sentir assim.

Eu não quero que você fique aqui. Eu quero que você procure outro lugar pra ficar. Eu vou ter que trabalhar todo dia agora. Vou ter que ir todo santo dia pra aquela droga daquele banco horrível, sem poder tirar férias pelos próximos dez meses e, se quiser ter alguma chance de ser promovida, ainda vou ter que trabalhar à noite e aos sábados. E eu simplesmente não quero que você faça com que eu me sinta tão mal. Você pode ficar aqui por quanto tempo quiser, mas eu queria que você soubesse disso."

"Eu vou embora agora", ele disse com voz calma.

"Não. Você tem que ficar. Eu vou me sentir culpada se você for. Mas eu não quero você aqui. Eu não sei o que eu quero." Ela bateu o pé no chão. "Por que eu estou me sentindo tão infeliz de repente? Por que você faz isso comigo?"

"Eu vou embora."

Ela deu meia-volta e, com o rosto roxo, se inclinou sobre ele e disse: "Você vai ficar *aqui*, você vai ficar *aqui*, você não vai a lugar *nenhum*! Você não *pode* ir. Você não *tem* nenhum outro lugar pra ir. Você vai ficar aqui porque você é meu irmão e *eu não quero que você vá embora*. Se você for, eu não vou te perdoar nunca, *nunca*".

A porta bateu com força e Louis ficou sozinho no quarto, apertando a moeda que não tinha dado a ela.

Durante três dias, eles ficaram fora do caminho um do outro. Ela saía de manhã antes de Louis acordar, e ele só voltava para o apartamento — ela supunha que depois de passar o dia procurando emprego — por volta de oito ou nove horas da noite e ia direto para o quarto. Na quinta à tarde, ela estava se sentindo atraente e cheia de remorso de novo. Voltou para casa com sua nova sacola francesa cheia de compras de supermercado e ficou surpresa ao encontrar Louis na sala de estar. Seria possível que ele não estivesse passando os dias procurando emprego, mas sim vendo televisão? Tinha recuperado seus óculos e estava sentado de cabeça baixa e mãos entrelaçadas no sofá em frente ao equipamento de vídeo, que estava desligado.

"Espero que você ainda não tenha jantado", disse ela.

Ele não deu nenhum sinal de que a tivesse ouvido. Ficou olhando para a tela cinza da televisão e esfregou os polegares um no outro.

"Algum problema?", ela perguntou, reprimindo uma onda de irritação.

Ele abriu a boca, mas só se ouviu o silêncio.

"Bom, eu vou fazer um jantar caprichado hoje", ela disse. "Então espero que você esteja com apetite."

Assim que foi para a cozinha, Eileen ouviu a porta da frente se abrir e em seguida se fechar. Ligou a televisão da cozinha e botou um frango no forno (tinha aprendido na França que você podia comer carne quente nas saladas — *poulet*, *canard* ou outra carne do tipo). E, então, por alguns minutos, esqueceu por completo onde estava e o que estava fazendo, por causa da notícia que viu no Channel 4.

... foi tragicamente baleada no que a polícia classificou como o mais violento ataque já praticado pelo movimento pró-vida. A repórter ***Penny Spanghorn*** *fala,* ***ao vivo****, da cena desse trágico incidente.* ***Penny****?*

Jerry, esta tarde Renée Seitchek foi à clínica New Cambridge Health Associates em Cambridge, onde membros da chamada Igreja da Ação em Cristo estavam realizando mais uma de sua série de ações ilegais para obstruir o acesso a clínicas. A polícia prendeu doze manifestantes por tentarem impedir a entrada de Seitchek. Por volta de cinco horas, Seitchek saiu da clínica e falou com repórteres no que foi descrito como uma confrontação extremamente emocional. Ela declarou que havia feito um... que havia interrompido uma gravidez. Ao que parece agora, tragicamente, ela pode ter pagado com a própria vida por essa declaração. Por volta de cinco e meia, ela voltou para sua casa aqui na Pleasant Avenue, em Somerville, onde foi recebida a tiros por um agressor ainda não identificado que se encontrava dentro de um carro estacionado do outro lado da rua. Pouco antes das seis horas, a redação do Channel 4 News recebeu um telefonema anônimo de um grupo extremista, assumindo a autoria do trágico atentado e dando a seguinte declaração: "Olho por olho, dente por dente". A polícia de Somerville diz ter recebido um telefonema semelhante por volta da mesma hora...

Eileen ficou olhando, chocada, para Penny Spanghorn. Estava chorando sobre as folhas de rúcula e de chicória que pusera no escorredor de salada — chorando não só por Renée e Louis, mas por si mesma também — quando Peter chegou do trabalho. Contou a ele que Renée tinha sofrido graves ferimentos no peito e no abdome e estava internada no hospital em estado crítico.

"Puta merda", disse ele, empalidecendo. "Que coisa horrível, não?"

"Um horror, um horror. Um horror de verdade."

"É realmente uma coisa horrível."

A *Igreja da Ação em Cristo*, declarou Philip Stites, *condena o atentado cruel e covarde praticado esta tarde contra a vida de Renée Seitchek. Nós, membros da igreja, deploramos todas as formas de violência humana, seja contra um bebê não nascido, seja contra qualquer cidadão. Renée Seitchek é uma mulher de consciência e uma criatura de Deus. Nós lamentamos os ferimentos que ela sofreu e queremos estender os nossos mais profundos sentimentos à família e aos amigos de Renée e nos juntarmos a eles rezando por ela com todo o nosso amor.*

Já passava de meia-noite quando Eileen e Peter, que estavam vendo mas não ouvindo o programa do Arsenio Hall em seu quarto refrigerado, ouviram Louis entrar. Eileen saiu do quarto para ir falar com ele. Usava sua camisola de verão preferida, uma camiseta leve de algodão do Bennington College tamanho GG.

Louis estava sentado no chão de seu quarto, passando um lenço de papel dobrado nas várias bolhas estouradas e sanguinolentas que cobriam seus dois pés. Sua camisa ensopada de suor tinha gotas de sangue e estava colada em seu peito. Seus sapatos pretos, sujos e surrados, estavam pousados ao lado dele. Ao que parecia, ele não andava usando meias.

"Você se machucou?", Eileen perguntou.

"Tentaram matar a Renée", ele respondeu com voz rouca.

"Eu sei, eu sei. Eu não consigo parar de chorar."

"Tentaram matar a Renée."

"Mas ela está bem, Louis. Eu ouvi no noticiário que ela está bem", embora não fosse exatamente isso que ela ouvira. O Channel 4 dissera apenas que Renée ainda não havia morrido.

Louis não parava de futucar a carne viva de seus pés, puxando a pele solta com a ponta dos dedos. Vendo aquilo, Eileen se sentiu como se tivesse caído e ninguém tivesse vindo ajudá-la. Muito embora eles estivessem sofrendo muito mais que ela, a sensação que tinha era que Louis e Renée haviam se unido para lhe tomar uma herança. Sentiu uma centelha de ciúme e de raiva e, sob a luz dessa centelha, viu que havia um padrão absoluto de bondade no mundo, um ideal que ela estava infinitamente longe de alcançar. Louis continuava a enfiar as unhas dos polegares em seus machucados cor-de-rosa, sem nenhum outro objetivo a não ser a dor que isso lhe causava. Ela sabia que tinha de ficar com ele e tentar confortá-lo, mas não conseguia suportar ver o que ele estava fazendo com os próprios pés. Então, fugiu de lá, foi se deitar ao lado de Peter e deixou que a culpa e a escuridão a engolissem.

Ele havia descido a escada às pressas e depois saído correndo pela Marlborough Street. As duas fileiras gêmeas de prédios antigos de tijolo que se estendiam em direção a oeste emolduravam um sol amarelo cujo plasma tinha se condensado em gotas em arbustos verdes encharcados pela tempestade, em pingos de chuva que evaporavam nos capôs dos carros, em poças reluzentes que evaporavam no asfalto. Um aparelho de som portátil que estava numa janela de subsolo vibrava com o estrépito e a assonância do Sonic Youth. Correndo, ele via os tênis vermelhos de cano alto e os skates pretos de estudantes urbanos, os pés de coelho branco de mulheres que calçavam tênis para fazer a viagem de volta para casa, os saltos agulha e mocassins de corretores imobiliários, as patas de cachorros, as botas sem cadarço e quase sem sola de homens sem endereço. Chaves chacoalhavam e portas de carros se fechavam. Um homem (tinha de ser um homem, pois mulheres raramente faziam isso) assobiava.

Ele correu pela Massachusetts Avenue e atravessou o rio, ao longo do qual uma enxurrada parecia ter acabado de passar, empurrando todos os barcos de aluguel e embalagens alagadas do McDonald's para o esgoto da enseada de Boston e deixando em sua esteira um cheiro pungente de terra e água doce. Abriu caminho por entre as lerdas multidões despejadas pelo metrô na Central Square, passou em disparada pelo batalhão de Volvos e Subarus que logo estariam carregando galinhas caipiras e miniabobrinhas do supermercado da Prospect Street e atravessou as aglomerações populacionais que cercavam a Inman Square, onde imigrantes portugueses e nativos obesos do leste de Cambridge se misturavam a pós-graduandos de literatura comparada de Harvard com tanta dificuldade quanto azeite extravirgem se mistura com água mineral, onde cachecóis se desenrolavam ou se arrastavam na calçada, onde havia suspeitos sedimentos escuros em todas as poças, onde um jovem louro e barbudo com um lenço lilás em volta do pescoço andava pelo meio da calçada cantando "Sugar Magnolia" em voz alta.

Quando ele atravessou a Union Square, o sol já se escondera atrás das nuvens, deixando em seu lugar um anoitecer úmido, que cheirava a fumaça de combustível e fruta podre. Manquejando, ele subiu a Walnut Street, o pescoço esticado, os pés por pouco não tropeçando nas saliências da calçada, o coração batendo pouco e futilmente, como se seu sangue, em sua ebulição, tivesse ficado fino demais para ser bombeado. Perto do alto da colina, ele começou a passar por carros que haviam reduzido a velocidade para se espremerem por entre as vans do Channel 4 e do Channel 7 paradas quase na esquina da Pleasant Avenue — ou para olharem embasbacados para elas. Um carro de polícia bloqueava o acesso à rua. Um segundo carro de polícia e o sedã do chefe de polícia de Somerville, identificado de forma mais discreta, estavam estacionados logo além da cerca de arame da casa de número 7, de sua madressilva carregada e da faixa amarela que circundava a cena do crime. Do outro lado da rua, um policial tirava fotos do meio-fio, onde, como um curioso explicava a outro, algumas cápsulas de bala haviam sido encontradas. Um investigador estava registrando num formulário preso a uma prancheta os ansiosos depoimentos de dois garotos, um tamanho pequeno e outro tamanho grande, que Louis reconheceu como o contingente masculino do grupo de assíduos frequentadores da varanda da casa em frente ao número 7.

"Um-sete-seis-D-V-N, números verdes no fundo branco", o menino maior estava dizendo. "Eu anotei aqui, está vendo? Um-sete-seis-D-V-N. Viu? Bem aqui. Um-sete-seis-D-V-N."

A população inteira da Pleasant Avenue havia se reunido atrás da fita amarela da cena do crime. Estavam lá as adolescentes endo- e ectomórficas, fazendo bolas de chiclete do tamanho e da cor de cabeças de bebê; os silenciosos operários com bronzeados cor de uísque e lábios franzidos em resignação. Havia mães com educação de nível superior segurando Alexes e Jessicas pela mão, chefes de família tamanho GG cuja visão pessimista do mundo o trágico atentado havia confirmado, um par de gêmeos mórmons albinos com suas pastas de executivo e um quarteto de africanos magros e rijos, com shorts reluzentes e meias esticadas até os joelhos, o menor deles carregando uma bola de futebol. Assim que conseguiu recuperar um pouco o fôlego e fazer seus joelhos pararem de tremer, Louis foi se enfiando por entre a multidão até chegar à fita amarela. Pelo portão aberto da cerca da casa de número 7, ele viu o sangue na calçada de concreto, um sangue diluído e borrado pela chuva, como tinta guache vermelha. Viu o sangue escurecendo as beiradas das poças triangulares nos cantos afundados das placas do calçamento. Viu uma faixa clara e mosqueada de sangue na parte horizontal do degrau mais baixo da escada. Soltou um breve e agudo grito de dor e incredulidade. Falando para uma grave Penny Spanghorn e seu colega com cabeça de câmera, um policial fazia gestos dramáticos com os braços, mirando seu dedo como se fosse uma arma.

"Pra onde ela foi levada?", Louis perguntou.

"Pro Somerville Hospital", responderam várias pessoas ao mesmo tempo.

Faróis avançavam do meio dos carros que seguiam para leste pela Highland Avenue, pares de pontos branquíssimos que pareciam brotar diretamente do sangue que cobria o céu acima da distante Davis Square. Erguendo-se acima de sombrias transversais, cujos postes de luz ainda se encontravam nos primeiros e rosados estágios de ignição, e de árvores escuras que balançavam seus galhos soturnamente, o hospital se projetava da encosta da colina central de Somerville como um navio-tanque ao anoitecer, as janelas iluminadas e as dezenas de antenas eriçadas de sua torre em forma de passadiço sinalizando vida e vigilância no oceano escuro e fundo. No estacionamento em frente à ala de emergência, o mecanismo hidráulico de uma van do Channel 5 ronronava, recolhendo sua antena parabólica.

O pequeno saguão do hospital era mobiliado com pufes oblongos acolchoados, forrados com um tecido azul-ferrete. Howard Chun estava escarrapachado num deles. Havia sangue nos joelhos de sua calça larga e vívidos borrões em suas coxas, onde ele devia ter limpado as mãos, feito um açougueiro.

"Onde ela está?", Louis perguntou.

Howard inclinou a cabeça na direção do interior do hospital. "Cirurgia", disse ele. Em seguida, se levantou e começou a zanzar pela sala de espera, arrancando uma folha de um vaso de planta, fazendo flexões verticais apoiado na janela, parando para enterrar seus joelhos ensanguentados no acolchoado de diversos oblongos e contando a Louis o que tinha visto. Ele não falava como alguém que amasse ou gostasse de Renée ou sequer a conhecesse ou estivesse pensando especificamente nela. Ele parecia um adolescente que, até aquele momento, só tivesse visto violência em filmes de Hollywood e, portanto, se sentisse impelido a relatar a coisa horrível que vira o mundo fazer, a transmitir todo o impacto do que vira a Louis, a tentar impressionar ou chocar ou machucar a pessoa que não havia estado lá e que obviamente amava Renée e poderia perfeitamente imaginar qualquer detalhe que ele deixasse de fora.

Ela estava caída de lado nos primeiros degraus da escada da casa de número 7. Suas pernas estavam encolhidas e seus pulsos cruzados sobre o peito. Havia uma mancha de sangue em sua calça jeans logo acima de um dos joelhos e sangue cobrindo o braço que ela tinha apertado contra a barriga. Os garotos da casa em frente já tinham ligado para o número de emergência e estavam parados logo atrás de Howard, disparando uma saraivada de conselhos conflitantes e inúteis. Renée estava soltando os gemidos solitários, agudos e genuínos de uma criança que está muito, muito doente. Seu rosto tinha a cor da gordura de uma fatia de bacon gelada que está suando numa cozinha úmida. Ela disse *Howard* e *Chama alguém* e *Está doendo muito, muito*. Então, ela parou de falar e sua respiração ficou áspera. Os paramédicos chegaram e afastaram Howard, suas costas masculinas largas sob camisas brancas tornando minúsculo o pequeno embrulho de evanescente vida feminina enquanto eles tentavam determinar qual era o estado dela. Eles lhe deram oxigênio pelo nariz e a ligaram a um monitor portátil. Trocavam informações oralmente, pressão arterial 80/50, pulso 120, respiração 36. Uma língua de sangue estava se espalhando pelo concreto, parecendo ferver quando os pingos de chuva a atingiam. Perguntas: Ela estava conseguindo respirar? Estava sentindo as pernas? Onde doía? Ela piscava os olhos e virava o rosto quando a chuva caía em seus olhos. Com uma voz tímida, como se só estivesse se atrevendo a incomodá-los porque parecia importante, ela perguntou a eles se ia morrer. Uma camisa branca disse: "Você vai ficar bem". E depois: "Você pegou o soro?". Enquanto a polícia colhia nomes e endereços com Howard, Renée foi instalada na ambulância com um cateter intravenoso em cada braço. Sua camiseta, seu sutiã e uma perna de sua calça tinham sido cortados, e um grosso quadrado de gaze debaixo de seu seio direito chupava seu sangue. Howard estava sentado com os joelhos quase encostados no rosto e a mão na testa fria e molhada de Renée quando a sirene foi ligada, subindo de tom e de volume, esperançosa. Os tubos de plástico transparente chacoalhavam com as ondulações e irregularidades da Highland Avenue. Uma camisa branca disse: "Renée, você está indo muito bem". Mas os dentes dela estavam batendo e ela não respondeu.

"Você sabe o que eles fizeram?", disse Howard. Saltando de um pufe oblongo, ele se virou para Louis para conferir sua reação. "Eles pegaram um tubo com ponta afiada. Eles cravaram o tubo com toda a força nas costelas dela. Ela estava acordada. Eles cravaram o tubo com toda a força nela. Depois eles começaram a fazer sucção. Eu ouvi ela gemer quando eles fizeram isso. A polícia estava lá, a gente ouviu."

Howard conferiu de novo a reação de Louis. Embora seu rosto já não estivesse mais vermelho por causa da corrida, Louis estava mais suado do que nunca. Ofegando, ele acompanhava Howard com olhos amedrontados, como se Howard o estivesse torturando fisicamente. "Você odeia a Renée?"

"Eles levaram ela pra cirurgia", disse Howard.

"Eu perguntei se você odeia a Renée."

Howard franziu o rosto. "O que você acha?"

Louis não estava aguentando mais olhar para ele, não ia suportar ouvir mais nem uma de suas frases curtas e guturais. "Eu queria que você não existisse", disse.

"Eles começaram às seis e meia", disse Howard.

Louis enfiou os dedos por baixo dos óculos e esfregou os olhos. Um campo repulsivo o empurrou na direção das portas automáticas, mas, quando passou por Howard, Louis girou o corpo e cravou ambos os punhos nas costelas dele, dando-lhe um empurrão cujo intuito era derrubá-lo no chão. Mas havia um bocado de inércia em Howard. Ele cambaleou e conseguiu se reequilibrar bem na hora em que Louis partia para cima dele de novo e levava, de forma totalmente inesperada, um senhor tabefe na bochecha esquerda, seguido de outro na bochecha direita. "Uh!", disse ele, sacudindo a cabeça cegamente enquanto seus óculos voavam para longe. Howard levava vantagem na altura. Conseguia manter Louis afastado lhe dando repelões na cabeça, no peito e nos ombros, derrubando-o cada vez que ele investia, recuando em círculo em volta de uma chusma de pufes. "Para de me atacar", ele bradou num tom irritado e indignado. "Para de me atacar." Louis agarrou a camisa de Howard e conseguiu acertar alguns socos de jeito na barriga dele. Howard deu vários tapas de mão aberta na cara dele, mas então a tolerância superior de Louis à dor se fez valer quando, aguentando as bofetadas cada vez mais fortes, ele conseguiu derrubar Howard em cima de um pufe e depois no chão e, grunhindo com o esforço, prendeu os braços de Howard com os joelhos e começou a esmurrar suas bochechas, seu nariz, suas orelhas e seus olhos, mas não prestou atenção suficiente aos braços presos, um dos quais conseguiu se soltar e desferiu um golpe atordoante na lateral de sua cabeça, que foi seguido por uma assustadora e irresistível falta de ar quando uma terceira pessoa, gritando "Que *diabo* você está fazendo?", lhe deu uma gravata e o arrastou para longe de Howard, erguendo-o na ponta dos pés e ameaçando erguê-lo mais alto ainda, até que Louis finalmente parou de se debater.

"Que *diabo* você está fazendo? Tem pessoas doentes aqui, tem pessoas feridas aqui. Olha o que você fez com esse homem. Você devia morrer de vergonha de estar fazendo uma coisa dessas aqui."

O nariz de Howard parecia uma jarra de decantação, bem comportado enquanto ele estava deitado, mas deixando uma torrente de sangue cair no tapete assim que ele se sentou.

"Você ainda está com aquele diabo dentro de você? Ou eu posso te soltar?"

"Pode soltar", disse Louis, sem fôlego e rendido.

"Caramba", disse seu captor, soltando-o. Em seguida, se ajoelhou ao lado de Howard, tirou um lenço do bolso, sacudiu-o e o levou ao nariz sangrento. "Aperta bem, aperta."

Louis endireitou a armação de seus óculos, que eram novos em folha e tinham lhe custado a maior parte do dinheiro que seu pai lhe dera quando ele foi embora de Evanston. Já com os óculos, ele confirmou que o homem que o estivera esganando era Philip Stites. Gotas do sangue de Howard tinham caído na calça cáqui do pastor. Stites levantou a cabeça para lançar um olhar de reprovação para Louis e, logo em seguida, tornou a olhar para ele, sua expressão se suavizando enquanto ele apertava os olhos atrás dos óculos, tentando se lembrar de onde conhecia Louis.

"*Notícias com algo a mais?*", disse Louis.

"Ah. O Anticristo. Você já arranjou outro emprego?"

"Não."

"Lamento saber", disse Stites, da boca para fora, perdendo o interesse. Ele se levantou e pôs seu cabelo de neném para trás. "Por acaso algum de vocês veio aqui pra saber notícias da Renée Seitchek?"

Nem Louis nem Howard responderam. Howard estava recostado num pufe, apertando o nariz como se alguma coisa estivesse cheirando mal ali. Levantou seus olhos inchados e vermelhos e olhou para Louis com a intimidade compartilhada por amantes ou outras pessoas que se atracam no chão.

"O que é que você tem com isso?", Louis perguntou a Stites.

"Imagino que isso seja um sim?"

"Imagine o que quiser", disse Louis. "O que é que você tem com isso?"

"Bom, suponho que seja uma pergunta justa. Eu posso lhe dizer que estive com Renée duas noites atrás e estive com ela de novo hoje e considero o que aconteceu uma coisa terrível. E eu quero rezar por ela. E quero saber como ela está."

"Pergunta na recepção."

"Espera aí." Como um valentão que acaba de farejar um fracote, Stites se deu conta plenamente do significado da presença de Louis ali. Aproximou-se dele com o mesmo jeito perscrutador, atento e possivelmente míope de inclinar a cabeça que o próprio Louis assumia quando achava que tinha uma vantagem moral sobre alguém. "Você deve ser o namorado."

"Você pode falar, mas eu não sou obrigado a ouvir", disse Louis.

"Você deve ser o namorado de quem ela me falou na segunda-feira e de quem ela falou para o mundo inteiro hoje."

Louis empalideceu um pouco, mas aguentou firme. "Hoje", disse. "Você quer dizer quando vocês estavam chamando a Renée de assassina?"

"Na segunda-feira", disse Stites, elevando a voz, "quando ela me contou que havia um homem que a tinha magoado tanto que ela não tinha mais vontade de viver. E hoje, quando ela contou para todo mundo que havia um homem por quem ela estava apaixonada e com quem ela queria se casar e ter filhos, e eu não vi nenhum homem com ela. Eu deduzo que o tal homem seja você. Não é?"

Louis olhou para os óculos banhados de luz e acusadores do pastor. "Você não tem como me fazer sentir mais culpado do que eu já estou me sentindo."

"A sua culpa é problema seu, senhor Anticristo. Eu só estou lhe dizendo por que eu estou aqui."

O tal homem por quem Renée estivera apaixonada e com quem ela quisera ter filhos desviou o rosto de Stites. Consciente de um impulso de se redimir aos olhos do pastor, ele se agachou perto de Howard. "Desculpe", ele disse.

Howard lhe dirigiu outro olhar íntimo e vermelho e não disse nada.

Stites tinha sumido no corredor. Louis o encontrou sentado num sofá numa minúscula sala de espera da UTI, onde uma televisão pendia do teto. "O que ela falou sobre mim?", ele perguntou do vão da porta.

Stites não tirou os olhos da televisão. "Eu já disse o que ela falou."

"Onde foi que você encontrou com ela?"

"Em Chelsea."

"Ela queria que você pedisse ao seu pessoal que a deixasse em paz."

"Sim, foi pra isso que ela foi lá, claro. Mas não foi por isso que ela ficou."

"Ela ficou?"

Stites sorriu para a televisão. "O que é que você tem com isso?"

Louis olhou para o chão. Não era a primeira vez que ele sentia que amar Renée era algo complicado demais para ele.

"Jody teve uma média de 0,355 rebatidas nos últimos oito jogos", disse a televisão. "Teve 0,400 nos últimos nove."

"Ela ficou, nós conversamos", disse Stites. "Depois ela foi embora. Onde é que você estava?"

"Eu a abandonei. Eu a magoei."

"E agora que ela está correndo perigo de vida você decidiu que se sente culpado por isso."

"Isso não é verdade."

"Qual é o seu nome?"

"Louis."

"Louis", Stites esticou os braços no encosto do sofá e pôs os pés em cima da mesa de centro, "eu não sou seu rival. Eu vou ser franco com você, eu pensei muito nela. Mas ela não estava interessada em mim como homem. Ela foi totalmente fiel a você. Eu não sei como seria se você não existisse. Mas você existe, então..."

"Se eu não existisse, você ainda teria que explicar a ela por que um membro da sua igreja atirou nela pelas costas porque ela fez um aborto."

"Não foi uma pessoa do movimento pró-vida que fez isso", Stites disse com convicção para a tela de TV, onde o batedor do Red Sox estava tentando rebater sem girar.

"'Olho por olho'?"

"Eu não acredito", disse Stites. "Não acredito mesmo. Não é assim que nós agimos, nem mesmo os piores de nós. Sinceramente, eu acharia mais fácil acreditar que foi você."

"Muito obrigado."

"A única dúvida é: quem mais iria fazer uma coisa dessas? Você tem algum palpite?"

Louis não respondeu. Na tela da TV, um sedã Volvo estava se chocando contra uma parede de blocos de concreto e um casal de plástico e seus filhos de plástico e carecas, que não só não haviam morrido como não tinham sofrido nem um arranhão, estavam se reacomodando confortavelmente em seus bancos.

"Como ela é?", Stites perguntou. "No dia a dia?"

"Sei lá. Neurótica, ensimesmada, insegura. Meio má às vezes. O senso de humor dela não é lá essas coisas." Ele franziu o cenho. "É ótima cientista. Ótima cozinheira. Não faz nada sem pensar dez vezes antes. E é muito sexy também, de alguma forma."

"Ótima cozinheira, é? Que tipo de comida ela faz?"

"Legumes. Massa. Peixe. Ela não come os vertebrados superiores."

No deserto do Saara, dois rapazes morrendo de sede eram salvos por um caminhão da Budweiser carregado de lindas garotas de biquíni, shorts justos e camiseta de alcinha. Todos estavam ingerindo o produto. Os seios das garotas eram firmes e redondos, suas barrigas lisas e durinhas e suas cinturas finas sob seus maiôs de Silcra. Seus braços suavam como latas de cerveja geladas e intoxicantes. Os homens alagavam os colos das meninas com uma mangueira de incêndio, batiam em seus traseiros com o jato branco da mangueira. As gatas, tomando o produto, perdiam as inibições. A pouco mais de dez metros dali, na mesa da sala de cirurgia número 1, um urologista chamado dr. Ishimura estava costurando o lugar no corpo de Renée onde seu rim direito costumava ficar, enquanto um cirurgião chamado dr. Das aspirava seu sangue.

15.

Ele foi acordado de manhã pela secretária eletrônica ao lado de sua cama. Sua mãe amplificada estava vociferando com Eileen a respeito de alguma regra da empresa financeira: *E EU PRECISO DO NÚMERO DO SEU TRABALHO, ENTÃO...*

"Oi, mãe", ele disse por cima dos grunhidos que a secretária eletrônica deu quando ele a desativou.

"Louis? Onde você está?"

Ele tossiu. "Onde você acha que eu estou?"

"Ah, sim, claro, pergunta idiota a minha. Como... como você está?"

"Bem. Tirando o fato de que a minha namorada levou vários tiros pelas costas ontem e quase morreu..."

Houve um silêncio. Ele ouviu passarinhos chilreando na Argilla Road do outro lado da linha.

"Sua namorada", disse Melanie.

"Você deve ter visto ontem nas notícias. O nome dela é Renée. Seitchek. Lembra dela?"

"Sua namorada. Sei."

"Ela fez um aborto, e alguém tratou de atirar nela. E você sabe quem era o pai da criança?"

"Louis, eu..."

"Era eu."

"Bom, Louis, isso é... isso é muito interessante. É interessante você me dizer isso. Mas, segundo o que eu li no jornal, ela não tinha muita certeza..."

"Ela só disse aquilo pra assumir toda a responsabilidade."

"Imagino que isso possa ser verdade, Louis, mas você não devia..."

"Ela só disse aquilo porque é uma pessoa conscienciosa que assume a responsabilidade por tudo o que faz."

"É, eu sei bem como a Renée é conscienciosa."

Ele se sentou. Girou o corpo e apoiou os pés cheios de curativos no chão. "Como assim? Você andou falando com ela?"

"Pra falar a verdade", disse Melanie, "eu estive com ela na semana retrasada e depois novamente na semana passada. Mas isso agora não é importante."

"Você esteve com ela?"

"O importante é que ela se recupere. É nisso que você tem que pensar."

"Você esteve com ela?"

"Estive, mas *isso agora não importa*."

"A minha namorada está no hospital e quase morreu, e você se recusa a me dizer o que está acontecendo?"

"Louis, ela me deu alguns conselhos."

"Conselhos. Conselhos. Ela disse pra você vender as suas ações, foi isso?"

Não houve resposta alguma, a não ser o canto dos passarinhos. Os passarinhos podiam estar pousados no ombro de sua mãe, tão próximos pareciam estar.

"Ela disse pra você vender as suas ações", Louis insistiu. "Não foi?"

"Bem, sim, disse. Estou vendo que o seu pai pintou um quadro completo pra você do dilema extremamente pessoal que eu estava enfrentando. E, sim, foi exatamente como você disse: ela me aconselhou a vender as minhas ações."

Louis foi mancando até a escrivaninha e se sentou. "Ela te *deu* esse conselho, ou ela vendeu?"

"Pergunte isso a ela própria, Louis. Eu não vou responder."

"Ela ficou quatro horas numa sala de cirurgia ontem à noite. O estado dela é, sabe, gravíssimo. E você quer que eu pergunte a ela?"

"Eu não consigo conceber que diferença isso pode fazer pra você. A única coisa que eu vou dizer é que *eu não me lembro* como foi exatamente o acordo que nós fizemos."

"Ou seja, ela vendeu o conselho."

Nenhuma resposta.

"Ela falou pra você que me conhecia?"

"Ela me disse que você e ela não estavam envolvidos."

"Bom, não estamos, a rigor."

"Ela também disse que você e ela *nunca* estiveram envolvidos."

"Bom, ela mentiu."

"É, eu já imaginava. Na verdade, eu acho que já sabia disso desde o início."

Louis desligou o telefone e apertou os dedos contra a testa, que tinha começado a doer. O banheiro ainda conservava o vapor e a fragrância de ervas dos banhos de Eileen e Peter. Além dos produtos para a pele franceses de Peter ("*poor lum*") e da enorme variedade de lápis, pincéis e estojos de maquiagem que Louis havia ficado um pouco surpreso de descobrir que Eileen usava, ele viu a toalha manchada de sangue, a caixa de gaze esterilizada vazia, o cesto de lixo cheio de lenços de papel sujos de sangue e de iodo, os indícios do quarto de hora que ele havia passado ali antes de ir para a cama. Viu o sol na janela. Imaginou o Somerville Hospital à luz do dia, a luz de um dia de feriado — o dia de Ação de Graças, o Quatro de Julho — que tivesse caído num dia de semana, quando se desliga a tomada das atividades normais, e as horas vazias da manhã se estendem rumo ao obrigatório peru do final da tarde, aos fogos de artifício da noite ou, no presente caso, à visita vespertina ao hospital. Tinham lhe dito que era possível que os médicos permitissem que ele visse Renée brevemente. Ele levantou a tampa do vaso, que, como toda e qualquer superfície horizontal do banheiro, estava polvilhada com o talco de neném que Eileen vinha usando nas manhãs de verão fazia pelo menos uns doze anos. Estava prestes a começar a mijar quando o telefone tocou de novo. Ele voltou para o quarto.

Alô, aqui é Lauren Bowles...

Ele esticou a mão na direção do telefone, mas seus dedos se dobraram num punho cerrado. Ele se sentiu como um objeto, uma cadeira, deve se sentir, as fibras de seus membros de madeira tensionadas, seus braços e pernas paralisados pela geometria de forças iguais e opostas. Ver seus dedos mesmo assim se esticarem e pegarem o fone foi como ver uma cadeira se mexer num terremoto.

"Alô?", disse Lauren. "Alô?... Alô? Tem alguém aí?"

"Sou eu, Lauren."

“Ah, Louis, a sua voz está tão longe. Você está sozinho? Eu posso falar com você?”

Agora seus lábios eram o objeto estacionário.

“Você está aí?”, disse Lauren. “Eu ia ficar um tempo sem ligar, como você me falou pra fazer, mas eu estava assistindo *Good Morning America* e eu vi ela. Foi tão ruim, Louis, foi muito, muito ruim, porque eu estava justamente pensando em como eu queria que ela não existisse. Mas eles disseram que ela está viva. Ela está, não está?”

“Está.”

“Você sabe do que é que eles estão chamando ela? De heroína. Sabe, a namorada do Louis é uma pessoa tão boa e tão incrível que eles exibem uma foto dela na televisão e dizem que ela é uma heroína. Como se ela fosse uma das pessoas mais admiráveis do país ou coisa assim. E eu sou tão boa pessoa que estou lá sentada, torcendo pra que ela morra, até que eu vejo a cara dela na minha frente.”

“É, Lauren”, ele disse, ríspido. “Você não deve dar ouvidos ao que eles dizem. Ela só fez aquele aborto pra se vingar. Ela usa os homens pra fazer sexo. Ela é muito mais mesquinha que você.”

Lauren ficou magoada. “Eu não acredito em você”, disse ela. Era a primeira vez, desde que a conhecera, que ele tentava magoá-la. Ele queria que ela ficasse com ódio dele e o esquecesse. Mas não era agradável ser odiado, pelo menos não por Lauren, cujo cuidado para com ele sempre fora um mistério que fazia o mundo parecer um lugar para o qual ainda havia esperança. Ele ficaria muito triste de viver sem esse cuidado. Perguntou a Lauren onde ela estava.

“Eu estou em casa. Quer dizer, com o Emmett. Mas eu não deixei ele me beijar.”

“Ele deve estar felicíssimo com a sua volta.”

“É, nós temos tido umas conversas superdivertidas.”

Louis estava em pé, apoiado em seus pés doloridos e latejantes. À medida que se prolongava, o silêncio na linha ia adquirindo o gosto especialmente salgado das tarifas de ligações interurbanas diurnas.

“A gente não vai mais se ver, não é, Louis?”

“Não”, disse ele.

“Você tinha reatado com ela?”

“Não.”

"Mas você queria reatar?"

"Queria."

"Que merda", disse Lauren com tristeza. "Eu estou com tanto ciúme dela que não dá pra acreditar. Você ia me achar uma monstra se soubesse o ciúme que eu estou sentindo. Mas eu juro que estou torcendo pra que ela fique boa, Louis, juro por Deus. Você acredita em mim?"

"Acredito."

Ela refletiu sobre isso alguns instantes. "Está bom", disse ela. "A gente se vê, então. Quer dizer... a gente não se vê. Acho que... acho que eu vou deixar o Emmett me beijar agora."

"Que bom."

"Você está com ciúme dele?"

"Não."

"Nem um pouquinho de ciúme?"

"Não."

"Louis." Havia uma urgência no modo como ela disse a palavra. "Diz que sim. Diz que sim que eu desligo e nunca mais te procuro. Por favor, diz que sim."

"Eu não estou com ciúme dele, Lauren."

"Por que não? Me diz, por que não?" Ela parecia uma criança contrariada. "Eu não sou bonita? Eu não faria qualquer coisa no mundo por você? Eu não amo você?" Entre o momento em que um copo é irremediavelmente derrubado de uma prateleira e o momento em que ele cai no chão, há um silêncio carregado e de limites muito precisos. "Eu quero que ela morra!", disse Lauren. "Eu quero que ela morra neste exato instante!"

Louis sabia que, se estivesse no mesmo cômodo que Lauren, ele teria fugido com ela e ido viver com ela; sabia disso do mesmo modo como sabia seu próprio nome. Mas ele estava falando com ela pelo telefone, que tinha aquela pequena guilhotina de plástico para decepar conversas. Alguma força providencial o havia arrastado de Chicago de volta para Boston, o havia arrastado antes para Chicago, onde seu pai tinha lhe dito: *Deixe-me lhe contar uma dura verdade sobre as mulheres: elas não ficam mais bonitas quando envelhecem; elas não ficam menos malucas quando envelhecem; e elas envelhecem muito rápido.*

"Olha o que você me fez dizer", disse Lauren.

"Desliga."

"Está bem. Eu vou desligar."

"Eu estou desligando."

Quando tirou o fone do ouvido, Louis ouviu Lauren dizer: "*Eu queria você!*".

Ele se sentou na cama e ficou olhando para as cadeiras e as paredes imóveis até que percebeu que a luz na janela não era mais a luz da manhã e decidiu que já estava tarde o bastante para tentar visitar Renée. Ele teria preferido ver Lauren. Ele se vestiu e afrouxou os cadarços dos sapatos até conseguir enfiar os pés dentro deles. Bateu um pé no chão e depois o outro, para acomodá-los em sua dor. Forçou-se a mastigar e engolir duas bananas.

No Somerville Hospital, havia uma atendente nova na recepção. Ela tinha um pescoço comprido e uma cabeça minúscula. "Não há nenhuma Seitchek na nossa lista."

"Como assim não há nenhuma Seitchek na lista?"

"É aquela pobre moça de Harvard? Deixe-me ver o que eu consigo achar aqui." Ela examinou de novo seu imenso fichário giratório. "Não, ela realmente não está aqui."

"Você está me dizendo que ela morreu?"

"Bom..." A mulher pediu informações pelo telefone e, em seguida, transmitiu-as a Louis: "Ela está no Brigham & Women's Hospital. Acabaram de transferi-la para lá".

O Brigham ficava bem na área de Eileen, atrás do Fenway Park, numa verdadeira cidade dos adoentados e convalescentes, onde edifícios hospitalares de tijolo e concreto haviam crescido como fungo, botando alas e mais alas em ângulos fortuitos, alimentados pelo que obviamente era um estoque infinitamente crescente de pessoas com problemas de saúde. Não havia estacionamento grátis. Louis subiu por um elevador, atravessou um interminável corredor principal, passou por um saguão e desceu por outro elevador. Então, disse a uma enfermeira que estava atrás do balcão octogonal da UTI que queria visitar Renée Seitchek. A enfermeira lhe informou que Renée estava sendo operada. "Você é parente dela, Louis?"

"Eu sou namorado dela."

A enfermeira dirigiu os olhos para uma pilha de pastas com linguetas vermelhas e as virou e revirou de um jeito nervoso. "Infelizmente, só a família imediata está autorizada a visitá-la."

"E se eu dissesse que sou marido dela?"

"Mas você não é marido dela, Louis. A sra. Seitchek está na sala dos funcionários, à esquerda, no final do corredor, se você quiser falar com ela."

Não havia ninguém na sala dos funcionários salvo uma mulher pequena, de calça azul-marinho e blusa rosa, que estava botando café num copo de isopor. Seu cabelo era curto, frisado e tingido com luzes. Ela usava joias de ouro pesadas de design simples em suas mãos e pulsos bronzeados. Na televisão perto dela estava passando uma novela.

"Senhora Seitchek?"

Quando a mulher se virou, ele viu a exata expressão de leve surpresa de Renée. Ele estava olhando para uma Renée que havia envelhecido vinte e cinco anos; que tinha deixado o sol lhe torrar a pele até ela ficar da cor da côdea de pão branco; que tinha tirado as sobrancelhas e passado um batom rosa cintilante; que tinha passado a noite anterior em claro; e que tinha nascido muito bonita. Seu primeiro impulso foi se apaixonar por ela.

"Eu sou Louis Holland", ele disse.

A sra. Seitchek olhou para ele com ar de dúvida. "Sim?"

"O namorado da Renée."

"Ah", disse ela. Ele a viu correr os olhos pelo seu cabelo ralo, sua camisa branca, sua calça preta. Um vestígio de um daqueles sorrisos implacáveis de Renée curvou os lábios dela. "Sei." Ela se virou novamente para o carrinho de café e adoçou seu café com um pacotinho rosa. "Você é de Harvard, Louis?"

"Não. De Chicago, originalmente. Mas eu queria saber como ela está e quando eu posso vê-la."

"Ela está sendo operada de novo, na perna agora. A bala atingiu o osso." Os ombros da sra. Seitchek caíram e ela apoiou as mãos no carrinho de café. "Ela vai ficar num respirador por um tempo e fortemente sedada. Você pode entrar em contato comigo daqui a uma semana ou dez dias, quando ela já tiver saído da UTI e nós tivermos alguma ideia de quem ela gostaria que nós deixássemos visitá-la. Talvez ela queira ver você então."

"Eu não posso vê-la antes disso?"

"Por enquanto, ela só pode receber visitas de parentes imediatos, Louis. Eu sinto muito."

"Eu sou namorado dela."

"Sim."

"Bom, eu gostaria de vê-la assim que fosse possível."

A sra. Seitchek sacudiu a cabeça, ainda de costas para ele. "Louis, eu não sei se você tem alguma ideia de como é o nosso relacionamento com a Renée. Eu certamente nunca tive nenhuma informação sobre você, não sabia nem o seu nome. Então, eu gostaria de esclarecer a você que a Renée não me conta nada a respeito da vida dela. Nós a amamos muito, mas, por alguma razão, ela optou por se manter distante. Eu não sei por quê. Talvez você saiba me dizer?" Ela se virou para Louis. "Quantos namorados a Renée tem?"

"Ela tem um namorado: eu", disse Louis. "Só que..."

"Só que o quê?"

"Bom, nós brigamos."

De novo ele viu um vestígio do sorriso amargo de Renée. "E aquele rapaz chinês. Howard. Ele não é namorado dela?"

"Não exatamente."

"Não exatamente. Sei. E o rapaz que esteve aqui pouco antes de você? Terry."

"Definitivamente não."

"Definitivamente não. Está bem. Essa não foi bem a impressão que ele me passou, mas se você diz..."

Louis tentou pensar em alguém que soubesse com certeza que ele e Renée haviam morado juntos, em alguma prova concreta de que eles haviam tido um relacionamento. Pensou em dizer: *O seu filho Michael é corretor de imóveis e o seu filho Danny está fazendo residência em radiologia.* Mas ele já estava ouvindo a resposta óbvia: *Se você é namorado dela, onde estava ontem à tarde?*

A sra. Seitchek jogou um mexedor de plástico num cesto de lixo. "Você está vendo o problema, não está? A minha filha foi vítima de um crime, e eu não faço a mínima ideia de quem é o responsável. Nós não sabíamos absolutamente nada sobre a vida pessoal dela, até virmos para cá. E devo dizer que as coisas não estão muito mais claras agora. Então, considerando as circunstâncias, eu acho que é melhor nós simplesmente esperarmos."

"Mas da próxima vez que a senhora falar com ela... talvez a senhora possa pelo menos dizer a ela que o Louis está... sabe... por perto?"

"Vamos ver."

"Por que isso seria um problema?"

"Eu disse vamos ver. Eu não quero correr o risco de deixá-la nervosa se..."

"Eu sou o namorado dela, sra. Seitchek. Eu vou morrer de tristeza se ela morrer. Eu..."

"Eu também, Louis. E o pai dela e os irmãos dela também. Nós todos a amamos e queremos que ela viva."

"Bom, então diga a ela."

"Eu vou pensar."

"Desculpe a minha estupidez, mas..."

"Por favor, vá embora." Os olhos da sra. Seitchek tinham ficado cheios d'água. "Por favor, vá embora."

Louis queria abraçá-la. Queria beijá-la e tirar suas roupas, queria fazer com que ela fosse Renée e enterrar seu rosto no colo dela. Subitamente à beira das lágrimas também, ele saiu da sala correndo.

Do lado de fora, quando estava passando pelo balcão octogonal, ele viu um homem que achou reconhecer de uma foto de família que Renée lhe mostrara. O homem tinha a pele muito vermelha e cabelo branco e ralo, todo penteado para trás, e usava um par de óculos muito assustador — grossos trifocais, com lentes extragrandes e uma armação de plástico resistente. Ele estava lendo as letrinhas miúdas de um frasco de remédio líquido.

"Desculpe, o senhor é o doutor Seitchek?"

Os olhos do homem se moveram em direção à faixa do meio dos trifocais e cravaram-se em Louis. "Sou."

"Eu sou amigo da sua filha. E, bom, eu estava pensando se o senhor poderia dar um recado a ela em algum momento nos próximos... dias. Estava pensando se o senhor poderia dizer a ela que o Louis a ama."

O dr. Seitchek dirigiu novamente os olhos para o frasco de remédio. Ele tinha sido reitor da faculdade de medicina da Northwestern e, embora Renée fosse tão reticente em relação a ele quanto era em relação a todos os outros membros de sua família, Louis ficara com a impressão de que ele era algo como um figurão da cardiologia nacional. A voz dele era baixa, contida, profissional. "Você falou com a minha mulher?"

"Falei."

"Ela explicou a você o nosso receio?"

"Mais ou menos."

Os olhos agigantados pelas lentes fincaram mais um olhar em Louis. "A Renée interrompeu uma gravidez ontem. Você tinha conhecimento disso?"

"Sim. Na verdade, eu era o... eh... parceiro."

"O seu nome é Louis."

"É. Louis Holland."

"Eu dou o recado a ela."

"Muito, muito obrigado." Ele tocou no ombro do dr. Seitchek, mas sua mão poderia ser uma mosca que tivesse por acaso pousado ali, a julgar pela reação que ela obteve. "Eu poderia perguntar só mais uma coisa?. . . Quem ela acha que pode ter feito isso? Alguém perguntou a ela?"

O dr. Seitchek mais uma vez ergueu os olhos do frasco de remédio. "Acho que ela não faz a menor ideia."

"Foi isso que ela disse? Que não faz a menor ideia?"

"Ela não disse nada."

"Ela está podendo falar?"

"Ela estava consciente e alerta hoje de manhã. Mas ela não parece ter nenhuma memória de ontem à tarde. De qualquer forma, eu não creio que ela tenha visto nada."

"Mas o que exatamente ela disse?"

O dr. Seitchek estudou Louis como se houvesse letrinhas miúdas no rosto dele. "Tem alguma coisa específica que você esperava que ela tivesse dito?"

"Não, sei lá."

"Alguma coisa que você queira me dizer?"

"Não."

"Eu vou lhe dar o cartão do investigador que está cuidado do caso. Você sabe que estamos oferecendo uma recompensa, não?"

A Pleasant Avenue estava deserta ao sol do meio da manhã de sexta-feira. Louis tentou não olhar para o sangue na escada, mas não conseguiu evitar vê-lo, perifericamente, ao subir os degraus. Pegou a chave reserva de Renée de trás de um pedaço solto de papel de parede no poço da escada.

O apartamento estava muito limpo e muito quente. Louis abriu a janela da cozinha, deixando uma brisa fresca do norte e os ruídos indistintos do comércio da Highland Avenue varrer a quietude sufocante e com cheiro de café. Quando entrou no quarto de Renée, a primeira coisa que notou foi a nudez da escrivaninha, onde tinha visto pela última vez a pilha de artigos sobre sismicidade induzida e sobre os terremotos de Peabody. Havia de novo aquela atmosfera de propósito, de controle, de partida planejada, que ele tinha notado na primeira vez em que entrara ali. Foi preciso que fizesse um esforço consciente para conseguir atravessar os campos de força que ela havia ativado e vasculhar sua escrivaninha e suas prateleiras de livros. Ele olhou dentro de todas as pastas, de todos os envelopes. Vasculhou seus armários e sua cômoda, enfiando a mão por entre meias e suéteres. Não achou em lugar nenhum qualquer coisa sequer remotamente relacionada à Sweeting-Aldren, aos terremotos da Nova Inglaterra ou a poços de injeção.

Sentou na cama dela e ficou se perguntando se ela teria jogado tudo fora. Ela tinha jogado fora suas fitas cassete e seus discos; tinha largado no corredor as fitas, a televisão e as roupas dele; tinha se descartado de um bebê em potencial; talvez também tivesse jogado fora a teoria deles.

Ele abriu a gaveta da mesinha de cabeceira decrépita. O último quadrado do calendário de Renée que estava preenchido era o de quinta-feira, onde ela havia escrito *NCHA 15h* e mais de leve, a lápis, num canto, o número 48. Havia um *41* também a lápis no quadrado da quinta anterior, um 39 a lápis e as palavras *Federal 35, Salem, 18h* a caneta na terça da mesma semana, um 35 a lápis e um endereço na Washington Street na sexta antes disso, e um *H* a lápis no dia anterior. Daí para trás até maio, havia 27 dias cuja brancura era interrompida apenas por *Ls* feitos a lápis. Depois vinham seis quadrados seguidos com *Xs* a lápis e mais um *L*. Depois seis dias completamente em branco levando até o último sábado de abril, onde ela escrevera *Festa 8h30* a caneta e um solitário *L* a lápis.

No total, havia dezoito *Ls*. Louis nunca tinha visto Renée fazer aquelas anotações. Não teria sido capaz de estimar quantas vezes eles haviam feito amor; agora, ele não precisava mais.

O endereço de Salem ele reconheceu como o do escritório de Henry Rudman, mas o da Washington Street não lhe dizia nada. Tomou nota desse endereço numa folha do bloco do Sheraton Baltimore que ela mantinha ao lado do abajur. Depois, guardou o calendário de volta na gaveta e alisou a roupa de cama no lugar onde tinha sentado.

Eram quase quatro horas quando Howard Chun, exibindo dois olhos roxos e carregando uma raquete de squash, chegou para trabalhar no laboratório Hoffman. Louis estava esperando no corredor, ao lado da sala dele. Perguntou a Howard se Renée comentara com ele que os terremotos de Peabody poderiam ter sido causados pela Sweeting-Aldren.

Howard destrancou a porta de sua sala e entrou. "Fundo demais", disse ele. "Poços de injeção são rasos."

"Ela encontrou uns artigos que davam a entender que eles tinham perfurado um poço muito, muito fundo em 1970."

"Ia ser caro demais bombear. Precisa muita pressão."

"Bom, era uma teoria que ela tinha. Ela estava investigando isso no mês passado, e eu queria saber se ela continuou investigando na semana passada. Porque eu acho que pode ter sido a empresa que mandou aquele cara atirar nela."

"Você falou com a polícia?"

"Eu não quero falar sem ter certeza de que ela estava investigando."

Howard destrancou a mesa e os arquivos de Renée, e Louis, como já previa, não encontrou nada. Atravessou o corredor rumo às salas de computação, onde Howard já havia se conectado ao sistema por vários terminais. "Eu posso dar uma olhada nas contas de computador dela?"

"Ela nunca falou nada", disse Howard.

"Eu sei, mas ela estava investigando isso."

Howard se conectou por mais um terminal, usando o nome e a senha de Renée. "Você já viu ela?"

"Não."

"Ela te ama."

"Ama?"

Howard fez que sim. "Amor amor amor amor", disse ele, casualmente, enquanto usava uma ferramenta chamada XFILES. "Esses são arquivos de texto que ela modificou ou criou desde o último backup, em 4 de junho. Você queria ver o que ela fez antes disso ou a partir daí está bom?"

Havia apenas seis arquivos: três breves cartas que ela tinha escrito para outros cientistas e três de seus artigos sobre Tonga. Louis percorreu todos eles. "Tem certeza que não tem mais nada?"

"Se tem, não está no sistema."

"É possível que alguma outra pessoa tenha conseguido acessar as contas dela?"

"Ih, fácil, fácil. Ela botou uma senha de operador muito idiota. Só 'OP'. Muito idiota."

"Desculpe por ter batido em você. Eu estava com ciúme."

"Amor amor amor", disse Howard.

Um ar gelado de fim de tarde estava se infiltrando no saguão do prédio ao qual o endereço da Washington Street havia levado Louis. No quadro onde estavam listados os nomes e os números das salas dos ocupantes do prédio, constava o nome da Agência de Proteção Ambiental, mas o vigia noturno disse para ele voltar na segunda-feira, porque todo mundo já tinha ido embora.

"Eu preciso falar com ela", disse Louis, pelo telefone.

"Talvez na segunda-feira", disse a sra. Seitchek, do quarto de hotel onde estava hospedada.

"Eu preciso falar com ela. Quando a senhora for lá de manhã, pergunte se ela acha que pode ter sido alguém da Sweeting-Aldren que... fez aquilo."

"Sweet e o quê?"

"Sweeting-Aldren. A empresa de produtos químicos."

"Louis, eu acho que você deveria estar falando com a polícia, não comigo."

"Diga a ela que eu acho que pode ter sido a Sweeting-Aldren. A senhora pode por favor dizer isso a ela? É ela que tem que decidir se quer que a polícia saiba, não eu."

"Tem alguma coisa acontecendo, e eu acho que tenho o direito de saber o que é."

"Eu vou lhe dar o meu número, e eu quero que a senhora fale para ela o que eu disse."

Ele levou o sábado inteiro, na biblioteca de geociências da universidade, em cima do Peabody Museum, para conseguir localizar e fotocopiar o punhado de textos com que Renée havia iniciado suas investigações seis semanas antes. Os textos estavam todos lá, porém; eram todos reais. Louis releu o trabalho de A.

F. Krasner, tentando farejar a fêmea mamífera que o havia escrito, mas a prosa e o próprio tipo da letra já tinham ficado velhos e sem viço.

A secretária eletrônica da Marlborough Street disse: *Louis, aqui é Liz Seitchek. Você pode se encontrar comigo na UTI cirúrgica amanhã de manhã, às dez.*

Penny Spanghorn, do Channel 4, disse que Renée Seitchek encontrava-se em estado grave, mas estável no Brigham & Women's Hospital. Seguiram-se declarações de solidariedade e de indignação da National Organization for Women, da Planned Parenthood Federation, do prefeito de Boston e do reitor de Harvard. Forças policiais de toda a área metropolitana estavam envolvidas na caçada ao agressor. O carro usado pelo agressor fora roubado, na manhã de quinta-feira, de um estacionamento da empresa de aluguel de carros Hertz no aeroporto internacional de Boston. Não havia nenhum outro indício forte que levasse ao agressor.

Enquanto isso, os Red Sox, na liderança, estavam iniciando uma série de sete jogos em casa no Fenway Park.

Eileen emergiu de seu quarto e olhou para Louis com uma expressão pesarosa. A enorme cama de casal atrás dela estava coberta de livros de consulta e de um Peter deitado de barriga para cima. Louis pousou o suco de laranja que estava tomando e a abraçou. Ela o apertou com tanta força que chegou a doer. Depois, entregou a ele um cartão de plástico e lhe disse para ir à locadora e alugar dois filmes.

"Respire fundo.", disse a enfermeira.

Renée respirou. Seu rosto estava abatido, coberto de espinhas e vincado pela dor que a existência em geral e o esforço de respirar em particular lhe causavam. Seu cabelo estava embaraçado e cheio de caspa. Ela estava presa a tubos intravenosos, mas respirava sem a ajuda de aparelhos. Suas orelhas estavam sem brinco.

"Um pouco mais fundo?"

O esforço foi feito.

"Dá uma tossidinha para eu ouvir."

Ela tossiu.

"Agora pode deitar." A enfermeira verificou a bolsa de urina pendurada na cama e deixou Renée sozinha com Louis. Na mesma hora, Louis se ajoelhou e apertou a mão livre de Renée, a mão que estava sem tubo, contra seus próprios olhos. Mas Renée foi direto ao ponto, com uma voz fraca, mas clara. "A minha mãe disse que você acha que foram eles que fizeram isso comigo."

Ele soltou a mão dela e puxou uma cadeira para perto da cama. "Como você está?"

"Tudo dói." Ela franziu o cenho, como que contrariada com o fato de ele ter se desviado do assunto. "Por que você acha que foram eles?"

"Porque eu não consegui encontrar nenhum dos nossos textos nem no seu apartamento, nem no seu trabalho."

"Você entrou no meu apartamento?"

"Eh... entrei."

Ela continuou a franzir o cenho, contrariada. "Está num envelope grande", disse ela. "Um envelope de papel manilha. Na gaveta grande da minha escrivaninha."

"Não está. Não está lá."

Ela dedicou alguma atenção a simplesmente respirar. Grossos molhos de envelopes ainda fechados estavam empilhados na mesa ao lado de seus travesseiros. "Estava lá", ela disse. "Eu sei que estava lá."

"Eles descobriram que você estava investigando?"

"Foi muita burrice minha... Eu não estava mais me importando com nada."

"Você contou pra mais alguém?"

"Não. Mas o computador do meu trabalho. Tem uma carta e um trabalho lá."

"Acho que não. Eu e o Howard procuramos."

Agora ela sorriu de dor, mostrando todos os dentes. "Putz."

"Você tem que contar pra polícia."

"Óbvio, imagina se eu não vou contar."

"Você fez alguma cópia desse trabalho?"

Ela fez que sim. "Numa fita pequena. Uma fita de cinco polegadas, numa gaveta da sala refrigerada. A mesa cinza que tem lá."

"A fita está etiquetada?"

"É uma fita que eu uso. Está escrito 'Não apague'. Peça pro Howard imprimir pra você. Você pode mandar pra imprensa. E pro Larry Axelrod."

Houve um silêncio. A respiração curta de Renée mal movia o lençol que a cobria. "Eu estou sentindo muita falta de você", disse Louis. "Eu te amo, de verdade."

Ela estava com os olhos fixos no teto; ainda não tinha olhado para Louis. Ele passou a mão em seu cabelo e, ao tocar nele e sentir o calor da cabeça dela, uma força irresistível fez com que ele se abaixasse e lhe desse um beijo na boca. Os lábios dela estavam inchados e imóveis. Exalavam um cheiro forte de remédio, um cheiro que nada tinha de Renée, penetrante e enjoativo, parecido com formol: o cheiro da possibilidade, subitamente real, de que ela pudesse simplesmente não perdoá-lo nunca.

O Matador branco entrou com estardalhaço no estacionamento do laboratório Hoffman à uma hora e ejetou Howard pela porta do motorista. Seu cabelo estava molhado e ele, obviamente irritado. Estava dormindo quando Louis ligou para ele, pouco depois do meio-dia.

"O trabalho dela está gravado numa fita", disse Louis. "Você tem que me ajudar a imprimir esse trabalho."

Bufando de raiva, Howard abriu a porta para que ele entrasse no prédio. "Que fita?"

"Uma que diz 'Não apague'."

Howard entrou na sala de computação e pegou uma fita de cima da mesa onde ficavam os consoles. "Essa fita?"

A etiqueta dizia *Não apague* na caligrafia de Renée. Howard bufou de novo, inseriu a fita num drive na gélida sala interna e deu instruções ao sistema a partir de um console. Bufou mais algumas vezes. "Não é essa", disse ele. "Isso é do Terry."

Eles vasculharam as duas salas em busca de outra fita de cinco polegadas em que estivesse escrito *Não apague*. Terry Snall entrou e perguntou o que eles estavam procurando. "'Não apague'?" O alarme perturbou por um segundo o seu rosto, antes que ele o reprimisse. "Ah, sim, eu acabei de usar."

"A Renée tinha um arquivo gravado nela", disse Louis.

"Bom, não tem mais", respondeu Terry, dando uma risadinha.

"Você apagou?"

"E eu não vou me sentir culpado."

"Você apagou a fita?"

"Eu não vou me sentir culpado", Terry repetiu. "A fita não estava com anel de proteção, não estava com nome, e eu sei que todo mundo está morrendo de pena da Renée agora, e que o que aconteceu foi uma coisa horrível, mas a verdade é que, se ela quer sair apagando os arquivos de outras pessoas sem avisar pra elas, ela não pode reclamar por eu ter usado uma fita que nem nome tinha."

"Você apagou a fita? E aí você vai ao hospital e age como se fosse namorado dela?"

"Não fique esperando que eu me sinta culpado", disse Terry. "Porque eu não vou."

Àquela altura do fim de semana, a enorme cama de Eileen e Peter tinha adquirido o aspecto de uma casa flutuante. Além dos textos sobre negócios bancários e dos cadernos de Eileen, ela estava guarnecida de pilhas de *Esquires* e GQs de Peter, o controle remoto da televisão, um walkman e fitas diversas, peças de roupa emboladas, biscoitos Pepperidge Farm, uma garrafa grande de Coca Diet e um copo extragrande de iogurte com palitinhos de cenoura boiando dentro. Louis recusou o convite de Eileen para subir a bordo, preferindo se sentar perto da porta, ao lado da gaiola de Milton Friedman, enquanto contava sua história.

A princípio, embora Eileen estivesse ouvindo a história com embevecido interesse, Peter continuou a dedicar boa parte de sua atenção aos melhores momentos do campeonato de Wimbledon exibidos na tela à sua frente. Logo, porém, Eileen começou a ficar com os olhos toldados de incompreensão e excesso de informação, e foi Peter quem passou a ficar mais interessado. Ele abaixou o volume da televisão e fez perguntas a Louis, com uma voz seca e impaciente. Depois, desligou a televisão de vez e ficou olhando fixamente para a janela. Seu rosto tinha perdido a cor.

"O que foi?", Eileen perguntou.

Peter se virou para Louis. "A coisa do milhão de galões. Quando vocês vieram aqui naquela noite e ela ficou me fazendo perguntas sobre isso. Vocês já sabiam do poço naquela época?"

"Já."

"Por que vocês não me falaram?"

"Hum, isso foi meio que ideia minha. A gente não queria correr o risco do seu pai ficar sabendo."

"O meu *pai?*" Peter enterrou as duas mãos nos cabelos. "Ah, isso é ótimo. Puta merda. Isso é realmente fantástico."

"Parecia fazer sentido na época", disse Louis.

"Eu não estou acreditando. Só o que vocês precisavam fazer era me contar, e nada disso teria acontecido. Lembra que a Rita me ligou em janeiro e eu fui até lá?", ele perguntou a Eileen. "Eu não via a Rita fazia mais de um ano", ele disse para Louis.

"Ela tinha aquele problema com bebida", disse Eileen.

"Enfim, ela queria me ver, disse que estava apavorada e então eu fui até lá. A primeira coisa que eu vejo quando chego lá é que duas das janelas da frente da casa dela estão quebradas. Aí eu entro e ela me mostra um buraco de tiro no teto dela."

Eileen olhou para ele de olhos arregalados. "O *quê?*"

Peter fez que sim, evitando os olhos dela agora. "Nem preciso dizer que ela tinha enchido a cara. Ela estava tendo que se segurar nos móveis pra não cair. Mas o que ela queria era me pedir que, se alguma coisa 'acontecesse' com ela, eu fosse à polícia e dissesse que tinha sido a empresa. Ela começou com uma longa lenga-lenga de que não estava satisfeita com o plano de pensão dela, que não tinha dinheiro pra nada e que estava tentando convencer a empresa a fazer um acordo mais justo com ela. Ou seja, ela estava tentando chantagear a empresa. Porque, por acaso, ela sabia o que aqueles caras estavam fazendo com todos aqueles resíduos tóxicos medonhos deles. Ela disse: 'Eles não estão incinerando, Peter. Eles dizem que estão, mas não estão. São um milhão de galões por ano, e eles não estão incinerando coisa nenhuma'. Aí eu pergunto pra ela o que afinal eles estão fazendo com os resíduos, mas ela se recusa a me dizer. Ela diz: 'Se eu te contar e ele descobrir, ele vai me matar'. Foram exatamente essas as palavras dela. Exatamente. E aí eu pergunto: 'Ele quem?'. E ela responde que é o meu pai."

Os lábios de Eileen formaram um silencioso O *quê?*

"O meu próprio pai. Ela me diz que a porra do meu pai foi lá e atirou nas janelas da sala de estar dela. E eu nem sei se devo ou não acreditar nela. Quer dizer, eu estou disposto a acreditar em praticamente qualquer coisa a respeito do meu pai. Mas, até onde eu sabia, eu e ela tínhamos virado inimigos mortais depois que eu não quis mais trabalhar pra ela. Então eu disse, olha, o meu pai pode ser um canalha facistoide, mas ele não é burro. Você não quer que eu acredite que ele veio aqui pessoalmente e atirou nas suas janelas. Mas ela diz: 'A Thérèse viu o carro. Era o carro dele'. E eu, bom, eu não consigo realmente acreditar, então eu digo que é melhor ela ligar pra polícia. E ela diz: 'Ele vai me matar se eu contar pra polícia'. Foram as exatas palavras dela. E ela diz que não quer morrer, porque o velho Jack contou a ela como ela ia voltar na próxima encarnação dela. Ele disse pra ela que ela ia voltar como um cacto. E ela não queria ser um cacto e, então, não queria morrer. E aí ela começa a chorar e mal consegue ficar em pé, e o que é que eu posso fazer? Eu dou o fora de lá. Sabe, arquivo e esqueço."

Um silêncio se instalou na cama agora em calmaria. Peter sacudia a cabeça, de queixo caído. O rosto de Eileen estava muito sombrio. "Você nunca me contou nada disso", ela disse com um nefasto fio de voz. "Você disse que ela queria que você a ajudasse com o novo livro dela."

"É, eu sei. Mas o que é que eu podia fazer? Em primeiro lugar, eu não acreditei nela. E segundo, ela disse que ele ia acabar com a raça dela se ela contasse pra alguém. Sabe? Eu fiquei com medo."

"Você contou pra Renée", Eileen insistiu com seu fiozinho de voz, os olhos fixos na colcha.

"Porque a Rita já estava morta. A coisa toda tinha ficado irrelevante, sabe. E eu ainda continuava sem saber se devia ou não acreditar nela. Ela tinha vários inimigos em Ipswich, por causa da pirâmide. Pelo que eu sabia, a história sobre o meu pai podia ser pura invenção dela."

"Mas não era invenção dela", disse Louis.

"Pois é. E em vez da Rita, quem é baleada é a Renée. E eu vou te dizer, não foi um bostinha qualquer que puxou o gatilho. Foi a porra do meu pai!"

"Por favor, para de falar palavrão", disse Eileen.

Peter tinha posto as pernas por sobre a amurada da cama e estava calçando seus Nikes. "Eu não sei de vocês, mas eu estou indo pra lá", disse ele. "Estou indo pra lá agora, neste instante."

"Talvez fosse melhor a gente deixar a polícia..."

"Nem morto que eu vou perder essa chance", disse Peter. "Eu passei metade da minha vida esperando por isso."

Eileen deu um sorriso nervoso para Louis. "Acho que a gente está indo pra lá."

"Acho que sim."

Enquanto Peter se arrumava no banheiro, ela encheu a garrafa de água de Milton Friedman. O gerbo estava trepando nas barras da gaiola, lombo e ombros tremendo enquanto ele enfiava sua cabeça em forma de pênis na liberdade à sua volta. "Eu fico tão aflita", Eileen disse para Louis. "Ele e o pai *realmente* não se dão."

"O que é um grande ponto a favor do Peter, ao que parece."

"Você pode dar uma força pra ele?"

"Claro. Ele é seu namorado."

Ela insistiu que eles fossem no carro de Louis, não querendo que o colérico Peter dirigisse. Louis não conseguia se lembrar de nenhuma ocasião em que tivesse levado Eileen de carro a algum lugar. Era possível que nunca tivesse. Peter resmungava e xingava no banco de trás enquanto eles avançavam em alta velocidade por entre o trânsito leve de um fim de tarde de domingo na Northeast Expressway, mas os Holland se mantinham em silêncio. Eileen parecia mais velha depois de uma semana de trabalho no mundo real, parecia mais dura, mais grave e fisicamente maior, embora na verdade parecesse ter emagrecido. As mãos pousadas em seu colo tinham perdido boa parte da antiga suavidade. Eram mãos para apertar um colchão durante o sexo, mãos para levar colheradas de comida à boca de um bebê, mãos para assinar contratos e conduzir meticulosas análises de crédito.

Saindo da Route 128 em Lynnfield, eles deixaram o resto de luz do dia para trás e entraram numa penumbra suburbana feita de árvores frondosas, de gramados plácidos e de brilho azulado, de campos e ar imperturbados por qualquer som mais violento do que o silvo de pneus passando. A aparência da natureza era indescritivelmente benigna ali nos subúrbios. Ela se recostava e sussurrava como a espuma morna que se espraia na faixa de areia entre o mar de fundo negro e a terra crestada: entre as florestas feridas e plangentes e a cidade em que uma nova natureza tomara o lugar da natureza. Gramados distribuíam de graça seu cheiro de capim e terra, estendiam-se confortavelmente nus sob um céu no qual se podia confiar. Cada casa era como uma mãe, silenciosa, distanciada da rua e com janelas iluminadas, sempre acolhedora e protetora enquanto objeto, mas, enquanto sujeito, sempre traindo a consciência do fato de que as crianças deixam de ser crianças, de que elas vão embora e de que a morada que acolhe e protege vai sofrer com a ausência delas, já vinha sofrendo o tempo todo por ser um objeto.

Eileen indicou a Louis uma rua que só tinha seis casas, a maior delas sendo a dos Stoorhuys. Peter abriu a porta da frente para eles. A sala de estar dos Stoorhuys era um cômodo comprido, de teto baixo e atmosfera formal, cuja face nativa estava mascarada por pesadas cortinas de estampas florais e quinze ou vinte pinturas a óleo ruins, com elaboradas molduras douradas. As pinturas eram todas de cidades europeias — ruas de pedra molhadas de chuva, hotéis de janelas fechadas e palácios escabrosos nas cores sombrias de roupas antigas, todos os vermelhos acastanhados, todos os amarelos amarronzados, todos os brancos riscados e formando crostas feito fezes de pássaros; não havia gente nessa Europa.

Padrões florais reinavam na cozinha dos Stoorhuys. Ramalhetes cresciam como bolor nas almofadas das cadeiras, no papel de parede, nas capas acolchoadas da batedeira e do multiprocessador, nas travessas e tigelas de cerâmica, nas tampas esmaltadas dos bocais do fogão, nos potes de farinha, açúcar e café. Uma das irmãs de Peter, uma loura magra, tímida e insossa, vestida na moda de verão universitária, estava fazendo pipoca no micro-ondas. Na sala de TV adjacente, os pais relaxavam sob o brilho e os ruídos de um episódio de *Assassinato por escrito*.

Eileen apresentou Louis à tímida Sarah e depois à mãe de Peter, que tinha saído da sala de TV para saudar as visitas. Ela era uma mulher alta e gentil, com um rosto assumidamente arruinado e cabelo comprido demais. Louis apertou a mão dela rapidamente antes de ir atrás de Peter, que havia entrado na sala de TV. Quando Peter desligou a televisão e se virou para encarar o pai, Louis tomou a iniciativa de acender a luz e se postou ao lado de Peter, como um apoiador.

O sr. Stoorhuys estava esparramado num sofá de couro. Usava uma camisa branca estilo Ferdinando Marcos, com uma gola imensa. "Quer fazer o favor de ligar a televisão de novo, Pete?"

"Peter, nós estávamos vendo", disse a sra. Stoorhuys da porta.

"Eu acho que o papai tem uma coisa pra nos contar", disse Peter. "Não tem, pai?"

Stoorhuys ergueu os olhos cautelosamente, tentando entender que conexão poderia haver entre seu filho e Louis. "Não que eu saiba", disse ele.

"Nada sobre a Renée Seitchek?"

"Ah, aquela pobre menina", disse a sra. Stoorhuys.

"Ela é namorada do Louis", disse Eileen. Ela tinha se sentado numa cadeira de balanço e estava folheando sem ver um livro ilustrado de mesa de centro intitulado *A colorida ilha de São Cristóvão*.

"Ela é sua namorada?" A sra. Stoorhuys estava chocada. "Que coisa terrível!"

"É, é terrível realmente", disse Peter, enquanto Louis tentava, sem sucesso, encarar Stoorhuys olho no olho. "Não é, pai? Alguém atira nela pelas costas e depois põe a culpa em outras pessoas. Foi uma grande lástima ela não ter morrido, não foi? Por que aí ninguém ficaria sabendo que todos os textos dela tinham sumido."

A pipoca estalando na cozinha lembrava o som de tiros abafados. Stoorhuys tinha aberto uma *Architectural Digest* e estava passando a mão em sua franja volumosa, tentando abaixá-la. "Eu não faço ideia do que você está falando, Pete."

"Os textos dela", disse Peter. "Os textos que mostram quem são os responsáveis pelos terremotos. Ela já contou pra polícia, pai. A qualquer momento eles vão dar as caras lá em Peabody."

"Peter, do que é que você está falando?", perguntou a mãe.

"Foi um acidente, não foi, pai? Você só queria dar um susto nela. Queria só dar uns tirinhos por cima da cabeça dela. Mas aí, que diabo. Ela estava bem ali. Por que não calar a boca dela de vez, não é? Por que não matar logo aquela garota inconveniente?"

Peter estava tremendo tanto que seu cotovelo volta e meia esbarrava no de Louis. Stoorhuys virou uma página de sua revista, seu maxilar rígido enquanto ele fingia ler. "Eu não sei do que você está falando."

"Ah, é? Fica de olho nele, mãe. Logo, logo ele vai ter que dar um telefonema. Fica de olho. Eu garanto que ele vai correr pro telefone. Ou então vai dizer que tem que dar uma saidinha. Vai esperar uma hora em que você não esteja olhando, ou vai sair no meio da noite. Ou ele vai até Peabody ou vai fugir pra salvar o próprio pescoço."

Stoorhuys sacudiu a cabeça, como que tomado de profunda tristeza, e não disse nada. Mas seu rosto estava coberto de suor e suas mãos tremiam.

"David", disse a sra. Stoorhuys, "do que ele está falando?"

"Eu não sei", disse Stoorhuys. "É só mais da mesma história de sempre. Ele é bom, eu sou mau. Ele é inteligente, eu sou burro."

"É isso mesmo, é isso mesmo", disse Peter. "Ou sou eu que estou injetando resíduos tóxicos no fundo da terra? E causando terremotos?"

"Isso é mentira."

"Mentira? A namorada dele está no hospital...", Peter apontou com o queixo para Louis, que continuava a encarar Stoorhuys implacavelmente, "...e ela não achava que era mentira. E todo o material que ela tinha que provava que isso é verdade foi roubado no mesmo dia em que ela foi baleada. E você está dizendo que é mentira?"

Stoorhuys folheava sua revista de trás para a frente, estudando as fotografias. "Eu não estou sabendo de nada sobre isso."

"Fica de olho nele, mãe. Você vai ver que ele vai ligar. Alguma hora ele vai ter que dar esse telefonema."

A sra. Stoorhuys não estava ouvindo. Estava massageando a própria clavícula e olhando para o vaso de fícus perto de seus pés como se a planta estivesse prestes a fazê-la chorar.

"Se alguém está nos caluniando", disse Stoorhuys, "eu vou ter que comunicar à empresa, mas isso não..."

"Claro, a empresa, a empresa. É isso que conta, não é, pai? Quem se importa com a mamãe? Ela é só uma pessoa. É a empresa que..."

"Foi a empresa que pagou os seus estudos!" Stoorhuys saltou do sofá e avançou para o filho. "Foi a empresa que desentortou os seus dentes! Que botou comida no seu prato e roupas no seu lombo durante vinte anos!"

"Desentortou os meus *dentes*? Santo Deus, você acha que nós estamos morando onde, em *Charlestown*? Você acha que está ganhando trinta mil por ano?"

Tão rápido quanto tinha se exasperado, Stoorhuys se acalmou de novo. Soltou um suspiro e optou, por alguma razão, por se dirigir a Louis. "Você está vendo o que eu tenho que aguentar em casa?", disse ele. "Você está vendo o agradecimento que eu recebo?"

Louis manteve uma expressão de extrema seriedade e não respondeu. Ficou observando Stoorhuys pegar um paletó listrado do encosto do sofá, tatear a chave num dos bolsos e enfiar seus braços ossudos nas mangas do paletó. "Janet, eu tenho que ir ao escritório um instante. Eu tenho certeza de que existe uma explicação simples para isso tudo."

Embora a sra. Stoorhuys tenha feito que sim, levou um bom tempo para que ela erguesse os olhos do vaso de fícus; e, então, ela olhou para o marido como se não tivesse ouvido o que ele disse. "David", disse ela, "eu nunca criei nenhum problema para você em relação ao seu trabalho. Eu nunca... pressionei você. Eu nunca lhe fiz perguntas que eu... poderia ter feito. Mas agora você tem que me dizer. Você realmente não teve nada a ver com o... com o que aconteceu com aquela moça? É só isso que eu quero saber. Você tem que me responder."

A fragilidade da postura dela e o tremor em sua voz fizeram até Louis gelar por dentro. Já Stoorhuys cerrou os punhos e olhou em volta, à procura de algum objeto inanimado em que pudesse descarregar seus sentimentos. Seu olhar pousou em Peter. Stoorhuys deu um sorriso amargo. "Você viu o que você fez, Pete? Está satisfeito agora? Agora que ela está do seu lado?"

"Eu estou lhe fazendo uma pergunta", disse a sra. Stoorhuys. "Eu quero que você me responda. Eu nunca lhe fiz perguntas, mas eu acho que tenho o direito de perguntar se..."

"Ah, você tem o direito, não é?", disse Stoorhuys, faiscando fúria. "Bom, talvez você esteja um pouco atrasada. Talvez você esteja só uns vinte anos atrasada." De novo ele se virou para Louis. "Vinte anos atrás eu recebi um aumento que quase duplicou a nossa renda do dia pra noite. E quando eu contei isso a ela, você sabe o que ela me perguntou?"

"*Eu tenho o direito de perguntar agora*", disse ela.

"Você sabe o que ela me perguntou?" Ele chegou mais perto de Louis, sorrindo um pouco, preparando o terreno para o desfecho impactante. "Ela me perguntou se a gente podia comprar uma casa em que todas as crianças tivessem seu próprio quarto. E só. Essa era a extensão da curiosidade dela."

"Por que cabia a mim perguntar? Você podia ter me contado!"

Stoorhuys a ignorou, continuando a se dirigir apenas a Louis. "Eu teria pedido demissão se ela tivesse me feito uma única pergunta a respeito na época. Eu estava pronto pra pedir demissão. Uma única pergunta teria bastado. Mas, sabe, eu não tinha a menor importância. Mesmo naquela época, eu já não tinha a menor importância. Desde que as crianças tivessem todas o seu próprio..."

"Peter. Eu fui uma boa mãe? Eu fui uma boa mãe pra você?"

"Vinte anos", disse Stoorhuys. "Vinte anos, e ela resolve me perguntar *agora*. Ela podia ter me perguntado uma semana atrás, um mês atrás, um ano atrás. Mas foram vinte anos, dia após dia...! Ela não tem o menor direito de me fazer perguntas agora. E o Peter não tem o menor direito de jogar a culpa toda em mim. Ele não é neutro. Você tem que entender como é viver com ela. Eu ouço como ela fala no telefone com ele, eu ouço ela perguntar sobre o trabalho dele, dar conselhos, dizer o que ele deve fazer. Mas *nunca* nem uma palavra, *nunca* nem uma palavra sobre o *meu* trabalho. Quando foi o meu trabalho que deu a ela tudo que ela tem."

"Era melhor não..."

Ele girou e gritou na cara dela: "Nunca nem uma palavra!". Ela ergueu as mãos no ar e deixou-as pairar a dois centímetros de suas orelhas. "Nunca nem uma palavra! Você fez a sua escolha, você escolheu as crianças, e agora você acha que tem o direito de me fazer *perguntas*? E de me *culpar*? Quem você acha que gozou os benefícios desses vinte anos? Você acha que fui eu? Você acha que eu não fiz alguns sacrifícios também? Janet — e Peter, você me escute também — Janet, eu fui um marido muito melhor do que você imagina. Muito melhor do que você seria capaz de conceber."

Louis conseguia imaginar agora, conseguia conceber como aquele homem, se tivesse uma arma na mão e uma mulher diante dele, poderia ter sido capaz de matá-la. Todo mundo conseguia imaginar agora. A sra. Stoorhuys enterrou o rosto nas mãos. Quando Peter fez menção de se aproximar para confortá-la, ela lhe deu as costas e saiu correndo da sala.

Peter correu atrás dela. "Mãe..."

Eles a ouviram tropeçar na escada e Peter gritar: "Mãe!".

Louis e Eileen viram Stoorhuys tirar as chaves do carro do bolso.

"Então você atirou nela?", Louis perguntou num tom casual.

Stoorhuys olhou para ele, surpreso. Era como se ele não tivesse realmente registrado o rosto de Louis até aquele momento. "Eu nem sequer te conheço", disse ele, saindo da sala.

Um silêncio se instalou. Eileen se balançou na cadeira e virou uma página de *A colorida ilha de São Cristóvão.*

"Cacete", disse Louis.

"Não é horrível?"

"Todo mundo que já teve alguma coisa a ver com aquela empresa está basicamente ferrado, incluindo eu."

"Eu cuido de você. Você vai ser o meu neném."

"Ah, tá. Quero ver."

Peter voltou para a cozinha fumando um cigarro. Pôs dois dedos de uísque num copo e levantou a garrafa de um litro e meio para que Eileen e Louis pudessem vê-la da sala de TV.

"Sim", eles disseram.

Eles foram para o deque em volta da piscina, onde a fumaça do Porsche do pai de Peter ainda pairava no ar, sentaram, beberam e suaram. O compressor do aparelho de ar-condicionado central dos Stoorhuys fez uma pausa. Eileen tirou os sapatos e pôs as pernas dentro da piscina. "O que é que vai acontecer agora?", ela perguntou.

Louis ouvia os grilos e os guinchos de um morcego. "Vai haver uma investigação", ele respondeu. "Um grande bafafá na imprensa. Talvez alguns processos judiciais. Se tiver sorte, um dia talvez a gente consiga esquecer isso."

Peter falou da ponta do trampolim, onde estava sentado. "Ele praticamente admitiu que puxou o gatilho. E o que é que você faz diante disso? Eu devia ter ligado pra polícia? Amarrado o meu pai pra ele não fugir?"

Uma a uma, as luzes dos quartos lá em cima se apagaram. O ar-condicionado tornou a fazer barulho. Parou, recomeçou, e Louis começou a se perguntar se não poderia simplesmente morrer da próxima vez que o ronco do aparelho cessasse. Eileen estava nadando de costas com lentas braçadas, de sutiã e calcinha. Peter parecia um cadáver estendido no trampolim. Louis concentrou sua atenção no barulho do ar-condicionado, tentando prever o instante em que ele iria parar, tentando saudar essa pequena morte de olhos abertos. Em vez disso, o que ele acabou ouvindo, por fim, foi uma falsa manhã. Não só um ou dois pássaros despertando, mas centenas deles, e os ganidos do cachorro de algum vizinho.

Louis se levantou de sua cadeira oscilando, sem saber o que fazer. "Aí vem vindo um", ele disse.

Eileen deixou suas pernas encostarem no chão da piscina, na parte rasa. Sacudiu a cabeça para tirar água do ouvido. "O quê?"

Começou tão gradualmente, como se ele estivesse sendo suavemente embalado por braços imensos e invisíveis, que ele não saberia dizer onde ficava a linha divisória, onde o não movimento havia cedido lugar à sensação transbordante, cada vez mais vasta e profunda que os envolveu. Por um momento, realmente foi como gozar; parecia a melhor coisa que ele poderia um dia sentir na vida.

Então, uma coisa extremamente séria aconteceu, comparável apenas, em sua experiência, à colisão de carros em alta velocidade que ele havia testemunhado na Lake Forest Road, na época da escola secundária, em uma de suas expedições para comprar peças de rádio, quando o monótono vaivém do tráfego suburbano vespertino saiu dos trilhos da normalidade, e mesmo estando a meio quilômetro de distância ele sentiu o impacto em seus ossos, o barulho da morte instantânea enchendo o céu como o clarão de um relâmpago, os guinchos, as derrapagens, os estrondos secundários, cada um deles muito mais grave que um simples choque de para-lamas, e todas as pessoas em volta começaram a correr, apavoradas, em todas as direções: era com o mesmo tipo de impacto, a mesma terrível sensação de descarrilhamento do mundo, o mesmo protesto estridente e ribombante de materiais rígidos se deformando que a terra agora estremecia e estourava, janelas explodiam e vasos de planta voavam.

Peter foi arremessado na água com os membros esticados de um jeito bizarro, como um gato atirado do alto. Um vento que Louis não conseguia sentir sacudia as árvores. Ele caiu no chão e dois móveis de piscina lhe deram uma surra, pisando em seus dedos com pés de metal, acertando suas costelas com cotovelos de metal. Ele ouviu a si mesmo gritar *Ah, pelo amor de Deus, isso é RIDÍCULO*, e ouviu Eileen berrando como uma náufraga muito abaixo dele, no meio de ondas que estouravam na base de penhascos. O quintal dos fundos parecia estar afundando na camada adiposa da terra, feita de húmus e argila glacial, as copas das árvores em volta tombando e se juntando para confabular, enquanto a pele da terra se encrespava. Pássaros enchiam o ar, voando em círculos frenéticos, espalhando o caos. As luzes se apagaram e as estrelas viraram borrões. O chão batia em Louis como a carroceria dura de um caminhão sem freio numa ladeira esburacada. Ele estava apavorado, mas acima de tudo estava furioso com o chão, com a maldade que ele estava fazendo. Queria que o chão parasse e quando ele finalmente parou, Louis se levantou e o chutou com raiva.

Eileen e Peter estavam de pé na parte rasa da piscina, de boca aberta para facilitar a rápida sucção do ar. Olhavam para Louis como se mal o reconhecessem. Louis chutou o chão de novo, olhou para a casa escura e para o quintal transformado e murmurou: "Que estrago".

16.

A sra. Stoorhuys distribuía máscaras de gás na cozinha. Estava usando botas impermeáveis, com sola grossa de borracha, e capa de chuva.

A cozinha parecia ter sido vasculhada por um ladrão em busca da prataria escondida. Sarah apontava um trêmulo feixe de lanterna para a caixa de papelão onde se encontrava o equipamento de emergência, enquanto a outra filha, ligeiramente mais nova, passava o feixe de sua lanterna pelas pilhas de louças florais quebradas, os armários escancarados e o lustroso vômito que a geladeira expelira — imundas ondas de ketchup, cereja em calda e compota de maçã quebrando contra recifes de vidro pontudo. Poucas cores resistiam à brancura do feixe da lanterna.

"Peter, ajude as suas irmãs a botarem as máscaras."

"Ele foi lá fora desligar o gás", Sarah lembrou à mãe.

"A gente não *precisa* de ajuda", a outra irmã acrescentou.

"Hã, é realmente necessário usar máscara?", perguntou Louis.

A sra. Stoorhuys entregou uma máscara a ele. "Aqui diz: 'as máscaras devem ser usadas caso o terremoto tenha sido forte o bastante para derrubar no chão a maior parte dos objetos guardados nos armários da cozinha'." Ela estava lendo uma lista datilografada de instruções que estava colada na caixa. "'Em caso de dúvida, use as máscaras'. Toma uma lanterna pra você também. Tem oito itens de cada coisa."

A máscara era um negócio de plástico preto reluzente cujo nariz pesado a fazia balançar como se tivesse vida. As irmãs de Peter já tinham posto as suas e pareciam goleiras de hóquei do mal ou capangas de Satã. Goya havia desenhado cabeças assim, pouco antes de morrer.

"Bom, agora, pra que lado o vento está soprando?", perguntou a sra. Stoorhuys.

"Não está soprando vento nenhum", disse Louis.

"Ah, hum..." Ela consultou uma tabela em suas instruções. "Noite... verão... ar calmo... Sim, aqui. Siga para o norte rumo a Haverhill ou além."

Peter voltou lá de fora com uma enorme chave inglesa na mão, mancando enquanto tentava passar por entre eletrodomésticos e móveis caídos. Tinha torcido o quadril. Ninguém mais estava se queixando de nada mais sério que arranhões e hematomas. "Peter, aqui a sua máscara de gás", disse a mãe.

"Máscara de gás?"

"Máscara de gás", Louis confirmou.

"O seu pai deixou instruções na caixa de emergência para terremotos."

Peter olhou para Louis e eles balançaram a cabeça significativamente.

"Agora, supostamente deve ter uma arma em algum lugar..."

"Mãe, você sabia que tinha máscaras de gás dentro dessa caixa?"

"Sabia."

"E isso não fez você meio que se perguntar o que poderia estar acontecendo lá em Peabody, não? Sabe, pra que é que a gente precisava dessas coisas em casa? Você não ficou preocupada, não?"

"Ele disse que era só para o caso de acontecer o pior, o que provavelmente não ia acontecer. Você sabe como ele gosta de ser ultraprecavido."

"Nem morto que eu vou usar essa coisa", disse Peter.

"Faz de conta que é moda", disse Louis.

"Eu não estou conseguindo encontrar a tal da arma", disse a sra. Stoorhuys, remexendo na caixa.

Novamente Peter e Louis olharam um para o outro e balançaram a cabeça.

"Onde você acha que pode estar?"

"Melhor não perguntar, mãe."

"Eu chutaria no fundo de um rio", disse Louis.

Eileen entrou aos tropeços pela porta dos fundos emperrada, usando a calça jeans e as botas de neve que Peter tinha encontrado para ela. Respirava de forma ruidosa. "Deve estar tendo algum incêndio", disse ela. "Eu estou sentindo cheiro de fumaça."

"Experimenta uma dessas", disse Louis. "Você não vai sentir cheiro de nada. Ou só um agradável cheiro de plástico."

Ela arregalou os olhos. "Cruzes! Pra quê?"

"Ordens da empresa. Põe a máscara."

Ela pegou a máscara com dois dedos e a ergueu no ar como um peixe contaminado ou um acessório horrendo.

"Tem uma fivela atrás", disse Louis.

"Eu estou preocupada com a mamãe", disse Eileen. "Acho que a gente devia ir até lá."

"Não, nós vamos para Haverhill", disse a sra. Stoorhuys, enterrando o rosto em plástico preto.

"Vamos pra Haverhill por Ipswich", disse Peter.

"Sem querer estragar os planos de vocês", disse Louis, "mas não tem uma usina nuclear naquela direção?"

"Ah, Seabrook", disse Eileen, seu rosto assumindo um ar de desalento.

"A gente vai pra Ipswich e, no caminho, a gente vê o que o rádio diz", disse Peter.

A sra. Stoorhuys estava distribuindo mais suprimentos para sua tropa — capacetes, cantis de água, pacotes de bolacha, latas de fiambre, um rádio transistor, um kit de primeiros socorros. No fundo da caixa havia um par de tiras autocolantes com os dizeres SAQUEADORES: CUIDADO! e um desenho de uma caveira e dois ossos cruzados. Louis foi encarregado de colar uma delas na porta da frente.

Apesar dos cacos de vidro, dos quadros caídos e da bagunça geral, a parte da frente da casa mantinha um ar de conforto. Talvez por causa do carpete felpudo. A Europa, no entanto, estava em ruínas: palácios inclinados em ângulos bizarros, ruas vazias atiradas rudemente em almofadas de sofá.

Um enorme caminhão passou roncando em frente à casa. Destroços acertaram Louis e ele ouviu gritos e guinchos tão claros e automáticos que pareciam pré-gravados. Cambaleou sob o impacto de um bom pedaço de reboco que havia caído em cheio em cima de seu capacete, mas o chão já estava recuperando a estabilidade, e Louis pensou, bem, que bom que David Stoorhuys havia lhe fornecido um capacete.

Em sua pressa, uma hora antes, Stoorhuys também tinha deixado a porta da garagem aberta. Ela havia caído em cima da caminhonete que restava na garagem, amassando o teto, mas quebrando apenas o vidro de trás. Peter conseguiu tirar a caminhonete de ré da garagem, enquanto os outros se distribuíram ao lado da porta pesada para mantê-la suspensa. A comunicação entre eles estava prejudicada pelo plástico de suas máscaras.

À primeira vista, a rua dos Stoorhuys tinha a aparência de qualquer rua de subúrbio no meio de uma noite quente e sem lua, as árvores, arbustos, gramados e calçadas todos intactos, e as casas ainda de pé. Só depois de um tempo se notavam as alterações mais sutis, uma casa levemente inclinada para a frente, como que congelada no instante em que sentiu uma súbita onda de náusea; o perfil semi-implodido de uma porta de tela que quis desabar, mas não pôde; as placas empenadas de revestimentos de alumínio; o brilho de cacos de vidro no meio dos evônimos embaixo das janelas. A porta de garagem que vertia silenciosamente uma lâmina de água pela pista de entrada até a rua. Os bruxuleios de fogo-fátuo em cômodos em que famílias invisíveis estavam usando lanternas. Era como se a terra ainda estivesse saudável, mas as casas tivessem, todas, morrido de repente de alguma doença interna.

Enquanto isso o cheiro de fumaça de carro, que era o cheiro da vida na América, era a garantia de que nada de muito grave havia acontecido. Quatro Stoorhuys esperavam, pacientes, em sua caminhonete e com seus capacetes e máscaras sem expressão, enquanto Eileen abraçava Louis e dizia para ele tomar cuidado. Ele não havia precisado lhe dizer que ia voltar para o hospital em Boston; ela já tinha intuído.

Em seu carro, depois que os Stoorhuys e Eileen se foram, Louis ligou o rádio. Havia apenas um silêncio na frequência que a WRKO costumava ocupar, e ele girou o dial até encontrar um sinal, um tênue sinal.

"...suas três primeiras vezes ao bastão e tinha a chance de igualar ou quebrar o recorde da Major League de quatro home runs *num jogo, mas em vez disso acabou na lista de contundidos por causa de uma torção que sofreu no joelho direito ao mergulhar para pegar uma bola no quinto* inning. *Se ele ficou*

decepcionado? 'Claro, sabe, eu gostaria de ter tido mais duas chances de tentar entrar para o livro dos recordes, quem não gostaria? Mas o importante é o time, nós não temos jogado muito bem nesses últimos dois meses, e só o que eu quero é estar lá e contribuir todos os dias.' Já pela Liga Nacional hoje, os Cubs conseguiram de novo, 7 a 5 sobre os Reds em dez innings; *os Atlanta Braves passaram de raspão pelos Pittsburgh Pirates com 3-2; os Houston Astros simplesmente não deram chance aos Cards, 8 a zero; Dodgers 4 a 2 sobre os Phillies; Mets 6 Giants 1; e lá em San Diego os Pods e os Expos estão tendo um confronto selvagem, estão agora no fim do décimo oitavo!* inning, *tudo igual em 13. Essa é a Hora da Notícia na WGN, são onze e vinte e cinco. Homens, vocês estão naquela idade em que têm medo de passar um pente no cabelo, porque mais cabelo fica no pente do que na sua cabeça?"*

A WGN era de Chicago. Chicago, lugar de chão estável. Louis deu partida no carro e foi descendo com cuidado a rua vazia, virando constantemente a cabeça para compensar sua limitada visão periférica.

"Nós vamos iniciar a cobertura constante e ao vivo do terremoto assim que tivermos estabelecido conexões com uma de nossas afiliadas. O terremoto foi sentido em toda a região nordeste, mas até agora nenhum pronunciamento oficial foi feito acerca de danos ou vítimas. O epicentro parece ter sido perto de Boston, e boa parte do leste de Massachusetts está sem luz e sem serviço telefônico no momento, mas nós estamos em contato com a nossa emissora afiliada em Boston e dentro de apenas alguns instantes estaremos recebendo notícias deles. Antes, uma mensagem da revendedora Honda Schaumburg."

O dial estava repleto de emissoras distantes, Buffalo, St. Louis, Miami, Lincoln. Elas emergiam como as estrelas quando as luzes da cidade se apagam e o universo pode de repente impor sua autoridade. No Quebec, o assunto do momento era *le tremblement de terre*, que todo mundo lá evidentemente tinha sentido. Uma parede havia rachado em Hartford, emissoras de Manhattan não paravam de receber telefonemas, havia um relato não confirmado de feridos em Worcester. A WEEI de Boston, transmitindo com potência reduzida, declarou que os danos tinham sido comparativamente leves no centro da cidade. Um incêndio estava em curso no sul de Boston e um repórter que se encontrava no local disse que pelo menos doze pessoas haviam sofrido ferimentos, mas Dorchester, Roxbury e outras áreas mais ao sul ainda tinham eletricidade e serviço telefônico. Nos subúrbios do extremo norte de Boston, reinava um funesto silêncio. Uma operadora de rádio amador adolescente de Salem relatou que alguns prédios de tijolo de seu bairro haviam desmoronado e que a pressão da água estava muito baixa. Disse também estar vendo o clarão do que parecia ser um grande incêndio a noroeste, em Peabody ou Danvers. Por outro lado, todas as casas de sua própria rua estavam de pé e ninguém parecia ter sofrido ferimentos graves. O Centro Nacional de Informações sobre Terremotos havia divulgado que uma estimativa preliminar indicava que o terremoto tivera magnitude de 6,0 e epicentro no leste do condado de Essex. O piloto de um jato particular havia avistado um grande incêndio na margem oeste do rio Danvers e incêndios menores no centro de Beverly. Havia um relato não confirmado oriundo de Portsmouth, New Hampshire, de que a paralisação emergencial da usina nuclear de Seabrook estava prosseguindo normalmente, relato esse que um comentarista da WEEI disse que não podia estar correto, já que a usina de Seabrook estava fechada desde meados de maio para que fossem feitas melhorias no sistema de segurança...

Louis desligou o rádio. Os gramados e bosques de ambos os lados da rua estavam muito, muito escuros. Uma ambulância com a luz giratória ligada surgiu nos espelhos do carro de Louis e foi crescendo rapidamente, suas rodas atirando um jato de água misturada com areia ao passar por ele. Ele teve de fechar sua janela e, por um momento, no súbito silêncio, se esqueceu qual era a estação do ano e que horas eram; seriam talvez as primeiras horas de uma noite de outono? Uma ambulância passando por ele numa estrada fria e encharcada de chuva? Parecia outono e havia pouco em sua memória que pudesse convencê-lo de que não era. Se pelo menos a estrada estivesse menos escura, ou fosse menos reta, ou se ele estivesse conseguindo enxergar um pouco melhor...

A Sweeting-Aldren havia fabricado o pigmento alerta laranja usado nos cones rodoviários que bloqueavam as rampas de acesso à Route 128 e nos coletes dos guardas que patrulhavam uma das rampas, onde aparentemente um trecho de pista entre dois pilares tinha se tornado instável. As luzes cor de caramelo de um caminhão do Departamento de Estradas de Rodagem pulsavam no ar úmido. "Que estrago", disse Louis, enquanto fazia a curva para pegar uma rua escura que seguia paralela à rodovia. Sua máscara estava começando a fazer seu rosto coçar.

Ele havia avançado talvez uns oitocentos metros pela rua escura, passando por cáries pretas que ele supôs serem gramados de casas, quando seus faróis vislumbraram algo de errado no bosque à sua esquerda — a carne branca exposta de árvores com galhos recém-partidos e um vulto parecido com o de um carro numa posição que não parecia a de um carro. Louis reduziu a velocidade e virou o carro, posicionando seus faróis altos de modo a iluminar a cena.

O vulto era de fato um carro. Suas rodas apontavam para o céu e o compartimento do passageiro estava achatado e enterrado em lama, arbustos e galhos de árvore abaixo do trecho elevado da Route 128. Arbustos quebrados e terra revirada marcavam a trajetória que o carro havia traçado em seu mergulho do alto da via expressa. Louis deixou o motor de seu carro ligado e abriu caminho por entre o mato e os galhos até o carro acidentado. Só as partes do carro iluminadas pelos faróis, o metal amassado e o chassi retorcido, faziam algum sentido; havia uma confusão escura e perturbadora aos pés de Louis e, no meio dela, vagamente, ele viu a figura de um homem. O corpo estava intacto, mas tinha sido parcialmente ejetado pela janela aberta do motorista, a começar pelas mãos, que se curvaram para dentro quando depois vieram os braços, que se curvaram para dentro quando depois vieram a cabeça e o tronco. Os ângulos do corpo eram como os do corpo de um dançarino quando ele encosta as mãos lassas e arqueadas no rosto, junta os cotovelos ao peito e abaixa a cabeça para evocar ternura, tristeza ou submissão. O homem tinha pescoço grosso, usava uma camisa formal rosa de aparência barata e possivelmente em toda a sua vida nunca havia sido tão expressivo com seu corpo, sua postura nunca tendo evocado coisa alguma de forma tão eloquente quanto agora evocava a morte; porque era absolutamente evidente que ele estava morto.

Não havia tráfego na rodovia lá em cima. Louis cambaleou até o outro lado do carro, gemendo um pouco de autopiedade, e se certificou de que não havia nenhum passageiro lá dentro. Agora que não estava mais vendo o homem, ele já não tinha mais tanta certeza de que ele estivesse realmente morto. Voltou para perto do homem, se ajoelhou e tocou no pescoço dele. A pele estava fria. Ele o sacudiu de leve e a cabeça girou e tombou para a frente. Louis afastou a mão. Ouviu vozes, de homens e mulheres, vindas do gramado do outro lado da rua, e correu para dizer o que tinha de dizer, ou seja, que um homem estava morto.

As irmãs de Peter estavam se queixando das máscaras. Diziam que se sentiam ridículas usando aquilo. Repetiam que mais ninguém, nem os guardas nem as pessoas comuns pelas quais haviam passado no centro de Lynnfield e em Middletown, estava usando máscara.

"Fiquem com as máscaras", disse Peter, dirigindo. "Os fígados de vocês agradecerão."

Eileen tinha encostado sua cabeça cansada e pesada na janela a seu lado no banco de trás e estava deixando que seus olhos fechassem e abrissem sobre o borrão escuro que era o subúrbio próspero pelo qual eles estavam passando agora. Ela poderia ter dormido se Peter não ficasse freando toda hora diante de perigos reais ou hipotéticos — cabos de eletricidade partidos, trechos baixos e alagados de estrada e curvas que a princípio pareciam escarpas de falha. Ela deixava seu corpo balançar como bem entendesse, deixava seu rosto mascarado bater no vidro quando o carro sacolejava ou fazia uma curva. Sempre achara reconfortante andar de carro, andar e andar sem nunca parar, e era particularmente reconfortante agora ser embalada tão demorada e suavemente, ser balançada pelo carro e não pelo chão. Via trechos de floresta se alternarem com lugarejos e campos. Havia uma língua de vapor no horizonte ao sul, elevando-se de algum ponto a muitos quilômetros de distância. Eileen a viu antes de ela se ocultar por um bom tempo, e então outra vista se abriu ao sul e ela viu de novo: um punho cerrado de gás cinzento socando a barriga preta do céu, os encapelados nós de seus dedos emitindo um brilho laranja. A língua evoluía como uma nuvem normal num céu normal, aparentando estar imóvel quando Eileen ficava olhando para ela, mas mudando de forma quando ela parava de olhar. A princípio, parecia um ponto de exclamação gordo caindo para a esquerda; então mais um aglomerado de árvores bloqueou a visão de Eileen e, quando ela a avistou de novo, a língua tinha se arqueado e virado um ponto de interrogação. Os olhos de Eileen continuaram se fechando conforme o movimento do carro a embalava. Ela reconhecia os sons dentro do carro como palavras ditas por Peter, pela família dele ou pelo locutor do rádio, mas mesmo o esforço mínimo necessário para entendê-las estava além de suas forças. A língua ficou do mesmo tamanho, crescendo à medida que a estrada a levava para longe dela. Eileen não disse nada. Estava quase dormindo agora e tinha receio de que, se as outras pessoas vissem a língua, ela fosse deixar de ser só uma coisa na cabeça dela e se tornar real.

* * *

Uma família estava reunida em volta de uma picape, ouvindo o rádio à luz de um lampião apoiado na capota. Eram dois casais jovens, um casal mais velho e um bebê. A mulher mais velha viu Louis andando em direção a eles com a máscara de gás e fez cara de espanto. Ele disse que havia uma pessoa morta do outro lado da rua.

Agora todo mundo estava fazendo cara de espanto para ele. "Tem alguma coisa... errada?"

"Bom, sim", ele respondeu. "Acho que existe uma preocupação em relação a uma fábrica de produtos químicos em Peabody."

Ele já sabia que teria de contar a eles, mas estava na dúvida se fora um erro. A família começou a metralhá-lo com perguntas, duas ou três de cada vez. Ele tentou trazer a discussão de volta para o homem morto do outro lado da rua, mas, quando deu por si, já tinha sido deixado sozinho na pista de entrada da casa, enquanto as pessoas disparavam em todas as direções, algumas sumindo dentro da casa, outras correndo para avisar os vizinhos.

O rádio disse: *Há relatos agora de que pelo menos dezoito pessoas morreram, a maioria delas no condado de Essex. Esse número certamente irá crescer e é provável que existam dezenas se não centenas de feridos no que claramente foi a pior tragédia natural que já atingiu a grande Boston.*

"Você quer uma carona?", a mulher mais velha perguntou a Louis. Ela e o marido estavam botando sacolas do Star Market com comida e garrafas de água na carroceria da picape.

"Não..." Louis fez um gesto vago. "Obrigado, de qualquer forma."

"Acho que é melhor a gente ir indo, você não acha?"

"É, mas..." Ele apontou com cabeça na direção da rua.

"Esquece o homem."

Louis caminhou sem ânimo pela pista de entrada, embrenhou-se por entre os arbustos e urtigas e ficou parado, em silêncio, diante do carro capotado, olhando para aquela vítima sem rosto que tinha se tornado dele. A notícia sobre um possível vazamento químico estava vazando por toda a rua. Os ruídos de carros dando partida se multiplicavam, e novamente a terra estava tremendo.

Eileen acordou quando o carro parou na pista de cascalho em frente à casa de sua mãe. Tirou a máscara e seguiu atrás de Peter, que mancava em direção à porta da frente. Uma luz de emergência na sala de estar, instalada para inibir ladrões, iluminava os destroços de uma violenta destruição — os móveis em desordem, crateras na parede. O escuro do céu havia empalidecido um pouco, como se a noite tivesse cansado de ser noite e estivesse reconsiderando sua posição. Peter bateu na porta. Eileen ouviu uma voz de locutor de rádio vindo de algum lugar do quintal e deu a volta até a lateral da casa.

Sua mãe estava sentada numa cadeira Adirondack no meio do amplo gramado que descia da ala leste. Na grama ao lado dela havia um balde de gelo de prata e um aparelho de som portátil, sintonizado num noticiário. Ela estava tomando champanhe em uma taça alta.

"Você está bem?", Eileen perguntou.

"Eileen." Melanie virou a cabeça molemente. "Você está bem. Eu sabia que você ficaria bem. Está tudo, tudo bem."

...fora de controle neste momento na fábrica da empresa em Peabody. Até agora ainda não houve nenhum pronunciamento oficial, mas os moradores que ainda não deixaram as comunidades nas cercanias da fábrica devem considerar a possibilidade de permanecerem em suas casas com as janelas bem fechadas e os aparelhos de ar-condicionado desligados.

"Você está bem?", Eileen repetiu.

Melanie tomou o resto de champanhe e depois levantou a taça no ar. "Eu estou exultante!"

...danos estruturais, e as principais vias de escoamento rodoviário estão congestionadas. Pelo que eu vejo daqui, parece que os bombeiros não estão fazendo nenhuma tentativa de entrar nas instalações. Há uma fumaça... sufocante... acre... no ar, e certamente o chefe dos bombeiros está preocupado com a segurança de seus homens.

"Como ela está?", perguntou Peter, também sem máscara.

Eileen revirou os olhos e desviou o rosto. "Exultante."

"Oi, senhora Holland."

"Olá, Peter." Melanie despejou as últimas gotas de champanhe em sua taça e pôs a garrafa de volta no balde com o gargalo para baixo. "Como está a sua família? Eles estão todos bem?"

Eileen ouviu um soluço alto quando começava a subir de volta a ladeira do gramado. Não se lembrava de já ter sentido falta de Louis alguma vez, mas estava sentindo agora.

"Eileen, minha querida, tem mais champanhe na geladeira. Você pode oferecer pra família do Peter. Peter, traga algumas cadeiras aqui pra baixo. Tem uns tira-gostos lá também, Eileen. Você vai encontrar."

A sra. Stoorhuys ainda estava de máscara. Ela foi ao encontro de Eileen e parou perto dela no gramado molhado de orvalho. "Como ela está?"

"Ah, ela está ótima", disse Eileen.

"Ela é uma mulher tão bonita. E a casa também é tão bonita." Janet desceu a ladeira escorregadia na ponta dos pés e tocou no ombro de Melanie. "Melanie?"

Melanie olhou para ela e deu um berro. O rádio continuava bradando sobre o incêndio em Peabody. Eileen se deitou no gramado e dormiu.

Quanto tempo uma pessoa levava para ir da Filadélfia até Pittsburgh quando estava vivendo no azul? Quanto tempo uma pessoa levava para ir simplesmente de Lynnfield até Boston quando as vias expressas estavam fechadas e não havia eletricidade? Louis calculava que ele e seu Civic estavam avançando mais ou menos na velocidade média de um cavalo a galope enquanto rumavam para o sul por Wakefield, Stoneham, Melrose. Ele parava para consultar seu mapa, parava diante de pontes danificadas e era obrigado a fazer um contorno. Parou para ajudar um cambojano a tirar seu carro carcomido de ferrugem de dentro de uma vala e botá-lo na estrada que levava a Peabody, onde sua mulher e seus filhos estavam. Louis deu sua máscara de gás para o cambojano quando eles se despediram.

As ruas, com seus meios-fios, calçadas e bueiros, não estavam ancoradas no chão. Dez bombeiros de Melrose se afastavam do local de um incêndio já apagado com o andar relaxado de pessoas que saem de uma igreja, suas costas voltadas para as vigas pretas que haviam se erguido, vitoriosas, da terra. O prédio de uma biblioteca tivera uma diarreia de tijolos, e a proximidade do movimento forte, a aleatoriedade irradiante e persistente daquilo tudo, fazia com que a imobilidade dos destroços deixasse de ser uma qualidade elementar e passasse a ser uma espécie de dor, uma imanência.

O século XVIII assombrava as inescrutáveis ruas transversais, tão latente na escuridão que Louis quase esperava ouvir os golpes de cascos de cavalo no barro. Imaginou como deviam ser negras as noites no centro de uma cidade duzentos anos atrás, antes de existir iluminação a gás e muito antes de a insônia da época atual ter espalhado alucinações insones em pistas ao longo dos limites das cidades e trazido o mundo externo para o interior das casas: como as próprias casas deviam descansar, tão invisíveis e aparentemente mortas quanto as pessoas que dormiam dentro delas. Como deviam ser assustadoras e bonitas aquelas noites. Como deviam tornar algum tipo de repouso verdadeiro e de solidão verdadeira uma possibilidade.

Mas aquela época era só um eco agora, um eco que morria se você chegasse perto demais, e, sempre que passava por pessoas — elas não estavam nos bairros empresariais nem nos centros comerciais, mas sim nas ruas residenciais —, elas estavam coladas a automóveis com faróis, rádios e motores ligados, e ele não podia negar que esses pequenos quadros vivos, repetidos inúmeras vezes enquanto ele seguia para o sul, eram as únicas coisas naquela noite que pareciam genuínas. Os faróis estacionários lançavam feixes de realidade sobre o suposto fato do terremoto e iluminavam pedaços da vegetação real e das casas reais que sobreviviam, indiferentes, à escuridão. E o rádio, embora Louis tivesse mantido o seu desligado a maior parte do tempo, era a voz da época dele, a única voz na noite que ele compreendia. As janelas quebradas, os fios partidos, as ambulâncias e os rostos feridos que assomavam no meio da noite eram coisas sem sentido. Sem sentido porque ele podia olhar para elas e, de alguma forma, não sentir nenhum desejo de vingança, nenhum mesmo. Nem mesmo naquela estrada de Lynnfield, quando estava diante da primeira pessoa morta com que se deparara, tinha havido algum espaço no coração dele para a raiva. Não conseguia relacionar a coisa morta pelo terremoto a seus pés a quaisquer ações dentro de um esquema de certo ou errado, não conseguia pensar: a empresa é responsável por isso e eles têm de pagar. Como você podia acreditar em responsabilidade se a responsabilidade tem limites? E, no entanto, como podia um terremoto causado pela cupidez e pela desonestidade de homens reais e específicos mesmo assim virar simplesmente um ato de Deus, com a vacuidade inumana e impalpável de um ato de Deus? Lembrando-se dos braços enroscados e da cabeça aninhada do homem morto, Louis não conseguia sequer sentir horror. O corpo agora parecia algo como os furtos que ele testemunhara em Chicago, ou como o homem maltrapilho que ele vira uma vez se masturbando, de calça arriada, entre os arbustos do Hermann Park, em Houston, uma imagem tão irreal quanto tudo mais a respeito daquele terremoto, tão irreal quanto reportagens sobre guerras ou tomadas de assassinatos na televisão, exceto que irrealidade não era exatamente a palavra para o que ele tinha sentido lá, pisando em urtigas na última década do século XX, cercado pelas consequências da catástrofe e pensando por que ele vivia e do que era realmente feito um mundo que abarcava a morte. A palavra era mistério.

Ele estava percorrendo uma avenida de Everett ou Medford (não sabia ao certo qual das duas) quando as luzes se acenderam e ficou claro que a cidade de Boston e seus arredores imediatos estavam longe de estar completamente arruinados. Algumas casas tinham ficado de joelhos ou perdido paredes, mas mesmo as piores ruas tinham uma aparência melhor do que um típico quarteirão de gueto. Um grupo de jovens irlandeses zanzava no telhado de um abrigo de um campo de beisebol, tomando cerveja. Crianças brincavam na luz restaurada como crianças do deserto brincam na chuva. Louis se permitiu relaxar um pouco e imediatamente sentiu um enjoo de cansaço e o odioso arrependimento que passar uma noite em claro sempre lhe causava.

O céu estava rosa e amarelo quando ele chegou a Back Bay. A irrealidade ainda resistia nos vários pontos de onde a destruição tinha emanado — na calçada desmantelada, na rachadura molhada que atravessava obliquamente a Marlborough Street, nos tijolos soltos, remates de concreto e pedaços de alvenaria que jaziam na grama ou na calçada com incisiva e dissimulada imobilidade, como se quisessem passar por fragmentos de um templo romano ou penedos no fundo de um penhasco, coisas que não tinham se movido por séculos. O prédio de Eileen e Peter, porém, continuava de pé, exatamente como Louis o havia deixado.

No Brigham & Women's algumas pessoas avulsas, a maioria delas idosas, permaneciam imóveis do lado de fora da sala de emergência, tentando ser apenas objetos, até que um médico pudesse transformá-las de novo em pessoas com testemunhos, histórias. Garrafas quebradas e ladrilhos caídos tinham sido juntados em pilhas caprichadas, e as enfermeiras eram enérgicas e estavam imunes ao pânico. Uma delas, que já conhecia Louis, guiou-o até a cama onde Renée, ele viu, estava dormindo.

17.

Durante toda a segunda e toda a terça-feira, o terremoto manteve o país refém. Manchetes gigantescas marchando em fileiras cerradas feito tropas fascistas chutavam tudo mais para fora da face das primeiras páginas e, à tarde, pessoas que estavam tentando assistir às novelas eram submetidas a edições extraordinárias de telejornais. A Major League cancelou todos os jogos durante dois dias, caso fãs tivessem a ideia de se refugiar das notícias com bolas e tacadas. Até o vice-presidente foi forçado a abreviar seu tour pelas capitais da América Central e voar para Boston.

Não é agradável ser mantido refém; não é só uma figura de linguagem. Numa sociedade decadente, as pessoas podem lentamente derivar ou lentamente ser arrastadas pela cultura do comércio para o anseio por violência. Talvez as pessoas tenham uma consciência profunda e inata de que nenhuma civilização dura para sempre, de que até a mais pacífica prosperidade terá um dia de terminar, ou talvez seja apenas a natureza humana. Mas a guerra pode começar a parecer um merecido espetáculo de fogos de artifício, e um assassino em série (desde que ele esteja numa cidade distante), alguém por quem torcer. Uma sociedade decadente ensina as pessoas a gostarem de propagandas de violência contra mulheres, a gostarem de qualquer coisa que sugira uma mulher tendo seu sutiã arrancado e seus seios agarrados, uma mulher sendo estuprada, uma mulher tendo seus braços e pernas amarrados com cordas, uma mulher tendo sua barriga perfurada, uma mulher berrando. Mas aí uma mulher real que elas conhecem é sequestrada e estuprada e não só não gosta, como fica revoltada ou traumatizada pelo resto da vida, e de repente elas se tornam reféns da experiência dela. Elas sentem um aperto insuportável no peito, porque todas aquelas sugestões e imagens sexy tinham se tornado, fazia tempo, pontes para atravessar o vazio de seus dias.

E agora a catástrofe que vinha prometendo fazer com que você tivesse a sensação de viver num tempo especial, num tempo de verdade, num tempo do tipo daqueles sobre os quais você lê em livros de história, um tempo de sofrimento, morte e heroísmo, um tempo do qual você se lembraria com tanta facilidade quanto esqueceria aqueles outros anos em que fez pouca coisa além de buscar inutilmente sexo e romance através de suas compras: agora uma catástrofe de tais proporções históricas havia acontecido, e agora você sabia que também não era isso o que você queria. Não aquela interminável repetição televisionada de clichês e de repórteres franzindo cenhos gravemente, não aquelas caras de pesadelo de âncoras empoados olhando para você horas e mais horas. Não aquela mesma tomada dos mesmos corpos ensanguentados estendidos em macas. Não aquela nauseante proliferação de matérias de jornal idênticas, contendo entrevistas idênticas com sobreviventes que diziam que tinha sido assustador e declarações idênticas de cientistas que diziam que o fenômeno ainda não estava bem compreendido. Não aquelas fotos de prédios que estavam danificados, mas não destruídos. Não aquela mesma imagem, várias e várias vezes, da ruína fumegante de Peabody, onde brilhava um sol da manhã comum, porque o sol ainda raiava, porque o mundo não tinha mudado, porque a sua vida não tinha mudado. Você teria preferido a falta de sentido mais honesta de uma World Series, a diversão oferecida por um evento que podia ser a culminância de meses de expectativa e semanas de publicidade histérica, construindo uma ponte sobre o vazio de um verão e de um outono e produzindo, em conclusão, um conjunto inteiramente portátil de números que a mídia não podia esfregar na sua cara por mais do que cerca de uma hora. Porque você percebia agora que o terremoto não era nem história nem entretenimento. Era simplesmente um caos particularmente feio. E embora o terremoto também pudesse ser reduzido a um placar — mil e trezentos feridos, setenta e um mortos, magnitude 6,1 —, era o tipo de placar que os seus virtuosos sequestradores se sentiam no direito de repetir até você enlouquecer e começar a dar berros que eles, no entanto, atrás de seus microfones e monitores de computador, não ouviam.

A foto que ganhou as primeiras páginas dos jornais vespertinos de segunda-feira no mundo inteiro mostrava as ruínas das instalações da Sweeting-Aldren em Peabody. Vinte e três das mortes e cento e dez dos ferimentos haviam sido sofridos por funcionários da empresa atingidos pela explosão inicial de duas linhas de produção e pela subsequente conflagração geral. O terremoto havia danificado vários sistemas anti-incêndio, e bolas de etileno em combustão e lençóis de benzeno em chamas haviam inflamado tanques de armazenamento. Uma explosão aparentemente causada por nitrato de amônio arrasou linhas de produção que, de outra forma, poderiam não ter se incendiado. Nuvens brancas despejavam ácido nítrico, ácido clorídrico e reagentes orgânicos, os hidrocarbonetos e halógenos se combinando num ambiente de temperatura tão alta e pH tão baixo quanto o da superfície de Vênus, mas consideravelmente mais tóxico. Resfriando-se e deslocando-se, a língua de vapor desceu sobre ruas residenciais, deixando um resíduo esbranquiçado e oleoso em tudo que tocava.

Na tarde de segunda-feira, funcionários da EPA vestidos com roupas de Mylar mediram os níveis de dioxina em ruas imediatamente ao norte da fábrica e encontraram resultados na ordem de partes por cem mil. Pássaros cobriam o chão sob as árvores como frutas caídas e emboloradas. Gatos, esquilos e coelhos jaziam mortos em gramados ou sofriam violentos espasmos e ânsias de vômito ao pé de sebes. O tempo estava ótimo, temperatura em torno de vinte e cinco graus, umidade baixa. Unidades da Guarda Nacional equipadas com gás lacrimogêneo trabalhavam metodicamente avançando em sentido norte, evacuando moradores recalcitrantes à força quando era necessário, fechando ruas com barris alerta laranja e cercando a área mais contaminada, denominada Zona I, com frágeis anteparos de plástico laranja que aparentemente vinham sendo estocados justamente com esse propósito.

No fim da tarde de terça-feira, a Zona I já estava completamente isolada. Ela consistia em cerca de quinze quilômetros quadrados de valas cobertas de cascalho, ruas residenciais pobres, pântanos abarrotados de lixo e algumas velhas fábricas de propriedade de empresas que vinham reduzindo suas atividades fazia muito. Vários moradores de Peabody que estavam em casa quando a língua de vapor desceu já tinham se dirigido a hospitais, com queixas de tontura ou fadiga extrema. As casas que eles haviam deixado para trás, e que agora só podiam ser visitadas por patrulhas da Guarda Nacional ou equipes de reportagem, tinham o aspecto de sofás estropiados — as pernas bambas, as juntas enfraquecidas, o forro rasgado aqui e ali, expondo um caos interno de molas e estofo farelento. Os danos causados pelo terremoto eram semelhantes na Zona II, ao norte, que era muito mais extensa, mas lá a contaminação era irregular e mal definida o suficiente para que a Guarda Nacional entendesse que podia permitir que moradores adultos voltassem ao local durante o dia para trancar suas casas e recolher pertences pessoais.

A cobertura jornalística de Peabody estava sendo feita vinte e quatro horas por dia. Desavenças entre equipes de filmagem e membros da Guarda eram frequentes, e repórteres se dirigiam ao público usando máscaras de gás. Alguns ficavam tão abalados com o que estavam vendo, tão inesperadamente sensibilizados com as notícias, que abandonavam suas hipócritas poses graves e falavam como os seres humanos inteligentes que você sempre desconfiara que eles tinham de ser. Perguntavam a membros da Guarda se algum saqueador havia sido baleado. Perguntavam a representantes de entidades de proteção ambiental se as pessoas que moravam nas cercanias imediatas das duas zonas corriam riscos. Perguntavam a todos os entrevistados quais eram suas *impressões* a respeito de tudo o que estava acontecendo. Mas a grande pergunta, não só para a imprensa, mas para a EPA, para os trinta mil moradores traumatizados e indignados das Zonas I e II, para os cidadãos de Boston e também para todos os americanos era: O que a diretoria da Sweeting-Aldren tinha a dizer? E foi na tarde de segunda-feira, quando a pergunta havia se tornado inescapável, que a imprensa descobriu que não havia literalmente ninguém por perto para respondê-la. O quartel-general da Sweeting-Aldren, situado, aliás, logo a oeste da Zona II, tivera seu interior destruído por um incêndio que os esquadrões de bombeiros locais, quando estavam tentando combatê-lo nas horas seguintes ao terremoto, disseram que parecia ser um caso de incêndio criminoso. O sistema de sprinkler do prédio havia sido desativado manualmente, e os bombeiros encontraram vestígios de um "fluido incendiário" perto do que sobrara da sala onde ficavam arquivados os documentos da empresa, no térreo. As esposas do presidente e dos quatro vice-presidentes seniores ou também não puderam ser localizadas ou disseram aos repórteres que não viam seus maridos desde domingo à noite, pouco antes do início do terremoto.

Às cinco da tarde de segunda-feira, bem a tempo de realizar uma entrevista ao vivo para o noticiário local, o Channel 4 conseguiu localizar o porta-voz da empresa, Ridgely Holbine, numa marina de Marblehead. Ele estava usando calção de banho e uma camiseta desbotada de Harvard e estava fazendo uma inspeção em seu veleiro para verificar se ele sofrera algum dano durante o terremoto.

PENNY SPANGHORN: Que declaração a empresa tem a dar a respeito dessa terrível tragédia?

HOLBINE: Penny, eu não tenho como lhe dar nenhuma declaração oficial neste momento.

SPANGHORN: Você pode nos dizer o que causou essa terrível tragédia?

HOLBINE: Eu não recebi nenhuma informação a esse respeito. Posso apenas especular, por minha própria conta, que o terremoto tenha sido um fator.

SPANGHORN: Você está em contato com a diretoria da empresa?

HOLBINE: Não, Penny, não estou.

SPANGHORN: A empresa está preparada para assumir a responsabilidade pela terrível contaminação que atingiu Peabody? Vocês estão preparados para assumir um papel de liderança nos esforços de descontaminação?

HOLBINE: Eu não tenho como lhe dar nenhuma declaração oficial.

SPANGHORN: Qual é a sua opinião pessoal a respeito dessa terrível tragédia?

HOLBINE: Eu lastimo muito pelos trabalhadores que foram mortos e feridos. Lastimo muito por suas famílias.

SPANGHORN: Você se sente pessoalmente responsável de alguma forma? Por essa terrível tragédia?

HOLBINE: Foi um ato de Deus. Não há como controlar isso. Mas nós todos lamentamos as vidas que foram perdidas.

SPANGHORN: E quanto às cerca de trinta mil pessoas que hoje estão desabrigadas em consequência dessa tragédia?

HOLBINE: Como eu disse, eu não estou autorizado a falar pela empresa. Mas é inegavelmente lamentável.

SPANGHORN: O que você tem a dizer a essas pessoas?

HOLBINE: Bom, elas não devem comer nenhum alimento que esteja em suas casas. Devem se lavar cuidadosamente e tentar encontrar outros lugares para ficar. Beber água engarrafada. Descansar bastante. É o que eu estou fazendo.

Na terça-feira de manhã, veio à tona a notícia de que o presidente da Sweeting-Aldren, Sandy Aldren, havia passado todo o dia de segunda-feira na cidade de Nova York, liquidando os títulos negociáveis da empresa e transferindo cada dólar de que a empresa dispunha em espécie para contas bancárias num país estrangeiro. Depois, na própria segunda à noite, ele desapareceu. A princípio, pensou-se que as contas estrangeiras em questão fossem suíças, mas registros mostraram que todo o dinheiro — cerca de trinta milhões de dólares — havia, na verdade, ido parar no First Bank of Basseterre, na ilha de São Cristóvão.

Na tarde de terça, o advogado particular de Aldren em Boston, Alan Porges, veio a público e admitiu que uma "reserva em dinheiro" fora levantada para cobrir os "pagamentos por desligamento garantidos por contrato" dos cinco "principais executivos" da empresa. Esses pagamentos somavam pouco mais de trinta milhões, e Porges disse que, ao que lhe constava, todos os cinco executivos haviam se demitido oficialmente na manhã de segunda-feira e tinham, portanto, o direito de receber seus pagamentos em dinheiro imediatamente. Ele se recusou a especular sobre o paradeiro dos cinco executivos.

As redes de televisão haviam retransmitido trechos da entrevista com Porges não mais do que cinco ou seis vezes quando uma nova bomba estourou. O sismólogo Larry Axelrod chamou repórteres ao MIT e declarou que vira indícios que sugeriam que a Sweeting-Aldren era responsável por praticamente toda a atividade sísmica dos últimos três meses, incluindo o principal abalo, ocorrido na noite de domingo. Disse também que os indícios tinham lhe sido fornecidos pela sismóloga Renée Seitchek, de Harvard, "uma excelente cientista", que ainda se encontrava hospitalizada, recuperando-se de ferimentos a bala. Uma mulher do *Globe* perguntou se era possível que Seitchek tivesse sido alvejada não por extremistas do movimento pró-vida, mas por alguém a mando da Sweeting-Aldren, e Axelrod respondeu: *Sim*.

As polícias de Somerville e de Boston confirmaram que haviam de fato ampliado o escopo das investigações do atentado contra Seitchek à luz desse motivo recém-descoberto, mas acrescentaram que o terremoto havia posto em desordem todas as investigações desse tipo. Disseram ainda que o total desmonte da estrutura administrativa da Sweeting-Aldren e a perda dos documentos da empresa em diversos incêndios "poderiam representar um problema".

Representantes de entidades federais e estaduais de proteção ambiental estavam encontrando problemas ainda maiores ao tentar confirmar a existência de um poço de injeção nas instalações da empresa em Peabody. Na manhã de quarta-feira, o último incêndio que ainda restava no local se extinguiu depois de ter consumido quase tudo, e o que sobrou foram oitocentos acres de ruínas crestadas e envenenadas — um South Bronx ainda não mapeado repleto de lagos escuros e espumantes, instáveis armazéns de produção e dutos e tanques pressurizados que, desconfiava-se, continham não só explosivos e gases inflamáveis, como também algumas das substâncias mais tóxicas e/ou carcinogênicas e/ou teratogênicas conhecidas pelo homem. A prioridade da EPA, conforme declarou a administradora Susan Carver ao ABC News, era evitar que a contaminação se espalhasse para o lençol freático e para os estuários próximos.

"Ficou claro agora", disse Carver, "que a imensa lucratividade dessa empresa foi conquistada por meio da adoção de margens de segurança muito abaixo do mínimo necessário e da engambelação sistemática das agências responsáveis pela fiscalização. Eu temo que haja um risco muito real de que essa tragédia pessoal e econômica venha a se tornar uma verdadeira catástrofe ambiental e, no momento, estou mais preocupada em proteger a segurança da população do que em atribuir responsabilidade no abstrato. Para nós, localizar uma única boca de poço no local, pressupondo que o poço de fato exista, vai ser como encontrar uma agulha num palheiro que nós sabemos que está cheio de cascavéis."

De modo geral, a imprensa e o público compraram totalmente a teoria Axelrod/Seitchek. Sismólogos, contudo, reagiram com sua costumeira cautela. Queriam examinar os dados. Precisavam de tempo para construir modelos e interpretar informações. Disseram ser plausível que a profusa atividade sísmica de abril e maio, caracterizada por enxames de sismos, tivesse sido induzida pela Sweeting-Aldren, mas que o abalo principal da noite de domingo era outra questão.

Tal abalo, demonstrou-se, havia resultado da ruptura de rochas ao longo de uma falha profunda que se estendia do noroeste de Peabody até um ponto nas cercanias dos epicentros dos tremores ocorridos em Ipswich em abril. Howard Chun, de Harvard, realizara a deconvolução de alguns sismogramas digitais de curto período e demonstrara, de forma razoavelmente conclusiva, que a ruptura se propagara da ponta noroeste da falha para a ponta sul — em outras palavras, que o evento tinha "começado" perto de Ipswich. Um poço de injeção da Sweeting-Aldren não poderia, portanto, ter "causado" o terremoto; poderia, no máximo, ter desestabilizado a falha, ou produzido uma instabilidade geral criando uma trilha de menor resistência. Mas toda a questão da propagação de rupturas ainda não estava de forma alguma bem compreendida.

A única coisa que se sabia com certeza era que o leste dos Estados Unidos havia sofrido o seu maior terremoto desde que Charleston, na Carolina do Sul, fora arrasada em 1886. A contaminação de Peabody e o escândalo de culpabilidade empresarial foram, naturalmente, os assuntos que receberam de início a maior atenção da imprensa — todo grande desastre americano parece produzir um espetáculo particularmente tenebroso — mas, à medida que a situação lá foi se estabilizando, as atenções se voltaram para as graves feridas que o resto dos subúrbios do norte de Boston e a própria cidade haviam sofrido. Uma equipe de resgate que estava escavando os escombros de um orfanato de Salem havia exumado oito pequenos corpos. Ataques cardíacos haviam matado pelo menos dez moradores da cidade de Boston; o Channel 7 entrevistou vizinhos de um morador do oeste de Somerville chamado John Mullins, que havia saído de sua casa cambaleando e caído morto na rua, de braços abertos, "como se tivesse levado um tiro". Seis pessoas haviam sido hospitalizadas por causa de torrentes de percloroetileno que vazaram de estabelecimentos de lavagem a seco. Bibliotecários de todas as cidades de Gloucester a Cambridge estavam atolados até os quadris na enxurrada de livros que caíra das estantes. O *mainframe* do Shawmut Bank havia pifado e um incêndio elétrico apagara centenas de fitas magnéticas contendo informações sobre contas correntes; o banco fechou suas portas por uma semana e seus clientes, descobrindo que seus cartões também não funcionavam nos caixas eletrônicos de outros bancos, tiveram de pedir empréstimos, fazer escambos ou implorar esmolas só para conseguir comprar comida e água engarrafada. Muita gente se queixava de um enjoo persistente. Depois da noite de domingo, apenas três tremores de pouca intensidade tinham sido sentidos, mas cada um deles fez centenas de pessoas pararem o que estavam fazendo e caírem num choro incontrolável. Tudo estava caótico — casas, fábricas, estradas, tribunais. Na sexta-feira de manhã, coordenadores das equipes federais de emergência estimavam que o custo total do terremoto, incluindo danos a propriedades e a interrupção das atividades econômicas, mas não incluindo a contaminação nas Zonas I e II, ficaria na faixa de quatro a cinco bilhões de dólares. Editorialistas chamaram esse valor de "chocante"; era aproximadamente o que fora gasto pelos americanos para pagar os juros da dívida nacional ao longo do fim de semana do Memorial Day.

A vítima mais notória do terremoto foi, provavelmente, a Igreja da Ação em Cristo de Philip Stites. Assim como faziam ao redigir obituários para os vivos, as organizações jornalísticas locais haviam se preparado para a destruição da igreja escrevendo de antemão editoriais triunfantes e alocando de antemão equipes de reportagem para a cobertura. Assim que as ondas sísmicas rolaram sobre Chelsea, quatro vans equipadas com minicâmeras e pertencentes a diferentes organizações saíram em disparada pelas ruas escuras e rachadas e chegaram à igreja com uma diferença de um minuto em relação umas às outras. A devastação parecia satisfatória, embora não chegasse a ser extrema. O tremor havia partido o prédio ao meio, achatando inteiramente o andar térreo sobre um lado do clerestório, reduzindo o próprio clerestório a um emaranhado de tirantes que engaiolava nacos de concreto e transformando portas e janelas em horrendos romboides. Uma nuvem de fumaça se elevava com fúria e impaciência dos fundos do prédio, e Philip Stites dava a impressão de ter sido atingido na cabeça por um ovo com gema de sangue. Ele saiu correndo pela rua gritando: "*Ajudem. Larguem* as câmeras. *Ajudem*", porque as equipes de reportagem eram, de fato, as únicas pessoas que estavam lá para ajudar, e só vinte minutos depois outras pessoas chegariam.

Mais tarde naquela mesma semana, Stites declarou que um verdadeiro milagre havia acontecido naquela noite escura e úmida: todos os membros das equipes de reportagem, absolutamente todos eles, tinham posto de lado suas câmeras e gravadores e entrado atrás dele no prédio semidestruído. Tinham arrombado portas emperradas, libertando hordas de mulheres aos berros e sujas de sangue. Tinham enfrentado bravamente chuvas de reboco e nuvens de fumaça negra para arrastar membros da igreja com pernas quebradas para longe do caminho do fogo. Tinham amparado homens e mulheres que pularam de janelas e retirado os equipamentos de dentro de suas vans para levá-los às pressas para o hospital. Tinham salvado, disse Stites, pelo menos vinte vidas. Mas o fato de Stites ter optado por chamar o heroísmo das equipes de reportagem de milagre refletia, na verdade, uma nova e atípica amargura por parte do pastor. Ele não viu milagre, por exemplo, no fato de nenhum membro de sua igreja ter morrido. Não disse que Deus havia protegido Seus fiéis de Seu terremoto. Não sentiu nenhum prazer com a misericórdia de Deus, porque, quando a fumaça se dissipou e o sol raiou, ele descobriu que não tinha mais uma igreja.

Stites montou uma barraca de camping no pátio do prédio e prometeu arranjar outras barracas para os trezentos membros de sua congregação, mas todos recusaram sua oferta, salvo um punhado deles. A maioria simplesmente foi embora de Boston e voltou para casa no Missouri, no Kansas, na Geórgia. O resto se bandeou discretamente para um grupo antiaborto rival chamado Nós Amamos a Vida, cuja "ação" característica era azucrinar clínicas com gravações de recém-nascidos chorando a cem decibéis. Uma dessas desertoras encarou a câmera do Channel 4 olho no olho e disse: "Eu não acredito mais que o senhor Stites seja guiado pela divina Providência, não depois daquela noite de terror. Eu agradeço a Deus por ter escapado com vida e inteira. Nem todo mundo escapou inteiro, sabe. Uma amiga minha está paralisada no hospital, com a coluna quebrada. Eu acho que o senhor Stites é um grande professor e um grande líder moral que acabou se desviando do bom caminho por causa do orgulho. Eu acho que a gente nunca devia ter ido para aquele prédio".

Outra desertora, a sra. Jack Wittleder, foi mais sucinta: "O reverendo Stites se deixou tentar por uma mulher pecadora. E agora nós todos pagamos o preço". A repórter do Channel 4 disse: *Mulher? Que mulher??* Mas a sra. Wittleder se recusou a se estender sobre o assunto.

O próprio Stites também deu uma declaração ao Channel 4. "O que eu realmente acredito, no fundo do coração? Eu acredito que Deus derrubou o nosso prédio porque tinha um propósito. Acredito que a destruição foi um teste de fé e que nós fracassamos totalmente nesse teste. Eu pensava... eu tinha a fervorosa esperança de que nós tivéssemos uma igreja que fosse mais forte do que qualquer prédio, e uma fé que nenhum terremoto fosse jamais abalar. E eu ainda tenho essa fé no meu coração, mas não tenho mais uma igreja, e estou profundamente humilhado e decepcionado."

Pouco depois, Stites também teve o privilégio de ser o primeiro réu citado numa ação judicial decorrente do terremoto. A família da ex-integrante da igreja que quebrara a coluna o acusava de fraude e negligência intencional ao convencer a moça a ficar num prédio inseguro; a família estava pedindo dez milhões de dólares de indenização por danos reais e como indenização punitiva. O advogado de Stites declarou à imprensa que todos os bens seculares de que seu cliente dispunha consistiam em uma barraca comprada numa loja de saldos do Exército, um saco de dormir, uma Bíblia, uma mala com roupas, um carro e uma emissora de rádio que enfrentava dificuldades financeiras. Isso, porém, não impediu que outros quatro membros da igreja que haviam sofrido ferimentos também entrassem com processos contra Stites em 11 de julho.

Aquele virou o verão dos processos. Processos salvavam os nervos em frangalhos dos milhares de sobreviventes e mantinham acesa a esperança dos desabrigados e desconsolados. Facilitaram a transição de volta à normalidade quando as redes de televisão e os jornais liberaram seus reféns. Forneciam material para sequências de reportagens. Recalcavam o terrível pavor e o terrível vazio, empurrando-os de volta para o inconsciente das pessoas, onde era o lugar deles. Até o fim de julho, o estado de Massachusetts já havia sido citado em onze processos diferentes, que o acusavam de delitos tão criativos quanto o de não estabelecer planos adequados de evacuação em caso de propagação de substâncias químicas tóxicas, de lentidão ao providenciar abrigos para as famílias das Zonas I e II e de calculada impostura em suas avaliações do risco sísmico local. O estado, por sua vez, estava processando o governo federal e as construtoras de várias rodovias e prédios públicos que não haviam resistido ao terremoto. Estava também, como quase todo mundo de Boston, processando a Sweeting-Aldren. Em 1º de agosto, o valor total das indenizações que estavam sendo exigidas da empresa já ultrapassava dez bilhões de dólares e continuava a crescer diariamente. Para pagar essas indenizações, a empresa dispunha de poucos ativos correntes não contaminados, uma dívida de longo prazo no valor de cinco milhões de dólares e pouca perspectiva de algum dia conseguir voltar a vender alguma coisa. Dava-se como certo que o governo federal acabaria arcando com a conta da descontaminação.

Renée Seitchek foi liberada do Brigham & Women's Hospital em 27 de julho. Uma tomada de dez segundos exibida no noticiário da noite mostrava Renée saindo do hospital numa cadeira de rodas e sendo empurrada na direção de um Honda Civic meio amassado, mas a essa altura a impressa já perdera o interesse pela história dela, porque ela se recusava a dar entrevistas. A investigação do atentado contra ela tinha estagnado ("provavelmente uma causa perdida", detetives admitiam reservadamente), mas autoridades ainda tinham esperança de conseguir trazer os diretores da Sweeting-Aldren de volta ao país para responder por uma série de outras acusações criminais. O FBI havia localizado os cinco homens — Aldren, Tabscott, Stoorhuys, o advogado da empresa e o chefe do departamento financeiro — numa minúscula ilha ao sul de São Cristóvão, onde a empresa mantinha fazia tempo três casas de praia para receber parceiros de negócios e para executivos passarem férias. A esposa de vinte e três anos de Aldren, Kim, e a namorada de vinte e seis anos de Tabscott, Sondra, haviam se juntado ao grupo alguns dias depois do terremoto, a família do advogado da empresa fizera uma visita no Quatro de Julho e paparazzi do mar tinham conseguido fotografar um piquenique na praia que lembrava um comercial de cerveja em todos os detalhes. (O *Globe* publicou uma dessas fotos em sua primeira página, ao lado de outra que mostrava homens vestidos com roupas de Mylar pegando pássaros e mamíferos com pás e jogando-os num incinerador.) Infelizmente, o governo de São Cristóvão e Nevis não demonstrou nenhuma intenção de entregar os executivos à justiça, e o governo em Washington, talvez pensando no apoio financeiro que Aldren e Tabscott haviam dado durante tantos anos ao Partido Republicano, disse que não havia muito que os Estados Unidos pudessem fazer.

Outras grandes empresas químicas, como Dow, Monsanto e Du Pont, por outro lado, pareciam estar quase saboreando a oportunidade de vilipendiar os malfeitos de uma empresa-irmã. Todas elas imediatamente ampliaram suas produções de artigos têxteis, pigmentos e pesticidas, que eram o principal esteio da Sweeting-Aldren — produtos cuja demanda só fazia crescer na América —, e assumiram a liderança no que dizia respeito a demonizar a diretoria da companhia. A Du Pont chamou a tragédia de Peabody de obra de "um bando de demônios". (A diretoria da própria Du Pont era composta de homens de família, não de demônios; eles acolhiam de bom grado a regulação inteligente da EPA.) A Monsanto jurou solenemente que nunca havia empregado poços de injeção e jamais empregaria. A Dow disse se orgulhar de ter tido a precaução de situar suas instalações num dos lugares geologicamente mais estáveis do mundo. Em agosto, as vendas e os preços das ações das três companhias estavam em alta.

Na imaginação popular, a "Sweeting-Aldren" se juntara à categoria de "Saddam Hussein", "Manuel Noriega" e o "cartel de Medellín". Esses eram os vilões de coração tão preto quanto as manchetes dos tabloides que vociferavam sobre suas vilanias, os homens que tornavam mau o nosso bom mundo. Os Estados Unidos tinham a responsabilidade de punir esses homens e, se não houvesse como puni-los, os Estados Unidos tinham a responsabilidade de limpar a sujeira que eles haviam feito; e se a limpeza acabasse sendo dolorosamente cara, podia-se argumentar que os Estados Unidos eram os responsáveis por terem permitido que eles se tornassem vilões para começar. Mas em nenhuma hipótese o povo americano se sentia ele próprio responsável.

À medida que as semanas passavam, visitantes de outras cidades de vez em quando se aventuravam a ir ao norte de Boston para ver as cercas ao redor da Zona 1. Tinham visto aquelas cercas inúmeras vezes pela televisão, mas, mesmo assim, ainda ficavam espantados com o fato de que se podia chegar a Peabody de carro em meia hora — de que aquela terra pertencia à Terra com tanta certeza quanto a terra de suas próprias cidades natais, de que o clima e a luz não se alteravam quando eles se aproximavam das cercas. Tiravam fotografias que, quando eles as revelavam depois de voltar para Los Angeles ou para a cidade do Kansas, mostravam uma cena que eles de novo não conseguiam acreditar que fosse real.

Os bostonianos, enquanto isso, tinham coisas mais importantes em que pensar. Empréstimos a juros baixos concedidos pelo governo federal haviam reaquecido a economia local. As molduras das janelas dos prédios do centro tinham sido novamente preenchidas com vidraças verdes. O Fenway Park tinha sido aprovado nas inspeções de segurança. E os Red Sox ainda estavam em primeiro lugar.

Na Harvard Square, o outono chegou quando o sol perdeu o ângulo de que precisava para alcançar as ruas mais estreitas antes do meio-dia, e o ar frio da noite e seu cheiro de inverno iminente se demoravam nas vielas mijadas e nas mesas de xadrez de concreto perto do Au Bon Pain. Ao longo do rio e no Harvard Yard, a Grande Porcalhona estava em ação de novo, descartando folhas fanadas nas trilhas de pedestre. Prédios danificados estavam reabrindo, os andaimes sendo desmontados. Estudantes impecavelmente produzidos exalavam fragrâncias de xampu e desodorante no ar canadense. Eles eram seres sexuados jovens e ricos recebendo uma educação superior. Eram como os carros imaculados que se amontoavam em seu egresso da Square, janelas fechadas agora que o verão acabara, sistemas de controle de emissão de gases em perfeito funcionamento, expelindo uma fumaça que cheirava bem. Era literalmente incompreensível que na Zona 1, a meros vinte e cinco quilômetros dali, esquadrões de tratores de demolição estivessem naquele momento destruindo casebres onde luminárias e cadeiras ainda se encontravam exatamente no mesmo lugar em que o movimento forte as havia arremessado em 24 de junho.

Louis tinha ido à Square para fazer pequenas tarefas. Embora estivesse longe de ser um fã da Square, ele agora ia lá com frequência, fazia com eficiência o que tinha de fazer e voltava para casa se sentindo anônimo e nem um pouco comprometido. Naquela manhã específica, no entanto, ele estava atravessando a rua em frente à Wordsworth quando um sedã Mercedes prateado freou bruscamente ao lado de um canteiro central e uma pessoa de aparência familiar se debruçou na janela do passageiro e fez sinal para ele. Era Alec Bressler.

"Alec. Como é que você está?"

Alec abaixou a cabeça daquele seu jeito afirmativo. "Não tenho queixas."

Da pessoa que estava no banco do motorista, Louis só conseguia ver duas pernas femininas de meia-calça e escarpim. Alec estava chupando uma pastilha de nicotina com o que parecia ser uma especial satisfação. Usava óculos novos e um blazer muito elegante. "E você?", ele perguntou. "Arranjou um bom emprego?"

"Não. Não... Não."

Alec franziu o cenho. "Nenhum emprego?"

"Bom, nesses últimos dois meses, eu tenho cuidado da minha namorada. É provável que você tenha ouvido falar nela. O nome dela é Renée Seitchek."

A mulher que estava no banco do motorista se inclinou por cima do colo de Alec e mostrou o rosto a Louis. Era uma mulher bonita, de cinquenta e poucos anos, com um nariz marcante, cabelo hirsuto grisalho e sobrancelhas pretas. "Você conhece a Renée Seitchek?"

Louis tinha ouvido aquelas exatas palavras com muita frequência nas últimas semanas. "É, conheço."

A mulher apertou a mão dele. "O meu nome é Joyce Edelstein. Eu me interesso muito pela Renée, de longe. Você pode me dizer como ela está?"

"Ela está... bem."

"Escuta, por que você não vem até o meu escritório e toma um café com a gente? Se você tiver alguns minutos. Eu estou parada bem no meio da rua. Você pode vir?"

Louis olhou indeciso para Alec, que apenas levantou as sobrancelhas e chupou sua divertida pastilha.

"Vem com a gente", disse Joyce, abrindo a trava da porta de trás.

Louis obedeceu. Sua vagueza não era mais algo a que ele recorria para desconcertar as pessoas; era como ele era de fato. Quando andava, hoje em dia, mantinha os olhos voltados para o chão à sua frente. Vivia sempre cansado e perdia o fôlego com frequência. Estava usando roupas que tinham sido de Peter Stoorhuys, um suéter de moletom vermelho e uma calça jeans cinza que ele vestia todas as manhãs e, objetivamente falando, não lhe caía bem. Quando olhava para suas antigas roupas brancas e pretas ou até mesmo quando pensava nelas, fechava os olhos e os apertava o mais forte que podia.

O escritório para o qual foi levado ocupava o terceiro andar de um prédio revestido de ripas de madeira na Brattle Street que uns trezentos anos antes talvez tivesse sido uma residência particular. A placa de bronze na porta dizia Fundação Joyce Edelstein. Uma recepcionista e um assistente disseram "Bom dia, sra. Edelstein". Joyce deixou os visitantes numa sala privada, decorada em harmonia com a enorme paisagem lacustre de Monet pendurada numa das paredes. Alec se instalou confortavelmente num sofá de couro branco. Sua pele não tinha mais o tom cinzento de que Louis se lembrava; até seu cabelo parecia mais cheio. Ele obviamente havia parado de fumar. "A Joyce é uma fi-lan-tro-pa", disse ele, de um jeito que a fazia parecer um espanto da natureza.

"Arrã."

"A Renée é uma espécie de heroína para mim", disse Joyce, casualmente, quando voltou com uma bandeja com café, creme e açúcar. "Eu estou envolvida com o patrocínio de diversas organizações e, se existe algum tipo de tema unificador nos meus interesses, provavelmente são os direitos reprodutivos e o meio ambiente. Para mim, essas duas coisas se juntaram nesse último verão com o terremoto e com o que aconteceu com a Renée. Eu cheguei até a escrever uma carta para ela, não sei se ela recebeu. Eu... não tinha grandes esperanças de receber uma resposta."

Louis não disse: Muita gente escreveu cartas para ela.

"Como ela está?", Joyce perguntou.

"Ela está bem. Ela pegou uma infecção no osso da perna. Começou depois que saiu do hospital. Então, ela ainda está se sentindo um pouco mal."

"Faz quanto tempo?"

"Três meses."

"Puxa, que chato. E você... Você é...?"

"Eu moro com ela."

"Em..."

"Em Somerville."

"Desculpe, você não está se sentindo bem? É difícil pra você falar sobre..."

"Não. É só que eu acabei de doar sangue, só isso."

"Doar sangue? Minha nossa, por que você não me disse antes? Olha, vem cá, senta aqui, por favor."

Louis se sentou na cadeira que ela indicou e abaixou a cabeça sobre sua xícara de café. Joyce olhou para ele com pena e preocupação. Olhou também para seu relógio de pulso. Alec estava tomando seu café ruidosamente e assistindo à cena de seu sofá distante.

"Você está cuidando da Renée... sozinho?", Joyce perguntou.

"Hã, estou."

"Louis, isso pode ser tão extenuante. Pode esgotar você de formas que você nem se dá conta. Desculpe perguntar, mas a Renée tem... cobertura completa do seguro dela? Eu só estou pensando que, se o que ela precisa de fato é de uma enfermeira, talvez isso desse a você..."

"Não é nada de tão complicado", disse Louis. "É só fazer compras, cozinhar, dirigir."

"É, mas psicologicamente..."

Ele se levantou e atravessou a sala. "Não tem problema. Eu dou conta. Quer dizer... eu dou conta. Eu agradeço a sua preocupação. Mas não é nada de tão complicado."

"Eu tenho certeza de que você dá conta", Joyce disse num tom gentil. "Eu só quero..."

"A Joyce precisa ajudar as pessoas", Alec comentou. "É a natureza dela."

Com um leve estremecimento, Joyce deixou passar essa descrição dela. "Eu só quero que você saiba que, se você vier a precisar de ajuda, existem pessoas no mundo aqui fora que podem ajudar. Se eu tenho um objetivo na vida, é fazer com que as pessoas saibam que elas não têm que sofrer sozinhas. Para cada pessoa que tem uma necessidade, tem outra pessoa, em algum lugar, que quer atender essa necessidade."

Louis fechou os olhos e pensou: *Por favor, pare de falar.*

Joyce olhou para Alec com ar de desamparo. Qualquer um podia ver que ela era uma pessoa perceptiva. Era óbvio que de fato lhe causava dor ver Louis sofrendo e saber que as ruas de Cambridge e de Boston estavam cheias de pessoas como ele — que bastava lançar uma rede ao acaso que você recolhia sofrimento. E saber que ela própria não estava sofrendo.

"Olha", disse ela, "eu espero que você diga à Renée que existem muitas, muitas pessoas nessa cidade que se importam com ela, que torcem por ela e que querem ajudá-la. No mínimo, *eu* estou aqui, e se ela precisar de alguma coisa..."

Louis fechou os olhos e pensou: *É necessário sofrer.*

"E Louis, eu sei que não tenho direito nenhum de dizer isso, mas se você parar um pouco pra pensar, eu acho que você vai perceber que talvez seja melhor ficar um tempo sem doar sangue, principalmente se é uma coisa que você está fazendo com frequência. Você precisa estar forte e precisa concentrar as suas forças numa coisa de cada vez."

É necessário sofrer. É necessário sofrer.

"Obrigado pelo café", disse Louis.

Joyce deu um suspiro e sacudiu a cabeça. "Você sempre será bem-vindo aqui."

Alec saiu da sala atrás dele, segurando-o no alto da escada. "Uma coisa. Para um instante, uma coisa só. Eu falei com a Libby semana passada. Libby Quinn. Ela quer o seu telefone."

"Pra que é que ela quer o meu telefone?"

"Se você está precisando de emprego, você liga pra ela."

"Qual é o motivo dessa mudança de ideia?"

"O Stites está saindo. Vai pra algum estado do Meio-Oeste, sei lá qual. Você sabia disso?"

"E você falou pra ela me ligar."

"Tá, tá bom, eu falei. Mas ela não tem o seu telefone. Ela precisa de um engenheiro. Eu disse pra ela, salário mínimo, e ele é apaixonado por rádio."

"Salário mínimo. Obrigado."

"Você pode negociar. Pensa no assunto, tá?"

"Eu não posso, agora."

"Mas você é apaixonado por rádio. Isso eu sei que você é."

"Eu era."

"Então você me liga quando quiser trabalhar. Mas liga mesmo, tá? E me dá o seu número."

Louis aceitou a caneta que Alec lhe estendeu. "Desculpe eu não ter sido mais gentil com a sua amiga."

"Ela já está acostumada. Agora você vai pra casa."

"Pede desculpa pra ela por mim."

"Tá, talvez. Não tem importância."

Alec cortou com um traço transversal à europeia a perna do sete que Louis havia escrito. Depois, voltou para a sala de Joyce sem dizer mais uma palavra.

O único momento em que Louis se sentia a salvo da angústia agora, o único momento em que conseguia gostar da pessoa que ele era, era quando estava sozinho com Renée na Pleasant Avenue. Quando estava no apartamento dela, ele sabia o que estava fazendo porque tudo se encadeava de maneira lógica a partir da pressuposição de que ele a amava. Ele era o cozinheiro dela, era seu comediante, seu consolador, seu empregado doméstico. Três meses antes, ele jamais teria imaginado que seria capaz de consolar uma pessoa doente que chorasse inconformada com a lentidão de sua recuperação: jamais teria imaginado que as palavras necessárias fossem lhe ocorrer de forma tão automática quanto os movimentos do sexo. Ele provavelmente teria sorrido com sarcasmo para uma pessoa que dissesse que o amor lhe ensinaria as muitas habilidades específicas que constituem a paciência e a generosidade, e certamente para uma pessoa que dissesse que o amor era uma argola dourada que, se agarrada, carregava você para o alto com uma força de intensidade comparável à das forças da natureza. Mas era exatamente isso que ele sentia agora, e a única dúvida era por que, quando ele estava sozinho ou fora do apartamento, sua vida com Renée ainda parecia uma mágoa tão grande.

Nos dias e semanas que se seguiram ao terremoto, ele tinha ido ao hospital todas as tardes, aderindo a um acordo tácito segundo o qual ele só aparecia por lá depois das três horas e a sra. Seitchek ia embora de lá por volta dessa mesma hora. Não era que houvesse nenhuma grande hostilidade entre mãe e namorado — Louis continuava a se dirigir à sra. Seitchek de forma obstinadamente educada e ela, por sua vez, agora o reconhecia como a primeira opção oficial de Renée e chegava mesmo a partilhar com ele suas opiniões acerca do "inacreditavelmente imaturo" Howard Chun e das coisas "inacreditavelmente perigosas" que a filha andara fazendo. O problema era simplesmente que, na única ocasião em que os dois visitaram Renée ao mesmo tempo, ela tinha ficado com uma cara de infelicidade absoluta e se recusara a falar tanto com um quanto com o outro — pelo menos até o pai dela entrar no quarto. Daí em diante ela respondeu às perguntas e às gentilezas de todos com uma humildade que Louis nunca tinha visto nela antes. Ele ficou se perguntando se existiria alguém no mundo que conseguisse não sentir medo do dr. Seitchek e de seus trifocais.

Durante o dia inteiro, não importava quantas pessoas a visitassem, Renée parecia nunca conseguir esquecer que à noite ela ficaria sozinha. Ela disse a Louis que sempre que acordava, fosse que hora fosse do dia ou da noite, ela ainda tinha a sensação de estar acordando no quarto sem janela da UTI, onde sempre era noite. Podia acordar e ver o rosto de Louis e ainda acreditar que, apenas um segundo antes, ela estava naquele outro lugar.

Renée deixava que Louis lesse a correspondência dela enquanto ela cochilava. Havia uns dois mil e seiscentos envelopes separados em molhos na mesa que ficava ao lado da cabeceira da cama. Dentro deles havia presentes em dinheiro e em cheque, que totalizavam cerca de dezenove mil dólares, e cartas breves e longas.

Cara Renée,

Meu marido e eu estamos rezando pela sua rápida recuperação. Nossos corações estão com você. Por favor, use o cheque incluso da forma que você quiser.

Atenciosamente,
Sandy e Roy Hurwitz

Querida Renée,

Lembra de mim? Eu soube que você estava no hospital e lembrei da boa conversa que nós tivemos. Espero que você já esteja se sentindo melhor agora. Eu perdi dois amigos e tudo que eu tinha no terremoto. Estou morando com a minha filha agora e não posso voltar pra casa. Parece que você tinha razão a respeito daquela empresa. Espero que você venha me visitar quando ficar boa.

"Atenciosamente,"
Jurene Caddulo

Renée,

Você não me conhece, mas você deixou uma marca indelével em mim. Eu acho que as pessoas da televisão não entenderam o que você falou e os meus pais também não, mas acho que eu entendi. Ninguém me entende porque eu odeio ser menina, mas também não quero ser menino. Eu tenho dezessete anos e nunca conheci nenhum garoto que tivesse uma cabeça que eu conseguisse respeitar. Eu tive uma briga com os meus pais por sua causa. Acho que eles admiravam você, mas aí eu disse pra eles que admirava você e eles mudaram de ideia. Eu vou embora dessa casa daqui a dois meses pra ir pra faculdade. A minha cabeça está sempre confusa e eu não conheço ninguém que seja como eu. Mas eu acho que poderia ser como você, se conseguisse ser corajosa. Eu nunca escrevi uma carta como essa antes. Você provavelmente vai achar muito ridículo, mas às vezes eu fico acordada na cama imaginando que levei um tiro por causa do que eu sou. A gente provavelmente nunca vai se conhecer, mas eu queria que você soubesse que eu te adoro e te desejo tudo de bom. FIQUE BOA!

Com carinho,
Alexandra Adams

Louis sentia ciúme de todas as pessoas que haviam escrito para ela, pessoas que não lhe deviam nada e cujo interesse por ela estava, portanto, acima de qualquer suspeita. Sentia ciúme dos homens que iam visitá-la e ele era obrigado a deixar sozinhos no quarto com ela — Howard Chun, diversos professores e colegas, até Terry Snall (embora Terry só tenha ido uma vez e deixado Renée lívida e fervendo de raiva quando tentou fazer uma "brincadeira" a respeito de toda a atenção pública que ela estava recebendo). Sentia ciúme especialmente de Peter Stoorhuys. Depois que a enxurrada de visitas e o extravasamento de solidariedade das primeiras semanas passaram, Peter foi a única pessoa, além de Louis e da sra. Seitchek, que continuou a ir ao hospital quase todos os dias. O pior em relação às visitas de Peter era que Louis sentia que não havia nenhum motivo escuso por trás delas — que Peter simplesmente gostava de Renée, sentia admiração por ela, lamentava que ela estivesse sofrendo e que o pai dele fosse o responsável por isso. Não fazia a mínima ideia de que Louis sentia ciúme dele, simplesmente não podia conceber tal coisa. Trazia jornais e recortes de revista para Renée, trazia fitas para ela ouvir no walkman, trouxe a mãe para conhecê-la. Às vezes trazia Eileen, embora ela ainda continuasse absurdamente tímida na presença de Renée. Louis zanzava pelos corredores, descia e subia em elevadores, folheava revistas como *Glamour* e *Good Housekeeping* com os dentes trincados, voltava para o quarto 833 e encontrava Renée e Peter ainda conversando baixinho. Ela raramente parecia tão relaxada ou autoconfiante como ficava depois de receber uma visita de Peter.

Aos olhos de Peter, Louis havia deixado de ser o irmão mais novo de Eileen e passara a ser o namorado de Renée Seitchek — o parceiro dela no ataque à Sweeting-Aldren e o homem que havia ajudado a expor David Stoorhuys como a fraude que Peter já sabia fazia muito tempo que ele era. Peter dava roupas para Louis, inclusive algumas peças de que ele ainda gostava, e chegou sozinho à extraordinária descoberta de que Louis jamais seria um vendedor de espaço publicitário nem de coisa nenhuma. Eileen preparava o jantar para os três quando Louis voltava do hospital para casa. Sempre que ele parecia triste, ela lhe perguntava o que havia de errado e tentava bravamente animá-lo.

O que havia de errado era que ele se sentia completamente sem rumo. Agora que Eileen estava sendo um doce e que Peter tinha parado de tratá-lo de forma condescendente, Louis não tinha outra escolha senão ser sincero com eles. Mas sinceridade implicava algum tipo de fé em alguma coisa — o tipo de fé que Eileen e Peter tinham em relação a viver na América e em construir uma vida boa para si próprios, ou que Renée tinha no poder das mulheres. Louis ainda continuava achando aquele país uma porcaria e ainda tinha suas dúvidas sobre se era bom ou não ser homem. Se algum dia ele já soubera como acreditar em alguma coisa, já havia esquecido fazia tempo.

Tinha ciúme das pessoas com motivos puros que traziam prazeres para Renée — prazeres que ela partilhava com ele porque ele estava sempre com ela, prazeres que eram pequenos, discretos e pelos quais era mais fácil sentir gratidão do que qualquer outro que pudesse ser proporcionado pelo homem que fazia coisas como observá-la dormir, ou ajudá-la a andar para cima e para baixo pelo corredor, ou lhe pedir desculpa. Também tinha ciúme das pessoas com motivos impuros que ela recebia, sorridente, porque se divertir com aquilo doía menos do que ficar com raiva. Essa última classe de pessoas não incluía jornalistas (esses ela simplesmente se recusava a receber), mas incluía os caça-talentos de Hollywood que queriam comprar a história dela para fazer uma adaptação para o horário nobre; os ativistas pró-escolha que estavam pensando se ela poderia dizer algumas palavras ao público pelo telefone durante uma manifestação; e, pouco antes de ela ser liberada do Brigham & Women's, a própria mãe dela, que uma tarde, às três horas, se encontrou com Louis em frente à porta do quarto 833 e lhe pediu que a ajudasse a convencer Renée a ir para Newport Beach com ela para terminar de se recuperar. O pai de Renée já tinha voltado para lá, e a mãe argumentou que, quando saísse do hospital, Renée ainda iria precisar de cuidados especiais em casa. O problema, a sra. Seitchek disse a Louis, era que a filha só sorria e sacudia a cabeça diante da ideia de voltar para a Califórnia. Ela tinha dezenove mil dólares e insistia que ia contratar uma enfermeira, ideia que, para a sra. Seitchek, parecia uma coisa tão fria, tão errada, tão...

Louis disse: "Eu não posso ajudá-la nisso, senhora Seitchek".

Depois, deixou-a no corredor e entrou no quarto 833. Renée disse: "Você sabe por que ela me quer lá com ela?".

"Ela quer cuidar de você."

"Sim, tá, ela quer cuidar de mim", Renée admitiu. "Mas a esperança dela é que, ficando lá, eu acabe tomando gosto por golfe. E por saiotes verde-esmeralda. E conheça um dos jovens médicos de quem ela não consegue parar de falar e me case com ele."

"Eu não acredito nisso."

"Você não conhece a minha mãe."

Ele esperou um tempo. "Você não vai realmente contratar uma enfermeira, vai?"

"Me aguarde."

"Mas eu posso cuidar de você."

"Eu não quero que você cuide de mim."

"Por favor, me deixe cuidar de você."

"Eu não quero."

"Você tem que me deixar."

Ela fechou os olhos. "Eu sei que tenho."

Mais que tudo, ele tinha ciúme dos ferimentos dela. Era como se eles fossem um bebê que fosse em parte dele, mas só habitasse o corpo dela. Ouvi-los e aprender seus segredos absorvia a maior parte da atenção dela todos os dias. Sempre que ele achava que estava começando a entendê-los — quando achava que ela não sentia mais dor quando ria, ou que ela ainda precisava que ele pegasse alguma coisa de cima da mesa para ela — Renée se virava para ele e o corrigia. Ele tinha suposições; ela tinha certezas. Ele supunha que fosse possível que ela ainda o amasse, mas, mesmo se o amasse, ela não tinha tempo para ele. O jeito distante dela e a fragilidade de seus sentimentos por ele faziam com que Louis se lembrasse dos sonhos que tivera em que ela era fria com ele, em que o amor não estava mais lá, em que existia outro homem que ela estava escondendo dele.

Mas o bebê também era dele. A dor no corpo dela — a dor nos músculos de suas costas que uma das balas rasgara, a dor no diafragma perfurado e na costela e no fêmur lascados, a dor das incisões cirúrgicas — tinha um jeito de passar para o corpo dele e fazer com que ele sentisse dificuldade de respirar. Ele se lembrava do tempo em que Renée era móvel e inquebrável; em que ele podia se deitar em cima dela no chão duro e ela podia rir; em que eles podiam tomar cerveja Rolling Rock e ouvir os Stones; em que podiam ser cruéis um com o outro e isso não tinha importância; em que ele podia odiar o mundo e isso não tinha importância. O que doía nele era o sentimento de responsabilidade. Queria ainda estar trabalhando na WSNE, ainda estar dirigindo seu carro na Route 2 sob a luz azulada do crepúsculo de uma manhã de primavera, ainda estar em seu carro com Renée antes de beijá-la. Queria ter deixado que ela entregasse suas pastas sobre a Sweeting-Aldren para Larry Axelrod e para a EPA. Queria ter conseguido prestar atenção em todos os nove *innings* do jogo dos Red Sox que eles tinham visto das cadeiras de Henry Rudman, queria conseguir se lembrar quem tinha ganhado e como, ter conseguido reter uma informação tão clara, permanente e inconsequente quanto a de um placar. Não entendia como podia ter deixado uma pequena parte de sua vida — sua ganância? sua mágoa? sua indignação? — torná-lo responsável pela dor e pela devastação que tinham se abatido sobre ele, sobre ela e sobre boa parte de Boston. Mas ele era responsável, e sabia disso.

Um Lincoln Town Car com uma placa personalizada que dizia PRO-VIDA 7 estava estacionado em frente à casa de Renée quando ele voltou para a Pleasant Avenue. Louis entrou e subiu a escada devagar, ainda um pouco zonzo com o enjoo que a visita à Cruz Vermelha lhe causava.

Philip Stites estava em pé no meio do quarto de Renée, ao lado da cadeira que ele havia puxado da escrivaninha e na qual obviamente estivera sentado. Renée estava sentada em sua poltrona, com um suéter grosso, uma calça de moletom e os óculos que ela agora precisava usar o tempo todo. Ela tinha subido na balança naquela manhã e pesado quarenta e quatro quilos, meio quilo a mais do que na sexta anterior, mas ainda sete quilos abaixo do peso que tinha em junho. A rigidez febril de seu rosto empanava suas expressões. O único sinal que seu rosto emitiu quando ela olhou para Louis foi o reflexo do sol em suas lentes. Ele entrou correndo no outro quarto, o quarto onde ele dormia, e pousou os livros que comprara no chão.

"Louis", Renée chamou.

Ele voltou para o corredor. "Oi."

"O Philip já estava de saída."

"Ah. Tchau."

Com um sorriso inescrutável no rosto, Stites acenou para ele. Renée estava olhando para Louis atentamente. "Eu não sabia que vocês dois tinham se conhecido", ela disse.

"Eu devo ter esquecido de comentar."

"Nós nos conhecemos num momento infeliz", disse Stites. "Nós estamos num momento bem mais feliz agora."

Renée manteve seu olhar de desaprovação fixo em Louis mesmo quando Stites pegou sua mão e lhe desejou felicidades. Louis abriu a porta para o pastor. "Bom, Philip", disse ele. "Obrigado pela visita. Eu tenho certeza de que significou muito pra ela."

Stites começou a descer a escada, fez um gesto casual para que Louis o seguisse, como se não tivesse dúvida de que Louis iria obedecê-lo, e parou no patamar fedendo a cachorro do segundo andar. Louis lançou um rápido olhar na direção de Renée, cuja expressão não havia se alterado, e desceu a escada.

"Por que eu estou sentindo uma certa hostilidade?", Stites perguntou a um raio de luz do sol cheio de partículas de poeira.

"Eu soube que você está indo embora da cidade", disse Louis.

"Amanhã de manhã. Você já foi a Omaha, no Nebraska? Acho que a única coisa que Omaha tem em comum com Boston é o céu amplo."

"Você concluiu que já fez estragos suficientes por aqui."

Stites não esboçou nenhuma reação a esse estímulo. Desembrulhou uma tira de chiclete sem açúcar e a enfiou delicadamente na boca. "Hostilidade, hostilidade", disse ele. "Eu vim para pedir desculpas a Renée por qualquer sofrimento que eu tenha causado a ela. E vou lhe dizer, Louis, eu fiquei muito feliz em saber o que você tem feito por ela."

"Fico feliz em saber que fiz você ficar feliz, Philip."

"Está bem, diga o que você tiver que dizer. Você nunca mais vai me ver. Mas você sabe muito bem que o que você está fazendo é uma coisa muito boa."

"Certo", disse Louis. "Eu sou um sujeito fantástico. Está vendo o meu band-aid? Eu doei sangue. É a minha penitência, não é isso? Porque eu pequei, não é?" Ele encarou Stites, estremecendo. "Eu debochei de Jesus e não fui fiel à minha namorada e deixei que ela matasse o nosso bebê, mas agora eu botei a cabeça no lugar. Estou cuidando da minha namorada e tentando viver uma vida cristã. Nós vamos nos casar e ter filhos e todos nós vamos cantar hinos na televisão. Só que eu sou *tão* bom cristão que se alguém tentar dizer que eu estou fazendo o que é certo, eu nego, porque se eu não negasse, isso seria orgulho, e sentir orgulho é pecado, certo? E a fé é uma coisa dentro de você. Então, não só eu sou um sujeito fantástico, como sou profundo e verdadeiro, certo?"

Stites mascava seu chiclete com mordidas suaves e lentas. "Nada que você disser vai me fazer deixar de amar a Deus."

"Vá em frente. Vá em frente."

"Eu espero que você encontre alguma felicidade."

"É, você também. Divirta-se em Omaha."

Stites olhou para Louis com a cumplicidade e o prazer de uma pessoa que acabou de ouvir alguém lhe contar uma piada. Riu, expondo seu pequeno bolo de chiclete. Não foi um riso forçado nem cruel, mas o riso de alguém que esperava ser entretido e foi. Lançou um último e sagaz olhar para Louis e desceu a escada trotando. Pela janela imunda do hall do segundo andar, Louis viu Stites se desviar dos ramos ávidos da madressilva e entrar no carro. Sentiu um vazio enorme, mas estranhamente indolor, dentro do peito, como quando caía no blefe de um adversário no pôquer.

Quando voltou, assumiu um ar casual. "Eu posso preparar o seu almoço?"

Sentada em sua poltrona, Renée olhou para ele. A poltrona ocupava uma sombra no meio de dois trechos de reflexo solar no piso de tábua corrida. Seu silêncio era funesto ao extremo.

"Eu posso preparar o seu almoço?", ele repetiu.

"Você me conseguiu de volta fácil, fácil, não foi?"

Ele ponderou as consequências de ignorar que ela dissera aquilo. Encostou-se na moldura da porta. "O que você quer dizer com isso?"

"Eu quero dizer que um dia eu estou morando sozinha, morrendo de ódio de você pelo que você fez comigo, e aí no instante seguinte eu acordo e você está morando comigo de novo e a gente está agindo como se nada tivesse acontecido."

"Você já acordou faz tempo."

"Não, eu não acordei faz tempo. Presta atenção no que estou dizendo. Eu estou dizendo que acabei de acordar."

"Está bom. Você acabou de acordar."

"Então, o que você vai fazer a respeito disso?"

"Disso o que exatamente?"

"Do fato de que você está morando comigo e nós estamos agindo como se nada tivesse acontecido."

"Bom, eu estava pensando em fazer o seu almoço."

"Eu estou dizendo que você me conseguiu de volta fácil demais."

"O que você queria que eu fizesse? Que eu ficasse longe de você? Enquanto você estava no hospital? Quer dizer, quantas vezes eu já pedi desculpa? E você disse que era pra eu parar de..."

"Bom, eu estava me sentindo péssima."

"Então só o que eu posso fazer é te mostrar o quanto eu estou arrependido e o quanto eu te amo."

Ela se retraiu como se a frase "eu te amo" fosse um dardo. "Eu estou dizendo que nunca tive a chance de pensar no que eu de fato queria. As coisas simplesmente foram acontecendo. E eu realmente não sei se quero isso."

"Você não sabe se quer que eu more aqui."

"Sim, isso é uma das coisas."

"Você não sabe nem mesmo se quer me ver."

"Isso também. Quer dizer, eu quero te ver, mas as coisas estão todas emboladas umas nas outras e eu não tenho espaço pra *pensar*. Eu quero conseguir te conhecer, de alguma forma. Eu não quero que a gente fique junto só por ficar. Eu quero começar de novo."

"E o primeiro passo é eu me mudar daqui."

"Eu não sei, eu não sei."

"Você quer que eu vá embora. E está tentando dizer isso de um jeito gentil."

Ela fechou os olhos e mordeu o lábio. Louis não conhecia aquela pessoa, aquela mulher esquelética de rosto febril, cabelo sem corte e óculos de aro de metal. Uma hábil troca tinha sido feita, sem que houvesse nisso nenhum embuste — a mulher era claramente quem parecia ser. Só não era mais o fantasma feito de memórias e expectativas que ele tinha visto no café da manhã. Ela abriu os olhos e olhou para um ponto fixo à sua frente. "Sim, eu quero que você vá embora."

Ele pegou um envelope ainda fechado de cima da mesa do hall e o levou para o quarto dela. "É esse o problema?"

Ela nem sequer olhou para o envelope. "Não me subestime tanto."

"Responde a pergunta."

"Tá, tá bem. Isso é parte do problema. Me chateia saber que você recebeu uma carta dela aqui. Me chateia pensar que eu só soube da existência dessa carta porque você não estava aqui e foi outra pessoa que trouxe a correspondência pra mim. Porque, até onde eu sei, você pode estar recebendo cartas como essa todos os dias..."

"Eu não estou."

"E só eu é que não sei. Isso é parte do problema. Mas não é..."

"Você acha que ela me manda cartas e eu escondo de você. Você acha que eu estou mantendo toda uma outra relação..."

"Cala a boca. Não é isso que eu estou dizendo. O que eu estou dizendo é que é um total absurdo ela mandar cartas pra você aqui, e cabe a você deixar isso claro pra ela, porque ela obviamente não vê nada de errado nisso."

O pronome pessoal — *ela* — foi pronunciado com um ódio que Louis nunca tinha ouvido na voz dela antes. Lauren não odiava Renée tanto assim.

"Eu vou comunicar isso a ela."

Renée sacudiu a cabeça. "Eu não posso viver com você."

"Eu te falei que nem sequer penso mais nela. Eu te disse que só o que eu quero é uma chance de consertar o que eu fiz. Eu sei que fui muito, muito escroto com você. Mas eu nem transei com ela e eu nem penso mais nela agora."

"E foi muita burrice sua, porque pra mim não faz a menor diferença se você transou ou não transou com ela. Não faz absolutamente diferença nenhuma."

"Bom, eu teria transado, mas ela não quis."

Renée olhou para o teto com uma expressão de nojo e incredulidade. "Isso é doente. Isso é inacreditavelmente doente. Ela vai de mala e cuia pro seu apartamento e depois se recusa a transar com você, porque... deixe-me adivinhar. Porque ela é muito melhor do que eu, porque ela te ama de verdade e só quer trepar com você depois de casar. Isso realmente me faz sentir muito bem, ouvir isso."

"Eu fiquei com pena dela", disse Louis, bem baixinho, botando a carta de Lauren em cima da escrivaninha.

"Bom, aqui tem outra pessoa de quem você pode ficar com pena. Eu faço o melhor que posso com autopiedade, mas não dá pra eu fazer tudo sozinha. Aqui tem uma pessoa que tem febre todo dia, que ainda sente muita dor nas costas, que está com o peito todo cheio de cicatrizes, que não consegue mais enxergar direito, que tem que viver e ser feia e saber que é feia a cada minuto do dia, se você precisa de alguém de quem sentir pena."

Ele franziu o cenho. "Eu nunca senti pena de você. Eu sofro junto com você, mas eu te admiro e te amo. E você é linda."

Ela nem tentou conter as lágrimas. "Eu não posso viver com você. Eu não posso viver com você e eu não consigo me livrar de você."

"É muito fácil se livrar de mim."

"Bom, então, vai de uma vez. Vai embora. Porque isso que você está vendo é o que eu sou de verdade. É assim que eu sou por dentro. Eu sou uma megera ciumenta, insegura e feia. E é isso que eu vou ser sempre, e você pode continuar vivendo comigo porque se sente culpado e pode me ver transformar a sua vida num inferno, ou você pode ir embora daqui e ir morar com ela neste exato instante, porque eu certamente não quero viver com você se é pra gente brigar desse jeito, ou então você pode ser bondoso comigo..."

"Bondoso com você?"

"Mais bondoso do que você já tem sido. Bondoso comigo neste instante. Você pode me dizer que não pensa nela o tempo todo. Pode dizer que eu posso não ser tão jovem quanto ela e posso estar toda ferrada e cheia de cicatrizes, mas que mesmo assim eu não estou *tão* feia assim. E você tem que me dizer isso *toda hora*. Você tem que me dizer que não escreve cartas pra ela, que não telefona pra ela e que gosta de mim como eu sou. Você tem que pegar todas as coisas que você já disse e dizer tudo de novo com uma frequência cem vezes maior. Porque eu estou tentando ter energia, estou tentando voltar a ser uma *pessoa* de novo, mas não estou conseguindo fazer isso com a rapidez que eu gostaria."

Por um momento, Louis ficou vendo Renée tremer e chorar em sua poltrona. Depois se abaixou, pôs as mãos embaixo de suas axilas e a levantou. Ela estava muito leve. As lentes de seus óculos tinham, cada uma, um único fio de lágrima no meio. Ele beijou seus lábios inertes sem nem um traço da cautela e do carinho consciente dos beijos que eles trocavam antes de dormir, quando acordavam ou se despediam. Beijou-a porque estava faminto daquela mulher.

"Não faça isso."

"Por que não?"

"Você só está fazendo isso porque... ai. Ai!"

Ele a estava apertando com força, uma das mãos apoiada bem em cima da cicatriz do ferimento que a bala fizera ao penetrar em suas costas, a outra mão em seu bumbum, por baixo da calça de moletom e da calcinha, a coxa dele enfiada com firmeza entre suas pernas. Ela encostou a boca na orelha dele e disse: "Não aperte".

Ela estava tremendo quando ele a despiu na cama. Quando ele se levantou para tirar suas próprias roupas, ela se cobriu com um lençol.

"Nunca mais use esse suéter", ela disse.

Ele se ajoelhou perto dela e puxou o lençol para baixo. Encostou o rosto em sua barriga branca e a base da palma da mão no oco de sua pelve. Queria encher aquele oco de sêmen. O fluido morno, que esfriava tão rápido, a faria sentir cócegas, faria sua barriga pinotear como uma colina nas vascas de uma catástrofe. Ele sabia disso porque já tinha visto acontecer, no longínquo mês de maio.

Ela se sentou e tentou puxá-lo para cima dela.

"Eu preciso olhar pra você", ele disse.

"Tá, mas anda rápido, tá bom?"

A boceta dela lhe parecia uma coisa de insuportável beleza. Sua prontidão, sua sutileza, seu canteiro de pelos escuros. Não mais cobertos por tecido adiposo, cada um dos músculos de suas pernas e braços estava visível em sua pequena e esguia glória. A cicatriz retroperitonial era um grande círculo de ferida curada que se estendia de um ponto abaixo do esterno, contornava suas costelas e ia até o meio de suas costas. Fosse isso bom ou ruim, o pau dele estremeceu e endureceu por completo quando ele virou o corpo dela e acompanhou o avanço irregular da cicatriz, suas runas roxas e vermelhas, passando pelos lugares em que ela engelhava a pele e pelos lugares de aparência mais tenra em que ela parecia esticá-la. Louis não conseguiu deixar de pensar na fotografia aérea da falha de Santo André que vira num dos livros de Renée, a longa costura saliente atravessando a pele lisa do deserto da Califórnia, o sulco estreito no meio cortado por hachuras que lembravam suturas. Sentiu-se feliz por estar vivo e naquela cama. Não havia mais nenhuma dúvida em sua cabeça de que a coisa para a qual estava olhando era Renée Seitchek. O foco do amor de Louis havia migrado de sua imaginação para o corpo dela e levara sua imaginação junto, a inescapável junção das pernas dela agora encarnando alguma convergência necessária de emoções dentro dele, a tepidez da pele dela idêntica ao calor que os olhos dele sentiam quando as pálpebras se fechavam para cobri-los. Ele lambeu a cicatriz fria da toracotomia. Beijou a estrela irregular do ferimento que a bala fizera ao sair, abaixo do seio direito. Uma bala havia saído por ali, levando pedaços da costela e do tecido pulmonar de Renée, mas ela estava respirando sem dor agora. Ela brincou com o pau dele, abrindo e fechando o dedo indicador e o polegar, puxando fios do puxa-puxa transparente que o pênis secretava. Depois, se inclinou para o lado e chupou-o, brevemente.

Ele espremeu um pouco de gel espermicida no centro do diafragma dela, lubrificou a borda, dobrou-o ao meio e o empurrou para dentro da vagina dela até ele se desdobrar lá dentro. O procedimento lembrava, de uma forma estranha e interessante, o preparo de uma ave para assar.

Ela parecia ter medo quando ele se deitou em cima dela. Ele resistiu à ideia de que era "importante" eles estarem fazendo amor naquele momento, mas infelizmente meio que parecia de fato importante. Ela estava de olhos arregalados e piscava rapidamente, como se fosse a Morte e não Louis que estivesse pesando em cima de seu peito e introduzindo um pedaço duro da carne dele numa abertura estreita do corpo dela e invadindo de forma mais generalizada a cidadela onde ela havia guardado seu eu, sua alma, durante os meses em que estivera mais só do que estava agora. Ele botou a perna esquerda para cima, por cima do quadril dela, para evitar fazer peso no fêmur osteomielítico de Renée. A posição era incômoda, e Renée estava tão inerte — não por escolha sua — que Louis teve a sensação de estar se agarrando a uma pedra escorregadia, com poucos pontos de apoio.

"Me avise se eu estiver te machucando."

"Bom, está doendo um pouco em vários lugares."

"Eu quis dizer se estiver doendo muito."

De olhos fechados, ela o puxou para dentro dela o mais fundo que ele podia ir. Começou a respirar daquela maneira ruidosa e arrebatada que fazia um homem se sentir como um rei e que tornava a ejaculação dele um acontecimento de imensa doçura. Ele se deitou ao lado dela e massageou a extremidade anterior de seus lábios vaginais com a palma da mão até ela gozar. Segurou o pau e depositou sêmen no oco pélvico que era seu fetiche. Ela se debateu um pouco e esfregou o oco por um bom tempo até parar de sentir cócegas. Eles fizeram declarações ridículas e sentimentais sobre respiração, atuais condições genitais e amor. Repetiram o ato principal, arfando e suando, até que ela ficou agitada e disse a ele que estava se sentindo muito enjoada. Ele se levantou imediatamente e a cobriu com o lençol. "Eu vou preparar um almoço pra você."

Ela sacudiu a cabeça. Parecia exausta e arrasada.

"Um chá com torradas."

"Não há a menor possibilidade de eu sair hoje à noite. Você vai ter que ligar pra ela."

"Você pode dormir a tarde inteira. A gente vê como você vai estar se sentindo mais tarde."

"Eu estou tão cansada de me sentir cansada."

"Come alguma coisa. Tira um cochilo."

Quando a porta do quarto dela estava fechada e ele sabia que ela estava dormindo, ele se sentou diante da mesa da cozinha e abriu o envelope de Lauren. Dentro, havia uma carta escrita com sua letra bonita e atrapalhada.

20 de setembro

Querido Louis,

Eu tenho que escrever pra você hoje porque tenho. Fico pensando que se eu tivesse escrito pra você no outono passado tudo teria sido muito diferente. Eu tenho que escrever pra você por mim, não por você, então espero que você não se importe muito. Você não precisa responder.

Bom, a grande notícia é: eu estou grávida! E ainda bem, porque eu já estou com uma boa barriguinha. As pessoas me perguntam pra quando é o bebê e quando eu digo que é pra abril elas não acreditam. Elas pensam que eu vou dizer dezembro. Eu passo boa parte do dia nas nuvens. Nem sei se você ia me reconhecer, de tão diferente que eu estou. Eu tenho a sensação de que encontrei o meu verdadeiro EU. Já amo o meu bebê loucamente e converso com ele o tempo todo. Bom, essa é a grande notícia.

Louis, às vezes eu sinto tanta falta de você que começo a chorar. Sinto falta das coisas engraçadas que você dizia e da consideração que você tinha por mim. Mas agora eu sei que Deus não queria que nós ficássemos juntos. Deus queria que eu e o Emmett ficássemos juntos. Eu me sinto muito, muito grata por ter uma vida e um bom marido e (EM BREVE) um neném pra eu amar. Eu ainda te amo (pronto, eu disse!), mas *de um jeito diferente*. Mas você sabe do que é que eu tenho vontade às vezes? Eu tenho vontade de me encontrar com a Renée, só eu e ela. Queria dar um beijo na bochecha dela porque ela tem você, e você é um doce de menino. Ela já ficou boa? Espero que sim. Espero de verdade, Louis, de todo o coração.

Bom, essas são as notícias do Texas. Eu ainda não contei pra MaryAnn que estou grávida. Só quero contar depois que souber que está tudo bem. Eu agora sou amiga da mãe do Emmett. Ela me levou pro grupo dela da igreja. Eu achava as pessoas de lá muito estranhas, mas agora eu sou amiga delas também. Enfim.

Louis, você sempre vai ser meu amigo, mesmo que a gente nunca mais se veja. "O rei morreu, vida longa ao rei." É o que as pessoas dizem na Inglaterra quando o rei morre. Entendeu?

Da sua amiga,
Lauren

Ele deixou a carta em cima da mesa para que Renée pudesse ler, se quisesse. Estava se sentindo vagamente maculado ou comprometido, e se perguntava se tinha feito uma ideia errada de Lauren desde o início. No momento, pelo menos, ela parecia não chegar aos pés da mulher com quem ele tinha acabado de transar.

Tendo almoçado, ele se defrontou com o problema da tarde. De manhã ele fazia compras, dava um trato no carro, limpava a casa e, até uns dias atrás, levava Renée à clínica para tomar a injeção diária de antibiótico; à noite, eles comiam e iam ao cinema ou viam televisão. Mas à tarde ele dava de frente com a mesma desesperança que o afligia desde que perdera o emprego na WSNE. Só o que conseguia encontrar para fazer enquanto Renée descansava era ler livros. Tinha devorado os romances de Thomas Hardy um atrás do outro, não exatamente gostando da leitura, mas continuando assim mesmo até traçar inclusive *Judas, o obscuro*. Desde então, tinha passado para Henry James, para o qual o seu atual espírito de paciência e suspensão de julgamento o tornava o leitor ideal. Gostou particularmente de *Os bostonianos*, pois descobriu que a Boston de 1870 de James também era habitada pelas mesmas eternas feministas com quem Louis havia marchado na grande passeata pró-escolha em julho, pelas mesmas pessoas malucas e sonhadoras que tinham patrocinado Rita Kernaghan e ido ao tributo em sua memória, os mesmos jornalistas ardilosos que ainda continuavam tentando se infiltrar no apartamento de Renée pelo telefone. Louis começou a perdoar a gelidez daquela cidade do norte. Pensou no sangue brâmane que corria em suas próprias veias. Observava-se sendo consolado pela literatura e pela história e, percebendo o quanto tinha mudado em um ano, perguntava-se em que tipo de pessoa acabaria se transformando. Mas ainda havia aquela desesperança ou tristeza logo abaixo da pele de suas tardes.

Acordou Renée às cinco e meia. A temperatura dela estava baixa o bastante para que ela considerasse a ideia de sair e, às seis, eles já estavam a caminho de Ipswich. Os dourados da estação e da hora estavam visíveis nas árvores refletidas nos vidros abaulados dos carros que avançavam pela I-93. Pelas poucas janelas que não eram de vidro fumê para proteger a privacidade dos ocupantes, podiam-se ver motoristas solitários debruçando-se agressivamente sobre volantes ou falando sobre suas vidas em telefones.

"Ela quer me dar um beijo na bochecha", disse Renée.

"Ah, você leu."

"Essa é uma espécie do sul que eu não entendo."

"Ela é boa pessoa. Só tem uma cabecinha muito confusa."

"Alongue-se sobre esse assunto por sua própria conta e risco. Você deve saber que eu ficaria mais feliz se você me dissesse que ela é uma completa cretina. Ela e a barriguinha dela."

"O que é que eu posso dizer? Eu estou constrangido."

Era noite quando eles chegaram a Ipswich. A armação da pirâmide ainda continuava empoleirada em cima da casa da Argilla Road, sua silhueta desenhada sobre um fundo de céu esbranquiçado pelo luar, mas a maior parte das placas de alumínio já tinha sido removida. Elas estavam amontoadas, retorcidas, ao lado da pista de entrada circular. Escadas de obra prendiam dois pedaços de lona que cobriam ferramentas e pilhas de tábuas de construção perto da porta da frente.

A mulher esguia e sofisticada de ascendência brâmane que era a mãe de Louis conduziu o filho e Renée até a sala de estar e serviu bebidas para os dois no bar. Mais uma vez, baldes de dinheiro tinham sido gastos para consertar a casa, demonstrando que a riqueza era mais forte que qualquer terremoto. O vestido azul-marinho de Melanie tinha botões azul-marinho e ombreiras e ajustava-se ao contorno dos quadris, das coxas e dos joelhos. Ela havia feito uma única visita a Renée no hospital e não a vira mais desde então. Não a cobriu de atenções dessa vez. Coube a Louis tomar a iniciativa de acomodar Renée no sofá.

"Antes que as nossas cabeças fiquem zonzas demais, nós temos alguns assuntos de negócio a discutir", disse Melanie, pegando um envelope de cima do consolo da lareira. "Isso é para você, Renée. Acho que você vai concordar que está tudo certo, não?"

Em silêncio, Renée mostrou a Louis o conteúdo do envelope. Era um cheque pessoal, nominal a ela, no valor de seiscentos mil dólares, e um recibo de mesmo valor preenchido com o nome de Melanie Holland.

"Você vai reparar que eu botei a data do dia 30", disse Melanie. "Como você deve se lembrar, esse foi o prazo que nós combinamos. Louis, você testemunhou que ela está de posse do cheque?"

"Testemunhei, mãe."

"Você pode então assinar o recibo, Renée?" Melanie lhe estendeu uma caneta, para a qual Renée olhou com um rosto sem expressão. "Ou tem alguma coisa que você ache que não está correta?"

Ainda em silêncio, Renée pegou a caneta e assinou o recibo. Melanie dobrou o recibo ao meio, enfiou-o no bolso do peito de seu vestido e soltou um enorme suspiro. "Muito bem, isso já está resolvido. Agora nós podemos relaxar um pouco. Como você está, Renée?"

Renée levantou o queixo. Estava segurando o cheque no colo como se ele fosse um lenço que ela vinha usando. "Eu estou melhorando", respondeu.

"Ah, isso é fantástico. Você está realmente com uma aparência bem melhor do que da última vez que eu a vi. O Louis está cuidando bem de você, espero?"

Renée virou a cabeça e olhou para Louis como se tivesse se esquecido dele até essa menção ao seu nome. Abriu a boca, mas acabou não dizendo nada.

"Louis, isso me fez lembrar o outro assunto de negócios que eu queria discutir. Vai ser o *último* da noite, prometo." Melanie deu uma risadinha falsa. "Imagino que você saiba que eu ainda não consegui vender esta casa. Tenho consciência de que não é por uma infelicidade exclusivamente minha que não se possa encontrar uma única pessoa daqui até Nova Jersey que esteja disposta a comprar uma casa pelo preço do ano passado. Estou disposta a aceitar a depressão do mercado na região nordeste e qualquer prejuízo que isso acarrete a mim. Infelizmente, nós tivemos outro pequeno tremor aqui na terça passada. Creio que ninguém pode me culpar por ficar surpresa. Eu sei que eu não era a única que pensava que nós já tínhamos deixado isso tudo para trás. Mas não, houve outro tremor. Tudo bem. Talvez ainda venham outros. Tudo bem. Mas enquanto isso..."

"Fico feliz em saber que você já está tranquila em relação a isso, mãe."

"Enquanto isso, Louis, eu estava pensando se você — e a Renée também, claro, se ela quiser — teria algum interesse em ficar nesta casa. Você teria um lugar muito confortável para ficar e não teria que pagar aluguel. Se você vier também, Renée, e ainda quiser continuar a trabalhar em Harvard, eu tenho consciência de que isso implicaria uma viagem um pouco longa do seu trabalho para casa e vice-versa. Mas as vantagens, acho eu, são óbvias. Eu também posso pagar um salário de caseiro, principalmente se você estiver disposto a mostrar a casa para potenciais compradores. Sabe, eu não consigo deixar de pensar que sair de Somerville poderia levantar o ânimo de vocês. E claro que a renda extra e a economia com o aluguel, Louis, já que você está sem trabalho e não tem muita certeza do que quer fazer..."

Louis olhou para a sala em volta. Mesmo sem querer, ele tinha alimentado a expectativa de sentir a presença de fantasmas ali — um espírito chamado Rita, um espírito chamado Jack; os espíritos de Anna Krasner e de seu próprio pai. Todos eles haviam assombrado aquela sala de estar quando ele estava longe dela, principalmente quando ele estava em Evanston. Mas agora, quando olhava para as monótonas paredes reparadas e para os móveis impassíveis, ele sabia que podia esperar o quanto quisesse que só veria mesmo o vazio do tempo presente.

"Você não precisa decidir agora", disse Melanie.

"O quê?" Ele olhou para a mãe como se *ela* fosse um fantasma. "Hum, acho que não. Mas obrigado."

"Bom, pense no assunto." Ela pediu licença e foi para a cozinha.

Um silêncio se instalou na sala desassombrada.

"Eu estou surpreso", disse Louis. "Pensei que ela fosse estar diferente."

Renée puxou as duas extremidades do cheque, fazendo o papel estalar. "Eu não." Havia uma caixa de fósforos do hotel Four Seasons dentro do cinzeiro pousado numa ponta da mesa. Renée acendeu um fósforo e ficou segurando-o diante dos olhos até a chama lamber seus dedos. Apagou o fósforo e acendeu outro. Segurou-o em cima do cinzeiro e encostou uma ponta do cheque na chama, no mesmo momento em que Melanie voltava da cozinha. Quando viu o que Renée estava fazendo, Melanie instintivamente fez menção de correr para detê-la. Mas, num piscar de olhos, mudou de ideia. Cruzou os braços e ficou observando, com o ar impessoal de quem testemunha uma cena divertida, o cheque pegar fogo e se reduzir a uma cinza preta empenada.

"Bem", disse ela, com as sobrancelhas levantadas. "Imagino que isso seja um gesto e tanto."

"Vamos esquecer isso."

"É, o que é que tem pro jantar?", disse Louis.

No último dia da temporada regular, os Red Sox conquistaram o título da divisão e o ortopedista de Renée declarou que ela já estava bem o bastante para fazer o que quisesse. Ela havia ganhado uma bolsa de pesquisa da Universidade Columbia, em Nova York, e deveria começar a trabalhar no dia 1º de outubro. Louis havia insistido para que ela aceitasse a bolsa, desde que considerasse a ideia de levá-lo junto com ela, mas ela ainda estava se sentindo tão debilitada em meados de agosto, quando a decisão final tinha de ser tomada, que acabou fazendo um pedido a Harvard para continuar trabalhando lá por mais um ano. Harvard, que acalentava desde o início a esperança de conseguir mantê-la, ofereceu-lhe uma posição com prazo flexível como pós-doutoranda. Não que os sentimentos de Renée em relação a Boston tivessem mudado. Mas, de alguma forma, ter sido baleada naquela cidade, ter enfrentado seus terremotos e passado um mês num de seus hospitais havia lhe dado uma espécie de senso de obrigação em relação a ela, um senso de pertencimento que Renée nunca sentira nos seis anos de vida normal que levara ali. Não queria ir embora de Boston de muletas. Também reconhecia que era perfeitamente capaz de odiar qualquer outro lugar tanto quanto odiava aquele.

Assim, os dois ainda estavam em Somerville quando os Red Sox foram destruídos nos *playoffs* da Liga Americana. Depois do primeiro jogo, Renée não aguentou mais continuar assistindo à carnificina, mas Louis não perdeu a esperança até o *inning* final.

Para todos em Boston, a vida real começou no dia seguinte. Renée começou de novo a passar longas horas no laboratório, e Louis, entediado e duro, arranjou um emprego numa loja de cópias na Harvard Square. Toda noite, ele saía do trabalho com os olhos ressecados pelo calor das máquinas de xerox. Sonhava em mudar de vida. Sentia-se grato a Renée por ela não tocar no assunto do que ele estava fazendo com a vida dele. Estava feliz em viver com ela, feliz em observá-la recuperar suas forças e em vê-la curtir as músicas argelinas, quenianas e americanas que ele colocava para ela ouvir, feliz por estar aprendendo mais coisas sobre o trabalho dela e em sair com ela, Peter, Eileen, Beryl Slidowsky e as várias almas perdidas com quem trabalhava na loja de cópias. Estava tão feliz, na verdade, que, quanto menos gostava de seu trabalho, mais necessário lhe parecia mantê-lo. Era o seu modo de se agarrar ao caroço de mágoa que tinha dentro de si, agora que perdera a convicção de que estava certo. Por ora, essa mágoa era a única coisa que ele tinha que indicava que poderia haver algo mais no mundo além da canalhice, da estupidez e da injustiça que diariamente ampliavam sua hegemonia. Por mais que amasse Renée, ele sabia que ela era mortal; sabia que não podia construir uma vida fundada apenas nela, que não podia sequer ter certeza de que conseguiria continuar a ser bom para ela se não tivesse alguma outra âncora. Não sabia que forma essa âncora iria tomar quando ele tivesse mais do que os vinte e quatro anos que acabara de completar; não sabia se outras pessoas precisavam de âncoras; desconfiava que Renée, ao aceitar sua condição de mulher, já havia encontrado a dela. Sabia apenas que, para ele, era necessário ir para o trabalho e atender de forma eficiente e serena até mesmo professores universitários arrogantes, artistas obsessivo-compulsivos e panfletistas psicóticos, olhar nos olhos deles e dizer muito obrigado pela preferência, escrever a data e o nome do cliente em recibos no valor de quarenta e cinco centavos, e amar o mundo em sua materialidade em todas as mil vezes por dia em que apertava o botão da máquina Xerox 1075. Percebia que, sendo ele próprio uma coisa material, ele era aparentado com as pedras. As ondas do oceano, a chuva que erodia montanhas e a areia que formaria as pedras da próxima era geológica iriam, todas elas, sobreviver a ele, e ao amar essa natureza ele não estava fazendo nada mais que amar sua própria espécie fundamental e expressar uma preferência patriótica pela existência em detrimento da não existência. Imaginava que, se nada mais surgisse, ele sempre poderia se ancorar nas pedras do mundo. Mas era um fraco consolo. Tinha esperança de que sua mágoa pudesse levá-lo a alguma coisa maior. E, então, quando se dava conta de que, em vez de afastar seus colegas de trabalho, ele havia se tornado amigo e confidente de quase todos eles, e que Renée estava se transformando numa pessoa que às vezes chorava de felicidade, ele rapidamente olhava para dentro de si, encontrava seu núcleo de mágoa e se agarrava a ele com força.

Eileen e Peter tinham se casado quatro dias depois do Natal. Pouco antes, Louis soubera que seus pais já não moravam mais juntos. O fato tinha vindo à luz quando Eileen ligou para Melanie uma noite, por volta das onze e meia, e quem atendeu foi um estranho, um homem. Melanie havia alugado a casa da Argilla Road para outra pessoa e se mudado para um apartamento em Back Bay — apartamento, aliás, que não devia ser nada barato, já que dava vista para os Public Gardens. Ela explicou laconicamente a Eileen que o homem era um amigo seu da época da escola secundária e não disse mais nada. Em sondagens subsequentes, Eileen descobriu o nome do homem (Albert Anderson), sua área de atuação profissional (rádio-oncologia) e seu estado civil (viúvo).

Melanie não tinha levantado nenhuma objeção quando Eileen e Peter decidiram celebrar o Natal no apartamento deles, na Marlborough Street. Bob veio de Evanston e ficou hospedado no quarto extra deles, e Melanie, Louis e Renée foram para lá na manhã de Natal — Melanie levando milhares de dólares em roupas para dar de presente a todos. Ela e Bob obviamente tinham chegado a algum tipo de entendimento que lhes permitia serem educados um com o outro em público.

Fosse qual fosse esse entendimento, ele ruiu na cerimônia de casamento, três dias depois. Louis estava com Eileen na sacristia da igreja quando ela avistou Melanie. "Ela me *prometeu*", disse Eileen, empalidecendo. "Ela me *prometeu* que não ia usar aquilo."

O traje ofensivo consistia num vestido de festa de veludo verde sem costas, daquele tipo que faz o queixo dos homens cair, um par de escarpins verdes de pele de lagarto e um colar de platina e esmeralda criado para ser usado exclusivamente em cofres de banco. Melanie deu um sorriso gracioso para Eileen e encolheu de leve os ombros. Eileen caiu em prantos, enquanto duas de suas damas de honra seguravam lenços de papel debaixo de seus olhos para salvar sua maquiagem. Todos os convidados do casamento ouviram a briga que seus pais tiveram no vestíbulo ou, pelo menos, ouviram o lado feminino da briga:

"Eu não vou! Mas não vou mesmo!"

"E quem você acha que está pagando por esse casamento?"

"Pra falar a verdade, Bob, eu estou me *lixando* pro que você acha."

O batido conselho de Louis para Eileen foi: "Foda-se ela. É o seu casamento". Eileen pareceu entender isso; de todo modo, parou de chorar por tempo suficiente para trocar alianças com Peter. Sua melhor amiga da faculdade e as quatro irmãs de Peter usaram vestidos de dama de honra de tafetá verde-limão, enquanto Louis, envergando um smoking e levemente aturdido, desempenhou de forma eficiente e serena a função de padrinho de Peter. Renée se sentou junto com o restante dos convidados e continuou a fazer um sucesso tremendo com Bob Holland. Ela e Louis haviam tomado aulas de dança para se preparar para a recepção, que foi realizada num salão de festas do Copley Plaza. Melanie seduziu a todos, ofuscou todas as mulheres mais novas e dançou mais que todo mundo, e não foram muitos os que notaram o pai da noiva sentado no fundo do salão, vestindo um de seus ternos dos anos cinquenta, enchendo a cara de uísque e filosofando com Louis e Renée. Ele lhes contou que tinha telefonado de novo para Anna Krasner e lhe dito que ela agora era a única pessoa no mundo que podia confirmar que a Sweeting-Aldren havia perfurado um poço de injeção profundo. Dissera-lhe também que todos os documentos da empresa e todas as provas materiais que Renée reunira haviam sido destruídos. Dissera-lhe ainda que setenta e uma pessoas haviam morrido no terremoto de junho. Ela disse: "Eu falei pra você não me ligar mais".

Ele tomou mais uísque e disse que ainda acreditava que sua mulher fosse voltar para ele, um dia.

Quem não esteve presente ao casamento, obviamente, foi o pai de Peter. O governo de São Cristóvão e Nevis continuava a resistir à pressão americana para extraditar os cinco executivos da Sweeting-Aldren, e agora parecia que os cinco homens jamais seriam levados a julgamento, a menos que cometessem a burrice de retornar ao país por conta própria. Stoorhuys tinha tomado conhecimento do iminente casamento do filho — talvez pelo *New York Times*, que publicou o anúncio, mas mais provavelmente pela esposa. Na véspera do

Natal, o carteiro entregou a Peter e Eileen um envelope com carimbo postal caribenho e uma mensagem escrita a mão na aba: *Para ser aberta na cerimônia do seu casamento e lida em voz alta*. Peter jogou a carta no lixo.

Na primavera, deram-se mais dois casamentos. O primeiro — de Howard Chun e Sally Go — foi celebrado em Nova York, e o contingente da Pleasant Avenue não foi convidado. Renée só soube do casamento depois, na sala de computação, por um dos padrinhos de Howard, Terry Snall. Terry contou que a celebração incluíra um banquete tradicional chinês para mais de duzentas pessoas. Disse que tinha sido uma experiência cultural muito interessante para ele.

O segundo casamento, no fim de abril, foi na verdade apenas uma recepção à tarde, no Hotel Charles, para celebrar o enlace ocorrido uma semana antes entre Alec Bressler e Joyce Edelstein na sede do condado de Middlesex. Uma parte considerável da elite liberal de Boston esteve presente, além de alguns ex-DJs de Alec (que consumiram boa parte das bebidas da festa) e de Louis e Renée. Joyce Edelstein por duas vezes pediu licença a grupinhos de convidados de sua própria classe para ir botar o braço em volta de Renée e lhe dizer que estava morta de vontade de conhecê-la fazia tempo e queria ter uma longa conversa com ela; mas, por alguma razão, a conversa nunca aconteceu.

Alec, no entanto, tinha novidades para Louis.

"Uma nova estação", disse ele, afastando-o de Renée. "É presente de casamento da noiva. 92,2 FM. Ela concorda que eu não fale de política, eu concordo que vou mostrar algum lucro depois do quarto trimestre. É um acordo oral que nós temos. Lucro significa que eu toco música durante o dia. Eu não entendo de música, tudo soa igual no meu ouvido. Mas aí eu tenho o turno da noite pra fazer uma boa programação. Então, você está pronto pra trabalhar?"

"Eu?"

"Programação musical pra começar, também elaboração de notícias e dos anúncios feitos pela própria estação. Você escolhe. E só durante o dia. Nada mal, hã?"

"E salário mínimo e neca de benefícios."

"É, sim, mas só até o quarto trimestre. Depois a gente vê."

"É muita gentileza sua, Alec..."

"Não é gentileza. É interesse próprio!"

"Mas eu vou ter que pensar."

Alec inclinou a cabeça. "Pensa rápido. Eu entro no ar em 1º de junho."

A banda de música estava começando seu terceiro set quando Louis e Renée saíram do hotel. Estava um dia tão agradável que eles foram andando até a Square com suas roupas de festa. O sol já estava se pondo, mas seu calor ainda resistia nas árvores de Cambridge, junto com restos de pipa e de balões aluminizados, sacolas de supermercado irremediavelmente emaranhadas, pares de tênis amarrados pelos cadarços, suéteres de moletom surrados, serpentinas de fita magnética e as folhas verdes das próprias árvores. Nas áreas rurais ao norte e ao sul de Boston, as florestas ainda continuavam cinzentas, mas um certo tom de amarelo começava a surgir nos subúrbios mais distantes, transformando-se num verde pálido à medida que a Natureza aprendia, para o bem ou para o mal, a confiar no calor da civilização, até que finalmente, nos subúrbios mais próximos e nas áreas centrais da cidade, toda a folhagem germinava com força, e já parecia quase verão.

"Me explique por que é que você tem que pensar", disse Renée.

"Porque tenho."

"Você não acha que já passou tempo bastante fazendo cópias? Você acha que o Alec está sendo bonzinho demais com você?"

"Vai significar pelo menos mais um ano pra você com o Snall e o Chun."

"Desde que não seja pra sempre, tudo bem."

"Mas eu ainda tenho que pensar mesmo assim."

"Por que você se recusa a ser feliz? Por que você não se permite?"

"O que te faz pensar que eu não estou feliz?"

"Como é que a gente vai conseguir viver, se você não está feliz? Como é que a gente vai poder pensar em, sei lá, ter um filho ou..."

"Filho?"

"Bom, foi só um exemplo."

Ele parou de andar e ficou olhando para Renée. Eles estavam na calçada da ponte da Dane Street. "Você cogitaria na hipótese de ter um filho comigo?"

"Eu poderia", ela disse.

"Você e eu. Nós transamos, você fica grávida e nós temos um filho."

"Você nunca pensa nisso? Eu poderia me ver fazendo isso se nós dois estivéssemos felizes."

"Bom... Hum!"

"Você nunca sente vontade de ter um filho comigo? Você nunca pensa que nós já podíamos ter um filho agora? Ou uma filha? Que idade ela teria agora? E com quem ela pareceria? Você nunca fica com pena, nem um pouquinho?"

Ele se distanciou dela, passou pela parte mais alta da ponte e depois desceu do outro lado. Estava tentando alcançar aquele lugar familiar dentro dele, mas o que encontrou lá não parecia mais uma mágoa. Ficou se perguntando se já tinha mesmo sido uma mágoa algum dia.

"Ah, o que é que foi? O que é que foi?"

"Não foi nada. Eu juro pra você. É só que eu estou precisando andar agora. Anda comigo, vem. A gente tem que continuar andando."

Meu grato reconhecimento ao apoio da Mrs. Giles Whiting Foundation, da Corporation of Yaddo, de Sven-Erik e Marianne Ekström e de Dieter e Inge Rahtz. Agradeço também a Lorrie Fürrer e Robert Franzen e, em especial, a Göran Ekström por sua orientação e seus sismogramas. Partes do capítulo 13 são fortemente inspiradas em *Changes in the Land*, de William Cronon (Hill & Wang, 1983).

ESTA OBRA FOI COMPOSTA POR OSMANE GARCIA FILHO EM ELECTRA
E IMPRESSA PELA GRÁFICA BARTIRA EM OFSETE SOBRE PAPEL
PÓLEN SOFT DA SUZANO PAPEL E CELULOSE PARA A EDITORA SCHWARCZ
EM JUNHO DE 2012